지역문학총서 29

지역문학의 들숨과 날숨

지역문학총서 29

지역문학의 들숨과 날숨

한정호 지음

지역 연구는 또 하나의 민주주의 실천이다. 특히 지역문학 연구는 지역사회의 문화민주주의를 실행하는 마중물이라 생각한다. '문화민주주의'는 골고루 문화적 혜택을 누리는 삶의 추구라는 큰 뜻을 담고 있다.

우리 모두가 주인으로 대접받는 사회, 민주의 이름으로 문화의 향기를 전하는 사람, 지역문학 연구자는 더불어 사람답게 사는 세상을 꿈꾸는 문화전도사이자 민주투사인 것이다. 어느 누군가 이들의 꿈과 희망에 응원의 박수를 보내주고 있기에, 나의 더딘 걸음도 아름다운 행보라고 여겨진다.

30년 전 학문마당에 들어서면서부터 한결같이 '지역사랑 문학실천'을 부르짖으며 달리고 있다. 호흡법도 모른 채 가쁜 숨만 몰아쉬고 있는 모양이다. 어쩌면 안으로 들이마시는 들숨보다 밖으로 내뱉는 날숨이 더욱 힘들기도 하다. 그런 점에서 내 손과 발이 너무 느리다는 생각에 안타까운 마음만 쌓여갈 따름이다.

그동안 나는 학술연구에 앞서 문학전집과 자료총서 발간을 비롯해 지역단체나 학회 일을 맡으면서 지역사회의 현장에서 문학으로 부대끼며 사는 법도 체득한 바 있다. 다시금 학문마당에서 민주주의 실천에 힘을 보태고자 다짐한다.

이 책은 앞서 냈던 『지역문학의 이랑과 고랑』(2011)과 『지역문학의 씨줄과 날줄』(2015)에 이어 세 번째로 태어나는 연구서이다. 지난 세월 동안 학문마당에 흩뿌렸던 지역문학 관련 글들을 가려 뽑아, '지역문학의 들숨과 날숨'이라는 제목 아래 크게 세 매듭으로 나누었다.

문학연구는 들숨인가? 1부에서는 평소 내가 관심을 두었던 지역 작가들에 대한 논문과 연구들을 챙겨보았다. 이를테면 김대봉·이극로·정인섭·이원수·이영도 등을 대상으로 그들의 삶과 문학세계를 논의하고 있다. 특히 「김대봉의 삶과 문학」은 25년 전 학문마당에 들어설 때 길게 들숨을 내쉬면서 분투했던 논문이다. 이를 계기로 『포백 김대봉 전집』(2005)까지 펴냈지만, 지금껏 어느 누구도 김대봉 시인에 대한 논의를 하지 않고 있다. 못내 아쉬운 마음이 앞서기에 묵은 연구지만 책의 첫머리에 옮겨 실었다.

지역사랑은 날숨인가? 2부에서는 지역문학 연구를 위해 모으고 챙긴 작품 또는 자료를 중심으로 논의했던 비평들을 불러두었다. 장소성에 입각한 남해 금산, 창원의 바다, 지역사회의 주요 사건인 경자마산의거(3.15의거), 그리고 권환과 이극로에 관한 담론 등에 대해 언급하고 있다. 여기저기 이리저리 발품을 팔며 가쁜 날숨으로 장만했던 글들이다.

생명은 숨 고르기인가 보다. 3부에서는 지역사회의 문학현장에서 독자를 대신해 감당했던 시집 서평과 작가 비평들을 다소곳이 줄에 세웠다. 여기에는 오래 전에 엮었던 경남대학교 국어국문학과 출신 동문시집 『꽃보다 아름다운 시』(2005)의 해설도 빼놓지 않았다. 추억처럼 흘러간 시간이 벅찬 숨결 속에 묻어나는 듯하다. 문성욱·최명표 등의 서평과 비평을 골랐다. 그리고 『갯벌』·『무화과』 등의 동인지 매체를 분석하고 있다. 또한 한때 애착을 쏟았던 결핵문학과 연관된 동인지 『무화과』를 새삼 끄집어내서 의미를 덧붙여 보았다.

아무튼 문화민주주의를 표방하며 들숨과 날숨으로 내달렸던 학문마당에서 지난날들을 떠올려 본다. 앞서 발표했던 글들을 한데 모아 되새김질하는 마음이 새삼 부끄럽다. 더불어 문학연구와 실천현장에서 내달렸던 지난날의 글자취를 갈무리하는 보람도 느껴본다. 내 못난 탓에 지역문학 연구의 논리를 돋보이게 펼쳐보이진 못하지만, 이 책을 통해 지역사랑과 문학실천에 매달렸던 고투의 현장에 꽃길이 펼쳐지길 기대한다.

오늘 하루도 지역 속으로 달려간다. 들숨과 날숨을 반복하면서, 때로는 호흡을 가다듬으며 주위를 두리번거린다. 지역문학의 숙제들이 발치에 밀려 있고 머리맡에 쌓여 있다. 생각건대 산은 도무지 높이를 잴 수 없다. 바다는 그 깊이를 알려주지 않는다. 바람만이 사방에 널려 있다. 그런데도 나를 사랑으로 보듬어주는 가족과 지인들에게 고맙고 미안하다.

또한 그동안 잊지 않고 챙겨준 경진출판의 가족에게도 이 자리를 빌어 감사의 인사를 전한다. 학문마당에서는 가쁘게 몰아쉬는 들숨보다, 가늘게 길게 오래도록 내뱉는 날숨이 관건인지 모르겠다. 하지만 야속하게도 저장된 숨결은 금새 다 떨어지기 마련이다. 어떻게 해야 하나? 이순(耳順)으로 달려가는 시간 속에서 하늘을 우러러 본다. 앞으로 문화민주주의를 꿈꾸며 해야 할 일들이 많이 남아 있고, 세상에 갚아야 할 빚이 막중해서 오히려 행복하다.

2021년 7월 9일 무유시루(無有詩樓)에서

차례

1부 들숨의 학문마당

포백 김대봉의 삶과 문학

1. 들머리

우리 문학사의 갈피를 넘기다 보면 온전한 문학사 기술이라는 점에서 아쉬운 일들이 뜻밖으로 많다. 물론 분단상황에서 어쩔 수 없이 특정 작가 또는 작품에 대한 논의 자체가 금기시되어 온 경우도 없지 않다. 하지만 그보다는 문학연구자들의 무관심으로 말미암아 그들의 문학활동에 대해 도무지 문제삼지 않고 지나쳐버린 경우가 대부분이다. 그런 까닭에 그들을 꼼꼼하게 찾아내고 좇아 문학사적 자리를 마련해 주는 일이 문학연구자의 중요한 과제 가운데 하나라 생각된다.

일찍이 우리가 겪어보지 못한 나라잃은시기는 시련의 시간이었다. 그 시련 속에서 숱한 문학인들이 그들의 문학 행적이 밝혀지지 않은 채 사라져갔고, 우리 문학사에서 이름조차 들먹이지 않는 경우도 매

우 많았다. 이 글이 연구대상으로 삼은 포백(抱白) 김대봉(金大鳳, 1908~
1943) 또한 1930년대라는 시련의 시간 속에서 남다른 비극으로 잊혀져
간 시인 가운데 한 사람이다.

김대봉의 문학에 대한 자세하고 마땅한 값매김은 아직까지 없었다.
여기서 글쓴이는 그의 삶과 문학세계는 어떠했고, 그 변모 양상은
어떠했으며, 어떤 문학관을 펴고자 했는지를 밝혀보고자 한다. 아울
러 이 일을 바탕으로 그의 문학적 특성과 문학사적 자리매김이 자연
스럽게 이루어지길 바란다.

포백 김대봉은 1908년 경남 김해에서 태어났다. 그는 1929년 평양
의학전문학교를 다니면서부터 문학에 뜻을 두고, 1929년 10월 29일
『동아일보』에 「무제」를 발표하면서부터 문단에 얼굴을 내밀었다.
1934년 졸업 후 김해로 돌아와 의원을 개업, 1937년 서울로 올라가
경성제대 세균학교실에서 연구활동을 하였고, 의원(중앙의원)을 개업
하면서 본격적으로 창작 활동을 했다. 그리고 그는 1938년 6월에 창간
된 『맥(貘)』1) 동인으로 활동했으며,2) 1938년 10월에 50편의 시를 실

---

1) 그 무렵 「동인시지의 현재와 장래」(『시학』 1집, 1939. 3)라는 설문에 대한 홍성호의 답변에
   따라 『맥』 동인지의 성격을 잘 알 수 있다. 그 내용을 옮기면 다음과 같다.
   1. 방침: 동인지의 성질을 가질려 한다. 그렇다고 아직 어떠한 하나의 뚜렷한 유파를
      내세워 제한된 범위를 가지고 싶지는 않다. 새로운 시의 가치 추구의 정열이 불타는
      젊은 시인이라면 좁은 지면이나마 아낌없이 제공하며 동인으로 맞이하련다.
   2. 주장: 오늘의 시인도 퇴폐적 본능 무의식적한 단순한 인상, 주정 전달 혹은 영감, 감상
      적 고백의 형태화 시에 반역해야 할 것이다. '시는 늘 시대에 선행한다'. 우리들은
      시에 있어 새로운 감성적 영역을 개척, 확장하기 위하여 비판정신을 파악하려 한다.
   3. 희망: 질서, 방향 잃은 헝클어진 예원에 새로운 태양이 —태양과 같이 광폭 넓고 위대
      한 존재의 출현이 그립다. 이 가난한 정열적 시족(詩族)들을 위하여 단 하나의 형행물
      (刑行物)이라도 건실히 지녀나갈 정도에서 어느 분의 특지가 그립다.
2) 『맥』은 1938년 6월에 창간된 시전문지로 통권 제6집을 내고 1939년 중순에 종간되었는데,
   편집 겸 발행인은 김정기(金正琦)였다. 제1집에 15명의 17편, 제2집에 19명의 22편, 제3집
   에 32명의 38편, 제4집에 29명의 38편, 제5집에 15명의 27편으로 모두 142편의 작품이
   실려 있다. 이 잡지는 동인지의 성격을 지니지도 않았을 뿐만 아니라, 또 특별한 유파를

은 시집 『무심』(맥사)을 펴냄으로써 그 무렵 문단의 주목을 받았다. 또한 그는 1939년 3월에는 의학의 대중화를 지향한 잡지 『대중의학』 을 주재하기도 하였으며, 여러 잡지에 작품을 꾸준히 발표하였다. 그 러다가 그는 1943년 3월 환자로부터 발진티푸스가 전염[3]되어 한창 작품활동을 할 나이인 36세에 세상을 떠났다.

이제껏 글쓴이가 조사한 바에 따르면, 그는 모두 91편의 시와 3편의 단편소설, 그리고 9편의 비평과 수필을 남겼다. 대부분 그의 작품들은 현실주의 입장에서 나라잃은시기의 암담한 현실과 나약한 지식인의 고뇌, 그리고 여기서 빚어지는 개인적 구체현실을 다루고 있으며, 그 것을 극복하려는 서정주체의 비애와 소망을 함께 보여주고 있다.

2. 김대봉의 현실인식

나라를 잃고 신음하는 겨레만이 남아 있다는 절망적 시대상황은 우리에게 더없는 슬픔이었고 아픔이었다. 시인 김대봉도 나라잃은시 기를 슬퍼하며 살다간 지식인의 한 사람이다. 그는 1930년대 문단의 한 구성원으로서 작품의 양질에 있어 결코 다른 시인들에 뒤지지 않 는다. 그럼에도 그의 짧은 생애, 특히 문학적 삶이라 할 수 있는 한 권의 시집과 10년 남짓한 창작 기간에서 어떤 뚜렷한 특성과 그 변모 양상을 읽어내기란 쉽지 않다.

내세워 문학인들을 제한하지도 않았다.

3) 기록에 따르면 그 무렵 전국적으로 발진티푸스의 대유행이 있었다고 한다. 1943년 4월에서 6월 사이 8,123명의 환자가 생겨났으며, 그 가운데 1,040명이 사망했다고 한다. 전종휘, 「급성전염병 약사」, 『우리나라 현대의학 그 첫세기』, 인제연구장학재단, 1987, 133쪽.

1) 「슬픈 출발」: 현실주의 동요적 단형시

김대봉의 문학적 출발은 '동요적 단형시'의 형태로부터 비롯되고 있다. 이러한 점에서 우리는 그 무렵 아동문화운동4)과의 관련성을 지나칠 수 없을 것이다. 왜냐하면 그는 1920년대 후반 문학권의 분위기에 힙입어 여러 편에 이르는 동요풍의 단형시를 창작하고 있기 때문이다. 그 결과 1930년대 초반 그는 동요에 대한 관심을 보여주는 글을 발표하고 있다. 그에 따르면 동요의 구비요건으로 첫째가 단적 표현이고, 둘째가 음악적 구성이라는 것이다. 여기서 앞것은 소박성과 솔직성을 구체적으로 내보이는 것을 말하고, 뒷것은 운문, 특수한 음율, 문체형식 따위의 언어 선택 또는 배치와 관련된 것을 일컫는다.5) 이처럼 문학적 출발이라 할 수 있는 그의 시쓰기는 동요에 대한 깊은 관심과 함께 그 무렵 문단의 분위기에서 큰 영향을 입은 것으로 보인다.

여자의 마음은 가을 한울
그 우에 뜬 구름은 그들의 사랑
아침에 비 저녁에 서리

---

4) 아동문화운동은 소파 방정환의 『어린이』(1923~34)를 중심으로 전개되었다. 이에 잇따라 많은 아동잡지가 나옴으로써 아동문학은 활기를 띠게 되었고, 그 경향도 여러 가지로 나타났다. 그 가운데 대표적인 아동잡지로는 『신소년』(1923~34), 『새벽』(1925~33), 기독교를 배경삼아 가장 오래 이어졌던 『아이생활』(1926~44), 계급주의 경향을 띤 『별나라』(1926~35) 따위를 들 수 있다. 물론 이 운동은 초기에는 천사적인 동심주의 쪽에 치우쳤으나, 1920년대 후반부터는 정치사조와 성인문학에 힘입어 계급문학적 요소가 한데 섞임으로써 점차 여러 갈래의 문화운동으로 바뀌나갔다. 석용원, 『아동문학원론』, 학연사, 1982, 96~97쪽.

5) 김대봉, 「동요비판의 표준」, 『조선중앙일보』, 1932. 1. 11.

그리해서
사나히의 사랑은
나무닙처럼 떨어지는구나.

—「무제(無題)」

강변에 갈대를 바람이 올리드니
강상에 갈매기가 을조린다.
남포에 달떠오니
나는 너를 을조릴까.

—「황혼의 강변」

앞의 시는 처음으로 지면에 실린 작품으로, 여기서 말할이는 자연 현상을 빌어 남녀 사이의 애틋한 사랑을 보여주고 있다. 곧 그들의 사랑을 "뜬구름"이나 "떨어지는 나뭇잎"에 비유함으로써 사랑의 무상함을 슬픔어린 정서로 노래하고 있다. 그리고 뒤의 시 또한 자연의 소재를 빌어 "갈매기"의 울음과 "나"의 울음을 서로 맺어줌으로써 슬픔어린 말할이의 정서를 숨김없이 드러내고 있다. 이처럼 이때의 시들은 동요적인 형식과 함께 말할이의 정서를 깔끔하게 보여주고 있는 셈이다. 그런 까닭에 이러한 경향의 작품들은 시적 표현에 있어 단순하지만, 시인의 슬픔어린 정서를 담고 있는 작품들이다.6)

　　낙동강 나루배 발동선되면

---

6) 이밖에도 이 같은 경향의 작품으로는 「우박」, 「텅비고 싶어」, 「떠나는 동무」, 「보리피리」를 들 수 있다.

가오는 사람들 많기도하네
어둑어둑 새벽에 백명떠나면
어둠컴컴 저녁에 천명들오네
날고드는 백천명 헤어보지만
한번떠난 울압바 올줄모르네.

—「나루배」

땀방울이 늘어가면 늘수록 골병도 크실것이며
피방울이 만허지면 만허질수록 가슴에 괴롬도 늘으실테니
밤마다 알는그소리가 새로 고막에살아오는듯하며
날마다 괴로워하는모양이 눈에 나타납니다.

아버지!
목석이 안인 이 아들은
「삶은 싸홈이란」 크나큰 가르침을
쉬임업시 말업는곳에서 이러서이다.

—「아버지 손을보고」 가운데

앞의 시에서 말할이는 "낙동강 나루배"에 실려 "가오는 사람들"을
보면서, 아버지의 부재를 슬퍼하고 있다. 이는 곧 아버지의 상실을
뜻한다. 바꿔 말해서 말할이는 아버지의 죽음을 슬퍼하고 있는 것이다.
뒤의 시는 아동잡지 『어린이』의 동시란에 실린 작품이다. 아버지의
손바닥을 보며 느끼는 아들의 슬픔어린 감정과 함께 삶에 대한 굳은
마음가짐이 돋보인다. 그리하여 말할이는 '삶은 싸움'이라는 아버지의
가르침을 받들어, 삶을 위해 '피와 땀'으로써 싸우겠다는 강한 의지를

드러내고 있다. 결국 이러한 경향의 작품들에서 보여주는 시적 정서는 어린 아이의 정서라기보다 차라리 어른의 정서에 더 가깝다.

이렇듯 김대봉의 문학적 출발은 슬픔이 배여 있는 현실주의 동요적 단형시에서부터 비롯되었다. 그렇지만 그 정서는 밝고 명랑한 어린 아이의 것이라기보다 차라리 상실을 슬퍼하는 고독한 지식인의 것으로 드러난다. 그리고 이 같은 서정주체의 정서는 개인적인 사정보다는 시대상황에서 빚어지는 것으로 보인다.

흔히 나라잃은시기의 아동문학은 그 본디 기능보다 민족문학적인 기능을 맡게 됨으로써 민족주의와 그 맥락을 같이 하고 있다.[7] 이러한 점에서 볼 때, 그의 시 또한 민족의식을 고취시키거나 겨레의 슬픈 삶을 대변하듯이 암담한 시대상황에서 부담 없이 씌어졌으리라 여겨진다. 왜냐하면 그 후 시쓰기에 있어 그는 개인적 감정보다는 그 무렵 나라 현실에 대한 비판적 인식을 보여주기 때문이다. 따라서 그의 시적 변모는 현실주의 동요에 대한 관심에서 계급문학에 대한 관심으로 나아가게 되는 것이다.

2) 「영춘사」: 지식인의 고뇌와 허무의식

김대봉은 "시가 시인의 자기 만족에 그치고 잘못된 역사 앞에서 무기력했던 데 대해 깊은 가책을 느끼고 새로운 출발을 절규하면서 다짐"[8]하고 있다. 그의 본격적인 시쓰기는 나라 현실에 대한 비판적

---

7) "이 시절의 아동문학이 민족운동의 한 방법으로 인식되었기에, 약간의 문장력을 갖춘 인사라면 무엇이든 아동들에게 도움을 주는 글을 쓰는 일이 당연지사로 여겨졌기 때문이요, 또 문사가 문학가란 의식보다 식민지 치하의 독립운동가나 지사로서 자처하고 대우받았기 때문이다." 이재철, 「한국아동문학론」, 『한국문학비평선집』, 이우출판사, 1981. 12, 41쪽.
8) 조동일, 『한국문학통사 5』, 지식산업사, 1989, 476~477쪽.

인식에서부터 비롯된다. 나라잃은시기에서 나라와 겨레를 구하는 최선책으로 여느 문학인들이 선택한 것 가운데 하나가 사회주의사상이었다. 김대봉 또한 이러한 처지에서 벗어나지 않았던 것이다. 따라서 그의 새로운 문학적 출발은 그 무렵 나라 현실에 맞아떨어지는 일반적인 태도로 받아들여진다.

그의 수필 「문학과 생활」에서도 밝히고 있듯이, 문학생활은 암담한 현실에 대한 목적의식, 곧 '정신적 투쟁과 이지'9)에서 오는 결과라는 것이다. 그리하여 그는 나라 현실에 대한 직설적 토로를 보여주고 있다. 아울러 그의 작품에는 지식인으로서 어두운 나라 현실을 고뇌했던 흔적이 곳곳에 배여 있다. 그 가운데서도 1930년대 초반의 작품들은 이러한 성향을 잘 드러내고 있다.

　　도리켜보라 젊은그대여
　　창백(蒼白)한태양(太陽)의아래서 거츠른들을가는 수백(數百)의노예(奴隷)를
　　엄삼(嚴森)한암야(暗夜) 연옥(練獄)에서우는 비참한자를
　　움집에 기어들며 깨어진집을 처어다보는 한숨짓는무리를
　　밥밥하면서 죽음과 싸우다간 스러지는 간난한 거리를
　　이모다가 누구의죄인줄아늬
　　그네같이 운명을할사람들이안인가

　　　　　　　　　　　　　　　　　　　—「젊은이에게 보내는 노래」 가운데

9) "나의 문학생활과 실제생활과의 불합일에서 오는 정신적 투쟁과 이지와 감정과의 모순에서 오는 갈등이 얽히고 덩기는 것이다. 나는 이를 불원하고 이원적 생활을 생활로 하는데 나의 생활의 특수성이 잇는가 하고 매진할밖에 도리가 없다." 김대봉, 「문학과 생활」, 『신동아』, 1933. 11, 130쪽.

너희들은 쩌날리쓰트를 헌신짝처름 차버리고

　피선(被選)과당선(當選)이라는 대상(臺上)에서 허득이는자를××를할
것이다

　그리해서 너희들은 위대(偉大)한금욕주의(禁慾主義)로 명예(名譽)를
초월(超越)한인간(人間)으로서

　대다수(大多數)의생(生)의 놀격자(突擊者)가되야하겟니이니

　조선(朝鮮)의시인(詩人)이여 음악가(音樂家)여 미술가(美術家)여

　읊흐라 노래부르라 또한 붓을돌리라

　때와 장소와 사람을 고르지안흠으로붙어

　　　　　　　　　—「가두(街頭)의 선언(宣言)」 가운데

　앞의 시는 그 무렵 나라 현실에 대해 느슨한 마음을 갖고 있는 젊은
이들을 일깨우고자 하는 의도에서 씌여진 작품이다. 그런 까닭에 그
안쪽에는 말할이 자신의 현실인식이 보다 두드러지게 나타나고 있다.
이 같은 나라 현실에 대한 인식은 유달리 궁핍한 겨레에 대한 관심으
로 나타나는데, "수백의 노예"와 "한숨짓는 무리"는 "운명을 할" 우리
겨레를 일컫는 것이다.

　뒤의 시도 그 무렵 예술가, 곧 "조선의 시인", "음악가", "미술가"에
대한 충고와 함께 그의 현실인식을 드러내고 있다. 여기서 말할이는
저널리즘에 빠져 있는 예술가들에게 "저널리스트를 헌신짝처럼 차버
리고" 그들의 작품을 "완전히 군중의 것으로 만들라"는 충고를 아끼
지 않는다. 나아가 그들에게 "생의 돌격자"가 되어야만 한다고 "선언"
하고 있는 것이다.10)

---

10) 이 작품을 두고 당시 한 연구자는 "미성품이면서도 일종의 박력이 있다"고 값매긴 바
　 있다. 양주동, 「1933년도 시단연평」, 『신동아』, 1933.12, 31쪽.

이렇듯 1930년대 초반 그의 작품들은 그 무렵 계급문학 계열[11]의 작품들과 목소리를 같이 하고 있다.[12] 따라서 그의 작품들은 대개 관념적이고 선동적이긴 하지만, 이 같은 나라 현실에 대한 직정적 토로 속에는 강한 역사의식과 앞날에 대한 시대적 사명의식이 배여 있다. 그런 점에서 이러한 경향의 작품들은 나라잃은시기를 살아가는 서정주체의 간절한 기대이자 선언이었던 셈이다. 물론 그의 문학세계는 암담한 시대정신을 적극적으로 들냄으로써 생동감을 얻고 있지만, 한편으로 말을 아끼지 못한 흠도 꼬집을 수 있다. 또한 그는 나라 현실의 큰 흐름에 대한 빈틈없는 쟁투를 보여주지는 못하고 있다. 왜냐하면 그의 작품에는 개인적인 삶의 차원에서 세부적인 관심으로 좁혀지는 정신적 단면이 곳곳에 붙박여 있었기 때문이다.

하지만 김대봉의 문학적 성향은 조금씩 변모를 가져온다. 거기에는 시대상황도 지나칠 수 없겠지만, 개인적 구체현실도 한 몫을 차지하고 있다. 어쨌든 그의 문학적 성향은 바깥쪽으로 향했던 의지가 점차 느슨해지면서 안쪽으로 옮겨지게 된다. 그 결과 그의 작품세계는 앞선 작품들에 견주어 격하된 목소리로 암담한 시대상황을 드러내고 있다. 이러한 그의 현실인식은 개인의 불행과 나라의 불행을 같은

---

11) "〈갑프〉를 중심으로한 그의 기관지가티 되어잇는 〈문학건설〉지를 필두로하야 그다음 〈집단〉(아즉은 휴간상태) 〈우리들〉 〈신단계〉등을 통하야 그들의 창작행동이 보여질것이오. 그다음 동반자적 위지의 일군은 〈비판〉 〈제일선〉 〈신동아〉 〈삼천리〉 〈동광〉등에 산견할 수 잇슬것이다." 안재좌, 「조선푸로레타리아 예술운동의 신전망」, 『전선』, 1933, 46쪽.
이렇듯 그 무렵 김대봉의 작품을 실은 잡지들이 주로 뒤에 든 것으로 미루어 볼 때, 그는 흔히 말하는 '동반자 작가'의 계열에 속한 것으로 보인다.

12) 그러나 김대봉의 생애에 비추어 볼 때, 그가 카프에 몸담았다는 사실은 아직 밝혀지지 않고 있다. 왜냐하면 그 무렵 정치성 짙은 시를 쓴 문학인들처럼 '이름 지우기'는 그의 문학적 정치성을 대변해 주고 있다. 그리고 몇몇 작품들에서 '×××'로 지워진 부분과 '이하십칠행부득이략(以下十七行不得已略)'이라는 점으로 미루어, 그의 작품 왜인들의 검열 대상에서 벗어날 수 없었음을 알 수 있다.

맥락 속에 두고 있기 때문이다.[13] 그리하여 그것은 삶의 허무를 되새기는 소시민적 현실주의로 치닫게 한다. 따라서 그는 그 무렵 지식인으로 느끼는 고뇌와 허무의식을 보여주고 있는 것이다.

> 오지안흘터인가 기달려지는 봄아
> 네 발자최에 첨근하려는 우리는
> 오날=함으로= 붙어 완전한 생의 돌격자명일의 승리자가 되려하네.
> 아!봄아 오려마 오려마 봄아!
> 탄력잇을봄아 희망잇을봄아
> 우리가 가슴속에 깁히 찾고잇는슲흠도 아픔도 닛어질 봄아
> 불행도 쓰라임도 맞보지 않을봄아
> 학대와 천시도 업서질 봄아
> 오려마 이땅우 이질에게도
>
> ―「영춘사(迎春辭)」 가운데

　제목에서 알 수 있듯이 이 시는 '봄'을 맞이하는 글이다. 이 시를 통해 말할이는 봄을 기다리는 간절한 마음을 드러내고 있는 것이다. 여기서 말할이가 기다리는 봄은 "슬픔도 아픔도 잊혀질 봄"이고 "불행도 쓰라림도 맛보지 않은 봄"이며 "학대와 천시도 없어질 봄"이다. 물론 이러한 사실은 자신뿐만 아니라 '아직 봄을 맞어보지 못한 이 강산에 굶주린 사람들', 곧 우리 겨레의 소망이기도 하다. 보다 또렷이

---

13) 실지로 그 무렵 나라 현실을 아파하면서 타협을 거부했던 지식인들의 행동에서 개인적인 불행은 암담한 것이었다. 이러한 까닭에 여러 문학인들의 시대적 갈등은 때로 자기 성찰에 의해 고독을 더욱 깊게 한다. 그래서 현실과 이상이라는 두 겹의 압박에서 벗어나고자 하는 움직임은 그들로 하여금 현실과 비극적으로 맞서게 된다.

말하면, 나라잃은시기 상황에서 말할이가 기다리는 봄은 결국 나라의 광복임을 쉽게 짐작할 수 있다. 이때까지만 해도 그의 현실인식이 바깥쪽으로 치우쳐 있고, '완전한 생의 돌격자, 명일의 승리자'가 되려는 다짐 또한 서슴없이 드러나고 있다.

발생(發生)과 생장(生長)과의법칙(法則) 존재(存在)의의의(意義)야 잇섯지만
발전(發展)을 못한폐인(廢人)같은 고목(古木)잇음에
그 죽어감이여 그 썩어감이여 그 무능함이여
아까시야나무는 지랄치며 흔든다
까막까치는 비장한울음을 토하며
한풍(寒風)이 노도(怒濤)한 역사(歷史)의무덤 넘으로 갈려간다
그리고 모종(暮鐘)의 여운(餘韻)아래
백의(白衣)가 비틀거리는 인파(人波)속으로 해는진다
아! 이해가간다 영영지고 말터인가

—「고목(枯木)」가운데

이 시는 왜인의 상징이라 할 수 있는 '엉성한 아카시아 그늘 아래'에서 죽어가는 '고목'의 모습을 보며 느끼는 말할이의 정서를 비유적으로 보여주고 있다. 여기서 고목은 '우리들이 찾아야 할 ×××××를 만들고자 애쓰다가' 죽어간 '위인'에 비유하기도 하고, 그 초라한 모습에서 '패배당한 노장' 또는 "발전을 못한 폐인"에 비유되기도 한다. 그러나 고목의 '외양은 사색에 유췌한 철인'으로, '심저는 불복의 진리를 가진 부동상'으로, '정신은 지배의 질곡에서 해방된 패자'로 비유되면서, 말할이는 고목을 '숭고하고 위대하고 노위'하다고 느낀다.

남들이야 북치고 나팔불며 세계(世界)를 교란(攪亂)하건 말건
뚜벅 뚜벅 거러서 나아감이 우리들의 생명(生命)이오니
어찌 더위와 치위를 비와 바람을 마다 할터인가
신생(新生)이 군림할 영원(永遠)한 나라로 나아 가시다.

　　　　　　　　　　　　　　　　　　　　　　—「구도자(求道者)」 가운데

생생(生生)하게 응시된 현실
생명을 통제하는 ×××에
피흘리며 싸홀 의지(意志)만이
미래생(未來生)의 부문자(賦問者)와 연결(連結)하리라
무이(無二)의추정(推定) 유일(唯一)한법칙(法則)을 얻기위하야

　　　　　　　　　　　　　　　　　　　　　　—「출발(出發)」 가운데

　앞의 시에는 '구도자', 곧 '동방의 사나이'인 우리 겨레의 진로를
제시해 주려는 시인의 의도가 잘 드러나 있다. 이 시를 통해 말할이는
오직 "신생이 군림할 영원한 나라로 나아"간다는 희망을 가지고, '죽
기까지 피로와 권태와 쇠약과 공포와 싸워야' 한다는 의지를 보여준
다. 뒤의 시 또한 '영원토록 구도자가 되려는' 시인의 의지, 곧 "생생하
게 응시된 현실"과 "생명을 통제하는 ×××", 다시 말해서 왜인들에
대해 "피흘리며 싸울 의지"를 보여준다. 앞서도 말했듯이 이러한 작품
들을 통해 그 무렵 그의 현실인식을 쉽게 읽어낼 수 있다.
　하지만 그의 작품을 읽다 보면, 나라 현실에 대한 직설적 토로보다
는 오히려 지식인의 한 사람으로서 느끼는 시대적 불안과 허무의식이
너무도 깊게 배여 있다는 사실을 알 수 있다. 이는 그 무렵 지식인의
현실인식에 다름 아닐 것이다.

알멍하게 힘없는 동공(瞳孔)에는
흡줄한 꿈이 으리고 있다
　　(시대(時代)의고민(苦悶)인가 세기(世紀)의철학(哲學)인가 인생(人
生)의감상인가)

　그꿈속에는
하용없이 눈물이 흐르나리고있다
　　(생(生)의실망(失望)인가 현실저주(現實咀呪)의활살인가 희망(希望)
의격분인가)

　알수없게 그눈물속에는
불꽃이 쏘다진다
　　(못사리만큼 댕군다 발버둥친다 몸부름한다)
　　　　　　　　　　　　　　　　　　　　―「동공(瞳孔)의 촉수(觸手)」 가운데

　이 시는 나약한 지식인의 고뇌가 무엇인지를 구체적으로 보여주고
있다. 말할이는 "알멍하게 힘없는 동공"에서 지식인의 '꿈'과 '눈물'과
'불꽃'을 찾아낸다. 그래서 꿈은 "시대의 고민" "세기의 철학" "인생의
감상"으로 비유되고, 눈물은 "생의 실망" "현실 저주의 화살" "희망의
격분"으로 비유되고 있다. 그리고 불꽃은 못 살만큼 딩굴고 발버둥치
며 몸부림하고 있는 것이다. 이런 점으로 미루어 그 무렵 지식인의
한 사람인 그가 희망과 절망 사이에서 갈등하고 있는 것이 무엇인지
를 찾아낼 수 있다.

　벽! 벽!

암만보아도 벽!

그벽속에 내가있고
내가 있는곳에 벽이있나니
점점 세계(世界)와 멀어지는 외로움이어

—「벽(壁)」 가운데

죽음과 삶 사이로 헤매는
나는 순례자(巡禮者).
눈물과 기도를 잊고
엄연(儼然)한 묵사(黙思)에 포착(捕捉)될제,
나는 죽음을 응시(凝視)하는 화석(化石)에 지나지 않다.

—「생사 중간(生死 中間)」 가운데

　앞의 시는 '벽' 속에 갇혀 "점점 세계와 멀어지는" 자아의 모습을
통해 나약한 지식인의 현실인식 태도를 보여준다. 이 같은 현상은
시인 자신뿐만 아니라 그의 벗인 '시인 L'에게서도 마찬가지다. 따라
서 그들의 절망과 허무의식은 그 무렵 지식인이라면 누구나 한 번쯤
앓고 있던 문제이기도 하다.[14]
　뒤의 시 또한 나약한 지식인의 고뇌와 허무의식을 고스란히 드러내
는 작품이다. 여기서 말할이는 "죽음과 삶 사이"를 헤매며 '순례자'처
럼 고뇌하고 있다. 뿐만 아니라 그 모습은 "죽음을 응시하는 화석"

---

14) 1930년대 문학권의 분위기에서 이러한 현상, 곧 지식인의 자기비추기 또는 자기깨닫기라
　는 주제는 매우 폭넓은 일반성을 얻고 있는 경향으로 보인다. 이러한 점은 문학인 나름의
　개성보이기로서의 서정시라는 측면을 꿰뚫고 있는 것이다.

또는 '목뢰 같은 현실의 나'로 드러나고 있다. 이는 그 무렵 지식인의 나약한 모습과 함께 삶에 대한 허무의식이 낳은 비극의 소산이라 할 수 있을 것이다.

> 미칠듯이 헐떡이며
> 가라앉지 않는 내 마음의 진요는
> 잇발을 갈며 부르짖는
> 단현(斷絃)의 비명(悲鳴)과 합쳐 흘러가거늘,
> 그네는 이 비명을 듣는가.
> 그네 위해 애닯히 긁던 현(絃)이
> 사(死)의 선언(宣言)과 같이 끊어지고 말아서이다.
>
> —「단현(斷絃)」 가운데

> 반생(半生)을 통해온
> 생(生)의 모토를
> 돌이켜 보라.
> 텅 빈 가슴 속에
> 무엇이 남아있는가.
> 사랑의 방집,
> 사회에 불평,
> 부모에 불공,
> 벗에 실신,
> 명문에 헐떡임,
> 이것이 나의 반생(半生)이 아닌가.
>
> —「참회(懺悔)」 가운데

앞의 시에서도 우리는 나라잃은시기 지식인의 고뇌를 읽어낼 수 있다. 여기서 "그네 위해 애닲히 굵던 현이 사의 선언과 같이 끊어지고 말았"다는 시줄에서 느낄 수 있듯이, 나라를 위해 의지를 불태우던 시인의 정서 변화를 엿볼 수 있다. 물론 말할이는 아직도 '옛날의 노래를 들을려'고 하지만 "단현의 비명", 곧 '한숨'만 내쉴 뿐이다. 그리고 그 까닭을 "그네가 이 현을 끊"었기 때문이라고 밝히고 있다.

'참회'라는 제목에서 알 수 있듯이, 뒤의 시는 나약한 지식인의 삶에 대한 성찰과 다짐을 함께 보여주는 작품이다. 여기서 말할이는 "사랑의 방집, 사회에 불평, 부모에 불공, 벗에 실신, 명문에 헐떡임"으로 살아온 자신의 '반생'에 대해 '가책'과 함께 '부끄러움과 후회'를 보여주고 있다. 한편 말할이는 '현시의 행동으로부터 미래가 나를 살'릴 것이라는 결의도 보여주지만, 결국 이 또한 나약한 지식인의 변명에 지나지 않는다.

이렇듯 1930년대 초반 그의 작품들은 사회주의사상에 근거를 두고 나라 현실에 대한 직정적인 토로를 보여준다. 그러나 그는 나라사랑의 마음가짐에 견주어 관념적이고 추상적인 정열과 의욕이 앞섰기 때문에, 그의 작품에서 뚜렷한 민족의식이나 남다른 믿음을 찾아내기란 쉽지 않다. 이후 그의 문학적 성향은 개인적인 문제로 말미암아[15] 이념의 토로가 무디어지고, 대신 고향 또는 가족의 상실의식에서 비롯되는 비애의 정서가 큰 흐름을 이루게 된다. 그리하여 그의 관심은 점차 개인적 구체현실에 대한 토로 쪽으로 치우치게 된다.

---

15) 작품세계가 개인사적 맥락과 맞물려 있는 문학인일수록, 그의 전기적 자료 조사는 작품의 올바른 이해를 위해서도 쓸모 있는 작업일 것이다. 그런 까닭에 김대봉의 전기적 사실이 더욱 뚜렷이 밝혀져야 할 것으로 생각된다.

3. 김대봉의 상실의식

1930년대 후반 김대봉의 문학적 성향이 비애의 정서를 주류로 하는 개인적 구체현실에 대한 토로 쪽으로 치우치게 된 까닭에는 다음과 같은 두 가지 요인이 영향을 끼쳤을 것이다. 그 하나는 삶의 바깥쪽 상황인 나라잃은 현실에서 찾을 수 있고, 다른 하나는 상실감에서 오는 개인적 문제에서 찾을 수 있다.

그러나 그의 작품세계에 있어서 구체현실에 대한 관심은 대개 개인적인 상실 체험에서 비롯되고 있다. 이러한 상실의식은 흔히 고향잃음 또는 가족잃음, 곧 아내와의 결별과 아들의 죽음으로 드러나고 있으며, 그밖에 아버지와 벗의 죽음 또한 한 몫을 차지하고 있다. 따라서 그의 삶에 있어서 이 같은 상실의식은 영원한 불행이라 해도 지나치지 않을 것이다.

1) 「상춘곡」: 고향 또는 가족의 상실 체험

김대봉이 그토록 애타게 기다리던 봄은 끝내 오지 않았던 것이다. 어쩌면 맞이했다손 치더라도 그에게서 봄은 상처 입은 봄으로 노래되고 있다. 이처럼 암담한 현실은 그의 정서를 그냥 두지 않는다. 암담한 시대상황이나 나라 현실에서 오는 절망보다는 개인적 구체현실에서 오는 절망이 그의 삶을 채운 것으로 보인다.

먼저 그의 시에는 구체적 체험공간인 '낙동강'을 소재로 한 것들이 몇 보인다. 여기서 그는 홍수를 글감으로 삼아 그 무렵 우리 겨레의 궁핍한 모습, 다시 말해서 가난과 고통이라는 뼈아픈 체험16)을 들내고 있다. 나아가 그는 낙동강을 빌어 왜인의 침략과 수탈, 그리고 그 결과 빚어진 우리 농촌의 비참한 모습을 보여주고 있다. 이는 그의 상실의식과 맞닥친다고 볼 수 있겠는데, 낙동강[17]의 홍수로 말미암은 고향잃음[18]은 나라잃음보다 더욱 절실하게 그의 마음을 사로잡았을 것으로 생각된다.

이와같이 네가 일절(一切)을 멸각(滅却)하는동안

노예의 목장인 대저(大渚)들은

불법의생산지 대저(大渚)들은

××××의 탐욕처인 대저(大渚)들은

거믜줄같은 소작(小作)의연명선(延命線)을 빼앗서갓나니

누구가 나무뿌리 풀닙먹기를 조하하겟느냐

노예(奴隸)의낙인(烙印)아래 이사(移舍)를질기겟느냐

흘러가라 흘러가라 이땅을등지고

흘러가라 낙동강(洛東江) 낙동강(洛東江)이여

　　　　　　　　—「탁랑(濁浪)의 낙동강(洛東江)」 가운데

---

16) 낙동강은 나라잃은시기의 애환을 담고 있는 강이다. 이러한 뜻을 더욱 또렷이 하는 것은 무엇보다도 '낙동강 대치수'라는 구실로 우리 농민들의 노동력을 착취하여 김해평야의 쌀을 수탈해 가던 전형적인 장소이기 때문이다.

17) 김대봉뿐만 아니라 여러 문학인들에게 있어 낙동강은 수난의 장소였다. 이러한 점에 대해서는 다음 논문을 참조하길 바란다. 박태일, 「낙동강이 우리시 속에 들앉은 모습」, 『경남어문논집』 제4집, 경남대학교 국어국문학과, 1992.

18) 대개 이 같은 고향잃음은 김대봉의 작품에서만 국한되는 현상이 아니라 1930년대 우리 문학에 있어서 매우 일반적인 현상이었다. 여러 연구자들에 따르면 그 무렵 두드러진 문학적 현상의 하나로 대부분의 문학인들이 극심한 고향상실감에 빠져 있었다고 말하고 있다. 이는 우리 겨레가 겪어야 했던 나라잃은시기의 비극적 모습이었다고 해도 지나친 말이 아닐 것이다. 여기서 비롯되는 비애의 정서가 그 무렵 문학인들에게 일반적인 현상으로 드러나고 있었던 것이다.

갈라야 갈곳도없고 잘라야 잘곳이없으며
또한 먹을것 입을것조차 없어젓서니
부러진듯대 떠도는 갈매기와함께 울러볼가
문허진 담벽을 흔들며 가슴을 찌어볼가

아 그래도 돌아가신 아버지가 돌아올리없고
떠나버린 경지(耕地)가 복구(復舊)될리없거늘
언제드지 우리들 피속에는 홍수(洪水)란 구적(仇敵)이 흐르고있다
그리고 또한 우리들생로(生路)에는 한거풀의 암야(闇夜)가 오도다
　　　　　　　　　　　　　　　　—「홍수여운(洪水餘韻)」 가운데

　　앞의 시에서 말할이는 낙동강의 홍수로 인한 '대저들'의 피해상황
을 그 무렵 시대상황과 잘 조화시켜 들내고 있다. 나라잃은시기 우리
겨레의 궁핍한 삶은 대개 수탈의 근원지라고 할 수 있는 농촌공동체
를 배경으로 했을 때 더욱 구체적으로 드러난다. 여기서 '증수고 칠십
구척'이라는 점으로 미루어 그 무렵 홍수의 크기를 얼추 짐작할 수
있다. 또한 그때의 상황을 '전쟁이 끝난 싸움터' 같다는 비유로써 보다
더 실감나게 드러내고 있다. 이렇듯 농민들의 삶터, 곧 "소작의 연명
선"인 대저들을 빼앗아간 '탁랑의 낙동강'에 대한 시인의 시각은 자못
부정적이다. 그런 까닭에 말할이는 "흘러가라 흘러가라 이땅을 등지
고 흘러가라 낙동강 낙동강이여" 하고 노래하고 있는 것이다.
　　뒤의 시 또한 '제이로 범람되는' 낙동강의 홍수19)로 인한 농촌의

---

19) 이 작품이 씌여진 연대로 보아, 여기서 김대봉이 글감으로 삼은 홍수는 1934년 7월의
　　대홍수를 가리킨다. 이때의 상황을 잘 보여주는 글을 소개하면 아래와 같다.
　　　"그해 7월 대홍수로 산태방(가락면 식만리) 둑과 덕두, 평강, 울만에서 낙동강 제방이

피해상황과 농민들의 생활상을 고스란히 드러내고 있다. 여기서 눈여겨보아야 할 것은 "언제든지 우리들 피 속에는 홍수란 구적이 흐르고 있다"는 시줄에서 알 수 있듯이, 낙동강을 원수처럼 느끼는 시인의 감정20)이다. 그렇지만 말할이는 결코 뜻을 꺾이지 말고 '최후의 보상은 우리들의 피와 힘으로서' 이루어진다는 기대와 함께 '영원한 평화'를 애타게 바라고 있다.

불지 마라, 초라한 바람이여,
성긴 인가에
등불조차 없고
언제 맑아질지 모르믐 江水에
돛대 없는 배만이
밀리며 떠돈다.

쓰러질듯
교교(皎皎)한 중추월(仲秋月)은
외로운 길손에
만고(萬古)의 태허(太虛)를 자아내나니,

결궤되어 김해평야는 다시 물바다로 화하고 가락면은 1230호의 농가가 전멸하였다. 이 때문에 그해 8월에는 대저, 가락, 녹산의 각 면민 2000여명이 요번 홍수의 피해는 일천식 공사 때문이라 하여 도청에 쇄도하고 보상을 요구하기에 이르렀다." 재부김해향인회, 『재부김해향인회 사십년사』, 재부김해향인회, 1989. 11, 116쪽.

20) 김용호 시인의 말을 빌리면, 김대봉은 '왜놈이라면 진저리를' 칠 정도였다고 한다. 이런 점으로 미루어 낙동강에 대한 그의 정서는 차라리 왜인에 대한 감정으로 나타난다. 왜냐하면 그 무렵 우리 겨레는 왜인들을 원수처럼 여겼기 때문이다. 아울러 더욱 중요한 사실은 왜인이 참여하는 잡지에서는 그의 글을 찾아볼 수 없다는 점이다. 이는 어쩌면 그 무렵 우리 문학인이 보여줄 수 있는 가장 바람직한 문학적 삶이었으리라 생각된다.

이다지 병자(丙子) 수란(水亂)이
사람을 사살(思殺)할가.

—「추풍(秋風)」 가운데

이 시에서도 말할이는 "외로운 길손"인 제삼자의 눈길로 감정을
최대한 절제하며 '병자수난'(1936)을 겪은 마을의 모습을 드러내고 있
다. 앞의 시들과는 달리 이 시에는 세월이 지난 뒤 고향을 찾은 시인의
감회가 묻어 있다. 이런 까닭에 그의 고향의식은 남다른 데가 있음을
눈여겨보아야 할 것이다. 말하자면 그에게 있어 현재의 고향은 더
이상 평화롭고 목가적인 장소가 아니다. 그것은 왜인들의 수탈, 그리
고 홍수로 말미암아 극도의 궁핍에 빠져 있는 장소로 드러난다. 이렇
듯 그의 관심은 고향잃음이라는 구체현실의 문제에 머물게 된다. 그
의 작품21) 가운데 「이향자」에서 고향은 그리움의 대상만은 아니다.

잊지 못할 곳 그리운 곳
참아 버리지 못할 곳이
나에게 있었던가.
고향!
아니노라, 그도 내 등설미를 쓰다듬어주는
자모의 손길은 되지 못했노라.

공경할 사람 믿을 사람
진실로 사랑할 사람이

---

21) 고향을 직접적으로 노래한 작품으로는 「환향」, 「이향자」, 「향수」를 들 수 있다.

나에게 있었던가.

아내! 벗!

그도 내 마음을 살리어주는

생생한 핏줄기는 되지 못했노라.

—「이향자(離郷者)」 가운데

이 시는 고향을 떠나온 말할이의 설움을 잘 드러내주고 있다. 그러
나 말할이에게 있어 고향은 "자모의 손길"과 "생생한 핏줄기"는 되지
못했던 것이다. 그 까닭은 무엇보다도 홍수로 말미암아 마지못해 고
향을 떠나와 느끼는 아픈 과거 때문이다. 그럼에도 마음이 그리는
곳, 그곳은 끝내 고향이다. 따라서 이 시에서처럼 고향은 '잊지 못할
곳'일 뿐 아니라 "차마 버리지 못할 곳"으로 노래되고 있다.

다음으로 김대봉의 관심이 개인적 구체현실에 머물게 된 계기는
가족 상실체험, 그 가운데서도 아내와의 결별과 아들의 죽음 때문이
아닌가 한다.[22] 여느 시인들처럼 그는 가족잃음을 강한 시적 체험으
로 삼고 있다. 특히 아내와의 결별과 아들의 죽음은 큰 뜻을 지니며,
그로 하여금 더욱 슬픔이 배여 있는 시적 분위기를 자아내게 한다.
물론 아버지의 죽음 또한 한 몫을 하고 있다. 이런 점에서 그의 상실
의식은 죽음의식과도 맞닿아 있는 듯하다. 그래서 그의 문학에 드리
워진 비애의 그림자는 걷힐 줄 모르고, 그로 하여금 점점 고독과 슬
픔에 사로잡혀 헤어나지 못하게 하고 있는 것이다.

---

22) 가족사적인 문제에 매여 있는 사람은 대개 내성적 성격의 소유자이다. 이는 개방적 대사회
적이지 못하고 고뇌와 고독 속에서 스스로를 달랜다. 물론 자폐와는 다르지만 김대봉도
이러한 성격을 더러 있다.

내 어찌
웃음만 잃었다 하리까.
맘의 이웃까지 앗았거니.

고독(孤獨)은 나를 달래며
새로운 집으로 이끌건만,
쓸쓸ㅎ다 어디메서 찾으리까.
내 사라진 청춘(靑春)이여.

동정을 되 찾기에는
이미 날이 저물었고,
언제든 갓낳은 어린것은
내 등에 업히어 울거늘.

—「상혼(傷痕)」 가운데

가장 가까운가 했더니,
멀고 멀더라.

날 버리고 떠나간
나의 아내 그 날의 사조여.

네가 죽은것보다도,
오히려 슬퍼.

—「무상(無常)」

그전부터 아내와의 관계가 순탄하지 않았던 것으로 보이지만,[23] 이 무렵에 와서야 비로소 그 같은 문제가 심각하게 드러나지 않았나 생각된다. 이 시들은 아내와의 결별에서 오는 시인의 감정을 보여주고 있다. 앞의 시에서 이러한 감정은 "언제든 갓나은 어린 것은 내 등에 업히어 울거늘" 같은 시줄에서 구체적으로 드러난다. 또한 이러한 감정은 말할이로 하여금 "내 어찌 웃음만 잃었다 하리까 마음의 이웃까지 앗"아가고 고독과 함께 '극히 긴 괴로움을 낳아 슬픔의 궁전을 짓도다' 하는 상처의 넋두리를 남기고 있다.

　뒤의 시에서도 말할이는 아내와의 결별에서 오는 슬픔과 삶에 대한 '무상'감을 토로하고 있다. "네가 죽는 것보다도 오히려 슬퍼"라는 표현에서 시인의 슬픔과 허무를 함께 읽을 수 있다.

　　내 그네를 만나지 않았더면,

　　오늘에 이 현실(現實)의 쓸쓸한 무인도(無人島)에서

　　노숙(露宿)할리 없으련만,

　　어찌하여 그네는 날 두고

　　훨훨 떠나버리는가.

　　(…중략…)

　　아는가,

　　내 꺾인 죽지는

　　돋아날 길 없어

---

23) 1933년 2월에 쓴 것으로 되어 있는 「무능한 아버지」에서 이 점을 확인할 수 있다.

눈물지노니 피더라.
지모(遲暮)에 배회(徘徊)하노니,
장로(壯路)가 끝없이 무거워,
어디서 찾으랴 위로를
가리도 길 막혀
그네 만나기를
구천(九天)에 원이련만.

—「대인부(待人賦)」 가운데

'대인부'라는 제목에서 알 수 있듯이 이 시는 아내를 기다리는 글이라 할 수 있다. 말할이는 "현실의 쓸쓸한 무인도에서" 아내를 그리워하건만, 그녀는 이미 떠나버린 사람이다. 결국 말할이는 날개 꺾인 '갈매기'가 되어 "그네 만나기를 구천에 원"이라는 애절한 감정을 자아내고 있다. 이를 통해 우리는 외롭게 살아가는 시인의 괴롭고 서글픈 마음을 오롯이 읽어낼 수 있다.

이제는 아무것도 없다
남았대야
눈물의 그림자,
괴롬의 그림자,
부끄럼의 그림자,
학대의 그림자,
모욕의 그림자,
멸시의 그림자—
내사랑의 결산(決算)— 그가 남겨두고 간 선물.

나는 이 선물을
「분(憤)」이란 포장에
싸둘밖에 없다.
하루에도 몇번씩 세다가
싸둘밖에 없다.

—「환영(幻影)」

　이 시는 아내와 아들을 잃은 슬픔으로 말미암아 "이제는 아무 것도 없다"는 말할이의 절망과 허무의식을 드러내고 있다. 말할이에게 있어 이 모든 '사랑의 결산'은 눈물, 괴로움과 부끄러움, 학대와 모욕 그리고 멸시의 그림자로 남아 분노를 일으킨다. 물론 이러한 감정은 자아와 세계에 대한 갈등을 보여주고 있지만, 이는 결국 스스로를 나약한 지식인으로 얽어매는 꼴이 되고 있다.[24]

어쩌면 좋을터인가 어린 내아들아
나는 너를 구할수 없엇음에
나는 웨 이세상에 낳으며
너 어미같은 사람을 맞낫을까
그리고 나는웨? 돈이 없어스며
오른 친구를 가지지 못햇든가

에잇!거즛의친구여 안해여 세상이여
내어린 아들은 나를위해

---

24) 이밖에도 아내와의 추억을 노래한 작품으로는 「원한」, 「소야곡」을 들 수 있다.

긔차에 몸을 실게 되엇다
너희들은 저 어린애에 대하여
악한 마음을 가지지 않엇고
험악한 행동을 않애스니
저 어른에게 죄를 지지 않엇다고 하겟는가

—「무능(無能)한 아버지」 가운데

이 시에서 말할이는 젖먹이 아들을 남에게 맡겨야 하는 아버지로서
자신의 무능을 한탄하고 있다. 아울러 말할이는 아들에 대한 애틋한
정을 읊고 있다. 한편 여기서 눈길을 끄는 것은 "에잇! 거짓의 친구여
아내여 세상이여"에서 느낄 수 있듯이 구체현실에 대한 부정적인 시
각이다. 이러한 시각은 자신의 벗과 아우와 형의 무관심, '허영' 많은
아내의 태도에 대한 한탄, '부모도 벗도 돈도 자유도 없는 나'의 최악
의 상황으로 나타나고 있다.

낮이나 밤이나
문밖에서 어슷거리며
애끓게 어머니를 찾다 찾다
눈물에 젖고 젖었던
가여운비닭이 나의 희(喜)야
저황운변성(黃雲邊城)에는
네집이 두해를 먹지않는데
너마저 떠나가다니.

—「영아보(瓔兒譜)」 가운데

너는 단 젖과 따뜻한 품을 아꼈을뿐 아니라,
사랑의 동산을 잃었나니.

아! 하늘과 땅은 예와 다름 없건만,
너는 세계를 잃은 나그네.

—「유자(儒子)」가운데

앞의 시에는 아들 '회'에 대한 추억이 온통 배여 있다.[25] 여기서
말할이는 자신의 아들을 "가여운 비둘기" 또는 '프로메테우스' 그리고
'외짝 기러기' 또는 '인생 비애의 리오곤'으로 비유한다. 그래서 말할
이는 타향 '경성'에서 아들을 그리는 감정과 자신의 무능함에 대한
한탄을 함께 드러내고 있다.

뒤의 시에서도 말할이는 엄마잃은 어린 아들에 대한 가엾은 심정을
노래하고 있다. 물론 곳곳에 갓난아이를 버리고 떠난 아내에 대한
원망이 서려 있기도 하지만, 그보다는 "사랑의 동산을 잃"은 가엾은
아들을 보며 "너는 세계를 잃은 나그네"라고 비유함으로써 아들과
자신의 처지를 구체적으로 보여주고 있다. 이는 그 무렵 시대상황에
비추어 볼 때, 나라잃은 겨레로도 풀이될 수 있다. 그렇지만 그의 시적
성향을 살펴볼 때, 이는 한갓 개인사적인 문제에 대한 서정으로 받아
들여진다.[26]

아! 죽음 그를 자연(自然)으로 돌아갔다고 하리까.

---

25) 그의 아들에 대한 생사는 아직 밝혀내지 못하고 있는 실정이다. 이 작품에서는 그의 아들이
죽은 것으로 드러나고 있다.
26) 여기에 보기를 든 것 말고도 아들에 대한 추억을 노래한 시로는 「엄마를 잃고」가 있다.

생전(生前)에 의사의 손결에 대이지 못하고,

죽어지는 너를
가련ㅎ다고만 할수 있을까.

가난하고 가난한 탓에
산지(山地)에 살았던 너는
죽을수밖에
그를 네 엄마는 잘 아니까

—「아사(兒死)」 가운데

이 시는 가난한 산골 아이의 죽음을 지켜본 의사27)로서 느끼는 연
민의 정을 노래하고 있다. 여기서 말할이는 "가난한 탓에" '생보다
확실한 죽음'을 맞이할 수밖에 없었던 아이의 주검 앞에서 흐느끼는
애절한 모성애를 함께 보여주고 있다. 이 시는 의사로서의 소명의식
과 함께 자신의 아들에 대한 추억이 복합적으로 드러난 작품이라 할
것이다. 여기에 또 그의 상실의식을 덧붙인다면, 아버지의 죽음과 벗
의 죽음까지 끄집어낼 수 있겠다.28) 이처럼 그는 죽음을 주제로 한
작품을 더러 썼는데, 여기서 죽음의식은 그의 문학적 주제 가운데
하나인 상실의식의 원형적 심상이 된다.29)

---

27) 이러한 직업의식을 드러내는 작품으로는 시 「그 환자」, 「사체해부」, 「학창에서」, 「병실」,
「수술」, 「의심」과 소설 「의사의 조수」 그리고 「의학과 문학」, 「진찰실 풍경」을 꼽을 수
있다. 한편으로 그의 작품세계의 많은 부분을 이루고 있는 문학정신과 의술에 있어서의
인간주의적 정신이란 주제의식을 견주어 볼 만하다.
28) 먼저 아버지의 죽음을 노래한 시로는 「나루배」, 「밥이란」, 「사상」, 「부운」을 들 수 있고,
다음으로 벗의 죽음을 노래한 시로는 「홍수여운」, 「누에」를 들 수 있다.

이렇듯 1930년대 후반 그의 문학적 경향은 개인사적 문제에서 빚어지는 양상이지만, 이를 통해 그는 구체적인 현실인식을 보여주고 있는 셈이다. 그의 한결같은 문학적 성향은 현실주의에 바탕을 두고 있음을 확인할 수 있다. 따라서 그 무렵 그의 작품세계는 나라잃음이라는 시대 현실의 관념적 토로보다는 고향 또는 가족잃음이라는 개인적 구체현실의 토로 쪽으로 변모했다고 할 것이다.

2) 「구름의 철학」: 현실 극복의 문학적 방안

앞선 논의에서 김대봉을 두고 '동반자 작가'로 꼬집은 바 있다. 그러나 여기서 생각해 볼 문제는 그의 관심이 대개 1930년대의 큰 흐름을 이루고 있던 '휴머니즘'에 쏠리고 있었던 것으로 여겨진다. 물론 의사라는 직업으로 말미암아 인간에 대한 관심 또한 지나칠 수 없는 일이겠지만, 그보다는 그 무렵 문학권의 분위기에 힘입은 바가 더 크지 않았나 생각된다.

그러나 문학(文學)이거나 의학(醫學)이거나 그 대상(對象)이 모두 산 인간(人間)에 관(關)한것인것은 사실(事實)이다. 산 인간(人間)에 관(關)한것인만큼 그 대상(對象)이 악(惡)이건 선(善)이건 병적(病的)이건 실재적(實在的)이건 주(主)로 인간(人間)의 활약(活動)에 초점(焦點)을 두었던 것도 사실일것 같다. (…중략…) 따라서 문학자(文學者)이건 의학자(醫學

---

29) 한편 그의 죽음의식은 삶의 끝만을 뜻하지 않는다. "삶과 죽음 사이의 대립적 거리는 사라지고 대신에 삶의 일부를 이루면서 삶을 지배하는 죽음의 문제가 제기된다. 이러한 맥락에서 죽음에 대한 새로운 인식의 편린을 엿볼 수 있다." 이부순, 「시인 김대봉의 작품세계 연구」, 『서강어문』 제10집, 서강어문학회, 1994, 297쪽.

者)이건 과학적(科學的)으로 인간(人間)의 전체(全體)를 연구(研究)하여 이에 풍부(豊富)하고 정확(正確)한 지식(知識)을 습득(獲得)하는 동시에 특히 철학적(哲學的) 심리적(心理的) 논리적(論理的) 지식(知識)에 좇아 그 방위(方衛)을 원만(圓滿)히 닦아나아가야만 비로소 참다운 인간주의(人間主義)의 의학(醫學)도 움터질것이요 또한 뚜렷한 인간주의(人間主義)의 문학(文學)도 돋아나올것이라고 믿어진다.

—「의학(醫學)과 문학(文學)」 가운데

여기서 그는 "문학이거나 의학이거나" 모두 '인간주의'에 그 뜻을 두어야 한다고 주장한다. 그리하여 그는 문학과 의학의 공통저인 속성을 인간주의의 완성에서 찾고자 했던 것이다. 이러한 점은 그의 다른 작품에서도 쉽게 읽어낼 수 있다. 그렇다고 해서 그의 문학적 특성을 섣불리 인간주의로 단정해서는 안 될 것이다.

어쩌면 이 모든 문학적 행로는 그가 애타게 바라던 문학의 길은 아니었던 것으로 생각된다. 왜냐하면 그의 문학관은 따로 있었기 때문이다. 이것이 바로 한 문학인의 문학적 특성을 밝힐 수 있는 중요한 터무니가 될 수 있을 것이다. 이 점을 바탕에 둘 때, 그가 그토록 바라던 작품세계는 현실 극복의 한 방안으로 모색한 '무심의 세계'였던 것 같다.

시(詩)가 나를 사념(邪念)의 세계(世界)에서
무심(無心)의 세계(世界)에로 이끈다.

무심(無心),
시(詩)의 무심(無心),

그가 나를 부른다.

참으로 그가 나를 부른다.
위대(遠大)한 무심(無心)의 철학(哲學),
그가 우주(宇宙)의 중용(中庸)이 된다고.

—「시도(詩道)」 가운데

우리는 이 시에서 그가 평소 품고 있던 문학관을 오롯이 읽어낼
수 있다. 여기서 말할이는 시를 쓰는 까닭이 "사념의 세계에서 무심의
세계"로 이끌기 때문이라고 말하고 있으며, "시의 무심" 또는 "무심의
철학"이 "우주의 중용"임을 말하고 있다. 또한 말할이는 그것을 '죽을
때까지' 따르겠다고 다짐한다. 이런 점으로 미루어 그의 문학관은 그
의 시집 제목과 함께 그 첫머리에 두고 있는 「무심」이라는 작품과
견주어 볼 만하다.30)

야간의 물은 끓고,
잠긴 나뭇가지에는 꽃이 피다.

숯불은 이는데,
꽃은 피다.
물은 끓는데,

---

30) 그의 시집 『무심』은 스스로에 의해 몇 개의 소제목으로 나뉘고 있다. 이러한 분류의 잣대는
작품들의 정조에 바탕을 둔 것이라 볼 수밖에 없다. 그것은 〈무심편〉, 〈단현의 비명〉,
〈점상집〉, 〈상춘곡〉, 〈나의 향가〉, 〈공사장〉의 여섯 가닥이다. 이렇게 볼 때, 이 시집의
첫 작품인 「무심」은 그의 문학관을 보여주는 의도적인 뜻이 큰 작품이라 생각하기에 마땅
하다.

꽃은 피다.

피는 이 꽃에는
낮과 밤이 없더라.

피는 이 꽃에는
눈도 비도 없더라.

피는 이 꽃에는
계집과 술과 노래가 없더라.

피는 이 꽃에는
주인도 사람도 없더라.

그래도 숯불은 일다.
물은 끓다.
꽃은 피다.

—「무심(無心)」

이 시는 그의 대표작이라 할 수 있겠다. 왜냐하면 그의 문학관이라
할 수 있는 '무심의 세계'를 작품으로 옮겼다고 생각되기 때문이다.
여기서 말하는 '꽃'의 상징성이 바로 '무심의 세계'가 아닐까 한다.
이 '무심'에 대해서는 여러 가지 뜻풀이가 이루어져야 되겠지만, 그가
시집의 제목으로 삼은 까닭은 그의 문학관, 인생관, 세계관의 반영으
로 여겨진다.

이밖에도 그의 문학관이 돋보이는 작품31)이 여럿 있으며, 그는 계속해서 그 같은 의도를 드러내기 위해 노력을 아끼지 않는다. 이렇듯 그는 바로 이 무심의 세계에서 살고 싶어 했던 것으로 생각된다. 나아가 그는 이러한 관점을 통해 암담한 현실에 대한 극복방안을 찾고자 했던 것으로 짐작된다. 그러나 그의 기대는 암담한 현실에 의해 그 뜻을 펴지 못한 채 깨어지고 만다. 무엇보다도 그의 짧은 삶이 이를 더욱 유감스럽게 한다.32)

4. 마무리

이제껏 글쓴이는 다소 낯설게 느껴지는 시인 김대봉을 대상으로 하여 그의 작품에 나타난 문학적 특성과 그 변모 양상에 대해 살펴보았다.

먼저 김대봉의 문학적 출발은 현실주의 동요적 단형시로부터 비롯

---

31) 여기에 들어맞는 작품으로는 「해후」, 「내마음의 에디오피아」, 「소리」를 들 수 있다. 한 연구자는 「소리」에 대해 다음과 같이 적고 있다. "내면의식의 음악에 침잠하기만 한 김영랑보다 오묘함이 모자라지 않으면서 다채로움까지 갖추어, 안으로 움츠러들지 않고 밖으로 뻗어나는 자세를 마련했다"는 것이다. 조동일, 「역사와 만나는 시의 번민」, 『한국문학통사 5』, 지식산업사, 1989, 479쪽.

32) 평소 그와 친분이 두터웠던 김용호 시인의 추모시 전문을 소개하면 다음과 같다. "후련하게 봄빛이 있어 / 삼월 잎 마련하려 비 나리면 / 불현듯 사무쳐 오는 그 모습 // 머리칼날이 지나치게 뻣뻣해 / 사투리 고집이 세었어도 / 철없는 어린애와 더불어 / 하루밤을 울며 새던 그대 // 아양으로거짓을 분발라 / 손짓 발짓 잘해야 되는 세상을 / 딱 갈라 거짓을 미워하고 / 참을 사랑해 도리어 미움받은 그대 // 왜놈이라면 진저리를 치고 / 아니꼽게 제로라는 있는 놈을 비웃고 / 없는이의 벗이 되려던 그대 // 단 둘이 새겨 새겨 즐기던 꿈이 / 이제 봄을 안고 동소문 밖으로 오는 날 // 보이고 싶구나 그대 입버릇 「그날이 온다면」 하던 오늘을". 김용호, 「오늘을─고(故) 김대봉(金大鳳) 형(兄)을 생각하며」, 『중외일보』, 1936. 3. 19.

되고 있다. 이러한 사실은 동요에 대한 그의 깊은 관심과 함께 그 무렵 아동문학운동에 큰 영향을 받은 것으로 보인다. 그렇지만 그 정서는 어린 아이의 것이라기보다 차라리 고독한 지식인의 것으로 드러난다. 물론 이것은 개인적인 사정보다는 시대상황에서 빚어진 것으로 보인다. 이를 바탕으로 그의 본격적인 시쓰기는 암담한 나라 현실에 대한 비판적 인식을 보여주고 있다. 이러한 그의 현실인식은 여느 문학인들처럼 그 무렵 시대상황에 맞아떨어지는 매우 일반적인 태도로 받아들여진다. 1930년대 초반 그의 문학적 성향은 대개 관념적이고 선동적이긴 하지만, 나라 현실에 대한 직정적 토로 속에는 강한 역사의식과 시대적 사명의식이 배어 있다. 그러나 그의 문학적 성향은 점차 그 의지가 느슨해지면서 삶의 허무를 되새기는 소시민적 현실주의로 치닫게 된다. 그 결과 그의 작품들은 그 무렵 나약한 지식인으로 느끼는 고뇌와 허무의식을 보여주고 있다.

다음으로 1930년대 후반 그의 문학적 성향은 개인적인 상실의식에서 비롯되는 비애의 정서가 주류를 이루면서, 그의 관심은 자신의 구체현실에 대한 토로 쪽으로 치우치게 된다. 이러한 그의 상실의식은 흔히 고향잃음 또는 가족잃음, 곧 아내와의 결별과 아들의 죽음으로 드러나고 있으며, 그밖에도 아버지와 벗의 죽음 또한 한 몫을 차지하고 있다. 이 모두는 그의 개인사적 문제에서 빚어지는 양상이지만, 이를 통해 그는 구체적인 현실인식을 보여주고 있다. 그 결과 그의 문학적 성향은 나라잃음이라는 시대 현실의 관념적 토로보다는 고향 또는 가족잃음이라는 개인적 구체현실의 토로 쪽으로 변모했던 것이다.

끝으로 김대봉은 의사라는 직업으로 말미암아 문학과 의학의 공통적인 속성을 인간주의의 완성에서 찾고자 했다. 그렇다고 그의 문학적 특성을 섣불리 인간주의로 단정해서는 안 될 것이다. 왜냐하면 그가 그토록 바라던 작품세계는 현실 극복의 한 방안으로 모색한 '무심의 세계'였기 때문이다. 그러나 그의 문학관은 암담한 나라 현실과 그의 짧은 삶에 의해 미완성인 채로 끝날 수밖에 없었다고 여겨진다.

의사시인 김대봉, 그는 비록 리케츠(H. T. Ricketts)[33]가 되었어도, 우리 귓전에는 아직도 그가 부는 '보리피리' 소리가 들리는 듯하다.

보리 이삭 돋아나면
종달새 간다지
떠나는 그날에도
보리피리 불어주마

—「보리피리」

---

[33] 리케츠(1871~1910)는 미국의 병리학자로서 발진티푸스의 권위자로 널리 알려져 있다. 1909년 발진티푸스를 연구하기 위해서 멕시코 시로 갔다가 다음해 그 병에 걸려 사망했다. 그를 기념하여 그가 발견한 병원체를 리케차(rickettsia)속으로 이름지었다. 김대봉 역시 이 병으로 세상을 떠났지만, 그의 수필에서 적길, "성의와 노력과 근면을 갖이고 싸우든 사람이 병원에 전염되어 희생된 이가 몇몇이나 되었었느냐. 저 유명한 발진티푸스의 권위자 리케츠가 그 병에 희생되었고 호열자의 권위 패탠코편가 그렇거늘 병마와 싸우는 사람은 언제 어느 때 죽을는지 알 수 없는 제일선에선 병사가 아닐까" 하고 의사로서의 생활을 밝히고 있다. 김대봉, 「진찰실 풍경」, 『조광』, 1939. 9, 303~304쪽.

이극로의 '고투 40년' 문학살이

: 시가(詩歌) 작품을 중심으로

1. 들머리

이극로(李克魯, 1893~1978)는 나라사랑과 한글사랑을 실천했던 독립운동가이자 한글학자였다. 특히 그는 나라잃은시기와 광복기를 거치면서 조국독립과 수호에 앞장섰으며, 굳은 신념으로 한글 보급과 연구에 헌신했다. 그럼에도 불구하고 그는 남북분단의 아픈 역사 속에서 오래도록 잊혀져 있었다. 무엇보다도 그의 삶과 활동은 북행(北行), 이른바 월북인사라는 이유로 철저하게 가려지고 외면당했다.

하지만 이즈음 이극로를 재조명하고 선양하려는 일들이 학계뿐 아니라 관련 단체와 지역사회에서 이루어지고 있다. 이를테면 이극로의 평전과 연구서 발간, 한글학회와 이극로박사기념사업회의 활동, 그리고 경남 의령군에서는 '생가복원 문중준비위원회'의 현양사업을 의욕적으로 추진하고 있다.

1988년 7월 해금조치 뒤부터 북행 문인들에 대한 관심이 높아졌지만, 여전히 이극로의 위상과 평가는 온전하게 이루어지지 못하고 있다. 그에 대한 관심은 지금껏 이루어진 연구 성과를 통해 충분히 확인할 수 있을 것이다. 이를테면 그의 생애와 활동에 관한 전반적 연구, 한글활동과 어문운동, 민족교육 내지 독립운동 차원의 연구, 체육활동에 초점을 둔 논의 등이 그것이다.[1]

이렇듯 이극로에 대한 기존의 연구는 한글학자 또는 독립운동가 활동에 집중되어 있다. 한편, 이극로의 문학활동에 대해서는 논의는 전혀 이루어지지 않았다. 단지 조동일과 이승재에 의해 이극로의 문학작품을 소개를 하고 있을 따름이다.[2] 사실 이극로는 국어학뿐 아니라 문학 분야에서도 뜻있는 활동을 보여주었다. 물론 그가 전문적인 작가의 길을 걷지 않았던 탓에 특정 갈래를 일관되게 선호하지도, 그렇다고 많은 작품을 남기지도 못했다. 하지만 그의 문학 활동은 오랜 기간에 걸쳐 다양하게 펼쳐지고 있다.

따라서 이 글은 이극로의 삶과 활동을 문학적 측면에서 논의한다는 데 목표를 둔다. 이를 위해 글쓴이는 그의 초창기 삶과 작품들을 대상으로 나라사랑과 문학실천의 의미를 되새겨보고자 한다. 특히 이 글

---

1) 이극로에 대한 연구 성과를 시기별로 정리하면 다음과 같다. 이종룡(1993), 조남호(1991), 차민기(1998), 이숙(1999), 고영근(2006), 홍선표(2006), 박용규(2008), 이진호(2009), 박용규(2009), 서민정(2009), 유성연(2012), 조준희(2014) 등이 있다. 이와 더불어 이극로박사기념사업회에서는 2010년 이전에 이루어진 이극로에 관한 연구 업적들을 한데 모아 『이극로의 우리말글 연구와 민족운동』(선인, 2010)을 펴냈다.

2) 조동일은 『한국문학통사 5』(지식산업사, 1989)에서 이극로의 한시 「옥중음(獄中吟)」과 『조광』에 연재된 기행문을 대상으로 그 가치를 평가했고, '이극로 탄생 120주년 기념 행사 강연'(2013. 8. 28)에서 그의 문학에 대해 언급한 바 있다. 그리고 이승재는 『의령신문』(2015. 5~6)에 「시를 통해 본 이극로의 생애와 사상」을 연재한 바 있다.

에서는 그의 시가 작품, 한시, 시와 시조, 노래가사를 중심으로 '고투 40년'의 문학살이를 살펴볼 것이다.

2. 이극로의 초창기 삶과 활동

이극로는 1893년 8월 28일 경상남도 의령군 지정면 두곡리 827번지에서 아버지 이근주(李根宙)와 어머니 성산 이씨(李氏) 사이의 8남매 가운데 막내로 태어났다. 그는 「나의 이력서—반생기」에서 밝혔듯이, '고루'[3] 또는 '물불'[4]의 별호(別號)와 동정(東正)[5] 등으로 불려졌다. 이들 호칭은 그의 됨됨이를 고스란히 보여준다. 특히 그의 별명인 '물불'

---

3) 이극로는 평등주의자로서, 세상을 '고르게' 하고, 세상의 어느 누구나 '골고루' 잘 살게 하고자 하였다. 따라서 그의 호를 '고루'라 지었던 것이다. 박용규, 『북으로 간 한글운동가: 이극로 평전』, 차송, 2005, 240쪽; 고영근, 「이극로의 사회사상과 어문운동」, 『한국인물사연구』 제5호, 한국인물사연구소, 2006. 3, 326쪽.

4) 이희승의 증언에 따르면, "조선어학회 간사장은 이극로였는데, 독일 유학에서 돌아온 그는 어찌나 학회 일에 열심이었던지 '물불'이라는 별명이 붙었다. 학회 일이라면 물불을 가리지 않고 일한다는 뜻에서였다". 이희승, 「일석 이희승 자서전: 다시 태어나도 이 길을」, 선영사, 2001, 128쪽; 박용규, 『북으로 간 한글운동가: 이극로 평전』, 차송, 2005, 19쪽 재인용.
  또한 안호상도 그의 호인 '물불'은 '물불을 안 가리는 이 추진력 때문에 지어진 것'이라고 하며, '자기 앞의 어떤 난관도 헤쳐 나가는 불굴의 의지를 가진 사람'으로 기억하게 된다고 했다. 박용규, 『북으로 간 한글운동가: 이극로 평전』, 차송, 2005, 33쪽 재인용.
  한편으로 이종무의 증언에 따르면, 창신학교 재학시절에 소풍을 갔는데, 그때 호주 출신 교사가 '조선이 일본의 지배를 받는 것은 조선 청년의 용기가 부족해서'라고 훈시를 하면서 '용기 있는 자는 저 강물에 뛰어들어 봐라'고 학생들을 비꼬았다. 이에 이극로는 격분하여 강물에 뛰어들었다. 이때부터 이극로는 물불을 가리지 않는 사람으로 '물불'이라는 별명을 얻게 되었다고 한다. 이종룡, 「이극로 연구」, 부산대학교 석사논문, 1993, 3쪽.

5) 동정(東正)은 『한글』 제13권 1호(1948. 2)에 실린 저의 저서 『조선어 음성학』의 광고문구에서 '동정(東正) 이극로 박사 저'라고 소개하고 있다. 그는 진보주의자로서, 동방의 우리나라를 정의로운 나라로 건설하고자 하였다. 그래서 광복 이후에는 '동정'이라는 호를 즐겨 사용하였다. 여기에는 통일민족국가 건설의 염원이 반영되어 있다. 박용규, 『북으로 간 한글운동가: 이극로 평전』, 차송, 2005, 240쪽.

은 불굴의 의지와 강한 추진력을 대변하고 있다. 여기서는 그가 발표한 글을 중심으로 고투의 연속이었던 초창기 삶과 활동을 짚어보고자한다.6)

6세에서 16세까지 향리인 두곡리(杜谷里)에 사숙(私塾) 두남재(斗南齋)에서 한문을 읽다. 명치 43년 춘(春)에서 동(同) 45년 춘까지 경상남도 마산부(馬山府)에 사립 창신(昌信)학교에서 수업하다.
대정 원년 5월에서 9월까지 만주 봉천성(奉天省) 환인현(桓仁縣)에 동창(東昌)학교 내에 있던 한어강습소(漢語講習所)에 수업하다.
대정 5년 4월에 지나(支那) 상해(上海)에 독일인(獨逸人) 경영인 동제(同濟)대학 예과(預科)에 입학하여 대정 9년 2월에 동과(同科)를 졸업하고 동년 4월에 동교(同校) 공과(工科)에 입학하여 1학기 동안 수업하다.
대정 11년 4월에 독일 백림(伯林)대학 철학부 정치경제과에 입학하여 소화 2년 5월에 동(同) 대학에서 철학박사의 학위를 받다.
　　　　　　　　　—「나의 이력서—반생기」(『조광』, 1938. 10) 가운데

이 글에서 알 수 있듯이, 이극로는 어릴 적부터 마을 서당인 '두남재(斗南齋)'에서 한학을 배웠으며, 1910년 마산(현재 경남 창원시) 창신학교에 입학하여 2년간 신식교육을 받았다. 1912년 만주 동창학교의 한어강습소에서 수업했고, 1916년 중국 상하이의 동제대학 예과에 입학하여 1920년에 졸업했다. 그 뒤 1922년 독일의 베를린대학에 입학하여, 1927년에 철학박사학위를 받았다.

---

6) 이극로의 해적이는 따로 정리하지 않는다. 이에 대해서는 박용규가 쓴 『북으로 간 한글운동가: 이극로 평전』(차송, 2005)을 참조하기 바란다.

이처럼 이극로는 어린 시절부터 고향을 떠나 타지 생활을 했고, 만주·러시아·중국을 거쳐 독일은 물론 유럽의 여러 나라와 미국을 두루 돌아다녔다. 그는 그 같은 이력을 글로 남겼는데, 『조광』 1936년 3월호부터 8월호까지 연재한 「수륙만리 두루 돌아 방랑 20년간 수난 반생기」가 그것이다.[7]

또한 이극로는 17세 때 국권회복을 내세운 단체인 '대동청년단'에 가입했다. 그 무렵 대동청년단 단원으로 윤세복·안희제·김동삼·김규환·신채호·이우식 등이 있었는데, 그는 그들과 교우하면서 국권의 상실을 절실히 깨닫고, 중국과 유럽 등지에서 독립운동에 적극적으로 관여했다.

명치 45년 5월에서 대정 2년 12월까지 만주 봉천성 환인현에 동창학교에서 교원생활을 하다.

대정 원년 7월에 지나 제2차 혁명(討袁世凱) 남경(南京)에서 일어났을 때에 윤세집(尹世茸)씨의 동행이 되어 상해(上海)로 가서 1개월 동안 머물다가 북경(北京)을 다니여서 다시 환인현으로 돌아오다.

대정 2년 8월에 환인현에서, 고적조사대(古蹟調査隊)를 조직하여 인솔하고 봉천성 집안현(輯安縣)에 있는 고구려 광개토대왕의 능(陵)과 비문(碑文)을 조사하다.

대정 3년 1월에 무전도보(無錢徒步)로 노경(露京) 페트로그라드 행(行)을 목적하고 강일수(姜一秀)씨와 떠나서 동년 3월에 서비리아(西比利亞) 치타시(市)에 도착하야 이어 문윤함(文允咸)농장에 고용이 되어 동

---

7) 이극로의 초창기 삶은 저서 『고투 사십년(苦鬪 四十年)』(을유문화사, 1947)에 고스란히 담겨 있다.

년 10월까지 농부생활을 하다 때에 마침 구주대전(歐洲大戰)이 났으므로 외국인의 행동 자유가 없게 되어 부득이 만주로 다시 돌아오게 되다.

대정 4년 1월에서 동년 5월까지 만주 무송현(撫松縣)에 백산(白山)학교에서 교원생활을 하다.

—「나의 이력서—반생기」(『조광』, 1938. 10) 가운데

이 글에서 보듯, 그는 1912년부터 1913년까지 "만주 봉천성 환인현" 동창(東昌)학교에서 국어·역사·지리·수신 등을 가르쳤고, 1915년에는 "만주 무송현"의 백산(白山)학교에서 교원생활을 했다. 또한 그는 백산학교에서 독립군을 육성했으며, 포수단에서 독립군으로 활동하였다. 그 뒤 그는 베를린대학에 재학시절부터 유럽의 각국에 일본의 침략정책을 비판하며, 우리의 독립운동을 홍보하기 위해 『조선의 독립운동과 일제의 식민정책』[8]과 『일본 제국주의에 대항한 조선의 독립투쟁』을 저술하여 배포하기도 했다.

아울러 이극로는 조선어학회 사건으로 옥고를 치룬 한글학자이자 한글운동가였다. 그는 1919년 중국과 유럽에서 독립운동에 참여하면서 김두봉(金枓奉, 1889~?)의 영향으로 한글 연구에 접어들었다. 특히 그는 1922년 유럽 시절에 조선어강좌를 이끌어가면서 한글 철자법의 통일과 사전 편찬의 필요성을 절감했다.

서력(西曆) 1929년 1월에 나는 십년만에 그립던 고국 부산항(釜山港)

---

8) 1924년 2월 독일 베를린에서 발간된 『조선의 독립운동과 일본의 침략전쟁』은 일본의 침략 과정과 1910년 이후 우리의 독립운동에 대해 서술하고 있다. 그는 책의 끝부분에서 '고유한 언어와 문자, 문화를 지닌 한 민족을 멸종시키거나 동화하려는 일본인들의 시도는 가소로운 정치적 꿈일 뿐'이라고 적었다.

에 도착하였다. 이해 4월에 조선어연구회(朝鮮語研究會-語學會 前名)에 입회하였다. 내가 처음 서울에 오자 조선어 교육의 현상을 조사하였다. 왜 그리 하였느냐 하면 나는 이 언어 문제가 곧 민족문제의 중심이 되는 까닭에 당시 일본 통치하의 조선민족은 이 언어의 멸망이 곧 따라올 것을 보았기 때문이다. 그리하여 언문운동(語文運動)이 일어나지 아니하면 아니 되겠다는 것을 여러 동지들에게 말하였다.

이것으로써 민족의식을 넣어주며 민족혁명의 기초를 삼고자 함이다. 그리하여 먼저 조선 어문을 학술적으로 천명(闡明)하려면 난마(亂麻)와 같은 불통일(不統一)의 철자(綴字)를 통일시키며 방언(方言)적으로만 되어 있는 말을 표준어를 사정(査定)하며 외국어 고유명사와 외래어의 불통일은 그 표기법을 통일시키지 아니하고는 사전(辭典)도 편찬할 수 없기 때문에 경제적 기초를 세우기 위하여 조선어 사전편찬회(朝鮮語 辭典編纂會)를 조직하였다.

—「조선어학회(朝鮮語學會)와 나의 반생(半生)」

(『고투 사십년』, 을유문화사, 1947)

나라잃은시기 상황에서 한글운동[9]을 전개하겠다는 다짐으로 귀국한 이극로는 1929년 '조선어연구회'에 입회하게 되었고, 1929년 10월 한글운동의 외연을 확대하여 민족적 차원에서 사전편찬운동을 하고자 '조선어사전편찬회'를 조직하고 간사장이 되었다. 이후 그는 1931년 민족어의 규범을 수립하기 위해 학술단체인 조선어연구회를 '조선어학회'로 개명하여 한글운동의 기초과제로서 맞춤법 통일, 표준어의

---

9) 그에 따르면 '한글운동'은 조선말과 글을 과학화하는 것이니 곧 그것을 통일하며 널리 알리는 것이라 했다. 이극로, 「한글운동」, 『신동아』, 1935. 1, 84쪽.

사용, 외래어 표기법의 통일을 명확하게 제시하였다. 1935년 조선어 표준어 사정위원, 1936년 조선어사전편찬 전임위원을 지냈다.

한편, 이극로는 동창학교 시절부터 대종교의 제3대 교주였던 윤세복(尹世復, 1881~1960)과 연계하여 민족운동을 전개하였다. 그는 1936년 8월 만주 동경성에 있던 대종교 총본사를 찾아가, 윤세복과 함께 단군성전의 건립문제를 논의할 정도로 대종교에서의 자신의 입지를 확보하였다. 실제로 그는 대종교 제4대 교주로 촉망을 받을 정도였다.

한얼 노래는 대종교의 정신을 나타내어 믿는 마음을 굳게 하며 사는 기운을 펴게 하는 거룩하고 아름다운 노래다. 이 노래는 원도와 함께 믿는이에게 큰 힘과 기쁨을 주는 것이다.

한얼 노래는 돌아가신 스승님들이 지으신 것을 본을 받아 새로 스물일곱장을 더 지어 보태어, 번호를 매지 아니한 얼노래 한 장을 빼고 모두 설흔 여섯장으로 되었다. 이것으로도 신앙과 수양과 예식에 관한 여러 가지 노래가 다 갖추어 있다.

노래 곡조는 조선의 작곡가로 이름이 높은 여덟분의 노력으로써 이루어진 것이다. 진실로 그 예술의 값은 부르는이나 듣는이의 마음의 거문고를 울리어 기쁘고 엄숙하고 원대한 느낌을 준다.

—「머릿말」(『한얼 노래』, 대종교총본사, 1942)

이극로는 대종교 경의원 참사로 활동하면서, 1942년 6월에 대종교의 교가(敎歌)인 『한얼 노래』10)를 지어 대종교총본사에서 발행하였다.

---

10) 홍암 나철이 중광한 대종교의 '한얼 노래'는 국조 단군의 홍익인간 이화세계(弘益人間 理化世界) 사상이 담긴 노래이며, 나라잃은시기 대종교도와 독립군들이 독립군가처럼 부르던 것이다.

이 글은 『한얼 노래』에 실린 '머리말'로서, 1942년 3월 3일에 적은 것이다. 여기서 알 수 있듯이, '한얼 노래'는 "대종교의 정신을 나타내어 믿는 마음을 굳게 하며 사는 기운을 펴게 하는 거룩하고 아름다운 노래"로서 기존의 가사에 근거하여 새로 27장을 덧붙여 모두 36장으로 이루어졌다.

이른바 나라잃은시기 한글운동도 주시경·김두봉·이극로·최현배·이병기·이윤재 등 대종교인들에 의해 주도적으로 전개되었다. 조선어학회 사건 또한 이극로가 윤세복의 「단군성가」 작곡을 의뢰하는 편지를 받고, 「널리 펴는 말」이라는 답장의 글이 결정적 계기가 되었다고 한다. 이로 말미암아 1942년 10월에는 이극로를 비롯해 대종교 간부 20여 명이 검거되었는데,11) 이극로는 조선어학회 사건의 주모자로 징역 6년형을 선고 받고 함흥형무소에서 복역했다.12)

1945년 광복을 맞아 감옥에서 풀려난 이극로는 한글운동과 병행하여 정치 활동도 활발히 전개했다. 그는 나라의 국어교육을 확립하고자 한글전용운동과 한글보급운동을 전개했으며. 최현배·김윤경·정인승·이희승 등과 함께 조선어학회를 재건하여 대표로서 학회를 운영해 나갔다. 또한 그는 초중등 교원을 양성하고자 사범 강습회를 열었고, 국어 교과서 편찬에도 관여하였다.13)

이극로의 나라잃은시기 활동에 대해서는 그의 저서 『고투 사십년』을 통해 알 수 있다. 이 책은 1947년 2월 1일 을유문화사에서 발행되었

---

11) 박용규, 『북으로 간 한글운동가: 이극로 평전』, 차송, 2005, 20~21쪽.
12) 이광수는 그를 '몸과 마음이 튼튼한 의인(義人)'으로 평가하면서, "그가 조선어학회를 수십 년 지켜온 것도 이 걸어오는 고집으로였다"고 술회하였다. 이광수, 『이광수전집』 13, 삼중당, 1963, 225쪽; 이광수, 『이광수전집』 14, 삼중당, 1963, 397쪽.
13) 1948년 그는 정인승과 함께 『국어: 남자중학 1』(정음사, 1948. 3)을 엮어낸 바 있다.

다. 여기에는 그가 쓴 「머리말」과 더불어 「수륙 이십만리 주유기」, 「길돈사건 진상 조사와 재만 동포 위문」, 「조선어 학회와 나의 반생」, 「노래」가 실렸으며, 책의 끝부분에는 안석제가 쓴 「조선어 학회 사건: 함흥지방법원 예심 종결서 1부」와 유열이 쓴 「스승님의 걸어오신 길」이 수록되어 있다. 책의 제목에서 말하는 '고투 40년'은 을사늑약(1905년) 때부터 을유광복(1945년 8월) 직후까지의 기간으로 받아들일 수 있다. 이를테면 나라잃은시기에 힘겹게 싸우며 살았던 그의 파란만장한 행보를 일컫는다.

친지들은 여러 차례 나에게 권하였다. 입지(立志)와 고투(苦鬪)와 또는 역경(逆境)을 돌파한 그것의 실정(實情)은 청소년에게 주는 살아 움직이는 교재(教材)가 된다고 하여 책을 만들겠다고 하였다.

그러나 나는 이를 사양(辭讓)하였었다. 그랬더니 또 어떤 친구가 기왕에 내가 『조광(朝光』 잡지에 연재하였던 '수륙 이십만리 주유기(水陸 二十萬里 周遊記)'와 그밖에 한두 가지 글을 추리어 책으로 만들어 보겠다고 하기에 그의 정성이 하도 고마워 다소(多少)의 수정과 보충을 하게 되고 따라서 이 서문(序文)을 붙이게 되었다. 시간의 여유가 나에게 좀 더 있으면 한두 가지 더 보충하여 이 책을 박기를 권하는 이의 정성을 받들어 드리고 싶으나 그럴 형편이 되지 못한 것은 큰 유감(遺憾)으로 생각하는 바이다. 그러나 이것만으로써 이 땅의 새 일군들의 입지생활(立志生活)에 조그마한 도움이 된다면 그런 다행이 없다고 생각한다.
—「머리말」(『고투 사십년』, 을유문화사, 1947) 가운데

『고투 사십년』은 수필 형식을 지닌 이극로의 자서전이라 할 수 있다.14) 그가 이 책의 「머리말」을 적은 때는 '1946년 11월 30일 밤'이다.

그가 책을 발간한 까닭은 "청소년에게 주는 살아 움직이는 교재(敎材)가 된다"는 친지들의 권유도 있었지만, 그보다는 이미 "『조광(朝光)』잡지에 연재하였던 「수륙 이십만리 주유기(水陸 二十萬里 周遊記)」와 그밖에 한두 가지 글을 추리어 책으로 만들어 보겠다"는 친구의 정성에 따른 것이라고 밝히고 있다. 여기서 그는 자신의 "입지(立志)와 고투(苦鬪)와 또는 역경(逆境)을 돌파(突破)한 그것의 실정(實情)"을 보여주고 있다.

이렇듯 이극로의 삶과 활동은 한글연구와 독립운동에 초점이 모아지고 있다. 그만큼 우리의 국어학계와 역사학계에 남긴 공로가 지대했던 까닭이다. 그는 한글 또는 독립운동 못지않게 문학에도 큰 관심을 보여주면서 많은 작품을 남기고 있다. 이를테면 한시, 시와 시조, 노래가사, 수필, 비평 등이 그것이다. 이에 글쓴이는 그가 남긴 시가(詩歌)를 중심으로 작품세계와 문학실천의 큰 뜻을 살펴보고자 한다.

3. 나라사랑과 문학실천의 시가(詩歌)

1) 한시와 기행 체험

이극로는 여러 곳을 기행하면서 느낀 바를 가끔 한시로 지어 표현했다. 그의 한시 창작은 어린 시절에 익힌 한학의 영향에서 비롯된

---

14) 이극로는 1948년 4월 평양에서 열린 통일정부 수립을 위한 '남북 제정당 사회단체 연석회의'에 조선건민회 대표로 참석한 뒤, 방언 연구차 체류하게 되면서 결국 북한에 잔류하게 되었다. 이후 그는 북한에서 한글학자로서 정치인으로서 활동하다가 1978년에 사망했다. 앞으로 이극로의 북한에서의 삶과 활동에 대해서는 자료 공개와 조사를 통해 밝혀지고 연구되어야 할 것이다.

것이다. 그가 남긴 한시로는 「백두산」, 「애급금자탑상감음」, 「음라마 교황청」, 「음라마시」, 「함흥 형무소에서」, 「마니산에 올라서」, 「정해 제석시」 등 7편을 찾을 수 있다. 이들 작품은 대부분 『고투 사십년』에 실려 있다.

시동(詩童)으로 천명(擅名), 나는 어제도 시(詩)에 취미가 많다. 그러나 시인이 되려고 특별히 노력하여 본 일은 없다. 내 나이 팔세 때 꽃 피고 잎 돋는 따뜻한 봄철이었다. 하루 저녁에는 두남재(斗南齋) 서당에 갔더 니 여러 사람이 시를 짓는다고 운자(韻字)를 내었는데 지금에 기억되는 것은 "문(文)"자이다. 시자(詩字)를 내어 놓고 글을 읊으면서 서로 부르 고 쓰고 춘흥(春興)에 겨우는 것을 본 나는 절로 흥이 나서 썩 나서면서 "내 글을 쓰시오" 하니 여러 사람은 철없는 소리를 한다고 도리어 나무 래기만 하였다. 그러나 나는 기어이 쓰라고 하니 그러면 부르라고 허락 하기에 "춘래천산화기 일일인인작문(春來千山和氣 一日人人作文)"이라 고 부르니 좌중의 여러 사람은 웃으면서 "이 아이가 육언(六言)의 부(賻) 를 지었구나" 하면서 칭찬하였다.
　　　　　　　　—「수륙 이십만리 주유기(水陸 二十萬里 周遊記)」(『고투 사십년』,
　　　　　　　　　　　　　　　　　　　　　　　　　을유문화사, 1947) 가운데

이극로는 여섯 살 무렵부터 열여섯 살까지 고향마을의 두남재(斗南 齋)라는 서당에서 틈틈이 한문을 익혔다. 이 글에서 보듯, 이극로는 "시인이 되려고 특별히 노력하여 본 일은 없"으나, "시동(詩童)"이라 불릴 만큼 어릴 때부터 "시에 취미가 많"았다고 했다. 그가 처음 한시 를 지은 것은 8세 되던 봄날 저녁 마을서당인 두남재에서 열린 시회에 참여하면서부터였다. 그 무렵 그가 지어 낭송한 한시 내용은 '봄이와 온 산에 좋은 기운이 넘치자, 어느 날 사람마다 글을 짓고 있네(春來千山和氣 一日人人作文)'로, 여러 사람들에게 "육언(六言)의 부(賦)"를 지었다고 칭찬받았다.

1901년 9세 때도 집안의 재실인 영모재(永慕齋)에서 시회가 열렸는데, 그는 '향내 나는 풀이 덮인 긴 언덕이라는 시의 네 구절은 깊은 골짜기에 핀 꽃처럼 만방에 퍼지네(芳草長岸詩四句 開花幽谷興萬方)'라고 시를 지어 읽었다고 한다. 이 글로 말미암아 그는 바야흐로 시에 재주가 있다는 말을 듣게 되었다는 것이다. 그 뒤 13~14세가 되던 봄날에도 두남재에서 열린 시회에 참여하여, 그는 '십리 풍경에 시 글귀를 내니, 백년의 근심과 즐거움이 책과 거문고에 있네(十里風景生詩句 百年憂樂在書琴)'라고 시를 지었다.15) 이처럼 그는 어릴 적부터 한시를 통해 자신의 시재(詩才)를 보여주었던 것이다.

그래서인지 이극로는 자신의 기행 체험을 한시로 형상화하고 있다. 1915년 5월 28일(음력) 윤세복의 장남인 윤필한(尹弼漢)과 세 명의 포수, 곧 독립군들과 백두산에 올랐다. 그들은 곰 사냥을 하면서 백두산 정상에 도달하여 잠시 고개를 숙여 기도를 드리고, 백두산과 천지의 장관을 보았다. 이에 이극로는 한시 「백두산」을 지어 그때의 체험과 감회를 읊었다.

鬱積雄心如白山	울적한 사나이 마음은 백두산 같아
全然磨釖十年間	10년 동안 내내 칼을 갈았네
秋天漸迥丹楓節	하늘은 점점 가을 단풍절기로 들어가니
龍馬加鞭一出關	준마를 채찍질하여 한 번 관문을 나가

---

15) 이극로, 『고투 사십년』, 을유문화사, 1947, 3쪽.

戒服翩翩天下標	잠듦을 경계하여 재빨리 천하를 날아
釖光閃閃萬邦屛	칼 빛을 만방의 잔악한 자들에게 번쩍여
先滅蠻夷平定後	먼저 오랑캐를 멸하여 평정한 후에
掃淸世界凱歌還	세계를 맑게 하고 개선가 부르며 돌아오리.

—「백두산」(『고투 사십년』, 을유문화사, 1947)

　이 한시에서 이극로는 "사나이 마음은 백두산 같아" "10년 동안 내내 칼을 갈았네" 하며, "칼 빛을 만방의 잔악한 자들에게 번쩍여" "먼저 오랑캐를 멸하여 평정한 후에" "세계를 맑게 하고 개선가를 부르며 돌아오리" 했다. 결국 이 한시는 침략자인 일본을 무찌르고 조국의 광복을 이룩하고자 하는 염원을 담아내고 있는 것이다.[16]

　이극로는 1921년 6월 제1차 극동피압박민족회의에 참석하기 위해 상해를 출발하여 홍콩, 사이공(현재 호지민시), 싱가포르, 콜롬보를 거쳐, 지부티, 포트사이드(현재 포오트수단)에 이르렀다. 그리고 기차를 타고 이집트 카이로에 가서 박물관과 회회교 교당, 금자탑을 구경했다. 그런 다음 이탈리아 나폴리 항구에 머물다가, 로마로 가서 로마극장의 유허와 로마교황의 궁전을 구경했다.[17] 그는 또한 그때의 탐방지에 대한 체험을 한시로 읊고 있다.

---

16) 이극로의 작문 실력은 1916년 4월 상해 동제대학 예과 시절에도 발휘되었다. 당시 한문 시간에 부모 은덕론(恩德論)이라는 제목을 주며 글을 지어 바치라고 했는데, 순한문으로 논술한 작문이라고는 한 줄을 못 지어본 이극로는 백지를 그냥 내기 미안하여, "부모의 은혜는 하늘보다 높고 땅보다 두터워 어찌 다 보답하리오, 한마디 글로 쓰기 어렵도다(父母恩惠 天高地厚 何以報之 一筆難記)"라고 겨우 한 줄을 써서 바쳤다고 한다. 하지만 그의 글을 최고로 뽑아 "문체는 쌍대체로 우아하고 글의 뜻이 지극히 간단하면서도 할 소리를 다하였다"며 칭찬했다는 것이다. 박용규, 『북으로 간 한글운동가: 이극로 평전』, 차송, 2005, 63~64쪽.

17) 이종룡, 「이극로 연구」, 부산대학교 석사논문, 1993, 14~15쪽.

金字塔高衝天位　　금자탑은 높이 하늘을 뚫고 섰구나

埃及文化於此觀　　애급 문화를 여기에서 본다.

那逸江水流不息　　나일 강은 흘러 쉬지 아니하고

思賀沙風吹不盡　　사하라 사막 바람은 불고 있다.

惠哈王魂尙不滅　　혜흡 왕의 넋은 아직도 살아 있다.

北望可市恨不盡　　북쪽으로 카이로를 바라보고 운다.

東西古今遊覽客　　예나 이제 구경 다니는 동서양 나그네

更新社稷興亡觀　　나라의 흥망이 덧없음을 새로 느낀다.

—「애급금자탑상감음(埃及金字塔上感吟)」(『고투 사십년』, 을유문화사, 1947)

　　이 시는 "애급 금자탑", 곧 이집트의 피라미드 위에 올랐을 때의 감회를 읊고 있다. 여기서 그는 "하늘을 뚫고"선 피라미드의 모습과 "나일 강"과 "사하라 사막"에 대한 묘사를 통해 이집트의 역사와 문화를 떠올리고 있다. 그리고 "혜흡 왕의 넋은 아직도 살아""카이로를 바라보고 운다"는 표현에서 알 수 있듯이, "나그네"의 심정으로 우리나라 시대현실과 연결지어 "나라의 흥망이 덧없음을"깨닫고 있다.

統世政治英雄夢　　온 세상을 다스리고저 함은 영웅의 꿈이다.

尙今未見事實成　　그러나 아직도 그런 일을 이룸을 못 보았다.

猶有羅馬敎皇權　　오직 로마 교황의 권세만은

率其天下在此城　　그 천하를 거느리고 이 성에 있다.

—「음라마교황청(吟羅馬敎皇廳)」(『고투 사십년』, 을유문화사, 1947)

羅馬文明發祥地	로마 문명이 일어난 이 땅은
探訪處處自拜禮	찾는 곳마다 절로 절하고 싶다.
伊人傳統藝術生	이태리 사람은 전통적으로 예술의 생활
日日歌舞從古例	나날이 하는 노래와 춤은 옛날 전례를 좇누나.

—「음라마시(吟羅馬市)」(『고투 사십년』, 을유문화사, 1947)

이들 작품도 그 무렵에 창작한 것이다.[18] 앞의 시는 "로마 교황청"을 읊었는데, 그곳에서 그는 "로마 교황의 권세"를 온 세상을 다스리고자 하는 "영웅의 꿈"으로 비유하고 있다. 뒤의 시는 "로마시"를 둘러본 뒤, 로마극장을 찾아간 체험을 읊고 있다. 그곳에서 매일같이 이루어지는 "노래와 춤"은 "예술의 생활"을 이어가고 있는 전통적인 모습이라고 예찬하고 있다.

三. 忍苦編辭典	어려움을 참고 사전을 만들은
士道盡義務	선비의 도리에 의무를 다함이다.
此亦犯罪事	이런 일이 또한 죄가 되어서
終當始皇手	마침내 진시황의 솜씨를 만났다.
打胸欲痛哭	가슴을 치며 울고는 싶으나
奈何不自由	어찌 하느냐, 이것도 자유가 없다.
深夜監房中	깊은 밤 감옥 방안에서
獨臥只落淚	홀로 누워 눈물만 흘린다.

---

18) 앞의 한시 「음라마교황청(吟羅馬敎皇廳)」의 말미에는 1901년 6월에 쓴 것으로 적혀 있는데, 이는 인쇄 과정에서 잘못 표기된 것으로 보인다. 뒤의 한시 「음라마시(吟羅馬市)」에 표기되어 있듯이, 이 두 한시는 '1921년 6월'에 지은 작품이라 하겠다.

四. 新秋子夜虫聲亂　새 가을 한밤중에 벌레 소리가 시끄러워서

獄中囚人寢不安　옥안에 갇힌 사람이 잠들지 못한다.

稚子弱妻近如何　어린 자식과 약한 아내는 요사이 어떤가

責任所感心未安　책임을 느끼매 마음 편하지 못하다.

　　　—「함흥(咸興) 형무소에서」(『고투 사십년』, 을유문화사, 1947) 가운데

　그가 1942년 10월 조선어학회 사건으로 수감되어 함흥 감옥에서 지은 옥중시이다. 이는 석방된 뒤 『개벽』(1946. 1)에 「옥중음(獄中吟)」이라는 제목으로 발표되었다.19) 이 시에서 그는 혹독한 감옥살이와 고문에도 굴하지 않는 강인한 정신을 보여주고 있다. 여기 인용한 3연에서는 이극로의 분한 마음과 처절했던 삶의 순간이 생생하게 그려진다. 일본의 문화적 탄압, 곧 "어려움을 참고 사전을 만들은" 일로 수감된 조선어학회 사건을 "진시황"의 분서갱유(焚書坑儒)에 비유하고 있다. 한글 연구가 "선비의 도리에 의무를 다함"인데도 일본의 탄압으로 말미암아 "깊은 밤 감옥 방안에서 홀로 누워 눈물만 흘린다"며 억울하고 분한 마음을 드러내고 했다.

　4연에서는 감옥 속에서 가족 걱정하는 이극로의 모습을 찾을 수 있다. "가을 한밤중에 벌레 소리"에 잠들지 못하고 "어린 자식과 약한 아내"의 근황을 걱정하고 있다. 그동안 가장으로서 책임을 다하지 못한 자신의 모습에 끝내 "마음 편하지"않다. 따라서 이 시는 이극로의 투사적인 정신과 인간적인 면모가 적절하게 균형을 이루면서 강한

---

19) 이 작품은 『개벽』(1946. 1)에 「옥중음(獄中吟―함흥감옥에서)」로 게재된 바 있다. 여기서는 국문 해석이 없이 한시로만 발표하고 있는데, 두 번째의 '一部血球當犧牲 貴重身命全體生 天地之間萬物中 永生全生唯人生' 대신에 "無窮時空歷史空 是非善惡皆自空 人生徒勞空又空 超越達觀我亦空"로 바꿔 실었다. 그리고 두 번째 수의 나머지를 맨 끝부분으로 옮겼고, 세 번째 내용을 두 번째로 옮겨 실었다.

호소력으로 다가오는 작품이.[20]

西望黃海天	서으로 황해 바다 하늘 바라니
無我氣浩然	제 몸을 잊을만큼 기운 피이네.
檀祖聖德高	한배검 거룩하신 큰 덕 읊으니
不忘億萬年	뉘 무리 억만 년을 감히 못 잊네.

—「마니산에 올라서(登摩尼山)」(『한글』, 1946. 11)

歲月如流	해달은 잘도 간다
於焉大晦	어느 덧 한그믐날
頭生白髮	머리엔 흰털 나고
面有細皺	얼굴엔 잔주름살

爲我朝鮮	조선 일 위하여서
祈願上帝	하느님 비나이다
身雖老去	몸만은 늙어서도
心還少來	맘만은 젊어 줍쇼

—「정해 제석시(丁亥 除夕詩)」(『한글』 1948. 2)

광복 다음해인 1946년 10월 27일(음력 10월 3일) 개천절을 국경일로 정한 후 맞이한 봉축식전은 서울운동장에서 거행되었다.[21] 또한 대종

---

20) 수필 「나의 옥중 회상기」(『형정(刑政)』 7호, 1948. 3)에서도 그의 나라사랑과 문학실천의 면모가 고스란히 드러나 있다.

21) 1948년 8월 15일 대한민국이 수립되면서 개천절은 계속 국경일로 자리잡아 오늘에 이르게 되었다.

교 총본사의 주도로 강화도의 마니산 참성단에서는 성화제가 거행되었다. 마니산 참성단은 단군이 하늘에 제사를 올리기 위해 쌓은 제단이라고 전한다.

이극로는 여기에 참여하여 경축사를 하였다. 앞의 시는 말미에 '단기 4279년 개천절'이라 표기되어 있듯이, 1946년 10월 27일(음력 10월 3일) 개천절에 쓴 작품이다. 앞서도 밝혔듯이, 대종교에 대한 이극로의 신앙심은 지극했다. 그는 광복 이후 두 번째 맞는 개천절에 마리산(摩尼山)을 찾아 한배검(단군)의 큰 덕을 기리고 있는 것이다.

뒤의 시는 1947년 12월 30일, 이극로의 나이 55세 때에 쓴 작품이다. 한 해를 보내는 시점에서 자신의 마음가짐을 표현하고 있다. "머리엔 흰털 나고 얼굴엔 잔주름살" 늙어가는 몸이지만, "조선 일 위하여서" "마음만은 젊어" 주길 "하느님"께 빌고 있다. 그는 "마니산"에 올라 호연지기를 느끼면서 "한배검"(단군)의 큰 덕을 기리고 있다. 이로 미루어 볼 때, 대종교에 대한 그의 신앙심은 광복 이후에도 여전했음을 알 수 있다.

이렇듯 이극로는 어릴 때 익힌 한학을 바탕으로 자신의 기행 체험을 한시로 형상화하고 있다. 그가 남긴 한시로는 「백두산」, 「애급금자탑상감음」, 「음라마교황청」, 「음라마시」, 「함흥 형무소에서」, 「마니산에 올라서」, 「정해 제석시」 등 7편을 찾을 수 있다. 이들 한시는 여러 나라와 특정 공간에서 보고 듣고 느낀 기행 체험을 읊고 있다. 다시 말해서 그는 한시를 통해 자신의 장소 탐방뿐 아니라 감옥살이, 그리고 대종교 활동의 고투 체험을 다각도로 표현했던 것이다.

2) 한글시와 장소 서정

이극로의 문학살이는 한시뿐 아니라 시와 시조 창작으로 이어지고 있다. 그의 시는 대개 장소에 대한 서정을 노래하고 있는데, 이는 앞서 다룬 한시의 기행 체험과 맞닿아 있다. 이를테면 그의 시는 낙동강, 백두산, 금강산, 한강, 한양, 충렬사 등의 장소를 글감으로 삼고 있다.[22]

> 1. 낙동강 칠백리 흘러 간 저 물이
>   태평양 위에서 태평가 부르네.
> 2. 진주 앞 흘러 온 저 맑은남강 물
>   합강 된 거룽강 경치도 좋구나.
> 3. 강 녘은 열려서 너른 들 많은데
>   곡식이 익어서 황금 밭 됐구나.
> 4. 김 유신 칼 갈고 솔거가 붓 씻어
>   신라를 빛내던 낙동강 이로구나.
>
> ―「낙동강」(『고투 사십년』, 을유문화사, 1947)

이극로와 낙동강의 인연은 태어나고 자라면서부터 맺어진 장소이다. 그의 고향마을인 의령군 지정면 두곡리는 낙동강 가에서 한 30리

---

22) 이극로는 귀국하여 1929년 4월 조선어연구회에 입회하였고, 조선을 시찰하는 계획을 세웠다. 첫째 길로 경의선, 둘째 길로 호남선, 셋째 길로 경부선, 넷째 길로 함경선이었다. 여기에는 만주의 안동시와 용정시도 포함되어 있었다. 실업계, 교육계, 사상계를 중심으로 하고 명승고적을 가미하였다. 그는 주로 신문사 지국을 이용하여 안내자를 확보하였다. 8개월간의 시찰 대상은 공장을 비롯하여 광산, 농장, 어장, 도서관, 신문사, 사찰 등 모두 224군데였다. 고영근, 「이극로의 사회사상과 어문운동」, 『한국인물사연구』 제5호, 한국인물사연구소, 2006. 3, 351쪽.

쯤 되는 곳이었다. 그는 낙동강을 바라보며 어린 시절을 보냈다. 또한 그는 창신학교 재학시절(1910~1912년)에 낙동강변으로 소풍을 갔는데, 그때 호주 출신 교사가 '조선이 일본의 지배를 받는 것은 조선 청년의 용기가 부족해서'라고 훈시를 하면서 '용기 있는 자는 저 강물에 뛰어들어 봐라'고 학생들을 비꼬았다. 이에 이극로는 격분하여 강물에 뛰어들었다고 한다.

이 시는 1939년 10월 창작한 작품이다. 곡조가 '육자배기'라고 표기되어 있는 점으로 미루어 볼 때, 노래 부르기 위한 사설을 지었던 것이다. 이 시에서 이극로는 나라잃은시기 여느 시인들처럼 삶의 현장으로서 겨레의 수난사를 토로하지는 않았다. "낙동강 칠백리 흘러간 저 물이" "태평가"를 부른다거나, "맑은 남강 물"과 합쳐진 "거룽강 경치"가 좋다거나, "너른 들"에는 "곡식이 익어서 황금 밭"이 되었다거나, 아울러 낙동강이 "신라를 빛내던" 곳이라고 찬탄하고 있다. 따라서 이 시는 낙동강의 경관을 통해 그의 풍류와 나라사랑, 그리고 미래에 대한 꿈을 보여주고 있다. 특히 그가 신라시대의 김유신과 솔거를 떠올린 것은 막중한 역사적 과업과 조국 독립의 염원에서 비롯된 것이다.

백두산(白頭山) 백두산 백두산이라.
하늘 위냐 하늘 아래냐
하늘에 오르는 사닥 다리로구나.
진세(塵世)의 더러운 기운
발밑인들 어찌 미치리.
그는 세상(世上)을 내려 살피고
세상은 그를 우러러 본다.

세상은 만민이요
그는 제왕(帝王)이로구나.

(…중략…)

누가 塵世를 피(避)하고자
마음을 닦고자
안광(眼光)을 넓히고자
묻지 말고 거리만 올라 가소.

우뚝 선 보탑(寶塔)이로다
영원(永遠)히 조선 겨레의 보탑이로구나.
　　　　　　　—「백두산(白頭山)」(『고투 사십년』, 을유문화사, 1947)

　　이극로는 이 시를 '백두산 전경(全景)'을 모사(模寫)하여 직감(直感)한
바'를 읊은 것이라고 했다. 이 시에서 그는 백두산 천지에서 "백두산!
백두산! 백두산이라" 외치며 대자연의 위엄을 깨닫고 있다.[23] 그리고
그는 "하늘에 오르는 사닥다리", 세상을 다스리는 "제왕(帝王)", "밝은
등대", 우리 겨레의 영원한 "보탑(寶塔)"으로 백두산을 형상화한다. 그
러한 백두산에 올라 심신을 단련하고, 일본군국주의에 맞서 싸워 나
라를 되찾고자 하는 굳건한 기상을 드러내고 있다.[24] 이 작품에서

---

[23] 또한 이극로는 백두산에서의 체험을 산문 「백두산 인상」(『여성』, 1936. 7)으로 적고 있다.
[24] 이 시는 앞서 다룬 한시 「백두산」과 같은 시기인 1915년 5월 28일에 쓴 것으로 알려져
　　있다. 하지만 글쓴이의 생각은 다르다. 이 작품은 이극로가 조선 13도 시찰(1929년 1~8월)
　　때에 지은 것으로 여겨진다. 왜냐하면 그는 1930년대에 들어 여러 매체에 백두산 관련
　　글들을 발표하고 있기 때문이다. 수필 「백두산」(『학생』, 1930. 7), 「백두산 곰 산양」(『신동

그는 백두산을 민족 수호의 성산(聖山)으로 여겨 찬양하고 있다.

한편, 이극로는 금강산에 가서 내외금강과 해금강을 두루 살폈던 것으로 보인다. 그가 만난 금강산은 어느 것 하나 예술이 아닌 것이 없었다. 도저히 다른 땅에서는 볼 수 없는 명산이었다. 중국 시인이 말했다고 하는 '원컨대 고려국에서 나서 한 번 금강산을 보고 싶네(願生高麗國 一見金剛山)'란 시가 우연이 아니었다.[25] 그에게 있어 금강산은 천하제일의 명산이었던 것이다.[26]

1. 한강은 조선에서 이름 높은 강
   멀리도 태백산이 근원이로다.
   동에서 흘러나와 서해로 갈 때
   강화도 마리산이 맞이하누나.
2. 강역은 한폭 그림 산과 들인데
   초부의 도끼 소리 멀리 들린다.
   점심 밥 이고가는 농촌 아가씨
   걸음이 바쁘구나 땀이 나누나.
3. 한양성 싸고 도는 저 물굽이에
   때 띄운 영웅 호걸 몇몇이더냐?
   강천에 훨훨 나는 백구 들이나

아』, 1934. 10), 「백두산과 천지」(『신동아』, 1935. 1), 「백두산 인상」(『여성』, 1936. 7), 「마적에게 사형선고를 당한 순간: 백두산에서 산양하다 부뜰리어」(『조광』, 1937. 10) 등이 그것이다.

25) 박용규, 『북으로 간 한글운동가: 이극로 평전』, 차송, 2005, 100쪽.
26) 이극로는 "한 굽이의 물 / 한 봉우리의 산 / 한 덩이의 돌 / 한 가지의 나무 / 한 잎의 풀 / 한 송이의 꽃 / 또 노래하는 새!"라는 표현으로 금강산을 노래하고 있다. 더불어 그의 금강산 체험과 관련된 작품으로는 수필 「금강산을 자원으로 개발해도 좋은가」(『조광』, 1938. 3)와 「금강승경(金剛勝景)의 토굴(土窟)」(『여성』, 1939. 3)을 찾을 수 있다.

아마도 틀림없이 알까 합니다.
4. 산 넘어 물 건너서 저기 저 마을
　우리의 부모 처자 사는 곳일세.
　떼배에 한가하게 앉은 사공들
　기뻐서 이 강산을 노래 합니다.

　　　　　　　—「한강(漢江)노래」(『고투 사십년』, 을유문화사, 1947)

이 시는 1941년 3월에 7.5조 가락을 끌어와 지은 작품이다. 한강은 "조선에서 이름 높은 강"이고, "강역은 한폭 그림 산과 들"이며, 마을은 "우리의 부모 처자 사는 곳"이니, "기뻐서 이 강산을 노래"하자고 했다. 이 시 또한 나라잃은시기에 희망을 가지자고 뜻에서 지은 작품으로 받아들일 수도 있지만, 문학적 감동으로 이끌지는 못하는 점이 아쉽다.[27]

조상 나라 위한 몸이 목숨 바치니
그 정신이 멀리 뻗쳐 교훈되구나.
몸은 죽고 혼은 남아 영원 무궁히
자자손손 우리들과 함께 살도다.
두견새가 슬피 우는 저문 봄날에
적국 일본 사꾸라도 떨어졌구나.
충렬사여 두 눈만은 감아주소서.

---

[27] 이극로 또한 부왜문학에서 자유롭지 못하다. 그는 『경성일보』(1940. 1)에 신년시를 발표하고 있다. 이를 두고 부왜시로 보는 입장이 있다. 그의 부왜문학과 관련하여 수필 「문화의 자유성」, 『모던일본』(조선판, 1940), 「선악의 관념」, 『반도지광』(43호, 1941. 5), 그밖에 『동양지광』에 발표된 작품 등을 꼽을 수 있다. 그리고 1939년 10월 29일 창립된 조선문인협회의 발기인으로 참여하고 있다는 점이다.

우리들은 새 나라를 새우으리다.

—「진혼곡」(『고투 사십년』, 을유문화사, 1947) 가운데

이 시는 1946년 10월에 지은 것으로 적혀 있다. 이는 나라잃은시기 "적국 일본"과 싸우다가 희생당한 "거룩한" 선열들, 곧 애국지사들에게 바치는 송가(頌歌)이다. 이극로가 광복과 더불어 "충렬사"를 참배한 때에 지은 것으로 생각된다.[28] 이 시에서 그는 그들을 "조상 나라 위한 몸이 목숨 바치니 그 정신이 멀리 뻗쳐 교훈되"고, "몸은 죽고 혼은 남아 영원 무궁히 자자손손 우리들과 함께 살"아 있다고 말한다. 아울러 그는 충렬사 애국지사들의 정신을 기리며 "새 나라를 세우"자고 다짐하고 있다.

한강에 가을물이 깨끗이 흘러간다
기러기 줄을지어 남국을 도라오니
아마도 살기좋은곳 이땅인가 하노라

남산에 단풍들어 나뭇잎 아름답다
씩씩한 청소년들 떼지어 올라가네
보아라 신흥조선의 남아인가 하노라

---

28) 조동일에 따르면, "순국선열 추념이 민족의 과업이었다. 1945년 12월 30일 서울운동장에서 열린 집회에서 김구(金九)가 낭독한 「순국선열추념문(殉國先烈追念文)」은 정인보(鄭寅普)가 썼는데, 장황하게 이어지는 해박한 사연과 뛰어난 수식을 따라가지 못하면 절실한 느낌이 들지 않는다. 누구나 이해하고 공감할 수 있는 시가 진혼이나 추념에 더 적합했다. 이극로가 그 일을 맡아 「진혼곡」을 지었다"고 했다. 조동일, 「이극로 문학 이해의 시각」, 〈이극로 탄생 120주년 기념 행사 강연〉, 2013. 8. 28.

곳곳에 쌓인 것이 무배추 무뎅이다
맛좋은 조선김치 뉘아니 즐기겠니
세계에 자랑거리는 김치인가 하노라
　　　　—「한양(漢陽)의 가을」(『해방기념시집』, 중앙문화협회, 1945. 12)

　이극로는 시조 창작에도 큰 관심을 보여주고 있다. 이 시조는『해방
기념시집』(중앙문화협회, 1945. 12)에 발표된 작품으로, 이극로가 서문
을 적었던 김종식의『시조시작법』(대동문화사, 1948)에도 실려 있다.[29]
제목에서 알 수 있듯이, 그는 "한양의 가을", 특히 한강과 남산의 아름
다운 풍경과 "조선김치"를 노래하고 있다. 그래서 한양은 "신흥조선
의 남아"들이 있는 "살기좋은 곳"이고, "맛좋은 조선김치"를 세계에
자랑하자고 강조하고 있다.
　이렇듯 이극로는 시와 시조 창작에도 많은 관심을 보여주고 있다.
그의 한글시는 한시의 기행 체험과 맞물려 대개 장소에 대한 서정을
노래하고 있다. 이를테면 그의 시와 시조는 낙동강·백두산·금강산·
한강·한양·충렬사 등을 글감으로 삼고 있는데, 이를 통해 장소가 갖
는 의미와 자신의 정서를 형상화한 작품이다. 그러한 장소감은 그의
나라사랑과 문학실천의 염원을 고스란히 담아내고 있다.

3) 노래가사와 사상 전파

　이극로는 1942년 6월 대종교의 교가(敎歌)인『한얼 노래』를 펴냈다.

---

29) 중앙문화협회,『해방기념시집』, 중앙문화협회, 1945. 12, 16쪽; 김종식,『시조시작법』, 대동
　　문화사, 1948, 87쪽.

이와 더불어 그는 조선어학회 간사장으로 있으면서 「한글 노래」, 조선유도연맹의 「조선연무가」 등 특정 단체의 노래가사를 지었다. 특히 『한얼 노래』는 모두 제36장의 노래 곡조가 실려 있는데, 이극로가 쓴 노래가사는 27편이다.[30]

> 1. 뭇 사람이 일을 하여 내 몸을 살리―고
>   내가 또한 일을 하여 뭇 사람 살도―다
> 2. 큰 바다를 건너가고 태산을 넘을―때
>   그 사람은 괴로움을 다해야 가리―다
> 3. 노력 없이 되는 일은 세상에 없나―니
>   맘과 힘을 다하여서 일들을 합시―다
> (후렴) 한검님의 큰 힘으로 살―피어 주시―사
>   우리들이 사람―구실 다하게 합소―서
>   ―「사람 구실」(『한얼 노래』, 대종교총본사, 1942)

『한얼 노래』는 이극로가 「머리말」에서 언급했듯이, '신앙과 수양과 예식에 관한 여러 가지 노래'를 갖추고 있다. 여기 인용한 「사람 구실」은 '수양'에 해당되는 작품으로, "일을 하여" 자신뿐 아니라 모든 사람

---

30) 이극로가 지은 노래 가사는 다음과 같다. 제5장 삼신의 거룩함, 제9장 한울집(天弓歌), 제10장 한얼님의 도움, 제11장 믿음의 즐거움(樂天歌), 제12장 죄를 벗음, 제14장 삼신만 믿음, 제15장 희생은 발전과 광명, 제16장 한길이 열림, 제17장 사람 구실, 제18장 한결같은 마음, 제19장 힘을 부림, 제20장 사는 준비, 제21장 미리 막음, 제22장 대종은 세상의 소금, 제23장 사랑과 용서, 제24장 교만과 겸손, 제25장 봄이 왔네, 제26장 가을이 왔네, 제27장 아침 노래, 제28장 저녁 노래, 제29장 끼니 때 노래, 제30장 승임식(陞任式) 노래, 제31장 상호식(上號式) 노래, 제32장 영계식(靈戒式) 노래, 제33장 조배식(朝拜式) 노래, 제34장 혼례식(婚禮式) 노래, 제35장 영결식(永訣式) 노래, 제36장 추도식(追悼式) 노래가 그것이다. 『한얼 노래』에 대해서는 따로 집중적인 연구가 뒤따라야 할 것이다.

들이 산다고 노래한다. 아울러 "노력 없이 되는 일은 세상에 없"으니
마음과 힘을 다해 일하자고 주장한다. 그러니 "한검님의 큰 힘"으로
"우리들이 사람 구실 다하게" 보살펴줄 것을 바라고 있다. 따라서 이
들 노래가사에는 그가 몸담았던 대종교의 사상과 겨레사랑의 정신이
고스란히 드러나 있다.

> 1. 불의 힘 세구나 그힘을 부려서
>   기차가 다니고 비행기 날도다
> 2. 물의 힘 세구나 그힘을 부려서
>   전기를 이루고 물방아 찧도다
> 3. 바람 힘 세구나 그힘을 부려서
>   배들이 다니고 풍차가 돌도다
> (후렴) 한얼님이 주신 힘 사람마다 탔으니
>   그 힘들을 바로써 모두 함께 잘살자
>
> ─「힘을 부림」(『한얼 노래』, 대종교총본사, 1942)

이극로의 '한얼 노래' 가운데 따로 문학매체에 발표한 작품으로 「힘
을 부림」을 들 수 있다.[31] 이 작품 또한 '수양'에 해당되는 노래가사이
다. 이를테면 "한얼님이 주신 힘", 곧 불과 물, 그리고 바람의 힘을
부려서 '기차가 다니고 비행기 날'며, '전기를 이루고 물방아를 찧'으
며, '배들이 다니고 풍차가 돌'듯이, "그 힘들을 바로 써 모두 함께
잘 살자"고 노래한다. 다시 말해서 이극로는 사람들로 하여금 문명의

---

31) 「힘의 부림」은 광복기 아동지 『새동무』 제9호(1947. 7)에 동요로 게재되었던 작품이다.
   여기서는 '한얼님'을 '대자연'으로 바꿔 발표하고 있다.

혜택을 이롭게 활용하자는 뜻을 펼치고 있다. 이로써 그는 현실적 차원에서 대종교의 이념과 사상을 전파하고 있는 것이다.

이극로의 노래가사 가운데 눈여겨 볼 작품은 「한글 노래」이다. 그는 1945년 10월 9일 광복 후 처음 맞는 한글날 행사에서 조선어학회 간사장으로 기념식 인사말을 했다.[32] 그리고 같은 날 오후 시가행진 때에 학생들과 조선어학회·한글문화보급회 등의 참가자들은 그가 지은 「한글 노래」를 다함께 불렀다. 그리고 1946년에는 한글날이 국경일로 지정되었는데, 당시 한글날 행사 때도 이극로가 개식 선언을 하였다고 한다.[33]

세종임금 한글펴니
스물 여덟글짜
사람마다 쉬배워서
쓰기도 편하다.

슬기에 주린무리
이 한글 나라로
모든문화 그근본을
밝히러 갈꺼나.

온 세상에 모든글씨

---

32) 이극로는 광복 직후 한글날 행사와 「한글 노래」의 의미를 산문 「한글 기념일과 한글 노래」 (『백민』 창간호, 1945. 12, 30쪽)에 적고 있다.

33) 고영근, 「이극로의 사회사상과 어문운동」, 『한국인물사연구』 제5호, 한국인물사연구소, 2006. 3, 361쪽.

견주어 보아라

조리있고 아름답기

으뜸이 되도다.

오래동안 무친옥돌

갈고 닦아서

새빗나는 하늘아래

골고루 뿌리세.

　　　　　　　　　—「한글 노래」(『조선주보』, 1945. 11)[34]

이 노래가사에는 "사람마다 쉬 배워서 쓰기도 편하"며 "조리있고 아름답기 으뜸이 되"는 한글의 우수성을 표현하고 있다. 그러면서 한글을 "갈고 닦아서" 온 세상에 전파하자고 노래하고 있다. 따라서 이 노래가사에는 이극로의 한글사랑과 나라사랑의 정신이 고스란히 담겨 있다.[35]

한편, 이극로는 체육활동에도 지대한 관심을 보여주고 있는데, 이는 1931년 7월부터 조선연무관[36] 후원회 임원으로 인연을 맺게 되면

---

34) 「한글 노래」는 『신조선보』(1945. 10. 9), 『조선주보』 4호(1945. 11), 『백민』 창간호(1945. 12), 『여성문화』 창간호(1945. 12), 『신한민보』(1946. 5. 30) 등에 게재되었다. 특히 『여성문화』 창간호(1945. 12, 36쪽)에는 악보(이극로 작사, 채동선 작곡)가 실렸다.

35) 「한글 노래」는 채동선(蔡東鮮)의 작곡으로 한글 행사 때마다 불리어진 것으로 알려진다. 하지만 이극로가 북한에 잔류함으로써 이 노래 또한 금지되었다. 그러다가 1951년 10월 9일 이후 한글 행사 때부터는 최현배가 지은 「한글날 노래」(박태현 작곡)가 불리어지게 되었다.

36) 1931년 이경석(李景錫)은 유도장(柔道場) 조선연무관(朝鮮硏武館)을 서울 수송동 46-6번지에 개설하였고, 1932년 조선유도연맹이 조직되어 유도 보급에 박차를 가하게 되었다. 1934년부터 연무관에 여성부를 신설하여 여성의 호신술과 체력 단련을 실시하는 한편, 국어학자 이병기·이희승·이극로 등을 초빙하여 관원들에게 한글강습회를 열어 애국혼과 문무(文

서부터이다. 이극로가 조선연무관을 후원한 가장 큰 목적은 민중적 무도정신의 함양과 무도의 대중적 보급에 있었다. 그 같은 인연으로 그는 '연무관의 노래'로 알려진 「조선연무가」를 작사했다.

1. 아세아(亞細亞) 뭉킨기운 백두산(白頭山)되고
   태평양(太平洋) 열린가슴 동해(東海)가 되네
   끝없이 피고기는 무궁화동산
   우리를 베려내는 조선연무관(朝鮮研武館)
2. 나날이 단련(鍛鍊)하는 우리의 몸은
   좋은힘 보람있게 쓰려함일세
   끝없이 닦어가는 우리마음은
   강(强)한자(者) 억누르고 약(弱)한자(者) 돕네
3. 너나가 있을소냐 한깃발밑에
   나가자 호반길로 어서한길로
   차려라 맘을차려 몸을 차려라

—「조선연무가」(『조선일보』, 1932. 4. 27)

1932년 1월 17일 조선연무관이 완공되었고, 더불어 조선유도연맹이 조직되었다. 그 무렵 이극로는 조선연무관 후원뿐 아니라 제1회 수련단원으로 참여하였다.[37] 이로 미루어 「조선연무가」는 유도 보급

武를 갖춘 인재 양성에 힘을 기우렸다. 하지만 1938년 일본은 민족문화 말살정책의 하나로 우리나라 유도장 모두를 고도칸(講道館) 조선지부로 통폐합시켰다. 그 뒤 광복과 함께 1945년 10월 조선유도연맹을 부활시키고 이범석(李範奭)을 회장으로 추대했다. 이경석은 연무관을 처분하고 서울 소공동에 소재한 고도칸(講道館) 조선지부를 인수하여 조선연무관으로 사용했다. 1946년 7월 서울 을지로에 유도연맹회관과 중앙도장을 설치했다.

37) 이극로는 1932년 4월 1일 제1회 조선연무관 수련단원으로 참여하여 5월 1일 수료증을

에 박차를 가할 즈음에 지어진 것으로 생각된다. 여기서 그가 주장한 무도사상은 나라잃은시기 일본이 내선일체의 수단으로 우리 민족을 억압하기 위해 들여온 무도가 아니라 몸과 마음을 강건히 하여 "강(强)한 자(者) 억누르고 약(弱)한 자(者) 돕"는 일이다. 이 노래 가사를 통해 이극로의 체육사상을 나름대로 짐작할 수 있다.[38]

이렇듯 이극로는 특정 단체의 노래가사를 짓고 있다. 앞서 다룬 「한얼노래」, 「한글 노래」, 「조선연무가」 등이 그것이다. 이는 구체적으로 대종교 사상, 한글사랑, 그리고 체육 계몽의 실천의지를 보여주고 있다. 따라서 그의 노래가사에서는 나라잃은시기의 현실인식과 민족의식을 고취시키려는 노력이 돋보인다. 결국 그는 노래가사를 통해 우리의 자주독립과 민족의식을 일깨우고자 했던 것이다.

4. 마무리

이극로는 '말은 민족의 정신'이요 '글은 민족의 생명'으로, 정신과 생명이 있으면 민족은 영원불멸할 것이고 행복할 것이라고 말했다. 이극로의 한글사랑과 나라사랑의 가르침과 실천이 묻어나는 글귀이다. 그는 독립운동가이자 한글학자로서, 나라잃은시기와 광복기를 거치면서 조국독립과 수호에 앞장섰으며, 굳은 신념으로 한글 보급과

받았다. 『동아일보』, 1932. 4. 7; 『동아일보』, 1932. 5. 3.

38) 이극로는 전조선중등학교단체유도대회 회장(1932년, 1936년, 1937년)을 지냈고, 1934년부터 문무(文武)의 조화로운 발전을 위해 한글강습회를 열기도 했다. 또한 그는 1937년 9월에 창설된 조선씨름협회 회장(1939~40년)을 역임하기도 했다. 그의 체육활동에 대한 자세한 사항은 유성연의 논문을 참조하기 바란다. 유성연, 「한글학자 이극로의 생애와 체육 활동」, 『한국체육학회지』 제51권 제5호, 한국체육학회, 2012, 17~26쪽.

연구에 헌신했다.

따라서 학계에서는 이극로의 생애와 활동에 관한 전반적 연구, 특히 한글활동과 어문운동, 민족교육 내지 독립운동에 관한 논의가 이루어졌다. 하지만 오랜 기간에 걸쳐 다양하게 펼쳐졌던 그의 문학활동에 대해서는 그동안 연구가 이루어지지 않았다. 이에 글쓴이는 문학적 측면에서 그의 초창기 삶과 작품들을 대상으로 나라사랑과 문학실천의 의미를 되새겨보고자 했다. 사실 그는 한글 또는 독립운동 못지않게 문학에도 큰 관심을 보여주면서 많은 작품을 남기고 있다. 이를테면 한시, 시와 시조, 노래가사, 수필, 비평 등이 그것이다. 특히 이 글에서는 그의 시가 작품을 중심으로 '고투 40년'의 문학살이를 살펴보았다.

먼저, 이극로는 어릴 적부터 한시를 통해 자신의 시재(詩才)를 보여주었다. 그는 자신의 기행 체험을 한시로 형상화했다. 특히 여러 나라와 특정 공간에서 느끼는 감회를 읊고 있는 것이다. 그가 남긴 한시로는 「백두산」, 「애급금자탑상감음」, 「음라마교황청」, 「음라마시」, 「함흥 형무소에서」, 「마니산에 올라서」, 「정해 제석시」 등 7편을 찾을 수 있었다. 이들 한시를 통해 그는 자신의 장소 탐방뿐 아니라 감옥살이, 그리고 대종교 활동의 고투 체험을 다각도로 표현했다.

다음으로, 이극로는 시와 시조 창작에도 관심을 보였다. 그의 시는 대개 장소에 대한 서정을 노래하고 있는데, 이는 한시의 기행 체험과 맞닿아 있다. 이를테면 그의 시는 낙동강, 백두산, 금강산, 한강, 한양, 충렬사 등을 글감으로 삼고 있다. 그는 이들 작품을 통해 장소가 갖는 의미와 자신의 정서를 형상화했다. 그러한 장소감은 그의 나라사랑과 문학실천의 염원을 고스란히 담아냈던 것이다.

마지막으로, 이극로는 특정 단체의 노래가사를 작사했다. 이를테면 대종교의 「한얼노래」, 조선어학회의 「한글 노래」, 조선유도연맹의 「조선연무가」가 그것이다. 이극로의 노래가사는 그의 세계관과 사상에 바탕을 두고 있는데, 이는 구체적으로 대종교 사상, 한글사랑, 그리고 체육 계몽의 실천의지를 보여주고 있다. 따라서 그의 노래가사에서는 나라잃은시기의 현실인식과 민족의식을 고취시키려는 노력이 돋보였다. 결국 그는 노래가사를 통해 우리의 자주독립과 민족의식을 일깨우고자 했던 것이다.

이렇듯 이극로의 초창기 삶은 나라잃은시기와 광복기에 걸친 우리나라의 '고투 40년', 곧 근대 지식인의 전형으로 설정될 수 있다는 점에서 각별한 의미를 부여할 수 있을 것이다. 또한 그의 문학살이는 독립운동가이자 한글학자로 널리 알려진 명성과 이력을 더욱 풍성하게 만들어준다. 그런 점에서 그의 작품 활동은 근대 지식인의 나라사랑과 문학실천의 방향을 이러준 값진 업적이라 하겠다.

이극로는 여러 방면에 걸쳐 활동하면서 문학 창작에도 많은 관심을 보여주었다. 그가 남긴 작품은 국권을 상실한 불행한 시대의 기록이고 증언이다. 앞으로 그의 삶과 작품을 매개로 한 문학 연구에도 많이 힘써야 할 것이다. 아울러 광복 이후 월북의 이력으로 말미암아, 그동안 지워지고 가려졌던 그의 북한에서의 활동에 대해서도 깊이 있는 연구가 이어지길 기대한다.

.

정인섭의 아동문학

1. 들머리

눈솔 정인섭(鄭寅燮, 1905~1983)은 1920년대 이후부터 다양한 분야에 걸쳐 다채로운 활동을 보여주었다.[1] 그는 아동문학가, 시인, 수필가, 문학평론가, 번안작가, 민속학자, 영문학자, 한글운동가, 그리고 어린이운동가로서 크게 활약했다. 특히 그는 우리나라 근대문학사의 초창기 아동문학 분야에서 중심적 역할을 했고, 아동문학의 여러 갈

---

1) 정인섭이 낸 저서로는, 시집 『산 넘고 물 건너』(정음사, 1968), 『별같이 구름같이』(세종문화사, 1975)와 수필집 『버릴 수 없는 꽃다발』(이화문화사, 1963), 『일요방담』(중앙출판공사, 1974), 『모두 사랑했노라』(삼육출판사, 1976), 『생각은 파도처럼』(언어문화사, 1979), 『이제는 하고 싶은 이야기』(신원문화사, 1980), 『이렇게 살다가』(가리온출판사, 1982), 『교양에세이 전집 7』(한국중앙문화공사, 1990), 『나의 인생관·못다한 인생』(휘문출판사, 1978.) 아동문학선집 『색동저고리』(정연사, 1962) 등을 비롯해 민담 또는 세계동화 모음집, 각종 연구서와 평론집, 번역서들이 있다.

래를 넘나들며 많은 작품을 남겼으며, 아동문화운동에도 적극적인 활동을 펼쳤다.[2]

그런데도 불구하고 정인섭은 우리 근대문학사에서 마땅한 평가를 받지 못하고 있다. 이즈음 그는 연구의 기초자료라 할 수 있는 문학 전집을 제쳐두고라도, 작가연보와 작품 목록조차 제대로 갈무리되지 못한 실정이다. 물론 그에 대한 논의 또한 제대로 이루어지지 않고 있다. 단지 소개 차원의 간략한 평글[3]을 비롯해 비평·번역 내지 친일 활동에 대한 논문[4]을 찾을 수 있을 뿐이다. 그런데 최근 그의 동극에 대한 글[5]을 접할 수 있게 되었다. 하지만 그의 문학 활동과 특성에 대한 논의는 거의 이루어지지 않고 있는 실정이다.

정인섭의 삶과 활동을 전반적으로 놓고 볼 때, 그에 대한 문학 연구는 빠트리거나 지나칠 수 없다. 물론 그의 아동문학에 관련된 연구도 마찬가지다. 정인섭은 자신의 아동문학 선집을 두 차례 엮어낸 바 있다. 『색동저고리』(정연사, 1962)와 『색동저고리』(지하철문고, 1982)가 그것이다.[6] 이 글에서 다룰 정인섭의 아동문학은 근대 어린이문화운

---

2) 정인섭이 참여했던 문학 또는 문화운동으로는 색동회를 통한 어린이운동, 해외문학연구회 활동의 번역운동, 한글학회를 통한 한글운동, 국제펜클럽을 통한 국제화운동, 극예술연구회 활동의 연극운동, 민족문화협회·민족문화추진회 활동에 의한 민족문화운동, 민속학회를 통한 전통보존운동 등을 꼽을 수 있다.

3) 김석태, 「정인섭씨의 평론을 읽고서: 문예가협회에 관해서」, 『신인문학』, 1935. 11; 김태오, 「정인섭론」, 『주간 서울』 1950. 6; 박철석, 「정인섭론」, 『현대시학』 1981. 12; 김용직, 『한국근대시사(하)』, 학연사, 1986; 조동일, 『한국문학통사 5』, 지식산업사, 1989.

4) 염희경, 「〈해와 달이 된 오누이〉에 나타난 호랑이상」, 『동화와 번역』, 제5집, 동화와번역연구소, 2003; 이민희, 「정인섭이 바라본 폴란드·폴란드문학」, 『한국현대문학연구』 제11집, 한국현대문학회, 2002; 홍경표, 「정인섭의 한국시 영어번역」, 『한국말글학』 제23집, 한국말글학회, 2006; 조재룡, 「정인섭의 번역과 활동성: 번역, 세계문학의 유일한 길」, 『민족문화연구』 제57호, 고려대학교 민족문화연구원, 2012; 박중훈, 「일제강점기 정인섭의 친일활동과 성격」, 『역사와 경제』 제89집, 부산경남사학회, 2013.

5) 손증상, 「일제강점기 정인섭의 아동극 창작 전략과 그 의미」, 『한국극예술연구』 제54집, 한국극예술학회, 2016.

동과 더불어 이루어졌고, 초창기 아동문학의 전통과 그 맥을 같이하고 있다.

이에 글쓴이는 정인섭의 삶과 문학 가운데서도 초창기에 열정을 쏟았던 아동문학가로서의 면모를 살피는 데 목표를 둔다. 이를 위해 글쓴이는 먼저, 정인섭의 문학살이와 어린이문화운동에 대해 짚어볼 것이다. 다음으로 그의 아동문학 작품을 동요, 동화, 동극, 동수필로 나눠 아동문학적 특성에 대해 구체적으로 살펴보고자 한다.

2. 정인섭의 삶과 어린이문화운동

정인섭은 1905년 3월 31일 경남 울산시 언양읍 서부리에서 태어나, 언양읍 어음상리로 이주해 유년시절을 보냈다. 그곳에서 언양보통학교(현 언양초등학교)를 다녔고, 대구고등보통학교(현 경북중·고등학교)를 거쳐 일본 와세다(早稻田)대학 제1고등학원 영문과를 다녔다. 이후 그는 1924년 5월 무렵부터 방정환을 중심으로 하여 조직된 '색동회'의 동인으로 참여, 『어린이』에 동요·동화·동극·동수필 등 아동문학 작품을 발표하면서 창작과 문예운동에 뛰어들었다.

이것이 나의 글이 처음으로 『어린이』 잡지에 실리게 된 것인데, 이것이 계기가 되어 그 후로는 『어린이』 잡지에 글을 쓰게 되었다. 4·6판으로 된 귀여운 『어린이』 잡지는, 그때는 그야말로 샛별과 같이 빛나는

---

6) 이에 글쓴이는 '제60회 어린이날을 맞아' 펴냈던 『색동저고리』(지하철문고, 1982)를 중심 텍스트로 삼는다. 여기에는 동시 15편, 동화 11편, 수필 21편, 동극 17편이 수록되어 있다.

존재였고, 아동잡지의 시초였으며, 일본정치 밑에서 일본말을 위주해서 교육을 받던 아이들에게는 말할 수 없이 반가운 보배였고, 어른들에게도 한국의 얼을 찾게 하는 흐뭇한 위안지였다.

내가 색동회 동인이 된 것은 아마도 1924년 초인 듯하다. 그때 나는 일본 도쿄에 있는 와세다대학의 부속인 제1와세다 고등학원이란 학교에 재학 중이었다. 그 시절에 나는 한국의 재래 동요와 재래 동화를 수집하는 데 취미를 갖고 있었다.[7]

또한 그는 1926년 일본 와세다(早稻田)대학 시절에 동경 유학생인 김진섭·이하윤·김온·손우성 등과 '해외문학연구회' 조직하여 동인으로 활동, 1927년 『해외문학』[8]을 발간했다. 또한 그는 같은 해에 민족 설화를 일본어로 옮겨 민담집 『온돌야화(溫突夜話): 한국민화집(韓国民話集)』(일본서원, 1927)을 발간했다.[9]

정인섭은 소파 방정환이 사망한 뒤, 색동회 회원들이 중심이 되어 1931년 경성보육학교를 운영하게 되자, 정순철·이헌구 등과 함께 '녹양회(綠羊會)'라는 동요·동극 단체를 만들어 어린이문화운동에 힘썼다. 정인섭이 각본을 썼고 정순철이 작곡과 노래 지도를 했으며 이헌구가 동극 지도를 했다. 그 무렵 그는 「소나무」·「색동저고리」·「백설공주」·「파종」·「허수아비」·「금강산」 등의 동극과 학교극을 통해 어린이문화운동을 펼쳤다.

---

7) 정인섭, 「색동회와 아동극 문제」, 『색동회 어린이 운동사』, 학원사, 1975, 163쪽.
8) 김윤식에 따르면, 『해외문학』은 오히려 프로문학이나 민족문학 등에 활기를 주었고, 당대의 순수문학에 온상이 되었으며, 『시문학』, 『문예월간』, 『극예술』 등의 창작활동과 비평적 영역을 확장시키는 데 크게 기여했다고 평가했다. 김윤식, 『한국 근대 문예비평사 연구』, 일지사, 1976, 162~163쪽.
9) 정인섭, 「온돌야화(溫突夜話)」, 『나의 인생관·못다한 인생』, 휘문출판사, 1984, 78~79쪽.

또한 그는 1931년 유치진과 함께 '극예술연구회'를 창립하는데 참가해 신극운동에 관심을 보였다.10) 그리고 정인섭은 1932년 송석하·손진태·이마무라 도모·아키바 다카시 등과 함께 우리나라 민속에 대한 자료수집과 지식보급 그리고 연구자의 친목을 위해 '한국민속학회'를 창립, 『조선민속』을 발간했고, '한국영문학회'와 '한국음성학회'를 조직했다.

아울러 그는 1930년 무렵부터 '조선어학회'에 참여, 1932년 한글맞춤통일안 기술위원, 표준말 사정위원, 외래어표기법 사정위원을 지냈다. 1933년 10월 29일 최현배·이희승 등과 함께 정리위원으로 참여하여 한글맞춤법 통일안을 완성했다. 1936년 코펜하겐에서 개최된 제4회 국제언어학자대회에 한국대표로 참가했다.11) 한편, 그는 1942년 '조선어학회'에 연루되어 함흥형무소에서 옥고를 치루기도 했다.

을유광복(1945. 8. 15) 이후 그의 행적에 대해서는 아래 주석을 통해 대략적으로 언급해 둔다.12) 그의 문학행보 가운데 아동문학 관련 활

---

10) 정인섭은 1928년 8월 14일 진주유치원에서 말뚝이 강석진으로부터 〈진주오광대〉 탈춤을 처음으로 채록할 정도로 전통 연극에도 관심이 많았다. 이는 1933년 송석하(宋錫夏)가 그의 채록본에 근거하여 논문을 발표함으로써 세상에 알려지게 되었다.

11) 정인섭 또한 나라잃은시기의 부왜 행적에서 자유롭지 못한 것이 사실이다. 그의 부왜 행적에 대해서는 박중훈의 글을 참조하기 바란다. 박중훈, 「일제강점기 정인섭의 친일활동과 성격」, 『역사와 경제』 제89집, 부산경남사학회, 2013. 12, 177~215쪽.

12) 정인섭은 광복 이후 중앙대학교 교수, 법문학부 부장 역임했다. 1949년 연구서 『영어 신교수법과 감상법』을 발간했고, 1950년부터 국제펜클럽 한국본부 위원장 역임했으며, 1952년 설화 99편을 영문으로 옮겨 『한국의 설화(Folk Tales from Korea)』를 발간했다. 1953년 일본 덴리대학 교수, 경도대학원 강사로 있으면서, 영국 런던대학 대학원 음성학과 졸업, 1960년 평론집 『세계문학산고』(동국문화사)를 발간했다. 1961년 국어심의회 위원과 해외 유학생 자격고시 고사위원을 역임, 그해 5월 번역서 『음향과 분노』(정음사)를 발간했으며, 1963년 6월 한국시가 영역집 『영역 한국시선 A Pageant of Korean Poetry』(어문각)를 출간으로 제4회 한국번역문학상을 수상했다. 1964년 미국의 페레레 디킨스대학, 센트럴 미시간 대학 등에서 교환교수를 지냈고, 『로미오와 줄리에트』, 『베드나와 두 신사』를 비롯하여 셰익스피어 작품을 번역 발간했다. 1966년 국제연극협회 한국본부 위원장을 역임했으며, 1968년 희곡번역집 『바다의 부인』 발간, 시집 『산 넘고 물 건너』, 수필집 『버릴 수 없는

동으로는 아동문학선집 『색동저고리』(정연사, 1962), 연구서 『색동회 어린이 운동사』(학원사, 1975)를 발간했으며, 앞서 펴낸 아동문학선집 증보판격인 『색동저고리』(지하철문고, 1982)를 발간했다.

여기 모은 작품은 『어린이』, 『신소년』 기타 아동 잡지에 실렸던 것과 보모 양성을 위해서 지은 것들이다. 「쳉기통」, 「파종」, 「허수아비」, 「사람늑대」들은 경성보육학교 학생회인 녹양회에 의해서(허수아비, 파종－1931년 12월 8일, 쳉기통, 사람늑대－1932년 11월 11일) 전부 그때 공회당(지금은 상공회의소)에서 실제로 상연되어 큰 성과를 얻은 것인데 「허수아비」는 다른 아동문학전집에 넣었기 때문에 여기는 넣지 않았고, 「사람늑대」는 원고를 잃어 버렸기 때문에 여기 실을 수 없었다. 그 중 「파종」은 일찍이 배화여학교 학생들에 의해서도 상연된 바 있고, 「금강산」은 해방 후 중앙여자대학 학생들에 의해서 상연된 일이 있다. 그리고 동요 중에 「참새」와 「봄노래」는 정순철 씨의 작곡으로 이미 세상에 널리 불려져 있지마는, 동극 가운데 나오는 노래에도 그분의 작곡이 많으나 악보를 잃어 버려서 이 책에 실리지 못함을 유감으로 생각하는 바이다.[13)]

이 글을 통해 알 수 있듯이, 그는 1931년 무렵 경성보육학교 학생회인 녹양회의 활동에서 많은 아동문학 작품을 발표했다고 적었다. 그

꽃다발』, 『일요탐방기』, 평론집 『비소리 바람소리』, 한국희곡 영역집 『Play from Korea』를 발간했다. 또한 그는 1972년 12월 사회분야 국민훈장 모란장 수서, 1974년부터 1983년까지 '색동회' 회장을 역임했고, 1974년에 수필집 『일요방담』 발간, 1975년에 시집 『별같이 구름같이』 발간, 연구서 『색동회 어린이운동사』를 발간, 1982년에 아동문학선집 『색동저고리』를 발간했다.

13) 정인섭, 『색동저고리』, 정연사, 1962, 183~184쪽.

리고 그때에 썼던 작품들을 모아 선집을 엮었다고 밝히고 있다. 하지만 그의 작품 가운데 동극 「사람늑대」14)와 정순철이 작곡한 동요 「봄노래」 악보와 동극의 노래에 삽입된 악보는 잃어버려서 싣지 못했다고 했다.15)

정인섭은 1983년 9월 16일 사망했다. 사망 직후(1983. 11. 20) 색동회 주최 눈솔기념비건립위원회에서는 그의 무덤 옆에 〈눈솔 정인섭 선생 기념비〉를 건립했다. 그 기념비에는 "그 무엇보다도 선생은 어린이를 사랑하고 어린이를 위해 살다갔으니 눈솔은 소파와 더불어 영원히 잊을 수 없는 어린이 운동의 선구자이다. 눈솔 선생은 일찍이 1923년 일본 유학시절에 소파 방정환 선생과 손잡고 색동회 동인이 되어 어린이 운동에 앞장섰고, 1974년부터 색동회 회장 일을 맡아 눈을 감는 날까지 나라사랑, 어린이 사랑에 몸과 마음을 바쳤으니 어찌 그 고마움을 잊을 수 있으랴!"고 하면서, "생전에 뜻을 같이하던 우리 색동회 회원 일동은 눈솔 선생의 빛나는 업적과 거룩한 마음을 여기 굳은 돌에 새겨 영원히 기념하고자 한다"고 적었다. 그리고 기념비 뒷면에는 그의 동요 「산들바람」을 새겼다.16)

---

14) 「사람늑대」는 세계 영문동화집 속에 있는 아메리칸 인디안의 동화이다. 정인섭은 이를 번역하여 동화로 발표한 바 있다. 그런 점에서 동극 「사람늑대」(5막)는 그 동화를 각색한 것일 테지만, 현재 각본은 확인되지 않는다. 단지 이 동극은 1932년 녹양회(綠羊會) 주최로 경성보육학교 학생들이 당시 서울 공회당에서 공연했다고 한다.

15) 정인섭이 잃어버렸다는 동요 악보는 도종환의 『정순철 평전』(고두미, 2011)을 통해 확인할 수 있다. 여기에는 정인섭이 작사한 동요 가운데 「코끼리 코」, 「참새」, 「꿈노루」, 「처마 끝에 새 한 마리」, 「굴뚝쟁이」, 「가을나비」, 「설날」 등 7편은 정순철의 동요집 『참새의 노래』(동덕여자고등보통학교, 1932)에서 소개되고 있다. 이로 미루어 이들 동요는 경성보육학교 '녹양회'의 동극에 삽입된 노래들로 보이는데, 그 가운데 「굴뚝쟁이」, 「가을나비」, 「설날」은 그의 아동문학선집에 빠져 있는 작품들이다.

16) 1985년에는 색동회에서는 정인섭의 뜻을 기리기 위해 '눈솔상' 제정하여, 어린이문화운동에 공이 큰 사람이나 단체를 대상으로 현재까지 시상해 오고 있다.

이러한 정인섭의 삶과 문학행보 가운데서도 눈여겨보아야 할 것은 '색동회'와 어린이문화운동에서의 활동이다. 기미만세의거(1919. 3. 1) 이후 이어 1920년대는 교육·노동·언론·여성 등 여러 단체에서 사회운동이 일어났다. 그 가운데 중요한 분야가 어린이문화운동이다. 우리나라에서의 어린이문화운동은 1923년 색동회가 생기면서 본격적으로 진행되었다고 보아도 무방할 것이다.

색동회는 어린이문화운동 단체로서, 1923년 3월 16일 발족하여 그해 5월 1일 일본 도쿄(東京)에서 방정환(方定煥)을 중심으로 손진태(孫晉泰)·정순철(鄭順哲)·고한승(高漢承)·진장섭(秦長燮)·정병기(丁炳基)·강영호·조준기 등이 창립하고, 나중에 조재호(曹在浩)·윤극영(尹克榮)·최진순(崔瑨淳)·마해송(馬海松)·정인섭(鄭寅燮)·이헌구(李軒求)·윤석중(尹石重) 등이 참여함으로써 본격적인 어린이운동을 펼쳤다. 색동회에서는 '어린이는 내려다보지 말고 쳐다봐야 한다'는 이념을 첫 번째로 내세우고 있다.

1923년 3월 20일 아동잡지 『어린이』를 창간하였으며,[17] 1923년 5월 1일을 어린이날로 제정하였다. 개벽사에서 펴내던 잡지 『어린이』는 실제로 이 단체의 기관지나 마찬가지였다. 1923년 7월 23일 천도교대강당에서 아동예술강습회를 가졌고, 1924년 '어린이 날'에는 가극공연과 동화·동요회를 열었다. 또한 1928년 10월 2일에는 어린이사와 함께 세계아동예술전람회를 개최했다.[18] 그러나 일제의 탄압이 더해

---

[17] 색동회의 중심 멤버였던 방정환은 『어린이』라는 잡지를 발행하였으며, 여기에는 어린이운동가들이 동요·동화·동극 등을 발표하였는데, 이로써 어린이운동은 틀이 잡히기 시작했던 것이다.

[18] 1928년 8월 색동회 방정환·조재호·정순철·진장섭·정인섭 다섯 동인이 모여 '세계아동예술전람회' 개최에 관한 의논을 했다. 방정환은 1925년부터 세계각국아동작품전람회를 열고자 했다. 그러나 독일의 아동작품 70여 매를 수집한 채 진행을 못하고 있었다. 그런데

지고 1931년 방정환이 죽자 활동이 침체되는 위기를 맞기도 했다. 1934년 『어린이』가 폐간되었으며, 1937년 일본에 의해 '어린이 날' 행사가 금지되었다.

그런 점에서 정인섭의 아동문학은 나라잃은시기 어린이문화운동과 맥락을 같이하고 있다. 특히 그의 어린이문화운동 가운데 중요한 것은 색동회의 활동이라 할 수 있다.

내가 한국 학생으로 교내서 널리 알려지자, 나에게 접근하려는 사람들이 많아졌다. 일본 학생들은 그만두고라도 한국 학생 가운데서 세 가지 방면의 교섭이 있었다. 즉, 〈색동회〉, 〈한빛회〉, 〈외국문학연구회〉다.

그 첫째를 말하면 한 해 선배인 손진태(孫晉泰)였다. 그는 이미 1923년 3월 16일 동경에 유학하던 소파(小波) 방정환을 중심으로 진장섭, 윤극영, 조재호, 고한승, 정순철, 정병기 동인들과 힘을 합해서 한국 최초의 어린이 운동단체 〈색동회〉를 조직한 바 있다. 그래서 내가 아동문학에 취미를 갖고 영어로 『세계 동화집』을 발간한 데 대해서 치하를 하면서 나를 〈색동회〉에 가입하기를 권유했다. 손진태도 그 당시 한국의 설화(說話)를 연구하고 있었기 때문에 아일란드 민족과 같이 한국에도 문예부흥을 일으키기 위해서는 한국의 얼을 찾아 그 소박한 전통을 담고 있는 신화·전설·동화·우화 및 동요를 수집해야 되겠다고 생각하는 데 나와 완전히 의견을 같이 했다.[19]

뜻밖에 일본 동경에 있는 색동회 회원 정인섭이 친구들과 7월에 경남 일대에서 아동작품전시회를 열고 있다는 소식을 들은 것이다. 그들은 소파가 준비해 오던 것과 합쳐 '아동예술전람회'를 서울에서 대대적으로 개최할 것을 결정하였다. 도종환, 『정순철 평전』, 고두미, 2011, 197쪽.

19) 정인섭, 「나의 유학시절」, 『나의 인생관·못다한 인생』, 휘문출판사, 1984, 51~52쪽.

정인섭의 글 「나의 유학시절」 가운데 '색동회' 활동에 관한 부분이다. 그의 색동회 가입 배경은 "한 해 선배인 손진태"의 권유와 더불어 이루어졌으며, 우리나라에도 "문예부흥을 일으키기 위해서"였다고 밝히고 있다. 이처럼 정인섭은 색동회 활동과 더불어 『어린이』에 동요, 동극, 동화를 발표하면서 문학활동을 시작했고 어린이문화운동을 펼쳐나갔다. 물론 1920년대의 동극이나 1930년대 이후 교회를 중심으로 한 성극 등 어린이를 위한 연극이 없었던 것은 아니지만, '녹양회'를 중심으로 한 그의 동극은 계획적이고 지속적으로 이루어진 활동이었던 것이다.

　이렇듯 어린이문화운동은 억압받고 폄하되어 왔던 어린이들의 정신적·육체적 자유를 부르짖었다. 오로지 어린이들은 어른들의 세계와는 분리된 순수세계를 지닌 존재로 보아야 한다는 것이다. 이러한 어린이들의 천진난만하고 순수한 세계를 보호해주기 위해 근대아동문학이 형성되었다.

　색동회 동인 중에 윤극영 선생은 「반달」, 기타 동요를 새로이 지어서 전국적으로 퍼지게 했고, 그 외에도 수많은 새로운 동요를 작곡하여 어린이들에게 새로운 꿈을 키워 주었다. 정순철씨는 동요를 지어서 학교에서 〈창가〉로 부르게 함으로써 그들의 정신 순화에 힘썼고, 조재호 선생은 새로운 훈화를 통해서 어린이들에게 씩씩한 민족 정신을 심어 주었다. 마해송 선생은 재미난 동화를 꾸며 주었고, 나는 동극(童劇)을 보급시켜서 어린이들의 무대예술활기를 넣어 주었고, 손진태 선생은 역사동화로써 은근히 애국사상을 고취시켰다.[20]

---

20) 정인섭, 「어린이 사랑, 나라사랑」, 『나의 인생관·못다한 인생』, 휘문출판사, 1984, 110쪽.

이 글에서 보듯, 어린이문화운동 차원에서 윤극영·정순철·조재호· 마해송·정인섭·손진태 등 색동회 동인들의 활동에 대해 언급하고 있 다. 특히 정인섭은 "동극을 보급시켜서 어린이들의 무대예술 활기를 넣어 주었"던 동극 운동의 선구자였던 것이다.

이러한 활동을 통해 정인섭은 1974년 '색동회'의 제5대 회장으로 선출되어, 사망하기까지 10년 남짓 일했다. 그는 회장으로 있으면서 1976년 아동문학가들의 작품을 기증받아 '어린이 문학전집' 전12권을 만들어 그 판매비로 새로운 색동회 활동을 이끌었다. 이 같은 움직임 은 전국 어린이동화구연대회로 확산됨으로써, 어린이들에게 동화구 연과 연극을 통해 애국심을 고취시켰다. 1976년 11월에는 색동회 주 최 '제1회 전국 어머니동화구연대회'를 개최하였고, 대회 입상자들 중심으로 '색동어머니회'가 발족되었다.

방정환·고한승·정병기·마해송 동인들은 이미 이 세상을 떠났고, 손 진태·정순철 동인들은 납북되었으며, 최진순은 월북했다는 소문도 있 으나 그들의 소식은 까마득하다. 그리고 강영호·조준기 등은 서로 소식 이 끊긴 지가 수십 년이다. 이제 생존해 있는 옛 동인들은 조재호·진장 섭·윤극영·정인섭·이헌구의 5인뿐, 그러다가 1969년 소파 동상 건립 추 진을 기회로, 색동회를 확대 강화해서 유능한 회원들 수십 명이 신회원 으로 가입했다. 그 후 소파 동상은 세워졌고 해마다 나라꽃 무궁화 달기 운동과 무궁화 꽃나무 심기 운동을 펴 나가고 있는 이즈음, 본인이 회장 의 일을 보게 된 1974년을 계기로 해서 이에 『색동회 어린이 운동사』를 편찬하게 됐다.[21]

---

21) 정인섭, 「머리말」, 『색동회 어린이 운동사』, 학원사, 1975, 19~20쪽.

나라잃은시기 '어린이가 미래의 주인이다'라는 방정환의 혜안에서
광복 이후 '어린이를 키워야 미래가 있다'라는 정인섭의 신념은 우리
가 어린이에게 관심과 사랑을 가져야 하는 이유를 대변해주고 있다.
아울러 『색동회 어린이 운동사』는 우리나라 어린이문화운동의 '바탕
과 기둥'이었던 '색동회'의 발자취와 주요 활동 등을 중심으로 소개함
으로써 어린이에 대한 각별한 사랑을 보여주고 있다.

이렇듯 정인섭은 '색동회' 회원이면서 『어린이』의 필진으로 작품을
발표했고, '녹양회'를 비롯한 여러 모임을 통해 어린이문화운동에 앞
장섰다. 특히 그의 아동문학은 방정환의 '색동회' 조직과 『어린이』
발간, 그리고 '어린이날' 행사를 비롯한 각종 어린이문화운동에서 빚
어졌다고 해도 지나치지 않을 것이다. 그런 점에서 그의 아동문학
활동은 나라잃은시기 어린이문화운동과 그 맥을 같이 한다.

3. 정인섭 아동문학의 특성

앞서 소개한 그의 아동문학선집 『색동저고리』(지하철문고, 1982)에
는 동시 15편, 동화 11편, 수필 21편, 동극 17편이 수록되어 있다.
하지만 글쓴이가 조사한 바에 따르면, 그의 아동문학 작품은 동시
23편, 동화 14편, 동극 22편, 동수필 32편에 달한다. 차후 이를 갈무리
한 정인섭의 아동문학전집 발간을 기대하고 있다.

그의 아동문학은 나라잃은시기 어린이문화운동 차원에서 각별한
의미를 지닌다. 왜냐하면 암울한 시대현실에서도 계몽과 교육을 통해
어린이들에게 꿈과 희망을 불어넣고자 했던 까닭이다. 이에 글쓴이는
그의 아동문학 작품을 중심으로 문학세계와 문화운동의 의미를 살펴

보고자 한다.

1) 동시: 순수와 생활 동심의 세계

정인섭의 동시는 23편이 확인된다.[22] 이 가운데 출처를 알 수 있는
작품은 모두 나라잃은시기에 발표한 작품으로서, 「행복의 꽃노래」
(1926), 「가을밤」(1929), 「봄노래」(1930), 「코끼리코」(1938), 「참새」(1938)
등의 5편을 찾을 수 있다. 나머지 작품은 그의 작품집에 실려 있는
까닭에 정확한 창작 시기와 게재지를 알 수 없는 형편이다. 하지만
이들 작품 대부분은 나라잃은시기에 창작된 것으로 여겨진다.

먼저, 정인섭의 동시들은 대개 어린이의 순수 동심을 담아내고 있
다. 그의 천사주의 동시는 어린이들의 순진무구한 심정에서 가치를
찾아내고 자유로운 상상의 세계를 드러내는 천사주의 동심인 것이다.
그런 점에서 정인섭의 동시는 어린이들의 삶에서 자연스레 우러나온
동심주의의 소산이라 하겠다.

코끼리 코는 낚싯대,
비스케트 낚는다.

나뭇잎 하나 떨어져
한꺼번에 낚였다.

---

[22] 이밖에도 그의 동극에 삽입된 여러 노랫말이 있는데, 이들 또한 작품으로 끌어들인다면
그의 동요는 훨씬 더 많을 것이다.

코바람 불고 뚜루루
과자 하나 말린다.

용용용 용용 맛있네.
코끼리 코 뚜루루…….

—「코끼리 코」23)

처마 끝에 새 한 마리
고드름에 미끄러져
엎어졌다 자빠졌다
지붕 위에 새 한 마리
돌아 보고 지저귄다
어서어서 일어나오.

—「처마 끝에 새 한 마리」24)

아가씨 아가씨!
안녕하세요?
아가씨 지붕에
집을 짓고요,
아침에도 쩍쩍!
저녁에도 쩍쩍!

---

23) 정인섭, 『색동저고리』, 지하철문고, 1982, 38쪽. 이 동시는 정순철 동요집 『참새의 노래』(동
　　덕여자고등보통학교, 1932)에 악보로 수록되어 있고, 방원모가 엮은 『조선아동문학집』(조
　　선일보사 출판부, 1938)에도 실려 있다.
24) 정인섭, 『색동저고리』, 지하철문고, 1982, 41쪽. 이 동시는 정순철 동요집 『참새의 노래』(동
　　덕여자고등보통학교, 1932)에 악보로 수록되어 있다.

도련님 도련님!

안녕하세요?

도련님 지붕에

집을 짓고요.

아침에도 짹짹!

저녁에도 짹짹!

—「참새」25)

　정인섭의 동시는 당대 어린이들의 순수 동심의 세계를 형상화하고 있다. 이는 1920년대 무렵 색동회 소속의 여느 아동문학가들이 추구했던 공통적 경향이었던 천사주의 동심을 보여주고 있는 것이다. 물론 이 점에 대해서는 나라잃은시기의 어린이 현실과 동떨어진 인식이라는 차원에서 그의 동시세계를 천사주의, 곧 주관적 동심주의라고 평가할 수 있을 것이다. 이들 동시에서 보듯, 정인섭은 어린이들의 눈높이에서 소재를 취하고 있다. 그로 말미암아 친밀성을 내세우며 독자와의 거리는 좁혀지고, 당대 어린이들에게 꿈과 희망을 은연중에 심어주는 효과를 거두고 있다.

　특히 「참새」에서는 '참새'를 매개로 하여 순수 동심의 세계를 드러내고 있다. 어린이들의 일상에서 흔히 만나는 대상을 제재로 삼아 순진무구한 세계를 담아내고 있다. 이를테면 이 동는 "참새"를 의인화

---

25) 정인섭, 『색동저고리』, 지하철문고, 1982, 38쪽. 이 동시는 『조선아동문학집』(조선일보사 출판부, 1938. 12), 『소년』(1948. 8), 그리고 그의 저서 『색동저고리』(정연사, 1962), 시집 『산 넘고 물 건너』(정음사, 1968)의 '어린이 마음', 그리고 아동문학선집 『색동저고리』(지하 철문고, 1982)에 게재되었다. 광복기 어린이 매체인 『소년』에는 "아가씨 아가씨 / 안녕하세요. // 아가씨 지붕에 / 집을 짓고서, // 아침에도 짹 짹. / 저녁에도 짹 짹."으로 1연만 실려 있고, 목정(木丁)의 삽화가 그려져 있다. 또한 이 작품은 동극 「허수아비」에도 노랫말로 삽입되어 있다.

한 작품으로, "아가씨"와 "도련님"에게 "안녕" 인사를 하며, 그들의 "지붕에 집을 짓고" 서로 정답게 지내자는 의미를 내포하고 있다. 다시 말해서 참새의 지저귀는 "쩍쩍" 소리를 들으며, 어린이들과 나누는 대화적 표현으로 형상화하고 있는 순수 동심의 세계인 것이다.

다음으로, 정인섭의 동시에는 어린이들의 구체 현실과 일상을 노래한 작품이 더러 있다. 이른바 '생활동시'라 부를 수 있겠는데, 이는 당대 어린이들의 실제생활을 사실적으로 표현한 동시를 일컫는다. 그런 까닭에 그의 동시에는 어린이의 일상 체험에서 만나는 소재가 주로 채택된다.

산들바람이 산들 부운다
달 밝은 가을밤에
달 밝은 가을밤에
산들바람 부운다
아 너도 가면
이 마음 어이해

산들바람이 산들 부운다
달 밝은 가을밤에
달 밝은 가을밤에
산들바람 부운다
아 꽃이 지면
이 마음 어이해

—「산들바람」26)

이 동시는 정인섭의 대표작이라 할 만큼 우리에게 널리 알려졌고, 음악교과서에도 수록되었던 작품이다. 현제명이 1930년대 초반에 작곡하였는데, 우리의 가곡 역사를 논할 때마다 언급되는 곡이기도 하다. 여기서 시적 화자는 "산들바람"이 부는 "달 밝은 가을밤"에 남모를 슬픔을 느끼며 나라잃은시기 자신의 처지를 깨닫게 된다. 그런 상황에서 산들바람에게 "아 너도 가면", 그리고 "아 꽃이 지면" "이 마음 어이해" 하며 자신의 심정을 토로하고 있다. 그런 점에서 이 작품은 나라잃은시기 당대 어린이들에게 바치는 위로와 각성의 작품으로 볼 수 있다.

오늘 저녁에는
이야기가 듣고 싶다.
잠은 오지 아니 하고
보슬비만 나리네!

황다리 거리에는
돌아 가신 누나가
삿갓을 쓰고
손치며 기다립니다.

(난 발이 아파서
못 가겠어요 네?

---

26) 이 동시는 현제명의 『현제명 작곡집』(1933)에 악보로 수록되어 있다. 그리고 정인섭 묘지의 노래비에 새겨져 있는 작품이다.

어머니 날 다려다 줘요
업어다 줘요 네?)

—「돌아가신 누나」²⁷⁾

보리밭에 종달새 노래 부르니
달래 캐던 누나가 하늘을 보네.
어디서 오라는지 보이지 않고
노랑나비 한 마리 날으고 있네.

뒷 산에서 꾀꼬리 봄 노래 하니
나무하든 내 동생 한숨을 쉬네.
진달래 꽃 방망이 만들어 쥐고
푸른 무덤 뚜드리며 울음을 우네.

동생아 누나하고 나비를 따라
강 넘어 버들 가지 꺾으러 가자!
피리 불며 꽃 방망이 뚜드려 보면
봄 물에 아늘아늘 어머니 뵈네.

—「봄 노래」²⁸⁾

깨끗한 언양물이
미나리밭을 지나서

---

27) 정인섭, 『색동저고리』, 지하철문고, 1982, 40쪽.
28) 정인섭, 『색동저고리』, 지하철문고, 1982, 39쪽. 이 동시는 『어린이』 8권 제4호(1930) 악보
   (정순철 작곡)로 실려 있다.

물방아를 돌린다

팽이 같이 도는 방아
몇 해나 돌았는고
세월도 흐르는데

부딪히는 그 물살은
뛰면서 희게 웃네
하늘에 구름도 희게 웃네

깨끗한 언양물이
미나리밭을 지나서
물방아를 돌린다

사람 손에 시달리어
내 마음도 휘돌린다
인생도 팽이같이

부딪히는 그 물살은
뛰면서 희게 웃네
하늘에 구름도 희게 웃네

—「물방아」[29]

---

[29] 이 동시는 정확한 출처를 알 수 없다. 여러 동요곡집에 악보(김원호 작곡)로 수록되어
있다.

이들 동시는 앞선 작품들과 달리 실제생활 속의 동심 세계를 구체적으로 드러내고 있다. 「돌아가신 누나」에서는 죽은 누나를 그리워하는 동심이 묻어나 있다. "잠은 오지 아니 하고 보슬비"가 내리는 날이면, "황다리 거리"에서 기다렸던 "누나"를 떠올리며, 이제는 만날 수 없는 죽은 누나에 대한 슬픔과 그리움을 간절하게 드러내고 있는 작품이다.

정인섭이 밝혔듯이, 「봄 노래」는 자신의 고향을 생각하며 지은 것이다. 이 동시는 『어린이』(1930)에 악보로 실려 있는데, 작곡가 정순철은 이 작품을 작곡해서 모든 유치원이나 초등학교에서 부르게 되었다고 했다. 이 동시는 나라잃은시기의 생활상을 구체적으로 묘사하고 있다. 봄이 찾아와 온 누리에 생기가 돌지만, 전반적인 정조는 우울하기만 하다. 왜냐하면 돌아가신 어머니 생각으로 슬픔을 노래하고 있는 까닭이다. 결국 이 작품은 가족 부재로 어린이들의 비극적 실상을 감성적으로 형상화하고 있다.

동시 「물방아」는 김원호 작곡으로 발표된 작품으로 시적 화자의 장소사랑이 잘 드러나 있다. 여기서 정인섭은 고향 "언양"에 있는 "물방아", 곧 물레방아를 보면서 자신의 심정을 노래하고 있다. "팽이같이 도는 방아 / 몇 해나 돌았는고 / 세월도 흐르는데"를 비롯해 "사람 손에 시달리어 / 내 마음도 휘돌린다 / 인생도 팽이 같이" 구절에서 보듯이, 나라잃은시기의 애상적 분위기가 고스란히 담겨 있다.

결국 정인섭의 동시는 애상적이고 낙천적인 어린이들의 자연친화적 정서와 그들의 해맑은 순수 동심을 노래하고 있다. 또한 나라잃은시기의 현실에 대한 어린이들의 구체생활이나 미래지향적 경향의 작품을 발표하고 있다.[30] 아울러 정인섭의 동시 창작은 그 무렵 동요 보급[31]의 차원에서 이루어졌다는 점도 짚어둘 일이다. 그런 점에서

그의 동시 세계는 나라잃은시기 어린이를 향한 지극한 애정으로 이해
해야 마땅할 것이다.

2) 동화: 교훈과 계몽의 작가의식

정인섭이 발표한 동화는 14편에 이른다.[32] 그의 동화는 대개 전래
동화를 현대적으로 재구성한 작품, 다른 나라의 설화나 동화를 번안
하여 작품화한 것, 그리고 자신의 순수 창작동화로 구분된다. 물론
당대 어린이들의 동심과 구체 현실을 반영한 창작동화보다는 설화와
외국동화를 끌어와 재구성한 전래동화 또는 번역동화가 대부분이다.
하지만 그의 동화는 당시 어린이들의 읽을거리 제공과 더불어 교훈과
계몽의 특성을 보여주고 있다.

우선, 정인섭의 동화 가운데 눈여겨 볼 작품은 우리나라의 설화를
재화한 전래동화일 것이다. 여기에 드는 작품으로는 「해와 달」, 「범과
산토끼」, 「빈대 환갑잔치」, 「샌님과 호랑이」, 「삼형제」, 「효자범 홍도
령」 등이 있다. 이와 같은 작품은 구비전승의 문학적 자산에 대한
정인섭의 관심도를 잴 수 있는 빌미가 된다.

---

30) 한편, 정인섭이 쓴 동시는 개별 작품으로 발표한 경우 말고도 동극 「금강산」, 「맹꽁이」,
「허수아비」, 「소나무」, 「어머니의 선물」, 「오뚝이」 등의 내용 속에 동시를 삽입하고 있다.
31) 나라잃은시기 동요 보급에 기여한 단체로는 윤극영 중심의 '색동회', 정인섭 중심의 '녹양
회', 유기흥 중심의 '녹성동요회', 그리고 마해송이 노래와 동극운동을 하던 '샛별동무대
회', 홍난파가 조직한 '연악회', 정인섭이 후원하던 '두루미회', 그밖에도 '경성꾀꼬리회' 등
이 있다. 이들 단체는 신작 동요 작곡에서부터 순회 연주, 음반 취입, 방송 출연 등을
통해 어린이문화운동을 펼쳤다.
32) 그의 동화 가운데 『색동저고리』(지하철문고, 1982)에 수록되지 않은 작품으로는 「행복의
나라와 금능금」, 「해와 달」, 「5인 동무」 등이 있다.

수숫대가 빨갛게 얼룩져 있는 것은 그때 떨어져 죽은 호랑이의 피가 묻어 있기 때문이랍니다.

"오빠는 해가 되고, 동생은 달이 되어 세상을 밝게 비춰 주어라."

하느님께서 오누이에게 말씀하셨습니다.

"저는 여자라 밤에 다니기가 무서워서 싫으니 낮에 다니게 하여 주셔요."

하느님께서는 동생의 소원을 들으시고 해가 되어 낮에 다니게 하셨어요.

지금도 해를 쳐다보면 눈이 부신 까닭은 사람들이 쳐다보지 못하도록 부끄럼을 잘 타는 동생이 빛을 내리쬐기 때문이랍니다.

—「해와 달」 가운데[33]

홍도령은 본시 효성이 지극한 사람이었습니다. 그런데 어머니께서 병이 나서 오랫동안 앓고 있었습니다. 유명하다는 의원은 다 불렀고 또 데려다 치료를 해 보았습니다. 또 아무리 좋은 약을 써도 어머니의 병은 잘 낫지 않았습니다. 그 때문에 홍도령은 돈을 다 쓰고 집안이 아주 가난해졌습니다.

그래서 그는 매일 깊은 산에 가서 산신령님에게 기도를 드려 어머니 병이 낫게 해달라고 정성을 다했습니다. 그랬더니 어떤 도사가 하나 나타나서

"개 백 마리만 잡아서 그것을 약으로 쓰면 어머니 병환이 나을 것이다." 했습니다.

—「효자범 홍도령」 가운데[34]

---

33) 이 동화는 정인섭의 『온돌야화: 한국민화집』(일본서원, 1927)에 수록되어 있다.

앞의 작품은 그가 직접 채록하여 「해와 달」이라는 제목으로 『온돌야화: 한국민화집』(일본서원, 1927)에 실렸던 작품이다. 이는 오늘날 '해님과 달님'이라는 제목으로 널리 알려지고 있는 전래동화이다. 그리고 뒤의 작품은 경남 마산의 전설을 끌어와 쓴 동화이다. 오래 전부터 특정 지역에서 전해 내려오는 이야기를 개작하여 당대 어린이들의 취향에 맞게 만들어낸 작품이다.

이들 동화의 내용에 대해서는 상세하게 설명하지 않아도 이해될 터이고, 무엇보다 중요한 것은 당대 어린들의 읽을거리 제공이라는 점이다. 정인섭은 우리에게 널리 알려진 옛이야기의 내용을 빌려와 전래동화의 짜임과 묘미를 잘 살려내고 있다. 이는 한국의 설화를 채집하는 과정에서 얻은 결과물이며, 전래동화 발굴 운동의 일환으로 여겨진다.

다음으로, 정인섭은 우리나라뿐 아니라 다른 나라의 설화를 끌어와 동화로 발표하기도 했다. 여기에는 「행복한 나라와 금능금」, 「신화 '오디세우스'」, 「'마저구스'의 신년선물」, 「사람늑대」 등을 들 수 있다. 이와 더불어 그는 창작동화를 많이 발표하고 있다. 여기에 드는 작품으로는 「영원한 눈물」, 「'울냄이'와 달」, 「5인 동무」 등을 들 수 있다. 이들 작품은 대개 어린이들에게 교훈과 계몽의 효과를 제공했다고 할 수 있다.

소년은 또 다시 바위 끝에 뚜덕뚜덕 걸어 나가서 몸을 벌벌 떨면서 풍덩실 무서운 파도 속에 들어갔습니다.

공주는 소년이 뛰어 들어간 곳에 생긴 물거품만 바라보고 있다가 우

---

34) 정인섭, 『색동저고리』, 지하철문고, 1982, 56쪽.

레 같이 우루루! 쿵! 쿵! 부딪치는 파도를 눈물의 눈으로 한참 동안 바라보고 있었습니다.

아! 공주의 두 눈에서는 구슬 같은 눈물방울이 말없이 흘러 두 뺨 위로 뚜덕뚜덕 떨어졌습니다.

소년은 돌아오지 아니하였습니다. 기다려도 기다려도 소식은 없었습니다. 아! 다만 바위에 부딪치는 파도 소리만이 쿵! 쿵! 귓전을 두드렸습니다. 소년은 돌아오지 아니했습니다.

—「영원한 눈물」 가운데[35]

이 동화는 어느 임금이 금 술잔을 찾기 위해 바다로 뛰어들게 된다. 그것을 지켜보던 공주는 무사히 돌아올 것을 빌게 된다. 얼마 뒤 소년은 금 술잔을 들고 물 밖으로 나왔지만, 거의 죽을 지경의 처지였다. 그때 공주가 금 술잔에 포도주를 부어 입에 대어주자 겨우 정신을 차리게 된다. 그런 상황에서 임금은 또다시 금 술잔을 바다에 던지며, 다시 그것을 찾아오면 '이 세상에 가장 높은 벼슬을 줄테다. 그리고 그대의 목숨을 귀중히 생각하고 있는 공주를 위하여 그대를 나의 사위로 삼겠다'고 제안을 한다. 이에 소년은 공주의 얼굴을 바라보며 바다로 뛰어들게 된다.

인용문은 동화의 마지막 부분이다. 여기서 보듯, "공주는 소년이 뛰어 들어간 곳에 생긴 물거품만 바라보고 있다가" 구슬 같은 눈물을 흘리고 있다. 하지만 소년은 끝내 소식 없고, 다만 공주의 눈물인양 바위에 부딪치는 파도 소리만 귓전을 두드린다는 내용이다. 이처럼 동화 「영원한 눈물」은 한 임금의 짓궂은 취미로 희생당한 소년의 삶을

---

35) 정인섭, 『색동저고리』, 지하철문고, 1982, 66쪽.

그려내고 있다.

그리고 동화의 마지막 부분에서 정인섭은 "여러분! 이 소년을 어떻게 생각합니까? 여기 나오는 왕은 자기의 지나친 취미를 위해서 남을 귀찮게 했습니다. 아무리 좋은 상을 받는다 하더라도 옳지 못한 일을 하지 않는 것이 좋겠지요." 하면서 교육적인 당부를 남기고 있다.

그 날 밤 언니 꿈에 〈울냄이〉가 와서 자기는 하늘의 〈달〉이 되었다고 하면서 아버지와 어머니께 말씀 여쭈어 달라고 하더랍니다. 그리고 어째서 달이 되었냐고 하니 〈울냄이〉가 대답하기를 자기가 우는 동안에 입이 자꾸 자꾸 커져서 나중에는 온 몸이 커다란 동그라미 공이 되어 바람에 날아갔다고 하더랍니다.

하느님께서 달을 가지고 세상 아이들 중에 고집이 세서 억지 울음을 잘 우는 아이들을 꾸짖기 위해서 〈울냄이〉의 입이 커 가는 것을 보여 주신답니다. 여러분은 초승달부터 둥근 달이 될 때까지 점점 커가는 것을 본 일이 있습니까? 그리고 또 둥근 달이 점점 작은 입술로 되는 것도 보았겠지요. 이와 같이 나쁜 버릇은 고칠 수도 있답니다.

―「'울냄이'와 달」 가운데36)

이 동화는 울기 잘하는 심술궂은 아이 '울냄이'를 '달'의 변화 현상에 비유하여 교훈적인 이야기를 전하고 있다. '길바닥에 앉아 그냥 마구 울기만' 하는 '울냄이'의 입이 커질수록 그의 얼굴은 차츰 작아졌으며, 목이 아파서 더 울지 못 하겠는데도 억지 울음을 울 수밖에 없었다. 그런데 어찌된 일인지 저녁 무렵에 '울냄이'는 보이지 않고,

---

36) 정인섭, 『색동저고리』, 지하철문고, 1982, 44쪽.

그날 밤부터 둥근 달이 되었다는 내용이다.

여기서 정인섭은 민속 설화 같은 이야기를 창작동화에 반영함으로써, 당시 어린이 독자들에게 '나쁜 버릇'은 고칠 수 있다는 주제를 부각시키고 있는 것이다. 이를테면 "하느님께서 달을 가지고 세상 아이들 중에 고집이 세서 억지 울음을 잘 우는 아이들을 꾸짖기 위해서 〈울냄이〉의 입이 커 가는 것을 보여주"었다는 점, 교훈성을 강조하고 있다.

이렇듯 정인섭의 전래동화의 현대화 작업과 외국 설화를 개작 내지 재구성한 번안동화 창작은 그의 창작력 부족이라기보다는 초창기 어린이운동과 아동문학의 기틀을 갖추기 위한 선각자적 각성에서 비롯된 것이다. 아울러 그는 창작동화에도 큰 관심을 보여주고 있는데, 이는 당시 어린이들에게 읽을거리는 물론 교훈과 계몽을 주기 위한 방안이었던 셈이다.

3) 동극: 문화 향유와 민족성 고취

정인섭은 동요와 동화 창작에서 당대 작가들과 견주어 작품 수가 적은 편이다. 이러한 현상은 동극 창작과 공연에 주력했던 까닭이라 할 수 있다. 그가 발표한 동극은 22편에 이른다. 우리나라 초창기 아동문학사 쪽에서 볼 때 적지 않은 작품으로서, 그는 설화의 채록과 외국 동화 번안을 바탕으로 많은 동극을 발표했던 것이다.

그의 동극은 갈래적 측면에서 기존의 동화를 각색한 동화극37)과

---

37) 정인섭이 옛이야기를 동화극으로 각색하여 꾸민 것은 구전되던 옛이야기를 문자로 기록하여 정착시켰다는 점에서도 중요한 의미를 갖는다. 우리 겨레의 정서와 민족성에 맞는 옛이야기를 바탕으로 창조적으로 발전시켰음을 알 수 있다. 아울러 이를 어린이용으로

동시를 삽입하여 꾸민 동요극으로 나눌 수 있으며, 수용자적 측면에서 원아극, 아동극, 학생극 등으로 나눌 수 있다. 이 글에서는 갈래적 측면에서 접근하고자 한다. 먼저, 동화극은 동화를 내용으로 어린이들의 이해력과 흥미를 고려하여 만든 극으로, 생활극과 견주어 동화의 공상성을 중시한다.[38]

1막 여왕의 궁실

여왕은 걸상에 앉아 몸을 곱게 꾸미고 백설공주는 옆에서 책을 보고 있다. 시녀는 여왕의 목구실 줄을 두 손으로 받들고 공손히 섰다.

여왕: (구실 줄을 받아 목에 걸고 시녀에게) 이제는 너 볼일 보러 가거라.

(시녀는 절하고 나간다. 여왕은 거울 앞에 서서)

거울아 거울아 벽에 걸린 거울아!

우리나라 사람 중에 누가 제일 어여쁘냐?

거울: 여왕님, 여왕님은 어여쁩니다. 반달같이 아름답고 어여쁩니다. 그러나 백설공주는 온달과 같이 당신보다 훨씬훨씬 어여쁩니다.

여왕: (갑자기 놀래면서 입을 다물고 돌아서서 공주를 잡아 먹을 듯이 한참동안 흘겨본다.

공주는 발발 떨며 여왕 눈치만 보고 있다) 거짓말이야. 거짓말! 어린 아이가 나보담 어여쁘다고? 그럴 수야 있나? 어디 한 번 더

개작한 '전래동화'의 출발과도 깊이 연관된다는 점에서도 뜻깊은 작업이었다. 물론 이는 1920년대 초반 아동문화운동의 일환이었으며, 어린이에 대한 근대적 인식변화와 관련이 깊다고 하겠다.

38) 따라서 동화극은 공상적·직감적인 어린이들의 심적 특성에 대응하여 초자연적인 인간·생물 등이 등장하거나 몽상적인 장면이 많이 나타나는 등 일반적으로 비현실적인 요소가 강하다. 교훈성을 내포한 꿈같은 이야기를 각색한 것에서부터 독립된 하나의 문예작품으로 예술성이 높은 것에 이르기까지 그 주제나 구성에서 중요하게 다루어야 할 것이다.

물어 보자. 거울아 거울아 벽에 걸린 거울아! 우리나라 사람 중에
누가 제일 어여쁘냐?

거울: 여왕님, 여왕님은 어여쁩니다. 반달 같이 아름답고 어여쁩니다.
그러나 백설공주는 온달과 같이 당신보다 훨씬훨씬 어여쁩니다.

—「백설공주」 가운데[39]

이 동화극의 내용은 외국동화 「백설공주」와 다르지 않지만, 구성에
서 차이를 보이고 있다. 여기서 정인섭은 그림형제의 동화를 고스란
히 가져오지 않고 당대 현실에 필요한 부분만을 끌어와 무대화하고
있다. 이를테면 여기서는 백설공주의 생장과정은 생략하고, 새 왕비
가 그녀를 내쫓는 장면부터 전개시키고 있다.

이는 당시의 나라 현실과 어린이 관객들을 위한 전략으로서, "1막
여왕의 궁실"이라는 첫 장면부터 극적 재미를 유도하는 방법이다.
특히 마법의 "거울"과 대화하면서 화를 내는 여왕과 더불어, 그 대화
를 떨면서 듣고 있는 백설공주의 장면은 관객으로 하여금 극적 긴장
감을 유발시키고 있다. 이처럼 정인섭의 동극 「백설 공주」는 짧은
시간 동안 원작의 가장 흥미 있는 부분을 부각시킴으로써, 어린이
관객의 시선을 모으고 쉽게 이해할 수 있도록 했던 것이다.

복동: (대문을 안에서 열자) 아버지 손에 든 게 무어요? 그것 좀 보여
주세요?

아버지: 어디 무언가 알아보아라. 웅!

---

39) 정인섭, 『색동저고리』, 지하철문고, 1982, 190쪽. 이 동극은 나라잃은시기에 쓴 작품으로
『어린이』(1926. 1~2)에 수록되었다.

복동: 과자⋯⋯아니, 장난감⋯⋯풀어 보아요. (달려들어 상자를 빼앗아 풀어본다. 상자 속에는 귀여운 인형이 가득 들어 있다) 아이고 아버지 이게 웬 거요? 아이고 귀여워⋯⋯. (한아름 안고 아버지 팔을 이끌고 대문으로 들어간다.)

인형들. (챙기통에서 던져버린 인형들과 같은 모양을 꾸민 아이들이 야단법썩하게 소리를 외치며 우뚝우뚝 솟아 나온다) 아이고 아파⋯⋯ 아이 코야⋯⋯ 아이고 팔이야! 한쪽 팔을 떼어 버려서⋯⋯ 아이 다리야⋯⋯ 아이고 목이 아파 죽겠네⋯⋯ 허리를 다쳐서 꼬부랑이가 되었네⋯⋯. (이 모양으로 가지각색 병신 인형이 기계적으로 몸을 움직이면서 대문간에 가득이 모여 불평, 원망)

인형1: 자아 여러분. 우리는 챙기통 속에서 그대로 살 수가 없습니다. 숨이 가빠서 못 살 뿐 아니라 흉한 냄새가 난단 말이야. 이 집 세님이 우리를 버렸으니 다른 주인 동무를 찾아야지요.

여러 소리: 옳소. 옳소. 과연 그렇습니다. 히야 히야⋯⋯ 그 말씀이 참 옳습니다.

—「챙기통」 가운데[40]

이 동극은 『어린이』(1930. 7)에 발표되었고, 1932년에 녹양회(綠羊會) 주최로 상연되었다. 따라서 초등학생 정도의 창작, 동화극으로 자못 환상적인 분위기를 자아내는 작품이라고 전한다. 동극의 줄거리를 살펴보면, 언제나 새 인형을 좋아하는 복남은 부서진 인형들을 쓰레기통에 버린다. 버려진 인형들은 쓰레기통에서 일어나 의논을 하여 따뜻한 마음으로 사랑할 줄 아는 가난한 어린이에게로 행진하며 간

---

40) 정인섭, 『색동저고리』, 지하철문고, 1982, 212쪽. 이 동극은 『어린이』(1930. 7)에 수록되었다.

다. 길을 막는 복남이와 복남이 하인 그리고 짖는 개를 묶어 끌고 가면서 동네 아이들과 인형들이 손을 마주잡고 하모니카, 나팔, 피리 등의 음악에 맞춰 행진하면서 막을 내리는 작품이다.

그런 점에서 이 동극은 당대 어린이들에게 교훈과 계몽의 측면보다는 문화 향유에 의미를 불어넣고 있다. 왜냐하면 이러한 경향의 동극은 화려한 무대, 환상적인 분위기, 한바탕 어우러지는 춤과 노래, 여러 가지 인형 형상의 의상 등을 통해 어린이 관객들에게 흥미를 유발시키고 있는 까닭이다. 이밖에도 그의 동화극에는 「백로의 죽음」, 「잠자는 미인」, 「여우의 목숨」, 「마음의 안경」, 「바보 성공」, 「정직한 나무꾼」, 「햇님과 찬바람」, 「사람늑대」 등을 찾을 수 있다.

다음으로, 정인섭의 동극에는 동요극의 형태를 지닌 작품들이 눈에 뛴다.41) 동요극에 해당되는 작품은 「소나무」, 「허수아비」, 「백로의 죽음」, 「어머니의 선물」, 「오뚝이」, 「맹꽁이」, 「금강산」 등을 꼽을 수 있다. 이들 동요극은 극본 집필에서 남달리 노랫말(가사)의 역할을 중점적으로 배치하고 있다. 동시를 화소(話素)로 하여 극적 흥미를 유발시키고 있는데, 이는 당시 동요 보급의 일환으로서 문화 향유와 더불어 민족성 고취에 의미를 부여할 수 있다.

소나무: 새파란 소나무. 바늘 잎사귀. 눈이 와도 죽지 않고 우뚝 서 있는 솔솔솔나무가 제일입니다. 우리에게는 우리 솔 잎사귀가 제일 빛나고 나에게는 내 것이 그중 좋아요!

---

41) 정인섭의 동극에는 대부분 노래가 삽입되어 있다. 「쳉기통」에는 막이 열리기 전에 정순철이 작곡한 「헌 모자」와 극이 끝나면서 「우리 애기 행진곡」을 부른다. 「파종」에서도 왕녀가 부르는 노래가 있다. 「금강산」에는 소녀 독창, 선부 합창, 인어 합창, 바위 합창, 인어 독창 등 17곡의 노래가 들어 있다. 「소나무」에도 소나무의 노래 2곡, 「오뚝이」와 「맹꽁이」에도 노래가 들어 있다. 이들 노래는 곧 동시에 곡을 붙인 동요인 것이다.

여신: 참된 네 것을 잊지 말아라. 응?

소나무: 갑자기 잊어서 몰랐습니다. 용서하세요 여신님!

여신: 이애 작은 소나무야. 이제부터는 네가 항상 기쁠 것이다……(빨리
　　　나간다)

소나무: (노래 부른다) 나는 기쁘고 한정없이 기뻐요. / 또 다시 소나무
　　　가 되었습니다. / 아름답고 청청한 소나무를 보세요 / 나는 기뻐요
　　　한정없이 기뻐요……

(천사들은 소나무를 에워싸고 또 다시 가벼웁게 댄스하면서 소나무가
'기뻐요' 할 때마다 합창으로 '기뻐요'만 노래 부르다가 소나무가
두번째 노래를 마칠 때 막이 내리고 잠깐 동안 음악이 계속하면서
차츰차츰 가늘게…… 그친다.)

　　　　　　　　　　　　　　　　　　　　　　　　—「소나무」 가운데[42]

　　정인섭 스스로 밝히고 있듯이, "맨 처음 내가 발표한 동화극은 「소
나무」라는 1막극이었다"고 했다. 하지만 글쓴이 생각으로는 동화극이
라기보다 동요극의 형식을 갖추고 있는 작품이다. 왜냐하면, 여기서
정인섭은 춤과 노래, 곧 동요적 요소를 활용하여 극을 전개시키고
있는 까닭이다.

　　이를테면 정인섭은 소나무가 소원을 빌 때마다 천사들의 춤과 노래
(동요)를 반복적으로 활용하여 극을 이끌어가고 있다. 따라서 「소나무」
는 이전의 동극에서처럼 교훈적 이야기를 강조하기보다는 반복적인
춤과 노래, 곧 동요적 요소를 강조하면서 극의 흥미를 이끌어내는
데 집중하고 있는 것이다. 결국 그는 이 작품은 소나무 이야기를 통해

---

42) 정인섭, 『색동저고리』, 지하철문고, 1982, 151쪽. 이 동극은 『어린이』(1926. 3)에 수록되었다.

현재의 자기 모습과 상황을 제대로 인식하라는 주제를 담고 있다.[43]

> 소녀: (혼자 물레를 돌리면서 쓸쓸한 표정으로 노래 부른다.) 이 물레를
> 돌려서 무엇을 할까. / 밤낮으로 나 홀로 돌리고 있네. / 돌아가신
> 어머님 언제 오시나, / 쉬지 않고 돌려도 꾸중하실까.
>
> 참새들: (집으로 팔팔 날아들어오면서 소녀에게 인사를 한다. 추운 날씨
> 에 떨고 있는 참새도 있다. 같이 합창) 아가씨 아가씨 안녕하세
> 요? / 아가씨 지붕에 집을 짓고요. / 아침에도 짹짹, 저녁에도 짹
> 짹. / 아가씨 아가씨 무얼 하세요? / 아가씨 물레를 돌리고 있네.
> / 아침에도 부르릉, 저녁에도 부르릉
>
> 소녀: (참새 소리를 듣고 반가이 문 밖으로 뛰어나오면서 노래부른다.)
> 아이구머니나, 참새들이 왔군. / 너희들 추운데 어떻게 지내니? /
> 내게 무슨 할 말이 있어 왔어? / 어디 이리 가까이 와서 말해 봐.
>
> 참새1: (한걸음 앞으로 나와서 노래한다.) 아가씨 아가씨, 말 좀 들어
> 보셔요. / 봄에나 여름엔 벌레 잡아먹었고, / 가을엔 들에서 벼알
> 을 주워 먹어도, / 이제는 겨울에 먹을 것 하나 없어요.
>
> 참새들: (소리를 합쳐서 노래) 아가씨 아가씨, 정말 그래요. / 앞동산 뒷
> 동산 풀은 마르고, / 앞들과 뒷들이 텅텅 비어서 / 온종일 먹을 것
> 찾지 못해요.
>
> ―「허수아비」 가운데[44]

---

43) 정인섭에 따르면, 동극 「소나무」는 "노래와 춤으로 엮었다. 여기엔 한국 민족의 얼을 지키
고, 잃었던 강토를 도로 찾자는 뜻이 숨어 있다. 무대 효과도 좋고 30분 정도로 해낼 수
있는 동극"(「색동회와 아동극 문제」 가운데)이라 밝혔다.

44) 정인섭, 『색동저고리』, 지하철문고, 1982, 200쪽.

「허수아비」는 완전히 동요극이었는데, 작곡은 색동회 동인인 정순철씨가 맡아 했다. 이 동극의 줄거리를 살펴보면, 계모에게 학대받는 소녀가 눈 오는 겨울에 물레를 젓고 있는데, 찾아온 헐벗은 허수아비가 도움을 받는다. 소녀는 참새에게도 친절하게 밥알을 던져주곤 했으나, 계모에게 꾸지람을 들어 집에서 쫓겨나는데, 밖에서 돌아오는 아버지에게서 구원을 받는 이야기다.

이 동극은 당시 색동회 동인들 중에 이헌구·정순철·최진순 씨와 내가 중심이 되어 경영하던 경성보육학교(京城保育學校)에서 여학생들이 그 강당에서 상연했다고 한다. 여기서 주목할 점은 앞서 소개한 동시 「참새」의 내용을 도입하고 있는 것이다. "아가씨 아가씨 안녕하세요? / 아가씨 지붕에 집을 짓고요. / 아침에도 짹짹, 저녁에도 짹짹." 이 그것이다. 이외에도 여기에 나오는 참새들의 노래는 오늘날까지 유치원에서 불리고 있다. 아무튼 그의 동요극에서는 춤과 노래, 동요의 음악성을 통해 극을 전개시키고 있다.45) 이는 그가 어린이들의 흥미를 위한 노래뿐 아니라 음악이 어린이에게 미치는 영향, 나아가 공연의 완성도를 고려한 방법이다.

이렇듯 정인섭은 아동문학 활동 가운데서도 동극 분야에 남다른 관심과 열정을 보여주었다. 이는 자연스레 동극 창작으로 이어졌고, 나라잃은시기 우리나라 어린이들의 민족의식 고취를 위해 다양한 연극을 시도했다. 그의 동극은 교훈적 측면에서 전래동화나 외국동화 등의 이야기를 무대화하기도 하고, 예술교육의 측면46)에서 춤과 노래

---

45) 또한 그의 동극의 특징적 요소를 더한다면, 극본 집필에서 남달리 노랫말(가사)의 역할을 중점적으로 배치하고 있다는 사실이다. 동극 속에 나오는 노랫말은 개별적인 동요로서 그 가치를 발휘하고 있다.

46) 정인섭은 "예술교육의 완성은 정서·교육을 주의로" 삼아야 한다고 했으며, 동극이야말로 "예술교육의 최고 형식이요, 인간성 교육에서는 가장 근본적 가치"를 지닌다고 주장했다.

등의 동요를 활용하여 상상력을 확장시켜 예술적 경험을 하게 하였으며, 계몽적 측면에서 어린이들이 성장해가는 데 필요한 삶의 덕목을 강조하고 있다. 결국 정인섭은 나라잃은시기 어린이문화운동의 한 방편으로 동극을 개척한 선구자로서의 공로가 크다고 하겠다.

4) 동수필: 체험과 전통의 교육적 인식

정인섭은 동요·동화·동극 말고도 아동문학에 관련된 동수필(童隨筆)[47]을 많이 발표했다. 여기저기 발표된 어린이 관련 산문 가운데 그의 동수필은 32편에 이른다. 그는 '동수필'이라는 유형으로 문학선집인 『색동저고리』(1982)에 22편의 작품을 싣고 있다. 그의 동수필은 당대 어린이를 위해 자신의 체험과 교육적 측면의 아동관을 솔직하게 담아내고 있다. 그의 동수필은 고향 추억과 여행 체험을 비롯해 교육적 차원에서 민속과 전통에 대한 지식을 드러내고 있다.

우선, 그의 고향 추억은 어머니와 연관된 사연과 그리움 등을 통해 당대의 어린이들에게 다가서고 있는 것이다. 그의 고향과 어머니에 대한 사연을 다룬 동수필은 『어린이』(1928. 5)에 발표한 「고향의 봄」

정인섭, 「예술교육과 아동극의 효과」, 『조선일보』, 1926. 8. 31.

47) 사실 동시(동요), 동화, 동극 등은 문학 갈래로 자리를 잡고 있으나, '동수필'은 아동문학의 한 갈래로서 자리를 찾지 못하고 있는 실정이다. 물론 1987년에 이르러 정진권의 「동수필에 관하여」라는 글에서 동수필이 갖추어야 할 몇 가지 조건들을 제시하면서 실험적으로 쓴 동수필 몇 편을 선보인 바 있다. 그는 동수필의 개념으로 '어린이를 예상 독자로 하여 수필가가 쓴 수필'이라고 정의하였다. 아울러 그는 독자의 측면에서 몇 가지 동수필의 조건을 제시하였다. 독자가 어린이라는 특수성으로 어린이가 쉽게 이해할 수 있는 문장으로 써야 한다고 하였다. 소재는 어린이들에게 친근하거나 호기심을 유발할 수 있는 것으로 해야 한다고 하였다. 필자는 어린이를 잘 알고 있을 만큼 전문적인 식견을 지녀야 한다고 하였다. 아무튼 순수한 어린이의 심리를 그린 동수필 또한 아동문학에 있어서 또 하나의 새로운 갈래로 받아들일 필요가 있는 것이다.

(「고향의 봄이 그리워」와 동일한 작품)과 『동화』(1937. 6)에 발표한 「어머
님 생각」(「그리운 어머니」와 동일한 작품) 등이 있다.

　　내 고향, 우리 '마을'에는 벚꽃은 없습니다. 그래도 복사꽃, 아카시아
　　꽃은 가득차 있지요. 봄이 되면 그리운 그 곳, 내 고향의 봄은 나의 꿈이
　　요 눈물이요, 희망입니다.
　　　영원히 잊지 못할 추억입니다. 나는 내 고향을 생각하고 「봄노래」라
　　는 동요를 지은 때가 있습니다. 작곡가 정순철 씨가 그것을 작곡해서
　　모든 유치원이나 초등학교에서 부르게 되었습니다.
　　　　　　　　　　　　　　　　　　　　　　　　　　―「그리운 고향」 가운데[48]

　　정인섭은 자신의 고향에 대한 인식을 솔직하게 표현하고 있다. 여
기서 보듯, 그의 고향에는 "벚꽃"은 없지만, "복사꽃, 아카시아꽃"은
많다는 것이다. 그러면서 "내 고향의 봄은 나의 꿈이요 눈물이요, 희
망"이며, "영원히 잊지 못할 추억"으로 남아 있다는 것이다. 그러한
고향에서의 유년 체험을 바탕으로 동시 「봄노래」를 지었으며, 이 동
시에 '정순철'이 곡을 붙여 널리 불리게 되었다는 것이다.
　　다음으로, 정인섭의 동수필에서는 여행지에서 본 외국 어린이 모습
을 주로 다루고 있다. 그는 여러 나라를 여행하게 되는데, 여행지에서
본 다른 나라 어린이들의 생활모습을 담아내고 있다. 이에 해당되는
작품으로는 「〈싱가폴〉의 구경」, 「친절하고 영리한 〈만주〉 소년」, 「이
집트의 소년 소녀」, 「효성 있는 〈폴란드〉 소년」 등을 꼽을 수 있다.

---

48) 정인섭, 『색동저고리』, 지하철문고, 1982, 95쪽.

소년은 아버지가 밖에 서 있는 것이 민망해 보이는지 자기가 나가서 아버지에게 방으로 들어가 자기가 앉던 자리에 앉으라고 간청한다. 그러나 노인은 자기 아들을 생각하고 응하지 않으며 그대로 서 있다. 그러니 자기 누이가 한참 앉았다가 그의 아버지를 들어가라고 해도 듣지 않는다. 이번에는 어머니가 말을 하여도 여전히 듣지 않는다. 퍽 고집이 센 노인인 모양이다.

그러는 동안에 소년은 내가 들으라고 준 〈라디오〉를 듣다 말고 아버지에게 가지고 가서 들으라고 한다. 아버지는 청취기를 귀에 대고 한참 듣더니 기쁜 얼굴로 미소를 띠운다. 그러니까 소년은 아버지 바지를 잡아당기면서 기어코 자기가 앉았던 자리에 아버지를 앉히었다.

—「효성 있는 〈폴란드〉 소년」 가운데[49]

이 동수필에서 그는 자신의 여행 체험 중에 본 외국 어린이들의 모습을 통해 우리나라 어린이들에게 일깨움을 강조하고 있다. 제목에서부터 짐작할 수 있듯이, 폴란드 소년의 효성에 초점을 두고 표현하고 있다. 여기서 정인섭은 폴란드 여행에서 만난 사람들과의 체험과 더불어 그때 기차 속에서 본 광경을 한 소년의 마음 씀씀이를 떠올리며 서술하고 있다.

이를테면 그 소년은 자신의 아버지가 밖에 서 있는 것이 민망하여, 여러 방법을 통해 자리에 앉게 했던 행위가 그것이다. 그밖에도 그 소년이 어머니에게 말해 사과를 깎아서 자기와 그의 아버지에게 드리는 배려심과 효성을 강조하고 있다. 벌써 오래 전의 일이지만 그 영리한 폴란드 소년을 회상하며, 나라잃은시기의 어린이들에게 교육적

---

49) 정인섭, 『색동저고리』, 지하철문고, 1982, 106쪽.

의미로 끌어내고 있는 것이다.50)

　추석은 음력으로 8월 15일이니 이것을 팔월 대보름날이라고 해서 한
국서는 설 다음에 둘째가는 명절이다.
　맑은 공기에 상쾌한 기분을 갖는 가을 중에서도 추석은 제일 기쁜
날이다. 새옷에 단장을 하고 맛난 음식을 만들어 먹고, 추수의 풍성함을
느낀다. 또 선조에게 제사를 지내며 성묘를 하기도 하고, 친척이나 친구
를 찾아 서로 반가이 만나며 휴일답게 노는 날이기도 하다.

—「추석」 가운데51)

　세배는 설날이 돼서 새해 인사를 하는 것을 의미합니다. 옛날에는 음
력설에 세배를 했는데, 요즘은 양력으로 설을 쇠고 양력설에 세배를 합
니다.
　아이들이 부르는 동요 〈설날〉에는 처음에
　'까치 까치 설날은 어저께고요, 우리 우리 설날은 오늘이래요' 라고
돼 있습니다.

—「세배」 가운데52)

　또한 정인섭은 어린이 교육의 차원에서 많은 동수필을 적고 있다.

---

50) 정인섭은 '조선에 있어서도 아동을 자유로운 처지에 두어서 자아를 발달시킨다는 의미로
　　동화, 동요, 동극, 동무(童舞), 그리고 동화(童畵) 내지 자유화(自由畵)가 유년교육(幼年敎育)
　　에 중대한 지위를 점케 되었으되 일반 학교 방면에서보다 소위 사회적 교육군(敎育群)에서
　　적극적으로 실천되어 온 듯하다'고 피력한 바 있다. 정인섭, 「아동예술교육」, 『동아일보』,
　　1928. 12. 13.
51) 정인섭, 『색동저고리』, 지하철문고, 1982, 119쪽.
52) 정인섭, 『색동저고리』, 지하철문고, 1982, 135쪽.

이들은 대개 1980년대에 쓴 작품으로 여겨지는데, 당시 어린이들에게 지식 전파와 정서 교육을 위한 제재로 삼았던 것이다. 여기 인용한 「추석」과 「세배」는 교육적 차원에서 쓰여진 작품이다. 여기서 작가는 추석의 기원과 유래, 그리고 세배의 뜻과 '설날'의 의미에 대해 설명하고 있다. 이를 통해 당대 어린이들에게 전통 인식과 지식 전달의 교육적 가치를 담아내고 있는 까닭이다.[53]

이렇듯 정인섭은 자신의 유년 체험과 여행 체험을 중심으로 당대 어린이들의 정서 함양, 그리고 전통과 현실에 대한 지식 전파를 위해 교육적 차원에서 동수필을 적고 있다. 따라서 그의 동수필은 정인섭의 아동관과 문학사적 행보를 살펴보는 데 유용한 자료로서 가치를 지닌다. 아울러 그의 동수필을 통해 우리나라의 아동문학적 토양을 읽어낼 수 있고, 교육적 차원에서 어린이문화운동의 의미를 모색할 수 있을 것이다.

4. 마무리

정인섭은 우리 근대문학사에서 다채로운 활동을 보여준 문학인 가운데 한 사람이다. 그는 1920년대부터 다양한 분야와 여러 갈래에 걸쳐 문학적 역량을 보여주었다. 그는 아동문학가, 시인, 수필가, 문학평론가, 번안작가, 민속학자, 영문학자, 한글운동가, 그리고 어린이운

---

53) 한편, 정인섭은 아동문학 관련하여 비평을 발표한 바 있다. 여기에는 「아동예술교육」(『동아일보』, 1928. 12. 11~13)과 「예술교육과 아동극의 효과」(『조선일보』, 1926. 8. 31), 그리고 「색동회와 아동극 문제」(『횃불』, 1969. 3. 23)를 찾을 수 있다. 그는 아동비평을 통해 아동문학의 여러 영역에 걸친 그의 어린이문화운동의 의미를 드러내고 있다. 따라서 그의 아동비평에 대해서도 적극적으로 논의할 필요가 있다. 이에 대해서는 향후의 과제로 남겨둔다.

동가로서 크게 활약했다.

특히 그는 우리나라의 초창기 아동문학 분야에서 중심적 역할을 했고, 아동문학의 여러 갈래를 넘나들며 많은 작품을 남겼으며, 아동문화운동에도 적극적인 활동을 펼쳤다. 이에 글쓴이는 정인섭의 삶과 문학 가운데서도 초창기에 열정을 쏟았던 아동문학가로서의 면모를 살피는 데 목표를 두었다.

우선, 이를 위해 글쓴이는 먼저, 정인섭의 문학살이와 어린이문화운동에 대해 짚어보았다. 특히 그의 삶과 어린이문화운동 가운데 중요한 것은 색동회의 활동이라 할 수 있다. 이를 통해 정인섭은 암울한 시대현실에서도 계몽과 교육을 통해 어린이들에게 꿈과 의망을 불어넣고자 했던 것이다.

다음으로, 그의 아동문학 작품을 동요, 동화, 동극, 동수필로 나눠 아동문학적 특성에 대해 구체적으로 살펴보았다.

정인섭의 동시는 애상적이고 낙천적인 어린이들의 자연친화적 정서와 그들의 해맑은 순수 동심을 노래하고 있다. 또한 나라잃은시기의 현실에 대한 어린이들의 구체생활이나 미래지향적 경향의 작품을 발표하고 있다. 아울러 그의 동시 창작은 그 무렵 동요 보급의 차원에서 이루어졌다는 점도 짚어둘 일이다.

정인섭은 전래동화의 현대화 작업과 외국 전설의 번안동화, 그리고 창작동화를 발표했다. 이는 어린이문화운동과 초창기 아동문학의 기틀을 갖추기 위한 선각자적 각성에서 비롯된 것이다. 아울러 그는 창작동화에도 큰 관심을 보여주고 있는데, 이는 당시 어린이들에게 읽을거리는 물론 교훈과 계몽을 주기 위한 방안이었던 셈이다.

정인섭의 동극은 실제 공연을 염두에 두고 창작되었다는 점이다. 따라서 그의 동극은 교훈적 측면에서 전래동화나 외국동화 등의 이야기를 무대화하기도 하고, 예술교육의 측면에서 춤과 노래 등의 동요를 활용하여 상상력을 확장시켜 예술적 경험을 하게 하였으며, 계몽적 측면에서 어린이들이 성장해가는 데 필요한 삶의 덕목을 강조하고 있다.

정인섭은 자신의 유년 체험과 여행 체험을 중심으로 당대 어린이들의 정서 함양, 그리고 전통과 현실에 대한 지식 전파를 위해 교육적 차원에서 동수필을 적고 있다. 그런 점에서 그의 동수필은 정인섭의 아동관과 문학사적 행보를 살펴보는 데 유용한 자료로서 가치를 지닌다.

이렇듯 정인섭은 1920년대 우리 아동문학을 자리매김하는 데 중요한 역할을 맡았다. 많은 동극을 창작하여 우리나라 동극의 터전을 닦았고, 우리 겨레의 민족성을 어린이들의 마음속에 심어주고자 노력했다. 그런 점에서 그의 아동문학은 우리나라 근대 어린이문화운동과 맥락을 같이하며, 여러 갈래에 걸쳐 값진 성과를 보여주고 있다.

앞으로 정인섭의 삶과 활동 전반에 대한 연구가 더욱 활성화되어야 할 것이다. 이를테면 시, 수필, 비평, 번역 작품 등의 문학활동뿐 아니라 국어학과 민속학적 업적에 대해서도 꼼꼼한 연구가 뒤따라야 할 것이다. 그러기 위해서는 그의 삶과 활동을 갈무리할 수 있는 작품 전집이 발간되어야 할 것이다. 이를테면 '아동문학 전집'을 비롯해 시와 수필, 그리고 비평과 연구를 아우르는 '눈솔 정인섭 전집'이 그것이다. 그래야만 그에 대한 온전한 자리매김이 뒤따를 수 있을 것이다.

이원수와 한국전쟁기 『소년세계』

1. 들머리

우리문학사에서 한국전쟁은 각별한 의미를 지닌다. 한국전쟁기 문학 현상을 온전하게 기술하기 위해서는 활발한 자료 발굴과 함께 갈래별 특성, 개별 작가·작품에 대한 접근이 폭넓게 이루어져야 할 것이다. 무엇보다도 전쟁 또는 피난지 문단에 대한 관심의 확대와 연구 지평의 다양화를 꾀하는 일이 중요하고 시급한 문제라고 할 수 있다. 이는 아동문학 분야에서도 마찬가지로서, 연구자들에게 주어진 몫과 과제가 적지 않다.

이 글에서 대상으로 삼은 이원수(李元壽, 1911~1981)는 우리 문학사에서 크게 이름을 들내고 있는 아동문학가이다. 그는 나라잃은시기부터 광복기와 전쟁기를 거쳐 작고하기까지 반세기 넘게 활동하면서 우리 아동문학의 발전에 뚜렷한 궤적을 남겼다. 그는 1925년 『어린이』
에 동시 「고향의 봄」을 발표하면서 아동문학 창작 활동을 시작하였으
며, 동시와 동화, 소년소설, 아동극, 동수필과 평론에 이르기까지 방대
한 업적을 보여주었다.

지금껏 이원수의 삶과 문학에 대한 연구는 대중적인 명성에 걸맞게
작가론, 작품론, 주제론 쪽에서 여러모로 이루어진 바 있다. 이를테면
동시, 동화와 소년소설을 중심으로 한 연구,[1] 개별 작품에 대한 심층
적 분석,[2] 그리고 시대에 따른 작가정신 또는 작품세계에 대한 논의,
한편으로 부왜(친일)문학에 관한 연구는 그의 문학적 위상을 재평가하
는 요인으로 작용하고 있다.[3]

하지만 이러한 연구 성과에도 불구하고, 이원수의 한국전쟁기 삶과
문학 활동, 특히 아동문학 차원의 매체활동에 대해서는 논의가 제대
로 이루어진 바 없다. 이처럼 이원수의 삶과 문학 연구에 있어, 하나의
공백으로 남아 있는 부분은 한국전쟁 전후의 문학행보일 것이다. 특
히 매체 발간에 따른 이원수의 출판활동 쪽에 있어, 『소년세계』에
대해서는 단편적인 논의에 머물고 있는 실정이다.

---

1) 이재철(1981), 채찬석(1986), 김용순(1987), 공재동(1990), 김영일(1994), 김성규(1994), 이
   균상(1997), 박동규(2001), 김용문(2002), 김종헌(2002), 박종순(2002), 김명인(2003), 이승
   훈(2004), 박순선(2005), 송지현(2005), 송연옥(2005), 김은영(2007), 김미정(2008), 김혜정
   (2009), 김혜숙(2009), 박숙희(2010), 박종순(2010), 김지연(2012), 오세란(2012) 등의 연구
   가 있다. 이에 대해서는 끝에 붙여둔 '참고문헌'을 참조하길 바란다.
2) 조은숙(1995), 오판진(2002), 정진희(2003), 김상욱(2004), 정연미(2007), 염희경(2011), 오
   판진(2011), 김영주(2012), 박영지(2013) 등의 연구가 있다. 이에 대해서는 끝에 붙여둔
   '참고문헌'을 참조하길 바란다.
3) 여기에는 박종순, 「이원수 문학의 리얼리즘 연구」(창원대학교 박사논문, 2009)를 비롯해,
   박태일, 「이원수의 부왜문학 연구」(『배달말』 제32집, 1998); 원종찬, 「이원수와 70년대
   아동문학의 전환」(문학교육학」 제28집, 2009); 조은숙, 「이원수의 친일 아동문학과 작가론
   구성논리에 대한 재검토」(『우리어문연구』 제40집, 2011) 등을 찾을 수 있다.

이재철[4]은 『소년세계』의 성격을 순수문학적 성향을 띤 것으로 규명하고, 그 특징을 1950년대 통속대중물에 대한 반발, 산문문학의 대중문화적 시대상 반영, 자유 동시에의 의도적 지향으로 나누어 언급하고 있다. 선안나[5]는 1950년대의 동화와 아동소설의 전반적 특징을 반공주의를 중심으로 논의하면서, 『소년세계』에 대해서는 부분적으로 언급하는 데 그치고 있다.

반면, 『소년세계』에 대한 본격적인 논의는 몇 연구자에 의해 이루어졌다. 문선영[6]은 한국전쟁기에 발간된 아동문학 매체, 특히 『소년세계』, 『어린이 다이제스트』, 『파랑새』를 대상으로 경남·부산지역 아동문학의 성격과 의의에 대해 고찰하고 있다. 그런 가운데 피난문단의 탈이념주의 측면에서 『소년세계』의 현황과 특성을 논의하고 있다. 김종헌[7]은 『소년세계』를 본격적으로 다룬 연구로서, 한국전쟁기 아동문학의 위상과 동심에 대한 고찰하고 있다. 하지만 『소년세계』 전반에 관한 연구가 아닌 창간호 중심으로 그 특징을 논의하고 있다. 이를테면 『소년세계』의 창간과 시대적 상황, 창간호에 참가한 작가와 게재 작품을 통한 한국전쟁기 휴머니즘적 동일화 동심과 아동독자들의 미래 지향적 동심, 『소년세계』의 특징과 의의에 대해 살피고 있다.

아울러 황혜순[8]은 『소년세계』에 중심을 두고, 한국전쟁기 아동문학적 양상과 특성을 살피고 있다. 효용적 측면과 기능적 측면, 이른바

---

4) 이재철, 『한국현대아동문학사』, 일지사, 1978.
5) 선안나, 「1950년대 동화·아동소설 연구: 반공주의를 중심으로」, 성신여자대학교 석사논문, 2006. 2.
6) 문선영, 「1950년대 전쟁기 피난문단과 경남·부산지역 아동문학 매체 연구」, 『한국문학논총』 제37집, 한국문학회, 2004. 8.
7) 김종헌, 「『소년세계』지 연구: 『소년세계』 창간정신을 중심으로」, 『아동문학평론』 제31권 제2호, 2006년 여름.
8) 황혜순, 「『소년세계』지 연구: 효용론적 관점에서」, 건국대학교 석사논문, 2007.

교육적·문학치료적 측면에서『소년세계』의 특성과 의의를 밝혀내고 있다. 박성애9)는『소년세계』에 실린 작품을 대상으로 작가의 죄의식을 문제 삼고 있다. 특히 김요섭과 이원수로 대표되는 작가들의 작품 속에는 전쟁의 폭력에 희생당하고 고통 받는 아동에 대한 작가의 죄의식과 전쟁 주체로서의 반성이 드러나 있다는 것이다. 또한 박종순10)은『소년세계』의 기획 전략이 독자를 형성해나간 과정을 살피고, 아동들의 작문 교육과의 상관성을 고찰하고 있다. 이는 한국전쟁기『소년세계』의 매체 발간과 창작 교육의 지향점을 보완하는 데 있다는 것이다.

하지만 이들 연구는 잡지매체인『소년세계』의 전반적인 매체 특성을 살핀 성과일 뿐, 매체 편집과 발간에 중추적 역할을 맡았던 이원수의 행보와 활동과는 동떨어진 작업이라 할 수 있다. 따라서 이 글은 한국전쟁기11) 이원수의 삶과 문학 활동을 살피는 데 목표를 둔다.

이를 위해 글쓴이는 이원수의 생애 가운데서도 가장 미흡하게 알려졌다고 판단되는 한국전쟁기 문학행보, 이를테면 피난지 대구를 중심으로 이루어졌던 피난생활과 매체활동을 따져볼 것이다. 이를 바탕으로『소년세계』에 게재한 그의 작품들, 이를테면 동시·동요, 동화·소년소설, 동수필과 기타 산문 등의 아동문학적 특성을 살펴보고자 한다.

---

9) 박성애, 「『소년세계』에 나타나는 죄의식과 윤리적 주체의 연관성」, 『아동청소년문학연구』 제9호, 한국아동청소년문학학회, 2011. 12.

10) 박종순, 「전쟁기 아동매체『소년세계』의 독자 전략과 작문 교육의 의의」, 『한국아동문학연구』 제30호, 한국아동문학회회, 2016.

11) 여기서 말하는 한국전쟁기라 하면 일반적으로 1950년 6월 25일부터 한국휴전협정이 체결된 1953년 7월 27일까지로 지칭된다. 하지만 글쓴이는 전중시기와 전후복구기를 포괄한 1950년대 초반을 한국전쟁기로 통칭하고 있다.

2. 이원수의 한국전쟁기 행보와 『소년세계』

이원수는 등단 이후부터 지속적으로 아동문학에서 끈을 놓지 않았다. 이오덕[12]에 따르면, 이원수의 문학활동이 뜸했던 시기로 1933~34년, 1944년, 1951년, 1981년뿐이었고 언급했다. 다시 말해서 이원수는 생애 대부분을 아동문학 창작에 힘썼으며, 우리나라 아동문학사를 풍성하게 채웠다고 평가된다.

그는 1924년 4월 『신소년』에 「봄이 오면」을 발표했고, 1926년 4월 『어린이』에 「고향의 봄」이 당선되어 문단에 나왔다. 그 뒤 아동문학동인회 〈기쁨사〉 동인을 거쳐 『어린이』지의 집필동인으로 활동했다. 1931년 신고송·소용수·이정구·전봉제·박을수·김영수·윤석중 들과 함께 '신흥아동예술연구회'를 만들어 활동했다.[13] 1935년 '함안금융조합'에서 일했고, '독서회' 일로 말미암아 1년 동안 옥고를 겪었다. 그 뒤부터 이원수는 김영일·김상덕·송창일과 더불어 나라 안 아동문학인 가운데서 대표적인 부왜(친일) 아동문학가로 이름을 내걸었다.[14]

1945년 을유광복을 맞아 이원수는 조선문학가동맹에 들었던 문인이었지만, 좌파 경향의 『새동무』·『아동문학』이나 우파 경향의 『소학

---

12) 이오덕, 「자랑스런 우리의 고전이 된 수많은 명편들」, 『이원수 아동문학전집 1』, 웅진출판, 1984, 414~416쪽.

13) 『조선일보』 1931년 9월 17일자에 게재된 '신흥아동예술연구회'의 창립에 관한 기사를 바탕에 둔 것이다. 이원수의 동시를 마산의 소년운동과 관련하여 살핀 원종찬의 글과 달리 그의 아동문학이 갖는 사회적 성격을 파악하는 데 크게 도움을 준다. 원종찬, 「이원수와 마산의 소년운동」, 『아동문학과 비평정신』, 창작과비평사, 2002, 325~337쪽.

14) 이원수는 나라잃은시기 1940년대 초반까지 활발하게 작품 발표를 거듭한 몇 되지 않은 아동문학인이었다. 1930년대 후반부터 부왜 작품을 내놓아 우리 아동문학계에서는 대표적인 훼절 문인으로 이름을 올렸다. 서울에서 김영일과 김상덕이, 북녘에서 송창일이 이름을 내세울 때 남녘에서는 이원수가 있었다. 박태일, 「이원수의 부왜문학 연구」, 『경남·부산 지역문학 연구 1』, 청동거울, 2004, 165~201쪽.

생』등에 모두 참여했다. 또한 그는 1945년 12월에 창간한 좌파 아동
지인 『새동무』의 편집자문을 맡았고, 1947년에는 서울 경기공업학교
에서 교사로 일했으며, 박문출판사 편집국장을 맡기도 했다. 대한민
국 임시정부 수립 이후 나라 정세가 다르게 바뀌자, 그는 1949년 4월
30일 전국아동문학작가협회 결성대회 때 회원으로 참가했다. 그 뒤
1949년 12월 전국문학가협회 문학부와 한국청년문학가협회를 중심
으로 일반 무소속 작가와 전향문학인을 포함한 한국문학가협회 결성
때 추진회원 명단에도 이름을 올렸다.15) 이렇듯 그는 광복기에 이르
러 좌·우파 문단의 두 진영을 넘나들며 매우 두드러진 작품 활동을
보여주었다.

한편, 이원수는 광복기 아동잡지에 동요·동화·소년시·소년소설·
평론에 이르기까지 왕성한 작품활동을 펼쳤고,16) 여러 아동지에서
심사와 지도를 맡았다.17) 그런 만큼 그는 광복기에도 아동문학 영역
에서 활동을 증폭시켰으며 문학적 명성을 쌓아가고 있었던 셈이다.

---

15) 이원수는 광복기 조선문학건설본부 아동문학위원회의 기관지였던 『아동문학』과 좌파적
　　경향의 『진달래』뿐 아니라, 우파 아동지로서 계몽적 색채가 두드러졌던 『어린이』와 『소
　　년』, 『소학생』 등에 이름을 올리며 작품을 발표하고 있을 만큼 좌우파 문단의 대립 속에서
　　도 자기보신의 행보를 남달리 보여준 이력을 지니고 있다. 특히 1948년 좌익 문단이 붕괴
　　되고 난 뒤에는 전국아동문학작가협회의 회원으로 일하며, 남한의 아동문학 진영에서
　　문학적 입지를 넓혀나가기도 했다.
16) 이원수는 광복기 모두 다섯 편의 동화와 소년소설을 발표했다. 동화 「새로운 길」·「눈뜨는
　　시절」(1948), 장편동화 「숲속나라」(1949), 「바닷가 아이들」(1949), 소년소설 「어린 별들」
　　(1950)이 그것이다. 이 가운데 소년소설 「어린 별들」은 『아동구락부』(1950년 2월호부터
　　5·6월 합본호)에 연재되었다가 중단된 작품이다. 뒷날 이는 『5월의 노래』(신구문화사,
　　1953)로 발간되었다.
17) 이원수는 『주간소학생』과 『소학생』에서 해마다 마련하고자 했던 '아협상타기 적문 동요'
　　현상응모에서 이희승, 정지용, 윤석중과 함께 줄곧 심사위원을 맡았고, 『소년』과 『진달래』
　　에 실리는 어린이 작품들을 지도했으며, 『어린이』의 '우리 차지'에 실리는 작품들을 선별하
　　고 작품평을 맡았다. 그리고 『어린이나라』에서 한차례 벌였던 '어린이나라의 노래' 현상모
　　집에서도 정지용·이병기·양주동과 함께 심사위원으로 일하기도 했다.

이 글에서 살펴볼 한국전쟁기 이원수의 이력에 대해 좀 더 꼼꼼하게 짚어볼 필요가 있다. 이원수는 1950년 한국전쟁을 거치면서 엄청난 삶의 변화를 겪었다. 그는 한국전쟁 직후에 미처 피난을 가지 못하고, 경기공업고등학교에서 사무를 보았다. 그 뒤 그는 국군의 인천상륙작전으로 서울을 철수하는 인민군을 따라 북쪽으로 끌려가다가, 간신히 도망쳐 귀환하였다.[18] 이로 말미암아 그는 1950년 9월 28일 서울 수복 이후부터 인민군 부역 혐의로 쫓기는 신세가 되었으며, 여러 차례 죽음의 고비를 넘겼다고 알려진다.

이원수는 1951년 1.4후퇴 때 딸 영옥과 상옥, 그리고 아들 용화를 천주교당에 맡겼다가 잃게 되었다. 당시 3세였던 그의 딸 상옥은 미국으로 입양되어 간 사실을 알게 되었고, 1세였던 아들 용화는 안양 고아원에서 죽은 것으로 추정된다. 다행스럽게도 장녀 영옥은 1년 뒤 제주도 고아원에서 찾게 되었다고 한다. 당시 그는 영국군 부대에 노무자로 뽑혀 동두천에서 1년간 천막생활을 했다.

그러다가 1952년부터 이원수는 대구에서 피난생활을 했다. 김팔봉을 비롯한 여러 문우들의 신원 보증으로 좌익부역자 혐의를 해결하게 되었다. 이로 말미암아 이원수는 그해 7월 피난지 대구에서 오창근, 김원룡 등과 함께 아동잡지『소년세계』를 창간하였고, 3년 동안 소년세계사에 근무하며 잡지의 편집을 도맡았다.[19]

---

18) 이재철,『세계아동문학사전』, 계몽사, 1989, 287~288쪽.
19) 문선영에 따르면, "이원수가 광복기에 이미 우파 아동문학 매체가 꽃으로 피웠던 대구를 선택한 점은 전쟁 이후 남하한 그가 과거 원죄를 청산함과 동시에 나름의 문학적 입지를 확보하는 데 적절하였을 것이다. 그의 아동문학이 갖는 동심천사주의적 특징은 전쟁 전 이원수가 보인 좌파적 성향을 무마시키고 나아가 전쟁 후 이원수의 문단적 입지를 공고히 하는 데 큰 역할을 한 셈"이라고 했다. 문선영,「1950년대 전쟁기 피난문단과 경남·부산지역 아동문학 매체 연구」,『한국문학논총』제37집, 한국문학회, 2004. 8.

휴전협정 이후 그는 1953년 11월 대구에서 서울로 거처를 옮겼다. 이전에 그가 살았던 안암동 집은 남의 소유로 넘어갔기 때문에, 셋방을 구해 살았으며 '신구문화사' 편집위원으로 일했다. 그리고 1954년 한국아동문학협회 창립 때 부회장으로 추대되었다. 신구문화사에 근무하면서 그는 장편동화 『숲속나라』(신구문화사, 1954), 자전적 소년소설 『오월의 노래』(신구문화사, 1955)를 출간하였고, 잡지 『어린이세계』의 편집을 맡았다. 그 뒤 그는 1956년에 『어린이세계』 편집주간으로 활동했고, 1958년에는 한국자유문학자협회 아동문학 분과위원장으로 추대되었다.[20]

이러한 한국전쟁기 이원수의 행적 가운데 주목할 점은 그가 피난지 대구에서 『소년세계』의 편집과 출판, 더불어 아동문학 작품 창작에 몰두함으로써 힘겨운 시기를 버티며 이겨나갔다는 것이다.[21] 따라서 다음 장에서는 그가 주도적으로 발간했던 『소년세계』의 서지적 특성과 문학활동을 살펴봄으로써, 한국전쟁기 그의 행보에 대해 구체적으로 접근해보고자 한다.

3. 『소년세계』의 서지적 특성

1950년 한국전쟁이 발발한 뒤 2년 남짓한 시기에는 아동을 위한 잡지를 찾아보기 어렵다. 그만큼 한국전쟁기는 매체발간의 토양 자체

---

20) 1960년 이후 이원수의 활동에 대해서는 생략한다. 『이원수 문학전집』(웅진출판사, 1984)의 해적이를 참조하기 바란다.
21) 이원수의 아동매체와 관련된 활동을 살펴보면, 1928년 『어린이』의 집필동인, 1945년 12월에 창간한 좌파 아동지인 『새동무』의 편집자문, 1952년 7월 『소년세계』 주간, 이후 1956년 『어린이세계』의 주간을 맡았다.

가 척박했던 시기였다. 그런 상황에서 이원수는 대구로 피난을 간 상황에서 1952년 7월 김원룡·오창근 등과 함께『소년세계』를 창간했다.22) 처음에는 오창근이 처음 뜻을 펼쳤으나, 발행 호수를 거듭하면서 문단의 지명도가 높았던 이원수가 편집주간을 맡게 되었다.

여기서 살펴볼『소년세계』는 1952년 7월부터 1956년 10월(통권 40호)까지 발행된 종합아동문학 잡지로서 1950년대의 대표적인 아동잡지이다.23) 이는 월간으로 기획되었고, 당시의 대중아동지가 걸고 있던 통속적 성격을 극구 배제하고 영리나 선교, 이데올로기나 민족운동의 목적 등을 띠었던 이전의 잡지와는 다른 양상에서 출발하였다.24) 그러한 맥락에서『소년세계』는 1950년대 전반기 아동문학의 중추적 매체로서 중요한 역할을 맡았던 것이다.

좀 더 자세하게 소개하자면,『소년세계』의 초기 발행인은 이상도, 편집 겸 인쇄인은 오창근, 편집고문으로 김소운, 편집인으로 오창근, 이원수, 김원룡, 최계락, 정영희 등이었다. 제7호(1953년 1월)에서는 이상도에서 오창근으로, 제20호(1954년 2월)부터 발행인이 오창근에서 노태준(편집인쇄 겸 발행인)으로 바뀌었으며, 제39호(1956년 8월)부터 다시금 오창근으로 되었다. 그리고 편집주간의 변화로서는 제7호부터 이원수가 줄곧 편집구간을 맡아오다가, 제37호(1956년 1월)에서는 김성학으로, 제38호(1956년 2월)에는 황신일, 곧바로 제38호에서는 이원수, 그러던 것이 제39호부터 김성학으로 다시 바뀌었다.

---

22) 한국전쟁 중 부산에서는 최석주·강소천 주간의『새벗』(1952. 1)이 창간되었고, 강소천 주간의『어린이 다이제스트』(1952. 9)와 김용호 주간의『파랑새』(1952. 9)가 창간되었다. 이 밖에도 김영일이 편집책임을 맡은『중학시대』(1952. 12),『학원』(1952. 11) 등은 아동문학을 넘어 학생잡지의 성격을 보여주었으나 지속적으로 발간되지 못했다.

23) 이원수, 「전란중의『소년세계』와 문학운동」,『현대문학』, 1965. 8, 244쪽.

24) 이재철,『한국현대아동문학사』, 일지사, 1978, 460~461쪽.

맨손에 붓 한 자루 들고 일을 시작했습니다. 서울서와 달리 글 쓰시는 분들이 각처에 흩어져 있고 게다가 책을 읽을 어린이들은 전쟁 통에 모두 책을 사 볼 힘이 전보다는 더 적어진 것을 알면서 공난한 일을 시작한 것이었습니다. 갖은 짓을 다 해서 돈 벌기에만 눈이 뒤집히는 세상에서 싼 값의 좋은 잡지를 만들어 내겠다는 계획은 밑지는 계획이요, 약바른 이들의 비웃음까지도 받는 짓입니다. 그것을 잘 알면서도 독서에 주린 우리나라 소년소녀를 위하여 이 일을 시작한 오창근 선생의 뜻에 우리는 감복하고 그러므로 해서 우리도 온 정성을 다 바쳐 일을 할 수 있었습니다.

　　　　　　　　　　　　　　　　　　　　　　　—이원수, 「편집을 마치고」[25]

무심코 지나가면 움집 속에서도 글을 읽는 소리가 들리고, 뜻하지 않은 판자 집에서 갑자기 수십의 목소리로 웡웡 글 배우는 소리가 나기도 합니다. 이렇듯 우리 소년소녀들은 어떤 곤란한 처지에서도, 어떤 괴로운 일을 당하면서도 배우는 일엔 열심스럽고 부지런합니다. 만일에라도 여러분이 배우는데 등한하고 게으르다면 여러분은 훌륭한 인물이 되지 못할 것이며 따라서 우리의 앞길은 깜깜한 밤중이 되고 말 것입니다. 책상도 없는 교실에서 공부하고, 책도 없이 글을 배우고…… 이러한 여러분에게 읽을 책을 드리고 싶고, 지식과 함께 바른 길을 가르쳐 줄 마음의 길잡이가 되어 줄 수 있는 좋은 글을 읽게 해 드리고 싶은 마음, 이것이 나의 간절한 욕심입니다. 독서에 주린 우리나라의 어린이들! 부서진 지붕 아래서라도 부지런히 책을 읽고, 아무리 큰 고통을 당하더라도 옳은 길만은 걸어가십시오. 여러분의 앞날은 반드시 빛날 것입니다.

　　　　　　　　　　　　　　　　　　　　　　　—오창근, 「간절히 바라는 것」[26]

---

25) 『소년세계』 창간호, 1952. 7, 50쪽.

앞의 글은 『소년세계』 창간호(1952년 7월)에 실린 '편집후기'이다. 창간 당시에 편집 겸 인쇄인은 오창근으로 명기되어 있지만, 실제로 는 이원수가 편집 전반에 큰 역할을 맡았다.27) 여기서 이원수는 "갖은 짓을 다 해서 돈 벌기에만 눈이 뒤집히는 세상에서 싼 값의 좋은 잡지 를 만들어 내겠다는 계획"을 밝히고 있다. 이로 미루어 볼 때, 『소년세 계』는 전쟁으로 말미암아 피난살이의 고통을 겪고 있는 아동과 생활 의 궁핍으로 거리로 내몰리고 있는 아동을 달래보려는 의도에서 출발 했던 것이다.

뒤의 글에서는 『소년세계』 창간호(1952년 7월)의 편집 겸 인쇄인이 었던 오창근의 마음을 알 수 있다. 이는 1952년 한국전쟁기 아동들에 대한 당대 어른들의 마음과도 일치하는 것이다. 그는 전쟁으로 인해 "책상도 없는 교실에서 공부하고, 책도 없이 글을 배우"는 피난 아동 들에게 "읽은 책"과 "지식"을 주기를 바랐다. 그리하여 그는 "바른 길을 가르쳐 줄 마음의 길잡이가 되어 줄 수 있는 좋은 글을 읽게 해 드리고 싶은" "간절한 욕심"에서 시작되었다고 적고 있다. 이를 통해 『소년세계』의 편집 의도를 짐작할 수 있다.

이러한 창간 취지에서 드러나듯, 『소년세계』는 1950년대의 상업주 의에 의해 통속화로 치닫던 아동문학의 옹호를 위해 순문예지적 성격 을 표방하였다. 따라서 내용도 영리적 차원을 떠나 문예물 중심으로 편집되었다. 이는 1950년대 전반기 아동문학의 중추적 발표 기관으로 아동문학의 통속주의 현상을 저지하는 데 중요한 구실을 하였던 것이 다.28) 이처럼 『소년세계』는 한국전쟁기 피난생활 속에서 서로 도우며

---

26) 『소년세계』 창간호, 1952. 7, 14쪽.
27) 『소년세계』 창간호의 '소년세계를 만드는 사람들'에는 편집고문 김소운을 비롯해, 오창근, 김원룡, 이원수, 최계락, 정영희의 이름을 적고 있다.

사는 시대적 분위기와 그 어려움 속에서도 아동 교육에 대한 열정과 바른생활에 대한 교훈적인 내용을 담고 있다.

피난지 대구에서 '소년세계'를 시작하여 1년 5개월 – 열일곱 권의 잡지를 만들고 이제 서울로 돌아갑니다.

전쟁의 쓰린 피해를 아니 입은 이가 몇이나 되겠습니까만, 우리는 그 피해자들 중에서도 나이 어린 어린이, 소년소녀들을 생각하고, 그들이 헐벗고 또 생활의 양식마저 없이 살아가는 것을 보고 애달픈 마음으로 이 잡지를 시작하였던 것입니다.

우리는 여러분에게 여러 가지 지식과 정신적 교양을 드리려고 애를 씁니다. 마음의 넓이와 높이를 가지게 하려 애를 씁니다. 그러나 그렇게 되기까지에는 아직도 더한 노력과 지혜가 필요하리라 믿습니다.

(…중략…)

대구에서의 마지막 호를 만들면서 그동안 많은 원조와 협력을 주신 이곳 여러분에게 마음으로 감사를 드리는 바입니다.

다음 12월호는 환도 기념으로 새로운 맵씨로 여러분 앞에 나타날 것을 말씀 드려 놓습니다.

—「편집을 마치고」 가운데[29]

이는 『소년세계』 제17호(1953년 11월)의 '편집 후기'이다. 1953년 7월 휴전협정 이후, 11월에 『소년세계』 편집실은 대구에서 서울로 이

---

28) 이원수는 당시 대중잡지가 에로티시즘과 대중 영합의 통속성을 갈구함으로써 미풍양속을 해친다고 보고, 이때 아동문학을 보호하고 그들의 순결한 정신을 지켜주자는 마음으로 문학의 힘찬 영향력을 믿었던 것이다. 이원수, 「전란중의 『소년세계』와 문학운동」, 『현대문학』, 1965. 8, 242쪽.

29) 『소년세계』 제17호, 1953. 11, 67쪽.

사를 하고 사무실 정리와 인쇄소 전기 문제로 제18호(1953년 12월)를 발행하지 못한다. 대신에 1954년 1월 신년호 특집을 '병합호'라고 따로 표기하여 발행하게 된다.

그렇지만 이원수는 제22호(1954년 1월)의 '권두언'에서 이원수는 "진학을 못하더라도 생활에서 공부하는 마음으로 옳지 못한 것과 싸우며 나가는 사람이 되라"고 강조하고 있다. 당시에는 학교에 못가는 아동들이 많았고, 동시에 배운다는 것은 학문적 수양은 물론 정신의 수양이라는 의미도 있으므로, 그는 사정으로 못 배우는 아동들에게까지 신경을 쓰고 있다. 그런 점에서 당시 이원수가 아동에 대한 인식을 어떻게 하고 있었는지를 알 수 있다.

> 우리의 잡지가 여러분의 생활을 지도할 수 있기를······.
> 우리는 잡지를 여러분에게 보낼 때, 이것으로 영업을 해서 돈을 번다든가 다른 큰 이익을 목적하고 한 것이 아닙니다.
> 그렇기에 매월 유리하지 못한 일을 꾸준히 계속할 수 있었고 또 앞으로도 이러한 사업을 계속해 갈 것입니다.
> 다만 한 가지 우리들의 목적이 있을 따름입니다.
> 잡지를 읽되, 한갓 재미로만 생각하지 않고 배미 있는 가운데서 참된 마음을 길러 드리고 싶은 것과 이 잡지를 통해서 소년소녀들의 생활을 지도해 가고 싶다는 커다란 욕망이 곧 그것입니다. 그러기 위해서는 흥미에만 치우치지 않고 남의 권고나 꼬임에도 빠지지 않고 우리의 주장을 끝내 내세우고 나가는 한 길이 있을 따름입니다.
> ─「우리 잡지가 여러분의 생활을 지도할 수 있기를···」30)

---

30) 『소년세계』 제35호, 1955. 6, 55쪽.

이 글은 '주간'으로 발표된 이원수의 산문이다. 아동을 생각하는 마음이 컸던 이원수는 "활의 지도"를 하고 싶은 욕망과 "흥미에만 치우치지 않고 남의 권고나 꼬임에도 빠지지 않고 우리의 주장을 끝내 세우"겠다는 의지를 표현하고 있다. 이는 『소년세계』가 순수하게 읽을거리를 위한 목적으로 창간했던 잡지였지만, 결국에는 문학잡지라는 속성을 넘어 시대를 고려한 사회성을 내포하고 있었다는 점을 알려준다.[31]

이후 이원수는 제33호(1955년 4월)부터 '편집 후기'에 글을 남기지 않더니, 1955년 10월에는 정식으로 편집주간을 그만두게 된다. 앞의 인용문에서 알 수 있듯이, 그는 『소년세계』의 편집주간의 자리를 내놓고 있음을 엿볼 수 있다. 그런 상황에서 그는 '속간호'로서 제36호(1955년 11월)를 발간하면서, "앞으로 어떠한 내용과 모양으로 독자 여러분을 즐겁게 하고 또 여러분에게 커다란 마음의 꽃을 피워드릴 수 있을지…… 여러분이 지켜보십시오."라는 말을 남기며, 마지막 '편집 후기'를 적고 있다.[32]

이원수의 『소년세계』 퇴사에 관해서는 제38호(1956년 2월)에 게재된 「사고-가는 사람 오는 사람」을 통해서도 짐작할 수 있다.

그간 4년 동안 소년세계를 위하여 좋은 글도 많이 쓰시고 수고를 아끼시지 않으시던 이원수 선생님은 가정 사정에 의하여 부득히 지난해 10월로 우리 사를 그만 두시게 되었습니다. 몸은 비록 사를 떠났으나 마음은 항상 소년세계에 머물러 계시고 또 좋은 소설을 계속 변함없이 써

---

31) 1955년부터는 생활교육이 강조되는 1차 교육과정이 시작되는 때였다.

32) 그 뒤 이원수는 1956년 1월부터 월간잡지 『어린이세계』에 주간을 맡아 활동하게 된다.

주시기로 약속하였습니다. 그리고 대신 편집부 일을 황신일 선생께서 맡아보시게 되었습니다. 황 선생님은 특히 오랫동안 교육계에 계셨던 분으로 앞으로 여러분의 교양 부분에 특히 중점을 두시고 잡지 편집에 수고하실 것입니다. 많이 기대하여 주십시오. (소년세계사)

―「사고―가는 사람 오는 사람」33)

이 '사고'를 통해 알 수 있듯이, 이원수는 제36호(1955년 11월)까지 『소년세계』의 편집주간으로 있었다.34) 이후 『소년세계』는 그의 퇴사로 말미암아 문학작품도 확연히 줄어들고 내용의 수준도 떨어지게 된다. 이는 『소년세계』가 종간되는 직접적인 원인으로 보인다. 다시 말해서 제37호(1956년 1월)부터 『소년세계』는 급속한 쇠퇴를 보여주었고, 제40호(1956년 9월 25일)까지 낸 뒤 폐간되었다.35) 그런 점에서 아동잡지 『소년세계』에 관한 이원수의 영향력을 감지할 수 있다.

그런 점에서 『소년세계』는 한국전쟁기 이원수의 문단적 입지를 공고히 다지게 한 아동잡지라고 하겠다. 다시 말해서 전쟁 이후 그의 문단 역학관계가 『소년세계』 편집에 여실히 적용되었던 셈이다.36)

---

33) 『소년세계』 제38호, 1956. 2, 55쪽.

34) 제37호에는 편집주간이 김성학으로 바뀐다. 그는 『소년세계』의 '본사사장'이면서 편집주간을 맡았던 것이다. 하지만 '편집인쇄 겸 발행인'으로 노태준을 계속 표기하고 '고려서적 대표이사'라고도 소개하고 있다. 정치적 영향력을 직접적으로 받게 된다. 제38호에서는 편집주간이 황신일로 바뀐다. 그는 '교육계종사자'로서, 『소년세계』의 성격 또한 '교육과 교양에 중점'을 두게 된다. 『소년세계』가 문학지가 아닌 대중오락잡지로 전락하는 모습을 보인다. 그 뒤 5개월 만에 발행된 제39호에서는 '편집주간겸 사장'으로 김성학이 맡았으며, 2개월 후에 발행된 제40호로 폐간되기에 이른다.

35) 이후 이원수는 『소년세계』의 편집주간을 그만둔 뒤에도 5인 연작소설 「푸른 언덕」을 제37호(1956. 1)에 게재하였고, 연재소설 「어린 목동녀」를 제40호(1956. 9)까지 실었으며, 제38호(1956. 2)에 사진소설 「버들 강아지」를 발표했다.

36) 『소년세계』가 비록 한국전쟁이라는 시대상황과 대구라는 피난지에서 발간되었지만, 이원수와 여기에 참가한 필진들과의 역학관계는 이원수와 문단 권력 동향을 살피는 데 좋은

실제로 이원수는 편집주간으로서의 편집뿐만 아니라 기획도 했고, 매달마다 쏟아지는 어린이 작품을 심사하면서 작품 선평을 썼으며, 또 '현상아동문학대회'의 심사도 맡아 했다. 아울러 작가로서 창작품을 발표했고, 기타 잡문형식의 글도 많이 게재했다.[37)]

4. 『소년세계』 게재 작품과 문학세계

이원수는 『소년세계』의 편집주간으로서의 편집뿐만 아니라 기획도 했고, 매달마다 쏟아지는 어린이 작품을 심사하면서 작품 선평을 썼으며, 또 '현상아동문학대회'의 심사도 도맡아 했다. 아울러 작가로서 창작품을 발표했고, 기타 잡문 형식의 글도 많이 게재했다. 그런 만큼 『소년세계』에 대한 그의 열정을 알 수 있다. 우선 『소년세계』에 게재된 이원수 작품을 호수별로 정리하면 다음과 같다.

자료가 된다. 특히 필진들 대부분은 경남·부산지역 출신이 많았다. 편집고문을 맡은 김소운(부산), 편집을 맡은 최계락(진주)과 김원룡(마산), 주요 필진으로 참가한 이주홍(합천)·조연현(함안)·정진업(마산)·최인욱(합천)·설창수(창원)·김말봉(부산) 등이 그들이다 이들은 모두 이원수와 막역한 사이였던 것이다. 그 밖의 필진들은 피난지 대구와 인연을 지닌 문인이었다.

37) 한편, 황혜순은 이원수가 전쟁 중에 그토록 『소년세계』 편집 일에 열심이었던 까닭에 대해 문학가로서의 소양 말고도 크게 두 가지의 직접적인 근거를 유추하고 있다. 하나는 그가 공산주의자(빨갱이)라는 오해를 받았다는 것과 다른 하나는 전쟁으로 말미암아 그가 직접 겪었던 아픔들 때문이었을 것이라고 했다. 우선 그는 광복기 조선프롤레타리아 문학동맹의 맹원으로 가담(1945. 9. 30)했고 한국전쟁 때 서울에 잔류하여 국군의 인천상륙작전 뒤 최병화와 함께 북행하다가 귀환한 까닭에 공산주의자로 몰려 고통을 겪었다는 것이다. 반면에 그 는 전쟁 때 그의 두 자식을 잃어버렸기 때문이다. 나중에 한 명은 보육원에서 찾았지만, 결국 한 명은 죽고 말았다. 그런 점에서 아동들에 대한 미안함과 죄스러움이 한 몫을 했다는 것이다.

호수 (발행일)	제목	유형	비고
창간호 (1952. 7. 1)	「올라가는 마음들」 「양과 소녀」	산문(감상)	사진 구왕삼
	「굉장한 이름」	동수필	'이동원'으로 발표
	「동시 선평」	심사평	
	「편집을 마치고」	편집후기	
제2호 (1952. 8. 1)	「꾀꼬리」(악보)	동요	구왕삼 작곡
	「아버지를 찾으러」(연재1)	소년소설	'정민'38)으로 발표
	「편집을 마치고」		
제3호 (1952. 9. 1)	「정이와 딸래」	산문(감상)	'이동원'으로 발표
	「가을이 다가온다」	동수필	
	「아버지를 찾으로」(연재2)	소년소설	'정민'으로 발표
	「초가을 지상좌담회」		사회 진행
	「작품선평」	심사평	
	「편집을 마치고」	편집 후기	
제4호 (1952. 10. 1)	「서울급행차」(악보)	동요	'정민'으로 발표 구왕삼 작곡
	「아버지를 찾으러」(연재3)	소년소설	'정민'으로 발표
	「뻐꾹시계」	동수필	
	「작품 선평」	심사평	
	「편집을 마치고」	편집 후기	
제5호 (1952. 11. 1)	「강한 편과 약한 편」	동수필	'이동원'으로 발표
	「여울」	동시	
	「편집을 마치고」	편집 후기	
제6호 (1952. 12. 1)	「달빛」(악보)	동요	구왕삼 작곡
	「영이와 노마」(연재1)	사진만화	김성환 그림
	「아버지를 찾으러」(연재4)	소년소설	'정민'으로 발표
	「작품 선평」	심사평	
	「편집을 마치고」	편집 후기	
제7호 (1953. 1. 1)	「아버지를 찾으러」(연재5)	소년소설	'정민'으로 발표
	「영이와 노마」(연재2)	사진만화	김성환 그림
	「선평」	심사평	
	「편집을 마치고」	편집 후기	

---

38) 황혜순은 '정민'의 이원수의 필명으로 보고 있다. 글쓴이가 조사한 바에 따르면, 정민은

호수 (발행일)	제목	유형	비고
제8호 (1953. 2. 1)	「영이와 노마」(연재3)	사진만화	
	「아버지를 찾으러」(연재6)	소년소설	'정민'으로 발표
	「편집을 마치고」	편집 후기	
제9호 (1953. 3. 1)	「영이와 노마」(연재4)	사진만화	김성환 그림
	「아버지를 찾으러」(연재7)	소년소설	'정민'으로 발표
	「선평」	심사평	
	「편집을 마치고」	편집 후기	
제10호 (1953. 4. 1)	「영이와 노마」(연재5)	사진만화	김성환 그림
	「아버지를 찾으러」(연재8)	소년소설	'정민'으로 발표
	「푸른 길」	소년소설	'이동원'으로 발표 사진소설
제11호 (1953. 5. 1)	「달나라의 어머니」	동화	김영주 그림
	「찔레꽃」	동수필	
	「어린이 날과 우리」	산문(소개)	
	「아버지를 찾으러」(연재9』	소년소설	'정민'으로 발표
	「선평」	심사평	
	「편집을 마치고」	편집 후기	
제12호 (1953. 6. 1)	「라일락의 향기」	산문(소개)	
	「영이와 노마』(연재6)	사진만화	김성환 그림
	「소쩍새」	소년시	
	「작품 선평」	심사평	
	「편집을 마치고」	편집 후기	
제13호 (1953. 7. 1)	「삐삐의 모험」(연재1)	동화	'동원'으로 발표
	「아버지를 찾으러」(연재10)	소년소설	'정민'으로 발표
	「어른의 흉내 말재주 등을 버리라」	심사평	
	「별을 우러러」	동수필	
	「작품 선평」	심사평	
	「편집을 마치고」	편집 후기	김원룡 따로 적음

이원수의 필명이 틀림없다. 1954년 신구문화사에서 펴낸『아버지를 찾으러』에서 '이원수 옮김'이라 적고 있다.『소년세계』제31호(1955. 2. 1) 뒷표지 광고 참조.

호수 (발행일)	제목	유형	비고
제14호 (1953. 8. 1)	「바다」(산문)	동수필	
	「영이와 노마」(연재7)	사진만화	김성환 그림
	슬픔과 기쁨을 아는 마음	산문	'정민'으로 발표
	「삐삐의 모험」(연재2)	동화	'동원'으로 발표 김성환 그림
	「아버지를 찾으러」(연재11)	소년소설	
	「예술가가 되려는 소년소녀들에게」	동수필	'동원'으로 발표
	「선평」	심사평	
	「편집을 마치고」	편집 후기	
제15호 (1953. 9. 1)	「강물—구름과 소녀에서」	동화	
	「삐삐의 모험」(연재3)	동화	'동원'으로 발표
	「작품 선평」	심사평	
	「편집을 마치고」	편집 후기	
제16호 (1953. 10. 1)	「혼자 있는 몸」	소년소설	
	「삐삐의 모험」(연재4)	동화	'동원'으로 발표 김성환 그림
	「아버지를 찾으러」(연재12)	소년소설	'정민'으로 발표
	「소년문학 강좌—창작동화에 관하여」	비평	
	「아기에게」	동수필	'동원'으로 발표
제17호 (1953. 11. 1)	「그리움」	소년시	
	「아버지를 찾으러」	소년소설	'정민'으로 발표
	「삐삐의 모험」(연재5)	동화	'동원'으로 발표 조병덕 그림
	「편집을 마치고」	편집 후기	
제18·19합병 호 (1954. 1. 1)	「아버지를 찾으러」(연재13)	소년소설	'정민'으로 발표
	「선평」	심사평	
	「편집을 마치고」	편집 후기	
제20호 (1954. 2. 1)	「뻐꾸기 소년」	동화	김영주 그림
	「아버지를 찾으러」(연재14)	소년소설	'정민'으로 발표
	「선평」	심사평	
	「편집을 마치고」	편집 후기	
제21호 (1954. 3. 1)	「작품 선평」	심사평	이원수 글로 판단
	「편집을 마치고」	편집 후기	

호수 (발행일)	제목	유형	비고
제22호 (1954. 4. 1)	「입학과 진급과 졸업」	산문(인사말)	
	「봄꽃」	동수필	'정민'으로 발표
	「작품 선평」	심사평	이원수 글로 판단
	「편집을 마치고」	편집 후기	
제23호 (1954. 5. 1)	「작품 선평」	심사평	
	「편집을 마치고」	편집 후기	
제24호 (1954. 7. 1)	「소년 서유기」(연재1)	소년소설	'정민'으로 발표
	「작품 선평」	심사평	
	「편집을 마치고」	편집 후기	
제25호 (1954. 8. 1)	「소년 서유기」(연재2)	소년소설	'정민'으로 발표
	「편집을 마치고」	편집 후기	
제26호 (1954. 9. 1)	「편집을 마치고」	편집 후기	
제27호 (1954. 10. 1)	「부산 역두의 하나꼬야ㅡ」	동수필	
	「작품 선평」	심사평	
	「편집을 마치고」	편집 후기	
제28호 (1954. 11. 1)	「작품 선평」	심사평	이원수 글로 판단
	「편집을 마치고」	편집 후기	
제29호 (1954. 12. 1)	「작품 선평」	심사평	
	「편집을 마치고」	편집 후기	
제30호 (1955. 1. 1)	「소년예술 강의 1」	비평	
	「편집을 마치고」	편집 후기	
제31호 (1955. 2. 1)	「고향바다」(악보)	동요	윤용하 작곡
	「꼬마 옥이」(연재1)	동화	김성환 그림
	「소년 서유기」(연재3)	소년소설	'정민'으로 발표
	「편집을 마치고」	편집 후기	
제32호 (1955. 3. 1)	「봄과 개구리알」	소설	
	「꼬마 옥이」(연재2)	동화	강춘환 그림
	「작품 선평」	심사평	
	「편집을 마치고」	편집 후기	
제33호 (1955. 4. 1)	「아름다운 말」	산문(해설)	이원수 글로 판단
	「만화란 것은 그리기 어려운 것」	산문	인사말
	「꼬마 옥이」(연재3)	동화	강춘환 그림
	「소년 서유기」(연재4)	소년소설	'정민'으로 발표

호수 (발행일)	제목	유형	비고
제34호 (1955. 5. 1)	「어린이 날에」	산문(소개)	이원수 글로 판단
	「박화목의 밤을 걸어가는 소년」	산문(서평)	
	「편집을 마치고」	편집 후기	
제35호 (1955. 6. 1)	「귀여운 가뜨리」	동화	'이동원'으로 발표 김태형 그림
	「우리 잡지가 여러분의 생활을 지도할 수 있기를…」	산문(기사)	이원수 글로 판단
	「선평」	심사평	이원수 글로 판단
	「편집을 마치고」	편집 후기	
제36호 (1955. 11. 1)	「다시 만나는 기쁨」	산문(인사말)	
	「꼬마 마술가」	동화극	배정례 그림 라디오드라마 대본
	「어린 목동녀」(연재1)	소년소설	'이동원'으로 발표 김태형 그림
	「선평」	심사평	이원수 글로 판단
	「편집을 마치고」	편집 후기	
제37호 (1956. 1. 1)	「푸른 언덕」(5인 연작)	소년소설	릴레이 소설 정룡 그림
	「어린 목동녀」(연재2)	소년소설	'이동원'으로 발표 신동헌 그림
제38호 (1956. 2. 1)	「버들 강아지」(사진소설)	소년소설	
	「어린 목동녀」(연재3)	소년소설	'이동원'으로 발표 신동헌 그림
	「산문을 뽑고 나서」(작품선평)	심사평	
	「사고-가는 사람 오는 사람」	산문(기사)	필자 불분명
제39호 (1956. 7. 5)	「어린 목동녀」(연재4)	소년소설	'이동원'으로 발표 임수 그림
제40호) (1956. 9. 25)	「어린 목동녀」(연재5)	소년소설	'이동원'으로 발표 임수 그림

이원수는 『소년세계』 제7호(1953년 1월)의 「편집을 마치며」에서 '독자 여러분과 더욱 완전한 정신의 연결을 가지게 되도록 더한 정성으로 이 잡지를 꾸려 가려' 한다고 적고 있다. 이를 통해 그가 『소년세계』에 얼마나 정성을 들였는지 알 수 있는 대목이다. 이처럼 그가 '정신의

연결'이라는 말까지 쓰며 독자와 소통하려 한 뜻은, 한국전쟁기 아동들의 삶에 대한 연민과 어른으로서 가지게 되는 죄의식이라는 내면적 아픔에서 나온 때문일 것이다. 왜냐하면 그는 개인적으로 전쟁 중에 자식을 둘이나 잃었고 그 책임을 자신에게 두고 있었기 때문에, 그 개인적 체험으로 말미암은 죄의식을 오래도록 갖고 있었다고 할 수 있다.

이를 바탕으로 이원수가 『소년세계』에 발표한 문예작품을 갈래별로 살펴보면, 동시·소년시 7편, 동화·소년소설 12편,[39] 동수필 11편, 단평 또는 강좌 등의 기타 산문으로 분류할 수 있다. 여기서는 한국전쟁과 피난에서 겪는 생활 문제를 아동문학적 관심으로 끌어가고 있다.[40]

먼저, 이원수는 『소년세계』에 동시·소년시를 7편 발표하고 있다. 여기에는 동시 「여울」을 비롯해 악보로 실린 「꾀꼬리」(구왕삼 작곡), 「서울급행차」(구왕삼 작곡), 「달빛」(구왕삼 작곡), 「고향바다」(윤용하 작곡), 그리고 소년시 「소쩍새」와 「그리움」 등이 해당된다.

단풍 든 산을 끼고 차디찬 강물

언덕 위 외딴집엔 어린 나그네

---

39) 이들 동화·소년소설 가운데 연재되었던 작품으로 「아버지를 찾으러」(16회), 「삐삐의 모험」(5회), 「소년 서유기」(4회), 「꼬마 옥이」(3회), 「어린 목동녀」(5회) 등이 있다.

40) 물론 이원수는 1950년대 초반 『소년세계』에만 작품을 발표한 것은 아니다. 『모범생』(1952)에 동화 「해바라기」, 『서울신문』(1953)에 동화 「정이와 오빠」, 『새길』(1953.7)에 수필 「미학과 유행」, 『문예』(1954. 1)에 수필 「눈 덮인 전원」, 『소년시보』(1954)에 동화 「약속」, 『새벗』(1954)에 동화 「꽃아기」, 「그림 속의 나」, 「이상한 안경과 단추」, 그리고 『학원』(1954. 2)에 동화 「꼬마 옥이」, 『학원』(1954. 7)에 동시 「산정」, 『신천지』(1954. 3)에 수필 「본.기.이슬비」, 『조선일보』(1954. 5. 3)에 소년시 「포플러 잎새」, 『조선일보』(1954. 12. 20)에 평론 「교양과 문학, 새로운 아동문학을 위하여」 등을 비롯하여, 1955년 이후에는 각종 『어린이』, 『서울신문』, 『새벗』 등에 동화, 소설, 동시, 수필, 평론을 다채롭게 발표하고 있다.

등잔 불도 없이 밤이 깊어서
누워서 듣습니다.
여울 물소리.

("―잘 가거라 잘 가거라 / 언제나 만나 보니?"
"혼자 가니 너 혼자, / 어디 가니 어디 가니?……")

목 네인 어머니의 소리도 같이
원망하는 누이의 소리도 같이

싸늘한 차운 밤 어린 길손을
여울물이 울며 가네
부르며 가네.

―「여울」

자다 깨여 들으면
언 산에서
소쩍다 소쩍
우는 새 소리.

듣다 못해 가만히
나가 봤더니
으스름 달밤
보리 풀 냄새.

소리 소리 피나게
부르건마는
대답이나 해줄 이
어디나 있나.

가엾다 생각하니
우는 소리도
'오빠야 오빠야'로
들려 집니다.

잃어버린 내 동생이
죽었다며는
죽었다며는

어쩌나 오빠 오빠
우는 저 소리.

—「소쩍새」

　앞의 동시 「여울」은 다른 작품과 견주어 전체적으로 슬픈 분위기를
담고 있다. 동시의 내용상으로 미루어, 아마도 이원수는 전쟁 중에
잃어버린 아들 '용화'를 떠올리며, 가족들의 슬픈 심정을 드러낸 것으
로 여겨진다.

　뒤의 소년시 「소쩍새」 또한 전쟁 중에 잃어버린 아들 '용화'를 떠올
리며 적은 작품으로 여겨진다. 청자를 '오빠'라고 상정한 점으로 미루
어, 시적 화자는 '용화'의 누나 시점에서 드러내고 있는 까닭이다.

고스모스 마른 줄기에
바람이 스쳐 간다.

깨끗한 소녀의
가냘픈 그 모습 어디 다 가고
어느새 겨울- 벌써 추위가 닥아왔나.
간 밤엔 나도
떨며 잤단다.

새까만 네 씨를 받아 가지마.
(실낱같은 푸른 잎,
긴 허히,
연분홍과 하양의 샛맑은 얼굴…)
손에 받아 꼬옥 쥐고
눈에 선연 그려본다.

아, 다시 보고픈 그리움 땜에
언제나 세월을 기다리며 사는게지.

으스스 귀 시린 바람받이 언덕에서
고스모스 까아만 씨를 받는다.

—「그리움」

소년시 「그리움」은 전쟁으로 잃어버린 딸 '상옥'에 대한 그리움을
담아내고 있다고 생각된다. 시적 화자는 자신의 잃어버린 딸을 "코스

모스"에 비유하고 있다. 이를테면 코스모스를 "깨끗한 소녀의 가냘픈 그 모습" 또는 "연분홍과 하양의 샛맑은 얼굴"로 표현하고 있다. 그러면서 "코스모스 까아만 씨"를 받는 까닭도 "다시 보고픈 그리움 땜에 언제나 세월을 기다리며 사는" 것이라고 술회한다.

   1. 흘러가는 바람 맑은 물결 위에
      춤을 추는 달빛 희기도 하다
      그리움이 어린 곳이 바라뵈네
      저 멀리 날아가는 달빛 따라
      나도 같이 날은다
   2. 이슬 맺은 풀잎 고이 잠든 밤에
      귀연 노래하는 어린 소녀여
      그리움이 어린 곳이 바라뵈네
      저 멀리 날아가는 노래 따라
      나도 같이 날은다

—「달빛」

이 동시는 악보로 실려 있다. 이는 기존의 작품에 곡을 붙인 경우로써, 당시 노래로 불렸던 것으로 판단된다. 그런 점에서 「달빛」은 이원수의 동시에 구왕삼이 곡을 붙여 소개하고 있다. 이 작품 또한 전쟁 때 잃어버린 딸 '상옥'에 대한 그리움을 담아낸 것으로 여겨진다. "흘러가는 바람 맑은 물결 위에 춤을 추는 달빛"을 보면서, "노래하는 어린 소녀" 곧 자신의 딸을 그리워하고 있는 것이다.

다음으로, 이원수는 『소년세계』에 동화·소년소설 12편 발표하고 있다. 여기에는 개별 작품 7편[41]을 비롯해 연재 작품 「아버지를 찾으러」(16회), 「삐삐의 모험」(5회), 「소년 서유기」(4회), 「꼬마 옥이」(3회), 「어린 목동녀」(5회) 등이 해당된다.42)

> 용화는 전쟁통에 가엾이 죽은 아이였습니다. 어머니 아버지는 아기를 생각하고 울고 슬퍼하고 있었습니다. 전쟁! 전쟁 때문에 죄없이 죽은 아기들이 모두 별이 되어 하늘에서 반짝이고 있는 것이었습니다. 용화도 그 중의 한 아기입니다.
> 영이와 훈이는 용화를 데리고 계수나무 밑에서 놀았습니다.
> —「달나라의 어머니」 가운데

이 동화에서는 전쟁 때 잃어버린 이원수의 아들 '용화'를 실제 이름으로 내세우며 등장시키고 있다. 작가 자신의 구체적 체험을 바탕으로 전쟁의 비극과 민족 분단의 아픔을 다룬 작품이다. 이처럼 이원수는 동화에서도 자신의 잃어버린 아들 이야기를 모티프로 삼고 있다. 그만큼 가족 상실에 다른 죄의식과 당대 아동들을 향한 애정이 돋보인다.

이처럼 1950년대 이원수의 동화 또는 소년소설은 한국전쟁으로 겪게 되는 가난한 현실을 통해 전쟁의 후유증이 일상을 통어하고, 아동의 삶에 직접적으로 파급되고 있음을 우회적으로 보여준다. 다시 말

---

41) 「푸른 길」(사진소설), 「달나라의 어머니」(동화), 「강물: 구름과 소녀에게」(동화), 「혼자 있는 몸」(소년소설), 「봄과 개구리알」(소년소설), 「귀여운 가뜨리」(동화), 「푸른 언덕」(5일 연작)이 그것이다.

42) 이원수는 『소년세계』에 동화보다는 소년소설을 더 많이 게재하고 있다. 이는 주요 독자층의 연령과 수준이 높아져 있었음을 보여준다. 이를테면 주요 독자층이 초등학교 5~6학년과 중학생이었기에 소설을 더 비중 있게 다룬 것으로 보인다. 그러한 사실은 '우리들의 작품'란에 원고를 보내온 독자의 연령으로도 알 수 있다. 김종헌, 「『소년세계』지 연구: 『소년세계』 창간정신을 중심으로」, 『아동문학평론』 제31권 제2호, 2006년 여름, 234~235쪽.

해서 이들 작품 속에 나타난 전쟁 체험과 실상은 작가의 자전적 체험이 반영된 것으로 볼 수 있다.

옥이의 얘기는 여기서 그쳤다. 그런데 옥이는 다른 날처럼 곧 사라져서 다시 인형이 되어버리지 않고 내 앞에 고개숙인채 말없이 앉아 있지 않은가.

"옥아, 왜 무슨 생각을 하니?"

내가 묻는 말에 옥이는 번쩍 고개를 들고

"선생님, 별아기들을 위하여 노래불려주세요. 내가 보고 온 별아기들은 지구에 귀를 기울이고 무엇을 듣고 있었습니다. 제 이름을 불러 주는 사람이 있지나 않나 하고 엿 듣고 있었어요. 그 아기들의 이름은 몰라도 좋아요. 그냥 아기들아, 하고 불러 주세요."

하고 애원하듯 말하는 것이었다.

"오냐, 나는 어린 아이들을 귀여워 하느니라. 큰 사람보다 어린 아기들을…… 왜 내가 그애들을 사랑할 줄 모르겠니"

나는 이렇게 장담을 하면서 창문을 열었다.

가만 하늘에 푸른 별 노란 별 붉은 별들이 무수히 반짝이고 있었다. 나는 얕은 음성으로 "별아기들아, 잘 있어라" 하고 조용히 인사를 했다.

그제야 옥이는 마음에 흡족한 듯이 한번 웃어보이고 스르르 사라져 다시금 조그만 인형이 되었다.

―「꼬마 옥이」 가운데

여기 인용한 작품은 『소년세계』 제31호(1955. 2)에 연재된 「꼬마 옥이: 별나라 구경」이다. 이원수는 전쟁으로 말미암아 아들 용화와 상옥을 천주교당에 맡겼다가 잃게 되었는데, 장녀 영옥마저 잃었다가 다시 제주도 고아원에서 찾았다. 그런 점에서 「꼬마 옥이」 이야기는 한국전쟁으로 말미암아 잃었던 딸 '상옥'을 모티브로 삼고 있다.[43]

여기서 '나'는 아끼던 소녀, 곧 '옥이'가 죽은 뒤, 이에 대한 죄의식을 느끼고 소녀의 넋을 불러내어 이야기를 나눈다. 그러면서 옥이를 따라갈 수 없는 '나'는 "가슴을 찢을 것" 같은 마음의 고통 속에서 자신의 한 부분을 떼어내어 죄의식과 '기억'으로 이어진 애도의 길에 함께 보냄으로써 현실로 돌아온다. 그런 점에서 「꼬마 옥이」는 민족 분단과 전쟁의 비극을 다룬 작품으로 작가의 죄의식이 고스란히 드러나 있다. 이렇듯 이원수의 작품 속에는 전쟁의 폭력에 희생당하고 고통당하는 아동에 대한 작가의 죄의식과 전쟁의 주체로서의 반성이 드러나 있다.

또한, 이원수는 『소년세계』에 동수필 11편과 다수의 산문(단평, 강좌)들을 발표하고 있다. 이를테면 동수필로 「굉장한 이름」, 「가을이 다가온다」, 「정이와 딸래」, 「뻐꾹시계」, 「강한 편과 약한 편」, 「별을 우러러」, 「바다」, 「예술가가 되려는 소년소녀에게」, 「가을 바람에 부치는 편지」, 「봄꽃」, 「부산 역두의 하나꼬야」, 「아름다운 말」, 「만화란 것은 그리기 어려운 것」 등이 있고, 동화극으로 「꼬마 마술가」(라디오 드라마)가 있다. 그밖에도 그는 비평으로 「소년문학 강좌: 창작동화에 관하여」와 「소년예술 강의 1」을 비롯해 인사말, 소개 해설 기사, 작품 심사평, 편집 후기 등을 적고 있다.

---

43) 이원수의 삶과 문학에는 나라잃은시기 부왜문학에 대한 참회의 정신과 한국전쟁을 겪으며 이데올로기의 갈등 속에서 자식을 둘이나 잃었던 아버지로서의 용서의 정신을 요구하였으니, 그의 동화는 목숨의 본질과 제도의 본질에 대한 탐구가 가능한 공간으로 열려 있다고 했다. 이재복, 『우리 동화 이야기』, 우리교육, 2004, 231쪽.

딸래가 보는 데서는 나쁜 짓을 안합니다. 맛난 것이 있으면 꼭 같이 먹습니다. 밖에 나가서도 딸래 생각을 하고 다닙니다. 딸래와 정이는 정다워 질수록 정이는 어머니 말씀을 더 잘 듣습니다.

"자장 자장……. 엄마 얘가 순옥이야."

정이는 전쟁통에 잃어버린 제 동생을 잊지 않고 생각하는 것입니다.

"순옥아…… 자. 순감고 자……"

정이는 혼자서 종알종알 딸래 동생과 얘기를 합니다.

—「정이와 딸래」 가운데

이 동수필은 '이동원'이란 필명으로 '어린 동생들의 페이지'란에 선보인 작품이다. 특히 여기서는 전쟁의 난리통에 동생 순옥을 잃은 정이가 인형을 자신의 동생과 동일시함으로써 전쟁의 참상을 환기시키고 있다. 인형과 함께 하는 정이의 일상 풍경을 통해 무엇보다 상실과 보상이라는 전쟁의 양가적 사회심리를 잘 표현해내고 있다.

이를테면 이원수는 자신의 실제 체험과 연관되어 있는데, 이 산문에서 '정이'는 장녀 '영옥'을, '순옥'은 전쟁으로 잃어버린 딸 '상옥'을 퍼소나로 삼고 있는 것이다. 비록 한 쪽 분량의 짧은 수필이지만, 한국전쟁기 아동 현실을 고스란히 담아내고 있는 작품이다.

그 하나꼬란 계집아이는 어머니를 찾았는지 모르지만, 나는 내 귀여운 세 살짜리 딸 상옥이를 6.25의 동란중에 잃어버리고 부산역두의 그 어머니처럼 어디 가서 소리쳐 불러보지도 못하며 가슴만 아파합니다. 나는 내 가슴에 쌓이는 아픔보다 역시 내 딸 상옥이가 어버이를 잃고 우는 그 마음이 가엾어 못견딥니다.

—「부산 역두의 하나꼬야」 가운데

이 산문에서 이원수는 광복되던 해의 가을 '부산역'에서 있었던 일, 이를테면 '하나고'를 잃고 찾아나섰던 어느 귀환동포 어머니의 애타는 행동을 떠올리며, 한국전쟁 때 자신이 겪은 체험으로 연관시키고 있다. 그러면서 자신의 "가슴에 쌓이는 아픔보다" "귀여운 세 살짜리 딸 상옥"이 부모를 잃고 우는 심정을 떠올리며 슬퍼하고 있다.

이재철에 따르면, '전쟁으로 닥쳐온 민족 공동의 불행, 이러한 불행을 불러온 북한에 대한 끝없는 증오, 전화로 불행해진 동무를 도와주는 우정, 고아원 속에서의 고아들의 생태, 이러한 것은 이즈음 발표된 모든 아동문학의 천편일률적인 주제요, 소재의 전부이기도 했다'는 것이다.44) 그런 점에서 한국전쟁기 『소년세계』에 발표한 이원수의 작품들이 지니고 있는 내적 특성 가운데 하나가 바로 실존의식이라 하겠다. 당시 그의 실존의식은 무엇보다도 전쟁으로 말미암은 상실감, 자신의 가족 상실이라는 현실적 체험에서 비롯된다.

결국 이원수의 한국전쟁기 아동문학은 피난민의 현실, 특히 가족 상실과 궁핍한 생활상을 소재로 끌어와 어려운 환경 속에서 자라나는 아동들을 등장시키고 있다. 그리하여 그들이 힘겨운 생활 속에서도 미래에 대한 꿈과 희망을 잃지 않도록 독려하고 있는 것이다. 이렇듯 이원수는 아동잡지 『소년세계』를 발행하면서, 기획과 편집, 개인 작품 발표, 투고 작품 관리와 심사 등으로 열정을 쏟았다.

---

44) 이재철, 『현대아동문학사』, 일지사, 1978, 442~443쪽.

5. 마무리

이원수의 삶과 문학 연구에 있어, 하나의 공백으로 남아 있는 부분은 한국전쟁 전후의 문학행보일 것이다. 또한 그의 매체 발간에 따른 출판활동 쪽에서는 다루어야 할 부분이 많다. 이에 글쓴이는 이원수의 생애 가운데서도 가장 미흡했던 한국전쟁기 문학행보, 이른바 피난생활과 매체 편집, 특히 피난지 대구에서『소년세계』를 중심으로 이루어졌던 행적을 따져보았다. 나아가 이를 바탕으로『소년세계』에 게재한 그의 작품들, 이를테면 동시·동요, 동화·소년소설, 동수필과 기타 산문 등의 아동문학적 특성을 살펴보았다.

이원수는 1950년 9월 28일 서울 수복 이후부터 인민군 부역 혐의로 쫓기는 신세가 되어 여러 차례 죽음의 고비를 넘기게 되었다. 또한 그는 1951년 1·4후퇴 때 딸 영옥과 상옥, 그리고 아들 용화를 천주교당에 맡겼다가 잃게 되었다. 그 뒤 1952년부터 대구에서 피난생활을 했는데, 그해 7월 오창근·김원룡 등과 함께 아동잡지『소년세계』를 창간하였고, 소년세계사에 근무하며 3년 동안 잡지의 편집을 도맡았다.

『소년세계』는 이원수의 문단적 입지를 공고히 다지게 한 아동잡지라고 하겠다. 다시 말해서 전쟁 이후 이원수의 문단 역학관계가『소년세계』편집에 여실히 적용되었던 셈이다. 실제로 이원수는 편집주간으로서의 편집뿐만 아니라 기획도 했고, 매달마다 쏟아지는 어린이 작품을 심사하면서 작품 선평을 썼으며, 또 '현상아동문학대회'의 심사도 맡아 했다. 아울러 작가로서 창작품을 발표했고, 기타 잡문형식의 글도 많이 게재했다.

이원수는『소년세계』에 동시·소년시를 7편 발표했다. 여기에는 동시 「여울」을 비롯해 악보로 실린 「꾀꼬리」, 「서울급행차」, 「달빛」, 「고향바다」, 그리고 소년시 「소쩍새」와 「그리움」 등이 해당된다. 또한 그는 동화·소년소설 12편 발표했는데, 개별 작품 7편을 비롯해 연재 작품 「아버지를 찾으러」(16회), 「삐삐의 모험」(5회), 「소년 서유기」(4회), 「꼬마 옥이」(3회), 「어린 목동녀」(5회) 등이 있다. 아울러 그는 동수 필 11편과 다수의 산문들을 발표하고 있다. 이를테면 동수필로 「굉장한 이름」, 「가을이 다가온다」, 「정이와 딸래」 「뻐꾹시계」, 「강한 편과 약한 편」, 「별을 우러러」, 「바다」, 「예술가가 되려는 소년소녀에게」, 「가을 바람에 부치는 편지」, 「봄꽃」, 「부산 역두의 하나꼬야」, 「아름다운 말」, 「만화란 것은 그리기 어려운 것」 등이 있고, 동화극으로 「꼬마 마술가」, 비평으로 「소년문학 강좌: 창작동화에 관하여」와 「소년예술 강의 1」 등이 해당된다.

이러한 이원수의 한국전쟁기 아동문학 작품에서는 피난민의 현실, 특히 가족 상실과 궁핍한 생활상을 소재로 끌어와 어려운 환경 속에서 자라나는 아동들을 등장시키고 있다. 이를 통해 아동들의 힘겨운 생활 속에서도 미래에 대한 꿈과 희망을 잃지 않도록 독려하고 있는 것이다. 이렇듯 이원수는 『소년세계』를 매월 발행하면서, 기획과 편집, 개인 작품 발표, 투고 작품 관리와 심사 등으로 열정을 쏟았다. 그런 점에서 『소년세계』는 한국전쟁기 아동문학의 실상을 이해한다는 측면에서 중요한 문학적 전통이며 자산인 것이다.

여기서 다루지 못한 『소년세계』 전반의 작가·작품에 대한 논의는 다음의 과제로 남긴다. 무엇보다도 이 글로 말미암아 한국전쟁기 아동매체와 이원수의 문학행보에 대해 보다 꼼꼼한 이해가 마련되기를 기대한다. 아울러 1950년대에 이루어진 아동문학의 다양한 역장들, 이를테면 아동매체의 운동적 양상, 아동문단의 재편 과정, 특정 문학인들의 활동상과 진퇴과정 등에 대해서도 고찰해 볼 수 있는 계기로 삼는다.

시조시인 이영도의 삶과 문학

: 마산에서의 결핵 체험을 중심으로

1. 들머리

일찍이 마산(현재 창원시)은 결핵 요양과 치유의 도시였다. 이는 결핵 요양에 필요한 자연적 요건을 고루 갖추었다는 데서 비롯된다. 이를테면 바다를 끼고 있어 습도가 높은 물, 연중 온도차가 적은 따뜻한 기온, 산소 공급이 풍부한 산림 등의 요건이 그것이다. 또한 마산에는 결핵 관련 의료시설들이 산재했던 까닭이다.1) 이로 말미암아 마산은 결핵환자들이 자주 찾는 곳이 되었고, 결핵 요양과 치료의 메카로

---

1) 광복 이후 마산에서는 결핵환자가 급증하자 기왕의 도립마산병원과 더불어 국립마산결핵요양소와 마산교통요양소가 개설되었고, 전쟁기에는 국립신생결핵요양원, 결핵전문인 제36육군병원, 공군결핵요양소, 마산군의학교, 한국은행 행우장, 진해해군병원 결핵병동 등이 신설되어 많은 결핵환자를 수용했다. 그밖에도 개인 운영의 결핵 관련 의료시설로는 자산의원, 배의원, 박이준내과, 류내과의원, 영생외과 등이 있었다.

서 명성을 얻게 되었다.

그런 점에서 마산은 근대문학의 앞선 자리에 결핵문학을 마련해 놓고 있다. 마산을 찾은 문인들은 그들의 결핵 체험, 곧 요양·치료·요양소 체험과 다른 문인들과의 교류 체험을 부려놓았기 때문이다.[2] 결국 마산의 근대문학은 그들의 결핵 체험과 따로 떼어 논의할 수 없을 만큼 주요한 특성을 지닌다. 그렇듯 마산이 갖는 독특한 문학자산은 바로 결핵문학이라 하겠다.

이 글에서 다룰 이영도(李永道, 1916~1976)는 광복 이후 우리나라 시조문단을 이끌며 현대시조의 발전에 크게 기여한 여성 시조시인이다. 그녀는 시조뿐 아니라 수필에도 남다른 관심을 보여주었다. 시조집으로 『청저집』(문예사, 1954), 『석류』(중앙출판공사, 1968), 『언약』(중앙출판공사, 1976)이 있다. 그리고 수필집으로 『춘근집』(청구출판사, 1958), 『비둘기 내리는 뜨락』(민조사, 1966), 『머나먼 사념의 길목』(중앙출판공사, 1971), 『애정은 기도처럼』(범우사, 1976), 『나의 그리움은 오직 푸르고 깊은 것』(중앙출판공사, 1976) 등이 있다.

이영도의 문학에 대한 기존의 연구 성과를 짚어보면, 주로 그녀의 문학사상과 세계관,[3] 시조의 특성[4]과 변모양상[5]에 대한 연구를 비롯

---

2) 마산의 근대문학을 꽃 피울 수 있었던 하나의 빌미는 결핵과 관련되어 있다고 해도 지나치지 않을 것이다. 근대의 이른 시기부터 많은 이들이 결핵 요양과 치료를 위해 마산에 다녀갔다. 특히 나라잃은시기의 나도향·임화·지하련, 그 뒤를 이어 광복기의 권환·이영도·김상옥·구상, 그리고 경인전쟁기의 『청포도』 동인들·신동문·강민·김남조, 그 이후의 『무화과』 동인들·김지하 같은 문인들의 결핵 체험에 의해 마산지역은 구체적인 문학 공간으로 자리를 잡았다. 이로써 그들의 글자취는 결핵문학의 산실로서 마산의 명성을 드높여주었다.

3) 이영도의 시조에 나타난 사상과 세계관에 대한 연구로는 김종(2000), 조동화(2009), 유지화(2015), 정영자(1996)이 있다.

4) 이영도 시조의 형식과 내용적 측면에서 접근하고 있는 연구로는 김은아(1996), 이점성(1997), 신현필(1997), 임종찬(2008)이 있다.

하여, 특정 주제와 이미지, 시어와 공간성에 초점을 맞추어 꾸준하게 이루어져 왔다.6)

그럼에도 불구하고 그녀의 삶과 문학을 지역성 차원에서 논의한 연구는 찾아보기 어렵다. 특히 그녀의 마산에서의 결핵 체험, 이를테면 그녀가 결핵 요양과 치료를 받았다는 사실은 널리 알려진 것이지만, 그녀의 결핵문학에 관련된 논의는 매우 단편적으로 언급되고 있을 뿐이다.

이 글에서는 이영도가 결핵이라는 원체험을 어떻게 다루고 있으며, 그것은 어떤 의미를 담아내고 있는지에 초점을 둔다. 이에 글쓴이는 이영도의 삶과 문학, 특히 마산에서의 결핵 체험을 중심으로 살펴보고사 한다.7) 먼저, 그녀의 삶에 드리워진 결핵 체험을 꼼꼼하게 짚어볼 것이다. 다음으로, 그녀의 시조와 수필 작품들을 분석함으로써 결핵 체험의 문학적 형상화를 따져볼 것이다.

이를 통해 그녀의 초창기 행보와 문학세계를 이해하는 데 도움이 되었으면 한다. 아울러 그녀의 삶과 문학이 우리나라 결핵문학의 계보에서 어떠한 위상과 의미를 지니고 있는지 이해할 수 있을 것이다.

---

5) 이영도 시세계의 변모 양상에 대한 연구로는 이숙례(2002), 고인자(1990)이 있다.
6) 그밖에도 특정 주제와 이미지, 시어와 공간성에 초점을 두고 작품 분석을 시도하고 있다. 오승희(2004), 고금희(2001), 유동순(2011), 신미경(1989), 백승수(1993), 유혜숙(1999), 김순금(2003), 조춘희(2015), 김혜정·이상립(1985) 등이 그것이다. 이에 대해서는 끝에 붙여둔 '참고문헌'을 참조하길 바란다.
7) 이 글에서는 앞서 소개한 이영도의 시조집과 수필집, 그리고 조현경이 쓴 평전 『사랑은 시(詩)보다 아름다웠다』(영학출판사, 1978)와 박옥금이 쓴 평전 『내가 아는 이영도, 그 달빛같은』(문학과청년, 2001)을 기본 자료로 삼는다.

2. 이영도의 마산살이와 결핵

이영도의 생애를 개략적으로 소개하면서, 결핵 체험에 관련된 상황을 상세히 살펴보고자 한다. 그녀는 시조시인 이호우(1912~1970)의 누이로 널리 알려져 있다. 그녀의 호는 정향(丁香) 또는 정운(丁芸)이다.[8] 그녀는 1916년 10월 22일 경북 청도군 청도읍 내호1동 259번지(현재 유천동)에서 선산군수였던 이종수와 이봉래 사이의 3남 2녀 중 막내로 태어났다.

이영도는 밀양보통학교(현재 밀양초등학교)를 졸업했다. 1935년 대구의 명문 부호였던 박기수와 혼인하였으며, 딸 박동지(뒤에 박진아 개명)를 낳았다. 하지만 그녀는 1945년 8월 남편이 위궤양으로 타계하자, 이내 생활전선에 뛰어들게 되었다. 그녀는 대구공립여자보통학교(현재 경북여자고등학교)에서 잠시 교편을 잡다가, 생활터전을 통영으로 옮기게 되었다.

이영도는 1945년 10월에 통영여중(현재 충무여자고등학교)의 교사로 부임하여 1953년 5월까지 재직하였다.[9] 그녀가 통영여중으로 간 것은 여름방학 동안 통영의 언니 집에 잠시 다니러 갔다가 언니의 권유에 의해서였다고 한다. 그 무렵 통영여중 교장은 양산 통도사의 스님이었던 신모라는 분이었다. 교장과 언니 이남도 집안과는 교분이 두

---

8) 이영도의 본디 호는 '외로운 향기'라는 뜻의 정향(丁香)이었다. 이는 라일락의 중국 이름이기도 한데, 우리말로는 '수수꽃다리'를 일컫는다. 광복 이후 '정향'으로 불리다가, 1952년 무렵부터 청마 유치환에 의해 '정운(丁芸)'으로 바뀌었던 것이다.

9) 이영도는 통영여중 교사 시절에 유치환과 만남을 가지게 되었고, 유치환이 타계한 1967년까지 20여 년 동안 5,000여 통의 편지를 주고받았던 것이다. 그녀가 유치환에게서 받은 편지는 서간집 『사랑했으므로 행복하였네라』(중앙출판공사, 1995)에 실려 있다. 박옥금, 『내가 아는 이영도, 그 달빛같은』, 문학과청년, 2001, 164쪽.

터운 사이였다. 이에 언니의 부탁으로 '수예선생'으로 재직하게 되었던 것이다.10)

이영도의 통영살이는 그녀의 삶에 많은 변화를 가져다 준 기간이었다. 먼저, 그녀는 1945년 12월 대구에서 발행된 동인지 『죽순(竹筍)』 창간호에 「제야(除夜)」를 발표11)하면서 문단활동을 시작하게 되었다.12) 다음으로, 그녀는 통영 생활에서 결핵을 앓게 되었다.

이영도는 통영 도천리 도리골의 김 장로 집에 세를 얻어 살았고, 언니 이남도의 가게, 〈천일약방〉 대리점이었던 박애당(博愛堂) 옆방에다 작은 수예점을 차려놓고 부업과 교사생활을 했으며, 기숙사 사감 직책까지 도맡아 고단한 몸을 이끌고 쉴새없이 일했다.13)

> 적은 창념으로 개인 하늘만 쳐다보며
> 긴긴 봄나절을 외로 앓은 이
> 한 마리 산(山)새보다도 초라함에 서려라
>
> 멀리 안개 속으로 배소리가 들러오다
> 어느 간절한 꿈이 실려서 들어는고

---

10) 조현경, 『이영도 평전: 사랑은 시보다 아름다웠다』, 영학출판사, 1984, 124쪽.

11) 이영도는 『죽순』 2집(1946. 8)에 「낙화(落花)」·「춘소(春宵)」, 『죽순』 3집(1946. 12)에 「먼생각」·「맥령(麥嶺)」, 『죽순』 4집(1947. 5)에 「병고(病孤)」·「먼 등불」, 『죽순』 5집(1947. 8)에 「제승당(制勝堂)」, 『죽순』 8집(1948. 3)에 「세병관(洗兵館)」·「노을」·「삼월(三月)」, 『죽순』 9집(1949. 1)에 「낙화(落花)」 등의 시조를 발표했다. 또한 그녀는 『죽순』 6집(1947. 10)에 수필 「부여(扶餘)를 찾아」를 발표했다.

12) 흔히 이영도의 등단은 이호우의 영향이 컸다고 알고 있지만, 그녀에게 시조를 가르친 사람은 김상옥이었다고 한다. 박옥금, 『내가 아는 이영도, 그 달빛같은』, 문학과청년, 2001, 357쪽. 오래전 글쓴이와의 인터뷰(2003년 2월)에서도 초정 김상옥은 '이영도의 시조를 손질하며 가르쳐 주었다'는 사실을 술회했던 바 있다.

13) 조현경, 『이영도 평전: 사랑은 시보다 아름다웠다』, 영학출판사, 1984, 124~125쪽.

희미한 등불이 도로 어둠보다 외롭다

—「병고(病孤)」

　이영도가 결핵을 앓게 된 시기는 1947년 무렵부터였다. 그때부터 그녀는 결핵이라는 질병을 적극적으로 문학적 표현 대상으로 삼고 있다. 이 시조는 『죽순』 제4집(1947. 5)에 발표된 작품이다. "병고(病孤)"라는 제목에서 알 수 있듯이, 당시 그녀는 결핵을 앓으며 외롭게 살아가고 있었다. 그렇게 "긴긴 봄나절을 외로 앓는" 그녀는 "한 마리 산새보다도 초라"하다고 자신을 표현하고 있다. 그러면서 "희미한 등불이 도로 어둠보다 외롭다"며 자신의 심정을 토로하고 있는 것이다.

　그 무렵 D여학교에는 시인 청마(靑馬)를 비롯하여 작곡가 윤이상(尹伊桑), 화가 전혁림(全赫林) 같은 쟁쟁한 예술가들이 교직에 있었기 때문에 문화 여학교란 별칭을 들을 만큼 분위기가 그윽했다.

　그러한 분위기 속에서 조국을 도로 찾은 기쁨까지 겹친 정열의 과로가 나로 하여금 건강을 잃게 하고 말았다.

　기숙사에서 휴양하는 동안 사감(舍監)을 도와 학생들을 보살피도록 책무를 띠고 들어온 음악선생 K씨는 천하의 낙천적인 그의 성품 때문에 학생들보다도 더 신경을 쓰이게 하는 개구쟁이였다.

　말썽 많은 그 고장에서 지나치게 외적 조건에 마음을 쓰고 있는 나와는 달리 어디까지나 자기 감정에 충실한 J 선생을 감싸 두호하기에 환자의 피곤이 더 이상 지탱할 수가 없어 나는 결국 모든 굴레를 벗어던지고 M시에 있는 요양원으로 갈 수밖에 없었다.

—「인생의 길목에서」 가운데

이 글에서 밝히고 있듯이, 이영도는 "D여학교"인 통영여중에 근무할 때 "정열의 과로"로 말미암아 건강을 잃었다고 했다. 그러면서 "환자의 피곤이 더 이상 지탱할 수가 없어" 결국 "M시", 곧 마산의 요양소로 입원했다는 것이다.

이처럼 이영도는 교사 직분에 충실하면서 작은 수예점을 경영, 기숙사 사감까지 겸하다 보니, 극심한 피로 때문에 '폐침윤'14)이란 진단을 받게 되었다. 그리하여 그녀는 1949년 5월에 마산교통요양소15)에

---

14) 결핵은 결핵균의 감염에 의해 발생하는 만성전염병으로, 신체 부분에 따라 폐결핵, 신장결핵, 후두결핵, 장결핵 등이 있다. 여기서 말하는 폐침윤(肺浸潤)이란 결핵균에 의한 폐의 병소(病巢)로부터 염증이 주위의 조직으로 퍼져가는 상태를 일컫는다. 이는 엑스선 사진에서도 경계가 명확하지 않은 음영(陰影)을 볼 수 있다.

15) 몇몇 연구자들은 이영도가 입원한 요양소를 국립마산결핵요양소(현재 국립마산병원)로 소개하고 있는데, 이는 마산교통요양소의 내력을 제대로 알지 못한 까닭이다. 나라잃은시기 우리나라 교통수요의 70%를 담당하고 있던 철도는 특히 대륙진출의 수송동맥으로 일본군국주의자들에게 큰 비중을 차지했다. 그러나 거기 종사하는 직원의 90% 이상은 현업 종사자로서 열악한 근로조건으로 질병침해의 기회가 많았으며, 특히 호흡기질환이 가장 많았기 때문에 총독부 철도국에서는 마산에 요양소를 개설할 것을 결정했다. 마산철도요양소는 마산 월영동 449번지(현재 경남대학교 캠퍼스)에 16만평의 부지를 확보하고, 1940년 2월 27일 공사를 착공하여 본관 1동, 병동 2동, 병사(病舍) 1개, 차고, 주방 등 부속건물을 1941년 6월 30일에 준공하고, 1941년 11월 16일 개소식을 거행했다. 1942년 제2차 공사로 제3병동과 3개의 병사를 증축하여 모두 75개의 병상을 갖추게 되었다. 그러나 마산철도요양소는 태평양전쟁이 치열해지고 일본 본토가 대대적인 공습을 받게 되자 공습을 우려하여 함경남도 원산에 요양소를 신축하여 환자를 모두 그곳으로 옮기고, 1945년 5월 12일자로 폐쇄하여 철도종업원양성소로 사용하게 되었다. 을유광복 뒤에는 한때 미군이 그들의 병사(兵舍)와 경찰학교로 사용되기도 했으나, 1947년 10월 철도국의무과에서는 철도종업원과 그 가족에 대한 결핵대책을 논의한 끝에 보건사회부의 협조를 얻어 귀환동포수용소를 건립하게 되었다. 이후 마산교통요양소는 초대원장으로 부임한 이재규(李在珪)는 교통부의 전폭적인 예산지원 아래 건물수리 등 개원 준비에 박차를 가했고, 1949년 4월 10일 정식 개원되었다. 개원한 지 1년 남짓 지나서 한국전쟁이 발발하자, 그해 7월 17일 마산교통요양소는 육군병원으로 징발되었으며 요양중이던 환자는 분산 퇴원시켰다. 1953년 국립마산요양소에 있던 류광현(柳光鉉)이 제2대 원장으로 취임했는데, 그는 육군병원으로 사용되고 있던 2개 병동을 1953년 7월 21일 군당국으로부터 반환받아서 교통부의 적극적인 지원 아래 대대적인 수리에 착수해 1954년에는 약국, 엑스선실, 검사실, 수술실, 치과, 외래부, 주방 등의 시설을 완비했으며, 교통부 직원을 우선적으로 입원시켰으며 빈 병상이 나는 경우에는 일반인도 취급했다. 그 뒤 1960년에는 요양소 명칭을 마산교통병원으로 변경되었다가, 1963년 9월 1일에는 철도청이 외청으로 독립하자 마산철도병원으

1년 남짓 입원(입원실 107호실)하게 되었다.

　맑은 환경, 조용한 휴식 그리고 규율이 엄한 식사훈련은 그동안 장애
를 입고 있던 소화기능을 회복할 수 있었고, 끼니 때마다 지켜서서 강요
하듯 책임량을 먹도록 명령하는 원장 선생의 친절로, 나의 잃었던 체중
은 날로 실오라기 만큼씩 늘어가게 되었다.

　그러나 처음 내게 있어 고통스러운 일은 오후 한때의 그 절대안정
시간이었다.

　점심을 끝낸 직후부터 두 시간 동안을 가만히 침상에 누워서 무념무
상의 상태로 낮잠을 자야 하는 규칙이었는데, 나는 그 시간만 되면 무념
무상은커녕 천사만려(千思萬慮)의 번뇌에 부대끼지 않을 수 없었다.

—「회상의 그 한 때는」 가운데

　이 수필을 통해 이영도는 마산교통요양소에서의 체험을 떠올리고
있다. 여기서 보듯, 그녀는 요양소 생활을 "고충"의 시간이었다고 회
고했다. 특히 "점심을 끝낸 직후부터 두 시간 동안을 가만히 침상에
누워서 무념무상의 상태로 낮잠을 자야 하는 규칙"인 절대안정 시간
만 되면, "천사만려(千思萬慮)의 번뇌"에 사로잡혔다고 했다. 당시 그녀
는 '2년간 절대안정'이란 진단을 받았지만, 1년 만에 병이 완쾌되어
퇴원했다. 이는 자신의 의지에 의한 것이기도 하겠지만 종교의 힘이
었다고 했다.[16]

로 다시 명칭이 바뀌었다. 마산교통요양소는 개원한 지 20년만인 1969년 말에 마침내
문을 닫았고, 남아 있던 환자는 부산철도병원으로 옮겼으며, 그 자리에는 경남대학교 캠퍼
스가 들어섰다.

16) 조현경, 『이영도 평전: 사랑은 시보다 아름다웠다』, 영학출판사, 1984, 70쪽.

결혼 이후, 30여 명의 대가족 시집에서 환자인 남편과 더불어 지칠대로 지쳤던 나의 심신이 혼자된 뒤로는 직장과 문학의 정열에 스스로를 혹사해 온 세월! 단 하루도 마음 포근한 휴식과 숙면을 해볼 수 없었기 때문이다. 다행하게도 요양원 환자 중에는 몇 분의 시인도 섞여 있어 서로의 작품을 모아 원내 신문을 등사해 돌리기도 하고, 달마다 명절을 챙겨 세시(歲時)의 별미와 놀이를 꾸미는 등, 따분하게 지쳐 있는 요양원 분위기를 바꾸기도 하고, 산책길에서 꺾어온 들꽃을 중환자 병실에 꽂아주기도 하며, 일체의 굴레 밖에서 다만 한 사람의 여인으로서 감정에 충실할 수 있는 동안 어느새 병세는 완쾌되어 입원한 지 1년도 못되어 퇴원해도 좋다는 병원측의 통고를 받았다.

—「인생의 길목에서」 가운데

이영도는 마산교통요양소에서 1년 남짓 입원하며 결핵치료를 했다. 이 수필은 마산교통요양소 시절의 체험이 고스란히 그려져 있는 작품이다. 그곳은 마산의 월포 앞바다가 훤히 내다보이는 곳이었다. 그곳에는 마침 'K시인', 곧 구상(1919~2004) 시인의 부인이 의사로 있었고, 조지훈(1920~1968) 시인의 친지인 'R원장'이 있었다. 이렇듯 그녀는 요양소 입원 중에도 여러 시인들과 교우하고 있었던 것으로 보인다.

한편, 그녀는 마산교통요양소 시절에 오랜 가풍으로 섬겨왔던 불교를 버리고 개종하게 되었다. 그녀가 기독교로 개종하게 되었던 배경은 그 요양소에서 일했던 가정부 때문이었다고 한다.17)

---

17) "40대 중반의 가정부였다. 그런데 환자들은 식사 때만 되면 그를 학대했다. 밥이 질면 질다, 되면 되다고 잔소리하고 늘 밥그릇을 던져 버리면서 갖은 구박을 했었다. 그런데 그 가정부는 자기를 학대하고 구박하는 환자들에게 화를 내기는커녕, 오히려 기쁜 마음으

항도는 밤이 고와
비가 오는 밤이 고와

바다, 산, 거리없이
총총히 밝힌 등불

찬란히 펼친 성좌가
이 지상에 이뤘다.

자욱한 연우(煉雨) 속에
지엄한 분부 잇어

일제히 분묘(墳墓)마다
휘황한 부활이여

목숨의 그윽한 찬미
내 심령을 울린다.

—「부활」

이 시조는 이영도의 기독교적 종교관이 잘 반영되어 있는 작품이

로 그들을 위해서 기도하고 찬송했다. 그렇게 모진 학대를 하던 환자들도 그러한 헌신적인 사랑 앞에 손을 들고 말았다. 기쁜 마음으로 찬송하는 그 가정부를 본 이영도는 비로소 자신의 종교에 회의를 품기 시작했다. 배웠다는 나도 그렇게 할 수 없을 것인데, 배우지 못한 사람이 저럴 수가 있을까. 신앙을 가진 나도 갖지 못한 너그러움을 이웃에게 그리 베풀 수 있을까. 이영도는 그때서야 개종하기로 마음을 굳혔던 것이다." 조현경, 『이영도 평전: 사랑은 시보다 아름다웠다』, 영학출판사, 1984, 47쪽.

다. 당시 의료 수준으로 볼 때, 결핵은 거의 사형선고나 다를 바 없었다. 이러한 점을 상기한다면, 그녀의 믿음은 흔들리지 않는 기독교적 안식(安息)에 이르렀던 듯하다. 이 시조에서 보듯, 그녀는 "항도" 마산에 고운 밤이 찾아온다. "비가 오는 밤"이면 "총총히 밝힌 등불"은 도시를 찬란하게 수놓는다. 그렇게 "자욱한 연우" 속에서 그녀는 결핵으로 고통받고 있는 자신의 목숨을 부여잡고 '휘황한 부활'을 꿈꾸고 있는 것이다.

이후 이영도가 마산교통요양소에서 개종했다는 점을 고려해 볼 때, 기독교적인 구원의식을 주제로 많은 작품을 발표하게 된다. 이는 그녀의 문학세계의 일부분으로 자리잡게 된다. 그녀는 1년 남짓한 요양소 생활을 끝내고, 통영여중으로 돌아가 근무하게 되었다.

그러다가 그녀는 1953년 5월 부산 남성여고에 교사로 부임하면서 생활 터전을 옮기게 되었다. 당시 그 학교에 국어교사로 있던 김상옥(1920~2004)이 그녀를 불러들였던 것이다. 7년 동안 통영에서의 교사 생활로 모은 돈은 결핵 치료로 거덜나버렸다. 그런 처지에서 그녀는 김상옥과 서정봉(1905~1980)의 각별한 배려에 힘입어, 학생기숙사 방 2개를 빌려 기거했는데, 방의 호실을 '수연정(水然亭)'이라 불렀다.18) 하지만 그녀의 결핵은 완전히 나은 것이 아니었다.

---

18) 또한 박옥금에 따르면, "이영도는 이사 가서 사는 집마다 당호(堂號)를 지어 걸고 꽃을 심고 벗을 불러 즐겼다. 그녀가 1953년 통영을 떠나서 부산 남성여고로 근무처를 옮겼을 때, 학교 구내 한 모퉁이에 세간을 풀어놓고, 비둘기장 같이 덩그렇게 올라앉은 방 두 칸에서 항도(港都)의 불빛을 바라보며 적적한 마음을 달래는 글을 썼다. 그 방 두 칸을 〈수연정(水然亭)〉이라고 이름을 붙이고 멋을 부렸다". 박옥금, 『내가 아는 이영도, 그 달빛 같은』, 문학과청년, 2001, 131쪽. 이처럼 이영도는 자신이 거처하는 곳마다 당호를 지었다. 청와헌(1949년), 수연정(1953년), 계명암(1954), 예일당(1956년) 등이 그것이다. 수필 「수연정기」를 통해 당시 이영도의 부산 생활을 엿볼 수 있다.

사랑한 정운!

어제 마산으로 가셨다니 오늘 돌아올 리 없음을 알면서도 다시 세 차례를 당신의 창이 바라다 보이는 길을 일부러 지나쳐보았으나, 여전히 창에는 창장(窓帳)이 드리운대로 있더군요. 그 창장이 드리워진 것이 어린 때 어떤 일가 집에서 본 죽은 이의 얼굴을 가린 수건을 연상케 하는 것이었습니다. 그렇게 한 겹 포목이 커다란 의미를 표백(表白)하는 것인 줄을 어찌 누가 짐작이나 하였겠습니까? (…후략…)[19]

이 편지는 1954년 6월 25일에 유치환(1908~1967)이 이영도에게 쓴 것이다. 여기서 보듯 그녀는 폐결핵이 재발하여 치료차 마산을 자주 오갔던 것으로 보인다. 유치환은 이를 못내 가슴 아파했던 것이다.

1954년 10월 이영도는 첫 번째 시조집 『청저집』을 발간했고, 곧이어 결핵의 재발하여 다시 마산의 성지여고로 옮겨 2년(1954. 10~1956. 9) 동안 근무하게 되었다. 왜냐하면 가까운 곳에 결핵 관련 의료시설이 많으니까 치료에 도움을 주기 위한 학교 당국의 배려였다고 한다.

수필집 『춘근집』에 실려 있는 「계명암기(鷄鳴庵記)」를 보면, 그녀는 마산의 기후가 건강에 알맞다는 조건과 몸이 약한 그를 배려해 주겠다는 성지여고 측의 호의로 옮겨왔다고 적고 있다. 그 무렵 그녀는 학교에서 사택으로 마련해 준 초가집—그녀는 이를 '산집'이라고 표현—에서 기거했는데, 새벽이면 어디선가 홰치는 소리가 들린다 하여 당호를 '계명암'이라 붙였다.

M시의 기후가 내 건강에 알맞다는 조건과 몸 약한 나를 아껴주겠다

19) 이영도·최계락 엮음, 『사랑했으므로 행복하였네라』, 중앙출판공사, 1995, 155쪽.

는 S여학교의 호의로 여기 M시로 옮겨오기는 지난 시월! 들녘마다 누우렇게 고개진 벼이삭들을 거둬들이기에 한창인 무렵이었다.

나의 사택이라고 마련된 집은 학교 구내 깊숙이 돌아 앉은 외딴 초가 삼간이다.

처음 들어설 때는 어느 먼 산간에 귀양살이나 온 듯 외롭고 허전하기 말도 할 수 없었다.

밤이 이슥해질수록 앞 개울은 소낙비처럼 울고 대숲에 서걱대는 바람소리는 저무는 계절따라 더욱 소조하여 혼자 지내는 추야(秋夜)가 그지없이 적적하다가도 새벽을 알리는 먼 닭울음이 하도 애틋하여 당호를 〈계명암〉이라 붙였다.

—「계명암기」 가운데

이영도는 학교에서 마련해 준 사택, "학교 구내 깊숙히 돌아앉은 외딴 초가삼간"에서 생활하면서, 마산의 풍경에 대해 '방문을 열면 월포의 반짝이는 물결이 보이고, 대문을 나서면 합포만의 거울 같은 호면이 한 눈에 들어'온다고 적었다. 이 글에는 2년 남짓한 그녀의 마산살이가 오롯이 담겨 있다.

성지여고는 천주교 재단의 학교였던 만큼 학풍은 좋았으며, 학교 주변의 공기도 맑았다. 무엇보다 이영도는 거처할 사택의 초가삼간이 마음에 들었다. 집 앞으로 맑은 물이 사철 흘렀고 집 뒤로 병풍처럼 둘러 쳐져 있던 대나무는 한 줄기 바람에 속살거렸다. 거기에 달이라도 뜨면 더할 나위 없는 운치를 풍겼다. 새벽이면 어디에선가 홰치는 소리가 들려온다. 닭이 운다 해서 '계명암'이라 지어 불렀다고 했다. 계명암에는 가끔 벗들이 들려서 쉬어가기도 했다.

그런데 이 '계명암'에 도둑이 든 일이 있었다. 한창 건강이 회복되어

가는 중인데 호사다마(好事多魔)가 아닐 수 없었다. 그녀는 밤만 되면 겁이 났고, 병이 회복되기는커녕 더 악화될 것만 같아 2년 만에 다시 부산으로 자리를 옮기게 되었다.[20]

마산살이 이후 이영도의 행보와 활동을 정리해 보면, 그녀는 1956년 10월 다시 남성여고 교사로 재직하다가, 부산여대(현 신라대학교) 강사로 일했다. 이때부터 『부산일보』 문예란에 고정으로 기고하면서 「바람」, 「여원」, 「시조 2제」 등 본격적인 시조시인 활동을 전개하였다.

그리고 그녀는 1958년 수필집 『춘근집』을 발간했고, 1960년 이후 여성모임 〈달무리〉와 〈꽃무리〉(1963년)를 조직하여 시조 보급, 여성 교양 운동과 주변 환경 정화사업에 앞장섰다. 1966년 수필집 『비둘기 내리는 뜨락』 간행했으며, 제8회 〈눌원문화상(訥園文化賞)〉을 받았다.

1967년 청마 유치환이 그녀에게 보낸 편지를 모은 서간집 『사랑했으므로 행복하였네라』(이영도, 최계락 엮음) 발간했고, 1968년 이호우와 함께 시조집 『비가 오고 바람이 붑니다』 중의 1권인 『석류』를 발간했으며, 1969년 자신의 호를 딴 〈정운문학상〉을 제정했다. 또한 그녀는 1971년 수필집 『머나먼 사념의 길목』 발간, 1975년 한국시조작가협회 부회장과 한국여류문학인회 부회장으로 피선되었다. 1976년 수필집 『애정은 기도처럼』 간행, 그녀의 시집 『언약(言約)』의 서문과 수필집 『나의 그리움은 오직 깊고 푸른 것』의 교정을 부탁해 놓고, 61세의 나이에 뇌일혈로 사망했다.[21]

---

20) 조현경, 『이영도 평전: 사랑은 시보다 아름다웠다』, 영학출판사, 1984, 178쪽.
21) 장례는 문인장(장례위원장 이은상, 조사 구상)으로 치러졌고, 선영(밀양군 상동면 고정리 산 314번지)에 묻혔다.

항상 앓아눕기만 하는 나의 건강 상태, 더구나 지난 해는 몇 굽이의 죽는 고비를 겪었던 터이고 보니 이러다간 언제 어느 때를 기약할 수 없는 목숨이라 갑작스런 죽음에의 준비를 스스로 해 두지 않을 수 없었기 때문이다.

단 하나인 혈육이래야 만리이역에 가 있고 누구 한 사람 책임져 줄 알뜰한 손길 없는 외톨이고 보니 막막하기 그지없는 자신의 뒷일을 생각할 때, 아이의 애정어린 송금(送金)으로 마지막 옷을 내 손으로 마련해 두고 싶었던 것이다.

사 온 명주를 정결히 빨아 손질하고 친구인 K여사를 청해 함께 옷을 지었다.

여학교 수예선생인 K여사는 꽃을 만들고 나는 재봉틀을 돌려 너울을 만들고…….

시집 가는 신부가 혼수 바느질을 하듯, 두 여인은 종일을 도란도란 속삭이며 옷을 지었다.

—「수의」 가운데

이 수필은 병약한 자신을 진솔하게 표현하고 있다. 이영도는 자신의 갑작스런 죽음을 염려하여, 유학간 딸의 송금(送金)을 "어떻게 쓰는 것이 보람스럽겠는가를 백 가지로 견주어 보다가 결국 수의를 마련했다"는 사연을 담고 있다. 이처럼 그녀는 자신의 부실한 건강으로 "너무 슬픈 애정을 감당하며 견뎌온 여인"이었다. 수의 또한 아무리 화려해도 "인생 한평생의 마지막 차림으로는 지극히 초라"하지만, 그래도 그것으로 만족하는 것은 "더욱 가까이 불러 위로해 주실" 하나님을 믿기 때문이라고 했다.

3. 결핵 체험의 문학적 형상화

수전 손택(Susan Sontag)은 『은유로서의 질병』에서 결핵이란 감수성이 예민하고 재능이 많은 사람들이 걸리기 쉬운 질병이라 밝힌 바 있다.22) 그렇듯 이영도는 결핵으로 1949년 5월부터 1년 동안 마산교통요양소에 입원하기도 했으며, 결핵이 재발하여 1954년 10월부터 마산성지여고에서 2년 동안 근무하기도 했다. 그런 만큼 결핵은 그녀의 문학세계에 많은 영향을 미치게 되었던 것이다.

그녀의 결핵 체험은 시조와 수필 등의 작품에 고스란히 들앉아 있다. 여기서는 결핵을 중심 소재로 삼고 있는 작품에 한정하여 살펴볼 것이다.

1) 시조 속의 결핵 체험

이영도는 170여 편의 시조를 남겼다. 이는 그녀의 시조집 『청저집』(문예사, 1954), 『석류』(중앙출판공사, 1968), 『언약』(중앙출판공사, 1976) 등에 실려 있다. 이 가운데 『청저집』에 실린 시조들은 대개 그녀의 결핵 앓으면서 느낀 정서를 노래한 작품들로 이루어져 있다.

뭐라고 말씀이 따로 있겠습니까. / 서러우면 입 닫고 그리우면 가만히 가락 울릴 저의 노래가 있을 뿐입니다. / 때로 하늘같이 창창한 그리움이 있어 황홀한 무지개를 엮어가다가도 그냥 자주 서럽기만 하는 것은 어쩔 수 없는 저의 성품인가 봅니다.

---

22) 수전 손택, 이재원 옮김, 『은유로서의 질병』, 이후, 2002.

1953년 저무는 가을 수연정에서

『청저집』의 「서문」에서 보듯, 이영도는 자신의 시조를 '목숨의 기도'라고 했다. 이처럼 그녀에게 시조는 더없는 삶의 반려이면서 구원에 이르는 하나의 통로였던 것이다. 그러면서 그녀는 "서러우면 입 닫고 그리우면 가만히 가락"을 울렸던 것이다. 그리고 "슬픈 동경이 무슨 병세처럼 앓아질 때 시조를 썼다"고 했다. 그러면서 그녀는 그때를 '인간살이의 애증에 마음 시달릴 때'라고 했고, 그것은 '가장 진실한 내면의 절규'일 수밖에 없다고 밝혔다.

이처럼 이영도는 자신의 피맺힌 자아의 절규를 시조 공간으로 옮겨 놓았던 것이다.

작은 창 넘어로
개인 하늘 내다보고

긴 긴 봄나절을
외로 앓는 몸이

한 마리
짐승보다도
의지할 데 없어라

멀리 안개 속으로
뱃고동이 울어 오네

어느 간절한 꿈이
실려서 돌오는고

곰곰이
지친 마음에
등(燈)이 도로 외롭다.

―「환일(患日)」

이영도가 마산교통요양소에 머물 때 지은 작품으로, 그녀의 대표시
조 가운데 하나이다. 이 시조에서는 당시 그녀의 요양소 체험과 결핵
환자로서의 내면풍경을 고스란히 담아내고 있다. 그녀의 외로움과
슬픔이 절절히 배어 있다. 그녀는 아무도 찾아오지 않는 호젓한 병실
에 홀로 앉아 창 너머로 "개인 하늘 내다보며" 결핵을 앓는 외로운
심사를 달래고 있다.

또한 그것은 자기 절제로 이어져 "한 마리 짐승보다도 의지할 데"
없이 깊은 고독의 수령을 허우적거려야 했고, 삶에 지친 마음은 "등이
도로 외"로울 만큼 쓸쓸함을 감내하며 살아야 했다. 결핵환자로서
의지할 데 없는 자신이 "한 마리 짐승"보다 못함을 두고 그토록 슬퍼
하고 있는 것이다. 그러나 그녀는 안개 멀리 뱃고동 우는 소리도 그리
워했고, "간절한 꿈이 설레서 돌아오는" 시간을 기다리기도 했다.

하이얀 마스크로 가리워도
만나는 그 눈마다 그리움이 어려 있고
말없는 몸짓 하나도 정(情)이 절로 느껴라

앓는 소리에도 마주 보고 근심하고
먼 병실(病室) 기침소리 내 가슴이 조여 들고
그립던 임의 사랑을 여기 와서 보도다

—「입원—요양원에서」

'요양원에서'라는 부제로 미루어 볼 때, 이 시조는 마산교통교양소 입원 시절에 쓴 작품이다. 따라서 이영도의 결핵 체험 가운데서도 새너토리엄 체험을 담아내고 있다. 특히 이 시조는 마산교통요양소에 입원해 있으면서 기독교로 개종하게 된 동기의 작품이다.

이로 미루어 당시 그녀의 기독교 개종과 관련된 작품으로 여겨진 다. "하이얀 마스크로 얼굴은 가리워도 않는 소리도 마주보고 근심하 고" "만나는 그 눈마다 그리움이 어려 있"던 그 가정부는 이영도에게 하느님의 사랑을 가르쳐 주었다. 그러면서 이영도는 "말없는 몸짓 하나도 정(情)이 절로 느껴" "그립던 임의 사랑"을 보았다고 고백했던 것이다. 이처럼 이영도는 당시 가정부의 극진한 기도와 찬송이 그녀 의 마음을 움직여 개종할 만큼 "임의 사랑", 곧 신의 세계에 기대고 싶었는지도 모를 일이다.

비록 초라할망정
나의 청춘(靑春)이야

그래도 다시 없을
나의 자랑이어라

병상(病床)에 외로운 몸이

오직 남은 하나일레

—「병상(病床)」

이 시조는 결핵환자로서의 내적 고백, 이를테면 시인의 내면풍경을 담아내고 있다. 그녀의 투병 체험은 "비록 초라할망정" 자신의 "청춘"이고 "자랑"이라 표현했다. 하지만 "병상에 외로운 몸"이 오직 "남은 하나"라고 느끼고 있다. 이처럼 그녀의 결핵 체험은 삶의 인식하게 만드는 한 방편임에 틀림없다.[23]

누워 백설(白雪)을 보고 앉아 바닷소리 듣고
인간의 애달픔이 꿈보다 헛된 것을
곰곰이 여기에 와서 홀로 누워 깨친다.

여기 산(山)집에 오소 삶이라 설운 이여
사랑도 그리움도 핥고 뜯긴 상채기
유유(悠悠)한 세월을 두고 법열(法悅)인양 곱구나.

—「산(山)집 — 숭자(崇子) 형에게」

이 시조는 『보건세계』 제4호(1953. 12)에 발표된 작품이다. 그녀는 당시 머물렀던 마산교통요양소를 "산집"으로 표제하고 있다.[24] 그리고 부제를 통해 알 수 있듯이, 이 시조는 당시 『죽순』 동인으로 활동했던 이숭자(1913~2011)에게 바치는 형식을 갖추고 있다.

---

23) 이영도는 마산교통요양소 입원 시절에도 진주에 발행된 동인지 『영문』에 시조를 발표하고 있다. 「등대」, 「바다」, 「열녀비」 등이 그것이다.
24) 「바람 1」에서도 "외딴 산직인데"라는 표현을 하고 있다.

아울러 그녀는 "곰곰이 여기에 와서 홀로 누워 깨친다"라는 구절을 통해 요양소에서의 정서를 담아내고 있다. 그런 점에서 이 시조는 "핥고 뜯긴 상채기", 곧 병고의 생채기를 되새김질 해보는 결핵 체험의 소산이라 하겠다. 그리고 작품 끝에는 '여류시인 요양체험자'라고 적혀 있다. 이러한 부기(附記)에서도 알 수 있듯이, 그녀는 오래 전부터 결핵과 투병하며 고통과 고적 가운데 이겨내야 했던 것이다.

> 너는 가지에 앉아 짐승처럼 울부짖고
> 이 한 밤 이 한 마음은 외딴 산지기인데
> 가실 수 없는 멍인데 자리잡은 그리움
>
> ―「바람」

이 시조는 이영도가 1955년 무렵 마산성지여고 사택에 거처할 때 쓴 작품이다. 이로 미루어 볼 때, 그녀에게 있어 "너"라는 존재는 "가지에 앉아 짐승처럼 울부짖고" 있는 "바람"과도 같다. 당시 "외딴 산지기"였던 그녀에게 "너"는 누구를 지칭하는지 확실하지 않지만, 아마도 유치환이 아니었을까 생각된다. 따라서 이 시를 두고 유치환에 대한 그리움을 드러낸 작품이라 보기도 한다.25)

2) 수필 속의 결핵 체험

이영도는 500여 편의 수필을 남겼다. 그녀의 수필집으로 『춘근집』

---

25) 이밖에도 이영도의 결핵 체험을 형상화하고 있는 시조로 「개구리」, 「그 아낙」, 「무제 1」, 「진달래」, 「바위」, 「은행나무」, 「광화문 네 거리에서」 등을 찾을 수 있다.

(청구출판사, 1958), 『비둘기 내리는 뜨락』(민조사, 1966), 『머나먼 사념의 길목』(중앙출판공사, 1971), 『애정은 기도처럼』(범우사, 1976), 『나의 그리움은 오직 푸르고 깊은 것』(중앙출판공사, 1976) 등이 있다.

그녀의 결핵 체험과 관련된 언급은 진술한 기록인 수필에서 훨씬 분명하게 나타난다. 이를테면 마산교통요양소에서 보고 느낀 점을 쓴 수필로는 「요양원 일지」, 「청화헌」, 「수인」, 「추어탕」 등이 있다. 그리고 마산성지여고에 근무할 때 쓴 수필로는 「계명암기」가 있다.

대저 결핵요양원이란 곳은 성한 사람들은 서로 두려워하여 발 디디기도 꺼려하는 곳인데 하물며 환자들이 더러운 것을 흔히 버리기도 하는 병실 앞뜰에로 나물 캐러 오다니?

그러나 남루한 그 모양! 힘없이 내어뿜던 한숨! 그렇게도 구차한 목숨이매 결핵균쯤을 탓할 마음의 여유가 있을 리 없을 것이리라.

나는 눈을 뜨고 탁자 위를 살펴본다.

며칠 전에 시인 R씨가 멀리 부산서 여기까지 가져다 꽂아둔 흰 모란 두 송이가 소리없이 꽂힌 화병 밑에 금강경(金剛經) 한 권이 놓여 있을 뿐 먹을 것이라고는 없다.

나는 실망과 함께 무언지 죄스러운 마음에 가슴이 답답하여진다.

하아얀 병실! 밝은 광선! 푹신한 침상 위에 누운 너무도 호사스러운 자신의 모양을 돌아보며 방금 창밖에서 쳐다보던 노파의 모습이 눈 앞에서 사라지지 않는다.

— 「요양원 일지: 목숨」 가운데

이 수필은 "요양원 일지"라는 제목에서도 잘 드러나듯이, 1949년 6월 마산교통요양소에 입원하고 있을 당시에 쓴 작품이다. 또한 부제를 '목숨'이라고 붙였던 점을 통해서도 당시 그녀의 심적 상황을 짐작할 수 있을 것이다.

이영도는 그곳에 나물을 캐러 온 한 "노파의 모습"을 통해 "가난이란 정말 최대의 죄악"이라 여기고, 못내 가슴 아파하며 구차한 목숨의 의미를 되새겼던 것이다. 그런 점에서 이 수필은 불쌍한 노파에게로 향한 시인의 따뜻한 마음을 고스란히 드러내고 있다.26)

> 무료한 병상 권태로운 시간을 개구리 소리 듣는 요즘의 생활이 얼마나 위안을 얻는 것인지 모른다.
>
> 한창 신바람이 일도록 와자한 소리들을 헤아리고 누웠으면 나도 그 소리 속에 끼인 한 마리 개구리가 된 것처럼 생각이 들기도 한다. 인간의 어지러운 아우성 소리나 교회당을 울리는 찬송가 곡조가, 아니 조석으로 울리는 내 기도의 절절한 목숨의 오열까지가 지고(至高)하신 귀에는 어쩌면 저 지금 내 귀에 들리는 개구리 소리 같이 시끄럽고도 정다운 음향일지도 모르는 것이 아니겠는가?
>
> 개구리는 한결 목을 돋구어 울어대고 달빛은 지려 한다.
>
> 갑자기 외로움이 휩쓸고 지나간다. 아무도 찾아올 이 없는 이런 밤에 나는 개구리에게 한결 더한 고독을 배우고 누운 병실을 청와헌(聽蝸軒)이라 이름을 붙인다. 청와헌!
>
> ─「청와헌(聽蝸軒)」 가운데

이 수필은 1949년 6월에 쓴 것으로 적혀 있다. 여기서 이영도는

---

26) 한편, 이 수필에 적었던 당시 부산에서 문병을 왔던 "시인 R씨"는 아마도 청마 유치환일 것이다. 그 무렵 이영도에게 보낸 편지를 보면, 유치환의 이니셜은 '마(馬)'의 첫글자인 'M'이었다. 하지만 M은 그녀가 표현한 유치환의 개인적인 이니셜이었다면, 여기서 "R씨" 는 유치환의 공적인 이니셜이었다고 생각된다.

결핵으로 입원했던 마산교통요양소에서의 각별한 체험을 보여주고 있다. 그곳은 '바라보이는 언덕 밑이 모두 논이요, 드문드문 연못이 끼어 누운 요양원'이다. 그곳에서는 모심기 철이면 '개구리 소리가 실로 장관'이었다고 했다. 그녀는 무료한 병상에서의 외로운 시간을 개구리 소리를 들으며 마음의 '위안'을 얻었다고 술회했다. 그래서 그녀는 개구리에게서 "한결 더한 고독"을 배운 까닭에 요양소 병실의 이름을 '청와헌'이라 붙였다고 했다.

　그럼 나도 결국 결핵환자란 말인가? 위선 일급 이급 하는 따위의 보균 (保菌)의 경중을 따진 번호만 짊어지고 나서도 수인 되기에 모자랄 것 없는 몸인 만큼 더욱 장난처럼 내려닿는 운명에 스스로 고소(苦笑)하지 않을 수 없어진다.

　내가 정말 폐결핵 환자던가? 도무지 믿어지지 않는 남의 일 같기만 한 서글픈 심사는 X광선 앞에 나설 때나 진찰을 받을 때면 한결 더해지는 것이다.

　왜냐? 하면 내가 투시실(透視室)에 들어가 X광선 앞에 가슴을 내어놓고 아무리 숨을 들이켰다 내어쉬었자 거기에 보이는 것은 오직 나의 낡은 폐장의 움직이는 모양이 나타날 뿐이요, 내 마음의 방정한 위치와 그 다채로운 움직임을 보이지 않기 때문이다.

　더욱이 토요일이 되어 총회진(總回診) 때가 오면 내 마음은 한결 적적하지 않을 수 없다.

　원장을 비롯하여 간호원에 이르기까지 전신을 하얗게 단속한 일행이 나의 침상 곁에 쭉 둘러설 때면 진실로 나는 이 순백의 법정에 하나 남루한 수인이 아닐 수 없다.

　　　　　　　　　　　　　　　—「수인(囚人)」 가운데

『춘근집』에 실려 있는 이 수필은 1949년 7월에 쓴 것이다. 여기에서
도 이영도는 결핵환자로서 입원했던 마산교통요양소에서의 체험을
그려내고 있다. 다시 말해서 그녀는 당시 결핵환자였던 자신의 심정
을 진솔하게 보여주고 있는 것이다.

그녀는 그곳의 요우들 뿐 아니라 "원장을 비롯하여 간호사에 이르
기까지" "수의처럼" 자신의 모습을 비춰내고 있다. 또한 그녀는 "새너
토리엄"(금단의 궁전)을 "영어"(감옥소)에 비유하며, 나아가 그녀는 결
핵환자인 자신을 "순백의 법정"에 선 "수인"으로 표현하고 있다.

방문을 열면 월포의 반짝이는 물결이 대숲 사이로 보이고 대문을 나
서면 앞바다의 거울 같은 호면이 한눈에 들어 활짝 트이는 기분으로 걸
음을 옮기면 누룻누룻 단풍이 플라타너스 늘어진 성당 뜰을 지나 층계
를 내려서면 바로 맑기로 이름 있는 S여학교의 교정인 것이다.

이 성당 십자가에 여명이 울어 날이 새고 이 십자가에 사라지는 낮조
와 더불어 종이 울고 날이 저무니 나의 일과는 이 종소리와 함께 명암하
는 것이다.

아침 학교에 나가면 책상 위에 기다리는 먼 친구들의 편지 ! 지나치는
걸음이면 마음 여겨 들러주는 문우(文友)들의 우정이며 가끔 토요일이
면 멀리 P시에서 귀여운 처녀손님떼의 습격도 있고 더구나 시월 상ㅅ달
이 한창 밝던 지난 보름께는 이 고장의 다감하신 부인 친구들이 계명암
달구경을 오는 등이 호젓한 청계변 초실(淸溪邊草室)이 숱한 인정에 둘
려 있는 것이다. 허나 무엔지 이리 마음 허전히 외로움은 저 대숲을 흔드
는 삭막한 바람 소리 때문인지도 모른다.

— 「계명암기」 가운데

이 수필은 1954년 10월 결핵의 재발로 전근 왔던 마산성지여고에서의 체험을 오롯이 보여주고 있다. 우선 그녀가 살았던 곳은 학교 측에서 마련해 준 사택, 곧 "학교 구내 깊숙이 돌아앉은 외딴 초가삼간"이었다. 그녀는 그곳을 "새벽을 알리는 먼 닭울음"이 너무도 애틋하여 당호를 '계명암'이라 이름 붙였다고 했다.

이처럼 이영도는 "묵화의 운치"를 풍미하는 '계명암'의 주변 정취에 대해 적고 있다. 이를테면 그녀는 '방문을 열면 월포의 반짝이는 물결이 보이고, 대문을 나서면 합포만의 거울 같은 호면이 한 눈에 들어오고, 조금 걸어가면 성당(?) 뜰을 지나 층계를 내려가면 S(성지)여학교의 교정'이라 했다. 하지만 그녀는 "삭막하기 짝이 없"는 계명암에서 봄을 기다리는 자신의 허전하고 외로운 심정을 드러내고 있다.[27]

4. 마무리

이영도는 우리의 현대문단에서 대표적인 여성시조시인으로 평가되고 있다. 그녀의 시조는 정제된 가락과 시어의 치열한 조탁, 그리고 새로운 기법과 주제의 모색 등으로 우리나라 현대시조의 현대화에 새로운 지평을 열었고, 민족적 정서와 준엄한 시정신을 바탕으로 작품창작에 후진 양성에 이바지했다.

이 글에서는 이영도의 삶과 문학, 특히 마산에서의 결핵 체험을

---

27) 이밖에도 그녀는 결핵 관련 이미지로서 '객혈', '목숨'등의 낱말을 통해 자신의 건강상태를 표출하고 있다. 이에 해당되는 수필로는 「뻐꾸기」(1953), 「냉이」(1954), 「딸에게서」(1954), 「봄볕 아래서」(1969), 「내 가슴의 파도소리」(1971), 「봄을 앓다」(?) 등을 찾을 수 있다.

중심으로 살펴보고자 한다. 그녀가 결핵이라는 원체험을 어떻게 다루고 있으며, 그것은 어떤 의미를 담아내고 있는지에 초점을 두었다. 이에 글쓴이는 이영도의 삶에 드리워진 결핵 체험을 꼼꼼하게 짚어보았고, 그녀의 시조와 수필 작품들을 분석함으로써 결핵 체험의 문학적 형상화를 따져보았다.

첫째, 이영도는 이영도는 결핵으로 1949년 5월부터 1년 동안 마산교통요양소에 입원하기도 했으며, 결핵이 재발하여 1954년 10월부터 마산성지여고에서 2년 동안 근무하기도 했다. 그런 만큼 결핵은 그녀의 문학세계에 많은 영향을 미치게 되었던 것이다. 그녀의 결핵 체험은 시조와 수필 등의 작품에 고스란히 들앉아 있다.

둘째, 이영도는 170여 편의 시조를 남겼다. 이는 그녀의 시조집 『청저집』(문예사, 1954), 『석류』(중앙출판공사, 1968), 『언약』(중앙출판공사, 1976) 등에 실려 있다. 이 가운데 『청저집』에 실린 시조들은 대개 그녀의 결핵 앓으면서 느낀 정서를 노래한 작품들로 이루어져 있다.

셋째, 이영도는 500여 편의 수필을 남겼다. 그녀의 수필집으로 『춘근집』(청구출판사, 1958)을 비롯해 『애정은 기도처럼』(범우사, 1976), 『나의 그리움은 오직 푸르고 깊은 것』(중앙출판공사, 1976) 등이 있다. 특히 마산교통요양소에서 보고 느낀 점을 쓴 수필로는 「요양원 일지」, 「청화헌」, 「수인」, 「추어탕」 등이 있다. 그리고 마산성지여고에 근무할 때 쓴 수필로는 「계명암기」 등이 있다. 이들 수필을 통해 그녀는 자신의 결핵 체험을 더욱 구체적으로 형상화하고 있다.

이렇듯 이영도의 시조와 수필 속에 투영된 결핵 체험은 그녀의 문학세계를 총체적으로 이해하는 데 있어 불가결한 요소일 것이다. 이 글에서 다룬 그녀의 삶과 문학은 광복·전쟁기 마산의 결핵문학에서도 각별한 의미를 지니고 있다. 앞으로 그녀의 시조와 수필 작품을 모두 아우르는 문학전집이 발간되고, 이영도의 삶과 문학에 대한 연구가 더욱 활성화되기를 기대한다.

2부 날숨의 지역사랑

남해 금산의 문학지리와 장소 상상력

1. 들머리

금산(錦山)은 남해군 상주면·삼동면·이동면에 걸쳐 있는 해발 681 미터의 나지막한 산이다. 하지만 금산은 빼어난 절경으로 남해금강(南 海錦江) 또는 소금강(小金剛)이라 불렸을 만큼 남해군의 큰 자랑거리이 다.[1] 아울러 금산은 영산(靈山)이라 불릴 만큼 숱한 이야기를 품고 있는 산이다. 그로 말미암아 일찍부터 금산은 명소로 꼽히고 있으며, 남해군을 알리는 문화자원으로써 큰 역할을 맡고 있다.[2]

---

[1] 금산은 영남의 가야산·지리산과 자웅을 겨루고 중국의 남악(南嶽)에 비견되기도 했다. 한편 금강산을 개골산(皆骨山)으로 비유하듯이, 금산은 '개암산(皆岩山)' 또는 작은 '봉래산 (蓬萊山)'이라 불리기도 했다.

[2] 경상남도 기념물이었던 금산은 1974년 12월에 국가문화재 '명승'으로 지정되었고, 1986년 12월에는 상주해수욕장과 더불어 한려해상국립공원 지구로 지정되었다.

그런데도 불구하고 금산을 소개하고 있는 옛문헌은 그다지 많지 않다.3) 조선시대 초기에 간행된 『신증동국여지승람(新增東國輿地勝覽)』과 『동국여지지(東國輿地志)』의 〈남해현(南海縣)〉 '산천조(山川條)'를 보면, 금산은 '현의 동쪽 25리 지점에 있으며, 목장이 있다'고 적혀 있다. 그리고 18세기에 편찬된 이중환(李重煥)의 『택리지(擇里志)』 〈해산조(海山條)〉를 보면, '남해현은 경상도 고성 앞바다에 있다. 육지와 거리가 10리인데, 산 안에 있는 금산동천은 바로 최치원이 놀던 곳'이라 소개되고 있을 따름이다.

금산은 남해현 앞바다에 있다. 산꼭대기에 있는 연대봉(蓮帶峰) 위에는 둥근 대를 쌓아 조망할 수 있게 했다. 대의 서쪽 바위에는 '홍문을 거쳐 금산에 오른다(由虹門上錦山)'는 큰 글씨가 새겨져 있으니, 주신재(周愼齋)가 놀던 곳으로 오현남(吳顯男)이 쓴 것이다. 산을 끼고 여러 구비를 돌아 올라가면 보리암(菩提菴)이 있고, 암자 뒤에는 금수굴(金水窟)이 있다. 굴속 샘물은 금박 같은 색깔로 불면 사라진다. 돌아서 올라가면 평평한데, 북쪽에는 지리산, 동남쪽에는 대마도, 서남쪽에는 탐라도가 보인다. 돌 하나가 바다 가운데 서 있는데 큰 구멍이 가운데 나서 성문과 같은 곳을 세존도(世尊島)라 부른다. 가파른 산꼭대기를 1리 정도 가면

---

3) 금산의 옛이름은 신라시대 원효대사가 지은 '보광사'라는 절이 있었던 까닭에 보광산(普光山)으로 불렸다. 그러다가 금산이 오늘날의 이름을 얻게 된 데는 조선시대 태조 이성계와 관련이 있다. 전설에 따르면, 왕이 되고자 했던 이성계는 백두산에 들어갔으나 산신이 자기의 뜻을 받아주지 않자 다시 지리산에 들어갔는데 그 또한 마찬가지였다. 마지막으로 남해의 보광산에 들어가니 산신이 자기의 뜻을 받아주었다고 한다. 그래서 그는 산신에게 기도를 드리면서 왕을 시켜주면 이 산을 비단으로 둘러 주겠다고 약속을 했다. 그리하여 그는 뜻대로 왕이 되었으나 약속을 지키자니 막상 산 전체를 두를 만큼의 많은 비단을 구할 수 없어 고심하게 되었다고 한다. 그때 한 스님이 내놓은 묘안으로 산의 이름에 '비단 금(錦)'자를 붙여주었다는 것이다. 그 뒤부터 산 이름을 금산으로 바꿔 부르게 되었다고 전한다.

구정봉(九井峰)에 다다른다. 봉우리에는 솥 같은 것이 8,9개 정도 있고, 샘물은 없다. 산세가 점점 높아 굽어볼 수가 없고, 석문(石門)에서 북쪽으로 보면 세 봉우리가 쭉 뻗어 신기할 정도로 빼어난 곳이 있는데, 일월봉(日月峰), 화엄봉(華嚴峰), 대장봉(大將峰)이라 한다. 보리암은 산봉우리 아래에 있고, 그 아래로 10여 걸음 정도에 작은 석탑(石塔)이 있다. 두드리면 쇠소리가 울린다. 아래에는 깊이를 헤아릴 수 없는 곳이 있는데, 탑대(塔臺)라 한다. 또 서쪽으로 우뚝 서 있는 돌이 바다빛을 잘라놓은 자물쇠 같은 것이 있다가 갑자기 동북쪽으로 구멍 2개가 나오는데, 홍예문(虹蜺門)이라 한다. 탑대 아래에 두 석굴이 있는데, 위의 것은 와룡굴(臥龍窟), 아래 것은 음성굴(音聲窟)이다. 돌 아래는 비어 있고 두드리면 쇠소리가 난다. 금산은 높이가 10여 리에 불과하나 사방이 뚫여 있고, 돌은 기이한 모습이 10여 리에 걸쳐 있고 동서로 둘러 있는 모습이 기이하다. 겨울이 되면 낭떠러지에는 작설차 꽃이 활짝 핀다.

이는 19세기에 성해응(成海應)이 편찬한『동국명산기(東國名山記)』의 〈기영남산수조(記嶺南山水條)〉에서 영남의 산수 10곳 가운데 하나인 금산을 소개하고 있는 글이다. 여기서 그는 금산의 주요 장소인 연대봉·보리암·금수굴·세존도·구정봉·석문·일월봉·화엄봉·대장봉·탑대·홍예문·와룡굴·음성굴 등의 절경에 대해 적고 있다. 이렇듯 남해 금산은 아름다운 경관을 갖춘 까닭에 많은 시인묵객들의 입에 오르내렸던 곳이다.

문학지리학(leterary geography)은 '문학과 지리가 경계를 넘어 만나는 개념'이다.[4] 다시 말해서 문학작품 속에서 공간과 장소에 대한 인식

---

4) 장석주,『장소의 탄생』, 작가정신, 2006, 28쪽.

이 어떻게 형상화되었는가를 살피는 것, 이를테면 지리학적 현상으로써 문학 연구를 일컫는다.[5] 이러한 문학지리학은 인문지리학 쪽에 그 중심을 두고 있는데, 여기서는 장소감 또는 장소사랑의 개념들을 통해 사람과 장소의 정서적 유대를 중요하게 다루고 있다.

이 같은 장소감 또는 장소사랑을 주요 동기로 삼고 있는 시들을 일컬어 장소시(場所詩)라 부를 수 있다. 장소시는 특정 장소와의 만남에서 빚어지는 시적 체험이나 장소 상상력을 형상화하고 있다. 따라서 장소시를 통해 문학지리학적 특성에 다가서는 일은 효과적인 방법이 된다.[6] 이에 글쓴이는 현대시에 나타난 경상남도 남해군(南海郡)의 진산인 금산의 문학지리와 장소 상상력을 살펴보고자 한다.

지금껏 금산을 대상으로 삼은 연구는 현대문학 쪽에서는 전혀 이루어지지 않았다.[7] 단지 이성복의 시 「남해 금산」을 분석하는 차원에서 단편적인 논의가 있을 뿐이다. 이에 글쓴이는 남해군의 진산인 금산과 관련된 장소시들을 찾고 챙겨보았다. 글쓴이가 조사한 바에 따르

---

5) 오늘날 여러 지리학자들은 지리학 연구에서 문학의 역할을 강조하고 있다. 특히 이푸 투안(Yi-Fu Tuan)에 따르면, 지리학적인 글은 문학적 질을 유지해야 하고, 문학은 지리학의 연구자료가 되며, 아울러 특정 지역을 경험하는 나름의 시각을 제공한다는 관점에서 지리학과 문학의 관계를 살피고 있다. Yi-Fu Tuan, 구동회·심승희 옮김, 『공간과 장소』, 대윤, 2005.

6) 이은숙에 따르면, 지리학 쪽에서 문학을 끌어쓰는 방법을 크게 둘로 나누어 설명하고 있다. 문학에 대한 객관적 이용과 주관적 이용이 그것이다. 먼저 객관적 이용은 문학작품을 빌어 지리학적 현상을 기술하고 설명하는 자료로 삼는다거나, 지역 복원의 자료로 이용하는 일, 또는 문학작품을 현장 지리교육의 도구로 끌어쓰는 것이다. 다음으로 주관적 이용은 문학작품을 빌어 특정한 환경이나 경관에 대한 체험이나 이미지를 밝히거나, 특정 장소의 장소감에 대한 통·공시적 해명, 장소가 의미를 띄게 되는 과정을 따지는 것이다. 이은숙, 「문학지리학 서설: 지리학과 문학의 만남」, 『문화역사지리』 제4호, 한국문화역사지리학회, 1992, 159~163쪽.

7) 금산에 관한 고전문학 쪽의 연구에는 다음과 같은 논문을 찾을 수 있다. 정용수, 「조선조 산수유람문학에 나타난 〈록〉체의 전통과 남해 금산」, 『석당논총』 제25집, 석당전통문화연구원, 1997; 류경자·한태문, 「남해군 설화의 지역성 연구」, 『한국문학논총』 제59집, 한국문학회, 2011.

면, 남해군을 글감으로 삼은 200여 편의 장소시 가운데 금산과 관련된 작품은 41편[8]이다.

그리하여 이 글은 단순히 소재적 차원에서의 시해석에 머물기보다, 문학지리학적 측면에서 금산에 대한 여러 시인들의 장소감 또는 장소 사랑을 살펴볼 수 있을 것이다. 이를 위해 글쓴이는 자연지리적 형상화, 인문지리적 상상력, 기행 체험이라는 세 유형으로 나누어 뜻한 목표에 다가서고자 한다.

2. 금산 38경과 자연지리 형상화

남해 금산은 작고 아담한 산이지만 기암괴석으로 덮여 있고, 곳곳에 빼어난 절경이 숨어 있다. 이른바 남해군의 명소로서 '금산 38경(錦山 三十八景)'[9]을 자랑하고 있다. 우리 현대시에서 금산을 글감으로

---

8) 강영환의 「별」, 고두현의 「산 할미꽃」·「남해 금산 큰 새」, 김미정의 「남해 일출」, 김선현의 「금산」, 김여정의 「남해 금산 유자꽃」, 김우태, 「남해금산 쌍홍문을 오르다가」·「촛불·2」, 김원각의 「남해 보리암에서」, 김지헌의 「남해 금산」, 김춘추의 「비몽사몽」, 나영자의 「남해 바다」, 노승은의 「남해 금산」, 문향자의 「금산일기」, 박영미의 「남해 금산을 오르며」, 박익모의 「금산회우」·「이태조 기도단을 보고」, 박태남의 「보리암 오르는 길」·「남해 금산으로 오게나」, 박평주의 「금산서경」, 배한봉의 「남해 금산을 오르며」, 설창수의 「금산보(錦山譜)」·「대장봉(大將峰)」·「노인성(老人星)」·「산니 75조(山尼 七五調): 남해섬 금산에서」, 박현덕의 「남해금산」·「보리암」, 박후기의 「유배 자청: 보리암」, 양왕용의 「남해도 3」, 엄원태의 「남해금산」, 윤경의 「남해 금산」, 이성복의 「남해금산」·「편지 1」, 임신행의 「왕후박나무 아래서」·「보리암에서」, 임영조의 「남해금산」, 전기수의 「금산송(錦山頌)」·「하산(下山) 길에서」, 정선기의 「남해 금산은」, 최단천의 「상주 해수욕장 여름 햇살은」, 최현배의 「남해 금산」 등이 그것이다.

9) 금산 38경을 열거하면 다음과 같다. 망대(望台), 문장암(文章岩), 대장봉(大將峰), 형리암(刑吏岩), 탑대(塔台), 천구암(天鳩岩), 이태조기단(李太祖祈壇), 가사굴(袈裟窟), 삼불암(三佛岩), 천계암(天鷄岩), 천마암(天磨岩), 만장대(萬丈台), 음성굴(音聲窟), 용굴(龍窟), 쌍홍문(雙虹門), 사선대(四仙台), 백명굴(百名窟), 천구봉(天拘峰), 제석봉(帝釋峰), 좌선대(坐禪台), 삼사기단(三師祈壇), 저두암(猪頭岩), 촉대봉(燭台峰), 향로봉(香爐峰), 사자암(獅子岩), 팔선

삼은 여러 작품들은 대개 지리학적 시각에서 장소 체험을 들내고 있다. 그 가운데서도 금산의 빼어난 경관, 곧 금산 38경이 소재로 다루어지고 있는 것이다. 이는 금산의 장소 상상력이 자연지리적 형상화에 치우쳐 있음을 뜻한다.

운해(雲海)
짙게 깔린 정적(靜寂)을
사려 여민 산봉(山峰)에
흰 구름 앉혀 놓고
졸음을 재촉한다.
살며시
열리는 틈새로
흐르는 기암계류(奇巖溪流).

일출경(日出景)
만삭(滿朔)한 바다속을
활짝 솟는 붉은 나래
온통 끓는 금물결
깜짝 놀란 물소리
새 천지(天地)
어려 오는 풍광(風光)이

대(八仙台), 상사암(想思岩), 구정암(九井岩), 감로수(甘露水), 농주암(弄珠岩), 화엄봉(華嚴峰), 일월봉(日月峰), 요암(搖岩), 부소암(扶蘇岩), 서과차(徐市過此), 세존도(世尊島), 노인성(老人星), 일출경(日出景)이 그것이다. 이들의 이름 유래와 관련 전설에 대해서는 『남해군지』(1994)와 이청기의 『남해군의 명승과 고적: 사향록』(1973)을 참조하기 바란다.

더욱 곱게 눈부시다.

기단(祈檀)
창업(創業)의 꿈을 안고
돌로 기단(神檀)을 쌓아
산신령(山神靈)께 불 밝히고
소원성취(所願成就) 이룩한 곳
비경(秘境)의 돌단 하나만은
간직하여 지키리.

보리암(菩提庵)
산봉(山峯)을 받쳐 앉아
상주만(尙州灣)을 굽어 보며
대업(大業)의 길 깨친 자리
풍상(風霜)을 걸어 놓고
온 세상 희비(喜悲)의 아우성을
별빛으로 다스린다.

—박평주, 「금산서경(錦山叙景)」

이 시는 금산에 대한 시인의 자연지리 상상력을 보여주는 작품이다. "금산서경"이라는 제목 안에 운해, 일출경, 기단, 보리암 등의 소제목을 통해 금산의 장소감을 드러내고 있다. 말할이가 언급한 일출경,10) 이태조 기도단,11) 보리암12)은 금산 38경에 속하는 장소이다.

---

10) 일출경(日出景)은 금산에서 바라볼 수 있는 가장 뛰어난 경치 가운데 하나이다. 해가 떠오

여기서 말할이는 "운해" 깔린 금산의 "기암계류"의 풍광과 "만삭한 바다 속을 활짝 솟는 붉은 나래"의 일출 장관을 묘사하고 있다. 그리고 이태조 기도단을 두고 "산신령께 불 밝히고 소원성취 이룩한 곳"으로, 보리암을 "온 세상 희비의 아우성을 별빛으로 다스"리는 장소로 의미를 부여하고 있다.

넷적에 어느님이

이산에서 빌엇다네

기도단(祈禱壇) 완연(宛然)컨만

그사업(事業)은 엇더함나

청산(靑山)이 말업스니

누를보고

　　　—박익모, 「이태조 기도단(李太祖 祈禱壇)을 보고—어금산(於錦山)」

누군가

몸을 풀러 오고 있었다.

어둠은 한바다 섶을

흑수정 명경(明鏡)처럼 닦아 놓고,

를 때는 마치 동쪽 바다가 끓어오르면서 수평선과 하늘이 불타오르듯 붉게 솟아오르는 신비로움을 맛볼 수 있다.

11) 이태조 기도단(李太祖 祈禱壇)은 탑대(塔台)에서 건너다보이는 삼불암 아래에 있다. 이곳은 조선시대 태조 이성계가 금산에서 100일 기도한 뒤 왕위에 등극하였다는 전설이 전해지는 장소로써 금산의 이름 유래와도 관련 깊은 곳이다.

12) 보리암(菩提庵)은 신라시대 문무왕 때 금산에 보광사를 세운 원효대사에 의해 세워졌다고 한다. 이는 강원도 양양의 낙산사, 강화도의 보문사와 더불어 우리나라 3대 기도처 가운데 하나로 그 이름이 높다. 일찍이 신라시대 신문왕 3년(683)에는 이곳을 왕실의 기도처로 지정했고, 조선시대 현종 원년(1660)에 왕실의 원당으로 지정했다고 한다.

섬들은 살랑살랑 다시 한번
젖가슴을 꺼내어 씻었다.
야자수 늘어진 사막 하늘을 지나
밤새 지치게 달려온 말들이
구름원단 기인 강보를 깔았을 때
마침내 홍건히 터진 양수
하늘은 버얼거니 숨이 가빴다.

─김미정, 「남해 일출(南海 日出)」 가운데

앞의 시는 이태조 기도단에 대한 말할이의 장소감을 읊고 있다. "이태조 기도단을 보고" 말할이의 정서가 남달랐을 것인데도, 그저 "옛적에" 태조 이성계가 왕이 되게 해달라고 "빌었다"는 막연한 감흥에 빠져 있다. 아울러 그때의 위대한 "사업"에 대해 "청산"이 말없으니 누구에게 물어볼까 하고 탄식하고 있다. 시조(時調)라는 갈래에 치우친 탓인지 시인이 담아내고 있는 장소감은 '경관 상찬'이라는 관습적 발상에 머물러 있다.

뒤의 시는 이러한 "남해 일출"의 장관을 개별 체험의 입장에서 구체적으로 드러내고 있다. 말할이는 '금산 보리암'에서 본 해돋이 장관을 "몸을 풀려" 하는 임산부의 출산 과정에 비유하여 노래하고 있다. 여기서 말할이는 해돋이 경관에 대한 들뜬 감흥보다는 "흑수정 명경처럼 닦아 놓고" 새 생명을 탄생시키는 고통의 현장으로 표현하고 있는 것이다. "마침내 홍건히 터진 양수"처럼 "하늘은 버얼거니 숨이 가빴다"는 구절에서는 말할이의 벅찬 감회를 드러내고 있다.

내 한(恨)겨운 겨레의 자손(子孫)으로서가 아니라,

내 욕된 세상을 돌아앉아서가 아니라,

내 달 밝은 산 위에 도도(陶陶)히 취정(醉酊)함이 아니라

내 한갓 사나이로서 너를 벗하고자

내 구타여 왕(王)으로서가 아니라,

지심(地心)이 성내어 두번째 불을 뿜기 전에

너 얄미운 초연(超然)의 묵중(黙重)에

한번 우람찬 금강창(金剛槍)을 던지노니

이 밤 선선히 입을 벌려

내 부름에 대답하라

너 대장봉아.

—설창수, 「대장봉(大將峰)」 가운데

널 보면

오래들 산다고 하여,

가을 이 철 되면 사람들 허다히

이 금산 꼭두머리를 찾아와 자고,

새벽, 이른 새벽—

마을의 개도 닭도 잠잠한 때에

그대 반짝이는 빛을 보려고 하나니.

노인성이다—

암자의 스님이 외치는 판에

손들이 모두 자던 맨발로 달려 나가

가무라지기 전의 그대 모습을

한 순시라도 오래 보고자 함이어니,

—설창수, 「노인성(老人星)」 가운데

앞의 시에서 말할이는 금산 38경의 하나인 "대장봉"[13]의 웅장한 모습에 대해 감탄하고 있다. 말할이는 대장봉의 우뚝한 모습을 바라보며 "사나이로서" 갖추어야 할 그 기상을 따르고자 하는 속내를 읽어낼 수 있다. 비록 말할이는 "얄미운 초연의 묵중에" 압도 당하지 않고 자신의 "부름에 대답하라"고 큰소리치며 애써 감추려 하지만, 대장봉의 웅장한 모습에 감탄하고 있다.

뒤의 시도 금산 38경의 하나인 '노인성'[14]에 대해 노래하고 있는 작품이다. 여기서 말할이는 노인성을 보면 "오래들 산다"는 것을 믿지 않으면서도 어쩔 수 없이 '사람이란 착하고 어리석어' 자신도 이에 동참하고 있는 것이다. 금산에서 밤을 새우지 않고서는 쉽게 소재로 삼을 수 없는 노인성의 모습과 그때의 광경을 잘 묘사하고 있다. 이로 미루어 설창수 시인의 금산에 대한 애정이 얼마나 깊었는가를 가늠할 수 있다.[15]

기름 덩어리 육신 한 번도 태워보지 못하고

---

13) 대장봉(大將峰)은 보리암 뒤에 우뚝 솟은 큰 바위이다. 그 왼쪽에 용호농주형(龍虎弄珠形)의 바위가 있는데, 용호농주가 있으면 반드시 대장이 있다고 전해지고 있다. 사실 대장봉은 그 모습이 웅장하고 위엄이 있어 마치 대장이 서 있는 것 같다고 해서 붙여진 이름이다.

14) 노인성(老人星)은 남극성(南極星)을 일컫는다. 금산은 남쪽에 자리하고 있기 때문에 춘분과 추분의 앞뒤 7일 동안 노인성이 가장 잘 보인다고 하여 구경하고자 하는 사람이 많다. 중국 고대 천문설에 따르면, 노인성은 사람의 수명을 맡아 보는 별로써 자주 보면 오래 산다는 이야기가 있다. 따라서 노인성은 장수(長壽)의 신비가 숨어 있다고 믿는 신기한 별로 여겨진다.

15) 설창수(薛昌洙, 1916~1998)의 각별한 남해사랑은 금산뿐 아니라 「노량진(露梁津)」, 「유자(柚子)」, 「용문사(龍門寺)의 밤」, 「이락사(李洛祠)에서」와 같은 작품에서도 읽어낼 수 있다.

무명(無明) 속에 허둥대며 살았거니
허명(虛明) 속에 눈 감고 살았거니

시절도 꽃시절 다 지나간 오늘
남해금산 쌍홍문 오르다가
바위 총총 밝혀놓은 촛불들을 보고
사람도 두 손 모으면 저토록 아름다운 연꽃이 되는 줄 알았다.
　　　　　—김우태, 「남해금산 쌍홍문(雙虹門)을 오르다가」 가운데

대장봉(大將峯) 아래 흔들바위
그 밑 받치는 바위 틈새로
일렁이는 촛불.
웬
일로
연꽃처럼 보이나.

흙탕진 내 가슴은 연못
난데없이 소용돌이 일고
뭇사람 흔들고 간 바위
나도 한바탕
흔들리고 있는데

대관절
누가 밝힌 촛불이길래
그토록 큰 연꽃보시 베푸시나.

대장봉 아래 흔들바위

흔들바위 아래

또 다시 흔들리는 지축(地軸)

하마 이럴진대 미소짓지 않으랴

무심한 저 산새일망정 청솔가지 꺾어

내 오랜 긴 잠 후려치지 않으랴.

　　　　　　　　—김우태, 「촛불·2−남해금산 흔들바위 아래서」

　이들 시는 금산 38경 가운데 쌍홍문(雙虹門)16)과 "흔들바위"17)를 소재로 삼고 있는데, 정작 말할이의 관심은 "촛불"에 모아져 있다. 앞의 시에서 말할이는 "남해 금산 쌍홍문을 오르다가" "바위 총총 밝혀놓은 촛불들"을 보고 "무명"과 "허명" 속에 허둥대며 살았던 자신의 삶을 추스르고 있다. 여기서 말할이는 "아름다운 연꽃이 되는" 촛불을 보고 '스스로를 태우며 올곧게 살리라'고 다짐한다.

　뒤의 시에서 말할이는 "뭇사람 흔들고 간 바위"처럼 "한바탕 흔들리고 있는" 자신의 심정을 촛불에 비유하여 드러내고 있다. 흔히 촛불의 상징성은 어둠을 밝혀주기도 하고, 마음의 평정과 고요를 가져오는 기능을 한다. 그런 만큼 말할이의 심정은 그 촛불을 두고 "연꽃

---

16) 쌍홍문(雙虹門)은 음성굴에서 서남쪽에 있는 큰 바위에 두 개의 큰 구멍이 나란히 나있는 돌문을 일컫는다. 조선시대 중종 때 대사성을 지낸 한림학사 주세붕(周世鵬, 1495~1554)이 남해 금산을 찾아와 이곳을 거쳐 정상까지 올라와 본 뒤, 자연경관의 아름다움에 감탄하여 문장암에 친필로 '쌍홍문이 있어 금산의 경치가 으뜸(由虹門 上錦山)'이라는 글귀를 새겼다고 전한다. 그런 까닭에 문장암은 '명필바위'라고 불리기도 한다.

17) 흔들바위는 일월봉 왼쪽에 있다. 바위의 생김새가 거북과 같다고 하여 '구암(龜岩)'이라 불리기도 하며, 한 사람의 힘으로도 움직인다 하여 '요암(搖岩)'이라 불린다. 또한 한시 작가들은 주로 손으로 움직이는 바위라는 뜻의 '흔동석(掀動石)'으로 불렀다.

보시"를 베풀고 있다고 느끼게 된다. 따라서 이 시에서 보여주는 금산의 장소감은 체험의 개별성과 표현의 독창성을 얻고 있는 셈이다.

쪽빛 바다 남해를 돌아
눈물 몇 방울 떨구고 가는 길
어디서 어디를 한량없이 가는지
눈시울 위로 겨울 바람
지명의 계곡으로 함께 치닫고
가슴 치미는 이 뜨거움
어쩔수 없는 얼굴을 들고
대숲바람 수런대는 보리암에 든다
가파른 도량
그 오랜 고뇌와
어깨마다 걸린 가없는 업장
한 음절씩 털어내며
홀로 정좌해 본다
때늦은 합장으로.

—나영자, 「남해 바다」

화살 날아간다.
잃어버린 말을 찾아
돌섬 뚫는
세존(世尊)의
화살 날아간다.
소금기 어린

그대가
부글거리기만 하던
바다.
화살은
바위를 뚫어도
그 뒤편의 바다에서
울음소리조차
보이지 않는 그대.
바람이 머리 풀어도
또 하나의 돌섬으로
화살 날아간다.

—양왕용, 「남해도(南海島) 3」

앞의 시는 "대숲바람 수런대는" "가파른 도량"이라는 보리암의 장소감과 그곳에서 갖는 마음가짐을 보여주고 있다. 말할이의 "고뇌"와 "업장"을 털어내는 "대늦은 합장"이 그것이다. 뒤의 시는 세존도18)를 형상화한 작품이다. 세존도는 한가운데가 커다랗게 구멍이 나 있는데, 말할이는 그것을 "돌섬 뚫는 "세존의 화살"로 형상화시키고 있다.19) 이들 시는 물론 금산의 자연지리적 장소에 대해 구체적으로 형상화하고 있지 않지만, 금산 38경에 드는 경물들을 주요 소재로

---

18) 세존도(世尊島)는 금산에서 바라보이는 상주 바다에 떠있는 돌섬이다. 옛날 석가세존이 금산에서 돌배를 만들어 타고 쌍홍문을 떠나 이 섬을 지나갔다는 전설이 전해오고 있다. 그래서 이 세존도 한가운데는 마치 원을 그려 뚫은 듯 커다란 해상 동굴이 뚫려 있다.

19) 양왕용(梁汪容, 1943~)은 고향 남해를 글감으로 삼아 여러 작품을 발표하고 있다. 특히 시집 『달빛으로 일어서는 강물』(문장사, 1981)에 실린 〈남해도〉 연작시는 시인의 장소감을 담아내고 있다.

끌어들이고 있다.

금산 바위들 제석봉 향해 고개 숙였다
쌍홍문으로 보는 하늘 반달처럼 시리고
키 큰 진달래 고개 빼들고 날 보라 하네
돌충계 헛디디며 내려가는 산길
남해 금산에 수줍은 해가 뜬다
굽은 나무들 산을 이고 지고 섰다

산 기슭 양지 바른 곳 졸참나무 노갓나무 곰솔나무 쇠물푸레나무 삼
나무 복사나무, 남해지방에 자라는 광나무, 낮은데 서식하는 팽나무, 따
뜻한 남쪽나라 좋아하는 사스래피나무, 가을산 물들이는 당단풍나무,
잎보다 꽃이 먼저 피는 개서어나무, 십자모양 하얀꽃 피우는 산딸나무,
생명 긴 느티나무, 낮에도 밤나무, 십리가도 오리나무, 혼하디 혼한 개벚
나무, 키 큰 나무밑에 웅크린 산가막살나무, 가지 끝에 뭉쳐 피는 흰꽃
푸른 열매 노린재나무, 산중턱을 못떠나는 때죽나무, 꿀이 많은 윤노리
나무 비목나무 팥배나무 쪽동백나무 등나무

산은 아직 들깬 눈으로 두리번거리며
바다가 좋아 바다를 떠나지 못한다.
　　　　　　　　　　　　　　　—정선기, 「남해 금산은」 가운데

금산은 남해안에서 가장 큰 규모의 '낙엽수 군락'을 이루고 있는데,
이 시는 금산의 38경이 아닌 낙엽수 군락에 대해 읊고 있다. 특히
금산에서 볼 수 있는 나무들의 이름을 하나하나 불러내고 있다. 물론

금산 38경의 하나인 "제석봉"20)과 "쌍홍문"을 언급하고 있지만, "산을 이고 지고" 서있는 나무 군락에 대한 시적 접근을 구체적으로 보여주고 있는 셈이다. 이는 말할이의 눈길을 산 자체에 두고 있다는 증거일 뿐 아니라, 금산을 본래의 산, 곧 자연지리적 대상으로 다루고 있다는 증거이기도 하다.

남해 금산
기막힌 38경 외에
산까마귀 하나 더 있네.
아침부터 저녁까지
이 산 저 산 까악까악
사람 불러세우는

도토리묵에 막걸리 한 잔, 불콰해진 그가 취나물을 비비다 말고 한 소식 들려준다. 이 산에서는 까마귀가 길조래요. 까치는 죄다 파먹잖아, 곡식이며 열매며 속이 궁금해서 못 참는 거라. 그런데 까마귀 곡식 해치는 것 봤어요? 사람이 그 속 모르고 재수없다 타박만 주니……

하루 종일
고구려 벽화 속 삼족오(三足烏)처럼
산에 깃든 사람의 마음
잊지 말라고, 가슴속 귀한 것

---

20) 제석봉(帝釋峰)은 천구암 왼쪽에 있는 바위이다. 먼 옛날 제석(帝釋)님이 내려와 놀았다는 전설이 전해 오고 있다.

부디 놓지 말라고

꽈악 꽉 밑줄 그어가며

일깨우는 산까마귀.

—고두현, 「남해 금산 큰 새」

이 시에서는 금산의 장소감으로 "기막힌 38경" 말고도 "사람 불러 세우는" "산까마귀"가 자리잡고 있다. 그곳에서 "길조"라고 불리며 "고구려 벽화 속 삼족오"마냥 "산에 깃든 사람의 마음"을 일깨워주는 산까마귀와의 만남이라는 개별 체험을 보여주고 있는 것이다. 시인은 그 같은 개별 체험을 이음매로 금산에 대한 각별한 장소감을 더하고 있다.

이렇듯 자연지리 형상화의 유형에 드는 금산의 장소시들은 아름다운 경관 묘사를 그 중심에 두고 있다. 금산에 대한 시인의 장소 상상력은 대개 금산 38경을 중심 소재로 끌어오고 있다는 점이 특징이다. 그러하니 시인의 장소감은 금산에 대한 통념적인 세계를 보여주거나, 막연한 감흥을 앞세우며 경물을 들먹거리고 있는 경우도 많다. 이는 금산의 외형적 모습에 그들의 눈길이 집중되어 있기 때문이다. 따라서 금산에 대한 구체적인 장소감과 독창적이고 개성적인 형상화에 이르고 있는 작품을 찾아보기란 쉽지 않은 셈이다.

3. 금산 이야기와 인문지리 상상력

남해 금산은 여느 산들과 마찬가지로 많은 전설을 간직하고 있다.[21] 이로 말미암아 금산의 장소감은 역사·문화적 의미로 다가온다.

따라서 여러 시인들은 금산에 얽힌 인문지리 상상력에 힘입어, 전설이나 개별 이야기를 담아내고 있다. 그러한 시적 장소감을 통해 금산의 재장소화22)를 나름대로 읽어낼 수 있다.

금수(錦繡)를 입은 몸이
여기 외로운 섬에 있을 리(理)야.

이씨(李氏) —
그대 산신(山神)께 나라를 빌어 뜻을 세운 공(功)으로
그대 온몸을 비단으로 싸서 보은(報恩)할가 하였다가
그는 무상(無常)한 일이라,
차라리 이름으로 오래도록 남기고자
그대 받은 이름 — 금산(錦山).

　　　　　　　　　　　　　　　　—설창수, 「금산보(錦山譜)」 가운데

---

21) 이를테면 옛날 용이 살다가 하늘로 올라갔다는 이야기, 돌배를 만들어 타고 이곳을 거쳐 갔다는 석가세존의 이야기, 삼신산의 사선(四仙)이 놀다 갔다는 이야기, 진시황의 아들 부소가 유배되어 살다 갔다는 이야기, 진시황의 시종이었던 서불이 선남선녀 500명을 거느리고 삼신산에 불로초를 구하러 가던 도중 '서불이 이곳을 지나다(徐市過此)'라는 표지를 남겼다는 이야기, 신라시대 원효대사·의상대사·윤필거사 등 많은 고승들이 찾아와 좌선했다는 이야기, 조선시대 태조 이성계가 이곳을 찾아 백일기도를 한 뒤 왕으로 등극하고 산의 이름을 바꿔 불렀다는 이야기, 조선시대 숙종이 병중에 이곳의 물을 마시고 쾌유했다는 이야기, 한림학사 주세붕의 명필바위 이야기, 상사병에 걸린 남자들의 이야기 등 숱한 전설을 간직하고 있다. 경상남도남해교육청, 『살기좋은 고장』, 경남, 1997, 104~105쪽.

22) 사람은 장소의 의미를 개별화하고 추상화하는 능력과 상징 능력을 빌어 공간을 실존적 의미들의 구성요소로 만든다. 거꾸로 장소는 사람에게 정체성을 주고 공동체 사회나 지역성의 기반을 제공한다. 그리고 한 번 마련된 장소감은 우리의 감수성을 통하여 거듭 재장소화된다. 그러한 역동적 과정 속에서 지역 이미지가 놓이게 된다. 박태일, 『한국 근대시의 공간과 장소』, 소명출판, 1999, 302쪽.

금산에는 여러 전설 가운데서도 이성계와 관련된 전설이 돋보인다. 그런 까닭에 금산을 글감으로 삼은 시들은 산이름 유래를 바탕으로 쓴 경우가 가장 흔하다. 이 시는 "금산보"라는 제목에서 말해주듯, 금산의 계보(系譜)에 초점을 맞추고 있다. 다시 말해서 말할이의 눈길은 금산의 아름다운 경관에 있지 않고, 금산이라는 이름을 얻게 된 전설에 놓여 있다.

말할이는 인문지리 상상력에 힘입어, "산신께 나라를 빌어 뜻을 세운" 조선시대 태조 이성계와 관련된 이야기를 중심 소재로 삼고 있다. 여기서 "금수를 입은 몸이 여기 외로운 섬에 있을 리야"라는 구절에서 말할이의 속내를 읽어낼 수 있게 한다. 이러한 유형의 장소 시들은 금산에 대한 독특한 장소 이미지라기보다 보편적인 장소감으로 형상화되고 있다. 결국 시인의 장소감은 금산에 대한 인문지리 상상력에 기대고 있는 셈이다.

> 사람이 바위에게 치성(致誠)을 드리면
> 사람이 바위에게 치성을 드리면 어떻게 되는가?
> 사람이 바위에게 치성을 드리면
> 바위가 구중(九重)의 깊은 잠에서 깨어나
> 바위가 마침내 감응(感應)하는 것을
> 캄캄한 바위가 훤하게 감응하는 것을
> 금산 삼십팔경에서 나는 보았느니.
> 사람이 바위에게 치성을 드리면
> 사람이 바위에게 치성을 드리면 어떻게 변하는가?
>
> ─전기수, 「금산송(錦山頌)」 가운데

금산에는 빼어난 절경의 바위들이 많다. 그런 점에서 이 시는 금산 전체의 모습보다는 금산의 "바위"에 그 눈길을 두고 있다. 이에 말할 이는 금산의 "바위에게 치성을 드리면"에 "바위가 마침내 감응하는 것"이라는 견해를 끌어들이면서 금산에 대한 자신의 장소감을 더하고 있다.

물론 말할이는 "금산 38경"에 감탄한 바 있지만,[23] 여기서는 그 구체적인 이름을 밝히지 않은 채 그의 인문지리 상상력을 펼쳐보이고 있다. 다시 말해서 말할이는 금산의 경관보다는 "치성을 드리"는 일에 그 초점을 맞추고 있는 것이다. 그래서 결국 "사람이 바위에게 치성을 드리면 어떻게 변하는가?"와 같은 물음을 통해 금산 바위의 영험성에 더욱 공감하고 있다.

그것은
먼 지평(地平)에 몰아둔
별무리를 안고
오늘에사 돌아온 자욱 구름이

흰머리 얹은
슬픈 소녀상(少女像)이었다.

파도가 은결을 도도는
달밤에는

---

23) 전기수(全基洙, 1928~2003)는 『남해도』(현대문학사, 1981)라는 이름으로 시집을 펴낼 정도로 남해군에 대한 애정이 남달랐다. 이 시집은 오로지 '남해도에서의 체험'을 담아 꾸민 것이다.

꿈나라와 똑 같은

당신의 환상이

저 만한 노영(路營)에서

아스라이 창을 여는데……

—김선현, 「금산」 가운데

너는 늘 건너편 바다에 있고

늘 바람 끝에 서 있고

세월 반쯤 무너진 채

층층마다 돌로 박힌

사람의 흔적.

굽은 등짝 어둠 속에 내밀어

섬에 묻힌

그리움이란 게 내게쯤 있다는 듯

길을 제각기

돌아 눕힌다

걸어온 길 아무도

돌아가지 못하게.

—김지헌, 「남해 금산」

앞의 시는 남해 출신 김선현의 작품이다. 말할이는 어릴 적부터 금산에 얽힌 사연이 있는 듯하다. 세월이 흘러 "오늘에사" 찾아온 금산, 그곳에서 말할이는 자신의 정체성을 발견한다. "흰머리 없은 슬픈 소녀상"이 그것이다. 따라서 말할이는 이 시를 통해 금산에 얽힌 개인적 이야기를 풀어내고 있는 것이다.

　뒤의 시는 금산에 얽힌 특정 이야기를 끌어내지는 않는다. 하지만 말할이는 "건너편 바다"와 "바람 끝"에 선 금산에서 오랜 세월 동안 "층층마다 돌로 박힌" "사람들의 흔적"을 만난다. 그리고 "걸어온 길"을 "돌아가지 못하게" 만드는 어둠 속에서 말할이의 금산에 대한 장소감은 그리움으로 변한다.

　　남해 금산 기슭에
　　왜 분이가 사나?
　　여름이면 하얗게 유자꽃 피는
　　남해 금산 기슭에
　　왜 분이가 사나?
　　다섯 꽃잎 유자꽃 피면
　　분이는 날이면 날마다
　　산에 오른다.
　　틈만 있고 짬만 있으면
　　산에 올라
　　치마폭에 하나 가득
　　유자꽃잎 따서
　　남몰래 남몰래
　　하늘에 날린다.

　　남해 금산 기슭에
　　분이는 왜
　　유자꽃잎 따서

남몰래

하늘에 날리는가?

—김여정, 「남해금산 유자꽃 - 해연사(海燕詞) 열 아홉」

　이 시의 두 축을 이루는 모티프는 "분이"와 "유자꽃"[24]이다. 시인은 금산에서 본 유자꽃을 빌미로 시인 나름의 개별 체험을 드러내고 있다. 좀 더 자세히 말하면, "날이면 날마다 산에" 오르는 분이와 "여름만 되면 하얗게" 피는 유자꽃이다. 그런 분이가 유자꽃잎을 따서 "남몰래 하늘에 날리는" 것이다. 분이의 그러한 행동은 분명 죽음으로 이별한 사랑하던 사람을 잊지 못해 취한 것으로 비춰지고 있다.

　이처럼 시인은 특정 인물의 개별 체험, 금산에 얽힌 이야기를 이음매로 금산에 대한 남다른 장소감을 더하고 있는 것이다. 이로 미루어 금산은 유자꽃을 날리고 있는 분이의 애절한 삶이 스며있는 독특한 장소감으로 형상화되고 있다. 그것은 금산에서 각별하게 터득한 시인의 인문지리 상상력에 다름 아니다.

한 여자 보내고 남은 사내를

푸른 물속에서 건져

볕 좋은 보리암

넓은 바위에 널어놓습니다

그리움과 한 통속이 된 소금기,

차마 눈감을 수 없었던 사내의

---

24) 남해군에는 '남해 3자'라고 불리는 특산물이 있다. 유자·치자·비자가 그것이다. 이 가운데 특히 유자는 남해의 또 하나의 자랑이다. 남해군은 나라 안 최대의 유자 생산지이며, 그 맛과 향이 좋아 많은 사람들에게 호평받고 있다.

시퍼런 눈동자에 박혀
녹슨 이끼로 번져가고
여윈 팔을 따라 물풀로 자라났습니다

사내가 그토록 사랑했던
한 여자
지금 어디에서 무엇을 할까요
발끝에 걸리는 튀밥 같은 섬, 섬들
사이, 어느 그늘에서 미역을 따고 있을까요
아니면 뭍 사내의 품에 안겨
멀리로 멀리로 흘러갔을까요

남해 금산
푸른 물 속에 한 여자 사랑하고
그 빛으로 남은 사내,
검불 같은 사내는
그림자로 잠겨 있습니다

—노승은, 「남해 금산」

　　수년전할아버님제삿날밤꿈인지생시인지산신령중의산신령인금산산
신령으로자리를옮기게되었다고즐거워하시던할아버님께서너무나상심
하시기에부득이위로의한말씀올리었다할아버님똘똘한시인한분이우리
남해금산을와설랑전국방방곡곡에다잘심어놓았으니제발안심하소서지
금망운산산신령이신것만으로도가문을길이빛낼광영이옵니다.
　—그날 이후
　할아버지 기일(忌日)엔

난, 지방(紙榜) 대신
남해금산(南海錦山)을 읊어 드린다.

―김춘추, 「비몽사몽(非夢似夢)」

앞의 시는 "한 여자를 보내고 남은 사내"의 사연을 통해 "볕 좋은 보리암"과 "튀밥 같은 섬"들의 장소 이미지를 부각시키고 있다. 그렇게 "검불 같은 사내"가 남해 금산에는 "그림자로 잠겨 있"다는 것이다. 이는 특정 개인의 장소감을 중심으로 금산의 새로운 이야기를 엮어내고 있는 것이다.

뒤의 시는 금산에 얽힌 전설을 형상화한 작품이 아니다. 말할이는 "할아버지 제삿날 밤"에 있었던 자신의 경험에 대해 토로하고 있다. 여기서 말할이는 "망운산 산신령"인 할아버지가 "금산 산신령"으로 자리를 옮기게 되었다고 즐거워하던 모습을 "비몽사몽"간에 보게 된다. 하지만 그것은 꿈인지라 할아버지가 너무 상심하기에, 이성복이라는 "똘똘한 시인"이 널리 알렸으니 안심하라고 말한다. 그래서 말할이는 "할아버지 기일"에는 "지방 대신"으로 이성복의 시 「남해금산」을 읊는다고 이야기한다.

그 한 때 꽃 피었던
아픈 풋 가슴,
몰래 숨어 살자는
오솔길인가.

삼딴 머리 깎은 중,
중이라지만

연먹빛 윗 저고리
풍둥한 품 속,
붕긋 부푼 젖가슴,
복숭아 가슴.

돌샘 헤쳐 산(山)미나리
씻어 오는 길,
방그레 수줍음에
숨는 숲속 길,
물결치는 젊음의
소용돌이 꿈.

단풍 타는 노을은
비둘기 울음,
서리 찬 깊은 달밤 / 돌부처 울음.
　　　　　　—설창수, 「산니 75조(山尼 七五調)−남해섬 금산에서」

한 여자 돌 속에 묻혀 있었네
그 여자 사랑에 나도 돌 속에 들어갔네
어느 여름 비 많이 오고
그 여자 울면서 돌 속에서 떠나갔네
떠나가는 그 여자 해와 달이 끌어 주었네
남해 금산 푸른 하늘가에 나 혼자 있네
남해 금산 푸른 바닷물 속에 나 혼자 잠기네
　　　　　　　　　　　　—이성복, 「남해 금산」

앞의 시에서 말할이는 금산을 독특한 개별 체험의 장소로 드러내고 있다. 언젠가 시인이 금산에서 겪었을 법한 일을 절제된 표현으로 보여주고 있다. 여기서 말할이가 만난 사람은 "삼단 깎은 중이라지만 연먹빛 윗 저고리"를 입은 한참 사춘기의 비구니이다. 이 비구니는 "산미나리"를 "씻어오는 길"에 만나게 된 비구니는 수줍어 "숲속 길"로 숨어버린다. 말할이는 "서리 찬 깊은 달밤"에 "돌부처 울음"을 울고 있을 비구니를 그려보고 있는 것이다.

이성복은 시 「남해금산」의 해석을 위한 모티프는 "돌"이 가지는 의미를 제대로 풀어내는 것이라 밝힌 바 있다. 뒤의 시에서 돌이 금산의 장소감을 뜻한다면, 금산에 전해져 오는 전설과 맞닿아 있다. 따라서 이 시는 '상사바위'[25]에 얽힌 전설을 바탕으로 하여 만들어졌다고 보는 것이 마땅할 것이다. 죽음으로써 이루려 했던 사랑을 끝내 이루지 못한 채 여자는 "해와 달"이 이끌어 가버렸고, 남자 혼자만 금산에 남아 있게 된다. 그런 점에서 이 시는 죽음으로도 완성되지 못한 사랑에 대한 아쉬움이 절실히 느껴지는 작품이다.[26]

---

25) 상사암(想思岩)은 금산에서 가장 웅장하고 큰 바위로 높이 80미터에 이른다. 여기에는 양반집 규수를 짝사랑하던 머슴의 전설이 얽혀 있다. 조선시대 숙종 때 전라도 돌산에서 온 머슴이 그 안집 규수에게 반해 상사병에 걸리게 되었다. 그러나 죽음 직전에 이 바위에서 사모하던 그 규수와 상사를 풀어 목숨을 건지게 되었다는 이야기가 깃들어 있어 상사바위라고 부르게 되었다는 것이다. 그런 까닭에 이 바위에 올라 기원하면 어떠한 사랑도 이룰 수 있다고 전해지고 있다.

26) 이성복(李晟馥, 1952~)은 『남해 금산』(문학과지성사, 1986)을 시집 이름으로 내걸고 펴냄으로써 남해군을 자랑삼아 알리고 있다. 이 시를 통해 "남해 금산"은 많은 사람들의 뇌리 속에 자리잡게 되었다고 해도 지나치지 않을 것이다. 그의 말처럼 '남해 금산은 정신적 지도의 거점을 이루는 몇 안 되는 장소 가운데 하나'였던 것이다. 그에 따르면, "남해 금산은 내 정신의 비단길, 혹은 비단 물길 끝의 서기(瑞氣)어린 산으로 존재했고 앞으로도 그렇게 존재할 것이다. 남해 금산의 흡입력은 너무도 강해서 지상의 모든 꿈을 물거품으로 만드는 '환멸'까지도 핥아버리고 삼켜버린다. 실제로 나는 두 번 남해 금산에 갔지만 그때마다 그 영산(靈山)의 빼어난 모습은 경이라는 말 이외의 다른 표현을 허락하지 않았다"고 했다. 이성복(1994), 「물과 흙의 혼례, 남해 금산」, 『백년이웃』, 두산그룹홍보부, 1994

이렇듯 금산의 장소시는 경물이나 경관에 대한 단조로운 감흥이나 상찬을 되풀이하는 데 머물지 않고, 금산에 얽힌 이야기를 독창적인 장소감으로 표현하고 있다. 아울러 시인들은 금산이라는 특정 장소에 대한 개별적 친밀 기억을 바탕으로 독창적인 장소감을 더하고 있다. 그러한 시인들의 금산 이야기는 단순한 장소 체험을 넘어 인문지리 상상력을 통해 금산의 장소감을 넉넉하게 펼쳐보이고 있다.

4. 금산 탐승과 기행 체험

남해 금산은 기행시의 한 몫을 맡음으로써 시인들의 개별 장소감을 꾸준히 보여주고 있다. 금산의 장소시는 탐승에서 느끼는 장소사랑이 주류를 이루고 있다. 흔히 기행 체험에서 얻은 산의 장소감은 서정 공간의 지도가 되거나 마음의 안식처 내지 자기 성찰의 계기, 그리고 자연과의 합일의 대상으로 형상화되고 있는 것이다.

평생에 그려위든
금산을 차저드니
조화옹(造化翁)의 큰독기로
천연미(天然美)를 깍것도다
누라서 이경치(景致)그려내여
님보일가

—박익모, 「금산회우(錦山懷友)」

년 7월호, 66쪽.

이 시는 금산 탐승을 통해 그곳의 빼어난 풍광을 극찬하고 있는 작품이다. 한편 말할이는 "평생에" 그리워하던 금산을 찾아가서 그곳의 "천연미"에 흠뻑 빠져 있다. 그 "경치"를 이루 말로 표현할 수 없었는지도 모를 일이다. 그래서 말할이는 그림으로나마 "님"에게 보이고 싶지만, 어느 누구도 그 "경치"를 그려내지 못할 거라고 말하고 있다. '금산회우'라는 제목에서 알 수 있듯이 '금산에서 친구를 그리워하여 생각한다'는 뜻으로 해석된다. 이처럼 말할이는 금산의 경치를 혼자 보기 아깝다는 심정과 친구와 함께 보고 싶은 소망을 드러내고 있다.

그만큼 금산의 풍경은 어느 곳에도 비길 데가 없다고 노래하고 있다. 그러나 여러 장소시들이 그렇듯이 기행 체험에서 만나게 되는 경관에 대한 찬탄을 보여주는 데 그치고 있다. 남다른 장소감을 창조적으로 지각하고 표현하는 힘이 모자랐던 셈이다.

떠나리라
훠이 훠이
바람을 휘젓고 떠나리라.

나는 죽어서
금산의 바위가 되리라.

바다를 보고
바다라 말하지 않는
금산 바위가 되리라.

엎드려

갯바람에 마냥 등을 씻는

남해 금산 바위가 되어 울지 못한 울음을 울리라.

금산 바위가 되어 못다운 울음을 울리라.

　　　　　　　　　　　—임신행, 「왕후박나무 아래서」

파아란 하늘 햇볕 화창한 날

초록강물 흐르는 금산에 올랐다

계절의 젊은 6월의 금산은

정열에 불타고 상주 백사장 한가로이

시름에 잠겼더라

산 정상에서 불어오는 산들바람은

갈참나무 떡갈나무 푸른 이파리

살포시 포옹하다 휑하니 지나간다

사랑의 꽃을 피우던 상주 해수욕장

시원한 산들바람이 머물다 간다

곰솔나무 아래에서……

　　　　　　　　　　　—최현배, 「남해 금산」

　앞의 시에서 말할이는 훌쩍 속세를 떠나 금산으로 왔다. 그래서 그는 죽어서 금산 바위가 되어 "울지 못한 울음"을 울려고 한다. 그만큼 말할이는 금산에 안주하고 싶어 하는 속내를 드러내고 있다. 따라서 이 시는 힘든 세상을 살면서도 그 심정을 드러내지 못하고 속으로

만 괴로워하는 현실을 벗어나서 마음의 안식처인 금산으로 돌아가 바위가 되겠다는 자연친화적 입장을 드러내고 있다. 이렇듯 금산의 절경에만 압도당하지 않고 개인적 기행 체험으로 장소감을 표현하고 있는 것이다.[27)

뒤의 시는 시인의 기행 체험을 서정적으로 노래하고 있다. "초록강 물 흐르는 금산"에 올라 "산들바람"을 쐬면서, "사랑의 꽃을 피우던 상주 해수욕장"을 굽어보며 시름에 잠겨 있는 시인의 모습이다. 따라서 말할이는 금산에 대한 특별한 장소감보다는 자신의 산행 체험과 감정을 꾸밈없이 보여주고 있다.

젖은 옷자락 사이로
스르르 지는 빗줄기 따라
금산에 왔습니다.

어린 소나무 가지에
덮어오는 안개는
그대의 입김 입니까

비단옷을 두르고
날으는 저녁종 소리는
귀 밑을 돌아 사라집니다.

---

27) 임신행(任信行, 1940~)은 한때의 인연에 힘입어, 시집 『섬 엉겅퀴 비에 젖어며』(거암, 1988)에서 남해군 관련 작품을 많이 남기고 있다.

아스팔트 위에

빗물이 마르기도 전에

비는 또 내리고 있습니다.

—문향자, 「금산일기」

상주해수욕장 여름 햇살은 바다비늘을 닦는다.

이른 아침 물결이 은빛 금빛 꽃묶음을 풀어 놓는다.

하늘과 바다 사이에

술빛 저린 속가슴 홀홀 털면서

얼굴 붉힌 갈매기는 쌍부채질로 날은다.

바다비늘 하나 뚝 떼어서 훌쩍 오른 금산(錦山)

간신히 햇빛을 밀자

산속 보리암 비구니들이 대낮에 절문을 열어 주지 않는다.

쌍홍문 커다랗게 뜬 하얀 낮달 눈으로 봐도

저 아래 발밑 상주바다 홀로 벗은 등덜미가 꽃붉다.

—최단천, 「상주 해수욕장 여름 햇살은」

이 시들은 금산 탐승을 통한 감상적 표현이 돋보이는 작품으로, 기행 체험보다는 금산 풍경을 회화적으로 노래하고 있다. 앞의 시는 "비단옷"을 두른 금산의 풍광을 "일기"처럼 풀어내고 있다. 뒤의 시 또한 기행 체험에서 만난 금산을 여름 햇살이 닦은 "바다비늘"로 표현하고 있다. 그런 점에서 말할이의 눈길은 금산에서 조망되는 "상주 해수욕장"의 모습에 반해 있다는 느낌을 받게 된다. 따라서 이 시들은 그런 까닭에 금산의 독특한 장소감을 형상화하는 데는 미치지 못하고 있다.

길의 끝 남해금산에 오른다
나사못 같은 숲길을 가쁘게 돌아
정상까지 오르면 땀에 전 시간이
몸에 척척 감기고 해는 벌써 반나절
봉수대에 올라 그만 오던 길을 놓는다
그대는 물론 나도 깜박 잊는다
저 멀리 내색 감춘 난바다가
억겁의 파도소리 거칠게 말아
아제아제 바라아제 추켜 올린 산
온 산이 햇볕 받아 섬섬하고 푸르다
혼자 높고 별나서 심심했던지
볕바른 이마 위엔 보리암을 앉히고
앞바다엔 크고 작은 섬을 뿌렸다
그중 제일 쓸쓸해 뵈는 섬 하나
내게 오기를 은근히 기다리다 못해
내가 먼저 달려가 섬이 되어 떠돈다
비로소 세상과 멀어졌다는 안도감
이젠 보리암이 어디냐고 묻지 않는다
잠시 오던 길을 지우고 무위에 드니
그대에게 가는 길도 묻지 않는다

—임영조, 「남해금산—그대에게 가는 길 12」 가운데

산 속의 암자가
한 개의 섬입니다
내 마음 속에 또 다른

내가 들어앉아 있듯

남해 보리암 또한

섬 속의 섬입니다

석탑이 등대처럼 서 있는

정토(淨土)의 벼랑 끝,

자맥질하는 파도처럼

사람들

한 치 앞을 향해

고꾸라지듯 절을 합니다

　　　　　—박후기, 「유배 자청 - 보리암」 가운데

앞의 시는 금산 탐승의 경로를 자세히 묘사하면서, 말할이의 느낌을 보여주고 있다. 말할이는 "나사못 같은 숲길"을 숨가쁘게 걸어 "봉수대"[28]에 올라 "보리암"과 남해 바다의 "크고 작은 섬들"을 내려다보고 있다. 그러한 과정에서 말할이는 "비로소 세상과 멀어졌다는 안도감"을 느끼고 있다. 그리하여 말할이의 기행 체험은 금산을 "무위"의 장소로 그려내고 있다.

뒤의 시는 "보리암"에 관한 기행 체험을 담고 있다. 금산 탐승으로 찾아간 보리암은 "산 속의 암자"이지만, "섬 속의 섬"으로 형상화되고 있다. 그리고 말할이는 그곳에서 본 "석탑"과 만난 사람들의 모습, 그리고 '미조항' 너머의 바다 풍경을 읊고 있다. 결국 말할이는 '유배

---

28) 봉수대(烽燧臺), 곧 금산봉수(錦山烽燧)는 상상봉인 망대(望臺)에 있다. 그 설치연대는 확실하지 않으나 고려시대 중기로 추측되고 있다. 높이는 4.5m, 둘레는 26m의 방대형으로 그 규모가 큰 편이다. 우리나라 최남단에 자리잡은 이 봉수는 두 간봉(間烽)인 소흘산봉수(所屹山烽燧)와 원산봉수(猿山烽燧)를 가진 큰 규모의 봉수였다고 한다.

자청' 연작시[29] 가운데 하나인 보리암 기행을 통해 자신의 번뇌를 달래고 있는 것이다.[30]

벌써부터 기다렸다
남해도 금산에 올라 바라본 바다같이 넓고 순하게 길들여진 가슴을
열고 네 오랜 눈물을 기다렸다
몇 억 광년 전의 눈부신 탄생이 네 이름을 낳았다
막 잠에서 깨어난 아기가 꿈에서 가져온 눈빛으로 나는 너를 만난다
두근거리는 처녀의 가슴 속에서 햇빛 속으로 봉오리를 밀어 올리는
목련꽃같이 눈 시린 빛으로 웃고 있는 그대여

―강영환, 「별」 가운데

먼 바다 청명한 날엔
남해 금산을 다시 가네.
가는 길엔 홍진의 세월
눈 감고 귀도 닫고 잔가지에
솔잎 꽃히는 소리만 들으라네.
묵은 옷 발 아래 벗고
하늬바람 산그늘 따라

---

29) 박후기는 〈유배 자청〉과 〈남해도 전별시첩〉 연작시로 제2회 김만중문학상을 수상했다. 그의 〈유배 자청〉 연작에는 '보리암'을 비롯해 '미조항 멸치잡이', '돌담이 무너진 까닭', '벽련포구', '동백처럼 지다', '그늘과 그물', '유자 약전', '질풍, 노도', '갈화리 느티나무', '관음포 당부' 등의 부제를 붙인 작품들이 있다. 남해군, 『제2회 김만중문학상 수상작품집』, 깊은샘, 2011.

30) 이밖에도 보리암에 관한 기행 체험을 다룬 작품으로 김원각의 「남해 보리암에서」이 있다. "소원 따위는 없고, 빈 하늘에 부끄럽다 / 이 세상 누구에게도 그리움 되지 못한 몸 / 여기와 무슨 기도냐 / 별 아래 그냥 취해 잤다"(김원각, 「남해 보리암에서」)

혼들릴 때도 군말 없이 그 별빛
푸를 때까지 고개 들지 말라 하네.
살아 가파른 언덕
억새풀 뿌리 뻗듯 질기게 올랐다가
쌍홍문 돌틈바귀 산정을
저만치 두고 머리 하얗게
멈춰 섰던 그 사람 보라 하네.

—고두현, 「산 할미꽃」

앞의 시는 금산 탐승에서 체험한 "별"을 노래하고 있다. 말할이는 금산에 올라 "바다같이 넓고 순하게 길들여진 가슴을 열고" 별을 기다리고 있다. 아마도 그 별은 금산 38경의 하나인 '노인성'일 것이다. 아무튼 말할이는 "막 잠에서 깨어난 아기가 꿈에서 가져온 눈빛으로" 별을 보고 있다. 그런 점에서 금산의 장소감은 "눈 시린 빛으로 웃고 있는 그대"인양 마음의 안식처로 형상화되고 있는 것이다.

뒤의 시에서 말할이는 예전에 찾은 적이 있는 금산을 오르고 있다. 그 길에서 "홍진의 세월", 곧 세속에 물든 지난 날을 반성하고 있다. "눈을 감고 귀도 닫고" 외부 세계와 단절한 채로 속세에 찌든 "묵은 옷"을 벗어 던지고 묵묵히 오르고 있다. 그런 점에서 말할이는 금산을 하나의 이상향으로 보고 있다. 그래서 말할이는 세속의 소리가 아닌 "솔잎 꽂히는 소리"만 들으면서, "푸를 때까지 고개를 들지" 않으려고 한다. 결국 시인은 지난 삶에 대한 반성과 초월적인 세계를 염원하고 있다.31)

---

31) 고두현(高斗鉉, 1963~)은 「화방사 길」, 「남해 가는 길-유배시첩·1」, 「늦게 온 소포」, 「울타

가슴앓이 하는
친구
남해 금산으로 오게나

산 오르는 길
숨차고
힘겨우며
삶에 짐 풀어놓고
금빛 노을
상주 바다로 지는
여기
금산으로 오게나

해수미륵보살님
미소 속에
보리암
큰스님
목탁소리
세사에 찌든 중생
알고 짓고 모르고 지은 죄
새벽 별에 기원하고
지는 달에 기원하여

리 밖에 채마밭을 짓고」 등의 시들에서 고향 남해군을 노래하고 있다.

새날은

우리 모두

이 산에서 침묵하는

바위로 남으세

가슴앓이 하는

친구

부디 여기로 오게나

　　　　　　　—박태남, 「남해 금산으로 오게나」 가운데

　이 시에서 핵심어는 "가슴앓이 하는 친구"이다. 사람들의 가슴앓이
는 외부세력의 압박일 수도 있고, 내면에 내재된 번뇌일 수도 있다.
그러나 무엇보다도 "세사에 찌든 중생"이라는 구절에서 알 수 있듯이,
그 원인은 자신에게 있음을 인식하고 있다. 그래서 말할이는 이 가슴
앓이의 해소 공간을 금산 "보리암"으로 제시하고 있는 것이다.[32] 아울
러 말할이는 금산을 하나의 안식처 내지 휴식처로 노래하고 있다.[33]
세상사에 힘들어 하는 사람들에게 "금산으로 오"라는 점에서 말할이
가 얼마나 금산을 좋아하는지 알 수 있다.

---

32) 박태남(1952~)은 「보리암 오르는 길」을 통해 금산 탐승과 기행 체험을 보여주고 있다.
　　그 전문을 소개하면 다음과 같다. "비 갠 오후 / 보리암 숲길을 오른다. // 말랐던 계곡물
　　/ 한 악장의 / 음악으로 흐르고 // 우리가 부르는 노래는 / 악보가 되지 않는 / 이름 모를 풀
　　꽃에 이울진다. // 안개 두른 금산(錦山) / 어둠과 함께 / 화전(火田)포구 / 옛 어른의 꿈으로
　　영글고 // 호젓한 돌길따라 / 남해 호랑이 / 인적 찾아 / 하산할 것 같아 / 발걸음 빨라진다."
33) 산은 우리의 의식 속에 고향 또는 어머니로 자리 잡으면서 사람들에게 확고불변한 '절대정
　　서'를 불러일으켜 왔던 것이다. 따라서 우리의 산에 대한 본원적인 감정은 평안함이다.
　　산은 누구에게나 '삶의 안식처'라는 전통적인 생각이 우리네 머리 속에 박혀 있다. 금장태,
　　『산과 한국인의 삶』, 나남, 1993, 50쪽.

비단 한 필 못 밟고도

금산을 올랐다

수액을 퍼 올리는 나무들의

얕은 술렁임을 빠져 나오며

산 속에서 커보이던 나무

쭉 뻗은 나무들의 내심을 털었다

어떤 것은 열매였다

오던 길을 되짚다가

문득 나의 이력을 펼쳐보니

잎 피워 본 지가 오래다

—윤경, 「남해 금산」 가운데

남해 금산 오르며

내 안에 있는 또다른 나에게 묻는다

걸어온 길과 걸어가야 할 길의 아우라지에

내 몸의 소금 얼마만큼 쏟아야

검푸른 나무 마음에 깃들 수 있는가

눈 푸른 남자처럼 침묵으로 말하는 바위 위에서도

생각들은 모래알로 흩어진다

—배한봉, 「남해 금산을 오르며」 가운데

이들 시는 금산 탐승을 통해 느끼는 시인의 장소감을 솔직하게 표현하고 있다. 앞의 시에서 말할이는 "비단 한 필 못 밟고도 금산을 올랐"지만, "오던 길을 되짚다가" 자신의 "이력"에 대해 되돌아 볼 수 있는 기회를 얻게 된다. 뒤의 시에서도 말할이는 금산을 오르며

"내 안에 있는 또 하나의 나"와 대화를 시도한다. 자기 반성의 결정체인 "소금"을 쏟아야 하듯이, 금산을 오르면서 말할이는 자신을 돌아보는 것이다. 이는 곧 금산 탐승이 자기 성찰의 공간으로 형상화되고 있다는 증거이다.

> 적소 길
> 잠시 멈춰
> 남해 금산 오릅니다.
>
> 바위 속에 웅크린 채 만경창과 남해를 봅니다. 석양이 오기 전까지 꼬불꼬불한 산길에 발자국을 남겨도 바람이 금새 지웁니다.
> 나도 금산의 일부가 되고 싶습니다. 가슴 아픈 나날들 뚫어버리게 남해를 껴안고 싶습니다.
>
> 천지간 소식 끊긴 봄
> 예서 주워 담습니다.
>
> ―박현덕, 「남해 금산」

> 남해 금산 삼십팔경(三十八景)을 두루 다 보고
> 하산 길에 들면서 나는 이런 일을 보았다.
>
> 크고작은 바위들이 골짜기를 메우고
> 갖가지 형상(形象)으로 늦잠들어 있을 때
> 그 중 큰 바위에 사닥다리 타고 기어올라
> 기어올라서는 바위를 건너뛰어

너럭바위로 돌아선즉 거기에 집이 한 채.

밤이면 산(山)짐승도 울어 오는 고요 속
첩첩한 바위 위에 집 한 채를 지어서
젊은 수도승(修道僧) 한 분이 살고 있었다.
조그만 불상(佛像) 하나 모셔다 놓고
아홉 해를 혼자서 살고 있었다.

굽어보니 천(千)길의 눈 아래서
바위들이 부스스 눈을 뜨고
몸부림 한 번 하는 것 같더니
산정기(山精氣)가 아련히 감돌고 있었다.

　　　　　　　　　　　—전기수, 「하산(下山) 길에서」

　앞의 시는 2013년 제4회 김만중문학상 시부문 수상작품집에 실려
있다.34) 여기서 말할이는 "적소", 곧 유배의 길에 올랐다는 심정으로
금산을 탐승하고 있다. "만경창파 남해"를 보며 "산길에 발자국을 남
겨" 보지만, "바람이 금새 지"워버리 듯 기행의 의미를 느끼지 못한다.
따라서 말할이는 자신도 "금산의 일부가 되"어 "가슴 아픈" 날들을
잊고, 남해를 사랑하고 싶다고 노래한다. 특히 금산에서 "소식 끊긴
봄"을 만끽하기를 바라고 있다.

---

34) 여기에는 박현덕의 시 「보리암」도 함께 실려 있다. "보리암 감싼 안개 / 제 몸을 가립니다
// 하산 길도 다 끊겨 / 백사로 꿈틀대는 걸 // 신라의 / 고승 원효처럼 / 초막을 짓습니다
// 설악산 봉정암 같은 / 보리암 등성이에서 // 야위는 마음들로 / 부처를 친견한 뒤 // 이
땅의 / 안개 걷어 올려 / 다시 내려가렵니다."(박현덕, 「보리암」)

뒤의 시는 금산 탐승에서 느끼는 시인의 감회가 돋보이는 작품이다. 말할이는 "남해 금산 38경"을 두루 탐승하고 "하산 길에 들면서" 체험한 바를 풀어내고 있다. 금산의 "첩첩한 바위 위에 집 한 채를 지어서" 살고 있는 "젊은 수도승"의 이야기이다. 그는 그곳에다 "조그만 불상 하나 모셔다 놓고" 9년을 혼자서 살고 있다는 것이다. 단지 경관 예찬에만 머물지 않고, 말할이의 남다른 시적 통찰력과 애착을 드러내고 있다. 결국 이 시는 금산 기행을 통해 탈속적 삶에 대한 깨달음을 상징적으로 보여주고 있는 셈이다.[35]

이렇듯 금산 탐승과 기행 체험을 보여주고 있는 시들은 남해 금산을 오르며 그곳에서의 감상을 풀어놓고 있다. 많은 기행시들이 그렇듯이 자신의 삶에 대한 반성과 승화의 경지에 도달하려고 애쓰고 있는 것이다. 물론 시인들마다 기행 체험의 방식은 다를지라도, 금산은 여느 산들과 마찬가지로 시인들에게 있어 지친 삶을 어루만져 주는 안식처 내지 자기 성찰의 장소가 되고 있다. 하지만 금산 탐승의 장소시가 개성을 갖춘 풍물시나, 사람살이의 독특한 체험시로 나아가지 못한 점은 아쉽다.

5. 마무리

이제껏 글쓴이는 경상남도 남해군의 진산인 금산을 글감으로 삼은

---

35) 기행 체험의 장소시 가운데는 "아름다운 어깨를 가진 금산"에 실제 오르지 못한 아쉬움을 토로하고 있는 엄원태의 시 「남해 금산」을 찾을 수 있다. 그 일부를 소개하면 다음과 같다. "남해에 갔으나 / 금산에 오르지 못했네 / 병원으로 돌아가야 하는 나는 / 새벽 버스를 기다리는 상주리 해수욕장의 정류소에서 / 아름다운 어깨를 가진 금산을 올려다보았네 / 오르지 못하고, 다만 그렇게 / 올려다만 보았었지, 오르지는 못했네."(엄원태, 「남해 금산」 가운데)

장소시들을 챙겨 보았다. 물론 관련된 시작품은 그다지 많지 않았지만, 금산의 장소감 또는 장소사랑이 시 속에 어떻게 형상화되고 있으며, 어떠한 지역 이미지로 드러나고 있는지를 살펴보고자 했다. 이를 위해 글쓴이는 문학지리학적 측면에서 금산의 자연지리 형상화, 인문지리 상상력, 그리고 기행 체험이라는 세 유형으로 나누어 접근해 보았다.

첫째, 금산 38경과 자지연지리적 형상화이다. 금산에 대한 시인들의 장소감은 대개 금산 38경을 주요 글감으로 삼고 있으며, 그곳의 아름다운 경관 묘사를 그 중심에 두고 있었다. 그런 까닭에 금산에 대한 관습적인 생각을 거듭하거나, 막연한 감흥을 앞세우며 건성으로 경물을 들먹거리고 있는 시들도 많다. 따라서 금산에 대한 구체적인 장소감과 독창적이고 개성적인 형상화에 이르고 있는 작품을 찾아보기란 쉽지 않은 셈이다. 하지만 이들 시들은 금산에 대한 시인들의 장소사랑을 가늠할 수 있게 했다.

둘째, 금산 이야기와 인문지리적 상상력이다. 시인들의 금산 이야기는 단순한 장소 체험을 넘어 인문지리 상상력을 통해 금산의 장소감을 넉넉하게 펼쳐보이고 있다. 이들 장소시는 특정 장소에 대한 구체적이고 개별적인 친밀 기억을 그려내고 있지만, 남해군의 지역 이미지를 드러내는 데까지는 미치지 못하고 있다. 그런데도 금산의 장소감은 자연지리 형상화에 머물지 않고, 금산에 얽힌 전설 또는 개인적 이야기로 독창적인 상상력을 보여주고 있었다.

셋째, 금산 탐승과 기행 체험이다. 여느 기행시들과 마찬가지로 금산의 장소감은 지친 삶을 어루만져 주는 안식처 내지 자기 성찰의 장소가 되고 있다. 물론 시인들마다 기행 체험은 저마다 다를지라도, 삶의 여유를 되찾고 마음을 가다듬을 수 있는 장소감으로 형상화되고 있었다. 하지만 금산의 장소시는 역사·문화적인 맥락에서 장소 상상력을 펼쳐내지 못함으로써, 개성을 갖춘 새롭고도 구체적인 풍물시나 사람살이에서 겪는 느낌과 생각이 골고루 녹아든 독특한 체험시로 나아가지 못하고 있다.

시대의 흐름 속에서도 한결같이 남아 있는 친밀 체험 공간, 곧 중심 장소야말로 지역 사람들을 하나의 공동체로 묶어주는 중요한 상징임에 틀림없다. 이 글에서 다룬 장소시들은 금산의 재장소화를 이루어 내는 데는 모자람이 많았지만, 금산의 장소감 또는 장소사랑, 그리고 남해군의 지역 이미지를 살피는 데 좋은 본보기가 되었으면 한다.

창원 바다와 지역문학

: 시(詩)로 만나는 창원의 바다 풍경

1. 문향(文鄕) 창원의 해양문화

21세기를 일컬어 문화의 시대라고 일컫듯이, 나라마다 문화의 중요성을 증폭시켜 다양한 문화정책을 의욕적으로 추진해나가고 있다. 그만큼 문화의 사활이 민족 또는 국가의 정체성과 맞물려 있으며, 국가 경쟁력의 주요 영역으로 인식되고 있다는 점에서 문화야말로 이 시대의 으뜸 주제어(key word)로 부각되고 있는 현실이다.

이 같은 시류에 발맞춰 지역사회 안쪽에서도 지역문화에 대한 인식과 정보 욕구가 점차 높아지고 있다. 특히 지역문화가 경쟁력이라는 화두를 내세워 지역 가치를 널리 찾고, 이를 지역민의 삶속으로 되돌려주기 위해 노력하고 있다.

통합 창원시는 '바다'(마산만, 봉암갯벌, 진해만)라는 창구를 통해 숨쉬고 있는 지역으로서, 해양문화의 전통과 자산을 간직한 고장이다. 그런 점에서 바다야말로 창원 사람들의 정서의 바탕이요, 정신적 통로가 아닐 수 없다. 언제나 창원 사람들의 가슴속에 물결치고 있는 것은 푸른 바다의 추억일 것이다.

*마산만(馬山灣): 통합 창원시의 중앙부에 위치, 진해만의 가장 안쪽에 있다. 면적 24㎢, 외해로부터 약 9㎞ 들어와 있으며, 만 입구의 폭이 1㎞ 미만으로, 그 생김새가 병목 같아서 해류의 이동이 거의 없다. 수심이 깊고 수면이 잔잔하며 천연의 방파제 역할을 하여 양항을 이룬다. 마산만으로 흘러드는 주요 하천으로는 창원천과 남천이 있다.

*진해만(鎭海灣): 경남 남해안 동부에 있는 만으로, 통합 창원시의 바깥쪽에 있다. 동쪽의 가덕도와 남쪽의 만구를 제외하고는 주위가 높이 100~300m의 반도로 둘러싸여 있다. 해안선의 드나듦이 복잡한 리아스식 해안이며, 만내에는 여러 부속 만과 섬들이 분포한다.

예로부터 바다 풍광이 빼어나고, 산 좋고 물 맑으며, 인심 좋은 곳으로 이름난 창원은 문화예술의 전통과 자산이 풍부한 지역이다. 이를 바탕으로 창원은 문화의 고장이란 명성을 얻었고, 역사와 문화예술을 주도하는 실질적인 경남의 중심도시로 자리매김되고 있다.

2. 고운 최치원과 바다 상상력

창원 지역문화에 있어 큰 족적을 남긴 역사적 인물로는 신라시대 말의 최치원(崔致遠, 857~?)을 들지 않을 수 없다. 최치원은 시인이요 문장가이며 정치가, 사상가, 대학자였다. 그를 두고 한문학의 조종(祖宗)이니, 동국문종(東國文宗)이라 일컫는 것은 우리 역사와 문화에 끼친 그의 문화적·학문적·사상적 업적이 지대했음을 알려주는 표상이라 하겠다.

최치원의 자는 고운(孤雲)·해운(海雲)·해부(海夫)라고 하며, 시호는 문창후(文昌侯)이다. 그는 신라 문성왕 19년(857년) 사량부(지금의 경주)에서 태어났고, 당나라 유학에서 신라에 돌아와 여러 관직을 지냈다. 하지만 난세를 만나 포부를 마음껏 펼쳐보지 못하는 자신의 불우함을 한탄하면서 관직에서 물러나 산과 강, 바다를 소요자방(逍遙自放)하며 지냈다.

서기 900년 무렵 그가 유람했던 곳으로는 경주 남산(南山), 강주(剛州) 빙산(氷山), 합주(陝州) 청량사(淸涼寺), 지리산 쌍계사(雙溪寺), 합포현(合浦縣) 별서(別墅) 등이 있다. 그 가운데 가장 오래도록 머문 곳이 창원지역이었다. 만년에 그는 가족을 이끌고 가야산 해인사(海印寺)에 들어가 사망한 것으로 알려진다.

최치원의 행적이 외로운 구름처럼 떠돌고 있는 창원, 그와 관련된 설화는 영호남 일대를 비롯하여 전국적으로 널리 퍼져 있다. 이는 오랜 역사를 두고, 그가 우리 정신문화의 사표로 추앙받아 왔음을 반증하는 것이다.

창원에서 유서 깊은 문화재로 월영대·고운대·청룡대·강선대·탁청대 등을 들 수 있다. 특히 월영대는 문향 창원의 상징이라 할 만큼 주요한 문화재 가운데 하나다.

푸른 바다에 배 띄우니
긴 바람 만 리를 통하였네

뗏목을 타보니 한나라 사신 생각

약초 캐려던 진나라 동자 기억나네

해와 달은 허공 밖에 있고

하늘과 땅은 태극 가운데일세

봉래산이 지척에 보이고

나는 또 신선을 찾아보네

—최치원, 「바다에 배 뛰우니(泛海)」

멀리서 바라보면 눈꽃이 날리는 듯

약한 체질은 원래 스스로 견디기 어렵도다

모이고 흩어짐은 다만 조수 물결의 키질에 따를 뿐

높아지고 낮아짐은 바닷바람에 날리어진다

안개가 비단처럼 몰리니 사람의 발길 끊어지고

햇살은 웅긴 서리에 쬐니 학의 걸음도 더디구나

가슴에 가득한 이별의 한을 밤 되도록 읊어보나

달이 둥글어질 때까지 어찌 견딜 수 있으리오

—최치원, 「백사장(沙汀)」

바다에 배를 띄워놓고 최치원은 여러 생각에 잠긴다. 한나라 사신 장건(張騫)이 뗏목을 타고 멀리 은하세계에 갔다는 고사가 떠오르고, 진시왕이 불사약을 구하기 위해 동남동녀(童男童女) 5백여 명을 해도(海島) 봉래산에 보냈다는 고사도 생각난다. 최치원 자신도 신선을 찾아보고 그 경지에 오르고 싶어 하는 마음을 읊고 있다.

또한, 최치원은 넓게 펼쳐진 백사장을 찾는다. 그 백사장은 눈꽃이 날리듯이 아름답고, 바다 바람에 물결은 높고 낮게 출렁거리고 있다.

그는 안개가 비단처럼 깔린 아름다운 백사장을 더딘 걸음으로 거닐며, 둥근달이 떠오르기를 마음 졸이며 기다리고 있다.

*월영대(月影臺): 문화재 건조물 1호(1983. 8. 11 지정). 창원시 마산합포구 해운동 8-7번지에 위치하며, 최치원이 대를 쌓고 해변을 소요하면서 제자들을 가르친 곳이다. 옛날에는 바닷가 축대로 물 위에 비치는 아름다운 달빛을 노래한 곳이기에 월영대라 이름하였다고 한다. 최치원의 칠필로 알려진 '월영대' 입석비는 경상남도 지정문화재 기념물 제125호(1993년 1월 8일) 지정되어 있다. 그 옆에 감나무는 최치원이 손수 심었다고 전한다. 비각 입구에는 척강문(陟降門)이 있고, 문창후최선생유허비, 문창후해운최선생추모비가 세워져 있다.

*고운대(孤雲臺): 창원시 마산합포구(교방동)에 위치하며, 최치원의 유상지이자 수도하던 곳이었다고 전한다. 하지만 그 정확한 위치를 찾지 못하고 있다. 문헌에는 월영대 북쪽 5리 두척산(현재 무학산)의 동쪽 봉우리에 있으며 매우 높은 절벽이었다고 한다.

*돝섬(猪島): 창원시 앞바다에 떠 있는 작은 섬으로 마산합포구 월영동에서 동쪽 1km 지점에 위치하며, 돼지가 활개치는 모습과 흡사하다하여 붙여진 이름이다. 속칭 저도 또는 월영도(행정구역상 월영동에 속해 있기 때문)라 부르기도 한다. 이곳에는 최치원과 연관된 전설이 있고, 현재 해상유원지로 활용되고 있다. 속설이 전하는 바에 따르면, '월영대 앞바다에 돝섬(猪島)과 계도(鷄島, 진동면 다구리 앞에 있는 섬)가 있는데, 이는 최치원이 놀던 곳'이라 한다.

*청룡대(靑龍臺): 경남기념물 제188호. 창원시 진해구 웅동면 가주동에 위치하며, 최치원이 낚시를 즐기던 곳이라 전해져 오고 있으며, 그 당시에는 조수가 드나들었다고 하나 지금은 뭍으로 변해버린 곳이다.

자연암석(自然岩石)에 최치원 친필로 '청룡대 치원서(靑龍臺 致遠書)'
라 새겨져 있다. 그 옆에는 후손들에 의해서 이를 기리는 청룡대비(靑
龍臺碑)가 건립되어 있고, '문창후최선생청룡대비'가 세겨져 있다.
*강선대(降仙臺): 창원시 진해구 비봉동에 위치하며, 『웅천읍지』 '산천
조'에는 최치원이 월영대와 바다를 사이에 두고 배에 올라 달빛을
즐겼다고 하여 붙여진 이름이다.

한편, 고려와 조선시대를 거치면서 창원은 최치원의 학문과 정신을
흠모하는 학자들의 주요 순례지가 되었고, 그들의 학맥과 문맥을 떨
쳤던 곳이다. 이처럼 고려·조선시대의 이름난 문장가들이 최치원을
비롯, 창원지역에 있는 고적을 소재로 시를 지었다는 사실만으로도
가치 있는 일이다.[1] 물론 그들은 고적 월영대와 이곳 창원 지역의
아름다운 풍경에 이구동성으로 찬탄하고 있다.

이를테면, 고려시대 문신(文臣) 정지상, 명종 때 학자 김극기, 고려시
대 충선·충숙왕 때 채홍철, 고려시대 후기의 학자 안축, 조선시대 초
기의 대학자 이첨, 태종 때 문신 정이오, 세조 때 박원형, 조선시대
중기의 퇴계(退溪) 이황, 선조 때의 의사 정문부, 조선시대 후기의 박사
해, 손기양, 이민구, 신지제 등이 이곳을 순례하고 남겨 놓은 한시가
『동문선』과 『여지승람』에 실려 있다.

　　푸른 물결 아득하고 돌이 우뚝한데

---

1) 지역문학의 개념과 그 의미는 어떤 체계성을 가지거나 단일한 요소로 구성된 것이 아니며
여러 가지 경향들이 복합된 형태로 개입되어 있다는 사실을 바로 보아야 할 필요가 있다.
그러나 넓은 의미에서 원래 인간의 삶이 구체적인 시간과 공간 속에서 이루어지는 것임을
생각하면 인간의 삶을 대상으로 하는 문학은 항상 지역문학인 셈이다.

그 안에 봉래학사 노닐던 대가 있도다
소나무 오래된 제단가에 풀이 우거졌고,
구름 낀 하늘 끝에 돛배 오누나.
백년 풍류에 시구(詩句)가 새롭고,
만리 강산에 한 잔 술을 마시네.
계림 쪽으로 고개 돌려도 사람은 보이지 않고,
달빛만 부질없이 해문(海門)을 비추네.

─정지상, 「월영대」

기이한 바위가 바닷가에 우뚝하니,
모두들 유선(儒仙)이 읊조리던 축대라 말하네.
달 그림자는 몇 번이나 이지러졌다가 다시 차건만,
구름 자취는 영구히 가고 일찍이 오지 않네.
소인(騷人)은 글 짓는 곳에 자주 붓을 휘두르고,
주객(酒客)은 만날 때마다 여러 번 잔을 드네.
훌륭한 경치를 못 잊어 갈 길을 온통 잊었고,
겹쳐진 호수와 야단스러운 영(嶺)이 사방에 둘렀네.

─김극기, 「월영대」

내가 최유선(崔儒仙)을 생각하며,
옛날 바닷가 층대에 올랐도다
바닷물은 어이 그리 아득하던가
곁에는 두어 점 청산이 펼쳐 있다
유선은 갔어도 명월은 남아
맑은 빛이 은빛 조수와 함께 돌아온다

고단한 객이 홀로 오르니 가을에 생각이 많아
이 사이에 초재(楚才)가 없을 수 없구나.

—정이오, 「월영대」

늙은 나무 기이한 바위 푸른 바닷가에 있건만
고운이 놀던 자취 내처럼 사라졌네.
오직 높은 대에 밝은 달이 길이 남아
그 정신 담아다가 내게 전해주네.

—이황, 「월영대」

지역사회에서는 최치원과 월영대의 의미를 잊어가고 있지만, 창원의 역사 속에서 월영대는 창원의 가장 큰 자랑이었다. 최치원이 떠나고 천여 년 동안 '창원' 하면 월영대가 있는 곳으로 알려져 최치원을 흠모하여 찾아온 곳이기도 하다. 그리고 조선시대 성종 23년(1492년) 이곳의 선비들이 조정에 올린 글 가운데 '회원 의창은 일본 정벌 때 정동행성(正東行省)과 최치원의 축대가 있는 곳'이라고 자랑하고 있다.

이러한 양상은 후대에 가도 크게 달라지지 않고 계속 이어지는데, 최치원에 대한 관심에서 출발한다. 이러한 관심을 허목(許穆, 1595~1682)이 쓴 〈월영대기(月影臺記)〉의 일부를 통해 확인할 수 있다. 이렇듯 월영대는 단순히 달을 보는 것이 아니라 달 그림자의 아름다움을 보는 것이 진면목이라 하겠다.

월영대는 창원도호부 관아의 서쪽 삼십 리 합포의 옛 진루 곁에 있는데, 넓은 바다를 마주하고 서쪽 두둑은 바다에서 떨어졌으며, 동쪽으로 웅산을 바라본다. 매월 열엿샛날 땅거미가 질 무렵, 바닷물이 한창 찰

때에, 대에 올라 달 그림자를 바라보면, 달이 바다에서 뜨는데, 풀 덮인 산이 그림자를 이루며, 달 그림자가 바다 가운데에 있어 넓이가 구십 칠억 삼만 팔천 척이나 되고, 기묘하며 지극하다. 달이 산에서 벗어나게 되면 그림자는 사라진다.

한편으로, 창원바다를 노래한 고려·조선시대 작품에는 여름철 삼복더위를 피해서 모인 선비들의 피서 모습들도 보여주고 있다. 이로 미루어 그 당시 창원바다(마산만)가 얼마나 맑고 아름다웠는가를 가히 짐작할 수 있다. 이렇듯 바다에 관한 문화예술의 전통과 자산은 근대에까지 이어져, 문향 창원으로 자리잡았다고 해도 지나치지 않을 것이다.

3. 근대 창원의 바다 풍경과 시

통합 창원시의 문화예술 전통과 자산은 깊고 다양하다. 숱한 문화예술인들이 창원을 중심으로 활동함으로써 지역문화 발전에 크게 이바지했다. 문학 쪽에서 본다면, 근대 이른 시기부터 이윤재·안확으로 대표되는 선각자들은 문학뿐 아니라 한글과 민족 교육을 통해 창원문화의 너른 터전을 마련해 놓았다. 이를 이어받아 일제강점기 창원에서는 이은상·권환·이원수·이일래·이광래·김용호·김달진 등이 활발하게 활동했다. 뒤를 이어 조향·김춘수·설창수·김수돈·정진업·김태홍·천상병·홍원을 비롯한 여러 문학인들이 창원문학의 전통을 굳건히 다지고 이어나갔다.

이러한 문학사적 흐름 속에서 창원은 결핵문학의 산실, 민주문학의 터전, 바다문학의 보고, 공단문학의 현장으로서 독특한 문학전통을 간직하게 되었다. 이러한 문학 전통 가운데 바다문학의 보고로서 창원은 천혜의 자연환경으로 말미암아 빼어난 풍광을 자랑했으며, 갖가지 해양생태 환경을 갖춘 남해의 풍부한 물류 중심지로서 해양문화의 특성을 풍부하게 지녔던 지역이다.[2)]

이에 글쓴이는 지역시인들의 작품을 통해 근대 창원의 바다 풍경을 되새겨 보고자 한다.

내 고향 남쪽바다 그 파란 물 눈에 보이네
꿈엔들 잊으리요 그 잔잔한 고향 바다
지금도 그 물새들 날으리 가고파라 가고파

어릴 제 같이 놀던 그 동무들 그리워라
어디 간들 잊으리요 그 뛰놀던 고향동무
오늘은 다 무얼 하는고 보고파라 보고파

그 물새 그 동무들 고향에 다 있는데
나는 왜 어이타가 떠나 살게 되었는고
온갖 것 다 뿌리치고 돌아갈까 돌아가

가서 한데 어울려 옛날같이 살고지라

---

2) 서정의 바다, 풍성한 삶의 바다였던 마산은 근대 들어 왜로제국주의자들의 식민지어업 재편과 해양 수탈 과정으로 말미암은 발 빠른 변화를 겪었다. 마산은 부산을 거쳐 통영·여수로 가는 뱃길의 중심지에 자리잡은 교통 요지로 남해안 어업의 중심지였을 뿐만 아니라 교통·통신의 중계지였다. 이후 마산은 산업화·도시화 과정을 겪으면서 죽어가는 오염의 바다라는 현실에 직면해 있다.

내 마음 색동옷 입혀 웃고 웃고 지내고저
그 날 그 눈물 없던 때를 찾아가자 찾아가

물 나면 모래판에서 가재 거이랑 달음질하고
물 들면 뱃장에 누워 별 헤다 잠들었지
세상 일 모르던 날이 그리워라 그리워

여기 물어 보고 저기 가 알아 보나
내 몫의 즐거움은 아무 데도 없는 것을
두고 온 내 보금자리에 가 안기자 가 안겨

처자들 어미 되고 동자들 아비 된 사이
인생의 가는 길이 나뉘어 이렇구나
잃어진 내 기쁨이 길이 아까워라 아까워

일하여 시름 없고 단잠 들어 죄 없는 몸이
그 바다 물소리를 밤낮에 듣는구나
벗들아 너희는 복된 자다 부러워라 부러워

옛 동무 노 젓는 배에 얻어 올라 치를 잡고
한 바다 물을 따라 나명들명 살까이나
맞잡고 그물 던지며 노래하자 노래해

거기 아침은 오고 또 거기 석양은 져도
찬 얼음 센 바람은 들지 못하는 그 나라로

돌아가 알몸으로 살꺼나 깨끗이도 깨끗이

        —이은상, 「가고파—내 마음 가 있는 그 벗에게」

노산 이은상의 대표작이라 일컫고 있는 이 시조는 1932년 1월 8일 자 『동아일보』에 발표되었다. 1923년 창원(마산)을 떠나 일본 유학을 다녀온 뒤, 계속 서울에서 생활한 까닭에 고향 떠난 지 10년쯤에 이 시를 짓게 되었다. 모두 10수로 되어 있는데, 고향에 대한 그리움을 표현하고 있다. 제목 아래에 '내 마음 가 있는 그 벗에게'라는 부제가 붙어 있듯이, 어릴 적 함께 놀던 고향의 벗에게 바치는 시조인 것이다.

이은상 시인은 이 시를 통해, 고향 창원에 대한 자신의 심정을 '가고 파라 가고파'(1연), '보고파라 보고파'(2연), '돌아갈까 돌아가'(3연), '찾아가자 찾아가'(4연), '그리워라 그리워'(5연), '가 안기자 가 안겨'(6연), '아까워라 아까워'(7연), '부러워라 부러워'(8연), '노래하자 노래해'(9연)하면서, 그곳으로 돌아가 '깨끗이도 깨끗이'(10연) 살기를 바라고 있다.

특히, 이은상 시인이 어릴 적 보아왔던 마산만은 잔잔한 "파란 물"에 물새들이 날아다니고, "물 나면 모래판에서 가재 거이랑 달음질"하며, "물 들면 뱃장에 누워 별 헤다 잠들었"던 아름다운 곳이다. 따라서 시인은 그 같은 고향바다로 가고 싶어하는 마음과 어린 시절의 추억이 스며있는 장소와 대상을 그리워하고 있는 것이다. 이 시조는 작곡가 김동진이 곡을 붙여 노래로 불리면서 널리 알려지게 되었다.[3]

---

3) 가곡으로서의 「가고파」는 작곡가 김동진이 1932년에 작곡하면서 알려지게 되었다. 당시 평양 숭실전문학교 교수였던 양주동이 「가고파」를 소개하자, 학생이던 김동진이 감동하였다고 한다. 그는 어느 날 현제명이 작곡한 「가고파」를 듣고, 자신도 저 시에 곡을 붙여야 되겠다는 충동에 사로잡혔다고 한다. 그래서 그는 시조 10수 가운데 4수만 작곡하게 되었다. 이후 김동진은 나머지 6수도 작곡하려 했지만, 40년이 지난 1973년에 완성하여 빛을

*월포해수욕장: 기록에 따라 다르기는 하지만, 월포해수욕장은 서성동 마산세관 부두 일원에 이르는 2km의 백사장과 해안을 따라 길게 소나무숲도 우거져 있었다고 한다. 당시 인천 송도해수욕장과 함께 전국 2대 해수욕장이었던 월포해수욕장은 1930년대 초까지 서울에서 마산까지 직통 특별 피서열차(증기기관차)가 다닐 정도였다. 여름철이면 서울에서 마산까지 특별열차가 운행됐으며 전국 관광 안내에도 사진이 실릴 정도였다. 하지만 일제강점기 이후 거센 개발 움직임을 피하지 못하고 바다 매립 작업이 이뤄졌고, 1935년 준공된 신포동 매립공사로 말미암아 월포해수욕장의 아름다운 기억은 사라진 것이다.

*봉암갯벌: 봉암다리 아래 있는 봉암갯벌(4만 5천여평)은 창원공단이 들어서면서 심하게 오염된 데다, 한때 1999년에는 매립되어 레미콘 공장의 부지가 될 뻔했다. 하지만 마창환경연합과 시민들의 반대로 인해, 생태를 되찾아가고 있다. 현재 인공섬 조성과 생태체험관 설치 등도 이뤄졌다.

봄이 오면 바다는
찰랑찰랑 차알랑
모래밭엔 게들이
살금살금 나오고
우리 동무 뱃전에
나란히 앉아

보게 되었다. 1973년 12월 10일 숙명여대 강당에서 숭의여고 합창단과 테너 김화용의 독창으로 공연이 이루어졌다. 김동진, 「〈가고파〉의 회고」, 『노산의 인간과 문학』, 횃불사, 1982, 356~362쪽.

물결에 한들한들
노래 불렀지.

내 고향 바다
내 고향 바다

자려고 눈 감아도
화안히 뵈네.
은고기 비늘처럼
반짝반짝 반짝이는
내 고향 바다.

—이원수, 「고향 바다」

「고향의 봄」으로 잘 알려진 아동문학가 이원수의 작품이다. 1937년 발표된 이 작품에서 말하는 "고향 바다"는 바로 창원바다이다. 시인은 1920~30년대 창원의 봄바다에서 놀던 추억을 떠올리며 작품으로 형상화하고 있다. "모래밭엔 게들이 살금살금 나오고" 동무들과 "뱃전에 나란히 앉아" 노래 불렀던 시절의 고향 바다를 떠올리고 있다.

이렇듯 이은상의 「가고파」와 이원수의 「고향 바다」는 참으로 맑고 아름다웠던 1930년대 창원바다의 풍경을 그려내고 있다. 창원바다야말로 지역민들의 삶터요, 정서적 바탕이 아닐 수 없다. 언제나 창원 시민들의 가슴속에 물결치고 있는 대상은 푸른 바다이며, 그곳에서 보고 듣고 나누었을 이야기가 삶의 중심이었을 것이다. 따라서 오래 전부터 창원의 지역시인들은 창원바다를 제재로 삼아 지역 정서를 문학으로 형상화하고 있다.

하얀 돛배가 돌아오면
작은 항구에는 불이 켜진다

자주빛 어스름으로 저무는 무학(舞鶴)의 산허리에
꼬리 긴 흰 문어연이 흔들 흔들 흔들리고 있는 이른 봄

어두운 다리 밑에서 비럭지의 무리가
거미들처럼 기어나올 무렵
점토빛 매축지(埋築地)에 서커스의 천막이 흔들리면서
손님을 부르는 슬픈 클라리넷의 노스탈자!

죄그만 부두(埠頭)
부선(艀船) 위에는 인간들이 붐비고 하얗게 탁해진 먼지 냄새

〈스미레〉호의 기적(汽笛)이 이 밤을 흔들 무렵
먼 추억의 피안(彼岸)—그대의 하렘에는
작은 사랑의 불꽃이 갑자기 피어 오른다

—조향, 「마산항—Dessein 초(抄)」

이 시는 광복기의 '마산항'의 이미지를 형상화하고 있다. "하얀 돛배
가 돌아오면 작은 항구에는 불이 켜"지고, "자주빛 어스름으로 저무는
무학(舞鶴)의 산허리에 꼬리 긴 흰 문어연이" 날고 있다. 한편, "점토빛
매축지(埋築地)에 서커스의 천막이 흔들리면서 손님을 부르는 슬픈 클
라리넷"이 울리고, 부두(埠頭) "부선(艀船) 위"에서는 사람들이 바쁘게
움직이고 있다. 그리고 "〈스미레〉호의 기적(汽笛)이 이 밤을 흔들 무렵"

이면 "먼 추억의 피안(彼岸)"으로 저마다의 사랑이 피어오른다.

　지리 환경적인 면에서 본다면, 창원의 특징은 해양도시, 항구도시라는 점이 가장 두드러진다. 사실 광복과 전쟁기의 창원의 마산항은 귀향동포와 피난민들이 삶을 꾸려가는 고요하고도 슬픈 항구였다. 그런 점에서 다소 이국적 분위기를 자아내고 있는 부두의 풍경이지만, 가난하고 힘겨웠던 시절의 추억이 묻어 있는 이미지로 그려지고 있다.

　　이쪽으로 향해 오는
　　기선도 있었다

　　저쪽으로 떠나가는
　　갈매기도 있었다

　　돝섬을 감돌면서
　　열심히 울고 갔다

　　가는 것처럼 머물러 있는
　　회색빛 구름 자욱한데

　　참으로 황혼은
　　만물의 빛이어라

　　　　　　　　　　　　　　　　　　　　　　　—김세익, 「합포만」

　이 시는 1950년대 "합포만"에 대한 서정을 노래하고 있다. 그 당시 창원바다의 풍경은 저 멀리 "기선"이 육지를 향해 오고, 돝섬 주위에서는 "갈매기"들이 울면서 날고 있다. 그렇게 저물어가는 "황혼"의 창원 합포만(마산만)은 "만물의 빛"처럼 한 폭의 아름다운 그림이다.

이와 달리, 1960년대 이후 창원은 근대화라는 명목 아래 산업기지로서 거침없이 달려왔다. 물론 산업화에 따른 후유증이 따를 수밖에 없었다. 산업화의 필연적인 부산물인 환경오염, 생태파괴가 그것이다. 특히 창원바다의 수질 오염은 피할 수 없는 생태학적 위험을 안겨주었다. 이러한 생태학적 위험은 우리의 생명 또한 심각한 위기에 처해 있음을 대변해 준다.

산업화에 따른 문제로는 공해 문제, 쓰레기 문제, 물 문제 등 여러 가지가 있겠지만, 창원의 가장 절박한 환경문제는 무엇보다도 그들의 삶터였던 바다의 오염, 곧 마산만의 오염이 아닌가 한다. 이처럼 창원 바다의 오염된 현실을 반영한 생태학적 상상력이 지역시인들의 관심사로 대두되고 있는 것은 지극히 당연한 일이다.

*화력발전소: 창원시 마산합포구 해운동에 있었던 마산화력발전소는 1954년10월에 착공하여 1956년10월에 완공하였다. 한국전쟁 이후 전력난 해소를 위한 전력 공급에 기여한 바 크다. 1982년에 시설 노후로 폐쇄되었다.

*한일합섬: 1964년 부산에서 출발, 1967년 창원으로 옮겨 양덕동 공장 가동과 함께 들어선 한일합섬은 국내 최대 화학섬유공장이었다. 1970년대 중반 노동자수는 1만 5천여명에 이르렀고, 1988년 매출은 4500억원이 넘었을 정도로 성장 가도를 달렸다. 그러나 1998년 외환 위기를 넘지 못하고 법정관리에 들어갔으며, 동양그룹에 넘어가 새 출발을 했다. 이제 한때 향토기업이었던 한일합섬은 주거지역으로 바뀌어 흔적이 사라졌다.

*한국철강: 1967년 만들어진 한국철강은 국내 최초 중후철판(中厚鐵板) 생산업체였다.

*수출자유지역: 1970년에 접어들면서 창원지역은 수출자유지역이 설치됨에 따라 국제무역항구도시로 급성장하게 되었다. 또한 1974년 구마고속도로가 개통되고 김해공항의 개설에 따라 육·해·공로의 교통의 편리함과 낙동강의 공업용수 확보 등 유리한 공업입지 여건이 조성됨에 따라 창원은 특수공업 벨트지역으로 수출산업의 중핵기지로 등장하였다.

*조선맥주: 1933년 조선맥주(주)로 설립되었으며, 크라운맥주로 알려졌다. 1973년 기업공개하고, 1977년 한독맥주 창원공장을 매수하여 시설을 확장하였다. 1993년 5월 하이트맥주를 개발하여 시판하였다. 1998년 상호를 하이트맥주로 변경하였다. 2000년 3월 하이트맥주의 상표를 변경하였다.

바다에서
둔탁한 소리가 난다.
이따이 이따이

설익은 과일은
우박처럼 떨어져 내린다.
이따이 이따이

새벽잠을 설친 시민들의
눈꺼풀은 아직 열리지 않는다.
이따이 이따이

비에 젖은 현수막은
바람을 마시며 춤춘다.
이따이 이따이

아아
바다의 유언
이따이 이따이

—이선관, 「독수대(毒水帶)」

이선관 시인이 1974년 발표한 작품이다. 이 시는 우리나라 최초의 생태환경시로 평가받고 있다. 이 시는 한일합섬에서 염색을 하고 난 칼라색 물이 '어린교'를 거쳐 마산만으로 흘러드는 것을 바라보면서 쓴 시라고 한다. 이 시는 마산만의 "유언"을 듣고 이를 시민들의 마음에 전달하고 있는 작품이다. 이때부터 이선관의 시적 관심과 눈길은 무분별한 개발로 말미암은 환경문제에 초점을 맞춘다.

일본에서는 1970년대 초반 환경오염으로 큰 시련을 겪었다. 당시 일본 삼정금속광업소에서 나온 카드뮴이 강을 오염시키고, 그 강물로 키운 농작물을 먹은 사람들이 카드뮴 중독증에 걸렸다. 이에 견주어 시인은 창원바다를 '아프다 아프다'라는 뜻의 "이따이 이따이" 병에 걸린 것으로 형상화하고 있다. 그 뒤 이선관은 제3시집 『독수대(毒水帶)』(문성출판사, 1977)를 펴냈다. 그는 이 작품으로 말미암아 '마산만의 파수꾼'이라는 별칭을 얻기도 했다.

한편, 오늘날의 창원바다는 매립의 역사라고 해도 지나치지 않을 것이다. 일제강점기부터 매립이 진행되었고, 1929년에는 매립 전문인 마산매축주식회사가 세워졌으며, 이후 1935년에는 신포동 매립공사로 말미암아 월포해수욕장조차 기억 속에서 사라져버렸다. 1939년 완공된 중앙부두와 같은 해 매립이 끝난 제2부두를 비롯하여 계속해서 매립이 이루어졌다.

그렇듯 산업화라는 미명 아래, 1965년 마산합포구 월영동 해안 5만 평을 매립해 한국철강을 세웠고, 1970년 수출자유지역을 설치했다. 최근의 가포·율구만 매립과 더불어 창원바다는 자꾸만 매립되어 가고 있다. 만약에 바다 매립이 없었다면, 창원 연안은 더럽혀지지 않았을 터이고, 지금의 봉암동 일대 갯벌과 갈대밭도 살아남았을 것이다.

바다가 땅이 되어
집들이 들어섰다
오랜 세월
바다와 살던
어부들은 떠나고
갈매기떼 보이지 않는다.

포구와 판자집에서
유행가 소란하던
자유와 꿈을
잃어버린 채
도시는 어디로 가고 있는지.

닻을 올리며
함성을 지르던
낭만의 시간은

멀어진 바다만큼
비어 있다
파도소리 끊긴 지
오래이다.

물이 빠진 모래 위에
조개처럼 뒹굴던
지난 기억
해초처럼 싱싱하던 우정의 약속
해원(海原)에 희망을 걸던 그리움 아,
땅이 된 바다는
어느 추억 속에 자리 하고
높은 빌딩 사이
섬을 안고 돌아온 해풍은

그리운 얼굴처럼
쓸쓸하구나.

—서인숙, 「매축지」

이 시는 "바다가 땅이 되어 집들이 들어"선 매축지 창원의 모습을 슬퍼하며, 예전의 창원을 그리워하고 있다. "포구와 판자집에서 유행가 소란하던" 모습, "닻을 올리며 함성을 지르던 낭만의 시간", "물이 빠진 모래 위에 조개처럼 뒹굴던 지난 기억"들은 추억 속으로 사라졌다고 말한다. 그렇게 창원바다는 "그리운 얼굴처럼 쓸쓸하"게 남아 있다.

아버지를 살리기 위해
저승에 불사약 가지러 갔던 막내딸
바리데기 알지?

아버지의 도시가 욕망으로 흥청대고
맘껏 토사물을 쏟을 때
숨을 할딱이며
갯벌 속 미물들의 생을 꾸려주던
죽어가면서 울지도 못했던 막내야

갈매기 나는 금빛 바다가
봉암교 아래서 고즈넉이 울며 울며
끝없이 새끼를 낳고 숨구멍 열어
아비의 잘못을 빌고 있었더구나.

도요떼 한 무리가 놀러오면
아낌없이 내어주던 지렁이, 방게,
갈대의 속살들

속으로 울며 일어서던 생명들이
마산만 물빛을 헹구었던 걸
뒤늦게 깨달은 아버지가
후회하며 불렀던 막내야

네 품이 한없이 컸구나

각혈하던 어미를 살리고

과욕으로 얻은 아비의 병을

고치러 지옥을 살았을

바리데기 막내야

—박덕선, 「마산만의 막내야」

이 시는 봉암갯벌을 "마산만의 막내"라고 부르며, '바리데기' 무조
전설4)에 빗대어 봉암갯벌의 오염을 안타까워하고 있다. "아버지" 세
대의 욕망으로 오염되어, "죽어가면서도 울지도 못했던" 갯벌을 보면
서, 아버지의 잘못을 빌고 있는 막내의 간절한 희망이 드러난다. 따라
서 이 시는 "각혈하던 어미를 살리고 과욕으로 얻은 아비의 병을 고치
러 지옥을 살았을 바리데기 막내"를 부르며, 봉암갯벌 살리기를 간절
히 바라는 작품이라 하겠다.

---

4) 바리대기는 죽은 사람의 혼령을 위로하고 저승으로 인도하여 줄 것을 비는 지노귀굿·씻김
굿·오구굿·망묵이굿 등의 무의(巫儀)에서 불려지는 서사무가(敍事巫歌)의 하나로서, 전국
에 걸쳐 전승되고 있다. 서울에서는 바리공주, 함경남도 홍원(洪原)에서는 오기풀이, 함경
남도 함흥(咸興)에서는 칠공주, 경상북도 안동(安東)에서는 바리데기, 광주(光州)에서는
바리데기, 전라남도 고흥(高興)에서는 오구물림이라고 한다. 바리공주의 공통적 내용은
다음과 같다. 옛날 어느 임금이 계속 딸만 일곱을 낳았다. 화가 난 임금은 일곱 번째 태어난
딸을 내다버린다. 버림받은 딸은 천우신조로 자라나고, 임금은 병이 든다. 왕의 병을 고치
기 위해서는 신이한 약이 필요하였는데, 조정의 모든 벼슬아치와 여섯 딸은 약 구하기를
거절한다. 그러나 버림받았던 막내딸이 찾아와 약을 구하겠다며 떠난다. 막내딸은 약을
가지고 있는 사람의 요구로 힘든 일을 여러 해 동안 해주고 그와 결혼하여 일곱 아들을
낳은 뒤 겨우 약을 얻어 돌아온다. 그러나 임금은 이미 죽어 있었고, 막내딸은 신기한
약으로 부친을 살려낸다. 그 공으로 막내딸은 저승을 관장하는 신이 된다. 그렇게 바리공주
는 무신(巫神)이 되었고 병을 치료한 최초의 인물이라는 점에서 이 무가를 무조전설(巫祖傳
說)이라고도 한다.

5. 마무리

창원 지역문화의 중요한 전통은 바다문화에 대한 집중적인 인식과 창작에서 비롯된다. 바다문화야말로 생명의 문화이다. 21세기의 화두라 할 수 있는 '문화와 생명'을 지키려는 생태문화의 움직임이 치열하게 펼쳐지고 있다. 그 결과 지역사회에서는 봉암갯벌과 마산만을 살리기 위한 노력을 아끼지 않는다.

이즈음 문화와 생명의 세기를 맞아, 남도문화의 요람이요, 문화예술의 중심 도시로 자처한 문향 창원이 활기찬 문화예술 육성을 위해 지자체의 역할이 어느 때보다 중요하다. 이를 위해 첫째, 창원의 문화예술과 문화 정체성을 확립시키는 데 역점을 두어야 할 것이다. 둘째, 문화예술의 전통과 자산을 발전시켜 시민 모두가 문화의 향수권을 누릴 수 있는 터전이 되고, 문화예술의 발전에 획기적인 전환을 마련해야 할 것이다. 셋째, 문화예술의 행사로 인식할 수 있도록 문화 마케팅을 창안함으로써 지역 홍보와 관광효과를 올릴 수 있는 방안을 모색해야 할 것이다.

창원의 가장 오래된 문화재로 전해지고 있는 월영대는 창원 바다문화의 뿌리이며, 문향(文鄕) 창원의 모태라고 하겠다. 오늘날 현상학적인 문화관광에만 목소리를 높일 것이 아니라 지역문화의 정체성을 간직한 전통과 자산에도 관심을 보여야 할 것이다. 그런 점에서 고운 최치원으로부터 비롯되는 창원의 바다문화 향기가 지역 곳곳에 묻어나길 기대해 본다.

권환의 시 「원망」과 이상근의 합창곡 「원망」

1. 들머리

　시와 음악은 같은 뿌리를 가진 하나의 나무로서, 시는 잎이요 음악은 꽃에 비유되곤 한다. '시언지 가영언(詩言志 歌永言)'이라 했다. 시와 노래의 밀접한 관계를 말한 것인데, 시란 뜻을 말로 나타낸 것이고, 노래란 그 말을 길게 읊조리는 것이다. 흔히 시인과 작곡가가 공들여 만든 작품이 널리 사랑받고 빛을 발하는 경우가 많다. 오늘날 애송되고 있는 동요와 가곡이 대표적이다.

　이즈음 마산에서는 2004년부터 권환 문학제를 개최하고 있다. 올해로 일곱 번째를 맞는다. 몇 해 전 진주에서는 '이상근 음악제'가 열렸고, 그를 선양하는 사업의 일환으로 『이상근 예술가곡집』과 『이상근 합창곡집』이 발간되었다. 이 자료집에는 김억·김소월·이상·박목월·

정지용을 비롯하여 유치환·조향·김춘수·김태홍·조순·김세익·안장현·최계락 등의 시작품이 가곡 또는 합창곡으로 작곡되어 악보로 실려 있다.

그 가운데는 권환의 시에 곡을 붙인 합창곡이 있어 글쓴이의 눈길을 끌었다. 제목은 「원망(願望)」이다. '원망'이란 제목에서처럼 그들의 만남에는 '간절한 바람'이 담겨 있다. 이에 글쓴이는 광복기 시인 권환과 작곡가 이상근의 인연, 곧 시와 음악으로 만난 작품 「원망」에 다가서고자 한다.

이에 글쓴이는 권환과 이상근의 삶을 중심으로 두 작품의 창작 배경과 의미를 짚어볼 것이다. 아울러 권환의 시 「원망」과 이상근의 합창곡 「원망」을 대상으로 두 작품에 담긴 의미를 살펴보고자 한다. 이를 통해 두 사람의 마산살이와 인연, 나아가 예술정신에 한 걸음 다가서는 계기가 되기를 기대한다.

2. 권환의 시 「원망」과 자기반성

권환(權煥, 1903~1954)은 나라잃은시기와 광복기를 거치면서 우리나라 계급주의문학의 중심부에서 시·소설·아동문학·평론·희곡에 걸쳐 다채로운 문학 활동을 펼쳤으며, 나라사랑과 겨레사랑을 올곧게 실천했던 문학인이다. 현재 마산시 진전면 오서리에 있는 권환의 유택 표지석 명문을 중심으로 그를 소개하면 다음과 같다.

권환은 1903년 경남 마산시 진전면 오서리에서 태어났다. 고향마을의 경행학교에서 배운 뒤, 1919년 서울로 올라가 중동학교·휘문고보를 마쳤다. 1924년 일본 산형고교를 거쳐 1926년 경도제국대학 독문과를 입학했다.

그는 1924년 『조선문단』 12월호에 단편소설 「아즈매의 사(死)」를 실으면서 작품활동을 시작하였다. 『신소년』·『별나라』·『조선지광』을 비롯한 여러 매체에 작품을 발표하며 문학활동을 펼쳤다. 그 뒤 그는 경도제국대학를 졸업하고 카프 동경지부에 들어가 본격적인 조직 활동을 벌였다.

1929년 귀국하여 『중외일보』 기자로 몸을 담고, 카프 중앙위원 기술부 책임을 맡아 계급문학의 2차 방향전환을 앞에서 이끌었다. 소장파의 핵심 맹원으로서 창작과 이론, 조직 활동에서 열성을 다했다. 시인은 1934년 신건설사 사건으로 말미암은 카프 2차 검거 때 일본에게 붙잡혀 고초를 겪었다. 1935년 카프 해체 뒤 지병인 결핵 탓으로 옥에서 나와 요양생활에 들어섰다.

권환은 을유광복을 맞이하여 조선문학가동맹 제2대 서기장으로서 다시 열정적인 문학 활동을 시작하였다. 그러나 병고가 더욱 깊어져 1948년부터 고향 마산에 머물며 오랜 병마와 싸웠다. 1954년 7월 30일 시인은 완월동에서 사망했다. 낸 시집으로 『카프시인집』(1931)·『자화상』(1943)·『윤리(倫理)』(1944)·『동결(凍結)』(1946)이 있다.

나라잃은시기 권환의 문학행보를 구체적으로 살펴보면, 그는 카프 (KAPF, 조선프롤레타리아예술가동맹)에서 중앙집행위원을 지냈으며, 임화·안막·김남천과 더불어 계급문학의 볼세비키화를 주도하며 선봉에서 계급주의 문단을 이끌었다.

그러나 카프는 1931년 조선공산당협의회사건과 연루된 '카프 1차 검거사건'으로 그 활동이 서서히 정체되기 시작했고, 다시 1933년부터 '신건결사사건'으로 일컬어지는 2차 검거사건을 겪으면서 빠르게 와해되었다. 이로 말미암아 대부분의 동맹원들이 일본 경찰에 체포되거나 카프에서 이탈하게 되었다. 이 같은 일본의 계속적인 탄압과 조직 내부의 갈등으로 말미암아, 1935년 5월 김남천과 임화가 해산계를 제출함으로써, 카프는 공식적으로 해체되었다.

이를테면 권환은 1934년 2차 카프사건 때 구속되어 전향서약을 했고, 카프 해체 이후 1935년 12월 28일 집행유예로 풀려났다. 특히 그때 사상전향서 제출은 그의 문학살이에 정신적인 타격을 주었고, 큰 좌절감을 안겨주었을 것이다. 그 뒤 그는 사상전향조직체인 대화숙(大和塾)에 가입했고, 사상보호관찰법에 의거하여 김해 소재 박간김해농장원(迫間金海農場) 사감으로 근무했으며, 1939년에는 경성제대 부속도서관 사서로 일했다.

이 일로 권환은 왜로의 탄압과 통치 아래서 문학운동과 이념 전개에 커다란 좌절감을 겪었을 것으로 여겨진다. 이렇듯 시대현실에 촉각을 곤추세웠던 시인의식이 내부로 옮겨감으로써, 권환의 작품세계는 큰 변화를 보여주게 된다. 특히 「자화상」은 그 점을 뚜렷이 보여주고 있다.

A.
거울을 무서워하는 나는
아침마다 하얀 벽 바닥에
얼굴을 대보았다

그러나 얼굴은 영영 안 보였다
하얀 벽에는
하얀 벽뿐이었다
하얀 벽뿐이었다

B.

어떤 꿈 많은 시인은

제2의 나가 따라다녔더란다

단 둘이 얼마나 심심하였으랴

나는 그러나 제3의 나……제9의 나……제00의 나까지

언제나 깊은 밤이면

둘러싸고 들볶는다

—권환, 「자화상」

　이 시는 '자화상'이라는 제목에서도 알 수 있듯이, 카프 해산 이후 고뇌하는 시인 자신의 모습을 그려내고 있다. 그만큼 시인의 감정과 삶의 모습을 구체적으로 표현한 작품이다. 시인은 첫 도막부터 "거울을 보면 무서워하는 나"라는 존재로 설정하고 있다. 이는 바깥으로 타오르던 의식을 이미 잃어버린 나약한 존재에 지나지 않음을 뜻한다. 또한 그런 태도의 변화는 그가 바깥 현실에 어느 정도 타협해 버림으로써 "꿈 많은 시인"은 나 아닌 "제2의 나"와 끊임없는 갈등을 겪고 있다는 것이다.

　여기서 시인은 하얀 벽, 곧 감옥에서 자신의 존재를 확인하려고 한다. 시인의 자기반성이 어떤 동기에서 비롯되었는지 작품 자체에서는 확연히 드러나지 않지만, 시인의 자의식은 극한 시대 상황 아래서 몸부림치는 내면의 이중성을 드러내 보이는 것이다. 다시 말해서 시대 현실과 당당히 대결할 수 없는 시인의 고뇌와 좌절감을 드러내고 있는 셈이다.

　이렇듯 권환은 카프 해산 이후, 사회개혁에 대한 좌절감으로 말미암아 이념의 변화 폭과 깊이가 유달리 컸다고 짐작할 수 있다. 그러한 시대적 틈바구니 속에서 그가 희구했던 세계관을 시로 담아내고 있다.

발 한 걸음 말 한 마디에 만민이 머리를 숙였다 올렸다하는 촉주재상 (蜀周宰相)의 의자도 나는 싫소

누른 금덩이 하얀 은덩이가 쏟아져 나오는 노다지 광산도 나는 싫소

장미꽃 같은 어여쁜 처녀의 뜨거운 키스도 나는 싫소

공원 가운데 높다랗게 내려다보는 푸른 미상(彌像)도 나는 싫소

황금도 싫소
명예도
사랑도 나는 싫소
오직 나의 한가지 원망(願望)은
가지고 있는 나의 피리를
마음대로 부는 그것뿐

―권환, 「원망(願望)」

권환은 카프 해산과 더불어 전향의 기로에서 자기 성찰과 각오를 다졌던 것으로 보인다. 이 시는 『동아일보』 1938년 12월 3일자에 발표된 작품이다. 우리말과 글로 신념과 사상(思想)을 노래할 자유마저 빼앗긴 식민지 조국의 현실에서, 시인은 "자신의 피리를 마음대로 부는" 권리와 자유를 간절히 바라고 있다.

좀 더 구체적으로 시를 분석해 보면, 1연에서 중심 시어는 "촉주재상(蜀周宰相)의 의자"이다. 임금을 보좌하는 최고의 정치담당자였던 '재상'의 의자는 높은 권력과 명예를 뜻한다. 이른바 중국 촉(蜀)나라의 재상 '재갈공명'과 주(周)나라의 재상 '강태공'에 비유되고 있다. 하지만 시인은 "발 한 걸음 말 한 마디에 만민이 머리를 숙였다 올렸다 하는" 재상의 자리도 싫다고 노래한다.

2연의 "노다지 광산"은 부(富)를 뜻한다. 시인은 "누른 금덩이 하얀 은덩이"로 대표되는 "황금"도 싫으며, 3연에서 "뜨거운 키스"는 '사랑'을 뜻한다. "장미꽃 같은 어여쁜 처녀"와의 사랑도 원하지 않는다고 강조한다. 그렇다면 4연에서 말하는 "푸른 미상(彌像)"은 무엇을 뜻하는가? 이 동상은 "공원 가운데 높다랗게" 위치하며, 세상 사람들을 내려다보고 있다. '미상'이란 불교에서 '극락 나무아미타불'을 일컫는다. 아마도 시인이 생각하는 이념적 대상, 곧 이데올로기를 뜻하는 것으로 여겨진다.

5연에서 시인은 1~3연의 표현에 대한 의미를 "황금", "명예", "사랑"이란 시어로 축약하며 "나는 싫소"라고 표현하고 있다. 하지만 4연의 의미에 대해서는 언급하지 않은 채, "한 가지 원망(願望)"은 그가 가지고 있는 "피리를 마음대로 부는 그것뿐"이라고 말한다. 여기서 시인이 말하는 '피리'는 예술, 곧 문학을 상징한다고 하겠다.

나라잃은시기 식민지 현실에서 문학과 정치가 교차하는 선택의 기로에 선 한 문인의 고뇌는 과연 무엇이었을까? 넓은 의미에서 본다면, 이 시는 문학과 정치, 이상과 현실 사이에서 끊임없이 고뇌했던 문학인의 정신세계를 고스란히 보여주고 있다. 결국 이 시는 카프 해산 이후 전향을 강요하던 식민 지배의 와중에서, 자유로운 문학활동을 추구했던 한 문학인의 자기반성과 소망을 보여주고 있다.

3. 이상근의 합창곡 「원망」과 문학사랑

이상근(李相根, 1922~2000)은 우리 음악사에서 현대음악의 개척자이며, 우리 음악의 세계화에 기여한 작곡가로 자리매김되고 있다. 그는 한국적인 가락에 현대적인 화음을 일관되게 추구한 작곡가이자 수많은 제자를 길러낸 교육자, 열정적으로 현대음악을 발전시킨 예술가이다. 따라서 그는 '한국의 차이코프스키', '영남음악의 대부'로 칭송받고 있다.

진주에서 펴낸 『이상근 합창곡집』의 연보를 중심으로 정리해 보면, 그는 1922년 경남 진주시 봉래동 176번지에서 태어났고, 아버지의 영향으로 어릴 때부터 음악을 접하며 자랐다. 진주제1공립보통학교(현 중안초등학교)를 거쳐 진주공립고등보통학교(현 진주중·고등학교)를 졸업했다. 진주제2공립보통학교(현 봉래초등학교)에 2년 남짓 교사로 근무했고, 1943년 일본 관립 동경음악학교 예과에서 작곡을 공부했으나 1년 만에 귀국, 진주제1공립보통학교에서 교사로 근무했다.

을유광복과 함께 그는 진주중학교 음악교사로 근무했으며, 1946년 11월에 마산여자중·고등학교 음악교사로 부임했다. 1946년 한국적인 정취가 어린 여성합창곡 「새야 새야 파랑새야」로 문교부 공모에 입상했고 이후 이 노래는 중학교 교과서에 수록되기도 했다.

그 뒤 이상근은 주로 경남과 부산지방에서 교편생활을 했으며, 국내에 관현악 작품이 전혀 없던 1950년대에 많은 관현악 작품들을 창작했다. 그는 1960년 미국 조지 피바디 음악대학원을 수료, 버크셔뮤직 작곡센터에서 수학하고 돌아와 부산사범대학 교수로 근무했다. 이후 그는 부산교육대학에 이어 부산대학교에서 교수를 지내며, 음악강의와 작곡활동을 계속했다. 이로써 그는 교향곡 6작품, 오페라 1작

품, 실내악 14작품, 가곡 120여 작품, 합창곡 130여 작품, 국악 관현악
곡 11곡, 수필과 평론 330여 편을 남겼다.

그는 부산시 문화상(1959), 녹조근정훈장(1960), 경상남도 문화유공
포상(1962), 눌원 문화상(1972), 교육공로표창(1972), 대한민국 작곡상
(1975), 국민훈장 모란장(1987), 대한민국예술원상(1988)을 수상했다.

결국 이상근은 부산대학교 정년을 앞두고 고혈압으로 망막에 상처
를 입은 상태에서도 합창지도를 하다가 한 쪽 눈을 실명하기도 했다.
그는 2000년 11월 21일 일흔여덟의 나이에 사망했고, 부산실로암 묘
지에 묻혔다.

작곡집으로 『달님』(등사판, 1946), 김춘수 시 연가곡집 『가을 저녁의
시』(1965), 피아노곡 『임프로비제이션』(1967)과 『환상모음곡』(1968),
청마 유치환 시 연가곡집 『아가』(1969), 피아노곡 『프로젝션 No.6』
(1974), 신달자 시 연가곡집 『아가 II』(1991), 『현악4중주곡 2번』(예당출
판사, 1993), 『피아노 트리오 1번』(예당출판사), 『목관5중주를 위한 희유
곡』(예당출판사)이 있다.

저서로 『현대음악과 그레고리오 성가』(부산교육대학, 1962), 『중학음
악』 1·2·3학년(1971), 『인문계 고등학교 음악 교사용 지도서』(규문각,
1979), 『우리 가곡 시론 I』(민족음악연구소, 1993), 『우리 가곡 시론 II』(민
족음악연구소, 1993)를 출판했으며, 음반 〈창악회 작품집〉 제1집(1977)
과 제5집(1980)을 냈다.

이러한 이상근의 삶과 음악활동 가운데 광복기를 중심으로 살펴보
면, 그는 초창기 합창음악이 전무한 상황에서 여성2부, 여성3부, 남성
3부, 혼성합창 등 다양한 합창곡을 창작했다. 또한 그는 우리 합창음
악의 보급과 지도를 위해 열성적으로 활동했으며, 합창음악을 실내악
의 범주로까지 확대한 것도 큰 업적이라 하겠다. 그런 중에 이상근은

1948년 11월 23일 합창곡 「원망」을 작곡했던 것이다.

그의 합창곡 「원망」은 음악과 가사가 유기적으로 적절히 배치된 작품이다. 이상근은 권환이 추구했던 「원망」의 내용을 잘 살려 6악장으로 나눠 작곡했던 것이다. 그리고 각 연의 주제에 맞게 악장마다 나름대로 소제목을 붙였다. 합창곡 「원망」은 1. 빌로드의 큰 회전의자, 2. 돈이 아니면 안 되는 세상?, 3. 곱고 아름다운 맑음, 4. 검푸른 한숨, 5. Solo Quartett, 6. 확고한 신념으로 분류하여 6악장을 이루고 있다.

1악장은 '빌로드의 큰 회전의자'로서, "발 한 걸음 말 한 마디에 만민이 머리를 숙였다 올렸다 하는 촉주재상(蜀周宰相)의 의자", 곧 권력과 명예를 상징한다. 하지만 이 또한 "나는 싫소" 하며 자신의 의지를 강조하고 있다. 그래서 여기서는 메시지 전달을 중심으로 곡을 진행하고 있는 것이다. 2악장은 '돈이 아니면 안 되는 세상?'이다. 이에 작곡가는 "누른 금덩이 하얀 은덩이가 쏟아져 나오는 노다지"를 집중적으로 반복함으로써, 곧 '돈'의 위력과 성격을 부각시키고 있다. 3악장은 '곱고 아름다운 맑음'으로서, "장미꽃 같은 어여쁜 처녀의 뜨거운 키스" 같은 사랑의 이미지를 부드러운 곡조하게 표현하고 있다.

4악장은 "공원 가운데 높다랗게 내려다보는 푸른 미상(彌像)"을 바라보며, 낮은 소리로 '검푸른 한숨'을 짓는 듯한 분위기를 조성해내고 가고 있다. 5악장은 독창의 4중창을 가리키는 'Solo Quartett'으로서, 앞서 언급한 "황금"과 "명예"와 "사랑"에 감정이 혼합되어 어지러운 상황을 표현하고 있다. 6악장은 "오직 나의 한가지 원망(願望)은 가지고 있는 나의 피리를 마음대로 부는 그것뿐"이라는 '확고한 신념'을 강조한다. 따라서 자유를 갈구하는 시인의 의지를 행진곡 풍의 가락에 실어 보여주고 있다.

이렇듯 합창곡 「원망」은 각각 다른 여섯 곡으로 짜여진 듯한 느낌을 가지게 한다. 특히 소프라노, 알토, 테너, 베이스 등의 네 목소리로 나눠, 박자 변화를 보여주며 곡을 이끌어나갔다.

또한 이 합창곡은 작곡가가 본디 시어의 변형과 생략 그리고 첨가를 통해 중요 단어를 강조하고 싶은 분량만큼 반복하고 있다. 그러한 원작시의 각 연과 합창곡의 각 악장의 가사를 소프라노, 알토, 테너, 베이스 별로 비교해 보면 다음과 같다. (* □ 속의 글은 권환의 시작품으로 각각의 시행을 표시했고, 아래 줄친 부분은 이상근이 개사한 각각의 악장으로 원작시에서 변형된 가사를 보여준다.)

> 발 한 걸음 말 한 마디에 만민이 머리를 숙였다 올렸다하는 촉주재상(蜀周宰相)의 의자도 나는 싫소

(소프라노) 독재 재상의 의자 재상의 의자 나는 싫소 나는 싫소
(알토) 발 한 걸음 말 한 마디 만 백성이 머리숙여 머리들어 올렸다하는 독재 재상 그 의자도 나는 나는 싫소 나는 싫소 나는 싫소
(테너) 발 한 걸음 말 한 마디 한 마디에 만민이 머리숙였다 올렸다하는
(베이스) 독재 재상의 의자도 나는 싫소 나는 싫소

> 누른 금덩이 하얀 은덩이가 쏟아져 나오는 노다지 광산도 나는 싫소

(소프라노) 누른 금덩이가 하얀 은덩이가 쏟아져 노다지 쏟아져 노다지 노다지 광산도 나는 싫소 싫소
(알토) 금덩이 노다지 은덩이 노다지 쏟아져 노다지 나오는 노다지

광산도 나는 아 나는 아 싫소

(테너) 금덩이 노다지 은덩이 노다지 쏟아져 노다지 나오는 노다지 노
다지 광산도 나는 싫소 싫소

(베이스) 금덩이 노다지 은덩이 노다지 나오는 노다지 나오는 노다지
광산도 광산도 나는 아 싫소

장미꽃 같은 어여쁜 처녀의 뜨거운 키스도 나는 싫소

(소프라노) 장미꽃 같은 어여쁜 처녀의 뜨거운 키스도 뜨거운 키스도
나는 싫소

(알토) 장미꽃 같은 어여쁜 처녀의 뜨거운 키스도 뜨거운 키스도 나는
나는 싫소 나는 싫소

(테너) 장미꽃 같은 어여쁜 처녀의 키스도 키스 키스도 나는 싫소 나
는 싫소 나는 싫소

(베이스) 장미꽃 같은 어여쁜 처녀의 처녀의 뜨거운 키스도 나는 싫소
나는 싫소

공원 가운데 높다랗게 내려다보는 푸른 미상(彌像)도 나는 싫소

(소프라노) 공원 가운데 높이 내려보는 동상 푸른 동상 나는 싫소

(알토) 푸른 동상 높이 내려 보는 동상 푸른 동상 나는 싫소

(테너) 푸른 동상 나는 싫소 싫소 푸른 동상 나는 싫소

(베이스) 푸른 동상 나는 싫소 푸른 동상 나는 싫소

> 황금도 싫소
> 명예도
> 사랑도 나는 싫소

(소프라노) 황금도 싫소 독재 재상 푸른 동상 싫소 사랑도 싫소 사랑도 싫소
　(알토) 노다지 노다지 독재 재상의 의자 꽃같이 어여쁜 처녀의 사랑도
　(테너) 노다지 노다지 명예도 싫소 예쁜 처녀의 사랑도 처녀의 사랑도
　(베이스) 노다지 노다지 명예도 싫소 처녀의 사랑도

> 오직 나의 한가지 원망(願望)은
> 가지고 있는 나의 피리를
> 마음대로 부는 그것뿐

　(소프라노) 한갖 원망 한갖 원망 한갖 원망 한갖 원망 가지고 있는 나의 피리를 마음대로 부는 그것 그것뿐이오
　(알토) 한갖 원망 한갖 원망 한갖 원망 한갖 원망 가지고 있는 나의 피리를 가지고 있는 나의 피리를 마음대로 부는 그것 그것뿐이오 가지고 있는 나의 피리를 나의 피리를 마음대로 부는 그것 그것뿐이오 그것뿐이오
　(테너) 한갖 원망 한갖 원망 한갖 원망 한갖 원망 가지고 있는 나의 피리를 마음대로 부는 그것 그것뿐이오
　(베이스) 오직 나의 한 가지 원망은 가지고 있는 나의 피리를 마음대로 부는 그것 그것뿐이오

따라서 이 합창곡은 권환의 원작시의 연 순서에 따라 각색하였음을 중요한 특징으로 알 수 있다. 이는 작곡가가 느끼는 원작시에 관한 개인적 감흥과 상념, 또한 극적인 언어 배치가 '음악적 목적'이라는 틀 안에서 새롭게 시어를 배열한 수고가 깃들어 있다.

한편, 이상근은 권환의 시 가운데 2개의 시어(詩語), 이를테면 '촉주 재상'을 "독재 재상"으로, '푸른 미상'을 "푸른 동상"으로 바꿔 적고 있다. 그 까닭은 무엇일까? 어쩌면 나라잃은시기 상황이 아닌, 광복기 의 시대상황에서 비롯된 것으로 여겨진다.

먼저, '독재'라는 낱말은 일반적으로 1명 또는 소수의 몇 명에게 정치권력이 집중되어 있는 무제한의 정치적 지배형태를 뜻한다. 1948 년 8월 15일 남한에서는 대한민국 단독정부의 수립이 내외에 선포되 자, 북한에서는 9월 9일 '조선민주주의인민공화국'의 수립을 선포하 고 김일성을 수상으로 선임함으로써 북한정권이 공식적으로 수립되 었다. 그러한 남북한의 시대상황에서 이상근이 말하는 "독재 재상" 은 북한의 김일성 내각을 지칭한 것으로 짐작된다.

반면 남한의 경우, 광복기 미군정은 우리나라에서 그들의 군정을 종식시키면서 국가의 통치중심을 국왕 중심체제에서 대통령 중심제 로 결정했다. 그리하여 미군정이 종료되는 1948년 8월 15일에는 대한 민국정부가 수립된다. 제1공화국시대에는 초대 대통령으로 선출된 이승만에 의하여 군사·경찰·교육·행정제도 등에서 미국식 민주주의 제도를 도입하였으나, 그 운영과정에서는 민주주의적이라기보다 오 히려 독재주의적인 통치가 이루어졌다. 이로 미루어 여기서 "독재 재상"이라 표현한 까닭은 미군정의 '미국 앞잡이' 라는 의미로 해석할 수 있을 것이다. 앞서 권환의 시에서 '촉주재상'이 부왜파를 뜻한다면, 이상근의 '독재 재상'은 '친미파'를 뜻하는 표현으로 짐작된다.

합창곡은 독창과 달리 다른 악기로 화성을 보충하지 않더라도 여성과 남성의 화성에 의한 리듬 효과를 살려내고 있다. 이른바 무반주 합창곡인 '아 카펠라(a cappella)'처럼 사람의 목소리만으로 악기가 낼 수 없는 아름다운 화음을 창조해낸다. 그의 무반주 합창곡은 불확정성의 음악·낭송·낭창 등 현대적인 작곡기법으로서, 시의 성격을 잘 고려하여 중요 단어들의 강조를 통해 표현력을 확대시킨 것으로 보인다.

또한 합창곡에 나타난 시어의 변형과 함께 악장의 박자 변화를 보여준다. 1~2악장은 2/4박자, 3~5악장은 3/4박자, 6악장은 4/4박자로 설정하고 있다. 특히 시의 작곡은 음향의 다양성을 높이기 위한 시도뿐만 아니라, 시의 의미와 정서를 더욱 생생하게 표현하고자 하는 시도도 함께 이루어졌다. 그런 점에서 이 합창곡은 위기에 처한 시대 현실에서 예술가가 진정으로 '원하고 바라는 것'을 표현하고자 했으며, 사람의 목소리로 흥미로운 음향을 창출하고자 시도하고 있다.

이렇듯 광복기 이상근의 합창곡 창작은 나라잃은시기를 경험한 그의 음악세계, 이른바 서양음악으로부터 탈피하여 한국적인 새로운 음악어법을 정리하고 발전시켜나가야 한다는 '우리 음악의 광복, 자유'였던 것이다. 그런 점에서 합창곡 「원망」은 그러한 정신과 문학사랑의 실현이라 하겠다.

4. 권환과 이상근의 마산살이와 인연

권환과 이상근의 마산살이에 대해 짚어보고자 한다. 물론 이를 통해 두 사람의 만남과 인연을 나름대로 짐작할 수 있을 것이다.

먼저, 권환의 문학살이는 을유광복을 맞이한 상황에서 크게 달라진다. 광복기 권환의 문학행보를 살펴보면, 그는 이기영과 한설야를 앞세우고, 윤기정·한효·한설야·이동규·윤규섭·송영·홍구로 대표되는 이념적 강경파들과 함께 프롤레타리아예술을 건설한다는 명분을 내걸었다. 1945년 9월 30일 조선프롤레타리아 문학동맹은 연극·음악·미술 단체들을 규합하여, 조선프롤레타리아 예술동맹으로 바뀌었다. 권환은 조선프롤레타리아 예술동맹의 시부위원, 외국문학부위원으로 이름이 올라 있다. 그 무렵부터 권환은 여러 매체에 시와 평론을 발표하면서 계급주의 이데올로기로 재무장하게 된다.

1945년 12월 3일 권환과 홍구의 협력으로 조선문학건설본부와 조선프롤레타리아문학동맹의 합동위원회를 연 뒤, 두 조직의 통합을 결의하고 1945년 12월 13일 전국문학자대회를 열기로 결정했다. 이러한 통합과 준비 과정에서 권환은 중요한 역할을 맡게 되었다. 새로운 조직의 강화를 목표로 1946년 2월 8일부터 9일까지 제1차 전국문학자대회를 개최하게 된다. 이 대회에서 그는 개회선언을 했고, 「농민문학의 방향」이라는 보고연설을 했다.

이 대회의 조직위원으로는 김태준·권환·이원조·한효·박세영·이태준·임화·김남천·안회남·김기림·김영건·박찬모가 임명되었다. 또한 그는 이 대회에서 전국문학가동맹의 제2대 서기장을 맡으며 새나라 건설을 위한 열정을 불태웠다. 이를 통해 조선문학가동맹은 전국적으로 120여 명의 맹원을 확보했고, 그 조직의 명칭도 조선문학가동맹으로 확정했던 것이다. 이때 권환은 중앙집행위원회 위원, 시부 위원, 평론부 위원, 농민문학부 위원장에 이름이 올랐다.

하지만 광복기의 나라 현실은 좌파 문인들에게 불리하게 작용하고 있었다. 그런 상황에서 1946년 홍명희가 월북하고, 이기영, 한설야는 이미 북한에 상주했으며, 1947년 임화, 이태준 등이 월북하면서 '조선문학가동맹'은 힘을 잃고 말았다. 조선문학가동맹의 서기장을 맡고 있던 권환에게는 그들의 월북이 치명적이었으리라 짐작된다. 하지만 권환은 북행길을 선택하지 않고, 고향 마산으로 몸을 숨겼다. 권환이 북행길을 단념하고 귀향한 시기는 정확하게 밝혀지지 않았지만, 여러 정황으로 미루어, 마산 완월동에 삶터를 마련하여 칩거한 때는 1948년 8월 무렵으로 보인다.

사실 권환의 귀향과 마산살이에 대해서는 자세히 알려진 바가 없다. 권환의 귀향은 지역예술인들에게는 선망의 대상이었을 것이다. 하지만 그의 궁핍한 생활과 폐결핵으로 고통받고 있던 처지를 생각하여 지역의 여러 예술인들이 도왔던 것으로 여겨진다.

권환은 1952년 무렵 마산공립중학교(현재 마산고등학교)에서 독일어 강의를 맡기도 했다. 집안의 형님뻘인 권영운이 마산여자중학교(현재 마산여자고등학교)에서 교장으로 일하고 있었는데, 그의 주선으로 이루어진 것으로 짐작된다. 그 무렵 마산지역 문인들의 눈에 비친 권환은 '고통을 무릅쓰고 호구(糊口)를 위해 출강하던 시인'으로 그려지고 있고, '적빈에 자녀도 없이 임종을 보고 인간적으로 문학하는 선배'로 여겨지고 있다.

또한 고향 친척의 말에 의하면, 그는 마산에 내려오자마자 가포에 있는 국립마산결핵요양소에서 1년 남짓 입원생활을 했다. 또한 마산 대동병원과 봉성각의원(당시 마산 구암동 소재)에서 계속적으로 입원 치료를 받았다고 한다. 이렇듯 개인적으로는 열악하고 궁핍한 생활환경 속에서 병마와 싸워야 했을 것이다. 한편 사회적으로는 여전히 감시받고 구속된 처지에서 자유로운 문학활동은 엄두에 두지 못했을 것이다.

다음으로, 이상근의 마산살이를 살펴보면, 그는 1945년 5월 마산에서 이창순과 결혼을 하고, 그해 10월에는 진주중학교 음악교사로 겸임하였다. 그러다가 1946년 11월 마산여자중·고등학교에 음악교사로 부임하면서 마산과의 인연을 맺게 되고 본격적인 작품활동을 시작했다.

이상근은 문교부 주최 '중등학교 교재용 창작곡 공모'(1947년)에서 남구만의 시 「시조 3수」로 2등에 입상했다. 또 그해 제1회 전국음악콩쿨에서 작곡부문 2등에 입상하여 국내 처음으로 「바이올린 소나티네」가 성루에서 초연되었고, 제2회(1948년)에는 합창곡 「새야 새야 파랑새야」가 2등으로, 진주고보 재학시에 쓴 가곡 「해곡」이 입상되었다. 1949년 3월 진주사범 음악교사로 전출, 1년 뒤 한국전쟁이 발발하여 마산여고 교사로 복직하였다. 그런 상황에서도 그는 김춘수의 시에 의한 「가을저녁의 시」와 「현악4중주 제1번」을 작곡하였다. 1951년 제1회 작곡발표회를 마산에서 가졌는데 「피아노 전주곡」, 연가곡 「가을저녁의 시」, 「바이올린 소나티네」, 합창곡 「석류」(김세익 시) 등을 선보였다.

그 무렵 마산 음악계에서는 '마산 3총사'로 불리어지는 세 인물이 있었는데 이상근, 제갈삼, 최인찬을 이르는 별칭이었다. 그들의 지역적 위상이 어떠했는가를 시사해주는 별호인 셈이다.

이상근의 마산살이는 교사와 작곡가로서 비약적인 발전을 스스로 이룩하였을 뿐 아니라 당시로서는 신선하고 새로운 목소리로써 그의 존재를 전국적으로 널리 알리는 성과를 거두었던 시대였다. 그러나 그 자신은 이때 또한 '암중모색의 시기'로 회고한다.

그 무렵 이상근은 마산여고생들을 대상으로 합창도 다루어보고, 자신의 작곡에 대한 연구와 다양한 음악적 시도가 가능했던 것이다.

그는 한국적 정취가 물씬 묻어나는 서정적 가락의 전래동요 〈새야 새야 파랑새야〉를 학생들이 부르기 좋게 여성합창곡으로 편곡했다. 이 작품은 문교부가 현상공모한 중등음악 교재에 응모하여 입상함으로써, 중학교 교과서(1948년)에 수록되었다. 이는 그의 이름을 전국에 알리는 계기가 되었다.

이밖에도 그는 학생들을 위하여 오페라타 「심청」과 「콩쥐팥쥐」 등을 작곡하였으며, '연구발표회'를 개최하여 자신의 창작곡을 자료로 하여 독창적인 음악수업 방법론을 제시하기도 했다. 또한 그는 최초의 기악곡인 「바이올린 소나티네」가 문교부에서 공모한 전국 콩쿠르에 입상함으로써 작곡가로서 명성을 떨쳤다.

그는 가곡으로 양주동의 「해곡(海曲)」(1940), 김안서의 「만일에 그대」(1940)와 「버들가지」(1942. 4), 김소월의 「애모」와 「가는 길」(1948. 5), 김안서의 「나의 사랑은」, 「임생각」(1948. 4~5) 등을 작곡한 바 있고, 합창곡으로 전래민요 「새야 새야 파랑새야」(1946), 남구만의 시조(1946. 1), 김소월의 「산」(1946. 11), 김원구의 「시골 집」(1947. 4), 정지용의 「비」(1947. 11) 등을 작곡하였다. 그런 상황에서 이상근이 권환의 시 「원망」을 합창곡으로 작곡하게 된다. 물론 그 뒤에도 그는 김춘수·안장현·이종택·유치환·신달자 등의 작품을 가곡으로 작곡했고, 최계락·박목월·김세익·유치환·이상·조향·조순·김태홍·박춘덕·고두동 등의 작품을 합창곡으로 발표한 바 있다. 그만큼 이상근은 문학인들의 작품을 선택하여 작곡했던 것이다.

이렇듯 이상근은 이전부터 시인들의 작품에 곡을 붙여 왔으며, 새로운 시대적 조류를 보여주는 작품을 선택하여, 자신의 음악세계를 보여주고자 했다. 그렇다면 이상근이 권환의 시 「원망」을 합창곡으로 작곡한 배경은 무엇일까?

첫째, 개인적으로 이상근은 『동아일보』 1938년 12월 3일자에 게재된 작품인 「원망」을 작곡할 것을 염두에 두고 있었을 수 있다. 다시 말해서 그는 평소 존경했던 권환의 시를 고이 간수해 두었다가, 광복과 더불어 마산과 인연을 맺으면서 작곡했을 수 있다.

둘째, 권환의 귀향과 만남을 계기로 그의 삶과 문학을 음악으로 표현하고자 했을 것이다. 그래서 이상근은 권환의 문학정신을 잘 반영하고 있다고 여겨지는 작품을 선정하여 작곡했을 것이다. 아니면 권환과의 만남에서 그에게 의뢰하여 건네받은 작품이 「원망」이었을 수 있다.

그 당시 이상근은 마산시 반월동 5번지에 거처를 마련하고 있었다. 권환의 귀향 소식을 접한 이상근은 곧바로 그를 만났던 것으로 보인다. 평소 권환의 명성과 작품을 접해왔던 이상근은 그의 인품과 시에 매료되었던 것으로 여겨진다. 그래서 그는 파란만장했던 그의 삶과 세계관을 잘 보여준다고 생각하는 시 「원망」을 선택하여 작곡했던 것으로 짐작된다. 왜냐하면 합창곡 「원망」은 '1948년 11월 23일 마산'에서 작곡한 것으로 기록되어 있기 때문이다.

5. 마무리

이즈음 시인 권환과 작곡가 이상근에 대한 지역의 현양사업을 살펴보면, 권환을 현양하기 위해 마산에서는 1999년 5월 산호공원에는 시의 거리에는 「고향」 시비를 세웠고, 2004년 5월 권환기념사업회 주최로 '권환 문학제'를 개최해 오고 있다. 한편, 이상근을 기리기 위해 진주에서는 2006년 5월 '이상근 선생 음악의 거리'를 지정했고,

2008년 9월 17~18일 경남문화예술회관 대강당에서 제1회 '이상근 음악제'를 개최하였으며, 『이상근 합창곡집』과 『이상근 예술가곡집』을 발간한 바 있다.

지금껏 글쓴이는 권환의 시 「원망」과 이상근의 합창곡 「원망」을 중심으로 창작 배경과 그 의미를 살펴보았다. 먼저, 권환은 나라잃은 시기 카프해산에 따른 전향의 기로에서 시 「원망」을 썼다. 이 시는 문학과 정치, 이상과 현실 사이에서 끊임없이 고뇌했던 권환의 정신세계를 보여주었다. 다음으로, 이상근은 광복기 혼란한 시대현실 속에서 권환의 시 「원망」을 선택해 합창곡으로 남겼다. 합창곡 「원망」은 '우리 음악의 광복과 자유'를 표상하는 작품으로 이상근의 시대정신과 문학사랑을 보여주었다.

끝으로, 광복기 마산살이 속에서 권환과 이상근의 만남을 섣불리 판단할 수 없지만, 작품 「원망」을 통해 그들의 지향의지는 같은 길로 나아가고 있었다. 평소 권환의 인품과 시에 매료되었던 것으로 이상근은 권환의 귀향 소식을 접하고, 곧바로 합창곡 「원망」을 작곡했던 것으로 짐작된다.

이상근의 합창곡 「원망」을 통해 권환 시인의 시대정신을 다시금 되새기는 계기가 마련되었으면 한다. 아울러 〈권환 문학제〉나 〈이상근 음악제〉에서 합창곡 「원망」이 불려지길 기대한다. 그래서 권환 시인과 이상근 작곡가의 삶과 예술세계에 대한 자리매김과 값매김이 새롭게 이루어져야 할 것이다.

경자마산의거(3·15의거)와 당대 학생시

: 1960년대 초반 마산지역을 중심으로

1. 들머리

민주화의 성지 또는 민주도시 마산(현재 창원시), 이러한 화두의 중심에는 1960년 경자마산의거(3·15의거)[1]가 자리잡고 있다. 비록 짧은 기간이었지만 경자마산의거가 우리 역사와 지역 정서에 새겨놓은 의미는 각별하다. 우리나라 민주화운동의 첫걸음을 내딛은 4월혁명(경

---

1) 모든 역사적 사건의 처음과 끝이 특정 월일로 이루어지고 마무리되는 것은 아니다. 이에 글쓴이는 우리 선조들이 본디 따랐던 간지 전통에 따라 사건의 뜻과 살리는 쪽에서 역사용어를 붙이는 것이 마땅하다고 본다. 따라서 현재 일반화된 명칭인 '3·15의거' 또한 1960년에 일어났던 마산지역의 의로운 거사라는 점에서 '경자마산의거'라고 적어 본다. 경자마산의거는 1950년대 이승만 정권기의 정치와 경제구조 모순의 심화와 마산지역 안쪽에서의 정경유착과 부정부패를 배경으로 일어났다. 보다 직접적으로는 1960년 3월 15일 정부통령 선거에서의 대대적인 부정선거에서 발단되었다. 1960년 3월 15일 제1차 의거와 김주열 군의 시체가 떠오른 4월 11일에서 13일까지 제2차 의거로 규정된다.

자시민의거)의 구심체로서 경자마산의거는 현재진행형의 역사 속에서 오늘날까지 이어져 우리 삶의 실천적 본보기로 작용하고 있으며, '자유 민주 정의'라는 지역 정체성의 주요 몫으로 자리를 굳히고 있다.

앞서 마산의 지역사회에서는 1993년 10월 '3·15의거기념사업회'가 결성되었고, 2002년 국립3·15민주묘지가 국립묘지로 승격되었다. 나아가 경자마산의거가 발발했던 3월 15일은 2003년에 경상남도기념일로, 2010년에는 국가기념일로 지정되었다. 그런 만큼 지역사회에서의 경자마산의거에 대한 현양이 지속적으로 이루어지고 있다.[2] 이러한 지역사회의 관심 못지않게 경자마산의거의 성격과 의미는 지역을 넘어 우리나라의 역사 속에서 새롭게 자리매김되고 있다.

물론 경자마산의거가 우리 현대사에서 차지하는 역사적 의미는 민주와 민족운동으로서의 4월혁명에 대한 평가들과 따로 떼어놓고 논의할 수 없을 만큼 밀착되어 있다. 이를테면 경자마산의거는 4월혁명의 본격적인 출발점이자 중심을 이루었으며, 광복 이후 일어난 '민중들의 항쟁 가운데 가장 본격적인 변혁운동의 하나'로 일컬어지고 있다.[3] 한편으로 경자마산의거는 자유민주주의 운동의 새로운 장을 열었음과 동시에 '민족통일운동의 시발점'으로 평가되기도 했다.[4]

지금껏 지역사회에서는 다양한 현양사업 추진[5]과 더불어 여러 분

---

2) 경자마산의거와 관련된 현양단체로는 3·15의거기념사업회(1993년 결성)와 김주열 열사 마산 추모사업회(1999년 결성), 그리고 3·15의거학생회(2007년 결성) 등이 있다. 또한 3·15 의거와 관련된 기념시설로는 3·15회관(서성동, 현재 철거 상태), 3·15기념탑(서성동), 3·15 의거비(노산동), 추도비(마산고, 용마고, 마산공고), 김주열 열사 흉상 및 조형물(용·마고), 국립3·15민주묘지(구암동), 김주열 열사 시신 인양지 등이 있다.

3) 장동표, 「3·4월 마산의거의 역사적 재조명」, 『3·15의거와 한국의 민주화』, 3·15의거기념사업회, 2000. 4, 15쪽.

4) 강만길, 『20세기 우리 역사』, 창작과비평사, 1999.

5) 그동안 3·15의거기념사업회에서는 여러 자료집을 펴냈다. 이를테면 『간추린 3·15의거』

야에서 경자마산의거의 성격이나 의미에 대한 논의가 지속적으로 이루어졌다.[6] 그런데도 불구하고 지역문화 차원에서의 연구는 만족할 만한 성과를 보여주지 못했다고 판단된다. 하지만 경자마산의거 당시의 문학적 성과에 대해서는 거의 다루어지지 않았다.

이에 글쓴이는 경자마산의거의 학생운동사적 의미를 따져보고자 한다. 그런 다음 1960년 초반에 발표된 마산지역의 경자마산의거 관련 학생시를 대상으로 추도시, 증언시, 의례시의 유형을 얼개로 삼아, 시간 정치[7] 차원에서 그 특성을 살펴보고자 한다. 왜냐하면 당대 학생시들은 경자마산의거의 학생운동사적 의미와 그들의 현실인식을 적확하게 담아내고 있기 때문이다. 이를 통해 경자마산의거 당시의 학생시를 올바르게 이해할 수 있고, 역사에 대한 문학적 인식을 감지할 수 있는 하나의 빌미로 작용할 수 있을 것이다.

2. 경자마산의거와 학생운동사적 의미

우리나라 학생운동은 근대 초기의 신교육운동에 따라 싹트기 시작하여 근대화와 주권회복의 대전제 아래 반봉건, 반외세의 애국계몽운동으로 추진되었다. 나라잃은시기에는 항일독립운동의 차원으로 전

(1994), 『3·15의거사』(휘문출판사, 2004), 『너는 보았는가 뿌린 핏방울을』(불휘, 2001), 『3·15의거기념 사진집』(2002), 『전자자료집』(2007), 『3·15의거 시선집』(2010), 『3·15의거 학술논문총서』(2010), 『1960년 우리는 이렇게 싸웠다』(2010) 등이 그것이다.

6) 관련 연구에 대해서는 3·15의거기념사업회에서 엮은 『3·15의거 학술논문총서』(3·15의거 기념사업회, 2010)를 참조하기 바란다.

7) 시간 정치란 시간 속에서 일어나는 선택과 배제, 확대와 축소, 포폄과 같은 평가·인정 과정을 뜻한다. 박태일, 「1960년 경자마산의거가 당대시에 들앉은 모습」, 『현대문학이론연구』 제31집, 현대문학이론학회, 2007. 8, 76쪽.

개되었는데, 1920년대에는 전국적인 학생단체가 조직되고 동맹휴학이 치열하게 일어났으며, 항일독립운동으로서 6·10학생운동(1926년), 광주학생운동(1929년)이 일어나 '학생의 시대'라 해도 지나치지 않을 만큼 학생들의 활동이 활발하였다.

광복 이후 학생운동의 공통적 지향점은 반제국주의 민족해방과 민주주의에 기초한 자주독립국가 수립이었다. 하지만 이념 대립과 분단, 그리고 한국전쟁의 소용돌이 속에서 학생들의 자주성은 말살되기 시작했고, 학생운동 또한 강력한 외부 통제를 받게 되었다. 암울한 시대상황에서 깨어나기 시작한 학생들은 분단민족의 구조적 모순을 인식하기 시작했고, 외세 의존적이고 반민족적·반민주적 독재정권에 대항하여 4월혁명이라는 역사적 진전을 이루어냈다. 이는 학생들과 온 국민이 '민주통일'이라는 기치 아래 피와 눈물로서 항쟁했던 것이다.

사실 4월혁명은 우리의 학생운동사에 있어서 매우 중요한 위치를 점하고 있다. 이는 무엇보다도 1960년대 이후의 학생운동에 활기를 불어넣는 계기가 되었다는 점이다.[8] 이렇듯 4월혁명은 처음으로 학생이 주체가 되어 기성정권을 타도하는데 성공했다는 사실로 미루어 볼 때, 경자마산의거의 중심에 학생들이 있었다고 해도 지나치지 않을 것이다.

이러한 점은 3·15의거기념사업회가 정리한 의거 당시의 상황일지에서도 잘 드러난다. 마산 제1차 의거인 3월 15일에는 군중 3,000여 명이 시위에 참가했고, 마산 제2차 의거인 4월 11일에는 3만여 명,

---

8) 1960년대 이후의 학생운동에 대해서는 이재오의 『한국학생운동사 1945~1979년』(파라북스, 2011)과 강신철 외 여럿이 펴낸 『80년대 학생운동사』(형성사, 1989)를 참조하기 바란다.

4월 12일에는 마산공고 500여 명, 창신공고 200여 명, 마산여고 400여 명, 마산고 500여 명, 시민 1만여 명이 시위에 참가했으며, 4월 13일에는 해인대학 학생 200여 명, 7개교(마산상고, 마산고, 창신공고, 마산여고, 마산공고, 성지여고, 마산제일여고) 1천여 명이 시위에 참가했다고 적고 있다.

아울러 경자마산의거 당시 희생자 현황에서도 알 수 있다. 여러 자료에 따르면, 4월혁명으로 말미암아 183명의 사망자와 6,259명의 부상자를 낳았다. 이 가운데 경자마산의거 당시 희생자는 12명으로, 김영호, 김용실, 김주열, 김영준, 전의규, 김효덕, 김삼웅, 오성원, 김융기(이상 3. 15), 김영길(4. 11), 김종술, 김평도(이상 4. 26) 등이었다.[9] 이들 희생자 가운데 김영호(1942년생, 마산공고 야간부 2년), 김용실(1943년생, 마산고 1년), 김주열(1944년생, 마산상고 응시 합격생), 김영준(1941년생, 마산고 졸업생), 김종술(마산동중 재학), 김융기(1941년생, 마산공고 2년), 전의규(1943년생, 창신중학교 졸업생), 김영길(1943년생, 창신중 졸업생), 김삼웅(1942년생, 창신중 졸업생) 등은 학생 신분(신입, 재학, 졸업생)에 있었다.[10] 그런 만큼 시위 때마다 학생들의 참여가 지대했음을 알 수 있다.

이는 당시 지역사회의 현장 상황을 생생하게 보여주었던 『마산일보』의 여러 기고문에서 경자마산의거의 학생운동사적 의미를 찾을 수 있다.

---

9) 경자마산의거로 말미암은 부상자 수는 183명(이후 사망자 17명)에 이른다.
10) 이들 희생자 가운데 김평도(1922년생)만이 유일한 성인이었다. 그는 당시 마산 부림시장에서 메리야스 판매상을 하고 있었다. 평소 인정이 많고 의협심이 강했던 그는 1960년 4월 26일 부산에서 온 원정대와 함께 시위하다가 부상으로 사망했다.

그래 이 용감한 마산학생들아! 나는 너희들의 피로 물들인 의거를 타향에서 들었다. 3월 15일 저녁 도둑맞고 사기당한 선거기사를 읽고 치를 떨면서 밤을 새웠다가 아침에 너희들의 데모기사를 읽었다. 신문을 보는 동안 내 눈은 충혈 됐고 내 심장은 뛰었으며 내 팔뚝은 시퍼런 힘줄이 섰었다.

　　그래서 당장 너희들에게 뛰어 내려가서 너희들과 함께 고생하고 위로하며 격려해주고 싶은 마음은 간절했었다. 그러나 내가 너무나 보잘것 없는 인물이고 또 너희들의 동기가 순수한 것을 확신하고 있지만 경찰의 발표가 공산당의 음모가 개재 되어 있는 것 같다기에 이때까지 행동을 망설였다. 그러나 이제 공산당의 조종이 없었고 너희들의 의거가 자연발생적인 깨끗한 학생운동이었다는 것이 밝혀진 이상 어찌 그 훌륭한 행위에 위로와 격려의 말이 없을 수 있겠느냐!

　　　　　　　　　　　　　　　　　　　　　—김운하, 「용감한 마산학생들아」 가운데

　　이 글은 경자마산의거 직후 『마산일보』(1960. 5. 16)에 게재된 김운하의 기고문이다. 여기서 그는 당시 학생들의 '의거가 자연발생적인 깨끗한 학생운동이었다는 것'을 밝히면서, '학생운동에 순사한 학생들을 조상하고 명복을 빌며 그 행위의 숭고하고 가치 있음을 만천하에 고하'고 있다. 아울러 그는 경자마산의거 당시 마산학생들을 '대한민국의 장래에 희망을 던져준 보배들'이라 추켜세우고, '젊은 사람의 의무를 다했으며 학생들의 명예를 높이 빛내었'으며, '위대한 민주주의의 수호산업을 개시했'던 '향도 마산의 명예를 높이 선양한 사람'이라고 평가하고 있다.

　　마산! 20세기 후반기의 민주주의 발상지 다시 한번 민주주의를 굳건

히 다져둔 곳! 경향각지의 학도(學徒)를 정의(正義)에서 봉기케 한 선구
(先驅)의 곳! 희(噫)! 3월15일, 4월11일, 4월 19일, 4월 26일, 부정선거를
규탄하며 상처입은 국민의 주권을 찾기 위하여 간악(奸惡)과 불의와 부
패를 제거하기 위하여 압제(壓制)의 암흑에서 벗어나기 위하여 우리의
생활이 보다 나은 행복을 찾기 위하여 참고 참고 신음하면서 인고(忍苦)
10년 세월에 드디어 국민의 분통이 그대 학생들의 의거(義擧)로 나타났
다. 경찰의 야만적인 무차별 사격으로 헐벗고 굶주리고 버림받은 백성
의 선두(先頭)에 서서 싸우다가 쓰러진 투사들이여 나라의 초석(礎石)
피지도 못한 그대들을 보내면서 온 겨레 한 없이 한 없이 울었다.

—김형만, 「선구자 마산학생」 가운데

이 또한 경자마산의거 직후 『마산일보』(1960. 5. 16)에 게재된, 당시
『조선일보』 기자(마산특파원)로 활동했던 김형만의 글이다. 여기서 그
는 마산을 "20세기 후반기의 민주주의 발상지"로서 "경향각지의 학도
(學徒)를 정의(正義)에서 봉기케 한 선구(先驅)의 곳"으로 자리매김하고
있다. 아울러 그는 "부정선거를 규탄하며 상처 입은 국민의 주권을
찾기 위하여 간악과 불의와 부패를 제거하기 위하여 압제의 암흑에서
벗어나기 위하여 우리의 생활이 보다 나은 행복을 찾기 위하여 참고
참고 신음하면서 인고(忍苦) 10년 세월에 드디어 국민의 분통이 그대
학생들의 의거(義擧)로 나타났다"고 주장하고 있다.
이와 더불어 그는 당시 '자유당'을 '국적(國賊) 민주반역자'로 명명하
면서 '발버둥치지 말고 순순히 대죄(待罪)'하고 '거룩한 희생학도들의
원혼(冤魂) 앞에 경건한 위무(慰撫)의 묵념(黙念)을 드리라'고 요구하고
있다.11)

3·15 위대한 영령이여, 고이고이 잠드십시오. 못다한 청춘의 한(恨)은 이 나라와 함께 자라날 학도들의 피속에서 마르지 않고 흘러 또 어느 세월에 북바치는 노도(怒濤)가 될 수도 있습니다. 영령들이여, 당신들은 우리의 역사에 있었던 화랑소년 관창이며 여말(麗末)의 정몽주, 사육신(死六臣), 이순신, 안중근, 윤봉길, 유관순의 정신을 이어받은 순수한 반항이며 조국의 장래를 위한 순정(純情)의 꽃임을 당신들의 희생으로 증언되었습니다. 당신들은 오늘의 혁명이 이룩되어 훌륭한 찬사(讚辭)를 민족에게서 받으리라 생각도 않았을 것이며 기대도 않았을 것입니다. 그렇기 때문에 더 한층 위대한 것입니다. 그러나 역사는 변함없는 자연의 섭리에 의한 질서와 같이 돌아서 당신들의 죽음의 가치가 매몰되지 않았습니다.

—이순섭, 「조사(弔辭)−합동위령제에」 가운데

1960년 5월 19일 '4·19순국학도 합동위령제'가 서울(서울운동장)에서 거행되었고, 그해 6월 4일 마산지역(마산상고)에서도 따로 의거희생자들의 합동위령제를 지냈다. 이 글의 제목으로 보아, 아마도 이석(이순섭)은 합동위령제의 조사(弔辭)를 적어 낭독했고, 그 다음날 『마산일보』(1960. 6. 5)에 게재했던 것으로 보인다. 당시 마산고 교사였던 이석은 경자마산의거와 관련된 많은 글을 남기고 있다.

이 글을 통해 그는 경자마산의거의 학생운동사적 의미와 가치를 제대로 일러주고 있다고 생각된다. 그는 경자마산의거의 희생자들을

---

11) 또한, 당시 『마산일보』(1960. 5. 30)에 게재된 김기옥의 기고문에서도 "4월 혁명을 '리드'한 전위(前衛)는 학도들이었다. 의거(義擧)에 성공한 학생들은 이제 배우는 본래의 사명으로 복귀해서 학원영역에 깃든 악(惡)적 요소를 순화하고 제거하려고 한다. 당연한 일이다. 아세곡필(阿世曲筆)을 일삼던 교단인(教壇人)은 물러가서 자아비판을 해야 할 시기다"(김기욱, 「나의 항변」 가운데)라고 주장한 바 있다.

"화랑소년 관창"과 역사 속의 위인들에 비유하면서 그들이야말로 그러한 나라사랑의 "정신을 이어받은 순수한 반항이며 조국의 장래를 위한 순정(純情)의 꽃"이라고 의미를 부여하고 있다. 아울러 그들은 "훌륭한 찬사(讚辭)를 민족에게서 받으리라 생각도 않았을 것이며 기대도 않았을 것"이기에, 경자마산의거는 "한층 위대한 것"이라고 평가하고 있다.

이렇듯 경자마산의거는 1950년대의 암울했던 시대상황을 능동적으로 타개하려는 민주주의 이념의 표현이었다. 따라서 경자마산의거는 마산의 시민들이 부정·불의·독재에 항거하여 자유·민주·정의를 쟁취한 민주운동사로 규정되고 있다. 특히 경자마산의거 당시 학생들이야말로 가장 열정적으로, 그리고 가장 선봉에서 저항한 집단이 되었다. 결국 경자마산의거는 4월혁명의 도화선 또는 구심체라는 의미와 함께 우리나라 민주화의 성지로서 확고한 자리를 굳히고 있는 것이다.

3. 경자마산의거 직후 학생시의 특성

경자마산의거와 4월혁명을 소재로 한 1960년 초반의 의거시는 여러 매체를 통해 발표되었다. 당대 의거시의 창작 주체는 기성시인과 학생, 그리고 일반시민들로 나눌 수 있는데, 당연히 기성시인의 작품이 대부분이었다.[12] 그런데도 불구하고 1960년 당대 의거시에 관한

---

12) 1960년 당대에 펴낸 4월혁명 관련 문학선집을 발행순으로 들면 다음과 같다. 한국시인협회 엮음, 『뿌린 피는 영원히』, 춘조사, 1960. 5. 19; 정천 엮음, 『힘의 선언』, 해동문화사, 1960. 5. 30; 김종윤·송재주 엮음, 『불멸의 기수』, 성문각, 1960. 6. 5; 김용호 엮음, 『항쟁의 광장』,

연구는 충분하게 다루어지지 않았다. 무엇보다도 의거시 전반에 대한 자료를 간추리지 못했던 까닭에, 몇몇 알려진 작가 또는 작품만을 중심으로 의거시의 주제나 내용을 소박하게 다루는 논의에 머물렀다.13) 사정이 그렇다 보니 경자마산의거의 발상지인 마산지역의 학생 의거시에 대한 접근과 연구는 따로 이루어지지 못했다.

4월혁명 관련 당대 매체별 작품 편수를 살펴보면, 지역 언론매체인 『마산일보』에 수록된 의거시가 가장 많다. 경자마산의거의 지역적 고유성뿐 아니라 경험의 특수성을 엿볼 수 있는 부분이다.14) 경자마산의거를 노래한 기성시인으로는 정진업 5편으로 가장 많다. 주로 의례시(행사시나 기념시)의 형태로 4월혁명의 연장선상에서 경자마산의거를 그리고 있다.15) 그밖에도 마산지역에 연고를 둔 기성시인으로는 김태홍, 김광석, 김세익, 김용호, 김춘수, 이영도, 이석(이순섭), 조순, 홍두표, 이광석 등이다. 그리고 경남 출신의 이주홍, 정영태, 이동섭, 정공채 등도 포함될 수 있다.16)

신흥출판사, 1960. 6. 10; 이상로 엮음, 『피어린 사월의 증언』, 연학사, 1960. 6. 10; 교육평론사 엮음, 『학생혁명시집』, 효성문화사, 1960. 7. 10.

13) 마산지역과 관련된 의거시 연구로는 다음을 논문을 참조하기 바란다. 박태일, 「1960년 경자마산의거가 당대시에 들앉은 모습」, 『현대문학이론연구』 제31집, 현대문학이론학회, 2007. 8; 이순욱, 「남북한문학에 나타난 마산의거의 실증적 연구」, 『3·15의거 학술논문총서』, 3·15의거기념사업회, 2010; 한정호, 「민주화의 고향, 4월혁명과 시의 함성」, 『문예연구』, 2009년 여름.

14) 의거시의 당대 언론매체 수록의 통계 결과는 『마산일보』 13편, 『국제신보』 6편, 『부산일보』 6편, 『조선일보』 4편, 그밖에 『경향신문』 『한국일보』 『민족일보』가 각 1편씩이었다. 이순욱, 「남북한문학에 나타난 마산의거의 실증적 연구」, 『3·15의거 학술논문총서』, 3·15의거 기념사업회, 2010, 694쪽.

15) 1960년 당시에 발표된 마산 거주 기성시인의 의거시로는, 김춘수의 「베꼬니아의 꽃잎처럼이나」(『국제신보』, 1960. 3. 28), 김세익의 「진혼가」(『마산일보』, 1960. 6. 4), 이석의 「마산에서의 봄」(『마산일보』, 1960. 4. 28)과 「초혼」(『이석문학선집』, 1960. 5) 등을 찾을 수 있다.

16) 당시 『마산일보』에 게재된 일반시민의 의거시로는, 석봉의 시조 5수 「자숙자계(自肅自戒)·「자아반성」·「학생의 대거(大擧)」·「유혈학생(流血學生)의 위령(慰靈)」·「정계제공(政界諸

이와 견주어 마산지역의 학생 의거시는 몇 되지 않는다. 아래 도표에서 보듯, 6편의 작품을 찾을 수 있다. 여기서는 1960년 당해에만 국한되지 않고 경자마산의거 이후 2년 동안에 발표된 작품을 포함시켰다. 이들 경자마산의거 학생시는 창작 주체로서 대학생의 작품은 없고, 고등학생과 중학생의 작품이 주류를 이루고 있다.

이름	제목	게재	비고
김행자 (金幸子)	조시(弔詩)-열일곱 푸른 김주열(金朱烈) 생령에	『마산일보』 1960. 4. 25.	당시 마산성지여고 1학년 재학
윤권태 (尹權泰)	진혼가(鎭魂歌)-김주열군(金朱烈君)의 영령(英靈) 앞에.	『불멸의 기수』 1960. 6. 1.	당시 마산고 3학년에 재학
김창수	자유는 정말 돌아오지 않으려나	『학생혁명시집』 1960. 7. 10.	당시 마산중 2학년에 재학
김영일	항쟁(抗爭)의 거리에서	『마산일보』 1961. 3. 21.	당시 마산고에 재학
김용복 (金容馥)	피로 세운 탑(塔)-3·15 두 돌에 부쳐	『마산일보』 1962. 3. 15.	당시 마산고 졸업, 『백치』 동인으로 활동
문흥수 (文興洙)	비(碑)-민주의 날에 부치다	『마산일보』 1962. 3. 17.	당시 마산고 졸업, 『인간문우회』 동인으로 활동

1) 추도시와 희생의 진혼곡

앞서 언급했듯이, 경자마산의거로 말미암아 많은 희생자가 생겼다. 이들 희생자에 대한 경의와 애도는 지극히 마땅한 일이다. 경자마산의거 희생자를 추모하는 작품들에서 우리는 학생 의거시가 갖는 또

公)에게」(1960. 5. 16), 제갈식의 「순국학생 영전에」(1960. 5. 23), 김성석의 「네 심장 가까운 곳에」(1960. 6. 13), 변석두의 「총소리」(1960. 7. 11), 박노영의 「혁명의 시」(1960. 7. 25), 고석봉, 「3.15의거기념」(1961. 3. 15), 전용태의 「초혼」(1961. 3. 19), 박상석의 「사월이 와도」(1961. 4. 11), 홍정수의 「봄의 노래」(1961. 4. 15), 정상돌의 「4월의 하늘에」(1961. 4. 25) 등을 찾을 수 있다.

하나의 특색을 발견하게 된다. 이른바 추모시·애도시·진혼시·조시의
형태로 발표된 추도시가 그것이다.

추도시는 안타깝게 산화한 희생자를 애도하면서 그들의 정신을 본
받고 기리고자 하는 내용이다. 그런 까닭에 경자마산의거 추도시는
시인 자신의 주관적 감정보다는 널리 동의할 추모와 송덕의 집단적
감정 표현에 충실하고자 했다.그런 점에서 당대 학생 의거시들은 추
도시의 형식을 빌려 경자마산의거의 정신과 의미를 강화시켜 나갔다.

당신의 억울한 죽음은
결코 헛되지 않았습니다

사월(四月)은 잔인한 달이라는
어느 시인의 말을 듣고
자꾸만 그 날이 되살아 납니다

그 생명 다하는 순간
소학교적 선생님보다 더 훌륭한
당신을 저도 봤어요

하나님의 계시를 받아
불의와 맞선 당신은
마음놓고 쉬어도 좋습니다

어제도 오늘도 또 내일도
우리들은

진리를 위해

당신의 뒤에서 싸우고 있습니다

당신은 언제나

푸르런 정신으로

우리와 함께 있습니다

당신의 죽음은

결코 헛되지 않았습니다

　　　　—김행자, 「조시(弔詩)—열일곱 푸른 김주열(金朱烈) 생령에」

　1960년 4월 11일 마산 앞바다에서 최루탄이 눈에 박힌 채 버려진 김주열의 시체가 발견되었다. 그런 까닭에 경자마산의거의 희생자 가운데 "김주열"은 추도의 표상으로 널리 다루어지고 있는 것이다.

　이 시는 경자마산의거 당시 마산성지여고 1학년 재학중이었던 김행자 학생의 작품이다. 『마산일보』(1960. 4. 25)에 수록되어 있다. 여기서 시적 화자는 "소학교적 선생님보다 더 훌륭한 당신", 곧 김주열의 주검을 직접 목격했음을 언급하고 있다. 그리고 그의 억울한 죽음은 결코 헛되지 않으며, "우리는 진리를 위해 당신의 뒤에서 싸우고 있"다고 힘주어 말하고 있다. 그런 점에서 이 시는 "김주열"이라는 표상에 초점을 두고, 경자마산의거의 대표적 희생자인 김주열의 영전에 바치는 진혼시라 하겠다.

　깃발처럼 퍼덕이던 목숨

　목메인 사연과

무한한 뜻을 좇아

달려간 주열 김군의

죽음이여!

그날 남원 산령(山嶺)에선

이름 모를 산새들도

우짖어 군의 죽음을 울었는가!

못다한 청춘의 앳된 목숨은

허공을 헤매던 그 숱한

영혼의 밀물 속에 묻혔는가!

하늘의 붉은 저녁 노을은

거둔 군의 목숨을 앞에 하고

얼마나 연연히 타고 있었던가!

　　　　—윤권태, 「진혼가(鎭魂歌)—김주열군(金朱烈君)의 영령(英靈) 앞에」

　　이 시는 경자마산의거 당시 마산고 3학년 재학중이었던 윤권태 학생의 작품이다. '4월민주혁명 순국학생 기념시집'이란 표제를 달고 출판된 『불멸의 기수』(성문각, 1960. 6. 5)에 수록되어 있다. 이 시 또한 죽은 김주열의 영혼을 달래고자 하는 추도시의 특성을 보여주고 있다.

　　이렇듯 희생자에 대한 찬미·애도하면서 그들의 죽음이 지닌 뜻을 달리 되짚어보는 추도시는 흔하고도 주요한 경자마산의거 당대시의 한 유형이다. 물론 추도시는 안타깝게 산화한 희생자를 애도하면서 그들의 정신을 본받고 기리고자 하는 내용이다. 그런 점에서 시인 자신의 주관적 감상보다는 추도시의 형식을 빌려 경자마산의거의 뜻과 의의를 강화시켰던 것이다.

2) 증언시와 항쟁의 목격담

경자마산의거 학생시의 유형으로 역사 현장에 대한 증언 표현이나 의도가 중심에 선 증언시를 들 수 있다. 역사적 기록이라는 면에서 증언시는 의거의 현장과 실상에 대한 목격담이 중심에 깔려 있다. 또한 목적시로서의 증언시는 혁명의 현장시이면서 보고시라는 특성을 지닌다. 이들 증언시들은 경자마산의거를 직접 체험했거나 줄곧 지켜본 시인의 함성으로써, 당대의 집단적 기억과 의식을 담아낸 작가정신이었던 것이다. 경자마산의거의 현장이나 실상을 구체적으로 다룬 증언시야말로 당시의 역사를 이해하고 재인식하게 만드는 매개로 구실하고 있다.

어느날 밤의 평화 도시 이곳 마산.
소란하던 모든 것의 숨소리까지 죽은 듯
온데가 저녁바다처럼 잠잠해졌다.

그러나 가까이 몰려서 다가오는
자유를 높이 외치는 한떼가 있다.
밤하늘 끝 외치며 또렷이 들리는
자유를 외치는 소리가 들린다.

전쟁터도 아닌 평화로운 곳에서의
생각해 보지도 못한 총소리가
피융하며 머리를 스쳐 간다.
드르르르…… 하자

잇달아 넘어지는 평화인의 아우성이

한 사람 또 한 사람

비틀거리며 천국의 아들이 되어 간다.

이리하여 잠자고 있던 젊은 피의 분노가

더욱 억세게 폭발한다.

넘어가는 전신주, 밀려가는 차,

발자욱 마다 닳는 돌,

울며 엉킨 피,

별똥 같은 불티를 날리며 하늘을 붉게 태운다.

아! 자유는 정말 우리에게 다시 돌아오지 않으려나?

—김창수, 「자유는 정말 돌아오지 않으려나」

 이 시는 『학생혁명시집』(1960. 7)에 '학생투고작품'으로 실려 있다. 김창수는 이 시를 쓸 당시 마산중학교 2학년에 재학중인 학생이었다. 여기서 시적 화자는 당시의 현장을 "전쟁터도 아닌 평화로운 곳에서의 생각해 보지도 못한 총소리가 피융하며 머리를 스쳐 간다. 드르르르……하자 잇달아 넘어지는 평화인의 아우성이 한 사람 또 한 사람 비틀거리며 천국의 아들이 되어 간다"고 노래한다. 이처럼 시적 화자는 어린 학생의 눈에 비친 경자마산의거의 현장을 비감하게 묘사하고 있다.

 또한 "넘어가는 전신주, 밀려가는 차, 발자욱 마다 닳는 돌, 울며 엉킨 피, 별똥 같은 불티를 날리며 하늘을 붉게 태운다"며 당시에 보고 느낀 산황을 구체적으로 표현하고 있다. 비록 경자마산의거라는

특정 사건을 글감으로 묶어두었지만, 시대현실에 대한 증언으로서
모자람이 없다. 그런 점에서 이 작품은 경자마산의거의 현장상황을
구체적으로 그려낸 증언시에 해당된다.

나는 길게
항쟁의 거리에서 웃어본다

서글픈 분노와 오뇌에 멍든
숨가쁜 투쟁이 기억으로 말려든
망각의 고독은

손 저어 보낸 계절에
소리없이 외쳐보는
석양길 아득한 사막에서
대답없는 내 삶의 표착이
무념(無念) 속 깊은 곳으로
아쉬운 의미(意味)를 가꾸지만

잊지 못할 수많은 눈짓은
심장이 부서진 이 거리에
전설을 가미한 바위가 되는데
어디쯤에서
봄의 새 움은 트고 있는가

(… 중략…)

광대무변한 항쟁의 거리에
차츰 닥쳐오는
위기의 시간을 생각하고
누구도 울릴 수 없는 여기에서
또 하나의 영토를 만들어야 하는
나와 너의 아니 모두가 다
미지의 생명에 불을 지르자

그리하여
피터지게 외쳐부는
항쟁의 거리에서
메마른 넋을랑
아라한 시간과 공간으로
서글픈 발돋움을 찢어서
부활을 향하여 또 향하여
삼월을 울어러
주먹을 휘두러라

—김영일, 「항쟁(抗爭)의 거리에서」 가운데

　이 시는 1961년에 개최된 '3·15의거 1주년 기념제전'의 한글시 백일장에서 고등부 장원을 수상한 김영일(당시 마산고 문예반 학생)의 작품으로 『마산일보』(1961. 3. 21)에 실렸다. 여기서 시적 화자는 1년이 지난 경자마산의거를 회상하면서, "또 하나의 영토를 만들어야 하는 나와 너의 아니 모두가 다 미지의 생명에 불을 지르자"고 다짐한다. 나아가 시적 화자는 "항쟁의 거리에서 메마른 넋을랑 아라한 시간과 공간으로 서글픈 발돋움을 찢어서 부활을 향하여" "주먹을 휘두르라"고 주장하고 있다.

이렇듯 증언시는 시를 통한 역사적 기록이라는 측면에서 값어치가 높다. 그런 점에서 경자마산의거에 대한 시적 증언은 당대 의거시의 핵심일 수 있다. 경자마산의거의 현장과 실상을 구체적으로 보여줌으로써 의거의 의미와 당위성을 일깨워준다. 나아가 이는 경자마산의거를 직접 체험했거나 줄곧 지켜본 시인의 함성으로써, 역사적 기억과 의식을 담아낸 작가정신이라 하겠다.

3) 의례시와 역사의 비망록

경자마산의거 의례시는 역사의 비망록이라는 관점에서 볼 때, 시인의 정서를 억제시키면서 민중의 감정과 의지를 종합하여 표현하고 있다. 그 내용은 결국 경자마산의거가 지향했던 민주정신에 맞닿아 있다. 아울러 역사에 대한 반성을 통해 현실과 미래에 실천적으로 이바지하겠다는 의지가 담겨 있다.

경자마산의거 1주년 이후에 발표된 의거시들은 대개 의례시의 경향을 보여주고 있다. 이른바 의례시는 의거의 정당성을 널리 알리고 의거 참가 당사자들을 부추기는 격시, 의거의 승리를 축하하는 축시를 비롯한 기념시, 그리고 현상응모나 백일장 입상시와 같은 행사시를 들 수 있다. 다시 말해서 특정의 역사를 기념하여 창작된 작품이라 할 때, 이는 현실비판에 초점을 둔 정치시와 달리, 현실인식을 통한 자아의 내적 다짐을 드러내는 데 초점을 맞춘 성찰시의 경향이 짙다. 따라서 이들 의례시는 역사와 만나는 시인의 진지한 현실인식의 잔영이라 해도 지나치지 않을 것이다.

지금은 모두
가고 또
오고
예대로 푸른 아침
따듯한 거리인데
삼월에 진 내 꽃 베꼬니아는
삼월이 와도 다시 피지 않는다

불러보랴 그
분노 넘친 그 하늘
순혈(純血)은 응고하여 녹슬지 않는 돌로
창천(蒼天)에 기립하여
탑은 서는데
꽃잎을 겨냥하던 무지(無知)의 총구는
지금 여기 없는데
내 꽃 베꼬니아는
져서는 다시 피지 않는다

저어만치 너가 가고
여기 또 내가 가며
목메이게 불렀으라
진리와 자유 정의

지금은 모두 우리
가고 또

오고

예대로 푸른 하늘

따뜻한 거리인데

아! 잠들었으랴

그 영광 가슴에 덮고

아우성 보라지는 三月하늘에

푸른 얼 江물처럼 잠들었으랴

자산동(玆山同) 큰 거리

시청앞 대로(大路)는 그냥 그대론데

삼월에 진 내 꽃 베꼬니아는

삼월이 다시와도 피지 않는다

　　　　　　　　　—김용복, 「피로 세운 탑(塔)-3·15 두 돌에 부쳐」

　이 시는 경자마산의거 2주년을 맞이하며 『마산일보』(1962. 3. 15)에
게재된 김용복의 작품이다.17) 그는 당시 마산고를 졸업, 『백치』 동
인18)으로 활동하고 있었다. 1960년 경자마산의거 당시에는 학생의
신분은 아니었던 것으로 여겨진다. '피로 세운 탑'이라는 제목으로

---

17) 김용복은 1937년 함안에서 태어나, 마산고등학교를 졸업했다. 그는 『백치』 동인, 『동인
　　수필』 회원, 마산문인협회 회원, 예총 마산지부 사무국장, 『조선일보』와 『한국일보』 기자,
　　『경남신문』 사회부장과 논설위원, 『동남일보』 이사와 편집국장 역임했으며, 마창불교문학
　　상을 수상했다.

18) 『백치』 동인은 1956년 마산시내 남녀 고등학교 문예반 학생들이 모여 만든 문학동아리였
　　다. 동인으로는 이광석·이제하·박현령·송상옥·추창영·강위석·허유·조병무·김병총·염기
　　용·김용복·김재호·황성혁·박봉진·임혜자 등이 참여했으며, 당시 교사였던 김춘수·김남
　　조·이원섭·김세익·김상옥·문덕수 등의 지도를 받았다. 고등학교 시절에는 동인지를 남기
　　지 못하고 낭독회와 시화전만 열었다.

미루어 볼 때, 이 시는 경자마산의거를 기리는 기념탑19) 건립에 표상을 두고 쓴 것으로 보인다.

여기서 시적 화자는 경자마산의거 때 희생된 학생들에 대한 회상과 애도의 차원에서, "삼월에 진 내 꽃 베꼬니아는 삼월이 와도 다시 피지 않는다"는 추도와 성찰의 정서를 드러내고 있다. 아울러 시적 화자는 당시 희생자들의 "영전에 명복을 빌며" 오래도록 그 의미를 간직하기 위해서라도 "기념비를 세워 두자"고 노래한다. 그런 점에서 이 시는 경자마산의거의 의미를 되새기며 기리고자 하는 마음을 담아 냈다.

> 선아(鮮娥)의 무덤 위에
> 사월의 진달래 진달래
>
> 손짓들은
> 별빛처럼 멀다
> 그 날
> 광야에서 웨치며
> 모오던 의미는
>
> 세계 인류의 즐거운 윤무(輪舞)이며
> 순정(純情)의 밝은 영상(影像)이며

---

19) 현재 창원시 마산합포구 서성동에 있는 '3·15의거 기념탑'은 '마산3·15의거 기념사업 촉성회'에서 1962년 7월 10일에 건립한 것이다. 따라서 작품 발표시기와 기념탑 건립시기가 정확하게 맞아떨어지지는 않지만, 아마도 '3·15의거 기념탑' 건립 과정을 지켜보면서 쓴 것으로 보인다.

항상(恒常) 응시(凝視)하고 섰는

나의 청동사자(靑銅獅子)

황혼(黃昏)에 군중(群衆) 틈에

너만 죽어

밤이슬이 그토록 내리던 날

아아 꽃의 혼(魂)들로 하여

푸른 이념(理念)의 깃대를

내면(內面)에서 영원(永遠)히

흔들어준

너로 하여

여기 가난한

심장(心臟)에 지피는

내 피안(彼岸)의

석등(石燈)

　　　　　　　—문홍수, 「비(碑)—민주의 날에 부친다」

이 시 또한 경자마산의거 2주년에 즈음하여 『마산일보』(1962. 3. 17)
에 발표된 작품이다. 당시 문홍수는 마산고를 졸업하고 『인간문우회』
동인으로 활동하고 있었다. '비(碑)'라는 제목에서 알 수 있듯이, 이
시는 1960년 7월 15일 마산고 교정에 세워진 '김용실·김영준군 민주
의거 추념비'[20]를 소재로 삼았다고 여겨진다.

---

20) '김용실·김영준군 민주의거 추념비'의 비문은 당시 마산고 교사였던 이순섭(이석)과 이훈
　　경이 비문을 짓고 썼다. 현재 마산고 교정에는 1992년 4월 19일에 재건립한 비석이 세워져
　　있다.

여기서 시적 화자는 경자마산의거 당시의 희생자를 떠올리며, 그들은 "세계 인류의 즐거운 윤무이며 순정의 밝은 영상"으로서, 자신의 "청동사자(靑銅獅子)"라고 표상임을 밝히고 있다. 그러면서 그들을 위해 세워지는 비(碑)는 "여기 가난한 심장에 지피는"는 "피안(彼岸)의 석등(石燈)"임을 강조하고 있다.

이렇듯 경자마산의거 1주년 이후의 학생시는 의례시의 형태로 시대현실에 대한 성찰시의 특성을 보여주고 있다. 그런 까닭에 현실비판에 초점을 두기보다는 역사인식을 통한 자아의 내적 다짐을 드러내는 데 중점을 두고 있다. 다시 말해서 이는 역사와 만나는 작가정신의 표현이다. 결국 이들 의례시는 경자마산의거에 대한 역사의 비망록으로서 의미를 지니고 있는 셈이다.21)

4. 마무리

경자마산의거는 4월혁명과 더불어 비록 '미완'의 혁명으로 남았지만, 이로 말미암아 진정한 민주주의 실현을 향해 나아가고자 하는 힘의 원천이 되고 있다. 그런 점에서 4월혁명의 구심체였던 경자마산의거는 묻혀버린 과거의 역사적 사실이 아니라 오늘의 역사적 현실 한가운데서 그 자리를 계속 차지하고 있다. 특히 경자마산의거는 학생운동사에서 자유·민주·정의라는 이름으로, 곧 우리나라 민주화운

---

21) 현재 3·15의거기념사업회 회장을 맡고 있는 변승기 시인이 시집 『그대 이름을 다시 불러본다』(황금알, 2015)를 펴냈다. 그는 당시 마산상고(현재 용마고) 1학년 학생으로 시위에 참가했다가 부상당했는데, 그때 마산도립병원 입원실에서 만난 김영준에 대한 기억을 시로 적고 있다. 「영준 형에게 띄우는 3월의 편지」가 그것이다. 비록 20년이 지난 뒤에 쓰여진 작품이지만, 경자마산의거의 학생운동사적 의미를 일러주고 있다.

동의 시발점으로서 의미를 지니고 있다.

이 글은 1960년 초반에 발표된 마산지역의 경자마산의거 학생시를 대상으로 삼았다. 이에 글쓴이는 의거시의 일반적 유형인 추도시·증언시·의례시의 관점에서 당대 학생시의 특성을 살펴보았다.

첫째, 희생자에 대한 찬미·애도하면서 그들의 죽음이 지닌 뜻을 달리 되짚어보는 추도시는 흔하고도 주요한 경자마산의거 당대시의 한 유형이다. 물론 추도시는 안타깝게 산화한 희생자를 애도하면서 그들의 정신을 본받고 기리고자 하는 내용이다. 그런 점에서 시인 자신의 주관적 감상보다는 추도시의 형식을 빌려 경자마산의거의 뜻과 의의를 강화시켰던 것이다.

둘째, 증언시는 시를 통한 역사적 기록이라는 측면에서 값어치가 높다. 그런 점에서 경자마산의거에 대한 시적 증언은 당대 의거시의 핵심일 수 있다. 경자마산의거의 현장과 실상을 구체적으로 보여줌으로써 의거의 의미와 당위성을 일깨워준다. 나아가 이는 경자마산의거를 직접 체험했거나 줄곧 지켜본 시인의 함성으로써, 역사적 기억과 의식을 담아낸 작가정신이라 하겠다.

셋째, 경자마산의거 1주년 이후의 학생시는 의례시의 형태로 시대 현실에 대한 성찰시의 특성을 보여주고 있다. 그런 까닭에 현실비판에 초점을 두기보다는 역사인식을 통한 자아의 내적 다짐을 드러내는 데 중점을 두고 있다. 다시 말해서 이는 역사와 만나는 작가정신의 표현인 것이다. 결국 이들 의례시는 경자마산의거에 대한 역사의 비망록으로서 의미를 지니고 있는 셈이다. 그러한 경향의 의례시는 오늘날까지 계속 이어지고 있다.

이렇듯 1960년 당대의 경자마산의거 학생시는 현장의 역사성을 다양하게 보여주고 있지만, 그 유형과 됨됨이는 뚜렷하다고 볼 수 없다. 증언시·추도시·의례시 유형들은 서로 뒤섞여 나타나기도 했다. 또한 1960년 후반으로 갈수록 학생 의거시의 밀도는 점차 줄어들거나, 아예 그들의 관심에서 멀어져 갔다. 하지만 무엇보다도 경자마산의거 학생시는 우리의 역사현실에 대한 깊은 애정과 사명을 일러주고 있다.

앞으로 경자마산의거 학생시에 한정되지 않고 당대 학생들의 항쟁 문학적 담론으로 논의를 넓혀나가야 할 것이다. 그런 점에서 글쓴이는 1960년 초반의 『마산일보』에 실린 경자마산의거 관련 글들을 한데 갈무리한 자료집 발간을 기대한다. 아울러 학생운동사적 측면에서도 깊이 있는 논의를 통해 경자마산의거의 위상과 평가를 새롭게 정립시켜나가야 할 것이다.

이극로의 대종교 활동과 『한얼 노래』

1. 들머리

이극로(李克魯, 1893~1978)는 나라사랑과 한글사랑을 실천했던 독립운동가이자 한글학자였다. 그는 나라잃은시기와 광복기를 거치면서 겨레를 지키는 일에 헌신했으며, 굳은 신념으로 한글 연구와 보급에 앞장섰다. 그럼에도 불구하고 그는 남북분단의 아픈 역사 속에서 오래도록 잊혀져 있었다. 무엇보다도 그의 존재는 북행(北行), 이른바 월북인사라는 이유로 남한에서는 철저하게 가려지고 외면당했다.

하지만 이즈음 이극로를 재조명하고 선양하려는 일들이 학계뿐 아니라 관련 단체와 지역사회에서 이루어지고 있다. 이를테면 이극로의 전집과 평전과 연구서 발간, 한글학회와 이극로박사기념사업회의 활동,[1] 그리고 경남 의령군에서의 '생가복원 문중준비위원회'의 결성과 현양사업이 그것이다.

물론 1988년 7월 해금조치 뒤부터 북행 인사들에 대한 관심이 높아졌지만, 여전히 이극로의 위상과 평가는 온전하게 이루어지지 못하고 있다. 지금껏 이루어진 그의 생애와 활동에 관한 전반적 연구, 한글활동과 어문운동, 민족교육 내지 독립운동, 체육 활동에 관한 연구 성과를 통해 자리매김되고 있다.[2] 이극로에 대한 기존의 연구는 한글학자 또는 독립운동가로서의 활동에 집중되어 있다.

사실 이극로는 문학 분야, 종교 분야에 관련해서도 간과할 수 없는 활동을 보여주었다. 특히 이극로의 삶에 있어 대종교(大倧敎)[3]는 지대한 영향을 미쳤다. 그의 다양한 저술 가운데 대종교와 관련된 글들이 많아 눈길을 끈다. 하지만 앞선 연구에서 대종교와 관련된 활동에 대한 논의는 달리 찾아볼 수 없다. 또한 나라잃은시기 그가 펴낸 대종교의 교가(敎歌)인 『한얼 노래』에 대한 논의도 제대로 이루어지지 않고 있다.

---

1) 박용규의 『북으로 간 한글 운동가: 이극로 평전』(2005), 한글학회 주관으로 펴낸 『한글을 사랑한 독립운동가 고루 이극로』(2009) 등을 통해 이극로의 삶과 활동을 재조명하고 있다. 최근에는 조준희가 『이극로 전집』1~4권(2019)을 엮어냄으로써 이극로 연구의 지평을 넓혀주고 있다. 그리고 2011년 5월 26일 이극로박사기념사업회가 창립되어, 생가 복원과 기념관 건립을 위한 모금운동, 이극로 연구서 발간을 추진하고 있다.

2) 이극로에 대한 연구 성과를 시기별로 정리하면 다음과 같다. 조남호(1991), 이종룡,(1993), 차민기(1998), 이숙희(1999), 고영근(2006), 홍선표(2006), 박용규(2008), 이진호(2009), 박용규(2009), 서민정(2009), 유성연(2012), 조준희(2014), 한정호(2015), 조준희(2016), 조규태(2017), 이준환(2018) 등이 있다. 이에 대해서는 끝에 붙여둔 '참고문헌'을 참조하길 바란다.

3) 대종교는 1909년 홍암 나철(弘巖 羅喆, 1863~1916)이 '나라는 망해도 민족의 정신은 살아있다(國雖亡而道可存)'는 판단으로 국권을 회복하고 민족을 부흥시키는 원동력은 오직 삼신(三神), 단군신앙의 부활을 통해 국교(國敎)를 중흥해 민족의식과 역사의식을 일깨우는 것에 있다는 생각에서 중광(重光)하였다. 창교(創敎)가 아닌 다시 일으켜 거듭 빛낸다는 중광을 택한 것은 고려시대 때 몽골의 침략으로 국교가 단절된 이래 구한말까지 명맥만이 유지되던 단군교(檀君敎)를 계승해 중흥시킨 까닭이다. 1910년에는 대종교로 이름을 바꾸었다.

따라서 이 글은 1942년 6월에 펴낸『한얼 노래』의 의미와 특성을 살피는 데 목표를 둔다. 이를 위해 글쓴이는 이극로의 삶과 대종교 활동을 중심으로 살펴보고자 한다. 그런 다음『한얼 노래』를 대상으로 창작 배경과 구성에 대해 짚어보고, 그 유형과 특성을 신앙·수양·예식의 측면에서 꼼꼼하게 따져볼 것이다.

2. 이극로의 삶과 대종교 활동

이극로는 「나의 이력서－반생기」에서 밝혔듯이, '고루', '물불', '동정(東正)' 등의 별호(別號)로 불렀다. 이 같은 호칭은 그의 됨됨이를 오롯이 보여준다고 하겠는데, 특히 별명인 '물불'은 불굴의 의지와 강한 추진력을 대변하고 있다. 또한 '고루'에는 세상을 고르게 하고 민족 모두가 고루고루 잘 살기를 바라는 마음이 담겨 있다.

이극로는 1893년 8월 28일 경상남도 의령군 지정면 두곡리 827번지에서 아버지 이근주(李根宙)와 어머니 성산 이씨(李氏) 사이의 8남매 가운데 막내로 태어났다. 그는 어릴 적부터 마을 서당인 '두남재(斗南齋)'에서 한학을 배웠으며, 1910년 창원시 마산의 창신학교에 입학하여 2년간 신식교육을 받았다. 그는 1912년부터 1913년까지 "만주 봉천성 환인현" 동창(東昌)학교에서 국어·역사·지리·수신 등을 가르쳤고, 1915년에는 "만주 무송현"의 백산(白山)학교에서 교원생활을 했다.

그는 1919년 중국과 유럽에서 독립운동에 참여하면서 김두봉(金枓奉, 1889~1961)의 영향으로 한글 연구에 접어들었다. 특히 그는 1922년 독일의 베를린대학에 입학하였으며, 1927년에 철학박사학위를 받았다. 그리고 파리대학과 런던대학에서 음성학을 연구한 뒤, 한글운동[4]

을 전개하겠다는 다짐으로 1929년 1월에 귀국하여 조선어연구회에 몸담았다.

당시 이극로는 간사장(幹事長)으로서 조선어강좌를 이끌어가면서 한글 철자법의 통일과 사전 편찬의 필요성을 절감했다. 1931년 들어 그는 민족어의 규범을 수립하기 위해 학술단체인 조선어연구회를 '조선어학회'로 개명하여 한글운동의 기초과제로서 맞춤법 통일, 표준어의 사용, 외래어 표기법의 통일을 명확하게 제시하였다. 1935년 조선어 표준어 사정위원, 1936년 조선어사전편찬 전임위원을 지냈다.

이와 더불어 이극로는 대종교 활동에도 전념했으며, 1942년 6월 10일 『한얼 노래』를 발간했다, 사실 조선어학회 사건 또한 이극로가 윤세복(尹世復, 1881~1960)의 '단군성가(檀君聖歌)' 작곡을 의뢰하는 편지를 받고, 「널리 펴는 말」이라는 답장의 글이 결정적 계기가 되었다고 한다.5) 이로 말미암아 1942년 10월에는 이극로를 비롯해 대종교 간부 20여 명이 검거되었는데, 이극로는 조선어학회 사건의 주모자로 징역 6년형을 선고 받고 함흥형무소에서 복역했다.6) 이렇듯 나라잃은시기 이극로의 삶과 활동은 한글연구와 독립운동에 초점이 모아지고 있다.7)

---

4) '한글운동'은 조선말과 글을 과학화하는 것이니 곧 그것을 통일하며 널리 알리는 것이라 했다. 이극로, 「한글운동」, 『신동아』, 1935. 1, 84쪽.

5) 이인, 『반세기의 증언』, 명지대학교 출판부, 1974, 124~125쪽.

6) 1942년 9월 5일 편찬원 정태진이 함경도 홍원경찰서에 잡혀가 고문 끝에 조선어학회가 비밀 독립운동을 한다는 허위 자백서를 쓰고 만다. 잡혀간 회원은 27명. 참혹한 고문 속에 이윤재, 한징은 옥사한다. 이극로 6년, 최현배 4년, 이희승 2년 6월, 정인승 2년 등의 형을 선고받는다.

7) 이극로의 나라잃은시기 활동에 대해서는 그의 저서 『고투 사십년(苦鬪 四十年)』(을유문화사, 1947)을 통해 알 수 있다. 책의 제목에서 말하는 '고투 40년'은 을사늑약 때부터 을유광복 직후까지의 기간으로 받아들일 수 있다. 이를테면 나라잃은시기에 힘겹게 싸우며 살았던 그의 파란만장한 행보를 일컫는다.

1945년 을유광복을 맞아 감옥에서 풀려난 이극로는 한글운동과 병행하여 대종교 활동도 활발히 전개했다. 특히 그는 1945년 9월 조선어학회 간사장에 선출되었으며, 10월에 「한글 노래」 작성하여 한글날 기념식을 거행했다. 1946년 6월 이승만의 남조선 단독정부 수립을 반대하는 성명서를 발표했고, 조선건민회를 조직하여 위원장으로 활동했다. 또한 그는 1947년 『조선말 큰사전』과 『고투 사십년(苦鬪 四十年)』 발행했으며, 1948년 3월 한글문화보급회를 조직하여 위원장에 취임하였다. 이렇듯 광복기에도 이극로는 나라의 국어교육을 확립하고자 한글전용운동과 한글보급운동을 전개했으며. 최현배·김윤경·정인승·이희승 등과 함께 조선어학회를 재건하여 대표로서 학회를 운영해 나갔다. 또한 그는 초중등 교원을 양성하고자 사범 강습회를 열었고, 국어 교과서 편찬에도 관여하였다.[8] 그러다가 그는 1947년 4월 남북협상에 조선건민회 대표로 참여했다가 북한에 잔류하게 되었다.

이극로의 북한에서의 활동에 대해서는 제대로 알려지지 않았지만, 그는 북행 이후부터 1978년 사망하기까지 재북 30년 동안 우리말글 연구에 헌신하였다. 특히 그는 북한의 언어정책을 이끌었고, 언어학 연구기관들과 조국평화통일위원회를 비롯한 여러 사회단체의 소장, 위원장 등을 역임했다. 1992년 북한 정권에서도 그의 공로를 인정하여 '반일애국열사'로 평가하였다.[9]

앞서 소개한 이극로의 삶과 활동을 바탕으로 하여, 대종교와의 연관성을 자세하게 살펴보면 다음과 같다. 그와 대종교의 인연은 1912

---

8) 1948년 그는 정인승과 함께 『국어: 남자중학 1』(정음사, 1948. 3)을 엮어낸 바 있다.
9) 이극로의 재북 시기 행적이에 관해서는 박용규의 『북으로 간 한글운동가: 이극로 평전』(차송, 2005)을 참조하기 바란다.

년 동창학교(東昌學校)에서 교사로 일할 때,10) 개천절11) 행사에 참여하면서 시작되었다. 당시 그는 자신의 삶에 있어 지대한 영향을 끼친 인물이었던 대종교 제3대 교주 윤세복(尹世復, 1881~1960)과 연계하여 민족운동을 전개하였다.12)

처음으로 나는 한문학, 조선역사가로 이름이 높은 박은식 선생과 대종교 시교사(施敎師)요(이제는 대종교 제삼가다세 도사교) 동창학교 교주(校主)인 윤세복(尹世復) 선생을 알게 되었다. 나는 이날부터 여기에서 한어를 공부하며 교편을 들며 등사일을 하게 되었다. 또 여기 일을 잊지 못할 것은 내가 한글 연구의 기회를 얻은 것이다. 함께 일 보단 교원 중에는 백주(白舟) 김진(金振) 씨라는 분이 있었는데, 이는 주시경(周時經) 선생 밑에서 한글을 공부하고 조선어 연구의 좋은 참고서를 많이 가지고 오신 분이다.

　　　　　　―이극로, 「수륙 이십만리 주유기(水陸 二十萬里 周遊記)」 가운데13)

---

10) 동창학교는 1912년 대종교인 윤세용과 윤세복 형제가 환인현(桓仁縣) 읍내에 세운 민족학교이다. 이극로는 이 학교에서 교편을 잡았다. 초대 교장에는 윤세용이 취임하여 교사까지 겸직하였다. 당시 교사로는 윤세용 외에 윤세복, 이원식, 김형, 이극로, 이시열, 김규환 등이 있었다. 학생은 100여 명으로 대부분 독립투사의 자제들이었다. 단군을 민족사의 정통으로 삼는 교과서를 만들어 역사·국어·한문·지리 등을 가르쳤다. 박용규, 『북으로 간 한글운동가: 이극로 평전』, 차송, 2005, 38~39쪽.

11) 개천절은 한배검께서 강세·개국하신 날로 10월 3일 거행되는 우리나라 국경일의 하나로서, 기원전 2333년(戊辰年), 곧 단군기원 원년 음력 10월 3일에 단군께서 최초의 민족국가인 고조선을 건국하였음을 기리는 뜻으로 제정되었다.

12) 이극로에 따르면, "나는 선생을 잘 안다. 나에게 가장 많은 감화를 주신 어른은 단애 윤세복 선생이다. 참 숭배할 인격자다. 첫째로 철석같이 굳은 의지를 가진 어른이다. 한번 작정하신 일이면 시종여일하게 하여 가신다. 둘째로 보름달과 같이 환하고 둥근 성격을 가지신 어른이라 어디에나 한 쪽으로 치우치지 아니하시고 또 컴컴한 행동이 없다. 셋째로 담대한 어른이다. 천병만마가 덮치어도 눈도 하나 깜짝 아니하신다. 넷째로 희생적인 정신이 많은 어른이다. 억만금의 사재도 공(公)을 위하여 희생하고 폐의파립(敝衣破笠)으로 방랑생활하실 때에 삼순구식(三旬九食)을 하시어도 조금도 불편과 불만과 불안을 느끼지 아니하신다"(이극로, 「강의(剛毅)의 인(人), 윤단애(尹檀崖) 선생」, 『조광』 2(1), 1936. 1)고 했다.

이 글은 1912년 만주 회인현에서 대종교를 처음 접한 이극로는 대종교의 중심인물이었던 윤세복과 박은식(朴殷植, 1859~1925), 그리고 국어연구의 결정적인 계기를 만들어 주었던 백주 김진(金振, 1886~1952: 본디이름 김영숙)을 만났다. 이들과의 만남을 통해 이극로는 민족의식을 체득해 갔다. 이러한 만남들은 이극로의 인생에 중요한 변화를 몰고 왔다. 당시 윤세복·박은식·신채호(申采浩, 1880~1936) 등과의 만남, 한글연구의 계기가 되는 김영숙과 만남은 그가 대종교적 민족주의 정서를 토대로 한글운동에 헌신하게 된 중요한 바탕이 되었다.14)

특히 윤세복은 이극로에게 베를린대학에 조선어과(朝鮮語科)를 설치해 우리의 말과 글, 그리고 문화를 처음으로 세계에 선전하도록 격려했다.15) 그런 점에서 이극로는 윤세복의 영향으로 대종교 정신을 통한 한글사랑에 전념할 수 있었던 것이다.

이극로는 귀국 이후 1929년 12월 24일 김공순(金恭淳, 1907~?)과 혼인했고,16) 조선어학회와 대종교단에서 많은 활동을 이어갔다. 특히

---

13) 이극로, 조준희 옮김, 『고투 40년: 지구를 한 바퀴 돈 한글운동가』, 아라, 2014, 37~40쪽 재인용.

14) 1920년 들어 대종교는 제2대 교주 김교헌(金敎獻, 1868~1923)을 중심으로 만주에 46개의 시교당을 설치해 신앙공동체, 생활공동체, 경제공동체를 통해 생활 안정과 민족의식 성장을 도모했다. 당시 대종교인들의 활동은 종교 영역에 한정되지 않고 우리말과 역사 등 문화부터 정치까지 폭이 넓었다. 우리 역사와 우리말 교육은 대종교의 중심축이었다.

15) 이극로는 1924년 2월 독일 베를린에서 발간한 『한국의 독립운동과 일본의 침략정책』에서 일본의 침략 과정과 1910년 이후 우리의 독립운동에 대해 서술하고 있다. 그는 이 책에서 박은식의 『한국독립운동지혈사』에 서술된 종교 관련 기록과 동일하게, 대종교를 가장 먼저 언급함으로써 대종교 국교관을 그대로 드러냈다. 그리고 대종교가 단군에 의해 창교되어 4천여 년을 흘러 왔음을 밝히고, 알게 모르게 뭇사람들의 삶에 커다란 영향을 끼쳐 왔다고 주장했다. 조준희 엮음, 『이극로 전집 1 유럽편』, 소명출판, 2019, 99쪽.

16) 당시 이극로는 천도교 교당에서 혼례식을 가졌는데, 주례는 유진태, 축사는 안희제와 김기전이 맡았다. 그는 슬하에 3남 2녀(억세, 세영, 대세, 한세, 세덕)를 두었다.

그는 1942년 3월 대종교 경의원 참사로 활동하면서, 그해 6월 10일에 교가(敎歌)인 『한얼 노래』를 펴냈다. 이 노래책에는 대종교와 배달나라 조선에 대한 사랑이 잘 드러나 있다. 실제로 그는 대종교 제4대 교주로 촉망을 받을 정도였다.

종교는 믿는 마음으로만 되는 것이 아니다. 일정한 형식을 갖추어야 되며 또 형식은 존엄을 보전할 만한 체면을 잃지 아니하여야 된다. 사람의 이상은 소극적으로 지키는 데 있는 것이 아니라, 적극적으로 나아가는 데 있다. 그런데 이제 우리는 체면을 유지할 만한 천전과 교당도 가지지 못하였으며 또는 교회의 일꾼을 길러낼 만한 교육기관도 없다. 이는 우리에게 그만한 힘이 없는 것도 아니오 성력이 아주 부족한 것도 아니다. 그동안에 모든 사정이 우리의 정성과 힘을 다 발휘할 기회를 열지 못하였던 까닭이다.

그런데 이제는 때가 왔다. 우리는 모든 힘을 발휘하여 대교의 만년대계를 세우고 나아가야 된다. 이 어찌 우연이랴. 오는 복을 받아들이지 아니하는 것도 큰 죄가 되는 것을 깊이 깨달아야 된다. 만나기 어려운 광명의 세계는 왔다. 반석 위에 천전과 교당을 짓자! 기름진 만주벌판에 대종학원을 세워서 억센 일꾼을 길러내자! 우리에게는 오직 희망과 광명이 있을 뿐이다. 일어나라 움직이라! 한배검이 도우신다.

—이극로, 「널리 펴는 말」[17] 가운데

이는 1942년 9월 5일에 발해의 동경성의 천진관 교당을 건립하기 위해 지었던 「널리 펴는 말」이다. 여기서 그는 '종교는 믿는 마음으로

---

17) 『대종교보(大倧敎報)』 제37권 4-3호, 대종교총본사, 1945년 추기(秋期).

만 되는 것이 아니'라면서 '모든 힘을 발휘하여 대교의 만년대계를 세우고 나아가야 된다'고 피력했다. 이를 위해 '천전과 교당'을 짓고, '대종학원'을 세워 '억센 일꾼을 길러내자'고 주장했다. 결국 그는 일본 군국주의에 맞서 '희망과 광명'의 날, 곧 광복의 날이 올 것임을 '한얼'의 이치라고 보고 있다.

그런데 이 「널리 펴는 말」의 원고가 1942년 12월 26일 당시 대종교 교주였던 윤세복에게 보낸 편지 속에 있었다. 일본경찰은 이를 압수하여 사진을 찍어두고, 제목을 〈조선독립선언서〉라고 바꾸고, 그 내용 중에 "일어나라 움직이라"를 "봉기하자 폭동하자"로 일역(日譯)하였다. 이를 빌미로 "대종교는 조선 고유의 신도(神道)를 중심으로 단군 문화를 다시 발전시킨다는 기치 아래, 조선민중에게 조선정신을 배양하고 민족자결의식을 선전하는 교화단체이니만큼 조선독립이 최후의 목적이다."라는 죄목을 내세워 윤세복을 비롯해 교단 간부와 관계자 25명을 검거했다. 이는 일본경찰이 대종교 탄압을 위해 날조한 사건으로서 임오교변(壬午敎變)이라 부른다.

을유광복을 맞아, 1945년 11월 7일 개천절 경축식이 단군전봉건회(檀君殿奉建會)와 조선국술협회의 주최로 서울운동장에서 거행되었는데, 이극로는 그날 행사에서 개회사를 했다. 이후 1946년 2월 28일 대종교총본사가 만주에서 환국하여 국내(서울시 중구 저동 2가 7번지)에 설치되면서, 종단 기구와 직원이 재편성되고 종단활동이 재개되었다. 그 무렵 이극로는 학술 관련 종무행정직인 전강(典講) 겸 종리연구실(倧理研究室)[18] 찬수(贊修)를 지냈고, 그해 4월 24일에는 경의원 참의로

---

18) 박노철이 작성한 『연구실일지』에 따르면, 1946년 3월 21일 오후 1시에 '종학연구회(倧學研究會)'를 창설하여 조완구·이극로·안호상·이시열·신백우·박노철이 회원과 주무를 맡았다. 3월 23일에는 종학연구실 주무 신백우(1887~1961)가 사무를 개시하고, 4월 6일 당시

임명되었다.

　이처럼 광복 이후 이극로의 대종교 활동은 여전했다. 대종교는 이극로의 주선으로 불교·유교·천도교·기독교와 함께 5대종단의 일원으로 등록되어 개천행사에 있어 주도권을 잡아왔다. 그리하여 1946년 10월 27일(음력 10월 3일) 대종교 개천절을 국경일로 정한 뒤 맞이한 봉축식전이 서울운동장에서 거행되었다.[19] 또한 대종교 총본사의 주도로 강화도 마니산 참성단에서는 성화제가 거행되었다. 당시 이극로는 그 행사에 참여하여 경축사를 하였다.

　　　서으로 황해 바다 하늘 바라니　　　西望黃海天

　　　제 몸을 잊을만큼 기운 피이네.　　　無我氣浩然

　　　한배검 거룩하신 큰 덕 높으며　　　檀祖聖德高

　　　뉘 무리 억만 년을 감히 못 잊네.　　　不忘億萬年

　　　　　　　　　─이극로, 「마리산에 올라서(登摩尼山)」[20]

　작품 끝에 '단기 4279년 개천절'이라 표기되어 있듯이, 이 시는 1946년 10월 27일(음력 10월 3일)에 쓴 작품이다. 앞서 말한 마니산(摩尼山) 성화제에 참석했을 때인 개천절에 대종교 한배검(단군)의 큰 덕을 기리고 있다.

　한편, 이극로는 대종교와 관련된 글들을 발표하고 있다.

회원들은 회합하여 종리 연구를 위한 상설기관으로 경각(經閣) 직속의 '종리연구실(倧理硏究室)'을 창립하기로 하였다. 조준희, 「이시열의 민족운동과 대종교」, 『숭실사학』 제28집, 숭실사학회, 2012, 195쪽.

19) 1948년 8월 15일 대한민국이 수립되면서 개천절은 계속 국경일로 자리잡아 오늘에 이르게 되었다.

20) 『한글』 11(5)(통권95호), 한글사, 1946. 11, 57쪽.

천운(天運)은 돌아왔다. 조선은 해방이 되었다. 여기에 따라 우리 대교(大敎)도 새로운 빛을 얻어 활발한 거름으로 나아가게 되었다. 해방의 종소리와 함께 만주 목단강(牧丹江) 감옥 문을 나서게 되신 단애(檀崖) 도형(道兄)은 근40년 생이별의 눈물로 그리워하는 고국을 찾아 대종교 총본사를 등에 지고 돌아오시었다. 이것은 다 한배검의 사랑과 은혜가 아니고 무엇일까.

우리 대교가 이 땅에서 다시 일어나는 이때에 있어서 어찌 교보(敎報) 하나의 발행이 없으리오, 만주에서 내던 대종교보를 이제 다시 이어서 발행하여 우리 교문(敎門)의 일을 세상에 널리 알리는 기관지로 내고저 하니 우리 대교인(大敎人)은 함께 힘써 주기를 바라마지 아니하는 바이다.

—「대종교보의 속간에 대하야」21) 가운데

이 글은 1946년 대종교에서 광복 기념호로 펴낸 『교보(敎報)』의 발간사이다. 여기서 이극로는 광복을 맞아 대종교의 새로운 출발을 다짐하고 있다. 특히 그는 "한배검의 사랑과 은혜"로 단애종사 윤세복이 대종교 총본사로 귀환했으니 "활발한 걸음으로 나아"자고 했다. 그러면서 그는 나라잃은시기 "만주에서 내던 대종교보"에 이어 광복과 더불어 대종교를 "널리 알리는 기관지"를 발행하였으니 교인들이 함께 "힘써 주기를 바"란다고 적었다.

조선의 있을 제 조선 겨레는 있었고 조선 겨레가 있을 제 조선의 얼은 있었다. 한얼에 삶이 조선 사람이며 한얼을 찾음이 또한 조선 사람의 사는 길이다. 지난 서른여섯 해가 왜 분하고 서러웠다 하는가. 한얼을

21) 『교보(敎報)』 기념호, 대종교본사, 1946. 8. 25, 3쪽.

빼앗김이 분하고 한얼에 못살게 함이 서러웠던 것이다. 이제 쇠사슬이 끊어지고 스스로 설 수 있음이 얼마나 기쁘고 느꺼운가. 우리가 살고 찾아야 할 한얼을 마음껏 누리고 빛내자.

—「한얼의 첫걸음을 축복하며」22) 가운데

이 글은 광복 이후 부산에서 발행된 『한얼』 창간호에 관한 축사이다. 다시 말해서 '영남 부산'의 대종교 잡지였던 『한얼』의 첫걸음을 축복하는 내용이다. 여기서 이극로는 "한얼을 찾음이 또한 조선 사람의 사는 길"이라 하면서, 지난 36년 동안 나라잃은시기의 분노와 설움을 되새기고 있다. 그러면서 이제 광복을 맞았으니 "우리가 살고 찾아야 할 한얼을 마음껏 누리고 빛내자"고 선포하고 있다.

또한 이극로는 1948년 2월 24일에 일린 대종교 중광절 경하식에서 특별강연을 했다. 하지만 그해 4월 조선건민회 대표로 남북연석회의 참석차 평양에 갔다가, 북한에 잔류하게 되었다. 물론 재북시기 그의 삶과 활동은 해적이를 통해 짐작할 수 있으나, 대종교 활동에 대해서는 따로 알려진 바 없다.

이렇듯 나라잃은시기 이극로의 한글 연구와 조선어학회 활동, 그리고 그것을 통한 항일운동의 배경에는 대종교 신앙이라는 정신적 가치가 굳게 자리잡고 있음을 확인할 수 있다. 다시 말해서 이극로의 나라사랑 정신과 우리말과 글에 대한 애착, 그리고 우리 민족의 이상 실현을 위한 포부는 대종교와의 인연에서 비롯된다. 이것은 이극로가 대종교와 불가분의 관계를 맺으면서 그의 한글사랑의 실천과 조선어학회를 이끌었음을 확인시켜 준다. 그의 국어운동을 통한 항일운동의

---

22) 『한얼』 창간호, 한얼몯음, 1946. 5, 2쪽.

정신적 배경은 결국 대종교로 귀착됨을 의미한다. 결국 이극로는 대종교 정신을 바탕으로 한글연구와 함께 조선어학회를 활성화시킨 인물로서, 우리 민족적 이상을 단군신화에 있음을 강조했는데, 이것이야말로 우리 민족만이 가진 이상이라고 내세웠다.

3. 『한얼 노래』의 의미와 특성

1) 발간의 취지와 구성

이극로는 대종교 경의원 참사로 활동하면서, 1942년 6월 10일에 대종교의 교가(敎歌)인 『한얼 노래』를 펴냈다. 이 책은 '강덕(康德) 9년 6월 10일'(1942년)에 대종교총본사(만주국 모단강 영안현 동경성 가동구 제19패 3호)에서 발행되었다. 편집인은 이극로(조선 경성부 화동정 129번지), 발행인은 안희제(安熙濟, 1885~1943)(만주국 모단강 영안현 동경성 가동구 제16패 12호)이며, 김전순(金田純)이 운영하는 문화당オフセット인쇄소(조선 경성부 효제동 130번지)에서 4천부를 찍었다.[23] 판권에는 표지와 달리 책이름을 '한얼노래(神歌)'로 적어 두었다.[24]

---

23) 조준희에 따르면, 『한얼 노래』는 '이극로가 채동선, 김성태 등 국내 작곡가들에게 의뢰한 가사들은 37곡으로 구성된 대종교 성가(聖歌)'이고, '임오교변 직전 이극로 자택에 은밀히 숨겨두었다가 광복 후 수습되었다'고 했다. 조준희, 「이극로의 〈미지의 한국〉과 〈널리 펴는 말〉」, 『한국민족사운동』 제88집, 한국민족운동사학회, 2016, 377쪽.

24) 『한얼 노래』는 이극로가 조선어학회 사건으로 수감될 때 분실되었다가, 광복 이후 어느 민가에서 수백 권이 발견되었다고 한다. 그래서 1969년 발간된 『대종교경전』에 합철되었던 것이다. 오늘날 '한얼노래'는 『대종교 경전』, 『대종교 요감』, 『대종교 한얼글』 등에 수록되어 있다.

한얼 노래는 대종교의 정신을 나타내어 믿는 마음을 굳게 하며 사는 기운을 펴게 하는 거룩하고 아름다운 노래다. 이 노래는 원도와 함께 믿는 이에게 큰 힘과 기쁨을 주는 것이다.

한얼 노래는 돌아가신 스승님들이 지으신 것을 본을 받아 새로 스물 일곱장을 더 지어 보태어, 번호를 매지 아니한 얼노래 한 장을 빼고 모두 서른여섯 장으로 되었다. 이것으로도 신앙과 수양과 예식에 관한 여러 가지 노래가 다 갖추어 있다.

노래 곡조는 조선의 작곡가로 이름이 높은 여덟 분의 노력으로써 이루어진 것이다. 진실로 그 예술의 값은 부르는 이나 듣는 이의 마음의 거문고를 울리어 기쁘고 엄숙하고 원대한 느낌을 준다.

—이극로, 「머릿말」25)

여기서 보듯, 이극로는 「머릿말」에서 『한얼 노래』의 창작 배경과 구성에 대해 일러주고 있다. 그에 따르면, "한얼 노래는 대종교의 정신을 나타내어 믿는 마음을 굳게 하며 사는 기운을 펴게 하는 거룩하고 아름다운 노래"라는 것이다. 그리고 『한얼 노래』는 "번호를 매지 아니한 얼노래 한 장을 빼고 모두 서른여섯 장"으로 이루어져 있으며, "신앙과 수양과 예식에 관한 여러 가지 노래가 다 갖추어 있다"고 했다.

이 글은 『한얼 노래』에 실린 '머리말'로서, 1942년 3월 3일에 적은 것이다. 여기서 알 수 있듯이, 『한얼 노래』는 "대종교의 정신을 나타내어 믿는 마음을 굳게 하며 사는 기운을 펴게 하는 거룩하고 아름다운 노래"로서 기존의 가사[나철(羅喆, 1863~1916), 서일(徐一, 1881~1921), 최

---

25) 『한얼 노래』, 대종교총본사, 1942.

남선(崔南善, 1890~1957), 정열모(鄭烈模, 1895~1967) 등이 작사]에 근거하여 새로 27장을 "더 지어 보태어" 모두 36장으로 편집하였다.[26]

한편, 『한얼 노래』에는 작곡자의 이름이 명기되어 있지 않다. 단지 「머릿말」에 따르면, "노래 곡조는 조선의 작곡가로 이름이 높은 여덟 분의 노력으로써 이루어진 것"이라 적고 있을 뿐이다. 물론 『대종교 요감』에서는 작곡가로 채동선 이름이 나오고, 그밖에는 단지 국내에서 저명한 7인이었다고만 밝히고 있다.[27]

순번	제목	작사	작곡	비고
	한얼 노래(神歌)	(?)	채동선	*서일 번역 *악보에는 '얼노래'로 표기
1장	한풍류(천악)	나철		
2장	세얼(三神歌)	나철		
3장	세마루(三宗歌)	나철		
4장	개천가(開天歌)	최남선	김성태(?)	*〈개천절 노래〉 작곡가[28]
5장	삼신의 거룩함	이극로		*작사가 고증[29]
6장	어천가(御天歌)	나철		
7장	성지 태백산(聖地 太白山)	정열모		
8장	중광가(重光歌)	나철		
9장	한울집(天宮歌)	이극로		
10장	한얼님의 도움	이극로		
11장	믿음의 즐거움(樂天歌)	이극로		
12장	죄를 벗음	이극로		

---

26) "한얼 노래는 머리말을 쓴 날짜가 3월 3일이라든지, 가사의 57%(37곡 중 21곡)가 삼일의 3수인 '3절'로 되어 있어서 형식면이나 내용면으로 투철한 대종교적 신앙에 바탕을 두고 있다." 최윤수, 「대종교 환국의 종교적 의미」, 『국학연구』 제21집, 2017, 28쪽.

27) 『한얼 노래』의 음악적 조성과 특성에 대해서는 변규백(2002)를 참조하기 바란다. 그에 따르면, "한얼 노래 37곡의 조성을 살펴보면, 단 한 곡만 단조이고, 나머지 36곡은 모두 장조로 구성되어 있고, 두도막 형식 또는 확대된 두도막 형식의 가요형식으로 구성되었다. 한얼 노래는 대체적으로 밝고, 누구나 쉽게 따라 부를 수 있고 친근함을 주는 동요풍의 노래가 대부분"이라고 했다. 변규백, 「신종교와 음악」, 『신종교연구』 제7집, 한국신종교학회, 2002, 59쪽.

순번	제목	작사	작곡	비고
13장	가경가(嘉慶歌)	서일		
14장	삼신만 믿음	이극로		
15장	희생은 발전과 광명	이극로		
16장	한길이 열림	이극로		
17장	사람 구실	이극로		
18장	한결같은 마음	이극로		
19장	힘을 부림	이극로		
20장	사는 준비	이극로		
21장	미리 막음	이극로		
22장	태종은 세상의 소금	이극로		
23장	사랑과 용서	이극로		
24장	교만과 겸손	이극로		
25장	봄이 왔네	이극로		
26장	가을이 왔네	이극로		
27장	아침 노래	이극로		
28장	저녁 노래	이극로		
29장	끼니 때 노래	이극로		
30장	승임식(陞任式) 노래	이극로		
31장	상호식(上號式) 노래	이극로		
32장	영계식(靈戒式) 노래	이극로		
33장	조배식(早拜式) 노래	이극로	김성태30)	*대종교 악보에 표기
34장	혼례식(婚禮式) 노래	이극로		
35장	영결식(永訣式) 노래	이극로		
36장	추도식(追悼式) 노래	이극로		

---

28) '개천가(開天歌)'는 최남선이 작사(작곡자 미상)했는데, 지금도 종단에서는 많이 애송되고
있다. 그 가사 내용은 다음과 같다.
    1절: 온 누리 캄캄한 속 잘 가지늣 목숨 없더니 / 한 새벽 빛 불그레 일며 환히 열린다
    / 모두 살도 다 웃는다
    2절: 늘 흰 메 빛 구름 속 한울노래 울어나도다 / 고운 아기 맑은 소리로 높이 부른다
    / 별이 밤도 다 웃는다
    (후렴) 한배 한배 한배 우리 한배시니 / 빛과 목숨의 임이시로다
    한편, 1949년 개천절을 국경일로 제정하면서 '개천절 노래'는 정인보(鄭寅普, 1893~1950)
작사, 김성태 작곡의 노래로 바뀌었다. 그 가사 내용은 다음과 같다.
    1절: 우리가 물이라면 새암이 있고 / 우리가 나무라면 뿌리가 있다. / 이 나라 한아버님은
    단군이시니

이 글은 『한얼 노래』에 실린 '머리말'로서, 1942년 3월 3일에 적은 것이다. 여기서 알 수 있듯이, '한얼 노래'는 "대종교의 정신을 나타내어 믿는 마음을 굳게 하며 사는 기운을 펴게 하는 거룩하고 아름다운 노래"로서 기존의 가사에 근거하여 새로 27장을 덧붙여 모두 36장으로 이루어졌다.

이들 가운데 〈얼노래〉는 고구려에서 군가로 쓰였던 신가(神歌) 4장의 고본을 중광교조인 홍암대종사 서일이 창가로 번역했고, 〈한풍류〉·〈삼신가〉·〈세마루〉·〈어천가〉·〈중광가〉는 백포종사 나철이 작사했으며, 〈가경가〉는 서일, 〈개천가〉는 최남선, 〈성지 태백산〉은 정열모, 나머지 28곡[31]은 이극로가 작사했다.

한편, 『한얼 노래』 책자에는 작곡가의 이름이 빠져 있다. 이극로가 「머릿말」에서 '노래 곡조는 조선의 작곡가로 이름이 높은 여덟 분의 노력으로써 이루어진 것'이라고 언급했듯이, 이들 노래는 채동선(蔡東鮮, 1901~1953)을 비롯한 7명의 국내 저명 작곡가에게 위탁하였던 것이다. 아마도 이들 8인의 작곡가들은 평균 4장의 노래에 곡을 붙였을 것으로 사료된다.[32]

2절: 백두산 높은 터에 부자요 부부 / 성인의 자취 따라 하늘이 텄다 / 이날이 시월 상달에 초사흘이니

3절: 오래다 멀다 해도 줄기는 하나 / 다시 필 단목 잎에 삼천리 곱다 / 잘 받아 빛내오리다 맹세하노니.

이로 미루어 볼 때, 『한얼 노래』 속의 '개천가'는 김성태 작곡으로 추정된다.

29) 대종교 측에서는 28곡 가운데 제5장 「삼신의 거룩함」도 이극로가 작사했다고 여기는 듯하다. 하지만 이에 대해서는 정확한 고증이 필요하다고 판단된다. 왜냐하면 이극로는 「머릿말」에서 "한얼 노래는 돌아가신 스승님들이 지으신 것을 본을 받아 새로 스물일곱 장을 더 지어 보태어" 작사했다고 언급했기 때문이다.

30) 조배식 노래: 이극로 김성태, 대종교작곡위원회, 1992.

31) 『교보(教報)』(통권 제286호), 대종교총본사, 2000년 봄, 51쪽.

32) 『대종교 요감』에는 작곡가로 채동선이 나오고, 그 밖의 7인에 대해서는 알 수 없다. 이들 작곡가에 대해서는 세밀한 조사가 필요하다. 그런 점에서 글쓴이의 조사에 따르면, 33장

변규백의 견해에 따르면,[33] 『한얼 노래』에 실린 노래의 조성은 '얼 노래'를 제외한 36장 노래는 모두 장조로 구성되었다. 그리고 두 도막 또는 확대된 두 도막의 가요형식으로 구성되어 있다. 따라서 누구나 쉽게 따라 부를 수 있고 친근감을 주는 동요풍의 노래가 대부분이다. 아울러 서구적 작곡기법에 충실하고, 기도교의 찬송가 양식으로 모든 곡들이 4성부로 이루어져 있다.

그리고 『한얼 노래』에 실린 37곡 가운데 4/4박자는 15곡(40.5%), 3/4박자는 12곡(32.4%), 6/8박자는 5곡, 6/4는 2곡, 2/2박자와 2/4박자는 각 1곡이다. 후렴 형식의 노래는 모두 17곡(45.9%)이다. 이들 가운데 유일하게도 박자 변화가 있는 노래는 22장 〈대종은 세상의 소금〉으로 전반부는 C장조의 4/4박자로 시작하고 후반부의 후렴 부분은 3/4박자로 변화를 준 것이 특징이다. 또한 3장 〈삼신가〉와 18장 〈한결같은 마음〉은 못갖춘마디의 형식으로 구성되었다. 아울러 5음음계를 사용한 노래는 모두 8곡인데, 23장 〈사랑과 용서〉와 31장 〈상호식 노래〉 2곡만 확대된 두 도막 형식을 사용했고, 나머지 곡들은 모두 가요형식인 두 도막 형식으로 작곡되었다. 따라서 이들 노래는 대부분 창가조 내지 기독교 찬송가 풍으로 구성되었다. 하지만 그 가운데서도 26장 〈가을이 왔네〉는 민요풍의 가락으로 구성된 것이 특징이다.

〈조배식 노래〉는 김성태(金聖泰)가 작곡한 것으로 밝혀냈다. 나머지 6인의 작곡가에 대해서는 고증이 뒤따라야 할 것이다.

33) 변규백, 「신종교와 음악」, 『신종교연구』 제7집, 한국신종교학회, 2002, 52~61쪽.

2) 곡조의 유형과 특성

이극로가 『한얼 노래』의 「머리말」에서 언급했듯이, 이들은 '신앙과 수양과 예식에 관한 여러 가지 노래'를 갖추고 있다. 따라서 여기서는 『한얼 노래』의 성격을 신앙·수양·예식의 유형으로 분류하여 그 특성을 살펴보고자 한다.

첫째, 『한얼 노래』에서 '신앙'과 관련된 노래는 14곡(1장~14장)으로 다음과 같다. 이를테면 1. 한풍류(天樂), 2. 세얼(三神歌), 3. 세마루(三宗歌), 4. 개천가(開天歌), 5. 삼신의 거룩함, 6. 어천가(御天歌), 7. 성지 태백산(聖地 太白山), 8. 중광가(重光歌), 9. 한울집(天宮歌), 10. 한얼님의 도움, 11. 믿음의 즐거움(樂天歌), 12. 죄를 벗음, 13. 가경가(嘉慶歌), 14. 삼신만 믿음 등이다.

둘째, 『한얼 노래』에서 '수양'과 관련된 노래는 15곡(15장~29장)으로 모두 이극로가 작사한 것이다. 이를테면 15. 희생은 발전과 광명, 16. 한길이 열림, 17. 사람 구실, 18. 한결같은 마음, 19. 힘을 부림, 20. 사는 준비, 21. 미리 막음, 22. 대종은 세상의 소금, 23. 사랑과 용서, 24. 교만과 겸손, 25. 봄이 왔네, 26. 가을이 왔네, 27. 아침 노래, 28. 저녁 노래, 29. 끼니 때 노래 등이다.

셋째, 『한얼 노래』에서 '예식'과 관련된 노래는 7곡(30장~36장)으로 이 또한 모두 이극로가 작사한 것이다. 이를테면 30. 승임식(陞任式) 노래, 31. 상호식(上號式) 노래, 32. 영계식(靈戒式) 노래, 33. 조배식(早拜式) 노래, 34. 혼례식(婚禮式) 노래, 35. 영결식(永訣式) 노래, 36. 추도식(追悼式) 노래 등이다.

결국 『한얼 노래』 36편 가운데 이극로가 작사한 노래는 28편에 달한다. 이들 노래에는 이극로의 투철한 신앙심과 나라사랑의 신념을 엿볼 수 있는 가사로서, 대종교의 신앙생활과 정신수양, 그리고 종교 예식에 관한 내용이 담겨 있다.

(1) 신앙

『신리대전』에 "대종의 이치는 셋과 하나일 뿐(大倧之理三─而己)"이라고 하였듯이, 대종교는 삼일신사상(三─神思想)에 근거하고 있다. 또한 "한얼은 한인과 한웅과 한검이시니(神者 桓因 桓雄 桓儉也)"라 하듯이 한인·한웅·한검의 삼신은 곧 일신의 삼위이다. 즉, "나누면 셋이요, 합하면 하나이니 셋과 하나로써 한얼자리가 정해지느니라(分則三也 合則─也 三─而 神位定)."라 한 것이다.

이와 같이, 세검한몸[三神─體]인 한배검[天祖神]이 지닌 권위와 우위성은 절대적인 것으로 조화신(造化神)·교화신(敎化神)·치화신(治化神)의 권능과 작용을 행한다. 우주와 세상만물을 창조한 조화주인 '한인', 인간세상에 내려와 만백성을 가르쳐 깨우친 교화주인 '한웅', 만물과 백성을 기르고 다스리는 치화주인 '한검'이라는 세검은 한 몸으로써 한배검으로 숭배된다.34)

흔히 대종교는 고대 동방민족들의 원시신앙 가운데 하느님을 믿는 신도적(神道的)인 신앙체계를 가진 고유신교로 천계(天界)·인계(人界)·하계(下界)의 중심축인 백두산을 신앙의 표상으로 삼고, 이곳을 중심

---

34) 대종교 누리집에 따르면, "대종교(大倧敎)는 삼신일체(三神─體) '한얼님'을 신앙의 대상으로, 단군 한배검을 교조(敎祖)로 받드는 한국 고유의 종교다. 대종교의 '대종(大倧)'은 하느님이란 뜻이다. '대(大)'는 '천(天)'에 속하며 우리말로 '한'이다. '종(倧)'은 신인 종자(字)로 순우리말로 '검' 또는 '얼'로 표현할 수 있다. 한얼님이 사람으로 변화해서 백두산 신단수 아래에 내려오신 분이 바로 신인(神人)이다. 한얼님이 지상에 내려오심은 세상을 크게 널리 구제(弘益人間 理化世界)하기 위한 것이다. '대종(大倧)'에는 이러한 진종대도(眞倧大道, 한얼 이치의 진리)라는 뜻이 담겨 있다".

으로 인류와 문화가 발생했다는 설을 기본 교리로 하여, 세 검의 한 몸(三神一體)설을 믿고 있다. 세 검은 곧 환인·환웅·환검인데, 환인은 우주·인간·만물을 주재하는 조화신이고, 환웅은 인간 세상을 널리 구제하기 위해 천부삼인을 가지고 운사·우사·풍백·뇌공 등을 거느리고 백두산에 내려온 교화신이며, 환검은 B.C.2333년 10월 3일에 삼천 단부 민중들의 추대로 임금이 되어 배달나라를 최초로 세운 치화신(治化神)이다.

『한얼 노래』 가운데 이극로가 작사한 '신앙' 관련의 곡조에는 9장 〈한울집(天弓歌)〉, 10장 〈한얼님의 도움〉, 11장 〈믿음의 즐거움(樂天歌)〉, 12장 〈죄를 벗음〉, 제14장 〈삼신만 믿음〉 등이 있다.

1. 흩어진 우리 정신 한 점에 모여들어
   외길로 파고가면 진리를 뚫어낸다
2. 흩어진 가는 햇살 렌스를 통과하여
   한 점에 모여들면 타도록 불이 난다
3. 흩어진 남북 극이 꼭 같은 방향으로
   다같이 정돈되면 쇠마다 자력난다
(후렴) 한 길로 마음 모아 삼신만 꼭 믿으면
   신령이 통하여서 크나큰 힘이 난다

—〈삼신만 믿음〉

그러므로 대종교의 신앙적 대상은 조화신인 환인과 교화신인 환웅과 치화신인 환검인데, 이들은 객체적인 세 신이 아니라 하나의 신이 3가지의 작용으로 나타난 삼신일체의 한얼님, 즉 하느님이다. 이렇듯 대종교에서 신앙의 대상은 '삼신'으로 표현되는데, 이에 이극로는 '삼신'에 대한 믿음을 노래로 표현하고 있다.

이극로는 이 노래에서 '정신일도 하사불성(精神—到, 何事不成)'이라는 사자성어를 삼신의 믿음이 가지는 효과로 설명하고 있다. 대종교가 지닌 불굴의 독립과 희생정신은 여기에서 비롯된다. 특히 '후렴'의 "한 길로 마음 모아 삼신만 꼭 믿으면 신령이 통하여서 크나큰 힘이 난다"에서 보듯, 삼신에 대한 믿음을 강조하고 있다. 따라서 이극로는 대종교에 대한 찬미와 더불어 신앙의 필요성을 부각시키고 있다.

1. 괴롬에 빠진 이들아 골 잘 몬 만드신
   한님의 거룩한 품에 들어와 안기라
2. 슬픔에 우는 이들아 뭇 사람 가르친
   한웅의 거룩한 품에 들어와 안기라
3. 앓음에 눌린 이들아 온누리 다스린
   한검의 거룩한 품에 들어와 안기라
(후렴) 환의 울 고운 놀에 무르녹고 무 젖어
   쉬지 않을 한울 즐검 늘 누릴지로다

―〈믿음의 즐거움(樂天歌)〉

이 곡조는 11장의 '낙천가(樂天歌)', 곧 〈믿음의 즐거움〉이다. 여기서 그는 "괴롬에 빠진 이들", "슬픔에 우는 이들", 그리고 앓음에 눌린 이들"이 삼신, '한님(한인), 한웅, 한검'을 믿고 "거룩한 품에 들어와 안기라"고 노래한다. 그러면 "한울(하늘)"의 즐거움을 언제나 누릴 것이라고 했다. 이 또한 대종교에 대한 믿음을 강조하고 있는 곡조이다. 다시 말해서 이극로는 삼신에 대한 찬미와 신앙의 가치와 의미를 강조하고 있다.

이렇듯 이극로는『한얼 노래』를 통해 대종교의 신앙심과 '삼신'에 대한 믿음을 전달하고 있다. 여기서 그는 말하는 삼신, 곧 한임－조화주, 한웅－교화주, 한검－치화주의 일체를 부각시킨다. 특히 그는 대종교가 지닌 불굴의 의지와 희생정신, 대종교에 대한 찬미와 더불어 믿음의 즐거움을 노래하고 있다. 결국『한얼 노래』가운데 이극로가 작사한 '신앙' 관련의 곡조는 자신의 신앙심을 고스란히 담아내고 있다.

(2) 수양

대종교 경전인『삼일신고』에는 지감(止感), 조식(調息), 금촉(禁觸)이라는 3법이 있다. 이 3법을 함께 수행해 통달하는 것이 바로 대종교의 수행법인 삼법수련(三法修練)이다. 신도들이 행하는 이 삼법수련은 본능작용을 그치고(止感) 고르고(調息) 금하는(禁觸) 3법을 행함으로써 본래의 자성(自性) 혹은 영성(靈性)을 돌이켜 천지와 더불어 하나가 되려는 것이다.[35]

여기서 이극로는 '한얼 노래'를 통해 전문적인 수행이 아니더라도 일반 신도들이 세상을 올바르게 살아가기 위한 '수양'의 길을 일러주고 있다. 사실 수양이란 정신적으로나 육체적으로나 양생(養生)의 필요불가결한 요소이기 때문이다.

『한얼 노래』가운데 '수양' 관련의 노래는 15장부터 29장까지 15편

---

[35] 대종교에서는 '삼법수행'이 깨달음을 얻는 지름길이라고 설명한다. 눈을 감고 하느님께 기도하며, 지난 과오를 뉘우치고, 무념무상하게 마음을 비우는 것이 지감법의 출발이다. 마음을 고요히 하고, 정신 통일하여 기도하며 깊이 호흡하는 것은 조식법의 기본이다. 경전을 소리 내어 읽거나 외움은 금촉법을 행하는 것이다.

모두를 이극로가 작사했다. 여기서 그는 신앙생활에서의 수양뿐 아니라 축복과 감사를 표현한 일상생활에서의 수양을 표현하고 있다.

  1. 뭇 사람이 일을 하여 내 몸을 살리-고
      내가 또한 일을 하여 뭇 사람 살도-다
  2. 큰 바다를 건너가고 태산을 넘을-때
      그 사람은 괴로움을 다해야 가리-다
  3. 노력 없이 되는 일은 세상에 없나-니
      맘과 힘을 다하여서 일들을 합시-다
(후렴) 한검님의 큰 힘으로 살-피어 주시-사
        우리들이 사람-구실 다하게 합소-서

—〈사람 구실〉

  1. 불의 힘 세구나 그힘을 부려서
      기차가 다니고 비행기 날도다
  2. 물의 힘 세구나 그힘을 부려서
      전기를 이루고 물방아 찧도다
  3. 바람 힘 세구나 그힘을 부려서
      배들이 다니고 풍차가 돌도다
(후렴) 한얼님이 주신 힘 사람마다 탔으니
        그 힘들을 바로써 모두 함께 잘살자

—〈힘을 부림〉

앞의 곡조는 17장의 〈사람 구실〉이다. 우리가 "사람 구실"을 할 수 있게 "큰 힘으로 살피어 주"는, 이른바 만물과 백성을 기르고 다스리는 치화주인 "한검님"에 대한 사랑을 드러내고 있다. 그래서 "마음과 힘을 다하여서", 곧 수양을 통해 사람 구실을 하자는 것이다.

뒤의 곡조는 19장의 〈힘을 부림〉이다. 여기서 이극로는 불·물·바람의 '힘'을 부각시키며 역동적인 삶의 변화를 강조하고 있다. 그렇듯이 "한얼님"이 사람마다 그 같은 힘을 주었으니, 그 힘을 바른 일에 실천하자는 것이다. 그래서 "모두 함께 잘 살자"고 노래한다. 이 또한 신앙생활에 있어 신도들의 수양을 중요시하고 있다.[36]

1. 소금은 물마다 어울리어서 망망한 대양을 이루어준다
   지구를 둘러싼 바다의 물은 화합의 큰 힘을 가지고 있다
2. 생선과 고기도 오래 두려면 소금을 뿌려야 안 썩게 된다
   단맛과 매운맛 좋다고 하나 짠맛이 들어야 음식 맛난다
(후렴) 대종은 세상의 소금이 되어 부패한 사회가 없도록 한다
   대종은 세상의 소금이 되어 인간의 사는 맛 고르게 한다
   　　　　　　　　　　　　　　　　　　—〈대종은 세상의 소금〉

이 곡조는 대종교의 특성을 소금에 비유하며 수양의 의미를 강조하고 있다. 소금은 물과 어울려 큰 바다를 이루고 음식의 부패를 막으며 맛을 내는 역할을 한다는 것이다. 이처럼 대종교 신도들은 "세상의 소금"이 되어 "부패한 사회가 없도록" 하며 "인간의 사는 맛 고르게" 하라는 것이다. 그런 점에서 이극로는 대종교에서의 수양과 더불어 신앙 전파의 속내를 보여주고 있다.

---

36) 이는 광복기 아동지 『새동무』 제9호(1947. 7)에 동요로 게재되었다. 여기서는 '한얼님'을 '대자연'으로 바꿔 발표하고 있다.

1. 높은 데 낮은 데 가리지 않고 햇볕은 어디나 쪼이어 준다
   사랑을 베푸는 따뜻한 햇볕 언제나 우리의 스승이 된다
2. 맑은 물 궂은 물 가리지 않고 바다는 오는 물 들이어 준다
   용서를 다하는 도량 큰 바다 언제나 우리의 스승이 된다
(후렴) 대종은 사랑의 햇볕이 되어 누구나 고르게 쪼이어 준다
   대종은 도덕의 바다가 되어 누구나 기쁘게 들이어 준다

—〈사랑과 용서〉

인용한 부분은 23장 〈사랑과 용서〉의 곡조이다. 대종교에서는 인연의 세 윤리 가운데 사랑의 인연의 질서가 으뜸이라 하고, 참사랑은 어질고 용서함으로써 나타난다고 말한다. 그래서 사랑으로 완성을 실천하려면 용서를 하여야 한다는 것이다. 그런 점에서 사랑과 용서가 마음 수양의 으뜸이라 하겠다. 여기서 이극로는 대상을 차별하지 않는 "사랑과 용서"야말로 "우리의 스승"이라 노래하고 있다.

이렇듯 『한얼 노래』 곡조에는 대종교에 걸맞은 이극로의 수양정신이 담겨 있다. 대종교인들은 나철의 수행생활을 본받아 일상생활에서도 수행을 병행해 왔다. 삼일신보는 일의화행(一意化行), 곧 '한뜻으로 화행하라'고 가르친다. 화행은 수행할 때는 되어 가게 공부하고, 일상생활에서는 그 공부한 바를 실천해서 '되어 가는 사람' 또는 '된 사람'으로 행하는 것이다. 그런 점에서 『한얼 노래』 가운데 이극로가 작사한 '수양' 관련의 곡조는 신앙생활과 일상생활에 있어 신도들의 수양을 고양시켜 주고 있다.

(3) 예식

대종교의 의식은 크게 선의식(襌儀式)과 경배식(敬拜式)으로 구분할 수 있다. 나철이 구월산 삼성사에서 운명하기 전날에 천제를 드린 뒤부터 모든 제천행사를 '선의식'이라고 부르게 되었다. 대종교의 4대 경절인 개천절(開天節, 10. 3)·어천절(御天節, 3. 15)·중광절(重光節, 1. 15)·가경절(嘉慶節, 8. 15)37)에 천진전 내에서 거행되고 있다. 그리고 경배식은 일상적인 종교의식으로서 조배식(早拜式)과 야경식(夜敬式)이 있고, 일요일 낮에 전체 교도가 모여서 행하는 낮 경배식이 있다. 이밖에도 봉교식(奉敎式)·승임식(陞任式)·상호식(上號式)·혼례식·상례식(喪禮式)·발인식·백일탈상제·추도제 등 여러 가지 의식이 있다.

『한얼 노래』에서 선의식에 해당되는 4장 〈개천가〉, 6장 〈어천가〉, 8장 〈중광가〉, 13장 〈가경가〉의 곡조는 이극로가 작사하지 않았다. 그는 경배식에 해당되는 곡조를 작사했다. 이를테면 〈승임식(陞任式) 노래〉, 〈상호식(上號式) 노래〉, 〈영계식(靈戒式) 노래〉, 〈조배식(早拜式) 노래〉, 〈혼례식(婚禮式) 노래〉, 〈영결식(永訣式) 노래〉, 〈추도식(追悼式) 노래〉 등이 그것이다.

1. 머리를 들어서 한울을 보라 양심에 부끄럼 조금도 없나
   제 행위 스스로 살피어 보고 정의에 어김이 없도록 하라
2. 고개를 숙여서 땅 위를 보라 양심에 부끄럼 조금도 없나
   제 행위 스스로 살피어 보고 정의에 어김이 없도록 하라

---

37) 홍암대종사 나철의 '조천일'을 말한다. 오늘날 대종교의 4대경절인 개천절(開天節)·어천절(御天節)·중광절(重光節)·가경절(嘉慶節)에 맞춰 부른 한얼 노래는 개천가·어천가·중광가·가경가였을 것이다.

3. 얼굴을 돌려서 사람을 보라 양심에 부끄럼 조금도 없나
   제 행위 스스로 살피어 보고 정의에 어김이 없도록 하라
   (후렴) 사람은 약하고 어리석으니 한검님 힘으로 도와주시사
   언제나 어디서 무얼 하든지 양심과 정의로 살게 합소서

—〈조배식(早拜式) 노래〉

이 곡조는 『한얼 노래』 33장 〈조배식 노래〉이다. 이는 대종교에서 신도들이 이른 아침(새벽)마다 천진전에 모여서 네 번 절한 뒤에 기도하고 노래하는 경배식, 곧 '조배식(早拜式)' 때 부르는 노래이다.[38] 이 극로는 이 곡조를 통해 하늘과 땅과 사람들을 보라고 하면서 "양심에 부끄럼이 조금도 없나" 하고 묻는다. 그러면서 자신의 "행위 스스로 살피어 보고" "정의에 어김이 없도록 하라"고 강조한다. 이처럼 신도들이 "양심과 정의"로 살게 되기를 바라고 있다.

1. 어지러운 세상에 마음 약한 사람이
   붙일 데가 없어서 갈팡질팡 헤매네
   한얼님의 사랑을 크게 받게 되었다
   고맙구나 이제야 옳은 길에 들었네
2. 깊고 험한 산ㅅ골에 길을 잃은 사람이
   향할 곳을 모르고 갈팡질팡 헤매네
   일러주는 큰 소리 멀리멀리 들린다
   반갑구나 이제야 환한 길을 찾았네
3. 밤이 깊은 바다에 풍랑 만난 사람이

---

38) 대종교 연혁에 따르면, 1937년 4월 7일에 조배식을 처음으로 행한 것으로 나와 있다.

대일 곳을 못찾고 갈팡질팡 헤매네

크게 밝은 불빛이 멀리멀리 비친다

기쁘구나 이제야 편한 땅을 만났네

—〈영계식(靈戒式) 노래〉

이는 대종교 신도로서 자격을 주는 영계식(靈戒式) 노래이다. 대종교에서는 아이가 태어나면 한배검님 전(殿)에 고(告)하고, 아이로 하여금 영계(靈戒)를 받게 한다. 이로써 어릴 때부터 한배검께 원도(願禱)를 드리며, 계속 가르치고 이끌어서 아이가 삶을 바로 살아갈 수 있도록 길을 인도(引導)한다는 것이다. 그런 점에서 이극로는 "영계"를 통해 "마음 약한 사람"이 "한얼님의 사랑"을 받아 "옳은 길"에 들게 하고, "길을 잃은 사람"이 한얼님이 일러주는 소리에 "환한 길"을 찾게 하며, "풍랑 만난 사람"이 "한얼님의 밝은 불빛"으로 "편한 땅"을 만나기를 소망하고 있다.

1. 이승 이별 섭섭해 눈물로써 당하나

   저승 가서 만날 때 기쁨으로 보겠네

   세상만사 잊고서 한울나라 가신 임

   한울 복을 받고서 길이 살아 갑소서

2. 죄악없이 살도록 항상 도를 닦아서

   한울 집이 빛나게 땅 위에도 힘쓰네

   우리들은 약하나 한검님이 도우사

   항상 편히 지내니 길이 노래 합소서

—〈추도식(追悼式) 노래〉

이 곡조는 『한얼 노래』 마지막 36장 〈추도식 노래〉이다. 이는 죽은 사람을 생각하며 명복을 비는 뜻으로 치르는 의식, 곧 '추도제' 때 부르던 곡조이다. 이극로는 이 노래를 통해 "세상만사 잊고서" 하늘의 복(명복)을 받기를 기원하고 있다. 또한 "한검님이 도우사" "항상 편히 지내"길 노래하고 있다. 그런 만큼 이 곡조에는 죽은이의 명복을 비는 추도의 마음이 담겨 있다.

이렇듯 『한얼 노래』 곡조에서는 대종교의 경건한 예식을 엿볼 수 있다. 대종교의 의식은 크게 선의식과 경배식으로 구분할 수 있는데, 이극로는 경배식에 해당되는 곡조를 작사했다. 경배식은 경일(敬日)과 특별한 날에 올리는 종교의식이다. 따라서 『한얼 노래』 가운데 이극로가 작사한 '예식' 관련의 곡조는 대종교 신도들의 일상적인 종교의식을 담아내고 있다.

4. 마무리

이극로의 삶에 있어 대종교는 지대한 영향을 미쳤다. 그의 다양한 저술 가운데 대종교(大倧敎)와 관련된 글들이 많다. 이 글은 1942년 6월에 펴낸 『한얼 노래』의 의미와 특성을 살피는 데 목표를 두었다. 이를 위해 글쓴이는 이극로의 대종교 활동과 더불어 『한얼 노래』를 대상으로 창작 배경과 구성에 대해 짚어보고, 그 유형과 특성을 신앙·수양·예식의 측면에서 꼼꼼하게 따져보았다.

나라잃은시기 이극로의 한글 연구와 조선어학회 활동, 그리고 그것을 통한 항일운동의 배경에는 대종교 신앙이라는 정신적 가치가 굳게 자리잡고 있음을 확인할 수 있다. 다시 말해서 이극로의 나라사랑

정신과 우리말과 글에 대한 애착, 그리고 우리 민족의 이상 실현을 위한 포부는 대종교와의 인연에서 비롯된다. 이것은 이극로가 대종교와 불가분의 관계를 맺으면서 그의 국어사랑의 실천과 조선어학회를 이끌었음을 확인시켜 준다. 그의 국어운동을 통한 항일운동의 정신적 배경은 결국 대종교로 귀착됨을 의미한다. 결국 이극로는 대종교 정신을 바탕으로 한글연구와 함께 조선어학회를 활성화시킨 인물로서, 우리 민족적 이상을 단군신화에 있음을 강조했는데, 이것이야말로 우리 민족만이 가진 이상이라고 내세웠다.

이극로는 대종교 경의원 참사로 활동하면서, 1942년 6월 10일에 대종교의 교가(敎歌)인 『한얼 노래』를 펴냈다. 그에 따르면, "한얼 노래는 대종교의 정신을 나타내어 믿는 마음을 굳게 하며 사는 기운을 펴게 하는 거룩하고 아름다운 노래"로서, '신앙과 수양과 예식에 관한 여러 가지 노래'를 갖추고 있다. 『한얼 노래』 36편 가운데 이극로가 작사한 노래는 28편에 달한다. 이들 노래에는 이극로의 투철한 신앙심과 나라사랑의 신념을 엿볼 수 있는 가사로서, 대종교의 신앙생활과 정신수양, 그리고 종교예식에 관한 내용이 담겨 있다.

첫째, 『한얼 노래』에서 '신앙'과 관련된 곡조에서 이극로는 대종교의 신앙심과 '삼신'에 대한 믿음을 전달하고 있다. 여기서 그는 말하는 삼신, 곧 한임-조화주, 한웅-교화주, 한검-치화주의 일체를 부각시킨다. 특히 그는 대종교가 지닌 불굴의 의지와 희생정신, 대종교에 대한 찬미와 더불어 믿음의 즐거움을 노래하고 있다. 결국 『한얼 노래』 가운데 이극로가 작사한 '신앙' 관련의 곡조는 자신의 신앙심을 고스란히 담아내고 있다.

둘째, 『한얼 노래』에서 '수양'과 관련된 곡조에는 대종교에 걸맞은 이극로의 수양정신이 담겨 있다. 대종교인들은 나철의 수행생활을 본받아 일상생활에서도 수행을 병행해 왔다. 삼일신보는 일의화행(一意化行), 곧 '한뜻으로 화행하라'고 가르친다. 화행은 수행할 때는 되어가게 공부하고, 일상생활에서는 그 공부한 바를 실천해서 '되어 가는 사람' 또는 '된 사람'으로 행하는 것이다. 그런 점에서 『한얼 노래』 가운데 이극로가 작사한 '수양' 관련의 곡조는 신앙생활과 일상생활에 있어 신도들의 수양을 고양시켜 주고 있다.

셋째, 『한얼 노래』에서 '예식'과 관련된 곡조에서는 대종교의 경건한 의례의식을 엿볼 수 있다. 대종교의 의식은 크게 선의식과 경배식으로 구분할 수 있는데, 이극로는 경배식에 해당되는 곡조를 작사했다. 경배식은 경일(敬日)과 특별한 날에 올리는 종교의식이다. 따라서 『한얼 노래』 가운데 이극로가 작사한 '예식' 관련의 곡조는 대종교 신도들의 일상적인 종교의식을 담아내고 있다.

이렇듯 이극로의 한글 연구와 조선어학회 활동, 그리고 그것을 통한 항일운동의 배경에는 대종교 신앙이라는 정신적 가치가 굳게 자리 잡고 있었다. 다시 말해서 이극로의 나라사랑 정신과 우리말과 글에 대한 애착, 그리고 우리 민족의 이상 실현을 위한 포부는 대종교와의 인연에서 비롯되었던 것이다.

결국 이극로의 대종교 관련 행적은 나라잃은시기와 광복기에 걸친 근대 지식인의 전형으로 설정될 수 있다는 점에서 각별한 의미를 부여할 수 있다. 또한 그의 다면적 활동은 독립운동가이자 한글학자로서의 이력을 더욱 풍성하게 만들어준다고 하겠다. 앞으로 그의 삶과 활동을 매개로 한 연구가 깊이 있고 폭넓게 이어지길 기대한다.

3부 민주사회의 숨 고르기

꽃보다 아름다운 시인들을 만나다

: 경남대학교 국어국문학과 동문 시선집을 엮으며

1.

꽃의 아름다움을 부정하는 이는 없을 것이다. 무릇 모든 꽃은 저마다의 아름다운 색깔과 향기를 간직하고 있다. 우리네 사람살이에서 꽃의 존재는 사랑·감사·존경 따위의 문화적 코드로 널리 사용된다. 다시 말해서 꽃은 세상살이의 참된 아름다움을 함축하고 있는 상징이라 하겠다. 시작품 또한 이와 마찬가지라 여겨진다. 저마다의 색깔과 향기가 세계를 아름답게 만들듯, 시인들의 곱고 아름다운 언어는 사람살이를 풍요롭게 만든다.

여기 꽃보다 아름다운 시인들이 있다. 그들은 글쓴이에게 스승 또는 선·후배로서 경남대학교 국어국문학과의 학연으로 맺어진 시인들이다. 오래도록 가까이에서 지내다 보니 그들만의 독특한 색깔과 향기를 더욱 진하게 느낄 수 있다. 정원에 장미만 있다면, 그 얼마나 식상하겠는가. 꽃의 색깔과 향기가 다양하듯이, 여기에 모인 시인들의 색깔과 향기도 각양각색이다. 그런 점에서 이 시집은 그들의 시심(詩心)을 느껴보는 일이 될 것이다.

이즈음 경남대학교 국어국문학과는 서른아홉 돌을 맞았다. 비록 그 역사는 오래되지 않았지만, 지금껏 우리 문단에 나온 문인들을 열거하면 괄목할 만한 업적이 아닐 수 없다. 물론 이 자리에 불러오지 못한 이들도 많다. 오래전에 등단을 했음에도 불구하고, 생업에 종사하느라 시에서 멀어져버린 이들과 한때 대학시절 문학에의 열정을 불태우던 동인들이 그들이다.

이 시집에서는 그들의 이름을 모두 불러오지 못하고 아쉬움을 뒤로 한 채, 꾸준히 시작(詩作)을 이어오고 있는 이들을 대상으로 삼았다. 길지 않은 학과의 역사에도 불구하고 이들은 경남대학교 국어국문학과 뜨락에 시의 시를 뿌리고 가꾸어 아름다운 꽃밭을 만들었다. 한편 소설, 희곡 또는 아동문학으로 등단한 이들까지 더하면 실로 경남대학교 국어국문학과는 타의 추종을 부러워할, 내세워 자랑할 만한 학과라고 믿는다. 물론 뒷날 그들 또한 이 같은 자리에 불러모을 계획이다.

글쓴이는 오래 전부터 시선집을 엮어야겠다는 뜻을 품어왔다. 그러한 마음이 전해져 선뜻 자신의 작품을 가려뽑아 보내주었다. 여기에 소개되는 시인들은 모두가 나의 지인들인 까닭에, 그들의 시세계에 대해 말한다는 것이 아주 조심스럽다. 따라서 글쓴이는 시선집을 널리 알리는 자리인 만큼, 그들의 시세계 전반을 논의하기보다는 일반 독자들의 관심과 이해를 북돋우기 위한 소박한 해설을 덧붙이고자 한다. 그들에 대한 나의 애정을 다시금 확인하는 기회로 받아들여지길 바란다.

2.

　박태일은 찔레꽃을 닮은 시인이다. 꽃말은 '시(詩)'다. 시에 대한 그의 각별한 애정은 사람살이에 움트는 속깊은 관심에서 비롯된다. 따라서 대상을 바라보는 그의 눈길은 참으로 정겹고 세심하다. 그런 까닭에 그의 시들은 우리네 사람살이에 묻어 있는 인정(人情)의 세계를 내비추고 있다. 사람살이의 정, 곧 인지상정의 세계가 배여 있다. 그가 즐겨 쓰는 장소시의 중심에는 결국 '사람'이 자리잡고 서 있다. 결국 그의 시들은 울고 웃는, 서럽고 따뜻한, 우리네 사람살이에 대한 예사 정서를 오롯이 담아내고 있는 것이다. 그의 시를 마주하면, '사람 잘 되는 길'을 찾아 나선 시인의 마음자리가 돋보인다.

　그 먼 나라를 아시는지 여쭙습니다
　젖쟁이 노랑쟁이 나생이 잔다꾸
　사람 없고 사람 닮은 풀들만
　파도밭을 담장으로 삼고 사는 나라
　예순 아들이 여든 어머니 점심상을 차리고
　예순 젊은이가 열살 버릇대로
　대소사 상다리 이고 지는 마을
　사람만 봐도 개는 굼실 집안으로 내빼
　이름 잊혀진 채 그저 풀로만 불리는
　강바랭이 쏨바구 광대쟁이 독새기

이장댁 한산할배 마을회관 마룻바닥에
소금 절은 양 등줄 꺼지게 누운 마을
토광 옆 마늘 종다리는 무슨 힘으로
아침 저녁 울컥벌컥 잘도 돋는데
한 때 마흔 이젠 스무집 어른들
집집 다 버리고 마을회관 두 방
문지방 내외하며 자고 먹는 풀나라
굴 양식 뜰것이 아침마다 허옇게
저승길 종이꽃처럼 피는 바다
그 먼 나라를 아시는지 여쭙습니다

—박태일, 「풀나라」

시인이 다녀왔음직한 시의 나라, 곧 "사람 없고 사람 닮은 풀들만
파도밭을 담장으로 삼고 사는 나라"는 자연친화의 리듬감에 힘입어
가난하지만 정겹게 살아가는 "풀나라" 사람들의 풋풋한 모습으로 승
화되고 있다. "예순 아들이 여든 어머니 점심상을 차리고 예순 젊은이
가 열 살 버릇대로 대소사 상다리 이고 지는" "그 먼 나라"인 "풀나라"
에 대한 시인의 각별한 정을 시로 형상화하고 있는 작품이다. 그러고
보면 "풀나라"는 바로 우리네 고향의 다른 이름이라 여겨진다. 이렇게
그는 사람과 장소와의 친화에 애쓴다. 왜냐하면 시인은 장소에 삶의
모든 것이 깃들어 있다고 믿는 까닭이다.

30년을 넘어선 오랜 시력만큼 박태일의 시세계는 다양한 변화를
보여주고 있지만, 끝내 변하지 않는 시정신은 바로 '인지상정'의 따뜻
한 마음자리라고 하겠다. 사람살이로서의 시쓰기는 결국 '눈'으로 보
는 것이 아니라 '가슴'으로 느껴야 한다는 뜻일 것이다. 이렇듯 그의

시는 '사람 잘 되는 길'을 끝없이 추구하고 있다.

　고두현은 난초 같은 시인이다. 그는 '반듯하고 착한 심성'이 키워올린 꽃대 끝에 꽃말처럼 '청초하고 아름다운' 선비의 마음을 펼쳐놓는다. 난초를 가꾸는 선비마냥 그의 시들에서 읽어낼 수 있는 것은 '시 쓰는 이의 마음가짐'이다. 그의 시들은 읽는이로 하여금 맑고 따뜻한 세계를 이끌고, 고운 언어로 은은한 여운을 안겨준다. 이렇듯 고두현의 시세계는 반듯하고 청초한 심성을 간직하고 있다. 특히 등단한 지 일곱 해만에 펴낸 시집의 표제작인 「늦게 온 소포」는 고향에 대한 애틋한 그리움을 절제된 언어로 풀어내고 있다.

밤에 온 소포를 받고 문 닫지 못한다.
서투른 글씨로 동여맨 겹겹의 매듭마다
주름진 손마디 한데 묶여 도착한
어머님 겨울 안부, 남쪽 섬 먼 길을
해풍도 마르지 않고 바삐 왔구나.

울타리 없는 곳에 혼자 남아
빈 지붕만 지키는 쓸쓸함
두터운 마분지에 싸고 또 싸서
속엣것보다 포장 더 무겁게 담아 보낸
소포 끈 찬찬히 풀다 보면 낯선 서울살이
찌든 생활의 겉꺼풀들도 하나씩 벗겨지고
오래된 장갑 버선 한 짝
해진 내의까지 감기고 얽힌 무명실 줄 따라
펼쳐지더니 드디어 한지더미 속에서 놀란 듯

얼굴 내미는 남해산 유자 아홉 개.

—고두현, 「늦게 온 소포」 가운데

이 시에서 유자를 소포로 보낸 어머니의 사랑이 줄줄이 흘러나온다. 서투른 글씨로 동여맨 겹겹의 매듭에서 시인은 먼 길을 해풍도 마를 사이 없이 바삐 올라온 어머니의 마음을 읽는다. 아들 걱정을 담은 간곡한 편지글과 함께 꽁꽁 싸 보낸 유자 아홉 개를 대하는 시인의 심정은 아련한 슬픔에 잠 못 이루고 있다.

고두현은 청초한 심성을 아름다운 시어(詩語)로 우리 가슴속에 맑디 맑게 되살려놓는다. 특히 순수의 원형, 고향과 바다와 육친에 대한 그리움, 남해의 바닷물에 씻기고 씻겨 행간의 여백 속에 선비의 수묵화 같은 시편으로 그려진다. 그러한 선비정신에서 시의 요체에 닿으려는 그의 정신세계를 만날 수 있다.

성기각은 제비꽃을 닮은 시인이다. 꽃말은 '가난한 행복'이다. 농민시를 유독 고집하는 그의 시쓰기는 오늘의 농촌 현실, 곧 우리 이웃의 가난한 행복을 형상화해내는 데 고삐를 늦추지 않는다. 그의 시세계는 농촌과 그 속에서 힘겹지만 행복하게 살아가는 이웃들에 대한 깊은 애정을 바탕으로 삼고 있다. 나아가 그는 농촌이 지니고 있는 원초적 생명력을 거듭 확인하고, 농촌의 사회적·역사적 기능에 보다 힘찬 전망을 제시하고 있다. 그만큼 시인이 꼭 붙들고 있는 '농촌'이라는 대상은 고정된 경계를 넘나들고 유연하게 하는 상상력과 관련된 것이어서 흥미롭다.

늦은 봄날 아버지의 실한 고구마순 하나가
어머니의 척박한 청석밭을 만났다

땅 속 줄기마다 대가족을 이루어 놓는

산밭 고랑에 앉아

오늘은 아들 식구들이 고구마를 캔다

—흠집 낼라 정강키 캐거래이

호밋날 끝에 칠순 어머니의 걱정이 자꾸 걸리고

열 살 먹은 딸아이가 헛심만 쓴다

자식을 키운다는 것은

고구마순 같은 내 몸을 잘라내 한평생 안달하는 일

팔순 아버지는 빈 요소비료 포대에

잘 자란 자식들의 뿌리를 주워 담으며

—너무 애지중지 키우질랑 말거라

척박한 땅일수록 맛갈진 알뿌리가 맺히는 법

지게 가득 고구마 포대를 짊어지고

서른 한살에 아버지가 된 무거운 짐을 지고

고샅길 내려오며 생각한다

늦가을 노을지는 어머니의 청석땅과

첫서리 맞은 아버지의 고구마넝쿨이

그 쓸쓸하고 추라한 모습 밑으로

잘 생긴 알뿌리를 몇 포대씩 내 놓는다는 것을.

—성기각, 「고구마를 캐는 가을」

이 시는 "고구마를 캐면"서 느끼는 농촌의 가족 체험을 압축적으로
드러내고 있다. 이를테면 시인을 중심축으로 한 가족구성원들의 삶을
서사적으로 풀어놓고 있는 작품이다. 특히 "고구마넝쿨"의 이미지는
가족사를 줄줄이 이어주는 중요한 매개 역할을 맡고 있다. 이들 가족

사를 중심으로 전개되고 있는 농촌 체험에서 알 수 있는 것은 오늘날 농촌의 구체 현실로 받아들여진다. 시인의 세계인식은 "서른 한 살에 아버지가 된 무거운 짐"으로 드러나는데, 이는 가족이라는 개인적 차원에 한정되지 않고 농민의 실존적 차원과 사회적 차원과 역사적 차원을 포함하는 우리시대 농촌의 현실이라고 보아도 무방할 것이다.

성기각의 농민시에는 각별한 하나의 특징이 있다. 그것은 농촌에 대한 시인의 눈길이 따뜻한 가족적 사랑에 바탕을 두고 있다는 사실이다. 그는 농촌 현실 속에서도 가족을 외면할 수 없는 책임감을 확인하는 것이다. 그것은 힘겨운 농촌 현실에의 순응과 비판이 아니라, 하나의 극복이라고 할 수 있다. 따라서 그의 시에는 농촌의 삶을 적극적으로 수용하면서 더 나은 곳으로 나아가고자 하는 숨은 의지가 담겨 있다.

성윤석은 앵초 같은 시인이다. 꽃말은 '젊은 날의 고뇌'이다. 그런 점에서 그의 시는 평상의 사유방식에서 많이 벗어나 있어, 시인의 상상력을 따라잡기란 쉽지 않다. 하지만 일상의 평이한 풍경 뒤에 숨어 있는 심상치 않은 장면들을 잡아내는 능력을 가진 시인이다. 이는 그가 가진 독특한 매력이다. 또한 그의 시는 독특한 서술문법을 갖고 있다. 그가 개성적인 눈으로 포착하고 있는 현실세계는 불규칙한 호흡의 서술만큼이나 낯설고 숨가쁘다. 섬세하고 예민한 시인의 감각은 일상에 파묻혀 관심 있게 보지 않는 존재의 문제를 끊임없이 고뇌하고 있는 것이다.

혼자 당도하니 운정(雲井)역에서
기차가 온다고 했다.

숯고개역에서 기다리니
사과나무가 함께 서 있어주었다.

여행이란, 결국 우물을 찾아드는 것인가.
고작 우물에서 우물로 가는 것인가.

옛일이 그랬을까.
우물에 가면, 우물을 잊는다고 했다.

구름의 우물역에서 기차가
오고 있었다.

우물은 흐르는 것.
사내 하나가 그 위에서 기다리고 있었다.

—성윤석, 「구름의 우물역에서 오는 기차」

이 시는 우리네 삶에 있어서 실존 문제를 들먹이고 있는 작품이다. 여행 중인 "사내 하나"가 "숯고개역"에서 기차를 기다리면서 사색에 잠겨 있다. 그 옆에는 사과나무가 한 그루 서 있다. "운정역"에서 온다고 했다. '운정(雲井)'의 말뜻을 풀어보니 "구름의 우물"이다. "여행이란, 결국 우물을 찾아드는 것인가"에서 알 수 있듯이, 우물은 단순한 공간이 아니라 바로 자신의 실존을 상징하고 있음을 쉬 눈치챌 수 있다. 그는 자신의 존재를 찾아가는 여정을 통해 깊이 있는 사유의 방식으로 다가선다.

성윤석의 언어 감각은 어쩌면 가장 고독하고 본질적인 삶의 주체로서 '나'의 실존적 상황에 대한 인식으로 초점화된다. 그것은 "우물"로 가는 방법, 일상화되어 감동이 없는 삶에 자신을 순치시키는 논리에 대한 자의식의 문제를 일깨우고 있다. 그것은 아마도 일상화되어 가는 삶에 대한 저항과 자기 자신에 대한 반성일 것이다. 그의 시세계는 단순한 감상에 머물지 않고 삶에 대한 준엄한 통찰까지 동반하는 서정적 힘을 담고 있다.

류경일은 나리꽃을 닮은 시인이다. 꽃말은 '깨끗한 마음'이다. 그의 상상의 시간과 공간에는 언제나 '고향'이 자리잡고 있다. 그에게 있어 고향은 실존이다. 왜냐하면 아름다운 추억과 자신을 걱정하는 가족, 곧 할아버지, 할머니, 아버지, 어머니 그리고 이웃들이 살고 있기 때문이다. 시인이 쉽게 뿌리치지 못하는 세계는 바로 고향이다. 그의 실존은 아름다웠던 과거의 고향 체험에 머물러 있다. 고향의 기억 보존은, 의심할 바 없이, 타락한 현실을 구제할 수 있는 가장 귀하고 근본적인 동력이다. 여느 시인들이 그렇듯 고향은 자기 마음속에 살아 숨쉬는 실상의 세계이며, 동시에 사랑과 긍정으로 모든 것을 다스리는 마음 자리인 것이다.

> 늦가을 비 사나흘 달아서 내릴 때
> 아버지 건물 옥상 곶감막에서
> 발 헛디뎌 갈비뼈를 다치시다
> 물러 터진 고종시 무리지어
> 콘크리트 바닥에 코를 박고 죽다
> 줄줄 흘러 빠지는 덜 여문 곶감도
> 사람도
> 종일 눈물 자아내는 밤

조(弔)…조(弔)…조(弔)

저마다 몸 안 붉은 등 켜는

숨 질긴 곶감들

나는 쉰내 나는 움막 밑에서

살려낸 목숨들을 헨다

—류경일, 「비」

　이 시는 그의 두 번째 시집 첫머리에 내세운 작품이다. 비가 내리면 어릴 적 고향에서의 기억이 되살아난다. 연일 비 내리는 늦가을, 곶감 막을 손질하던 아버지가 발을 헛디디는 바람에 '고종시'와 함께 바닥에 떨어졌다. 아버지는 갈비뼈를 다치고, 덜 여문 곶감은 물러 터져버렸다. 그로 말미암아 가족들은 종일 눈물을 흘렸고, 말할이인 '나'는 성한 곶감을 골라내던 기억을 묘사하고 있다. 이 시는 비와 눈물의 이미지가 슬픈 기억의 아버지와 곶감의 사연에 잘 맞아떨어진다.

　결국 류경일의 시에 들앉은 고향 마을의 정경은 '기억'의 심상에 의존하는 시인의 서정적 시간의식의 결과라고 할 수 있다. 그의 시가 도시적 생활정서에 쉽게 안착하지 못하고 끊임없이 고향 마을의 자연을 되돌아보려는 까닭은 도시생활에 대한 고뇌를 달래기 위해서이다. 이렇듯 류경일은 고향의 실존, 특히 가족들의 삶을 여전히 자신의 중심에 놓고 있는 것이다. 그의 고향 회귀는 자신의 원상을 찾아가는 일이며, 도회 현실의 중심에 또 다른 삶의 공간을 마련하는 일이다.

　송창우는 동백을 닮은 시인이다. 동백의 꽃말은 '겸손한 아름다움'이다. 그의 시는 바닷가에 핀 동백마냥 오랜 기다림 끝에 아름답게 피워난다. 동백을 닮은 시인의 가슴속에는 늘 바다가 들앉아 있는 까닭에 그의 시어에는 소금기 저린 바다내음이 진하게 배어 있다.

그의 시에는 온통 바다가 출렁대고 있고, 그 중심에 한 채의 섬이 뿌리를 내리고 있다. 그의 시에서 섬은 고립도 소외도 아닌 바다를 가장 잘 아는 사람들의 터전인 것이다. 그는 고향 가덕도를 자랑삼아 시에 불러온다. 그는 그곳에 사는 한 마리 '꽃게'이며, 꽃을 피우고 싶은 '망둥게'인 것이다.

숭어 떼 든다 망둥이도 뛰고 활기찬 맥박 바다로 가자 향기롭구나 신 김치에 막걸리 한 사발 어로장 종수 아배 얼굴에도 진달래 피고 온다 온다 자자 버타라 망루대 호령 소리 다잡은 손끝 바르르 떤다

숭어들이 숭부는 숨 맞추기 아리들도 모여 앉아 입을 맞추는 외양포 마을 몽돌밭에는 러일전쟁 때 뿌린 붉은 박편화약 햇살에 바작바작 터지고 꼬리치는 바다 대가리 푸른 숭어 떼 따라 한려수도 유람가는 사람들 형제 떠난 항구로 돌아와요 으쌰쌰 동백꽃 지고

수평선 끝 편지 없는 누이야 어질머리 수건 휘감고 힘줄이 툭툭 건져 올린 숭어 떼 속에 눈부시구나 새하얀 코고무신 한 짝

―송창우, 「숭어들이」

이 시에서 보듯, 그는 감각적인 표현의 소유자이다. "종수 아배 얼굴에도 진달래 피고" "으쌰쌰 동백꽃 지고" 같은 신선한 이미지를 보여준다. 자연 속에 머물렀던 시인의 감성적 인식은 아름다움의 한 극점을 향하고 있다고 볼 수 있다. 시인이 지녀야 할 시심(詩心)으로 말하자면 그토록 아름다운 마음은 찾아보기 힘들다.

송창우의 가슴에는 바다로 향한 푸른 촉수가 돋아 있다. 그의 시에

는 푸른 빛 바다가 끊임없이 넘실대고 있기 때문이다. 그리고 감씨 속의 배젖에까지 관심을 가질 만큼, 그의 상상력은 섬세하다. 그 상상력의 밑바탕에는 고향 바다가 자리잡고 있다. 그에게 있어 바다는 삶의 근원일 뿐만 아니라 삶의 목표로 여겨진다. '바다로 돌아감'은 어머니에게 돌아감을 뜻하며, 이는 바로 삶의 원천으로 돌아감을 뜻한다.

최갑수는 달맞이꽃을 닮은 시인이다. 꽃말은 '말없는 사랑'이다. 그의 시에는 가슴 아린 이의 간절한 사랑이 묻어 있다. 그 사랑을 벗어나지 못하는 갑갑한 심정에서 더욱 슬프고 애절하게, 그래서 더욱 아름답게 시화하고 있다. 그의 사랑시들은 오랜 금기들을 감싸 안으려고 시도하고 있다. 위반의 언어는 사랑을 통해서 애틋한 공간으로 바뀜으로써 힘을 발휘한다. 그는 우리 사회의 왜곡된 사랑을 감싸 안으면서 세상을 비꼬고 있다. 내면의 윤리를 지키기 위한 자신과의 싸움은 저항정신의 새로운 양상이라 하겠다. 주변부를 감싸 안으려는 힘, 그것이야말로 상식에서 벗어날 수 있게 하는 방법임을 시인은 깨우친 듯하다.

외진 몸과 몸 사이
하루에도 몇 번씩
높은 물이랑이 친다
참 많이도 돌아다녔어요,
집 나선 지 이태째라는 참머리 계집은
잘근잘근 입술을 깨물며
부서진 손톱으로
달을 새긴다

장판 깊이 박히는 수많은 달

　　　　　　　　　　　　　　—최갑수, 「밀물여인숙·1」 가운데

　이 시는 인권의 사각지대라 할 수 있는 '창녀촌'의 어두운 풍경을
그려내고 있다. 하지만 그는 남들처럼 그것을 사회 비판이나 성차별
이나 인권운동의 차원으로 끌고 가지는 않는다. 다 같은 존재와 사랑
으로 감싸 안고자 한다. 그의 시의 특징은 질긴 생명력과 사랑의 감각
화에 있다. '계집'과 '달'이 슬픈 이미지를 빚어내고 있는 가운데, "밀
물여인숙"의 풍경을 감각적이고 선명하게 부각시키고 있다. 물론 그
가 사랑하는 이는 '창녀'가 아닐 터이다. 그녀로 비유되는 설움 많은
여인에 대한 '밀물' 같은 사랑일 것이다.

　최갑수의 「밀물여인숙」 연작에는 밤과 달과 밀물의 이미지들이 서
로 조화롭게 결합해 있다. 밀물로서 결핍된 욕망을 채우듯이 사랑의
충만함을 의도하고 있는 것이다. 그는 자아의 내부, 저 깊숙한 어둠
속에서 사랑의 힘을 느낀다. 연민과 포용으로 어둠을 적시고 끌어안
는 사랑의 세계는 바로 생명의 원천이다. 우리 사회가 전반적으로
갖고 있는 여성에 대한 편견 때문에 갖는 소외와 절박한 자기 표현의
사랑이 구체화되고, 강해지면서도 그것을 떠올리는 시인의 집착은
여전히 사랑과 생명감에 대한 자신의 생각과 인식, 정서를 빚어내는
솜씨를 유지하려 애쓴다.

　손택수는 '동심'이라는 꽃말을 지닌 강아지풀에 비유하고 싶은 시
인이다. 그의 시는 참 순수하고 천진무구한 삶을 펼쳐 보이고 있다.
그가 보여주는 삶의 정황은 '해맑은 아이들'의 동심 세계이다. 동심이
란 세계와의 만남에 있어 인식과 정신으로 세계를 파악하는 것이 아
니라, 거의 선험적으로 세계를 직관한다. 그는 유년의 아련한 기억들

을 시적 풍경으로 끌어들이고 있다. 그래서 그 기억의 이미지를 서럽도록 아름답게 되비쳐주고 있다. 그의 시세계는 동심을 빌어 세계와의 만남을 시도하고 있다.

> 감꽃 핀다, 어디선가 소식 없는 사람들 편지라도 한 장 날아들 것 같다
> 사람도 집도 땟국물이 흐르는 기차길 옆 오막살이
> 기우고 기웠지만 어딘지 정이 헤퍼 보이는 철망을 달고
> 옥수수 한 줌 쌀 한 줌 가난을 폭죽처럼 터뜨리던
> 뻥튀기 할아버지, 잠들어 계신 언덕일까
> 아지랑이아지랑이 마술의 주문이 오르고
> 햇빛에 달궈진 선로 끝 아득히 멀리서부터 기적이 울리면
> 뻥 튀긴 희망에 주린 배를 달래본 적 있니, 설사를 하며 속아본 적 있니
> 속을 줄 알면서도 튀밥이 튀면 허천나게 달려든 적이 있어!
> 꽃이 튄다, 저만치 떨어져서 귀를 막는다
> 너를 묻은 땅속 꽃씨 한 줌도 성급하게 피어날까
> 튀밥처럼 뻥 하고 튀어 오를까, 귀청이 다 떨어지도록
> 치밀어 오르는 그리움, 아그데 아그데 감나무 굶주린 꽃이 핀다
>
> ―손택수, 「감꽃」 가운데

이 시는 "감꽃"이 피워 있는 풍경을 가난했던 유년의 "튀밥"에의 기억으로 이끌고 있다. "감꽃"은 어린 시절을 상징하는 기표이다. "기차길 옆 오막살이" 동네 어귀의 넓은 마당(빈터)에서 오손도손 모여 "튀밥"을 튀기는 풍경, 눈에 선한 광경이다. 얼마나 적절한 비유인가. 그는 튀밥에 대한 기억을 "감꽃 핀다"라는 시간으로 되돌려 놓고 있

다. 이 시는 마음속의 풍경, 이를테면 동화적 세계를 언어로 부리는 시인의 능력을 금세 깨닫게 한다. 말할이의 현재 위치와 그가 유추하고 있는 과거 풍경 사이의 행복한 화합을 바탕으로 씌어졌기에, 예전의 "폭죽처럼 터뜨리던" "가난"조차도 "꽃이 핀다"는 아름다운 풍경으로 그려내고 있다.

결국 손택수의 시를 지배하는 하나의 국면은 동화적 상상력이다. 그의 시에서 유년에 대한 기억은 실존적 고독자인 인간이 잃어버린 시간을 되찾을 수 있는 하나의 통로이다. 유년을 기억한다는 것은 현재의 자기 존재를 성찰하는 것에 다름 아니다. 어쩌면 동화적 상상력이 그의 시세계의 원초적 풍경이라는 생각이 든다. 그 같은 풍경은 동화의 세계 같기도 하고, 환상의 세계 같기도 하다.

3.

이 책에서 소개한 이들은 경남대학교 국어국문학과에 연을 맺은 시인들이다. 글쓴이는 그들의 시세계를 여느 꽃에다 비유해 보았다. 그리고 그들의 존재를 '꽃보다 아름다운 시인'으로 치켜세워도 보았다. 이는 결국 그들에 대한 글쓴이의 사랑이고 열려 있는 지고한 바람인 터이다. 아무튼 그들은 시의 정원에서 저마다의 색깔과 향기를 뿜어내고 있는 꽃보다 아름다운 시인들임에 틀림없다. 그래서 더욱 그 정원은 아름답고 살 만한 세상의 중심에 있는 것이다.

꽃을 주고받는 일처럼, 여전히 시를 쓰고 읽는 일이 사람과 사람을 이어주는 선물이었으면 한다. 꽃이든 시인이든 마주하면 아름다운 마음을 나누게 될 것이다. 어느 겨울 날, 꽃이 지고 향기도 꺼져버린 정원 벤치에 앉아 시집을 펼쳐 읽으면, 꽃보다 아름다운 시인의 향기가 묻어날 것이다. 오늘 밤에는 이 시집을 품고 '집마당에 만발한 꽃꿈'을 꾸고 싶다.

글을 마무리하는 마당에 나도 모르게 안치환의 「사람이 꽃보다 아름다워」라는 노래가 입가를 맴돈다.

누가 뭐래도 사람이 꽃보다 아름다워

이 모든 외로움 이겨낸 바로 그 사람

누가 뭐래도 그대는 꽃보다 아름다워

노래의 온길 - 품고 사는 바로 그대 바로 당신

바로 우리 우린 참사랑

(시 정지원, 곡 안치환)

가인(家人)이란 말이 있다. 작지만 아름다운 세계를 만들며 그 속에 사는 사람일 터이다. 시인 또한 마찬가지라고 생각된다. 자신의 작은 세계이지만 온 세상을 아름답게 비추어주는 존재가 아닐까.

나는 패랭이꽃을 좋아한다. 꽃말은 '언제나 사랑해'이다 경남대학교 국어국문학과 출신의 시인들이 가꾸어 놓은 정원에서 아름다운 시향(詩香)을 맡는다는 것 자체가 내게는 큰 행복이다. 언제 어디서나 시에 대한 열정과 사랑을 잃지 말고 아름다운 세상을 위해 분투할 것을 빌어본다.

남해 앵강만에 그린 자화상

: 문성욱의 시세계

1. 앵강만으로 가는 길

　문성욱과의 인연은 서른일곱 해 전의 고등학교 시절로 거슬러 간
다. 남해가 고향이었던 우리는 자주 만나 정담을 나누었다. 고등학교
졸업 뒤에는 서로의 안부를 모르다가, 한참이 지나 시인으로 등단한
그를 우연히 만난 바 있었다. 그렇게 또 잊고 지내며 10여 년의 세월이
흘렀다.

　올해 봄에 그의 전화를 받았다. 늦게나마 시집을 내야겠으니, 원고
를 살펴보고 해설을 부탁한다는 전갈이었다. 대학교에서 문학 연구를
하고 있는 내가 적격이라는 것이었다. 몇 차례 연락을 주고받으며
한사코 거절했지만, 막무가내의 요청에 못내 수락하고 말았다.

　문학 연구가 아닌 시집 해설, 시의 풀이는 큰 부담으로 다가왔다.

그가 보내온 작품만으로 시세계를 이해하기란 쉽지 않은 일, 서로 만나 이러저런 이야기를 나누며 그의 시심을 알고 싶었다. 하지만 우리의 만남은 바쁘다는 핑계로 여러 날을 미루다가 끝내 성사되지 못한 채 어느새 가을로 접어들었다.

남해대교가 오작교도 아닐진대, 직접 만나지 못하고 전자우편으로 그의 특별한 이력을 건네받았다. 시집의 저자 약력에는 죄 실리지 않을 내용이기에 염치없이 끌어와 보았다. 왜냐하면 문성욱의 시세계는 자신의 자서전과도 같은 까닭이다.

이제 문성욱의 시작품을 읊으며 남해 앵강만(鸚江灣)을 찾아갈 참이다. 앵강만은 바다 물길에 모래와 자갈 부딪치는 소리가 마치 꾀꼬리 울음소리 같이 아름다운 물굽이라는 뜻에서 붙여진 이름이다. 상상은 자유롭다. 나는 남해 바다 물길을 한아름 품고 앵무새(꾀꼬리) 울음소리를 내는 앵강만의 문성욱 시인을 만난다. 그와의 만남은 고향 남해를 시의 글감으로 삼았다는 것만으로도 내게 있어 큰 기쁨이다. 그러나 서로의 길은 처음부터 많이 달랐다. 나는 그저 고향의 추억에 이끌려 앵강만 풍광을 보러 갔지만, 그는 오직 '앵강만 물길', 곧 삶을 찾아서 남해에 머물렀다. 다시 말해서 나는 손님으로, 그는 주인으로 앵강만에서 만난 것이다.

그와의 반가운 만남을 이끌었던 시 「한사리」를 글머리에 올려본다.

다섯 물 가슴사리, 물결 밀려오는

바다에 가면

수평선 잠들었다 일어나

반겨준다

몰랭이 사람들 비자나무골 가지 않음은
송장 때문이라고 하늬바람 전하고
할아버지의 수염은 긴 섬 앞에
머뭇거린다.

연수 영감 아들이, 말을 잇지 못하고
울먹이는 바다에
파도의 주름살은 깊어만 간다.

징 소리 노을 따라 번지는
몰랭이 마을은
한사리

—「한사리」

'몰랭이'는 문성욱 시인이 사는 마을이다. 구체적으로 밝히자면 경상남도 남해군 설천면 금음리를 일컫는다. 그는 서른 중반에 고향으로 돌아와 20년 가까이 생활해오고 있다. 그런데도 그가 바다와 만나는 발길은 남들과 사뭇 다르다. 그에게 바다는 썰물과 밀물이 아닌 눈물로 충만한 한사리 같은 시간이자 공간이다.

그는 '다섯 물 가슴사리'의 물결이 밀려오면 바다를 찾는다. 그곳이 앵강만이든 몰랭이 마을 곁의 강진만이든 상관없다. 그는 수평선을 펼치며 반겨주는 바다를 보면서, 돌아가신 할아버지를 떠올리기도 하고, '연수 영감 아들'의 슬픈 사연을 듣기도 한다. "울먹이는 바다에 파도의 주름살은 깊어만 간다"는 표현에서, 앵강만을 애처롭게 바라보는 시인의 심정을 읽어낼 수 있다.

2. 젊은 날의 뒤안길을 돌아서

문성욱은 1966년 경남 남해군 설천면 금음리에서 태어났다. 남해에서 초등·중학교를 거쳐, 진주에서 고등학교를 다녔다. 대학교에서는 건축공학을 전공했는데, 건축설계에 많은 관심을 두었다. 그런 까닭에 미술 기초가 있어야 한다는 생각에서 미술교육과 강좌를 수강하기도 하였다.

그가 젊은 시절에 찾아나선 길은 공사판이었다. 1992년 대학교 졸업 이후 서울·경기 지역을 떠돌며 3년가량 건설 현장에서 건축기사로 일했다. 그가 맞닥뜨린 삶의 현실은 녹녹하지 않았지만, 좋은 집을 짓겠다는 꿈을 저버리지 않았다. 그래서 밤에는 미술학원에서 데생과 소조 연습을 하기도 했다.

아울러 그는 젊은 날의 뒤안길에서 힘겨운 역정을 겪으면서도 집짓기, 곧 무한의 공간에 시공(時空)을 초월할 수 있는 문예창작에 대한 열망을 감추지 못하고, 1999년 모교의 국어국문학과에 편입하여 문학 공부에 전념했다. 2001년 늦은 나이에 다시금 대학교를 마쳤지만, 일거리를 찾지 못해 상경하여 건설현장에서 노동자로 일했다.

따라서 그의 시편에는 건설 현장과 관련된 작품들이 많다. 이를테면 「문이 보인다」, 「철거할 수 없는 집은 다시」, 「나무의 결은 벽이 되어」, 「마음의 빈방 5」, 「길에서 만난 사람」 등이 있다. 그리고 고향 남해에서의 신혼집 짓기와 공사를 다룬 「마음의 창, 안과 밖」, 「삼나무 테이블」, 「다시 집을 짓고」, 「발코니 확장」, 「경사지붕의 틈새로」 등도 건축과 관련된 작품이다.

화살표 따라 내려가시오

지상 주차금지
겨울 오기 전에 골조공사 끝내야 한다고 서둘렀던
지난 공사 일,
남은 일을 지금 하고 있다
식탁에 피어나는 김처럼 오갈 식당 박사장 만나
둔촌동 이야기를 한다
공사장이 지지부진 오랫동안 일할 수 없었던
속사정을 말하지만
그는 가고
사정 들어 줄 사람 이제는 한 사람
없다
안전하지 못했던 사람들 몇 있어도 입주자는
이사왔다
지금 놀이터에 아이들이 놀고 있다
정원의 오래되지 않은 나무는 잔뿌리 내리고
공사판에 몰려왔던 사람들 한 사나흘 전
썰물이 되어 가버린 자리
비우고 가는 휴지통이 무거워
쉬어가는 놀이터
주차장 입구에 문이 보인다

—「문이 보인다」

이 시는 그의 등단작 가운데 하나인데, 젊은 날에 초상인양 건설
현장에서의 체험을 형상화한 작품이다. 여기서 그는 공사장 표지판처
럼 "화살표 따라 내려가"지만, "주차금지" 푯말이 세워져 있다. 공사가

늦어진 이유를 말하지만, 속사정을 들어줄 사람도 없다. 그렇게 "안전하지 못했던 사람들 몇 있어도 입주자"는 들어왔고, "공사판에 몰려왔던 사람들 한 사나흘 전 썰물이 되어 가버"렸다. 그런데도 시인은 마음이 불편했는지, 다시 공사장을 찾아 "휴지통"을 비우고 있다. 어두운 주차장을 배회했는가 보다. 그러다가 결국 "주차장 입구에 문이 보인다". 이 시에서 눈길을 끄는 것은 '문'에 대한 이미지이다. 이를테면 그는 생활 조건으로서의 매개물로 '주차금지'와 '주차장의 문'을 이원대립적 언어망 안에 담아내고 있다.

또한 그는 "일하는 노동의 즐거움이 있지만 미래를 계획할 수 없었던 부족함에 가슴을 쳤다. 조화로운 내부 공간을 위해 벽을 줄여 문을 새로 만들었다"(「벽이 다시」 가운데)고 했다. 이처럼 '문'은 그의 여러 작품에서 제 몫의 특별한 의미를 지니고 있기 때문이다. 그의 시쓰기는 '문'을 만드는 일과도 같다. 이만하면, 문성욱의 '문'은 그의 시정신을 투사한 개인적 상징으로 보아도 지나치지 않을 것이다. 그의 시에서 '문'은 시인의 고귀한 바람, 곧 희망의 미래로 여겨진다. 그는 삶의 가치와 의미를 '문'에 빗대어 자기 모색의 길을 열어가고 있는 것이다.

아지랑이 아른거리는 4월 어느 날
살그머니 걸음 옮겨가는 곳은
무명 도공이 불 밝히던 도요지
눈 밟는 황사바람 길을 막았다

날름날름 혀 내밀던
불꽃 기억 속에 아련하고
흔들어 깨우는 파편 조각들이

대지의 원혼 달랜다

깨어진 호리병과 이야기하는 사이
분청 항아리 부르는 시선
불 속 달려왔다고
말 못한다.

질그릇 숨소리 들린다
달그락거리며 발 구르던 가마 속
불기운 가고 없고
굴뚝은 허물어져 흔적만 남았다

저녁노을 타는 가슴
개옻나무가 유혹하는 불길 속
얼굴 붉히는 결실의 열매
새들 불러들인다

욕심 버리고 만나자
불의 초대에
새 옷 갈아입고
눈물 감춘 여인아

—「불의 초대」

　그가 도회의 건설 현장에서 일할 때, 도예가 이수종의 작업실에서
한동안 머물렀다. 이로 말미암아 그는 도자기와 불가마의 유약에 대

한 관심을 가졌다. 그렇게 분청 다완의 제작은 취미를 넘어 작품 전시와 시창작에도 많은 영향을 받았다. 그의 도예 체험은 따온 시와 같이 작품을 구상하는 원천이 되기도 했다.

이 시에서 문성욱은 도예에 대한 미련을 버리지 못하고 "무명 도공이 불 밝히던 도요지"를 찾아간다. 하지만 그곳에는 "가마 속 불기운 가고 없고 굴뚝은 허물어져 흔적만" 남았고, "깨어진 호리병"과 "분청 항아리" 조각들만 어지럽게 널려 있다. 그는 허무함이 밀려왔지만, 아련한 "불꽃 기억"을 떠올리며 자신의 텅빈 가슴을 달래고 있다.

> 서울 마포 중동, 분당 청구빌라,
>
> 일산, 둔촌동 재개발 현장, 그리고
> 서울 이공계멀티 강의동 공사장을 돌아 다시 고향에 왔다.
> 늦어진 공사 일 입주 마감시간 때문에
> 겨울밤 밝혔던 일들이 모닥불에 모락모락 피어난다.
>
> 미완성의 집,
> 오래된 집의 창문 새로 바꾸고
> 방의 목문 교체하였다.
> 문을 만들고 창을 새로 하였지만
> 바람은 만들 수 없다.
>
> —「마음의 빈방 5」 가운데

이 시는 흑백사진과도 같이 젊은 날의 생활을 보여주고 있는 시인의 추억록이라 하겠다. 그의 표현처럼, 당시 세상살이는 "문을 만들고 창을 새로 하였지만 바람은 만들 수 없"었다고 했듯이, 그의 공사는 "미완성의 집"으로 남았던 것이다. 그런 만큼 시인의 삶은 "마음의 빈방"인양 허무를 느꼈던 것이다.

　그의 허전한 마음을 채워줄 수 있는 것은 고향에 대한 그리움이다. 그가 고향으로 발길을 돌릴 수 있게 한 계기가 바로 "아버지 젯상에 올릴 감 가져가라"는 누나의 전화였던 것이다. 아마도 그는 분당 신도시에서 서울, 자유로 지나 일산까지의 10여 년의 도회 생활을 청산하고, 귀향을 결심했을 것이다.

　　도시의 거리를 방황하다가
　　국사봉 지나 다시
　　집으로 오는 길에
　　봉수대 바라보니 모락모락 연기 난다

　　본향이 어디냐고 묻지마시오
　　향 한 줄 머리풀어 올리는 제사에
　　제물은 가고 없고 눈에 밟히는
　　길에서 만난 사람들

　　　　　　　　　　　　　　　　　　　　—「길에서 만난 사람」 가운데

　　그림공부를 위하여 어둠의 골목길을 달렸던 지난 시절
　　아그리파의 석고상을 보면서 거짓의 명암
　　조절할 수 없었던
　　부족함이 글쓰기의 시작이었다.
　　연필심은 선과 면으로 이어져 입체가 되고

무형의 집을 짓겠다던 꿈을 접어두고
공사장 기웃거렸다.
아버지의 육신이 묘지로 향하고 다시 찾은 고향,
폭우로 무너진 언덕 쌓고,
전답 가꾼다.
이름 모르는 사람이 성당에 찾아와
기도를 하고 있다.
보이지 않는 사랑의 노래
십자가 밑에서 찾는다

이제 시작이다.

—「이제 시작이다」

앞의 시에서처럼 그는 "도시의 거리를 방황하다가" 여러 사람들을 만났다. '연변에서 온 김씨', '인력시장에서 불려온 강씨', '미얀마에서 온 청년' 등은 모두 고향을 떠나온 사람들이다. 그리고 뒤의 시에서 알 수 있듯이, 문성욱이 고향으로 돌아와 터를 잡고 살게 된 까닭은 아버지의 별세에서 비롯되었을 것으로 짐작된다. 여기서 그는 "아버지의 육신이 묘지를 향하고 다시 찾은 고향"이라 했다. 아버지의 부재로 말미암아 그는 어머니를 모시며, "폭우로 무너진 언덕 쌓고" 농사일을 했던 것이다. "이제 시작이다"라는 표현에서처럼 그의 고향살이는 그렇게 시작되었다.

3. 앵강 고개로 가는 길

문성욱이 어떤 연유로 고향을 찾아 터잡고 살게 되었는지 그 속사정을 속속들이 알지 못한다. 아마도 인지상정(人之常情)의 길이었을 것으로 여겨진다. 생각건대 그는 2002년 11월 아버지 별세로 말미암아 남해로 옮겨왔다. 아버지의 빈 자리를 채우기 위해서일 것이다. 이로 미루어 그는 드물게 '착한(?) 시인'이라는 생각을 지울 수 없다. 요즘은 '착하다'는 표현이 그다지 좋은 의미로 사용되지 못하지만, 사전적 의미는 마음씨가 곱고 어질다는 뜻을 담고 있다.

언젠가 S저널에서 '풀꽃' 나태주 시인에게 좋은 시인이 되기 위한 자질을 묻자 '착한 마음과 부드러운 마음을 가져야 한다. 세상을 아름답게 살다 보면 좋은 시를 쓰게 될 것'이라고 답했던 영상이 떠오른다. 이처럼 문성욱은 곱고 어진 심성을 가진 사람이기에 착한 시를 쓰고 있다. 착한 시인의 표상으로서, 그는 효자라는 점이다. 효는 자식들의 도리, 효는 착한 사람을 만든다. 효자는 분명 아름다운 사람이다.

> 아버지의 서랍에 6.25 참전용사증이 휴경지 호박
> 가상잎 같이 쭈그러져 있다니!
> 거제 포로수용소 이야기를 이어 하시던 어머니
> 세월의 강줄기 따라 큰설 샛강도 흐른다
> 저 샛강 붙들고 돌아온 농번기
> 가을걷이 끝났다
> 누구의 땅이라 말을 못하고
> 편히 쉬어라 그 말 눈에다 찍었다
> 하늘은

텅 빈 항아리이구나

―「텅 빈 항아리」

　이후 문성욱은 2003년 12월 『시를 사랑하는 사람들』에 「텅 빈 항아리」, 「문이 보인다」, 「고기잡이」가 추천되었다. 그때부터 시창작에 매진했으며, 한민족통일문예제전 경상남도 시사상 수상(2004년)했다. 그리고 2005년 3월 시와 사진으로의 초대(남해도서관), 5월 시와 조형전(보물섬 마늘나라) 개최하기도 했다. 2007년부터 〈진주작가〉와 인연이 되어 『문학과 형평』을 발간하기도 했다.

　여기 따온 시는 2003년 그의 등단작 가운데 하나이다. 별세한 아버지의 서랍 속에 남겨진 '6.25참전용사증'이 시의 모티프가 되었다고 한다. 아버지의 농사일을 도맡아 "농번기 가을걷이 끝"내고 아버지에 대한 그리움을 노래한다. "편히 쉬어라"는 말을 떠올리며 가을하늘을 올려다본다. 그의 마음은 텅 빈 항아리처럼 허전하다. 결국 그에게 있어 아버지의 부재는 '텅 빈 항아리'와 같다는 것이다.

　그는 여러 시편에서 아버지를 추억하고 있다. 이를테면 '아버지께서 갑작스럽게 세상 떠나셨기 때문에 집안의 재산 정리하지 못하고 그냥 가셨다'(「풀씨는 자란다」), '물주고 기다리며 키운 씨앗 거두어들이기 전에 흙으로 돌아가신 아버지의 묘지에 핀 들국화'(「마늘밭 사이로」), '전답을 일구시던 아버지의 기침소리'(「햇살은 날개를 달고」), '아버지의 육신이 묘지로 향하고 다시 찾은 고향'(「이제 시작이다」), '삶의 영토를 '깊이 있게 일구고 가꾸라'고 하신 아버지의 말씀'(「마늘나라 축제에 부쳐」), '시간의 끝에 일손을 멈춘 아버지의 거처'(「화장을 하며」), '아버지 제상'(「마음의 빈방 5」), '아버지, 생명의 말씀을 기억하게 하소서'(「형상의 언어를 찾아」) 등은 아버지에 관한 기억을 불러오고 있는 시편들이다.

또한 문성욱은 뇌경색과 치매를 앓던 어머니와 함께 농사를 지으며 살았다. 그는 2014년 어머니가 별세하기까지 정성스레 봉양했다. 다음의 시를 읽으면, 서포 김만중의 효성이 떠오른다. 김만중은 유배지 남해 노도에서 '오늘 아침 어머님이 그립다는 말 쓰려고 하니 글자도 되기도 전에 눈물로 이미 젖어버렸네. 몇 번이나 붓끝을 적셨다가 거듭 던져 버렸는지 문집 안에 남해에서 지은 시는 응당 빠지겠구나(今朝欲寫思親語 字未成時淚已滋 幾度濡毫還復擲 集中應缺海南詩)'하며, 어머니에 대한 그리움을 절절하게 읊은 바 있다.

꼬부랑길 지나 개울 건너
남해 금산에 올라
앵강만 노도 바라보며
해배(解配) 그린다

벽련마을이 어디냐고
길을 묻고 싶지만
사람들은 보이지 않는다

서포의 발자취 찾아
객들이 노도를 다녀가고
문 열고 반겨줄 유배문학관 천창은
외로웠던 영혼 그림자 찾는다

잠이 오지 않는 깊은 밤

꿈에도 보고픈 그리운 얼굴
풍경은 눈감지 못하고
바람에 울고 가고

마음의 여백에 그리는
붙잡고 싶은 사람의 발길
빛과 어둠의 줄다리기에
주름살은 강이 되어 깊어간다

—「풍경 그리기 2」

　시인의 마음자리를 고스란히 드러낸 작품이다. 시인은 고향 남해를 찾아왔고, "남해 금산"에 올라 앵강만의 풍경을 담아내고 있다. 마치 유배인의 심정으로 김만중이 유배온 "노도"를 바라보며 "해배"의 간절한 마음이었지만, 그곳에서 삶을 마감한 "서포의 발자취"를 되새겨본다.

　그는 김만중처럼 유배인의 심정으로 외로움을 달래고 있다. 마치 그 시절 김만중의 절박했던 심사를 헤아려 자신의 삶에 반추하고 있다. "외로웠던 영혼 그림자 찾는다"라는 구절이 고향에서 느끼는 그의 심정을 대변하고 있다. 여기서 그는 여행의 단순한 볼거리를 위해서가 아니라 삶의 현장이 되어버린 동병상련의 "그리운 얼굴"을 찾아서 유배문학관에 왔던 것이다. 그런 까닭에 그의 눈길은 앵강만의 노도와 벽련마을에 쏠려 있다. 하지만 "벽련마을"은 알 수 없고, 앵강만 풍경만이 "눈감지 못하고 바람에 울고" 갈 뿐이다. 다시 말해서 그는 이 시를 통해 앵강만에게 새로운 시의 영혼을 불어넣고 있는 셈이다.

지난해에는 마을 노인회 나들이 김밥의 재료로

시금치를 드렸던 일

잊을 수 없다.

성탄 무렵이면 금치가 되는 남해 시금치

서리를 맞고 추위 속에 자란 식물이

환호를 받는 사실을 잊어버렸다

시금치의 묶음을 위해 겨울밤 밝히시던

어머니

하늘로 보내고 이제사 시금치의

이야기를 쉽게 한다.

거절할 수 없었던 시금치 심부름

—「시금치를 캐면서」 가운데

이 시에서 그는 어머니와의 추억을 불러오고 있다. 특히 그는 어머니가 별세하기 전에 "시금치의 묶음을 위해 겨울밤 밝히시"며, 당시 "마을 노인회 나들이 김밥의 재료로 시금치를 드렸던" 어머니의 심부름을 "잊을 수 없다."고 했다. 이 시를 통해 어머니의 따뜻한 정과 시인의 착한 심성을 읽어낼 수 있다. 물론 그는 '시금치와 같이 파종하는 마늘 농사는 어머니의 손길'(「포기할 수 없는 농사」)에서 보듯, 시금치와 '마늘' 농사에 관련된 시를 많이 남기고 있다. 이로써 그는 어머니에 대한 추억뿐 아니라 남해의 특산물인 시금치와 마늘을 매개로 그의 농사일을 드러내곤 한다. 그의 시 가운데 마늘을 매개로 한 작품은 「마늘밭에서」, 「벌에게 배운다」, 「마늘나라 축제에 부쳐」 등에서 찾을 수 있다.

이밖에도 문성욱은 '땅에 곡식을 심고 가꾸는 일 손 털지 못하는 어머니'와 '거제 포로수용소 이야기를 이어 하시던 어머니'(「텅 빈 항아리」), '윤달에 길쌈을 하여 저승길 수의를 미리 준비해주시던 우리들의 어머니'(「북을 울릴 수 있다면」), '높은들 바닷가에 일 하시던 어머니'(「겨울바다」), '어두운 밤 우물가에 불 밝히시던 간절한 어머니의 소망'(「다시 불씨 되어」), '시금치 꽃대를 올리고 아지랑이 춤추기 시작한 봄날에 장다리 밭에 앉은 나비를 잡겠다고 밭으로 가시던 어머니'와 '들판의 곡식들과 호흡을 같이하며 팔십 평생을 살아오신 어머니'(「살아난 어머니의 기억」), '닭집 같은 아파트에는 살지 못한다며 고향으로 돌아오신 어머니'(「나무의 결은 벽이 되어」), '숨소리 점점 거칠어져가는 어머니의 심장병, 치매'(「마음의 빈방」), '어머니 그 넓고 깊은 사랑의 노래'(「길 떠난 사람의 노래」) 등의 시편들에서 어머니를 작품 속에 여러 차례 불러오고 있다. 아마도 효자 김만중처럼 간절한 그리움이라 하겠다.

집짓기 공사를 마무리하고 3년이 지났다.
바다와 섬이 병풍을 이루는 곳,
2층은 서재의 용도로
증축할 생각이었다.
결혼을 하면 신혼살림을 차릴
생각도 있었지만 혼자서는
할 수 없는 일.

벽체를 세우고 집짓기 시작했지만
진행이 순조롭지 못했다.
사람이 살아가는 집,
혼자 사는 집은 의미가 없기에

만남이 인연 되어
새 가정 이루었다.

다시 창을 내고 벽체를 만들며
집을 짓는다.
사랑의 보금자리, 집짓기에 못질을 하고
멈추었던 망치소리 다시 들린다.
철근은 시멘트 모래와 결합하여
비바람 막는 벽체 되었다.

―「다시 집을 짓고」 가운데

2층집을 지어주면 시집오겠다는 여인이 있어, 문성욱은 2013년 늦은 나이에 결혼했다. 그의 "집짓기 공사"는 3년에 걸쳐 이루어졌다. 하지만 "결혼을 하면 신혼살림을 차릴" 생각으로 2층을 증축하고자 했다. 우여곡절 끝에 "조심스럽게 표현한 사랑의 노래로 계단 만들고 연기할 수 없이 신방 꾸며", 드디어 그는 2층집을 완공했고 "만남이 인연 되어 새 가정 이루었"던 것이다. 이 시 말고도 결혼을 전제로 진행된 집짓기에 대한 감상을 소재삼아 풀어낸 「벽을 허물며」, 「연, 그 무엇」, 「편백나무 창」, 「벽이 다시」 등이 있다.

산불 감시요원의 계약기간이 지나고
신문사에서 일할 수 있는
기회를 포기했다.

펜을 놀리는 일을 함부로 할 수 없기에

잠시 쉬었다.

남해성당 교우들의 이야기로
채워지는 사랑방은
가시밭길 사랑 이야기

전 데레사 할머니의 시집살이 이야기는
장례미사로 끝을 보았고
가을 낙엽처럼 곱게 물들어
주님께 드리는 고백 편지

보이지 않는 사랑의
길을 찾아가는
순례자의 노래

또 다른 삶의 이야기를 위해
겨울 추위에도
장작불 피워야 하리

—「사랑방」

사실 그는 1988년 군복무 시절에 만난 사제로 말미암아 인생의 전환점을 맞게 되었다. 그래서 그는 1996년 수도사제의 거룩한 삶을 꿈꾸며, 1996년 신학대학교를 입학했다. 2년 동안 다니다가 수도자의 정신으로 순명하는 삶을 살기에는 부족함이 많음을 깨닫고 중도에 그만두었지만, 신앙심은 지금껏 간직하고 있다.

이 시의 제목인 '사랑방'은 남해성당의 주간 소식지를 일컫는다. 현재 그는 천주교 마산교구 남해성당 사무장으로 근무하고 있으며, 소식지 〈사랑방〉 편집을 맡고 있다. 여기서 보듯, "남해성당 교우들의 이야기로 채워지는 사랑방"은 우리네 삶의 이야기로 채워져 있다. 이렇듯 문성욱은 성령으로 충만한 사람, 깊은 믿음의 소유자이다. 다시 말해서 그는 착한 신자이다.

> 별이 잠든 사이
> 옥수수수염 산책 가는
> 몰랭이 마을에
> 숨바꼭질하는
> 별을 향해
> 속삭인다.
>
> 투명강화유리 안에
> 마음의 창이 있고
> 하늘나라의 문은
> 보이지 않는
> 밤하늘의 별이라고

—「마음의 창, 안 그리고 밖」 가운데

"하늘 나라의 문"과는 달리 "몰랭이 마을"은 구체적이고 현실적인 공간이다. "하늘 나라의 문은 보이지 않"지만, "밤하늘의 별"은 "투명 강화유리 안에 마음의 창"을 비춘다. 다시 말해서 그에게 있어 "밤하늘의 별"은 그의 신앙과도 같은 사랑과 봉사 길일 따름이다. 그런 점에서 이 시는 문성욱의 신앙심과 종교 활동을 대변하고 있다. 비록 이들 시편만으로 그의 신앙심을 가늠하지 못하지만, 문성욱이 지향하는 세계가 '마음의 창'을 통해 "하늘나라의 문"을 찾아가는 일임은 알겠다.

다음의 작품은 시집 발간을 앞두고 뒤늦게 보내온 시편이다. 가장 최근의 작품인 것으로 여겨진다.

눈 내리는 겨울이면 가고 싶은
고갯마루, 금산 가는 길목
잿빛 안개 속
자리 떠나지 못하는 나무와
새하얀 풍경의 숲
솔바람의 노래.

잠들기 전에 가야 할 먼 길이 있다고
마음으로 기도하던
앵강 고개
돌부리에 걸려 넘어지고 다시 일어나
가야 할 길에 진눈깨비
진눈깨비.

—「앵강 고개」

이 시는 로버트 프로스트의 시 「눈 내리는 저녁 숲가에 멈춰 서서」를 떠올리게 한다. 프로스트는 뉴잉글랜드의 시골 풍경을 통해 인생에 대한 성찰을 보여주었다. 이처럼 문성욱은 남해의 "금산 가는 길목"에서 만나는 "새하얀 풍경의 숲"과 "솔바람의 노래"를 통해 인생에 대한 반성과 앞으로 걸어가야 할 길에 대한 삶의 자세를 담담하게 그려내고 있는 것이다.

그렇다면 문성욱이 "잠들기 전에 가야 할 먼 길"은 어디인가. 그래서 그가 '지켜야 할 약속'이 무엇인지 사뭇 궁금해진다. 아무튼 그는 "눈 내리는 겨울" 어쩌면 시집이 발간되면 다시금 금산 가는 길목의 "앵강 고개"를 찾아가지 않을까 싶다.

4. 발길을 붙잡아 매고

지천명의 나이를 지난 문성욱이 노래한 남해 '앵강만'은 세상살이의 마땅한 원리와 이치를 깨닫는 일에까지 그 물길을 뻗치고 있었다. 이는 결국 '시의 고향으로 가는 길'임을 눈치챌 수 있었다. 하지만 그에게 있어 '앵강만 물길'은 자취를 남기지 않는다. 어떻게 보면, 그는 '이미 고향에 없는 길'을 찾고 있었는지도 모를 일이다. 한편으로 그는 고향 남해의 아름다운 풍경과 착한 모습을 시 속에 끌어들여 자신과 동일화를 꾀하고 있었다. 그의 상상력의 한 켠에서 고향 바다의 값어치를 찾아낼 수 있는 것도 이와 무관하지 않을 듯 싶었다.

이처럼 문성욱의 시편은 하나하나가 그의 자화상이다. 그 이미지들을 엮어보면 시인의 자서전처럼 다가온다. 그런 점에서 시집 『앵강만』은 그의 삶과 시정신을 투사하고 있는 각별한 의미를 지니고 있다. 이른바 그의 시는 젊은 날 도회에서의 뒤안길과 고향에서의 앵강 고갯길로 형상화되고 있다. 그런 점에서 그의 시살이는 '앵강만 물길'을 따라가는 행보로 여겨진다.

'열 길 물 속은 알아도, 한 길 사람 속은 모른다'는 속말이 있듯이, 나는 열 길 물 속조차 알지 못한다. 하물며 한 길 사람 속을 어찌 알겠는가. 더군다나 앵강만 시인의 속내를, 그것도 한 권의 시집에 대한 느낌만으로 말이다. 이렇듯 내 모자람 탓에 그의 시세계를 제대로 알지 못했거나 잘못 읽은 부분이 많을 줄 안다. '앵강만 물길'을 따라 열 길 바다를 헤엄치는 시인, 나아가 한 길 사람 속을 알려고 애쓰는 시인, 그의 보물섬 해도(海圖)를 제대로 그려내기 위해서라도 조만간 만나 미뤄둔 이야기를 나누어야겠다.

오늘도 나는 '편백숲'이 있는 '앵강 고개'에서 시인의 뒷모습을 잠시 훔쳐보고 있다. 하지만 그의 길에는 아무런 약속도 남겨두지 않았다. 그가 '노도'에 가서 떠돌지, '벽련마을'에 가서 머물지, '몰랭이'에 가서 누울지, 그의 행보를 여전히 장담할 수 없다. 다만 그가 초대한 남해 앵강만을 시집의 끝자락에 묶어둘 뿐이다.

노을빛 그리움으로
다시
돌아오겠지요.

호수 같은 남해 바다
잔잔한 물결,
파고를 넘어

해의 품으로

—「해의 품으로」

최명표 학문살이의 인(因)과 연(緣)

1. 인연(因緣)은 씨앗이고 밭이다.

우리는 사람을 만날 때나 대상을 마주할 때 '인연'이라는 말을 자주 끌어온다. 본디 불가(佛家)에서 유래된 말로서, 인(因)은 원인을 뜻하고 연(緣)은 원인에 따라가는 것이다. 이른바 인이 씨앗이라면 연은 밭이다. 최명표와의 인연은 학문마당에서 비롯되었다. 전북과 경남의 거리감에도 불구하고, 우리는 지역문학 연구라는 외롭고 외진 길에서 만났다.

우리의 관계가 더욱 긴밀해진 빌미는 2012년 '한국지역문학회' 결성과 학술지『한국지역문학연구』발간이었다. 최명표는 지역문학 연구의 큰 뜻과 굳은 의지를 내보이며 열과 성을 아끼지 않았다. 지금 우리는 '한국지역문학회'의 회장과 부회장 직책으로 이름을 올리고 있지만, 미안하게도 내가 학회에 한 일은 별로 없다. 모두가 회장 최명표의 공덕이라 하겠다.

최근 그가 제30회 김환태 평론문학상을 받게 되었다는 수상 소식을 전해 왔다. 이 상은 '거센 사이비 문학의 격류를 막아내며 민족문학을 수호, 발전케 하는 김환태 비평정신을 기리기 위해 문학사상사가 제정한 평론문학상'이다. 우리나라 비평문학의 발전에 일익을 담당하려는 취지를 담고 있듯이, 최명표의 수상은 참으로 마땅한 일이다. 그의 저서 『전북지역 문학비평사론』(2018)에 실린 「김환태 비평의 낭만주의적 성격」, 그밖에도 논문 「김환태 비평에서 동심의 심미화 과정」, 「김환태 비평의 영향 관계」 등을 들먹이지 않더라도, 이번 수상의 영예는 그의 학문적 활동과 업적이 지대했던 까닭이다.

사실 최명표의 문학상 수상은 처음이 아니다. 그는 제2회 이재철 아동문학 평론상(2013), 제19회 박홍근 아동문학상(2014), 전주 '온글문학회'의 제5회 아름다운 문학상(2016), 그리고 전북문학상(2018) 등을 받은 바 있다. 그런데도 금번의 김환태 평론문학상 수상은 유달리 반갑고 기쁜 일, 우리 한국지역문학회의 경사(慶事)이다. '회장님, 축하드립니다.' 하고 박수를 보내기도 전에, 문학사상사에서는 대뜸 나에게 수상자 작품론을 부탁했다. 하지만 당해 작품론보다는 그동안 최명표가 펴낸 저서를 중심으로 그의 학문살이 궤적을 짚어보는 것이 나을 성싶다. 이참에 못다 나눈 수상 축하의 인사를 전하고, 다시금 그와 각별한 인연을 맺고자 한다.

최명표는 교육자이며 학자이자 문학평론가이다. 지금껏 그는 여러 분야에 걸쳐 수많은 평론과 논문을 발표했다. 그리고 우리의 학문마당에 평론집과 연구서, 문학전집과 자료집을 비롯해 방대한 연구 성과를 보여주었다. 이러한 최명표 학문살이의 인과 연은 크게 세 매듭으로 묶여 이어지고 있다. 이를테면 아동문학·시문학·지역문학 영역에 걸친다.

2. 사연(事緣): 아동문학 연구의 씨앗을 뿌리다

최명표 학문살이의 첫 매듭은 아동문학 연구이다. 그러한 연유에는 교육자로서의 본업이 주요 동인으로 작용했을 터이다. 그는 대학을 마친 뒤부터 줄곧 교육 현장에서 어린이들을 가르치면서 아동문학의 현실에 각별한 눈길을 가졌으리라 짐작된다. 이러한 이력이 자연스레 그를 아동문학 연구의 길로 이끌었을 것이다.

아동문학은 우리 문학사의 중요한 영역 가운데 하나이다. 그런데도 아동문학은 오랜 폄하와 홀대 속에서 문학담론의 뒷전으로 밀려나 있었고, 그 연구 성과 또한 열세를 벗어나지 못했다. 최명표는 1990년 월간 『아동문예』, 1992년 계간 『아동문학평론』에서 문학평론 추천을 받았다. 이를 계기로 그는 아동문학 연구자로서 본격적인 활동을 펼쳤다.

무엇보다도 최명표는 아동문학에 대한 인식과 연구 방법, 그리고 실제 적용을 한 고리로 삼아 자신의 학문살이에 매진했다. 특히 그의 평론집 『균형감각의 비평』(1996)과 『아동문학의 옛길과 새길 사이에서』(2007)는 다양한 작가와 작품을 여러 각도에서 조망하며 아동문학 연구의 지평을 넓혀주고 있다. 이재철(1931~2011)의 「아동문학 100년 약사」에 따르면, 최명표는 아동문학 평론의 '개척자적인 일세대'로 활동했다. 그가 불모지나 다름없던 아동문학 평단의 텃밭을 일구는데 큰 역할을 맡았다는 평가에 다름 아니다.

한편, 최명표는 전문적인 아동문학가 말고도 근대 작가들을 대상으로 소년문예의 범주에서 탁월한 연구 활동을 보여주었다. 그의 저서 『한국 근대 소년소설작가론』(2009), 『한국 근대 소년운동사』(2011), 『한국 근대 소년문예운동사』(2012) 등이 그것이다. 이는 1920~30년대에 우리나라 소년들이 일으켰던 소년문예운동을 최초로 다룬 아동문학 연구서로 평가받는다. 그런 점에서 이들 책은 근대 아동문학의 씨앗을 뿌리고 가꾼 선각자들의 문예활동을 발굴하여 정연하게 펼쳐준 아동문학사의 보물이라 할 만하다.

최명표의 아동문학 연구는 '처녀지라서 딛는 발길마다 허방에 빠지고, 뻗는 손길마다 가시덤불에 베일 것'(『한국 근대 소년문예운동사』)을 각오하고 뛰어들었던 분야이다. 아무튼 우리나라 초창기의 아동문학, 곧 소년문예 활동을 파악하고 갈무리하는 그의 연구는 매우 힘겨운 작업임을 일러주고 있다.

지역의 연구자들이 아동문학을 데려온 자식 취급하는 자세는 크게 꾸짖을 일이다. 아동문학은 특수한 문학인 탓에, 문학성과 대상성을 아우를 수 있는 특별한 능력을 필요로 한다. 결코 아무나 나설 수 있는 영역이 아닌 것이다. 연구자들은 이 사실을 염두에 두고 지역의 아동문단에 배전의 관심을 표해야 한다. 아동문학의 지반이 단단하지 않으면 문학이나 독자의 장래는 보장되지 않는다. 이 평범하고 단순한 사실이 지역의 연구자들에게 각인되기를 바란다.

—『전북 지역 아동문학 연구』 가운데

따온 글에서 확인할 수 있듯이, 최명표는 지역뿐 아니라 한국의 아동문학 전반의 연구 풍토가 순수하고 바르지 못한 것을 단호하게 지적하며, '엄정한 자세로 학문적 접근을 서두르기 바란다'고 밝혔다. 이로써 그는 아동문학을 대하는 연구자들의 바람직한 태도를 표명하고 있다.

이후 최명표는 아동문학에 관련하여 많은 논문과 평론을 지속적으로 발표했다. 그리고 그동안 발표한 글들을 묶어 아동문학 연구서와 평론집을 펴냈다. 『전북지역 아동문학 연구』(2010), 『한국 현대아동문학 연구』(2013), 『한국 아동문학의 현단계』(2018) 등이 해당된다.

여전히 불모지나 다름없는 아동문학 연구의 분야는 잣대와 이론의 빈곤으로 어두운 그림자를 드리우고 있다. 그런 열악한 환경에서도 최명표는 아랑곳하지 않고 무수한 아동문학 작품을 다양한 각도에서 조망했다. 무엇보다도 교육현장과 맞물린 실천비평을 통해 아동문학의 문학적 의의와 전망을 탐색하고 있다. 그런 점에서 그의 치밀하고도 정치한 작품 분석은 우리 아동문학의 현주소를 예리하게 짚어내고 있으며, 이를 통해 보다 성숙하고 미래지향적인 아동문학의 행로를 이끌어가고 있다.

3. 학연(學緣): 시문학 연구의 텃밭을 일구다

최명표의 학문살이에 있어 둘째 매듭은 시문학 연구이다. 이는 그의 대학원에서의 학업과도 무관하지 않다. 그는 1992년 전북대학교에서 「윤동주 시 연구」로 석사학위를 받았고, 2001년 「김해강 시 연구」로 박사학위를 받았다. 이로써 시문학 연구를 학연으로 삼겠다는 의지를 보인 셈이다. 다시 말해서 그는 대학원이라는 제도권 연구기관에 연고를 두면서 학자의 길을 걷게 되었다.

이후 최명표는 근·현대 시문학사를 넘나들며 하나하나 나열하기 어려울 정도로 많은 논문을 발표했다. 이를 통해 그의 학자적 자질과 역량을 짐작하고도 남음이 있다. 시문학 연구와 관련된 연구서로『해방기 시문학 연구』(2011), 『한국 현대시학의 틀과 결』(2018)이 있다. 특히 그는 광복기 시인들의 시세계와 시론, 그리고 활동상을 두루 살폈고, 여러 시인들을 대상으로 우리나라 현대시학의 일면을 모색했다. 이들 저서는 시문학 연구자로서 그의 학문적 한혈(汗血)을 담아낸 성과물이라 하겠다.

오랜만에 전공서를 세상에 내놓는다. 그간 논 것은 아니었으되, 시를 공부하는 일에 게을렀던 것도 사실이다. 날마다 밤마다 서안을 바짝 당겨 놓고 연구자의 길을 걷고자 했으나 힘에 부친다. 죄다 천성이 고루 부족하고 능력이 두루 달리는 줄 깨닫게 되는 이 즈음이다.

―『한국 현대시학의 틀과 결』 가운데

최명표는 자신의 전공인 시문학 분야에서도 많은 연구 성과를 보여주었다. 그런데도 그는 "천성이 고루 부족하고 능력이 두루 달리는 줄 깨닫게" 된다며, 낮은 자세로 자신의 학문살이를 성찰하고 있다. 그렇다고 이러한 속내를 무턱대고 받아드려서는 안 된다. 이즈음 학문마당의 고루한 학자들을 향한 경각과 충고에 다름 아니다. 왜냐하면 그만큼 천성이 부지런하고 능력이 출중한 연구자도 드문 까닭이다.

이와 맞물려 최명표는 전북지역 문학자산의 발굴과 정리에 정성을 쏟고 있다. 그의 학문살이를 빛내는 성과물 가운데 하나가 문학전집의 발간이다. 이는 숨어 있는 문인이나 작품을 발굴해서 한자리에 수습한다는 데에 본뜻이 있을 터이다. 뿐만 아니라 우리 문학사의 부피와 두께를 더하는 작업이다. 이를 알기에 그는 자신이 몸담고 있는 지역문인의 전집을 꾸준히 펴냄으로써 해당 작가를 학계에 알리며, 학자들의 연구를 촉발시키고 있다.

그동안 최명표는 김창술(1902~1953), 김해강(1903~1987), 이익상(1895~1935), 유엽(1902~1975), 유진오(1906~1987), 윤규섭(1909~?) 등 작고 문인들의 전집을 펴냈다. 모두가 전북지역과 연고를 가진 작가들로서 그의 학문적 소신을 실천에 옮긴 대표 사례라 할 만하다. 이 가운데 『김해강 시전집』(2006)은 학자로서 박사학위논문을 준비하면서부터 미리 계획되었던 일이다. 기미만세의거에 참여한 시인이자 교육자인 김해강의 작품집으로, 그는 시대적 책무로부터 한 치의 물러섬도 허용하지 않았던 김해강의 모습을 새롭게 조명하고 있다.

이처럼 최명표는 박사학위논문의 연구 대상이었던 김해강 시인에 주목한다. 전북 출신의 김해강은 시력 60년 동안 한 번도 고향을 떠나지 않고 지역사회에 헌신했으며, 그 공로를 인정받아 초대 한국예총 전라북도지회장을 맡았던 인물이다. 그가 김해강 시인을 각별하게 주목하는 까닭은 어쩌면 자신의 지역살이와 닮았는지도 모를 일이다.

결국 최명표의 시문학 연구와 문학전집 발간은 불우하게 살다간 작가들을 우리문학사에 등재하는 매우 의미 있는 작업이다. 특히 그의 문학전집 발간은 학자적 소명으로 상찬 받아 마땅하다. 이는 예사로운 마음가짐이 아니고서는 불가능한 일로써, 학문마당의 벼리로 삼을 일이다. 그런 점에서 그의 학자적 열정과 부지런함을 짐작할 수 있다.

4. 지연(地緣): 지역문학 연구의 샛길을 거닐다

최명표 학문살이의 셋째 매듭은 아동문학과 시문학을 아우르며 자연스레 지역문학 연구로 이어진다. 사실 그의 지역문학 연구와 실천을 향한 참뜻은 일찌감치 품었던 바이다. 지연(地緣)에 바탕한 그의 당연한 행보는 지역문학 연구의 마중물 역할을 한 박태일(1954~)의 영향이 크다고 하겠다. 이에 대해서는 최근에 쓴 「박태일의 지역문학 연구 서설」(『한국지역문학연구』 제14집, 2019)이란 논문에서도 확인할 수 있다.

모름지기 지역문학을 공부하기로 결심한 이라면, 마음가짐과 몸가짐을 바로잡을 일이다. 그는 엄정한 학구열에 더하여 가열한 연구의지로 거주 지역의 문학현상은 물론이고, 역사와 문화에 관한 식견을 두루 갖추려고 총력을 기울이지 않으면 안 된다. 지역문학연구는 각종 문학이론을 고루 구비하고 나서 주변 학문의 방법론을 익힌 고도의 숙련된 연구 활동이다.

—「박태일의 지역문학서설」 가운데

최명표는 "지역문학연구는 각종 문학이론을 고루 구비하고 나서 주변 학문의 방법론을 익힌 고도의 숙련된 연구 활동"이라면서, 지역문학 연구자는 "거주 지역의 문학현상은 물론이고, 역사와 문화에 관한 식견을 두루 갖추"어야 한다고 일러준다, 다시 말해서 자신의 지역문학 연구가 지향하는 바를 일러두고 있다. 지역문학 연구는 지역사랑 문학실천의 소명으로 받아들이는 연구자의 마음가짐이라 하겠다. 그러면서 그는 '일찍부터 지역문학의 학술적 가치를 인식하고 연구하여 일가를 이룬 박태일이야말로 연구자들이 본받고 따라야 할 전범'이라고 표명하고 있다.

짐작컨대 최명표는 1997년 박태일이 경남지역의 뜻있는 연구자들을 결집하여 결성한 '경남지역문학회'의 활동에 각별한 관심을 가졌던 것으로 보인다. 비록 당시의 학회에는 경남·부산지역을 중심으로 이루어졌기에 관련 연구에 직접 참여하지 못한 채 자신의 삶터인 전북지역 중심의 지역문학 연구를 독자적으로 펼쳐왔다.

그런 와중에 2006년 학술지『지역문학연구』13호로 막을 내렸던 것이 못내 아쉬웠던 모양이다. 이후 그는 여러 차례 나에게 연락하며 전국적인 차원에서 지역문학 연구의 활성화를 제의해 왔다. 그 결과 2012년에 비로소 '한국지역문학회'를 결성하였고, 그의 주도로 매년 두 차례『한국지역문학연구』라는 학술지를 발행해 오고 있다. 어느덧 일곱 해를 넘기며 14권의 학술지를 펴냈다. 이 모든 성과는 '한국지역문학회'를 맡아 고군분투한 회장 최명표의 공적에서 말미암는다.

일찍이 최명표는 전북 문단에 작가가 출현하는 과정을 계몽운동가, 사회운동가, 작가, 전문직 작가의 순으로 제시한 바 있다. 이후 이 모형에 따라 시단, 아동문단, 평단, 극단, 소설단 등의 형성 과정을 차례대로 살피기 시작했다. 그 동안의 공부 결과물로서 그의 지역문학 관련 저서들은 전북지역의 문학 전통과 자산에 방점을 찍고 있다. 그 덕분에 우리 문학사에서 사라질 뻔한 귀중한 자료와 작품을 다시 얻을 수 있게 되었다.

이를테면『전북지역 시문학 연구』(2007),『전북 지역 아동문학 연구』(2010),『전북문학 자료집』(2012),『전북 근대문학자료』(2014),『전북지역 문학비평사론』(2018),『전북작가열전』(2018) 등이 그것이다. 앞서 소개한 전북지역 작고 문인의 문학전집과 더불어 그가 펴낸 저서에

'전북'이라는 표제를 붙인 것만 보더라도, 그의 지역사랑 문학실천의 열정을 감지할 수 있다.

이 가운데 최명표의 평론집 『전북지역 문학비평사론』은 제30회 김환태 평론문학상의 영예를 안겨준 저서이다. 서문에서 '그 동안에 출판된 『전북지역 시문학 연구』(2007)와 『전북 지역 아동문학 연구』(2010)를 잇는다'고 밝히고 있듯이, 그는 앞선 학문살이의 연장선상에서 이 책을 펴냈다.

아직도 강단에서는 지역문학에 무관심하거나 소홀하기를 주저하지 않는 실정이다. 예로부터 대학은 존립한 지역의 문학 담론을 주도하는 곳이다. 대학이 지역의 문학현상에 무관심하다면, 지역의 무수한 문학 자료들은 햇볕을 못 쬐고 사장될 수밖에 없다. 대학의 외면이 필자에게 팔자로 다가와 지금까지 전라북도의 문학을 공부하도록 이끌었다. 고마움을 표하기 전에 씁쓸하고 허허로움이 앞을 가린다.

—『전북지역 문학비평사론』 가운데

여기서 최명표는 전북의 지역문학 연구에 몰두하게 된 배경을 설명하고 있다. 그는 "아직도 강단에서는 지역문학에 무관심하고 소홀하기를 주저하지 않는 실정"이라면서, 지역의 문학담론에 대한 "대학의 외면"이 "팔자로 다가와" 전북의 지역문학 연구로 이끌었다는 것이다. 짐작컨대 그는 오래 전부터 대학 강단에서 문학을 가르치며 학문의 길을 걷고 싶었을 것이다. 하지만 그의 꿈은 허락되지 못했고, 무지와 왜곡으로 점철된 지역문학 연구의 현실에 맞서 묵묵하게 학자의 길을 걸어온 것이다.

이 책에 실린 글들은 전북의 문학현상에 대한 평론이다. 제1부에서 최명표는 '전북근대문학사를 쓸 요량으로' 전북지역의 문단과 평단이 형성되는 과정, 그리고 예술주의·계급주의 비평의 계보를 짚었다. 제2부에서는 전북지역의 논객들, 장준석(1903~1962), 김환태(1909~1944), 윤규섭, 천이두(1929~2017), 이보영(1933~), 오하근(1941~2017)의 비평 세계를 살폈다. 제3부에서는 이보영·임명진·정동섭의 비평집에 대한 단평을 실었다.

이 가운데 「김환태 비평의 낭만주의적 성격」은 기존의 예술주의적 또는 인상주의적 비평의 집중적 연구에서 벗어나 새로운 논지로 김환태 비평에 나타난 낭만주의적 특질을 고찰했다. 이에 최명표는 '김환태의 낭만주의적 비평은 문학 외적 주장에 압도되었던 평단의 흐름을 바로잡아서 문학적 본질에 입각한 논의가 활발해지도록 기여한 바 크다'고 평가했다. 아무쪼록 그의 바람대로 전북근대문학사가 서둘러 갈무리되길 빌어본다.

이렇듯 전북지역에 기반을 둔 최명표는 지역문학의 전통과 자산에 관한 연구를 오래도록 굳건히 펼쳐오고 있다. 그의 연구는 아동문학, 시문학뿐 아니라 비평사론, 작가론, 작품자료집을 망라한다. 지역문학과 관련된 저술이 대종을 이루는 그의 학문살이는 삶의 터전인 전북지역을 중심으로 괄목할 만한 성과를 내놓았고, 지역문학 연구자로서 이름을 우뚝 들내고 있다.

5. 연고(緣故)는 배움과 물음이다

나는 지역문학 연구가 자원봉사와도 상통한다고 적은 바 있다. 세상에서 소외되고 그늘진 삶을 찾아 사랑과 실천을 베푸는 자원봉사자, 지역문학 연구자 또한 우리 문학사에서 손길이 닿지 않고 발품에서 멀어진 문학을 찾아 행복을 나누는 아름다운 사람이다. 최명표가 그런 사람이다.

그의 학문세계는 아동문학, 시문학, 지역문학으로 이어지는 배움과 물음에서 연유한다. 그는 불모지나 다름없는 아동문학 연구의 사연(事緣)에서 학문마당에 씨앗을 뿌렸다. 또한 그는 시문학 연구와 문학전집 발간을 통해 학문마당에 텃밭을 일구었다. 지연(地緣)에 바탕하여 씨앗이고 밭이었던 그의 학문살이는 지역사랑과 문학실천의 본보기가 되었다.

또한 최명표의 학문살이는 한국문학의 줄기를 뻗치고 그 뿌리를 더욱 옹골차게 만들어가는 노력의 일환인 것이다. 오늘도 그는 거칠고 험한 길에서 몇몇 동학들과 더불어 '한국지역문학회'를 이끌며 고군분투하고 있다. 그런 연고로 전북의 최명표는 경남의 독옹(獨翁)마냥 한국지역문학 연구의 미래를 꿈꾸고 있는 셈이다. 그가 솔선하여 헌신적으로 실천하고 있는 일련의 전북문학 연구는 지역을 넘어 한국문학사의 폭을 넓히고 깊이를 더하는 학문적 성과임에 분명하다.

새삼 공자(孔子)의 학문살이를 되새겨 보면, '나는 나이 열다섯에 학문에 뜻을 두었고, 서른에 뜻이 확고하게 섰으며, 마흔에는 미혹되지 않았고, 쉰에는 하늘의 명을 깨달아 알게 되었으며, 예순에는 남의 말을 듣기만 하면 곧 그 이치를 깨달아 이해하게 되었고, 일흔이 되어서는 무엇이든 하고 싶은 대로 하여도 법도에 어긋나지 않았다.' 이 글을 마무리하면서 전북 전주의 '죽계서실'에서 불철주야로 학문 봉사의 길을 걷고 있을 학자 최명표를 상상해 본다. 이순(耳順)의 배움과 물음. 감히 최명표의 학문적 포부와 보람을 가늠할 수 없지만, 앞으로도 건필과 학운이 함께 하기를 빈다.

지역에서 문학으로 살아남기

: 지역 문예지의 역할과 전망

1. 들머리

오래 전부터 문학마당에 행장을 부려놓고 '지역사랑 문학실천'을 다짐하며 지역문학 연구에 분투하고 있다. 1996년에 첫발을 내디뎠던 『지역문학연구』는 열 해 동안 13호까지 발간되다가 무거운 걸음을 멈추었다. 하지만 지역을 품에 안고 치열하게 활동했던 학문살이의 이력은 지역문학의 길을 향해 나아가고 있다. 돌이켜보건대 이 같은 행보는 지역에서 문학으로 살아남기 위한 나름의 방책이었던 셈이다.

문학은 작품을 통한 작가와 독자의 커뮤니케이션(communication) 세상에 놓여 있다. 그러한 소통 구조 속에서 작품을 담아내는 문학매체는 작가와 독자를 이어주는 전달자로서 중요한 기능과 역할을 맡아오고 있다. 근대 이후 대표적인 문학매체인 책은 여전히 문학사회의 중심 자리를 지키고 있다. 그 가운데서도 각종 문예지의 발간은 문학 담론을 더욱 왕성하게 펼쳐 보이는 촉매로 활용되고 있다.

흔히 문예지는 문예작품을 싣는 잡지를 일컫는다. 이는 주로 등단 작가들의 작품으로 구성되고 있으며, 월간·격월간·계간·반년간의 형태로 발행되고 있다. 문예지와 비슷한 성격으로 문학동호인의 동인지, 문학단체의 기관지 또는 전문지, 비정기간행물 형태의 무크지 등이 있다. 문예지와 이들을 뚜렷하게 나눌 기준은 약하지만, 대체로 문예지는 문학 관련한 내용을 중심으로 하여 연속적으로 발간되는 인쇄매체를 뜻한다.

이즈음 디지털문화 환경의 변화는 문학의 위기를 초래하고 있지만, 여전히 우리의 문학마당에서 문예지는 창간과 폐간을 거듭하며 끊임없이 명맥을 유지해 가고 있다. 어쩌면 작가들의 창작을 감당할 수 없을 정도로 지나치게 문예지의 발간과 종류가 다양한 현실이다. 물론 소통 대상인 독자들의 반응을 모르는 바 아니겠으나, 크게 개의치 않는 형국이다. 이러한 현상은 지역사회의 문학마당을 들여다보아도 짐작할 수 있다.

이 글의 대상은 수도권을 제외한 여타 지역에서 발간되는 문예지로 한정한다. 여기에서는 동인지·기관지·무크지 성격의 문학매체가 아닌 특정 발행인에 의해 정기적으로 발간되는 인쇄매체인 문예지를 중심으로 다루고자 한다. 이를 바탕으로 글쓴이는 지역 문예지의 현황과 위상을 짚어볼 것이다. 아울러 지역문학 차원에서 지역 문예지의 바람직한 역할과 전망을 따져보고자 한다.

2. 문예지의 전통과 현주소

우리의 문학마당에서 문예지의 역사와 전통은 문학사를 대변한다고 여길 만큼 중요하게 자리매김되고 있다. 근대 잡지는 문예지의 창간으로부터 시작되었고, 근대문학은 문예지를 통해 이루어졌듯이, 문예지는 문학사회에서 핵심적 기능으로 작용했던 까닭이다.

그동안 문예지는 작가들에게 발표지면을 제공해 주었고, 신인작가를 발굴하는 계기가 되었으며, 우리문학을 받쳐주고 이끌어가는 담론들을 생산해왔다. 아울러 문예지는 작가와 독자를 소통시키는 징검다리 구실을 했으며, 문학사회의 으뜸 매체로서 큰 영향력을 끼쳐왔다.

이 자리에서 우리나라 문예지의 전통을 온전하게 살필 수는 없지만, 개략적으로 그 시대적 특성을 짚어보면 다음과 같다. 최초의 문예지는 1908년에 창간된 『소년』이었다. 그 뒤 1924년에 창간된 『조선문단』은 본격적인 문예지의 특성을 반영한 문학매체였다고 하겠다. 이밖에도 나라잃은시기의 문예지로는 『문예공론』과 『문장』을 비롯해 많다. 당시의 문예지는 작품 발표의 지면으로서 역할뿐 아니라 식민지 체제의 어려운 여건 속에서도 문예부흥을 주도해 나갔다.

광복기에는 나라 사정과 정치적 영향으로 문예지의 출현이 쉽지 않았다. 하지만 1948년에 창간된 월간지 『문예』는 분단 상황에서 자유주의 문학의 기반 조성에 진력하게 되었다. 한국전쟁 이후 문예지의 명성은 『현대문학』과 『자유문학』이 이어갔다. 특히 1955년 창간되어 현재까지 발간되고 있는 『현대문학』은 가장 전통 있는 문학매체로 우리의 문학마당에서 큰 역할을 맡아 왔다.

1960년대 들어서면서부터는 여러 문학단체를 중심으로 한 기관지들이 속속 나오기 시작했다. 그런 와중에도 1966년에 창간된 『창작과

비평』은 현실참여와 새로운 문학담론을 창출하면서, 새로운 역할을 수행한 문예지로 값매김되고 있다. 이와 더불어 『문학과 지성』은 문학의 순수와 자유를 옹호하는 문학성을 강조했다. 이들 잡지는 참여문학과 순수문학을 대변하는 입장에서 우리문학의 발전에 크게 기여했다.

1970년대 이후 창간된 문예지로 『문학사상』, 『세계의 문학』, 『문예중앙』, 『실천문학』 등을 꼽을 수 있는데, 이들 문예지는 당대의 문학담론을 생산하고 새로운 문학인을 발굴함으로써 문학사회에 많은 영향을 끼쳤다. 그러나 1980년대 들어 권위주의 행정부가 들어서면서부터 언론통폐합으로 주요 문학매체들이 폐간되면서 잠시 문예지의 활약도 주춤거렸다.

그렇지만 1980년 후반 언론의 자율화 정책이 실시되면서, 문예지는 작가·독자 간 커뮤니케이션의 장으로서 기능을 되찾았다. 앞서 언급한 문예지들은 대부분 복간되었으며, 그밖에도 『작가세계』, 『현대시』, 『문학동네』 등의 문예지가 창간되어 현재에까지 이르고 있다.

한편, 1990년대 들어서는 문학마당의 상황이 앞선 시기와 사뭇 달라진다. 각종 문학단체가 활성화되고, 출판문화의 영역이 넓혀지면서 문예지의 발간 또한 다양화되고 전문화되었던 것이다. 지역자치제의 제도화라는 사회환경 변화나, 그에 따른 지역사회 안쪽의 문학담론 개발이라는 요인으로써 모두 설명되지 않는 현상인 셈이다.

최근 한국잡지협회와 국립중앙도서관에 납본되는 문학잡지의 수는 300종에 이른다고 한다. 이 같은 통계는 문예지뿐 아니라, 특정 단체의 동인지와 기관지의 성격을 지닌 매체까지 아우른 수량이다. 오늘날 문예지의 현황을 살펴보면, 수도권에서 발간되는 문예지가 전체의 70%를 넘어선다. 대부분의 문예지가 수도권에서 발간되고 있다는 점은 무엇보다 사회적 여건에서 비롯된 것이다.

여기서 문예지의 수준별 등급 순위를 매긴 자료를 참고해 보면, S급(최우수급 문예지)에는 『문학과 사회』, 『창작과 비평』, 『세계의 문학』, 『작가세계』, 『문학동네』가 들어 있고, A급(우수급 문예지)에는 『현대문학』, 『실천문학』, 『문학사상』, 『문학수첩』, 『현대시』, 『현대시학』, 『시인세계』 등이 포함된다.

물론 문예지의 등급이 높다고 해서 누구에게나 그 가치를 인정받는 것은 아닐 터이다. 하지만 눈여겨볼 점은 우수급 문예지가 모두 수도권에서 발간되고 있다는 것이다. 그런데도 수도권이 아닌 지역에서 문예지를 출현시켰다는 것은 매우 의미 있는 일이다. 비록 중·상급 이하의 수준에 머물지만, 지역 문예지들은 오래 전부터 지역문학의 든든한 토양으로 자리잡고 있었음을 말해준다.

앞서도 말했듯이, 그동안 문예지는 우리문학사를 기술하는 데 있어 중요하게 다루어져 왔다. 지역 문예지도 마찬가지로 지역문학사 정립에 있어 중요한 요소인 작품의 생산과 소비, 이른바 커뮤니케이션 구조와 맞닿아 있다. 흔히 문학을 사회적 산물이라 일컫듯이 지역 문예지는 당시의 지역사회 상황과 긴밀하게 관련되어 있다.

이를테면 지역사회의 담론이 한데 어우러져 나온 정신적 구심체로서의 성격을 지닌다. 나아가 지역 문예지는 지역의 문예운동의 장으로 활용되기도 하고, 작가와 독자 사이에 서로 영향을 주고받으며 작품 창작을 선도하는 역할도 수행한다.

이즈음 문예지들이 꾸준히 발간되는 것은 나름의 이유가 있다. 우선, 출판사를 운영하는 경우이다. 문예지 발간이 적자임을 알지만, 장기적인 입장에서 보면 문예지는 해당 출판사를 홍보하는 기능과 안정적인 작가를 확보하는 데 교두보 역할을 한다. 결국 출판사는 문예지를 발간함으로써 문학에 투자하는 효과를 갖는다.

다음으로, 출판 환경의 변화이다. 출판사의 재정은 열악하기 그지없지만, 예전과 견주어 출판 환경이 수월해짐으로 해서, 창작자들이 서로 뭉쳐 문예지를 발간하는 경우가 많다. 문예지 발간에 참여한 창작자들은 문예지를 통한 문학실천의 장을 넓힐 수 있기 때문이다.

그런데도 지역에서 문예지를 발간하기란 한결같이 어렵다. 왜냐하면 열악한 자본에서 문예지를 낼 수 있는 능력은 거의 없고, 빈약한 필진 또는 검정되지 않은 필진들로는 수준 높은 작품을 얻지 못하며, 구조적인 한계로 말미암아 지역 담론을 이끌어갈 종합 문예지로서 매체 형태를 갖추기 어려운 까닭이다.

3. 지역 문예지의 의미와 『문예연구』

지역은 사회공동체 속에서 나날살이를 꾸려가는 사람들의 삶터로서, 개인이나 집단의 정체성을 마련해주는 문화적 장소이다. 그러나 우리에게 지역이란 오랜 역사의 공간 경험 과정에서 괄시받고 소외된 생활세계로 인식되어 왔다. 그동안 구조화되고 내면화한 지역패배주의는 행정 조치나 법 개정으로 쉽게 극복될 일은 아니다. 지역이야말로 새롭게 재장소화하고 재영역화하는 과정이 필요한 핵심 역장이다.

오늘날에는 지역 안쪽을 향한 구심력과 지역 바깥쪽을 향한 원심력을 알맞게 갖추어 균형감 있는 지역 인식과 지역문학에 대한 이해가 요구된다. 그런 점에서 지역문학은 지역을 문제틀로 삼아 새롭게 제자리를 닦아나가야 할 시도적인 문학이며, 형성 과정의 문학이다. 지역사회 안팎으로 하루가 다르게 변화하는 디지털문화 속에서 스스로 바람직한 지역 담론의 소통 촉매가 지역문학인 것이다.

지역문학은 국가문학 내지 중앙문단에서 밀려난 변방의 문학을 뜻하지 않는다. 그리고 문학마당에는 문학창작도 중요하지만 문학실천이 병행되어야 한다. 그런 만큼 지역문학은 문제인식에서부터 해결방법과 전망에 이르기까지, 지역의 구체적인 자리에 서서 생활세계의 성찰과 변화를 이끌어내는 새로운 실천문학이어야 한다.

나아가 지역문학은 지역적 개별성과 탈지역적 보편성이 길항하는 지역사회의 중요 인자로서, 지역 가치를 이어주고 키울 뿐 아니라 지역사회의 문화 통합을 앞서 이끌고 있다. 지역문학이 잘 되기 위해서는 지역 담론이 활발하게 일어나야 한다. 지역 담론의 활성화는 지역 문예지의 존재 이유를 드높일 수 있는 핵심 과제이다. 지역사회의 문학 취향을 키우고 교양을 넓힐 수 있는 촉매작용이 지역 문예지에 달려 있다.

우리의 경우, 문예지를 산출시킨 의도는 대체로 두 가지로 정리될 수 있다. 첫째는 문예지가 작가들에게 작품 발표의 지면을 제공한다는 것이다. 특히 문학 지망생들에게는 신인작가 배출과 발표 의욕을 충족시키는 징검다리 구실을 한다. 둘째는 문예지가 다수의 독자들을 상정하지 않아도 것이다. 이는 문예지의 발간이 수익 위주의 경영원리에서 한결 자유로울 수 있음을 뜻한다.

지역 문예지 또한 그러한 의미에서 비롯되었다. 그러나 지역 문예지는 또 하나의 중요한 의미를 가진다. 그것은 중앙문단에서 소외된 지역작가들의 구심체로서, 지역 문예지가 고유한 지역성과 현장성을 바탕으로 특색 있는 문학작품을 추구할 수 있음을 뜻하기도 한다.

이즈음 지역 문예지의 출현과 급성장에는 다음과 같은 배경이 있을 것이다. 먼저 지역 문예지의 출현에는 등단을 기다리고 있는 수많은 지역 작가들의 수요가 있다. 다음으로 지역 문예지의 발전에는 지역 자치의 정책적 지원도 한몫을 하고 있으며, 지역화 시대를 외치는 시대적 흐름과도 맥을 같이 한다.

이를테면 지역 문예지의 발간은 발표 지면의 확보라는 지역 작가들의 절박한 사정과 관련된다. 어쩌면 지역 문예지는 지역작가들의 발표 욕구를 채워줄 수 있는 대안으로 발간되기도 한다. 아울러 지역 문예지는 발행인의 어떤 에꼴(ecole)을 형성하고 그들 나름의 문학을 고집할 수 있게 한다.

지역 문예지는 지역문학의 활로를 넓혀주는 산파 역할을 맡고 있다. 하지만 지역에서 매체를 발간하기란 한결같이 어렵다. 첫째, 자본이다. 수도권의 거대 출판 자본과 달리 지역 소규모 자본에서 문예지를 낼 수 있는 힘은 거의 없다. 거기다 마땅히 힘을 쏟을 환경도 아니다.

둘째, 필진이다. 지역 문예지가 지역이 지니는 한계를 벗어나면서 매체 구실을 제대로 다하기 위해서 가장 손쉬운 길이 유명 작가를 필진으로 끌어들이는 일이다. 이른바 힘 있는 작가의 작품을 얻지 못한다는 구조적인 한계가 지역 문예지를 더욱 초라하게 만든다.

셋째, 매체 형태이다. 지역에서는 지역 문예지는 한결같이 인쇄매체에 기대고 있는 사정이다. 지역 문예지는 매체 지배도 문제지만, 지역 내부의 다른 매체들과 경쟁해야 하는 부담을 안고 있다. 이러한 지적에도 불구하고 지역 문예지는 손해 보는 장사임을 알면서도 여느 출판물과 달리 새로운 논리로 제작 유통되고 있다.

여기서 각 지역의 문예지들을 모두 불러올 수 없지만, 관심어린 몇몇 문예지들을 떠올리며 적어본다. 광역권인 부산의『오늘의 문예비평』과『시와 사상』, 그리고『신생』, 대구의『시와 반시』, 인천의『작가들』과『리토피아』, 대전의『애지』와『문학마당』, 광주의『시와 사람』
과『문학들』, 제주의『다층』등은 어떠한지, 그밖에도 충남의『문예마
을』, 강원의『시와 세계』, 경남의『작은 문학』과『서정과 현실』등의
안부가 궁금하기도 하고, 무탈하게 발간되고 있는지 걱정이다.

　이 글에서는 지역 문예지의 개별적 특성이나 구체적 분석에는 관심
을 두지 않았다. 그러한 논의는 지역문학 연구 차원에서 부차적으로
다루어져야 할 일거리라 여긴 까닭이다. 따라서 글쓴이는 우리나라
문예지의 역사와 현황, 그리고 역할에 대해 기획 진단하는 자리를
특집으로 마련하고 있는『문예연구』를 대상으로 지역 문예지의 역할
과 전망을 되새겨 보고자 한다.

　『문예연구』는 전북지역에 터잡고 있는 신아출판사에서 발간되는
문예지이다.『문예연구』는 1993년 11월 15일 창간되어, 지금까지 79
호를 냈다. 2014년 올해 들어 지령 80호를 내달리고 있다. 계간지로서
한 해에 네 권씩을 꾸준하게 발간하며 전북지역의 대표적인 종합문예
지로서 전통을 다져온 셈이다.

　신아출판사는 1970년 2월 7일 '새로운 아시아'라는 뜻의 신아(新亞)
라는 이름으로 40년 넘게 한결같이 자리를 지켜오고 있다. 출판·인쇄
에 관한 모든 분야를 망라한 전문 출판사로 전국에서도 손꼽을 수
있을 출판 규모와 역사를 가지고 있다.

　이즈음 신아출판사에서는 일반 문학도서의 출판 말고도 월간『소
년문학』,『수필과 비평』,『좋은 수필』,『see』, 격월간『여행작가』, 계간
『계간문예』,『문예연구』,『인간과 문학』,『DAVINCI』, 반년간『표현』
등 10종의 문학잡지를 발간하여 문학의 활성화와 저변 확대에 선도적
역할을 수행하고 있다.

　이들 문학잡지를 창간 시기별로 소개하면, 반년간『표현』은 1983년

무렵에 창간, 월간『소년문학』은 1990년에 창간, 격월간『수필과 비평』은 1992년에 창간, 계간『문예연구』는 1993년 창간,『계간문예』는 2005년에 창간,『좋은 수필』은 2007년에 창간하여 계간으로 내다가 2013년 7월부터 월간으로 전환하여 지금껏 매월 발간되고 있다. 그리고 2013년 들어 격월간『여행작가』, 계간『인간과 문학』, 계간『DAVINCI』를 창간했고, 2014년에는 월간『see』를 창간하여 발행하고 있다.

하나의 특정 출판사에서는 쉽게 찾아볼 수 없는 매체 발간의 현황이다. 출판 사정과 발행 취지, 편집 방침 같은 발행인의 속내에 대해서는 속속들이 알지 못하지만, 겉으로 보여지는 출판 경력은 너무나 대단하다. 그 중심에 발행인으로 있는 남촌 서정환(1940~)의 꾸준했을 각고를 엿보게 한다. 특히 발행인의 지역사랑과 문학실천은 매우 높이 살 만하다.

이쯤에서『문예연구』창간호를 챙겨 〈창간사〉를 인용하고, 발간 취지와 목표를 되새겨도 좋으련만, 거기까지 힘을 쏟지 못해 아쉽다. 어느덧 20년이나 흘러간 빛바랜 창간사를 끄집어내기보다 현재의 편집 의도에 초점을 맞춘 까닭이다. 하나의 예로『문예연구』에서는 '우리 시대 우리 작가'를 조명하면서 다음과 같은 취지를 보여주고 있다.

『문예연구』에서는 우리 전북 지역의 대표적인 문인들을 선정하고 이들의 문학 세계를 집중 조명하고자 합니다. 중앙에만 집중된 문화풍토에서 탈피하여 지역의 문화와 문학에 관심을 기울이기 위해서는 무엇보다도 그 지역의 대표 문예지가 맡은 바 역할을 다해야 할 것입니다. 문화의 지역 분권화 시대를 맞이하여『문예연구』에서는 전북 지역의 대표 문예지로서의 위상과 책무에 걸맞게 〈우리 시대 우리 작가〉라는 연재기획을 마련하였습니다. 〈우리 시대 우리 작가〉는 전북 지역을 중심으로 활동을 펼치고 있는 시인, 작가, 평론가들을 찾아, 그 문학과 생애를 지속적으로 연구 정리하고자 합니다. 〈우리 시대 우리 작가〉는 특히 지역 문학의 현재성과 대표성을 위해 현재 생존해 있는 전북 문인들을 조명하는 것을 원칙으로 삼았습니다. 독자 여러분의 많은 관심과 애정을 부탁드립니다.

인용문은 『문예연구』 편집위원들의 기획 의도를 밝혀둔 부분이다. 여기서 보듯, "중앙에만 집중된 문화풍토에서 탈피하여 지역의 문화와 문학에 관심을 기울이기 위해서는 무엇보다도 그 지역의 대표 문예지가 맡은 바 역할을 다해야 할 것"이라는 취지가 고스란히 담겨 있다. 특히 〈우리 시대 우리 작가〉는 "전북 지역을 중심으로 활동을 펼치고 있는 시인, 작가, 평론가들을 찾아, 그 문학과 생애를 지속적으로 연구 정리"하기 위해 기획되었음을 알 수 있다.

한편으로, 매체 발간에 따른 재정 부담을 가지기 마련이다. 출판 재정의 어려움을 호소하며 후원회원을 바라는 광고를 편집해 넣은 점은 이를 짐작하게 한다. 『문예연구』도 마찬가지로 특정 기업이나 예술문화 기금을 기대하기는 힘들다. 따라서 지역사회로부터 지원과 후원을 받을 수밖에 없는 실상이다.

『문예연구』는 1993년 11월 15일 창간된 종합문예지입니다.

이 시대의 문학은 대부분 문학성보다 상업성에 의해 움직이고 있습니다. 우리는 이러한 시대 흐름에도 불구하고 새로운 문예지평을 열어가는 문학인들에게 활동할 무대를 마련해 드리고, 그를 통해 바르고 아름다운 문단을 건설하려고 합니다.

우리의 뜻을 펼쳐나가기 위해서는 『문예연구』 편집진의 의지와 노력만 가지고는 너무나 버거운 일입니다.

본지의 목적과 취지에 뜻을 같이 하면서 정통 순수문예지의 발간에 힘을 보태주실 분을 후원회원으로 모시고자 합니다.

따라서 『문예연구』는 정기구독자가 아닌 후원회원(회비는 1구좌 10만 원 이상)을 모집하고 있다. 그래서 그들에게 문예지는 물론 신간도서를 증정하는 방식으로 특전을 주겠다는 내용이다. 이 같은 일을 결코 부정적인 측면에서만 받아들일 것은 아니다. 오히려 그것을 지역문학의 잠재적인 생산자이며 현실 소비자로 끌어들일 수 있는 적극적인 기회로 활용할 수도 있다.

이렇듯 『문예연구』는 25년 동안 지역 문예지로서 운영과 발간에 많은 어려움과 위기를 겪었을 것이다. 그러면서 지령 100호에 이르기까지 지역 안팎으로 필진도 많이 갖추었을 것이고, 다양한 기획을 시도하면서 발전적인 방향을 모색해 왔다고 여겨진다. 물론 『문예연구』는 전북의 지역문학 활성화에 기여한 핵심 매체로서 앞으로도 오랠 것임을 내다보게 한다.

그런 점에서 지역문학의 주요한 이음매요, 디딤돌로서 『문예연구』가 보여준 지역사랑 문학실천의 전통은 오래 기억되고 거듭거듭 격려되어 마땅한 일이다. 다음에서는 『문예연구』의 실례를 벗어나 좀 더 포괄적인 범위에서 지역 문예지의 역할과 위상을 찾아보고자 한다. 지역 문예지에 대한 달갑지 않은 관점이나 부정의 측면은 밀쳐 두고, 긍정적 시각에서 다가서고자 한다.

4. 지역 문예지의 역할과 전망

지역 문예지는 지역 담론을 담아내고 실천하는 문학매체이다. 따라서 지역 문예지는 지역 작가들의 배출과 발표 지면 확보, 지역문학의 육성과 발전을 추구한다. 또한 지역 문예지는 중앙 권력이나 거대 담론에 맞서는 대항매체로서의 성격을 지녔다고 할 수 있다.

그리고 지역 문예지는 수도권 문단을 향한 의식의 편향을 반성하고 지역의 특수성 또는 지역작가들의 문학적 역량을 강조한다. 이는 편협된 시각의 지역중심주의가 아니라 지역의 정체성에 근거하여 지역 가치를 널리 찾고 지역 창발에 이바지하려는 문학실천의 소상이다. 그런 점에서 지역 문예지는 문학의 저변 확대를 위한 중요한 문화 전통이다.

한편, 지역 문예지는 지역문단을 이끌어가는 핵심 매체이다. 나아가 지역작가들의 작품을 발표할 수 있는 지역 문예지의 발간은 문단의 중앙종속을 극복할 수 있는 가장 중요한 대안인 동시에 문학 독자들을 확보하여 지역문학을 활성화시킬 수 있는 구심체이다. 문단 형성을 뒷받침하는 지역사회의 인정 장치일 뿐 아니라, 지역의 정체성까지 규정하는 중요한 뜻을 지니고 있다.

결국 지역 문예지들이 나름대로 지역문단에 대한 인식을 가지고 지역문학을 제창하고 있음은 높이 평가되어야 할 것이다. 따라서 지역문학을 새로운 실천문학의 장으로 곧추세워야 한다는 관점은 너무나 당연한 논리가 아닐 수 없다. 게다가 그것은 지역적 개별성과 탈지역적 보편성 모두를 놓치지 않는 종합적인 방향에서 구현되어야 한다.

그때서야 비로소 지역문학과 지역 문예지의 위상은 가장 가까이에서 지역을 껴안으면서도 지역에 매몰되지 않고 오히려 지역을 뛰어넘으려는 다중의 전략을 실천하는 데서 독자적으로 정립될 수 있을 것이다. 이러한 지역 가치는 앞으로 지역작가들이 지역문학의 정체성을 확립하고 튼튼한 토대를 마련함으로써 더욱 높아져야 할 것이다.

이즈음 지역 문예지의 양적 팽창으로 말미암아 여러 문제점도 드러나고 있다. 첫째, 지면 확대로 인한 작품의 하향평준화이다. 작품의 질적 저하와 검증되지 않은 신인작가의 양산 등의 문제가 발생한다. 또한 작품을 발표하는 작가들도 인기 여부로 평가되기 때문에 작가들의 빈익빈부익부가 더욱 가속화되어 또 다른 소외를 낳게 한다.

둘째, 기획의 반복과 재생산으로 차별성을 보여주지 못하고 있다. 대부분의 문예지들이 대동소이한 편집 방식과 기획으로 발간되고 있다. 이러한 점은 담론을 창출하는 잡지매체 본연의 역할보다는 구색 맞추기 식의 지면 채우기로 비춰질 공산이 크다.

셋째, 지역문학의 구심체로서 기능보다는 출판·편집권의 남용을 들 수 있다. 편집자가 신인 작가에게 등단을 미끼로 지면을 내어주고, 문예지를 강매하는 행태로 흐르기도 한다. 물론 일부 문예지의 구조적 관행에서 비롯된 경우지만, 그 같은 문제가 지속되는 한 문예지의 권위는 좀처럼 되찾기 어려울 것이다.

따라서 지역 문예지의 발간을 통하여 신인을 발굴하고, 지역작가들의 수준을 높여줌으로써 중앙문단의 오랜 병폐를 극복해야 한다. 그리고 특정한 에꼴을 형성함으로써 지역문단에 그들 나름의 개성을 보여주어야 한다. 그 같은 지역 담론이 다양하게 표현될 때 비로소 지역문학의 내실은 더욱 탄탄해질 수 있다.

지역문학 연구 영역의 부재와 무관심은 지역문학의 몰락을 반증한다. 이는 지역 문예지의 위상뿐 아니라 존재 의미와도 연관되어 있는 핵심 요건이다. 특히 지역 문예지는 망실된 지역작가와 작품을 복원하거나 소재를 확인함으로써 지역문학의 전통과 자산을 확대시켜야 할 것이다.

이제는 굳이 중앙과 지역을 이분법으로 나누어 볼 이유도, 지역이라고 스스로 위축될 필요도 없다고 생각된다. 앞으로 지역 문예지들은 문학의 지역화를 넘어 탈지역화 시대를 대비해야 할 것이다. 나아가 갖가지 디지털 기술에 뿌리를 둔 새로운 매체들을 문학마당에 적용 또는 활용하는 방향으로 이끌어가야 할 것이다.

전국적으로 무수히 많은 문예지들이 발간되고 있지만, 지역 문예지가 지역사회의 문제와 지역문학의 특수성을 아우르는 생산적인 담론을 창출하고 있는지에 대해서는 여전히 회의적이다. 지역 문예지가 오히려 '지역사랑 문학실천'의 신념을 위축시키고 있다는 점도 지나친 표현이 아닐 터이다. 지극히 개인적인 소견이지만, 지역을 고리로 삼은 지역 문예지의 바람직한 향방은 갈피를 잡지 못하고 있다. 그런 점에서 지역 문예지의 전망과 관련하여 몇 가지 제언에 이르고자 한다.

첫째, 지역문학의 실천과 관련하여 매체 발간에만 머물지 않고, 지역의 문화촉매로서 역할을 더욱 진취적으로 맡아나가야 할 것이다. 지역작가들의 작품발표의 장으로 인식하는 방식은 지역 문예지가 지녔던 흔한 꼴이다. 앞으로는 발표의 단계에서 더 나아가 지역사회의 문예활동을 돕는 후원자이며 실천가로서 역할을 강화하는 길도 모색해야 한다.

둘째, 지역사회의 문화기획가로서 그 몫이 더욱 확대되고 강화되어야 할 것이다. 문학을 고리로 삼아 지역문화의 전통을 발굴하고, 지역 정체성을 확립하는 일 또한 뜻있는 과제이다. 지역사회의 문학담론을 이끌 수 있는 마땅하고 다양한 기획으로 지역문학의 전통과 자산을 쌓아나가야 한다.

셋째, 지역 이미지와 지역 가치를 드높이는 길라잡이로서 지닐 바 몫에 힘을 기울여야 할 것이다. 지역 문예지는 단순한 문학적 기호를 서로 나누거나, 문화 권력을 누리기 위한 매체가 아니다. 이는 기존의 지역 가치를 확대 재생산하고, 지역적 동일성을 새롭게 확보해 데에 도 각별한 이바지가 있어야 할 것이다.

끝으로 지역문학을 활성화시키고, 새로운 지역 담론을 제시하며, 문학의 지역적 역할을 충실히 수행하는 마당이 바로 지역 문예지이 다. 문예지 발간 지원과 발행인들의 새로운 각성, 작자들의 열의와 독자들의 관심이 더한다면 앞으로 문학사회는 더욱 발전할 것이다.

5. 마무리

'지역에서 살아남기'도 어려운 일이지만, '문학으로 살아남기'는 더 욱 힘겨운 현실이다. 지역 문예지를 창간하고 지속적으로 발간하는 과정은 '지역사랑 문학실천'이 요구되는 고투의 시간이다. 갈 길은 멀고도 험하다. 그렇다고 해서 가야만 하는 길을 외면하거나 피해 가는 방법에 길들여져서도 안 된다.

문학의 경우도 예외는 아니다. 문학의 지역화 시대라고 당당하게 목소리를 높여보지만, 여러모로 부족하고 미흡한 처지에 있는 지역이 라는 말은 중앙의 상대 개념인양 열등의식에서 벗어나 중앙을 넘어서 는 곳이 되어야 한다.

오늘날 우리 사회는 그 어느 때보다 지역성을 강조하고 있다. 21세기 글로벌 시대에 지역성 추구를 주장하는 관점이 어쩌면 너무도 현실에 둔감한 공허한 논리일지도 모른다. 하지만 세계화로 치닫는 생활현장에서 지역 정체성마저 잃어버린다면 다시금 '지역'이라는 문제를 거론하지 말아야 할 것이다.

지역은 더 이상 지난 시기와 같이 중앙의 거대 권력과 권위에 기대 지평을 마련해두고 살아가는 변방이 아니다. 그러한 인습을 벗어나 지역의 세계화를 이룩하려는 노력 자체가 지역문화의 핵심이 되어야 한다. 그런 점에서 지역 문예지가 맡아내야 할 적극적인 부분이 있다면 아마도 거기서 비롯될 것이다.

지역성의 강조는 지역의 지식인들에게 지역의 왜곡된 삶의 구조를 바로잡고자 하는 저항이며, 이론과 실천의 통일성을 되찾고자 하는 노력을 의미한다. 따라서 지역문예지는 이러한 이론과 실천의 장을 동시에 열어주는 생산적인 문학매체가 되어야 한다.

지역 문예지의 미래는 바로 이러한 관점과 태도의 정립에서부터 새롭게 시작되어야 한다는 점을 반드시 기억할 필요가 있다. 이를테면 문학도 지역화 시대를 넘어 중앙과 균형을 이뤄가는 탈지역화 시대로 나아가야 한다는 것이다.

그런 가운데서 자연스레 지역에 대한 사랑은 더욱 깊어지고, 지역사회의 다양한 현안에 대해서는 남다른 애정과 실천으로 이어질 것이다. 지역사랑 문학실천이야말로 지역에서 살아남고 문학으로 살아남을 수 있는 최선의 방책이라 생각된다.

창원지역 공단문학의 밀물과 썰물

: 동인지 『갯벌』에 스민 문학 풍경

1.

1970년대 우리나라 경제를 이끌어온 산업역군은 단연 노동자들이다. 그들은 힘겨운 노동과 열악한 근로조건으로 고통받아온 삶의 현장을 문학으로 형상화했다. 그것은 곧 참여문학이 되었으며, 1980년대 들어 노동문학으로 성장하게 되었다.

노동문학이란 노동현실과 근로문제를 제재로 삼아 형상화하고 이를 극복하려는 의지를 지닌 문학이라고 정의할 수 있다. 우리나라 노동문학은 근대 초장기까지 그 연원을 끌어올릴 수 있으나, 일반적으로 산업화 과정에 발맞춰 가장 전성기를 누렸다. 오늘날 이러한 노동문학은 '노동자문학'으로 통칭되고 있는데, 이는 기존의 노동문학이 '노동자를 위한 문학'에서 '노동자에 의한 문학'으로 창작 주체를 중심에 두고 있다는 의미도 갖는다.

이로 말미암아 1980년 들어 우리의 문학사회는 큰 변화와 파장을 일으켰다. 이를테면 박노해·백무산·김해화·고재종 등 수많은 노동자들이 문단에 나와 창작(동인)활동을 펼쳤다. 아울러 그 밖의 많은 현장의 노동자들도 노동조합의 소식지나 각종 매체에 작품을 투고하였으며, 개인 시집이나 문집 등에 작품을 발표했다. 무엇보다도 당시의 노동자문학은 지역 중심의 노동자문학회를 결성하여 노동운동 차원에서 문학활동을 펼쳤던 것이다. 이들의 작품활동은 기존의 문인들이 지니기 힘든 노동체험을 담고 있어서 동시대인들에게 큰 공감을 주었다.

창원지역에서는 노동자문학의 서막을 알리며 각별한 문학활동이 전개되었다. 특히 마산수출자유지역(현 마산자유무역지대)과 창원기계공업단지라는 지역의 특수성을 감안한 공단문학이 큰 반향을 일으켰던 것이다. 이러한 창원지역 공단문학의 행보와 흐름을 짚어보자면, 1974년 마산수출자유지역 일꾼 중심의 '『갯벌』 문학동인회' 결성, 1979년 창원공단의 문학모임인 『남천』 문학회와 『불씨』 동인의 결성과 활약이 있었다.

한편, 기존의 문학 풍토에 반기를 들면서 1982년 '지역문화의 자주와 독립'을 외치며 등장한 『마산문화』는 당시 노동문화에 큰 충격을 주었다. 창원지역의 특수성을 잘 형상화한 노동자문학이었기에 대중독자들에게 신선하게 다가왔던 것이다. 특히 『마산문화』 1집에 실린 소설 「수출자유지역의 하루」는 최초의 노동자소설이라 할 만하다.

이후 창원에서는 『고주박』(1986), 마창문학모임 『밑불』(1987), 『터』(1988), 『풀무』(1989), 마창노동자문학회의 『참글』(1989), 『객토』(1990) 등이 노동자문학을 다듬어 나갔다. 아울러 기업에서도 창원공단의 노동자문학을 거들었는데, 1990년 『공단문예』와 『공단문학』을 내는 등 지역사회의 산업현장을 중심으로 문학활동이 이루어졌다.

이렇듯 창원지역은 1970년대 이후 산업화의 물결이 급속적으로 밀려들기 시작했고, 이로 말미암아 창원의 지역문단도 산업현장을 중심으로 빛과 그늘을 여느 도시보다 많이 겪었다. 이른바 '공단문학'이라 일컫는 노동자문학이 마산수출자유지역과 창원기계공업단지를 중심으로 이루어졌던 것이다. 이 가운데 마산수출자유지역 일꾼을 중심으로 한 『갯벌』 문학동인회의 활약이 꾸준했고, 이는 창원지역 공단문학의 중추적 역할을 맡았다. 여기서는 창원지역 노동자문학의 서막을 열었다고 평가되는 『갯벌』 동인지를 중심으로 당시 창원 지역사회의 문학 풍경과 그 면모를 되새겨본다.

2.

경남 창원시 마산회원구 양덕동·봉암동에 있는 마산수출자유지역은 우리나라 수출 전진기지의 효시라 하겠다. 외국인의 투자를 유치함으로써 수출 진흥, 고용 증대, 기술 향상을 기하여 국가와 지역 경제 발전에 기여함을 목적으로 1970년 1월 특별법인 〈수출자유지역 설치법〉에 의해 우리나라에서 처음으로 설치된 공단이다. 마산수출자유지역은 1970년 설치 이후 50여 년 동안 수출을 통해 우리나라가 세계 7위권 수출 강국이 되는 데 견인차 역할을 했다.

그러므로 1970~80년대 창원지역에는 마산수출자유지역을 터전으로 한 많은 근로 노동자들이 상주해 있었다. 그런 상황에서 지역의 청년문사들은 뜻을 모아 모임을 만들고 노동현실과 근로문제를 문학을 통해 발산하려는 분위기가 조성되었다. 이러한 환경과 상황 속에서 가장 앞선 자리에 〈갯벌문학동인회〉가 있다.

〈갯벌문학동인회〉는 1974년에 마산수출자유지역의 노동자들이 주축이 되어 결성되었다. 이 문학모임의 회칙(則)에 따르면, '본회는 수출자유지역에 근무하는 종업원들 중 문학에 뜻을 두거나 사랑하는 이들로 이루어진 모임'이라 밝혀두고 있다. 아울러 『갯벌』 문학동인회는 '수출자유지역에 근무하는 근로자의 자질향상과 정서함양을 위해 순수문학을 매개체로 하고, 거기에 따르는 자기 발전과 상호간의 친목을 위해 노력한다'고 했다. 이처럼 『갯벌』 동인의 결성은 당시 산업역군이었던 수출자유지역 노동자들의 문학모임이었던 것이다.

우선, 〈갯벌문학동인회〉의 연혁을 간략하게 짚어보면, 1974년 결성되어, 1975년 『갯벌』 동인지 제1집을 발간하였고, 그해 제1회 시화전과 문학의 밤 행사를 개최하였다. 이후 『갯벌』 2집(1976), 3집(1978), 4집(1979), 5집(1981)을 발간했으며, 시화전과 문학의 밤 등의 행사를 이어갔다. 그렇게 모임과 행사는 지속되었으나, 여러 사정으로 세 해 뒤에 동인지 『갯벌』 6집(1984)에 이어 7집(1985), 8집(1987), 9집(1988), 10집(1990)까지 발간했다.

이렇듯 갯벌문학동인회는 창립 당시 박문수와 심용주를 비롯해 5명의 동인으로 출발, 창원지역 공단문학의 선구자적 역할을 맡으며 문학을 통한 정서 함양에 힘을 쏟았다. 물론 그동안 노동현장의 어려운 여건과 사정으로 동인들의 이동이 잦았지만, 15년에 걸쳐 오래도록 지역사회의 노동자문학에 모범적 활동을 보여주었다.

그렇다면, 왜 '갯벌'인가? 이는 1970년대 이전 갯벌이었던 곳을 매립하여 마산수출자유지역이 조성된 것과 무관하지 않을 것이다. 아무튼 〈갯벌문학동인회〉의 결성 취지는 다음의 글에서 짐작할 수 있다.

아무런 쓸모도 없이 버려졌던 황량(荒凉)한 갯벌 위에 육중한 철근을 박고 땀 흘려 노력하고 개척한 소산(所産)으로 지금은 수출로 향한 맥박의 소리가 우렁찬 자유지역, 사람들은 어제를 잊고 내일을 생각할 겨를도 없이 고도성장한 문명의 발달 속에 때때로 미아(迷兒)가 되기 쉽습니다.

여기에 자유지역 문학동인회는 이 나라 공업(工業)의 본산(本山)이 될 이 지역에 너무나 인간적인 것이 상실돼 가는 것이 아쉬워 순수의 깃발을 올려놓고 사랑과 인간적인 섭리를 배우고 익혀 한 떨기 생명이 있는 정서의 꽃을 피우려 합니다.

—「발간사」, 『갯벌』 제2집(1976) 가운데

인용한 글은 『갯벌』 제2집(1976)의 발간사로서, 당시 '자유지역문학동인회' 회장이었던 김영신이 적었다. 여기서 보듯, "아무런 쓸모도 없이 버려졌던 황량(荒凉)한 갯벌 위에" 세워진 마산수출자유지역에서 산업역군으로 있으면서, 그들은 "이 나라 공업(工業)의 본산(本山)이될 이 지역에 너무나 인간적인 것이 상실돼 가는 것이 아쉬워"졌던 모양이다. 그래서 그들은 문학이라는 "순수의 깃발을 올려놓고 사랑과 인간적인 섭리를 배우고 익혀 한 떨기 생명이 있는 정서의 꽃을 피우려" 했다고 밝혔다. 그러면서 그들은 '자유지역문학동인지가 미약하나마 문화도시(文化都市)로서의 마산문화(馬山文化)에 도움이 될수 있도록' 노력할 것이라고 했다.

다음으로, 〈갯벌문학동인회〉의 문학정신에 대해 개괄해 본다. 이는 『갯벌』 동인지에 지속적으로 소개된 대표 작품인 「갯벌의 시」를 통해 이해할 수 있을 것이다.

　　시린 물결 받아 안고

진주처럼 키운 시심(詩心)

썰물 지는 세월에도
더욱 맑게 닦이우며

가슴 가슴 불을 켜서
밤바다를 밝히리라.

　　　　　　　　　　　　　　　―「갯벌의 시」

인용시는 동인지 5집에서부터 줄곧 게재되는 작품이다. '갯벌의 시'
라는 제목에서 알 수 있듯이, 갯벌문학동인회의 의지를 표방하는 시
라고 하겠다. 동인지에 수록할 때는 작가를 밝히지 않고 대표시로
수록하고 있지만, 이는 최명학(1952~2002) 시인의 작품이다. 그도 일찍
이 마산수출자유지역에서 일할 때 『갯벌』 동인에 가입하여 창작 활동
을 하였다. 그런 인연으로 「갯벌의 시」를 적었던 것이다. 창원 마산만
의 "시린 물결 받아 안고" 노동의 현장에서 "진주처럼 키운 시심(詩心)"
을 힘겨운 시간 속에서도 맑게 다듬어서 희망의 "밤바다를 밝히리라"
는 각오를 드러내고 있다.

동인들은 시내 수출자유지역에 소재하는 직장에 종사하면서 문학에
대한 강렬한 의욕으로 문학을 해보고 싶어 하는 남녀 문학청년들의 그
룹으로 형성되어 있다.
　제약된 시간 밖의 고달픈 문학의 자유를 찾아 이것의 진리와 진실을
탐구하는데 그들은 수천(數千尺) 지하에서 화석(化石)된 불을 캐는 광부
가 되고 수십(數十) 길 해저에서 진주를 캐는 해녀가 되기도 한다.

말하자면 그들은 현장문학을 실험하고 있는 순수한 생활인인 것이다. 대체로 문학을 아는 생활인은 문학을 모르는 생활인보다는 마음이 아름답고 성실해서 타락하지 않는다. 그것은 문학이 주는 위대한 감동과 교훈에서 오는 것이기 때문이다.

—정진업, 「갯벌지에」 가운데

이는 『갯벌』 3집(1978)에 실린 정진업 시인의 서문(序文)이다. 여기서 보듯, 『갯벌』 동인은 "수출자유지역에 소재하는 직장에 종사하는" 문학청년들이었다. 그들은 "현장문학을 실험하고 있는 순수한 생활인"으로서 노동현실과 근로문제를 다룬 현장문학보다는 생활문학을 추구했던 것이다. 이처럼 〈갯벌문학동인회〉는 정진업·이선관·황선하 등 지역문인들의 응원과 지도를 받으며 문학 열정으로 활발한 활동을 꿈꾸었다.

> 늘 노여워
> 굽이 높은 신을 신고
> 가슴 두웅둥
> 풍선 떠올리며 가는 바다
>
> 긴 여름잠 속에 숨어 흐르는
> 피를 가리고
> 핏빛 살냄새
> 인정을 가리고
> 저 추앙된 빛깔들을 거슬려
> 늘 분노로 흐르는 바다

출렁이는 네 곁에만 오면

왜 이렇게도 들개처럼 내닫고만 싶은가

옛날의 생각 두르고 외로운

짐승처럼 울고 싶은가

내게는 온통 허깨비 춤만 같은 어쩔한 세상

이런 나를 쳐다보는

바다는 분노로 늘 노엽다.

—심용주, 「노여운 바다」

이 시는 『갯벌』 3집(1978)에 수록된 작품이다. 시인이 쳐다보는 바다는 평온한 바다가 아닌 언제나 "노여운 바다"이다. 희망과 꿈을 떠올리기보다 "피를 가리고" "인정을 가리고" 출렁이는 "늘 분노로 흐르는 바다"인 것이다. 그런 바다 곁에서 시인은 "온통 허깨비 춤만 같은 어쩔한 세상"을 살아가는 자신을 성찰하고 있다. 결국 이 시에서 시인은 자신의 나약함을 질책하는 노여운 바다를 형상화하고 있는 것이다.

이러한 『갯벌』은 시를 중심으로 수필, 동화, 소설, 콩트에 이르는 여러 문학 갈래의 작품들을 실었던 종합 동인지였다. 그리고 〈갯벌문학동인회〉는 시화전과 문학의 밤 등의 문학행사를 통해 노동자 문화 일반 활동으로 나아갔다. 아울러 동인들은 지역의 문학 동인들과 연대하여 소모임 활동을 이루며 지역문단을 다듬어 나갔다.

『갯벌』은 노동자의 생활을 다루면서도 열악한 노동 현장과 노동자들의 피폐한 삶, 자본주의가 빚어내는 병폐 등을 직설적으로 형상화하지는 않았다. 단지 산업역군으로서 정서 함양을 위한 생활문학의 됨됨이를 실천적으로 보여주었다. 나아가 공업도시로 자리를 굳힌 창원의 풍경을 반영하면서 문학적 취향 학습이라는 문학청년들의 참여와 열정이 돋보였던 종합문학 동인지였던 것이다.

그렇게 〈갯벌문학동인회〉는 15년 동안 마산수출자유지역을 무대로 하여 동인지를 10집까지 내며 막을 내렸지만, 그들이 창원지역에 남긴 파장은 실로 대단했다고 판단된다. 이를테면 동인지 『갯벌』은 우리나라 공단문학의 물꼬를 틔웠고, 노동자문학의 마중물 역할을 했다. 이로 말미암아 우리나라 공단문학 내지 노동자문학은 노선의 차이가 있었을망정 창원을 산업화 과정에서 핵심 문학열을 선보인 장소로 키웠다.

결국 동인지 『갯벌』의 약사마냥 창원지역의 공단문학 내지 노동자문학은 1990년대로 옮겨 가면서 회원의 신분 상승이나 계층의식 변화에 따라 여러 길로 나뉘어 뚜렷한 성과로 묶이지는 못했다. 그러나 노동자문학의 전통은 몇 문인과 소집단 문학모임으로 오늘날까지 이어지고 있다.

3.

1970년대 마산수출자유지역과 창원기계공업단지의 조성과 더불어 여기에 근무하는 많은 노동자들이 동인회를 결성하여 문학활동을 전개했다. 여기서 언급한 동인지 『갯벌』은 1990년까지 10집을 내며 꾸준히 이어졌다. 그렇게 『갯벌』은 마산수출자유지역 근로자들의 정서 함양과 문학열을 고취시키며, 창원지역 노동자문학의 활성화에 이바지했다. 이와 더불어 동인지 『남천』과 『불씨』 등도 공단문학의 현장을 다져나갔다. 그런 점에서 창원지역은 노동자문학의 부름켜를 크게 키워내는 진원지였던 것이다. 이처럼 창원지역 노동자문학의 전통과 자산은 오래되고 풍성하다.

노동자 시인 김해화는 회고하길, '내가 옮겨 간 창원은 자본가들에 맞선 노동자 투쟁의 폭풍 속이었다. 그 폭풍 속에서 나도 자유로울 수 없었고, 조직에 소속되지 않은 나는 다양한 문화연대를 통해 노동자들과 결합할 수밖에 없었다. 노동자이면서도 노동자로 결합하지 못하고 노동문학을 하는 문화운동가로 밖에 결합할 수 없다는 것은 큰 아픔이었지만, 나는 마창노련, 마창노동자문학회, 마창민예총, 경남작가회의 등 단체와 13년 동안 최선을 다해 연대했다. 그것이 노동자로서 자존심을 잃지 않는 길이었고 시인으로서 내가 쓴 시에 대해 책임을 지는 일이었기 때문이다.'라고 했다.

이즈음 우리의 문학환경도 많은 변화를 겪었다. 무엇보다도 노동자문학은 많은 사람들의 관심에서 멀어졌고, 시대적 절실함마저 희미해졌다. 그런 까닭에 『갯벌』뿐 아니라 여타의 동인지 자료를 확보하기란 쉽지 않은 현실이다. 이 글을 빌미로 하여, 창원지역의 공단문학에 대한 세밀하고 꼼꼼한 작업을 기대한다. 아울러 이 일이 지역문학 연구에 하나의 디딤돌을 마련하였으면 더할 나위 없겠다.

가까운 시기임에도 불구하고, 잊히고 사라져가는 소중한 자료들이 한둘이 아니다. 앞으로 여기 다룬 『갯벌』을 비롯해 『남천』, 『불씨』 등의 1차 자료를 꼼꼼하게 찾고 간추려, 창원지역 노동자문학의 이해와 연구의 수준을 드높여야 할 것이다. 그렇게 지역문학의 전통과 자산을 갈무리해 주었으면 한다.

『무화과(無花果)』로 맺은 시심

: 1960년 마산의 새너토리엄(sanatorium) 동인지

1.

일찍부터 마산(현 창원시)은 결핵 요양과 치료의 휴양도시로 이름이 드높았다. 그 명성에 걸맞게 결핵을 앓던 여러 문학인이 마산을 다녀 갔고, 그들은 마산 체험을 작품으로 남겼다. 이렇듯 결핵 요양과 치료를 위해 마산에 왔던 문학인들이 보여주고자 했던 치유와 갱생의 의지는 자유민주주의를 갈망하는 의로운 기상과 맞닿았다고 하겠다. 그리고 이러한 문학자산을 바탕삼아 마산은 '결핵문학 산실'이라는 독특한 문학 전통을 세우게 되었던 것이다.

1920년대는 나도향(1902~1927)이 병든 몸을 이끌고 마산에 와서 요양했다. 1930년대는 임화(1908~1953)가 결핵 요양차 내려와 여러 해 동안 머물렀고, 지하련(1910~1960)을 만나 결혼까지 했다. 이후 지하련

도 결핵에 전염되어 마산에서 몸을 추스르며 소설가로서 첫발을 디뎠다. 1945년 광복 이후 마산에는 국립마산결핵요양소(현 국립마산병원, 경남 창원시 마산합포구 가포로 215)와 마산교통요양소가 세워졌는데, 결핵 치료를 위해 많은 문학인들이 모여들었다. 권환(1903~1954), 이영도(1916~1976), 구상(1919~2004), 김상옥(1920~2004) 등이 해당된다. 권환은 국립마산결핵요양소를 오가며 치료를 받았고, 이영도와 구상은 교통요양소에 입원하여 병을 다스렸다. 이로 말미암아 마산지역에는 독특한 문학 풍토가 마련되었던 것이다.

특히 국립마산결핵요양소는 이 같은 마산의 장소감을 이루는 주요한 자리였다. 1950년대에는 그곳에서 환자로 있던 김대규(1922~2004)가 결핵계몽지 『요우』에 이어 『보건세계』를 만들었고, 남윤철·민웅식·박철석을 비롯한 문학인들이 『청포도』 동인을 결성하여 네 차례나 동인지를 펴냈다. 이른바 처음으로 '새너토리엄 문학'이라는 자산을 만들어나갔던 것이다.

그 맥과 전통을 잇기라도 하듯, 1960년 국립마산결핵요양소에서 생활하던 요우들이 모여 『무화과』 동인을 결성했다. 그들은 결핵환자라는 남다른 처지에 놓여 있었고, 요양소라는 특수한 장소에 붙박여 있었던 까닭에, 문학 활동에 있어 그다지 자유롭지 못했다. 그렇지만 문학에 대한 그들의 열정은 남달랐다. 그런 까닭에 여섯 차례나 동인지를 펴내는 성과를 보여주고 있다.

2.

『무화과』 동인은 1960년을 앞뒤로 하여 결핵을 치료하기 위해 와 있던 국립마산결핵요양소의 '요우(療友)'들로 결성되었다. 그들은 1960년 1월 제1집을 낸 다음 1961년 6월 제6집까지 펴냈다. 1년 6개월 동안 문학활동을 이어온 것으로 보인다. 먼저 『무화과』의 서지사항을 살펴보면 다음과 같다.

제1집은 1960년 1월에 나왔다. 여기에 참가한 동인들은 손용호(孫容鎬)·김성환(金成煥)·신현호(申鉉好)·이정순(李婷順)·엄순희(嚴舜姬)·이복단(李福端)·이인숙(李仁淑)·정인애(鄭仁愛)·박종식(朴鍾湜)·김한석(金漢奭)·류성원(柳成晼) 모두 11명이었다. 이들 가운데 뒷날 문단에 이름을 올린 이는 없어 보인다. 그리고 그들의 시작품을 각 1편씩 싣고 있다. 특히 책머리에는 최백산(崔白山)의 〈창간사〉와 당시 국립마산결핵요양소장 이택수(李宅洙)의 〈축사〉를 두었고, 책말미에는 참가한 동인들의 메모인 〈동인수첩〉과 함께 편집을 맡은 류성원이 〈후기〉를 달았다. 프린트판으로 내려는 당초의 계획과는 달리, 어려운 형편에서도 인쇄로 나왔다.

제2집은 1960년 4월에 나왔다. 최성발(崔星發)·김영향(金瑛享)·김성환·박종식·이정순·엄순희·김한석·손용호·신현호·류성원을 비롯한 10명의 동인들이 참가하여, 각 1편씩 시작품을 싣고 있다. 그리고 컷(cut)은 금우탁(琴愚啄)이 그렸다. 제1집과 견주어 볼 때, 이복단·이인숙·정인애 동인이 '신상 사정으로 결하게' 되었지만, 최성발·김영향 두 사람이 새로운 동인으로 참가했다. 특히 김춘수(1922~2004)는 「서(序)를 대(代)하여」를 각별히 써주었고, 책말미에는 〈동인수첩〉과 〈후기〉를 실었다.

제3집은 1960년 9월 9일 나왔다. 여기에는 박종식·류성원·신현호·강택수(姜澤秀)·김정조(金正祚)·최영호·손용호·김성환·최성발·장지곤(張志坤)·엄순희·김영향을 비롯한 12명의 동인들이 참가했다. 〈편집후기〉에 밝혀 두었듯이, 3명의 동인(강태수·김정조·장지곤)이 새로 참가했고, 2명의 동인(김한석·이인숙)은 퇴원하여 "건인(健人)의 세계"로 떠났다. 여기에는 국립마산결핵요양소의 병원장 〈축사〉와 김세익의 〈서문〉을 실었다. 그리고 동인들의 시작품을 1편씩 올렸고, 책말미에는 〈동인수첩〉과 〈편집후기〉를 실었다.

제4집은 1960년 11월 즈음에 낸 것으로 여겨진다. 아쉽게도 자료를 확보하지 못했다. 제5집은 1960년 12월 25일에 나왔다. 여기에는 강태수·김성환·김영향·김정조·박종식·손용호·신현오·엄순희·류성원·장지곤·최성발·최영호·최재우(崔在佑)를 비롯한 13명의 동인들이 참가했다. 여기에는 그들의 시작품을 각 1편씩 싣고, 책말미에는 〈모노로그〉와 〈편집후기〉를 적고 있다. 또한 이광석(李光碩)은 「또 하나의 승리」라는 글을 통해, '제5집을 내는 『무화과』 동인의 쉬임 없는 연륜에 갈채를 보내'고 있다.

제6집은 1961년 6월 30일에 나왔다. 참가한 동인들은 신현오·김한석·최영호·최재우·손용호·김영향·김성환 모두 7명이다. 여기에는 각 3편씩 실려 있다. 그리고 표지·컷은 신현오가 그렸다. 〈편집후기〉는 김성환이 썼는데, 여기에도 적혀 있듯이, '시간의 가파른 언덕을 기어오르며 심한 진통을 겪어야 했'던 것이다.

이 같은 서지 사정으로 미루어 볼 때, 『무화과』 동인은 1년 6개월 남짓을 국립마산결핵요양소에서 활동했다. 참가 동인은 모두 20여 명이었으며, 제1집 창간호부터 제6집 종간호까지 빠지지 않고 참가한 동인은 신현오·손용호·김성환 3명을 찾을 수 있다. 이들은 어려운 여건 속에서도 동인지 편집을 번갈아 맡아가며 『무화과』를 이끌어온 것으로 여겨진다.

3.

『무화과』동인의 출발은 1960년대 문단 분위기와는 무관하게 진행되었다. 동인들은 국립마산결핵요양소의 결핵환자로서 특정 장소에 매여 있었고, 거의가 습작기에 있는 청년문사들이었던 까닭이다.

여기 새로이 미(美)를 찾아서 모인 조고마한 모임이 「무화과(無花果)」라는 책자를 들고 일어섰다.
서로들 모두다 가슴에 불타는 생(生)에의 의욕(意慾)을 지니고 가만히 동면(冬眠)하는 인생(人生)들의 어쩔 수 없는 생리(生理)의 발산(發散)으로 생긴 모임이고 보니 새봄과 함께 싹이 트는 것은 의당(宜當) 있어야할 일이다.
이제 여기 모인 동인(同人)들은 「창조(創造)의 희열(喜悅)」을 통(通)해 「생(生)의 불안(不安)」과 「인간(人間)의 부조리(不條理)」를 극복(克服)하고 새로운 사조(思潮)를 스스로의 시적(詩的) 감각(感覺)으로 체득(体得)하고 형상화(形象化)하고저 하는 아릿다운 무리다.
절(節)마다 구(句)마다 생명(生命)을 불태우면서 우뚝 선 이 모임은 각기(各其) 누구도 알 수 없는 미소(微笑)를 지니고 있는 것이다.
먼동이 트기 까지 삶에의 의지(意志)는 머리위로 마구 덮어지는 고독(孤獨)을 배제(排除)하고 또 부정적(否定的) 인생(人生)을 거역(拒逆)하고 푸근한 미소(微笑)를 꽃피우기 위(爲)하여 앞으로 줄다름질 칠 것이다.
—최백산, 「푸근한 미소(微笑)를 위(爲)하여」

문학(文學)을 애호(愛好)하는 동인(同人)들이 모여 무화과(無花果)를 산재(上梓)케 된 것을 축하(祝賀)하오며 기뻐하는 바이다. 홀로 자리에 누워서 명상(瞑想)에 잠길 때엔 숲속에서 지저귀는 이름모를 새소리나 솔잎사이를 스치는 소금냄새 풍기는 해풍(海風)이나 모두가 시정(詩情)을 도꾸고도 남음이었다.

우리 요양소(療養所)에 장래(將來)가 촉망(囑望)되는 문인(文人)들이 몇 분 있다는 것은 즐거운 일이며 또 의당 있을법한 노릇이다.

—이택수, 「무화과(無花果)에 기(寄)함」 가운데

앞의 글은 『무화과』 제1집에 실린 최백산의 〈창간사〉이다. 그의 말처럼 『무화과』 동인은 "모두다 가슴에 불타는 생에의 의욕을 지니고 가만히 동면하는 인생들의 어쩔 수 없는 생리의 발산으로 생긴 모임"이었다. 그래서 그들은 "창조의 희열을 통해 생의 불안과 인간의 부조리를 극복하고 새로운 사조를 스스로의 시적 감각으로 체득하고 형상화하고저 하는 아릿다운 무리"였던 것이다. 그런 까닭에 『무화과』 동인들의 시에는 "고독을 배제하고 또 부정적 인생을 거역하고 푸근한 미소"를 지닌 "삶에의 의지"가 돋보인다.

뒤의 글은 당시 국립마산결핵요양소에 소장을 지내던 김택수의 〈축사〉이다. 『무화과』의 창간을 축하하는 인사말과 함께 "장래가 촉망되는" 동인들의 문학활동을 지지하고 있다. 이렇듯 동인들의 열정 못지않게 결핵요양소 내의 지원도 큰 힘으로 작용했음을 알 수 있다.

모던이즘이랄까 아무튼 지성(知性)의 현존(現存)이 어떤 것인지는 더구나 시(詩)의 무슨 유파(流派)며 전통(傳統) 그런 것은 아무래도 좋다. 우리는 다만 병상(病床)에서도 우리의 진실(眞實)을 살아볼려고, 그리고 써 볼려고 했을 따름이다.

이것은 또 문학(文學)의 단순한 허영(虛榮)에서가 아니라는 그런 우리의 자위(自慰)도 된다.

(…중략…)

언니요, 누나요, 동생이요, 오빠요, 그런 우리 동인가족(同人家族)은 좀 이색적(異色的)이긴 하다. 하지만 이것은 또 우리 〈가포(架浦)〉의 이웃이요, 사랑이요, 하늘이 아니면 아니되었을 것이다.

—「후기(後記)」(제1집) 가운데

여기서는 『무화과』 동인의 결성 취지와 활동 방향에 대해 밝혀두었다. 『무화과』 동인의 시쓰기는 문학에 대한 "단순한 허영에서가 아니라" 자위하면서 특정 유파나 시의 전통에는 관심을 보이지 않았다. 그것은 "병상"에서도 삶을 영위하고자 했던 그들의 "진실"일 따름이었다. 그런 까닭에 "이색적"이기도 했던 그들의 모임은 결핵으로 투병 생활을 하던 "가포(架浦)의 이웃"인 요우들로 이루어졌던 것이다.

마산국립요양소(馬山國立療養所)에서는 일찍 「청포도(靑葡萄)」라는 이름의 시동인지(詩同人誌)가 있었는데, 사(四),오집(五輯)을 거듭하는 동안 몇몇 준재(俊才)를 여기서 내었다. 지금 경향(京鄕)에서 시(詩)와 시론(詩論)으로 활동(活動)하고 있는 것이다.

「청포도」가 그 동인들과 함께 마산의 국립요양소에서 그 자취를 감춘 후 수년간 별로 이렇다 할 움직임이 없다가 작금에 와서 새로 동인들이 규합(糾合)되어 동인시지 「무화과」 제일집을 이미 세상에 내놓고 다시 제이집이 곧 나오게 되었다니 듣기에 기쁘지 않을 수 없다.

요양소란 곳의 분위기가 시심을 기를 수 있는 기틀이 돼 있음인지 알 수 없기는 하되, 「무화과」 동인들의 시심 역시 전의 「청포도」 동인들의 시심과 함께 몹씨 청결(淸潔)하고 순수(純粹)하여 기교의 수련만 착실히 닦아간다면 머지않아 좋은 성과들을 거두게 될 것이 아닌가도 한다. 아직은 디레탄트의 경지를 벗어나지 못하고 있으나 차차 습작하는 동안에 시의 여러 속성을 체득해 간다면 얄궂은 당대의 유행풍에 물들지 않고 있는 그만큼 소박한대로 오히려 신선한 일품(逸品)들을 빚어내게 될 것이 아닌가도 한다. 그만한 자질을 지니고들 있는 것으로 믿고 필자는 전도(前途)를 축복하며 또한 기대하는 바이다. 1960. 4. 14. 김춘수

　　　　　　　　　　　　　　　　　　—김춘수, 「서(序)를 대(代)하여」

　1952년 김춘수 시인은 『청포도』 동인들의 작품을 지도한 적이 있었다. 그런 인연으로 하여 뒷날 『무화과』 동인들도 그에게 〈서문〉을 부탁한 것으로 보인다. 이에 김춘수는 『무화과』 동인들의 활동을 "몹시 청결하고 순수하여 기교의 수련만 착실히 닦아간다면 머지않아 좋은 성과를 거두게 될 것"이라는 말로 용기를 북돋아주고 있다. 아울러 그는 그들이 "얄궂은 당대의 유행풍에 물들지 않고 있는 그만큼 소박한대로 오히려 신선한 일품(逸品)들을 빚어내게 될 것"이라는 기대를 걸고 있다.

　문학(文學)에 있어서의 중앙편중(中央偏重)이란 하나의 경향(傾向)에 불과하다.
　이미 동인지문학(同人誌文學)의 황혼기적(黃昏期的) 자각(自覺)이 요청(要請)되어 왔고 또한 동인지문학의 새로운 광장(廣場)을 마련하기 위한 지방동인(地方同人)들의 꾸준한 작업(作業)은 재촉되어 왔다.
　그러나 이것은 결코 단순한 지역적(地域的) 제한(制限)에 반기(反旗)를 든 지방동인들의 반항(反抗)이 아니다. 엄격(嚴格)히 말해서 「산실(産

室)」을 갖지 못한 목마른 「이념(理念)」에의 무구(無垢)한 방황(彷徨)—바로 그것이다.

여기에 동인지문학의 제이(第二)의 가능(可能)을 약속(約束)하는 통로(通路)가 있는 것이며 동인지문학의 한 떨기 꽃을 가꾸기 위한 지방동인들의 피나는 몸부림이 있는 것이다.

—이광석, 「또 하나의 승리(勝利)」 가운데

그 무렵 마산에서 '백치(白痴)' 동인으로 활동했던 이광석의 글이다. 그는 '제5집을 내는 『무화과』 동인의 쉼 없는 연륜에 갈채를 보내'고 있는 동시에, 지역 동인지문학의 위상에 대한 견해를 밝히고 있다. 그에 따르면 지역 동인들의 작업은 "산실을 갖지 못한 목마른 이념에의 무구한 방황"이다. 이를 통해 『무화과』는 "동인지문학의 제2의 가능을 약속하는 통로"가 될 것이라고 했다.

이렇듯 『무화과』 동인들의 작업은 국립마산결핵요양소 안에만 묶여 있지 않고, 지역 문인들과 밀접하게 교류했다는 점이다. 그만큼 동인들의 문학적 열정 못지않게 마산지역 문학인들의 관심과 후원이 있었음을 뜻한다.

몇 번인가 손 저어 보내든 시절(時節)을 돌아 이제 무화과(無花果)도 한 돌을 맞는가 보다.

상황(狀況)의 부조리(不條理)를 역설하여 한아름 타들어오는 건강(健康)한 생명(生命)에의 끄칠 줄 모르는 향수(鄕愁)는 쉴 수 없는 우리의 호흡(呼吸)이요, 또한 기원(祈願)이기도 하다.

시화전(詩畵展)을 주최(主催)해주신 마산매일신문사(馬山每日新聞社) 그리고 마산방송국(馬山放送局), 당원(當院)의 후원(後援)에도 진심(眞

心)으로 감사(感謝)드린다.

장소(場所)를 빌려주신 일신(一信), 콜롬비아, 양다방(兩茶房)의 무궁(無窮)한 발전(發展)을 빌고 싶다.

함께 화(畵)를 독담한 최재우(崔在佑) 동인(同人)의 노고(勞苦)에 치하(致賀)의 미소를 담자.

—「편집후기」(제5집) 가운데

이 글에 따르면 『무화과』 동인들은 1년을 맞이하여 2회에 걸쳐 시화전을 '일신'과 '콜롬비아'다방에서 가졌던 것으로 되어 있다. 시화의 그림은 동인이었던 최재우가 도맡아 그렸다. 그 시화전은 '마산매일신문사'와 '마산방송국'의 주최로 열렸고, 국립마산결핵요양소의 후원에 의해 이루어졌다. 이렇듯 『무화과』 동인들에 대한 마산의 여러 기관과 문인들의 독려가 큰 몫을 했던 것으로 보인다. 결국 종간호인 제6집은 재정 사정이 어려웠는지 프린트판으로 나왔다.

숨을 할딱이며 이만치 또 하나의 무화과(無花果)를 피우기까지 오랜 침묵(沈黙)이 있었다.

시간(時間)의 가파른 언덕을 기어오르며 무화과도 심한 진통을 겪어야 했다.

생명(生命)을 가졌기 때문인 것일까?

지금 우리와는 다른 환경에서 바쁜 일과(日課)를 보내는 김한석(金漢奭) 형이 다시 우리와 같이 무화과를 가꾸게 된 것을 기쁘게 생각한다.

이번 무화과의 프린트를 위해서 홀로 수고를 다하신 김인갑 형에게 깊은 감사를 드린다.

이렇게 답답한 가슴들이 흐린 하늘 때문에 더욱 침울하다. 푸른 하늘

과 마알간 미소가 있었으면 좋겠다. -환-

—「편집후기」(제6집)

김성환이 쓴 제6집의 〈편집후기〉이다. 이 글을 통해 『무화과』 동인들의 "심한 진통"을 느낄 수 있다. 여러 동인들의 개인적 사정과 재정적 사정을 무시할 수 없었을 것이다. 이는 동인지 발간을 위해 "홀로 수고를 다하신 김인갑 형에게 깊은 감사를 드린다"는 말에서 찾을 수 있다. 그리고 재정 상황이 어려웠든지, 6집은 프린트판으로 냈다. 이를 통해 동인지 종간의 기미를 눈치챌 수 있다. 그런 까닭에 편집자는 "이렇게 답답한 가슴들이 흐린 하늘 때문에 더욱 침울하다. 푸른 하늘과 마알간 미소가 있었으면 좋겠다"는 아쉬운 마음을 솔직하게 드러내고 있다.

4.

1960년대 국립마산결핵요양소에서 나온 『무화과』는 1950년대 『청포도』의 뒤를 이어 간행된 새너토리엄 동인지라는 점에서 각별한 의의를 지닌다. 비록 『청포도』 동인들과 달리 『무화과』 동인들은 따로 등단하지 못했던 것으로 보인다. 하지만 그들의 시에 대한 열정만큼은 여타 문인 못지않았다. 이 점은 어려운 조건 속에서도 여섯 차례나 동인지를 낸 것으로 보아도 알 수 있다.

여기 솔밭 사이 사이
외딴 하늘아래

보-얀 산장(山莊)이 꿈을 새긴다

피다 못핀 꽃들이 떨어져 하얗게 모인 곳에서
돌리 돌리 향(香)을 피운다

알뜰히 넘나들 인정도
고와서 찾아줄 손도
아예 없으련만 행여 있을 듯

그런대로 지고 피는 가냘픈 생명들

고개넘어 양지밭이 가히 그리워
겨울을 앗아갈 봄빛이 못내 아쉬워

꽃은 향(香)을 피우더라
언제까지나………
아지랑이 금실에 푸름향(香)을
여민 옷깃에 소고듬이 끌고서

—이복단, 「산장화(山莊花)」

푸르다는 것은 자랑이 아니다.
그것은 낙인된 운명일는지 모른다
서글펐던 사연이 있었다면 빌리고 싶다
잉크는

생명에 감기는 잦인 기다림이여

—김한석, 「INK」

　앞의 시는 제1집에 실린 작품이다. 당시 국립마산결핵요양소에는 '산장병동'이 있었다. 지금도 그 흔적을 찾아볼 수 있는데, 이 시는 그곳에서 생활하는 이의 정서를 노래하고 있다. 이내 슬픔과 외로움과 그리움이 어우러지는 광경이다. 몹쓸병에 걸린 까닭에 "알뜰히 넘나들 인정도 고와서 찾아줄 손도 아예 없으련만" 그래도 한가닥 희망과 그리움으로 투병하는 이의 감정을 드러내고 있는 것이다.

　뒤의 시는 제6집에 실린 작품이다. 여기서 '잉크(INK)'는 글쓰기를 일컫는다. 말할이에 따르면, 창작은 자랑이 아닌 "낙인된 운명일는지 모른다"고 했다. 그리고 "서글펐던 사연"이 있기 때문에 창작을 고집하고 있다는 것이다.

　이렇듯 『무화과』 동인은 결핵을 치료하기 위해 국립마산요양소에 모인 요우들에 의해 결성되었지만, 그들의 1년 6개월 남짓한 문학적 열정은 그들 자신과 요양소는 물론이고 지역문단에도 큰 영향을 미쳤던 것이다. 이 글에서는 『무화과』 동인지의 개괄적 소개에 머물렀지만, 앞으로 작가·작품을 중심으로 한 연구자들의 뜻있는 관심을 기대한다.

민주화의 고향, 4월혁명과 시의 함성

1. 4월혁명과 문학의 힘

　4월은 '잔인한 달'이 아니라 '혁명의 달'이다. 이러한 화두의 중심에는 4월혁명이 자리잡고 있다. 비록 짧은 기간이었지만 4월혁명이 우리 역사에 새겨놓은 의미는 새롭고 각별하다. 1960년 이후 현실정치에 빨려든 4월혁명은 서서히 잊혀지고 그 이념조차 무뎌졌지만, 그때의 함성은 오늘날까지 이어져 우리 삶의 실천적인 본보기가 되고 있다.

　김수영은 '자유를 위해서 비상하여 본 일이 있는' 사람만이 '혁명은 왜 고독해야 하는 것인가'를 안다고 읊었다. 내년이면 4월혁명 제50주년을 맞게 된다. 우리나라 민주화운동의 첫걸음을 내딛은 4월혁명, 그 평가는 현재진행형의 역사 속에서 계속 이루어나갈 일이다.

혼히 4월혁명은 우리의 현대사에서 민주주의를 촉발시킨 혁명이요, 미완의 혁명이라 일컬어지고 있다. 그동안의 평가를 종합해 볼 때, 4월혁명은 이승만 독재체제를 근본적으로 변혁시키고 국민의 자유와 권리를 보호하며 민주주의 이념을 구현하기 위한 민주혁명으로 값매김되고 있다.

결국 4월혁명은 1950년대의 암울했던 시대상황을 능동적으로 타개하려는 민주주의 이념의 표현이었다. 정치·경제·문화적 민주주의를 갈망하는 시민의 실천적 변혁운동이었던 것이다. 나아가 4월혁명은 남북의 강화된 분단체제를 해소하면서 평화통일론을 정착시켜야 할 과제로서의 기폭제였던 셈이다.

독일의 철학자 이마누엘 칸트에 따르면, 혁명은 인류의 진보를 위한 힘이다. 물론 혁명으로 말미암아 희생과 고통은 따르지만 사회발전을 위한 불가피한 과정이라고 생각했다. 그런 점에서 문학도 마찬가지다. 또한 4월혁명은 민족과 역사와 민중을 찾아내는 착지점으로 작용했다.

물론 그것이 문단 전반에 걸쳐 나타난 현상은 아닐지라도 많은 문학인들에게 큰 반향을 불러일으킨 것은 분명하다. 이후 우리문학은 4월혁명과 더불어 제 길을 잡아나갔던 셈이다. 역사와 현실의 본질을 파악할 수 있는 관점이야말로 문학이 지니는 근본적인 힘의 원천인 것이다.

작가는 역사라는 소재를 바탕으로 시대현실을 인식하고, 그 인식의 결과를 작품으로 형상화한다. 다시 말해서 역사는 문학에 나타나는 하나의 소재이며 반영의 대상이 된다. 따라서 문학과 역사의 공통점은 인간의 삶에 나타나는 역사적·사회적 삶의 양상을 밝히는 데 있다.

문학의 역사성은 작품에 나타난 현실과 실제 현실이 맺고 있는 관런성에 초점을 맞추어 해석하는 방법이다. 작품이 현실 세계나 대상 세계의 진실한 모습과 전형적 모습을 어떻게 반영했는지에 대해 비교 검토한다. 이른바 문학의 역사성은 문학이 단순한 상상력의 산물이 아니라 구체 현실에서 출발한다는 점을 일깨워주며, 문학작품에 대한 이해가 삶의 현실, 곧 시대와 역사에 대한 이해로 확대될 수 있게 한다.

1960년 이후 우리 문학은 4월혁명에 대한 숱한 문학적 담론을 이루어 왔다. 특히 시에 있어서는 4월혁명 당시와 그 이듬해에 걸쳐서 신속하게 반영되어 발표되었다. 그렇듯 4월혁명의 역사성과 문학성을 제대로 읽어내기 위해서는 혁명 현장에서 씌어졌던 기념시에 대한 논의가 앞선 일거리로 남아 있다.

4월혁명으로 말미암아 많은 시인들은 늦게나마 시대 현실을 똑바로 인식하게 되었던 것이다. 분노와 함성으로 들끓었던 혁명의 시기, 그 정점이 바로 1960년 초반이었다. 동시대의 시인들 대부분이 4월혁명의 역사적 성격과 의미를 기념시로 썼고, 여러 언론매체에서는 발빠르게 그들의 작품을 실었다. 그때야말로 혁명 기념시의 창작 기반과 열기를 가장 구체적으로 보여주고 있다.

이제껏 4월혁명 직후의 기념시에 관한 연구는 충분하게 다루어지지 않았다. 무엇보다도 혁명 기념시에 대한 자료를 간추리지 못했던 까닭에, 몇몇 알려진 작가 또는 작품만을 중심으로 혁명 기념시의 주제나 내용을 소박하게 다루는 논의에 머물렀다. 사정이 그렇다 보니 4월혁명 기념시에 대한 전반적 이해가 제대로 이루어질 수 없었다.

앞서 말했듯이, 4월혁명 기념시의 특성은 역사와 문학이 결합된 유형이라는 점에 있다. 역사적 현장과 문학적 형상화 사이에서 발생하는 긴장은 작가로 하여금 역사적 기술보다는 작품을 창작하게 하는 힘으로 작용하게 된다. 그런 점에서 이들 기념시들은 4월혁명을 어느 시대보다 적확하게 담아내고 있다.

이에 글쓴이는 1960년 4월혁명 직후에 발행된 기념시집들을 대상으로 삼는다. 이를테면 한국시인협회 엮음, 『뿌린 피는 영원히』(춘조사, 1960. 5), 정천 엮음, 『힘의 선언』(해동문화사, 1960. 5), 김종윤·송재주 엮음, 『불멸의 기수』(성문각, 1960. 6), 김용호 엮음, 『항쟁의 광장』(신흥출판사, 1960. 6), 이상로 엮음, 『피어린 사월의 증언』(연학사, 1960. 6) 이 그것이다.

이 글은 박태일이 언급한 증언시·정치시·성찰시·추도시의 유형을 얼개로 끌어와, 4월혁명 기념시의 의미를 살펴보고자 한다. 이를 통해 4월혁명이라는 역사적 사건에 대한 시적 형상화와 그 특성을 되짚어볼 수 있을 것이다.

2. 혁명 기념시와 힘의 선언

1) 증언시와 혁명 현장의 구체성

4월혁명 기념시의 역사성을 알 수 있는 첫째 유형으로 역사 현장에 대한 증언 표현이나 의도가 중심에 선 증언시를 들 수 있다. 목적시로서의 증언시는 혁명의 현장시이면서 보고시라는 특성을 지닌다. 4월혁명의 현장이나 실상을 구체적으로 다룬 증언시야말로 당시의 역사를 이해하고 재인식하게 만드는 매개로 구실하고 있다.

남성동파출소에서 시청으로 가는 대로상에서

또는

남성동파출소에서 북마산파출소로 가는 대로상에

이었다 끊어졌다 밀물치던

그 아우성의 노도(怒濤)를……

너는 보았는가…… 그들의 애띤 얼굴 모습을,

그 양미간의 혼기를(魂氣)를

뿌린 핏방울은

베꼬니아의 꽃잎처럼이나 선연했던 것을……

—김춘수, 「베꼬니아의 꽃잎처럼이나」 가운데

이 시는 4월혁명의 도화선이 되었던 경자마산의거(3·15의거)의 현장을 구체적으로 그려낸 증언시 가운데 하나이다. '마산에서 희생된 소년들의 영전에'라는 부제가 달린 점으로 미루어, 현장 증언시를 넘어 추도시의 유형으로 볼 수 있는 작품이다. 비록 경자마산의거라는 특정 지역의 상황을 글감으로 묶어두었지만, 시대현실에 대한 증언으로서 모자람이 없다.

여기서 시인은 "너는 보았는가"라는 물음을 던지면서, 직접 목도했던 경자마산의거의 현장을 시화하고 있다. 특정 장소인 남성동파출소·시청·북마산파출소로 "가는 대로상"에서 보고 느낀 일을 구체적으로 적었다. 특히 "아우성의 노도"와 "베꼬니아 꽃잎처럼이나 선연했던" 희생자들의 "핏방울"을 통해, 시인의 강렬한 역사의식을 자연스레 읽어낼 수 있다.

그날 우리들의 대열(隊列)이

자유, 민주, 정의, 인도, 젊은 애국(愛國) 불의 노호(怒號)가

노도처럼 밀칠 때

그 불의한 총탄 앞에 귀축(鬼畜)의 맹사(猛射)앞에

어린이, 중고등학생, 부녀자, 맨주먹의 시민이

차례 차례 피를 흘려 죽어넘어져 쓰러질 때.

국군이여! 의(義)의 용사여! 중무장한 군대여!

당신들만은,

이 붉은 피의 생명들이,

한 알 당신들의 총탄보다

얼마나 더 귀한가를 보여 주었다.

얼마나 더 값진가를 보여 주었다.

　　　　　　　　—박두진, 「당신들은 우리들과 한 핏줄이었다」 가운데

　4월혁명 당시 이승만 정권은 시위 대열을 진압하기 위해 한 개 사단
의 군대와 수십 대의 탱크를 동원했다. 하지만 국군 사병들은 시위대
를 동정하였고, 일부 사병들은 항쟁의 대열에 합류하였다. 박두진은
그러한 국군의 모습을 지켜보면서 ‘당신들은 우리들과 한 핏줄이었
다’고 노래한다.

　이 시는 4월혁명 당시의 일반적인 실상에 초점을 맞추고 있지 않다.
“맨주먹의” 시위대들이 “피를 흘려 죽어”갈 때, 이를 도와준 “국군”의
의로운 행위에 대해 증언하고 있다. 시위대를 진압하기 위해 투입된
국군의 또다른 모습, 그것은 서로가 “한 핏줄이었”기 때문에 가능했던
일이다. 이 같은 증언시는 4월혁명의 역사성에 있어 그 폭과 깊이를
더해준다.

잇달은 요란한 총성…

적군을 소탕하듯

무차별 총격을 가해오는 무리…

땅 하나

땅 둘

따당 따당 따라 따당

여기 셋

저기 넷

금시에 피를 쏟으며 쓰러진 맨주먹의

아들 딸

책가방을 안은 채 쓰러지는 어린 생명…

―이인석, 「증언(證言)―국민은 승리한다」 가운데

제목부터 "증언"으로 달고 있는 작품이다. 증언이란 자신이 경험한 바를 그대로 전술하는 일 또는 그 내용을 뜻한다. 따라서 증언시는 기록과 증언이라는 작품의 중요한 구성원리를 표상하고 있는 것이다. 그런 까닭에 증언으로서의 문학은 사료적 가치를 함께 지니고 있다.

이 시는 4월혁명의 현장과 구체적 실상에 대해 증언하고 있다. 이렇듯 역사적 사건과 현장을 시화하는 데 그치지 않고, 시인의 최종 증언은 바로 "국민은 승리한다"는 당위성으로 나아간다. 그런 점에서 이 시는 4월혁명 당시 희생당하는 현장 진술을 통해 독자들의 역사의식 고취에 바쳐지고 있는 셈이다.

4293년 2월 28일
대구 중앙통에서

경북고등학교

검은 대열은

학원의 자유와

민주주의 수호를 부르짖었을 때

나는 자꾸 감상(感傷)에 젖어

눈물이 목구멍을 메웠다.

3월 15일

기후가 좋아

결핵요양원이 있는

병든 사람도 살기 좋다는

마산에

총으로 다스려야 했던 야만(野蠻)

4월 11일

호수(湖水)로 알고 지난 적이 있는

그 호수로 밖에 기억이 없는

마산 중앙부두에

젊은 학도(學徒)

김주열군의 시체가 떴다.

나는 이 때

몸에 소름이 돋고 불안했다.

— 박양균, 「무명(無名)의 힘은 진실하였다」 가운데

설한(雪恨)의 봄은

마산에서

진주에서

부산·동래에서

대구·김천에서

목포·광주에서

이리·대전에서

수원에서

인천에서

그리고 극동의 불모(不毛)

생존의 수도(首都)

서울에서

아아

진달래처럼

진달래처럼

피를 흘린다

　　　　　　　　　　—조병화, 「1960년 4월 – 어린 선열에」 가운데

　앞의 시는 '4·19를 전후한 시국을 말한다'는 부제에서 알 수 있듯이, 4월혁명 당시의 나라 현실을 증언하고 있는 작품이다. 혁명의 경과를 시기순으로 언급하면서, 시인의 서정 속에 현장의 구체성을 녹여내고 있다. 격앙되지 않은 시인의 서정적 진술이 오히려 현장의 비극성을 더욱 극대화시키고 있는 것이다.

　뒤의 시는 4월혁명의 희생자들을 글감으로 묶어가며, 혁명의 배경과 실상에 대한 구체적인 언명으로 자연스레 이끌고 있다. 그런 점에서 현장 증언시에 넣을 수 있는데, 그 증언적 값어치는 4월혁명의 경과를 보여주었다는 데 있다.

　이렇듯 증언시는 시를 통한 역사적 기록이라는 측면에서 값어치가 높다. 4월혁명의 현장과 실상을 구체적으로 보여줌으로써 혁명의 의미와 당위성을 일깨워준다. 이들 증언시들은 4월혁명을 직접 체험했거나 줄곧 지켜본 시인의 함성으로써, 역사적 기억과 의식을 담아낸 작가정신일 것이다. 따라서 4월혁명에 대한 시적 증언은 혁명 기념시의 핵심일 수 있다. 표현 장치로서 시적 증언이 어렵다고 할지라도, 시와 역사 사이의 틈을 어떻게 메워나가는가에 따라 증언시의 가능성은 달라질 것이다.

2) 정치시와 역사의 현재성

4월혁명을 거치는 과정에서 혁명의 당위성을 강조하거나, 정치·사회의 부조리에서 터져나온 현실비판의 시들이 많이 발표되었다. 그러한 현실 문제로 눈길을 돌리게 만드는 작품들이 정치시에 해당된다. 이는 곧 시인의 역사의식과 맞닿아 있는데, 역사의 현재성을 날카롭게 꼬집고 바로잡고자 한다. 그런 점에서 정치시는 현재적이며 실천적이라 하겠다.

> 명령(命令)은 내렸다
> 시인이여
> 일제히 무기(武器)를 들자
>
> 사느냐? 죽느냐?
> 두 번 고치지 못할 운명은
> 이미
> 총부리 앞에 쓰러진 저 가슴팍에 굳어지고

이제 조국은
불의(不義)의 총안(銃眼)이 겨눈 싸늘한 빈터에서
드디어 맞불로 터졌다

가진 것이 무엇인가
이 나라의 가난한 시인이여

—정천, 「시(詩)의 선언」 가운데

이 작품은 문학의 정치 작용, 곧 "무기"로서 시적 역할을 강조하고
있다. 4월혁명에 대한 시인의 실천적 태도로서 "붓은 우리의 무기"라
고 선언했다. 그래서 "시인이여 일제히 무기를 들자"고 주장한다. 이
른바 시와 정치를 묶어내는 "시의 선언"을 통해 4월혁명의 정당성을
역설하고 있는 것이다.

정치시를 빌려 혁명 기념시는 4월혁명의 역사성 못지않게 시인의
뜻있는 자세와 시적 방향을 마련해 나갈 수 있었다. 시대현실에 대한
고발과 비판을 통해 적극적이고 실천적인 작가정신을 드러낼 수 있는
것이다. 비록 가진 것 없는 "가난한 시인"이라 할지라도 부조리한 현
실에 맞서 더욱 치열해질 것을 다짐한다.

배운 대로 바른 대로 노(怒)한 그대로
물결치는 대열(隊列)을 누가 막으랴
막바지서 뛰어난 민족정기(民族正氣)여
주권(主權)을 차지한 그대들이여
영원히 영원히 소리칠 태양

새로운 지평선에 피를 흘리며
세계를 흔들었다
맨 주먹으로—
영원히 영원히 소리칠 태양
정의(正義)는 오로지 벌거숭이다
어진 피, 젊은 피, 자라는 피다
용감하게 쓰러진 그대들이다

—송욱, 「소리치는 태양」 가운데

사월은
정녕 생명의 외침을
아무도 막아내지 못하는 달이다.

사람 위에 사람 없고
사람 아래 사람 없고……

그 누가 착하고 어진 우리를 억누르고
한 몸의 영화(榮華)를 그 속절없는 부귀를
누리려고 했던가?
썩은 권력은 언제든 허물어지고 마는 것을……

—박화목, 「4월」 가운데

　한편으로 정치시에는 혁명의 정당성과 의미를 널리 알리는 격시와
승리를 기념하는 축시가 압도적 경향으로 나타난다. 그러한 현상에는
역사 비판, 현실 비판의 작가정신이 큰 흐름으로 자리잡고 있다.

앞의 시는 여느 기념시집에서와 달리 『피어린 4월의 증언』에는 「4·
19혁명의 노래」로 제목을 달리하여 실려 있다. 시인은 4월혁명의 의
의를 "소리치는 태양"에 견주어 부각시키고 있으며, "용감하게 쓰러
진" 희생자들의 영웅적인 투쟁정신을 고취시키고 있다. 뒤의 시는
시대현실의 부조리에 대한 고발과 대결정신이 뚜렷한 작품이다. 시인
은 "사람 위에 사람 없고 사람 아래 사람 없"다는 만민평등의 정신을
부르짖고 있다. 더불어 잘못된 영화와 부귀를 누리려는 "썩은 권력"을
비판하는 "생명의 외침"이 간절하다.

> 우리들의 싸움은 하늘과 땅 사이에 가득 차 있다
> 민주주의식으로 싸워야 한다
> 하늘에 그림자가 없듯이 민주주의의 싸움에도 그림자가 없다
> 하…… 그림자가 없다
>
> —김수영, 「하…… 그림자가 없다」 가운데

이 시는 4월혁명의 성격과 의미를 함축적으로 드러내고 있는 작품
이다. 시인은 4월혁명에 고무되어 찬양하는 측면보다 좌절된 혁명을
포용하고 인내하며, 새로운 미래를 모색하는 태도를 보여주고 있다.
이 시에서 "싸움"이 4월혁명을 뜻함은 당연한 것이듯, 시인의 창작
원천이나 이념 또한 4월혁명에 있다. 그만큼 4월혁명을 완성하는 일
는 많은 어려움이 따른다는 점을 깨닫고 있다.

4월혁명의 의미와 현실을 가장 정확하게 표현한 시인으로 김수영
을 꼽곤 한다. 그는 다른 시에서 자유는 저절로 얻어지는 것이 아니라
'피'라는 대가를 치러야 하며, 혁명은 본디 '고독한 것'일 수밖에 없다
고 말했다. 이렇듯 4월혁명에 의해 촉발된 시인의 현실인식은 위정자

들의 폭력을 규탄하는 역사의식으로 발현되었다.

　　　쓰라린 생존의 발판−

　　　민주(民主)를 역습한 정치(政治)

　　　아 그 정치를 교육을

　　　짓적은 문화를

　　　이웃에 횡행하던 불법(不法)과 무법(無法)을

　　　우리는 실로 멀리서 장승처럼

　　　바라만 보았구나

　　　　　　　　　　　　　　−최종두, 「빨래−제2공화국에 부쳐」 가운데

　　　인제 우리들은 속아서는 안된다.

　　　우리들 손으로 썩은 정치 뿌리채 뽑았다.

　　　시기와 아첨 간악한 권모와 술수

　　　그리고 권력 인의 장막 무너졌다.

　　　인제 우리들은 민주의 터전 다듬어서

　　　네가 그렇게도 네가 그렇게도 사랑하던 조국.

　　　네가 사랑하던 조국의 황홀한 아침이다.

　　　오늘은 하늘을 두고 맹세해도 좋다.

　　　오늘은 하늘을 두고 맹세해도 좋다.

　　　　　　　　　　　　　　−전영경, 「대한민국 만세」 가운데

　　혁명 기념시가 정치시로서 지닐 바 적극성은 날카로운 현실 고발과 비판정신으로 이어져야 한다. 앞의 시는 제2공화국의 부조리를 "빨래"에 비유하며 비판하고 있다. "민주를 역습한 정치"적 현실과 사회에 팽배한 "불법과 무법"에 맞서 '추한 것을 덜어내는 빨래'를 하자고 말한다. 그만큼 시대 현실에 대한 시인의 비난 수위가 높고도 단호하다.

뒤의 시 또한 "썩은 정치"에 대한 비난을 멈추지 않는다. 아울러 "대한민국 만세"를 외치는 시인의 목소리는 혁명의 정당성을 구가하고 있다. 결국 이 시에서 보여주는 사회변혁의 의지, 곧 민주화의 열망은 그 자체로서 가장 절실한 '역사 기호'라는 시대적 특질을 보여주고 있는 것이다.

> 아는 이, 모르는 이 굳게 손을 잡으며
> 피의 승리에 눈물짓는 젊음이여!
> 자유의 기수(旗手)여! 민주의 횃불이여!
> 우리들의 나라! 민주의 나팔수여!
> 사랑하는 학도들이여! 믿음직한 국군 용사들이여!
>
> 믿을 수 있다는 건 얼마나 마음 든든한 일이냐
> 사랑할 수 있다는 건 얼마나 벅찬 기쁨이냐, 즐거움이냐.
>
> —김용호, 「해마다 4월이 오면」 가운데

이 시의 전문을 보면, 4월혁명이 왜 일어났는가를 보여주고 있다. 4월혁명의 발생 배경을 말하면서 정치현실에 대한 질타를 직설적인 목소리로 내뱉고 있는 것이다. 그러한 질타 속에는 시대적 아픔을 딛고 일어서려는 시인의 의지가 담겼다. "자유의 기수(旗手)여! 민주의 횃불이여! 우리들의 나라! 민주의 나팔수여! 사랑하는 학도들이여! 믿음직한 국군 용사들이여!"를 외치며 4월혁명의 의미를 기리고 있다. 나아가 시인은 '피의 승리'로 이룬 역사를 '사랑'의 역사로 채우고자 한다.

이렇듯 이들 정치시들은 한마디로 찬가(讚歌)이다. 개인에 의해 씌어진 찬가이지만, 개인의 개성과 취향이 극단적으로 억제되면서 민중의 감정과 의지를 종합하여 표현하고자 했다. 그 내용은 결국 4월혁명이 지향했던 민주·자주·통일의 절박한 민족적 요구와 맞닿아 있다. 그리하여 정치시에는 역사에 대한 반성을 불러일으키며 현실과 미래에 실천적으로 이바지하겠다는 뜻이 담겨 있다.

3) 성찰시와 현실인식의 잔영

역사적 사건에 대한 깨달음과 자기 반성이 중심을 이루는 유형이 성찰시에 해당된다. 4월혁명의 역사적 현장에서 시인 자신의 삶과 정신을 다룬 성찰시 또한 기념시의 유형으로 자리를 잡고 있다. 성찰시야말로 현실에 대한 시인의 깨달음을 강조하기 위한 작업일 따름이다. 그런 점에서 성찰시는 역사적 회고의 차원이 아니라 일상 속에 녹아 있는 시인의 현실인식을 뚜렷하게 보여주고 있다.

> 그날 너희 오래 참고 참았던 의분이 터져
> 노도(怒濤)와 같이 거리로 몰려 가던 그때
> 나는 그런 줄도 모르고 연구실 창턱에 기대 앉아 먼산을 넋 없이 바라
> 보고 있었다.
> —조지훈, 「늬들 마음을 우리가 안다」 가운데

'어느 스승의 뉘우침에서'라는 부제가 붙어 있는 이 시는 혁명의

대열에 함께 참가하지 못한 것을 깨닫는 자기 성찰시에 해당한다. 시인은 4월혁명을 지켜보면서 '늙은 탓, 순수의 탓, 초연의 탓'으로 스스로를 질책했다. 자신에 대한 질책, 곧 자기반성과 성찰은 부당한 현실을 인식하고 올바르게 자각할 수 있는 중요한 계기가 된다.

오래도록 참았던 "의분"을 터뜨리며 "노도와 같이 거리로 몰려가던" 그 무렵, 시인 자신은 "먼 산을 넋 없이 바라보고 있었다"고 고백했다. 다시 말해서 현실에 안주했을 뿐 정당한 행동을 하지 못했다는 자괴감으로 드러나고 있다. 그러한 고백과 자기반성을 통해 시인의 현실인식을 고스란히 읽어낼 수 있다.

아버지도
어머니도
동생도
누이도
군인도
학생도
공무원도
박물장사 할머니도
민주반역자(民主叛逆者)만은 제해 두고서
우리 두 번 다시는
고된 머슴살이를 하지 않기 위해서
모두 정성 모아 땅을 고루자.
기둥을 깎자
돌을 나르자
새 자유와

새 평화의 싹을 위해 퍼붓는

저 눈부신 지성의 햇빛 받으며

이제는 맹세코 우리같이

미움 없는 세월 속에서 살아 보도록 하자.

—이주홍, 「묵은 것의 잿더미 위에 다시 태양은 쏟는다」 가운데

'영원의 감격 4월 26일'이라는 부제가 붙어 있다. 1960년 4월 26일은 이승만의 하야와 자유당 정권의 종말, 곧 4월혁명의 결과를 보여주는 '민권 승리'의 의미 깊은 날이다. 비록 4월혁명이 '미완의 혁명'으로 그쳤지만, 그 정신은 민주화의 올바른 길을 제시했으며, 나라의 희망과 미래를 새롭게 열었다.

그런 점에서 이 시는 혁명의 결과를 통해 혁명의 의미를 되새기고 있으며, 미래를 전망하고 있는 작품이다. 4월혁명에 대한 회상과 의미 부여 측면에서 성찰시의 범주에 넣을 수 있다. 시인은 4월혁명의 의미를 "새 자유와 새 평화의 싹"을 피우기 위한 "지성의 햇빛"으로 되새기고자 한다.

시인(詩人)이 아니라도 읊어야 한다

화가가 아니라도 그려야 한다

악사(樂士)가 아니라도 노래부르자

방대한 어휘

전설(傳說)로만 돌리지 않기 위하여

진실된 행동을

흥분으로만 미루지 않기 위하여

이 성스러운 벽혈(碧血)을
먼 후예들이 핏줄기로 하기 위하여
우리 모두가 참되게 참되게
춘추(春秋)의 붓끝으로 기록해야만 한다.

사월은 정녕 젊은이의 달
학해(學海)가 넘쳐 악(惡)을 씻고
사해(四海)의 피안으로 번진 해일!

—김상중, 「기록(記錄)」 가운데

기록이란 의미는 지난날의 기억을 회상하거나 특정 사건을 현재화하기 위한 자기 성찰의 한 양식이다. 그런 까닭에 "시인이 아니라도 읊어야" 하고, "화가가 아니라도 그려야" 하며, "악사가 아니라도 노래 부르자"고 말한다. 그만큼 4월혁명의 당위성에 대한 시인의 성찰이 돋보이는 작품이다. 이는 물론 개인적 반성을 넘어 집단적인 성찰을 요구한다.

이 시에서처럼 그때의 함성을 "전설로만 돌리지 않기 위하여", 시위 현장을 "흥분으로만 미루지 않기 위하여", 그리고 희생자들이 흘린 피의 가치를 "후예들이 핏줄기로 하기 위하여" 역사의 참된 "기록"으로 남겨두어야 한다는 것이다. 그만큼 퇴색하는 4월혁명의 의미를 되새기고 현실인식의 잔영으로 남겨두기를 바라고 있다.

뒤에 남은 우리들
우리는 그 날, 그 때, 그 순간, 그 감격 되살려
어린 사자(獅子)들

젊은 영전(靈前)에 명복을 빌며

〈그대들은 아빠 엄마의 치욕을 대신하여 부정 앞에 싸우다가 꽃다운
생명을 잃었으니라〉

먼 훗날 그 이름, 그 외침 빛내고저 기념비를 세워 두자!

—김정현, 「피의 의미」

'4·19의거 학생 기념비 건립을 위하여'라는 부제가 붙어 있다. 4월
혁명 때 희생된 이들에 대한 회상과 애도의 차원에서, '낙화처럼 떨어
지고 유수처럼 흘러갔'던 희생자들을 위해 '기념비 건립'을 바라고
있다. 다시 말해서 4월혁명의 의미를 되새기며 기리고자 하는 마음을
담아냈다.

하지만 시인 자신의 주관적 깨달음이나 반성보다는 집단적 자아로
서 그 무렵 널리 동의할 것이라고 믿어지는 애도의 표현에 충실했다.
이러한 공적 화자의 성찰을 빌려 4월혁명의 역사적 의의는 강화되고
있는 것이다. 이에 공적 화자로서 시인은 희생자들의 "영전에 명복을
빌며" 오래도록 그 의미를 간직하기 위해서라도 "기념비를 세워 두
자"고 노래한다.

그리고
마침내 너는 돌아서서 맨 처음 너에게
과오를 있게 한
너의 간사스런 영주(領主) 일가의 가슴에까지
더러운 침을 배앝고야 그 날 아침부터

우리는, 이
심상치 않은 과정을 가리켜

〈혁명〉이라 부른다.

—노익성, 「혁명」 가운데

이러한 성찰시 유형은 무엇보다 시인이 자신의 감정과 사상에 충실하면서, 역사적 사건과 마주 선 마음의 움직임을 보여준다. 이 시에서 시인은 그 "심상치 않은 과정"이 "혁명"으로 불리어지기를 바라고 있다. 이를테면 4월혁명에 대한 온당한 값매김을 강조하고 있는 것이다.

현실비판과 문제 제기에 초점을 두는 정치시와 달리, 성찰시는 현실인식을 통한 자아의 내적 다짐을 드러내는 데 초점이 닿아 있다. 따라서 성찰시는 역사와 만나는 시인의 진지한 현실인식으로 속내를 드러낸다. 이른바 성찰시는 개인적 회고와 반성의 차원을 넘어 역사인식의 차원으로 나아가고 있는 것이다.

4) 추도시와 희생의 진혼곡

4월혁명으로 말미암아 수많은 희생자가 생겼다. 희생자에 대한 경의와 애도는 지극히 마땅한 일이다. 4월혁명 참가자들의 죽음을 애도한 작품들에서 우리는 혁명 기념시가 갖는 또 하나의 특색을 발견하게 된다. 이른바 추모시·애도시·진혼시·조시 등으로 발표된 추도시가 그것이다. 4월혁명 직후 추도시는 폭발적으로 씌어졌는데, 희생자들의 죽음을 헛되지 않은 승리의 기록으로 남기려는 뜻이 담겨 있다.

분노는
타는 불씨
마침내 항쟁의 심지에 불을 달았거니

혜성처럼
새벽을 재촉하는 조국하늘에
정녕 푸르르
빛나는 눈동자여!

육대양(六大洋)이 한데 밀물하는 바다에 묻혀
눈에 탄환이 박힌 채
너는
세계를 울렸구나

              —김상호, 「주열군 영전에」 가운데

  1960년 4월 11일 마산 앞바다에서 최루탄이 눈에 박힌 채 버려진 김주열의 시체가 발견되었다. 이 사건을 계기로 시민들과 학생들은 거리로 쏟아져 나왔고, 시위는 전국적으로 급격하게 확산되었다. 그런 까닭에 4월혁명의 희생자 가운데 "김주열"은 추도의 표상으로 널리 다루어지고 있는 것이다.

  이 작품은 "김주열"이라는 표상에 초점을 두고 혁명의 희생자에 대한 애도와 송축을 아끼지 않은 추도시이다. 4월혁명의 대표적 희생자 '김주열'의 영전에 바치는 진혼시라 하겠다. 그의 죽음에 대한 "분노"가 "마침내 항쟁의 심지에 불을 달았"다고 힘주어 말하고 있다.

빼앗긴 자유와 주권
내놓으라는 아우성 아우성과 함께
분화구에서 터져나온
충천(衝天)하는 의분(義憤)과 정의(正義)
노호(怒號)는 우뢰인양 지축을 뒤혼들었다
기개는 번개처럼 암흑을 찢어 버렸다
부끄럽도다
썩은 허물 뒤집어쓴 퇴색한 군상(群像)
무색(無色)하구나
물러가야 할 철면피의 구(舊)세대들
무기력
정의
잔약(殘弱)

이 모든 부덕(不德)의 허물을
그대들이 도맡아 지고
십자가에 못 박힌 이 대속자(代贖者)들이여!
그대들이 거룩한 피가 어린
이 하늘 아래
무궁화 꽃동산은
새 향기를 더하리라
젊은 넋이여 굽어 살피라
4·19, 4·19 정신은

자유의 꽃으로 피어나리니
민주의 열매로 무르익으리니

—이희승, 「4·19 희생자들의 제단에」 가운데

앞서 소개한 '4월민주혁명 순국학생 기념시집'이란 표제를 달고 출판된 『불멸의 기수』(성문각, 1960. 6. 5)에 수록된 시편들은 대부분 추도시의 범주에 든다. 이들 추도시는 4월혁명 당시의 희생자들에 대한 애도의 마음과 함께 혁명정신의 영속성을 강조하고 있다. 이 시는 『불멸의 기수』에 '서시'로 실린 작품이다.

시인은 4월혁명 희생자들의 정신을 "자유의 꽃으로 피어나"고 "민주의 열매로 무르익으리"라고 표현했다. 그들의 값진 희생에 대한 위안과 긍지를 불러일으키고 있는 셈이다. 또한 시위로 말미암은 희생, 특히 김주열의 비극적 죽음을 항쟁의 중심 사건으로 끌어들임으로써 4월혁명에 대한 낙관적인 전망을 보여주고 있다.

분노는 폭풍, 폭풍이 휘몰아치던 그 날을
나는 잊을 수 없다. 유령처럼 아침 이슬처럼
사라져 버리면 독재의 꼴을
총탄에 쓰러진 젊은 영혼들을
나는 잊을 수 없다.

여기 새로 만들어 놓은 제단이 있다.
여기 꺼질 줄 모르는 성화가 있다.
여기 비통한 가지가지 이야기가 있다.

—장만영, 「조가(弔歌)」 가운데

광풍(狂風)이 휘몰아치는 쑥대밭 위에
가슴마다 일렁이는 역정(逆情)의 파도
형제들이 틔워놓은 외가닥 길에
오늘도 자유의 상렬(喪列)이 꼬리를 물었소.

형제들이 뿌리고 간 목숨의 꽃씨야
우리가 기어이 가꾸어 피우고야 말리니
운명보다도 짙은 그 바램마저 버리고
어서, 영원한 안식의 나래를 펴오.

—구상, 「진혼곡」 가운데

'4·19 젊은 넋들 앞에'라는 부제를 달고 있는 앞의 시는 희생자들에
대한 애도와 찬미가 함께 이루어진다. 특히 그들의 "제단"에는 "꺼질
줄 모르는 성화"와 "비통한 가지가지 이야기"가 있으며, "총탄에 쓰러
진 젊은 영혼들을" 결코 잊을 수 없다고 노래한다. 이를 통해 4월혁명
의 당위성과 희생의 값어치를 일깨워주고 있다.

뒤의 시도 마찬가지로 희생자들에 대한 추모와 진혼을 글감으로
삼고 있다. 시인은 그 희생자를 "형제들"이라 표현하며, 추도의 마음
을 더욱 실감나게 만든다. 그래서 "형제들이 뿌리고 간 목숨의 꽃씨"
를 "기어이 가꾸어 피우"겠다고 다짐하며 애도와 송축을 보여주고
있다.

자유를 외치다 쓰러지고
주권을 부르짖다 넘어진
이 피의 성역을 우리는 끝끝내 지키리라!

그대 어린 피들이 거리를 물들이고 정의와 용기는
드디어 악(惡)의 아성에 승리의 깃발을 꽂았거니

아직도 너 불순의 피를 잉태한 자!
너는 여기에 발을 대지 말라!
여긴 너의 영원의 불가침영역!
그러나 너도 여기에 와 너의 피를 견주어 보라!

　　　　　　　　　　　　　　　　—장하보, 「여기는 아무도 오지 말라」

이 시는 1961년 부산 용두산공원의 '4·19민주혁명 희생자 위령탑'
건립에 표상을 두고, 그 시문을 위해 지어진 것으로 보인다. 그리하여
"자유를 외치다 쓰러지고 주권을 부르짖다 넘어진" "피의 성역"으로
지켜나가기를 바란다. 그런 까닭에 "불순한 피를 잉태한 자"는 오지
말라는 전언을 던지고 있다. 그곳은 희생의 참뜻이 서린 "영원의 불가
침영역"인 탓이다.

　이렇듯 희생자에 대한 찬미·애도하면서 그들의 죽음이 지닌 뜻을
달리 되짚어보는 추도시는 흔하고도 주요한 4월혁명 기념시의 한 유
형이다. 물론 추도시는 안타깝게 산화한 희생자를 애도하면서 그들의
정신을 본받고 기리고자 하는 내용이다. 그런 점에서 시인 자신의
주관적 감상보다는 추도시의 형식을 빌려 4월혁명의 뜻과 의의를 강
화시켰던 것이다.

　결론적으로 1960년 당시의 4월혁명 기념시는 현장의 역사성을 다
양하게 보여주고 있지만, 그 유형과 됨됨이는 뚜렷하다고 볼 수 없다.
증언시·정치시·성찰시·추도시 유형들은 서로 뒤섞여 나타나기도 했
다. 또한 1960년 후반으로 갈수록 혁명 기념시의 밀도는 점차 줄어들

거나, 아예 시인들의 관심에서 멀어져 갔다. 하지만 무엇보다도 4월혁명 기념시는 우리 민족의 역사현실에 깊은 애정과 사명을 일러주고 있다.

3. 항쟁의 광장과 민주화의 염원

4월혁명은 비록 '미완'의 혁명으로 남았지만, 바로 이 '미완'적 성격 때문에 혁명의 완성을 향해 나아가고자 하는 힘의 원천이 되고 있다. 우리 현대사에서 민주화와 변혁을 위한 민족·민중운동의 중요한 정신적 모태로 작용해오고 있는 것이다. 그렇듯 4월혁명은 묻혀버린 과거의 역사적 사실이 아니라 오늘의 역사적 현실 한가운데서 그 자리를 계속 차지하고 있다.

우리 문학사는 4월혁명이 있었던 1960년부터 새롭게 씌어지기 시작했다고 해도 지나치지 않을 것이다. 그런 점에서 글쓴이는 1960년 4월혁명 직후 발표된 기념시를 대상으로 그 양상과 특성을 살펴보았다. 4월혁명 기념시의 전범이란 할 수 있는 증언시·정치시·성찰시·추도시의 유형으로 나누어 문학의 역사성에 다가서고자 했다.

첫째, 역사적 기록이라는 면에서 증언시는 역사 현장과 실상에 대한 증언 표현이나 의도가 중심에 깔려 있다. 이들 증언시들은 4월혁명을 직접 체험했거나 줄곧 지켜본 시인의 함성으로써, 4월혁명의 집단적 기억과 의식을 담아낸 작가정신이었던 것이다. 혁명에 대한 시적 증언이란 시인의 관점이나 사상에 의해 다채롭게 드러나기 마련이다. 앞으로 시와 역사 사이의 관계를 어떻게 형상화하는가에 따라 증언시의 값어치는 극대화될 수 있을 것이다.

둘째, 정치시는 시인에 의해 씌어진 찬가이지만, 개인적 정서를 억제시키면서 민중의 감정과 의지를 종합하여 표현하고 있다. 그 내용은 결국 4월혁명이 지향했던 민주·자주·통일의 이념에 맞닿아 있다. 여기에는 역사에 대한 반성을 통해 현실과 미래에 실천적으로 이바지하겠다는 뜻이 담겨 있다. 그 같은 정치시의 가능성이란 현재진행형으로 한결같이 사회적 모순과 부조리에 대한 날카로운 언명으로 자리를 틀고 있다.

셋째, 성찰시의 경우이다. 현실비판에 초점을 둔 정치시와 달리, 성찰시는 현실인식을 통한 자아의 내적 다짐을 드러내는 데 초점을 맞추고 있다. 이들 성찰시는 역사와 만나는 시인의 진지한 현실인식의 잔영이라 하겠다. 그런 점에서 4월혁명의 역사적 회고와 반성의 차원이 아니라 일상 속에 녹아 있는 현실인식의 차원에서 성찰시가 자리잡고 있는 것이다.

넷째, 추도시는 안타깝게 산화한 희생자를 애도하면서 그들의 정신을 본받고 기리고자 하는 내용이다. 그런 까닭에 4월혁명 추도시는 시인 자신의 주관적 감정보다는 널리 동의할 추모와 송덕의 집단적 감정 표현에 충실하고자 했다. 물론 추도시 가운데는 희생자들에 대한 개인적 감상의 차원에 머문 경우도 많지만, 추도시의 형식을 빌려 4월혁명의 뜻과 의미를 강화시켜 나갔다. 그러한 경향의 기념시는 오늘날까지 계속 이어지고 있다.

문학은 역사를 반추하는 사상과 의식이 담겨 있는 그릇이다. 그렇듯 넓은 뜻에서 문학은 정치사와 사회사를 아우르며 밝혀주는 기능을 맡고 있다. 이 글에서 대상으로 삼았던 1960년 초반의 혁명 기념시들은 좋은 본보기가 된다. 아울러 4월혁명 기념시들은 오늘날 우리 앞에 널려 있는 기념시를 살필 수 있는 유형적 가능성과 그 방향을 제시해

주고 있다.

김현이 '나는 언제나 4·19세대로서 사유하고, 분석하고, 해석한다. 내 나이는 1960년 이후 한 살도 더 먹지 않았다'고 말했던 이유를 나름대로 짐작할 수 있을 것 같다. 앞으로 4월혁명 정신의 역사적 문맥을 꿰뚫어보고, 또한 그 실상과 허상을 예리하게 파악하여 작가의 문학의식 속에 이끌어들여 참된 문학적 형상화에 성공하고 있는가 하는 점은 진지하게 반성해 볼 과제로 남아 있다.

> 오늘 어찌 눈을 가렸는가
> 귀를 막았는가
> 입을 닫았는가
> 노래를 잃었는가
> 당신들의 이름은 시인(詩人)
> 당신들의 노래는 바로 당신들의
> 목숨의 입증(立證)
> 사랑의 결행(決行)
> 당신들의 시는 사치도 허영도 아닌
> 바로 당신들의
> 슬픈 몸부림
> 기쁜 덩실 춤인
> 다시 없을 자랑 당신들의 노래인데
>
> —신동문, 「학생들의 주검이 시인에게」

참고문헌

3·15의거기념사업회, 『1960년 우리는 이렇게 싸웠다』, 3·15의거기념사업회, 2010.

3·15의거기념사업회, 『3.15의거 학술논문총서』, 3·15의거기념사업회, 2010.

4월혁명연구소 엮음, 『한국사회변혁운동과 사월혁명』, 한길사, 1990.

강만길, 『20세기 우리 역사』, 창작과비평사, 1999.

강신철 외 여럿, 『80년대 학생운동사』, 형성사, 1989.

경상남도, 『경남문화재대관』, 경상남도, 1995.

경상남도, 『뿌리를 찾아서: 경상남도종합지리지』, 경상남도사편찬위원회, 1985.

경상남도남해교육청(1997), 『살기 좋은 고장』, 경남, 1997.

고경선, 「한국근대문학에 나타난 '결핵' 모티프 연구」, 건국대학교 석사논문, 2013.

고금희, 「이영도 시조의 회화성 연구: 색채 이미지를 중심으로」, 한국교원대학교 석사논문, 2001.

고영근, 「이극로의 사회사상과 어문운동」, 『한국인물사연구』제5호, 한국인물사연구소, 2006. 3.

고인자, 「이영도 시조 연구」, 성신여자대학교 석사논문, 1999.

고종석, 「이극로」, 『한국일보』, 2001. 8. 28.

고현철, 「일제강점기 부산·경남지역 시인 발굴 및 재조명: 김대봉 재발굴 및 재조명」, 『한국문학논총』 제33집, 한국문학회, 2003.

공재동, 「이원수 동시 연구」, 동아대학교 석사논문, 1990.

금장태, 『산과 한국인의 삶』, 나남, 1993.

김동진, 「〈가고파〉의 회고」, 『노산의 인간과 문학』, 횃불사, 1982.

김명인, 「이원수의 해방기 동시에 관하여」, 『한국학연구』 제12집, 2003.

김미정, 「이원수 동시 연구」, 아주대학교 석사논문, 2008.

김복숙, 「이영도 시조 연구」, 금오공과대학교 석사논문, 2005.

김상욱, 「정치적 상상력과 예술적 상상력: 이원수의 『숲 속 나라』 연구」, 『청람어문교육』 제28집, 2004.

김상욱, 『어린이문학의 재발견』, 창비, 2006.

김석태, 「정인섭씨의 평론을 읽고서: 문예가협회에 관해서」, 『신인문학』, 1935. 11.

김성곤, 「문학의 생태학을 위하여」, 『외국문학』 25호, 열음사, 1995.

김성규, 「이원수의 동시에 나타난 공간구조 연구」, 한국교원대학교 석사논문, 1994.

김성철, 『남해문화유산답사기』, 남해군, 2011.

김순금, 「이영도 시조 연구: 한(恨)을 중심으로」, 중부대학교 석사논문, 2003.

김승곤, 「우리나라 최초의 실험음성학자 고루 이극로 박사」, 『의령문화』 8호, 2000.

김영곤, 「한글 발전의 큰 별 의령인 이극로 박사」, 『의령문학』 9호, 2005.

김영일, 「이원수 동시의 발화구조 연구」, 명지대학교 석사논문, 1994.

김영주, 「이원수 판타지 작품 비교 연구」, 춘천교육대학교 석사논문, 2012.

김용문, 「이원수 문학 연구」, 전주교육대학교 석사논문, 2002.

김용순, 「이원수 시 연구」, 성신여자대학교 석사논문, 1987.

김용호, 「무심(無心)에 핀 꽃 김대봉」, 『현대문학』, 1962년 12월.

김용호, 「오늘을: 김대봉 형의 삼주기를 맞이하여」, 『중외일보』, 1946. 3. 19.

김윤식, 「결핵의 속성과 결핵문학」, 『문학사상』 1987년 6~8월호.

김은아, 「이영도 시조 연구」, 경남대학교 석사논문, 1996.

김은영, 「이원수 동시 연구」, 한국교원대학교 석사논문, 2007.

김종, 「이영도 시의 몇 가지 정신과 표정」, 『시조시학』 2000. 10.

김종, 「이영도론」, 『시조와 비평』, 시조비평사, 1992년 봄.

김종헌, 「한국 근대 아동문학 형성기 동심의 구성 방식」, 『현대문학이론연구』
　　　제33집, 2008.

김종헌, 「해방기 이원수 동시 연구」, 『우리말글』 제25집, 우리말글학회, 2002.

김종헌, 「『소년세계』지 연구: 『소년세계』 창간정신을 중심으로」, 『아동문학평
　　　론』 제31권 제2호, 2006년 여름.

김지연, 「해방 이후 이원수 작품에 나타난 현실인식 연구」, 대구교육대학교
　　　석사논문, 2012.

김진곤, 「정인섭 민속학의 성과와 한계」, 『울산문화연구』 창간호, 울산남구문
　　　화원 부설 향토사연구소, 2008.

김진곤, 「『조선말 큰 사전』의 편찬 작업에 최현배, 정인섭과 함께 참여했던
　　　석남 송석하의 업적」, 『울산문화연구』 제3집, 울산남구문화원 부설 향
　　　토사연구소, 2010. 12.

김태오, 「정인섭론」, 『주간 서울』, 1950. 6.

김하수, 「식민지 문화운동에서 찾아본 이극로의 의미」, 『주시경학보』 10, 1992.
　　　12.

김형국, 『도시시대의 한국문화』, 나남, 1992.

김혜숙, 「이원수 어린이문학 비평에 관한 연구」, 진주교육대학교 석사논문,
　　　2009.

김혜정, 「이원수 소년소설 연구」, 서강대학교 석사논문, 2009.

김혜정·이상림: 「우리나라 시조에 나타난 여성의식: 이영도의 『석류』를 중심으로」, 『성신학보』 1985.

김호일, 『한국 근대학생운동사』, 선인, 2005.

나정연·하채현, 「『조선어독본』을 통해 본 문학교육」, 『영주어문』 제28집, 영주어문학회, 2014. 8.

남해군, 『남해에 스민 문학의 향기』, 남해군, 1999.

남해군교육청, 『향토교육자료집』, 남해군교육청, 1984.

남해군지편찬위원회, 『남해군지』, 남해군, 2010.

대종교종경종사편수위원회, 『대종교 경전』, 대종교총본사, 1967.

대종교총본사 엮음, 『대종교 요감』, 대종교출판사, 1993.

대한결핵협회, 『한국결핵사』, 대한결핵협회, 1998.

도종환, 『정순철 평전』, 고두미, 2011.

류경자·한태문, 「남해군 설화의 지역성 연구」, 『한국문학논총』 제59집, 한국문학회, 2011.

문선영, 「1950년대 전쟁기 피난문단과 경남·부산지역 아동문학 매체 연구」, 『한국문학논총』 제37집, 한국문학회, 2004. 8.

문신수, 「남해의 문학」, 『남해문학』 제4호, 남해문학회, 1995.

박구하, 「이영도론」, 『시조시학』, 2001년 봄.

박동규, 「이원수 동시 연구」, 계명대학교 석사논문, 2001.

박동원·손명원, 『환경지리학』, 서울대학교 출판부, 1989.

박성애, 「『소년세계』에 나타나는 죄의식과 윤리적 주체의 연관성」, 『아동청소년문학연구』 제9호, 한국아동청소년문학학회, 2011. 12.

박숙희, 「이원수 동시에 나타난 사상적 특징」, 고려대학교 석사논문, 2010.

박순선, 「이원수 동시 연구」, 창원대학교 석사논문, 2005.

박승걸, 「낙원(樂園): 김대봉 형의 〈고독(孤獨)〉에 드림」, 『맥』제3집, 1938. 10.

박영기, 「한국전쟁과 아동문학교육」, 『동시의 길을 묻다』, 청동거울, 2014.

박영지, 「1950년대 판타지 동화 연구」, 인하대학교 석사논문, 2013.

박옥금, 『내가 아는 이영도, 그 달빛같은』, 문학과청년, 2001.

박용규, 「1920년대 이극로의 『독립운동』, 『독립투쟁』과 현실」, 『역사문화연구』 제31집, 한국외국어대학교 역사문화연구소, 2008. 10.

박용규, 「1930년대 한글운동에서의 이극로의 역할」, 『사학연구』제92호, 한국 사학회, 2008.

박용규, 「일제시대 이극로의 민족운동 연구: 한글운동을 중심으로」, 고려대학 교 박사논문, 2009.

박용규, 「해방 후 한글운동에서의 이극로의 위상」, 『동양학』제45집, 단국대학 교 동양학연구소, 2009. 2.

박용규, 『북으로 간 한글운동가: 이극로 평전』, 차송, 2005.

박의섭, 『라디오 가족여행 경성: 목포(박의섭 방송동극집)』, 모시는사람들, 2009.

박재삼, 「고 이영도 여사의 생애와 시조세계」, 『주부생활』, 1976. 5.

박재영 엮음, 『문학 속의 의학』, 청년의사, 2002.

박종순, 「이원수 동화 연구」, 창원대학교 석사논문, 2002.

박종순, 「이원수 문학의 리얼리즘 연구」, 창원대학교 박사논문, 2009.

박종순, 「이원수 아동극 연구」, 『아동청소년문학연구』제7집, 2010.

박종순, 「전쟁기 아동매체 『소년세계』의 독자 전략과 작문 교육의 의의」, 『한 국아동문학연구』제30호, 한국아동문학회회, 2016.

박중훈, 「일제강점기 정인섭의 친일활동과 성격」, 『역사와 경제』제89집, 부산 경남사학회, 2013. 12.

박지홍, 「고루 이극로 박사의 교훈」, 『한글문학』22호, 1994. 12.

박진욱, 『역사 속의 유배지 답사기』, 보고싶은, 1998.

박철구, 「한국민주화운동의 전개과정과 3·15의거」, 『3·15의거 정신의 역사적 변천과 계승 방안: 3·15의거 45주년 기념 학술심포지엄』, 3·15의거기념사업회, 2005. 4.

박철석, 「정인섭론」, 『현대시학』, 1981. 12.

박태순, 「4월혁명의 기폭제가 된 김주열의 시신」, 『역사비평』, 1992년 봄.

박태일, 「1960년 경자마산의거가 당대시에 들앉은 모습」, 『현대문학이론연구』 제31집, 현대문학이론학회, 2007. 8.

박태일, 「김영수 시와 문학지리학」, 『한국문학논총』 제15집, 한국문학회, 1994.

박태일, 「이원수의 부왜문학 연구」, 『배달말』 제32집, 배달말학회, 2003. 6.

박태일, 「짜집기 연구와 학문적 자폐: 고현철의 김대봉론」, 『한국 지역문학의 논리』, 청동거울, 2004.

박태일, 「한국 근대시와 금강산」, 『한국문학논총』 제23집, 한국문학회, 1998.

박태일, 『유치환과 이원수의 부왜문학』, 소명출판, 2015.

박태일, 『한국 근대시의 공간과 장소』, 소명출판, 1999.

백승수, 「이영도 시조의 중심공간적 기호체계 연구: 시집 『석류』를 중심으로」, 『국어국문학』 12집, 1993.

변규백, 「신종교와 음악」, 『신종교연구』 제7집, 한국신종교학회, 2002.

서민정, 「주변부 국어학의 재발견을 위한 이극로 연구」, 『우리말연구』 제25집, 우리말학회, 2009. 10.

서연호, 『한국근대희곡사』, 고려대학교 출판부, 1994.

석용원, 『아동문학원론』, 학연사, 1982.

선안나, 「1950년대 아동문학에 나타난 반공주의」, 『천의 얼굴을 가진 아동문학』, 청동거울, 2007.

손증상, 「일제강점기 정인섭의 아동극 창작 전략과 그 의미」, 『한국극예술연구』

제54집, 한국극예술학회, 2016.

송연옥, 「이원수 동시 연구」, 제주대학교 석사논문, 2005.

송지현, 「이원수 동화 연구」, 단국대학교 석사논문, 2005.

신덕룡 엮음, 『초록 생명의 길』, 시와사람사, 1997.

신미경, 「이영도 시조의 주제별 분석」, 『청람어문교육』 2권 1호, 청람어문학회, 1989.

신현득, 「눈솔 정인섭 선생의 아동문학과 어린이운동」, 『눈솔 정인섭 재조명 학술심포지엄 자료집』, 2010. 11. 27.

신현필, 「이영도 시조 연구」, 한국교원대학교 석사논문, 1997.

안경식, 『소파 방정환의 아동교육운동과 사상』, 학지사, 1999.

안호상 엮음, 『대종교 한얼글』, 대종교출판사, 1992.

양주동, 「1933년도 시단연평」, 『신동아』 1933.

양춘석, 「밀물: 김대봉 형께 보내는」, 『조선일보』, 1932. 6. 26.

어효선, 「초창기의 아동 잡지(자료)」, 『아동문학』 제8집, 1964. 4.

엄경흠, 「남해를 읊은 한시에 대한 고찰」, 『석당논총』 제25집, 동아대학교 석당전통문화연구원, 1997.

염희경, 「〈해와 달이 된 오누이〉에 나타난 호랑이상」, 『동화와 번역』, 제5집, 동화와번역연구소, 2003.

염희경, 「이데올로기와 어린이의 불행한 만남」, 『창비 어린이』 4권 3호, 창작과비평사, 2006.

염희경, 「이원수의 전래동화 연구를 위한 기초 고찰」, 『아동청소년문학연구』 제9집, 2011.

오관진, 「『어린이』지 수록 동극 연구」, 『아동청소년문학연구』 제14호, 한국아동청소년문학학회, 2014.

오세란, 「이원수의 '꼬마 옥이'에 나타난 자기 반영성 연구」, 『아동청소년문학

연구』제11집, 2012.

오승희, 「이영도 시조의 공간 연구」, 『한국어문교육』13집, 한국교원대학교 한국어문교육연구소, 2004.

오승희, 「이영도론」, 『시조와 비평』, 1992년 봄.

오판진, 「이원수 아동극의 인물 유형 연구」, 『아동청소년문학연구』제9집, 2011.

오판진, 「이원수의 '메아리 소년'에 나타난 통일지향성」, 『문학교육학』제10집, 2002.

오판진, 「『어린이』지 수록 동극 연구」, 『아동청소년문학연구』제14호, 2014. 6.

원종찬, 「이원수와 70년대 아동문학의 전환」, 『문학교육학』제28집, 2009.

유동순, 「이영도 시조의 생명성 연구: 에코페미니즘적 관점을 중심으로」, 경기대학교 석사논문, 2011.

유성연, 「한글학자 이극로의 생애와 체육 활동」, 『한국체육학회지』제51권 제5호, 한국체육학회, 2012.

유열, 「스승님의 걸어오신 길」, 『고투 사십년』, 을유문화사, 1947.

유지화, 「이영도 시조 연구」, 『시조학논총』42집, 한국시조학회, 2015.

유혜숙, 「이영도론: 원초성에의 되새김질」, 『숭실어문』15집, 숭실어문학회, 1999.

윤곤강, 「김대봉 시집 『무심』의 푸로필」, 『동아일보』, 1938. 11. 8.

이구의, 『최고운 문학 연구』, 아세아문화사, 2005.

이균상, 「이원수 소년소설의 현실 수용양상 연구」, 한국교원대학교 석사논문, 1997.

이극로박사기념사업회, 『이극로의 우리말글 연구와 민족운동』, 선인, 2010.

이근배, 「정제미와 시의 온도」, 『한국문학』, 1976. 5.

이동순, 「광주·전남 근현대 시문단의 형성사 연구 2: 동요·동시를 중심으로」, 『현대문학이론연구』 제57집, 2014. 6.

이민희, 「정인섭이 바라본 폴란드·폴란드문학」, 『한국현대문학연구』 제11집, 한국현대문학회, 2002.

이부순, 「시인 김대봉의 작품세계 연구」, 『서강어문』 제10집, 서강어문학회, 1994.

이상석, 「인문지리학의 인식론에 관한 연구: 실증주의와 인간주의」, 『인문과학연구』 제19집, 전남대학교 인문과학연구소, 1990.

이상억, 「이극로(1947), 『실험도해 조선음성학』」, 『주시경학보』 3, 1989. 7.

이상현, 『아동문학강의』, 일지사, 1987.

이성복, 「물과 흙의 혼례: 남해 금산」, 『백년 이웃』, 두산그룹홍보부, 1994년 7월.

이숙례, 「이영도 시조 연구」, 부산교육대학교 석사논문, 2002. 2.

이숙희, 「우리말 소리갈(극어음성학)에 대한 연구: 주시경·김두봉·최현배·이극로를 중심으로」, 한림대학교 석사논문, 1999.

이순욱, 「4월혁명시의 매체적 기반과 성격 연구」, 『한국문학논총』 제45집, 한국문학회, 2007. 4.

이순욱, 「남북한문학에 나타난 마산의거의 실증적 연구」, 『3·15의거 학술논문총서』, 3·15의거기념사업회, 2010.

이승재, 「시를 통해 본 이극로의 생애와 사상」, 『의령신문』, 2015. 5. 9~6.

이승훈, 「이원수의 동화 연구」, 『새국어교육』 제68집, 2004.

이어령, 『공간의 기호학』, 민음사, 2000.

이영지, 「이영도 시조의 서정성」, 『한국시조문학론』, 양문각, 1994.

이오덕, 「자랑스런 우리의 고전이 된 수많은 명편들」, 『이원수아동문학전집 1』, 웅진출판, 1984.

이오덕, 『어린이를 지키는 문학』, 백산서당, 1984.

이원수 탄생 백주년 기념논문집 준비위원회 엮음, 『이원수와 아동문학』, 창비, 2011.

이은숙, 「문학지리학 서설: 지리학과 문학의 만남」, 『문화역사지리』 제4호, 한국문화역사지리학회, 1992.

이은진, 「3·15 마산1차의거 누가, 왜 참여하였는가?」, 『3·15의거 학술논문총서』, 3·15의거기념사업회, 2010.

이인, 『반세기의 증언』, 명지대학교 출판부, 1974.

이재복, 『우리 동화 이야기』, 우리교육, 2004.

이재선, 「한국문학의 산악관」, 『한국문학 주제론』, 서강대학교 출판부, 1989.

이재오, 『한국학생운동사 1945~1979년』, 파라북스, 2011.

이재철, 「이원수의 문학세계」, 『아동문학평론』 제6호, 1981.

이재철, 「한국아동문학론」, 『한국문학비평선집』, 이우출판사, 1981. 12.

이재철, 『세계아동문학사전』, 계몽사, 1989.

이재철, 『한국현대아동문학사』, 일지사, 1978.

이점성, 「이영도 시조 연구」, 건국대학교 석사논문, 1997.

이정석, 「『어린이』지에 나타난 아동문학 양상 연구」, 전남대학교 석사논문, 1993.

이종기, 「이원수 선생님과 잡지: 『소년세계』 이야기」, 『고향의 봄』, 아중문화사, 1971.

이종룡, 「이극로 연구」, 부산대학교 석사논문, 1993.

이종무, 「고루 이극로 박사에 대한 회상」, 『얼음장 밑에서도 물은 흘러』, 한글학회, 1993.

이준환, 「사전 편찬을 통해 본 이극로의 독립운동사적 위상과 냉전적 해석 굴레의 탈피」, 『배달말』 제63집, 배달말학회, 2018.

이진호, 「이극로의『실험 도해 조선어 음성학』」, 『국어 음운 교육 변천사』, 박이정, 2009.

이청기, 『남해군의 고적과 명승: 사향록』, 향토문화연구회, 1973.

이태극, 『시조연구논총』, 을유문화사, 1965.

이헌구, 「색동회와 아동문화운동」, 『횃불』, 1969. 5.

이형교, 「니여가는 목숨: 대봉(大鳳) 형에게」, 『매일신보』, 1932. 7. 24.

임덕순, 『문화지리학』, 법문사, 1990.

임종찬, 「의미연결에서 본 정운 이영도 시조 연구」, 『시조학논총』 28집, 2008.

임화, 「김대봉 시집『무심(無心)』을 독(讀)함」, 『조선일보』, 1938. 11. 4.

장동표, 「3·4월 마산의거의 역사적 배경」, 『3·15의거와 한국의 민주화: 3·15의거 40주년기념 학술심포지엄 자료집』, 3·15기념사업회, 2000. 4.

장석주, 「시의 생태학적 상상력을 향하여」, 『현대시학』 1992. 8.

장석주, 『장소의 탄생』, 작가정신, 2006.

전종휘, 「급성전염병 약사」, 『우리나라 현대의학 그 첫세기』, 인제연구장학재단, 1987.

정연미, 「이원수 장편 판타지 동화 연구」, 대구교육대학교 석사논문, 2007.

정영자, 「이영도의 시세계」, 『한국 여성시인 연구』, 평민사, 1996.

정완영, 「정한의 시인 이영도」, 『한국문학』, 1976. 5.

정용수, 「조선조 산수유람문학에 나타난 '록'체의 전통과 남해 금산」, 『석당논총』 제25집, 동아대 석당전통문화연구원, 1997.

정진원, 「인간주의 지리학의 이념과 방법」, 『지리학논총』 제11호, 서울대학교 지리학회, 1984.

정진희, 「이원수의 소년소설『잔디 숲 속의 이쁜이』 연구」, 『한국언어문화』 제23집, 2003.

정표년, 「이영도 시인의 생애와 문학」, 『시조생활』, 1989.

정해룡, 「내가 기억하는 선친의 모습」, 『눈솔 정인섭 재조명 학술심포지엄 자료집』, 2010. 11. 27.

정현종, 「시인은 타고난 생태학자」, 『현대시학』, 1992. 8.

조남호, 「이극로의 학문세계」, 『주시경학보』 7, 1991. 7.

조동일, 『한국문학통사 5』, 지식산업사, 1989.

조동화, 「이영도 시조, 그 사상의 발자취」, 『향토문학연구』 12집, 향토문학연구회, 2009.

조은숙, 「이원수의 동화 『숲 속 나라』 연구」, 고려대학교 석사논문, 1995.

조은숙, 「이원수의 친일 아동문학과 작가론 구성논리에 대한 재검토」, 『우리어문연구』 제40집, 2011.

조재룡, 「정인섭의 번역과 활동성: 번역, 세계문학의 유일한 길」, 『민족문화연구』 제57호, 고려대학교 민족문화연구원, 2012.

조준희, 「이극로의 〈미지의 한국〉과 〈널리 펴는 말〉」, 『한국민족사운동』 제88집, 한국민족운동사학회, 2016.

조준희, 「이극로의 독일 조선어강좌 관계 사료」, 『한국민족운동사연구』 제79집, 2014.

조준희, 「이시열의 민족운동과 대종교」, 『숭실사학』 제28집, 숭실사학회, 2012.

조춘희, 「전후 현대시조의 현실인식 연구: 이호우, 이영도를 중심으로」, 『배달말』 57집, 2015.

조현경, 『이영도 평전: 사랑은 시(詩)보다 아름다웠다』, 영학출판사, 1978.

주평, 「한국의 아동극 약사」, 『학교극 사전』, 교학사, 1961.

진선희, 「『어린이』지 수록 동시 연구(1)」, 『국어국문학』 제165호, 국어국문학회, 2013.

차민기, 「고루 이극로 박사의 삶」, 『지역문학연구』 제2호, 경남지역문학회, 1998. 3.

채찬석, 「이원수 동화 연구」, 숭실대학교 석사논문, 1986.

최명표, 「해방기 정지용의 시와 행동」, 『영주어문』 제17집, 영주어문학회, 2009. 2.

최병두·한지연, 『도시·지역·환경』, 한울, 1993.

최윤수, 「대종교 환국의 종교적 의미」, 『국학연구』 제21집, 2017.

최인학, 「한국 설화의 정체성을 세계에 밝힌 눈솔 정인섭」, 『눈솔 정인섭 재조명 학술심포지엄 자료집』, 2010. 11. 27.

편집부, 「이극로: 잊혀진 한글학자」, 『의령신문』, 2009. 12. 3~2. 4.

한글학회, 『한글을 사랑한 독립운동가 고루 이극로』, 어문각, 2009.

한정호, 「광복기 경남·부산지역의 아동문학 연구」, 『한국문학논총』 제41집, 한국문학회, 2005. 8.

한정호, 「김대봉의 동시관과 동시 세계」, 『지역문학연구』 제3호, 경남지역문학회, 1998.

한정호, 「김대봉의 문학살이와 의료 체험」, 『지역문학연구』 제10호, 경남·부산지역문학회, 2004.

한정호, 「두척산이 지역시 속에 들앉은 모습」, 『지역문학연구』 창간호, 불휘, 1997.

한정호, 「민주화의 고향, 4월혁명과 시의 함성」, 『문예연구』, 2009년 여름.

허경진 옮김, 『고운 최치원 시선』, 평민사, 1989.

홍경표, 「정인섭의 한국시 영어번역」, 『한국말글학』 제23집, 한국말글학회, 2006.

홍선표, 「1920년대 유럽에서의 한국독립운동」, 『한국독립운동사연구』 제27집, 독립기념관 한국독립운동사연구소, 2006.

황경식, 「환경윤리학이란 무엇인가?」, 『철학과 현실』 1994.여름.

황혜순, 『한국전쟁기의 아동문학과 문학치료』, 문학과 치료, 2008.

P. Gaudidert, 장진영 옮김, 『문화적인 것에서 신성한 것으로』, 솔, 1993.

Yi-Fu Tuan, 구동회·심승희 옮김, 『공간과 장소』, 대윤, 2005.

사라 네틀턴, 조효제 옮김, 『건강과 질병의 사회학』, 한울아카데미, 1997.

수전 손택, 이재원 옮김, 『은유로서의 질병』, 이후, 2002.

애드워드 렐프, 김덕현과 여럿 옮김, 『장소와 장소상실』, 논형, 2005.

윌리엄 H. 맥닐, 허정 옮김, 『전염병과 인류의 역사』, 한울, 1998.

찾아보기

[문헌·자료]

지은이 한정호

경남 남해에서 태어나, 경남대학교에서 「한국 근대 가족시 연구」로 박사학위를 마쳤다. 1990년
『한국문학』에 시가 당선되어 문단에 나섰다. 연구서로 『지역문학의 이랑과 고랑』(2011), 『지역문
학의 씨줄과 날줄』(2015)이 있고, 엮은책으로 『김상훈 시연구』(2003), 『포백 김대봉 전집』
(2005), 『꽃보다 아름다운 시』(2005), 『정진업 전집(2) 창작·산문』(2006), 『서덕출 전집』
(2010), 『꽃사람-김수돈 문학전집』(2020)이 있으며, 공저로 『한국문학과 성』(1998), 『파성 설
창수 문학의 이해』(2011), 『최치원이 읊은 시의 향기』(2015), 『우해별곡』(2019), 『그림으로
만나는 우해이어보』(2020) 등이 있다. 현재 경남대학교 교양융합대학 교수로 일하고 있다.

지역문학의 들숨과 날숨

© 한정호, 2021

1판 1쇄 인쇄_2021년 07월 10일
1판 1쇄 발행_2021년 07월 20일

지은이_한정호
펴낸이_양정섭

펴낸곳_경진출판
　　　　　등록_제2010-000004호
　　　　　이메일_mykyungjin@daum.net
　　　　　사업장주소_서울특별시 금천구 시흥대로 57길(시흥동) 영광빌딩 203호
　　　　　전화_070-7550-7776　**팩스**_02-806-7282

값 25,000원
ISBN 978-89-5996-820-6 93810